民国

武侠小说
典藏文库

平江不肖生卷

民国
武侠小说
典藏文库

平江不肖生卷

江湖奇侠传

第一部

平江不肖生 著

中国文史出版社

平江不肖生论（代序）[①]

张赣生

在民国通俗小说史上，若论起划时代的人物，便不能不提及平江不肖生，他不仅是推动中国通俗社会小说由晚清过渡到民国的一位重要作家，更是拉开中国武侠小说大繁荣序幕的开路先锋。

平江不肖生（1890—1957），原名向恺然，湖南平江人。他出生于一个富裕家庭，其祖父以经营伞店发家，其父向碧泉是个秀才，在乡里间颇有文名。向恺然五岁随父攻读，十一岁习八股，恰逢清政府废八股，改以策论取士，遂改习策论，十四岁时清政府又废科举，改办学校，于是向氏考入长沙的高等实业学堂。其时正值同盟会在日本东京成立并创办《民报》鼓吹革命，日本文部省在清政府的要求下，于1905年11月颁布"取缔清韩留日学生规则"，镇压中国留日学生的革命活动，引起留日学生界的强烈反对，同盟会发起人之一陈天华于12月8日在日本愤而投海自杀，以死激励士气。转年，陈天华灵柩运回湖南，长沙各界公葬陈天华，掀起了政治风潮，刚刚入学一年的向恺然就因积极参与这次风潮而被开除学籍，随后他自费赴日留学。

民国二年（1913），袁世凯派人刺杀了宋教仁，群情激愤。向恺然回国参加了"倒袁运动"，任湖南讨袁第一军军法官，讨袁失败后，他再赴日本，结交武术名家，精研武术，这使他成为民国武侠小说作家中真正精通武术的人；同时，他因愤慨一般亡命于日本的中国人之道德堕落，执笔写作《留东外史》。民国四年（1915），向恺然重又归国，参加了中华革命党江西支部，继续从事反袁活动。袁世凯去世后，他移居上海以撰写小说

---

① 本文节选自张赣生著《民国通俗小说论稿》。

谋生，直至1927年返回湖南，他的主要通俗小说作品均在这十年间先后问世。1930年至1932年，向恺然曾再度在上海从事撰著，但这一时期所作均为讲述拳术的短篇文章。1932年"一·二八"日寇进犯上海，向恺然应何键之请返回湖南创办国术训练所。1937年，抗日战争全面展开，他随二十一集团军转战安徽大别山区，任总办公厅主任，兼安徽学院文学系教授。1947年返湖南，1957年反右斗争后患脑溢血去世。

关于"平江不肖生"这一笔名的来历，向恺然在1951年写的简短"自传"中说："民国三年因愤慨一般亡命客的革命道德堕落，一般公费留学生不努力、不自爱，就开始著《留东外史》，专对以上两种人发动攻击。……因为被我唾骂的人太多，用笔名'平江不肖生'，不敢写出我的真名实姓。"此后他发表武侠小说时也一直沿用这一笔名。

至于"平江不肖生"的含义，向氏哲嗣在回忆文章中说："当时有人问为何用这'不肖生'？父亲说：'天下皆谓道大，夫惟其大，故似不肖。'此语出自老子《道德经》。原来其'不肖'为此，并非自谦之词。"其实这是向氏本人后来提出的一种解释，不一定真是采用这笔名的初意。《老子·六十七章》曰："天下皆谓我道大似不肖。夫惟大，故似不肖；若肖，久矣其细也夫。"这里的"不肖"是"不像""不类"的意思。道是抽象的，道涵盖万物之理，而不像某一具体物，从不像、不类、不具体，引申为"玄虚""荒诞"。这用以反驳某些人后来对《江湖奇侠传》的批评，颇能说明作者的立场；但在创作《留东外史》时采用这一笔名的初意却非如此，《留东外史》第一回《述源流不肖生饶舌，勾荡妇无赖子销魂》中说："不肖生自明治四十年，即来此地，……既非亡命，又不经商，用着祖先遗物，说不读书，也曾进学堂，也曾毕过业；说是实心求学，一月倒有二十五日在花天酒地中。近年来，祖遗将罄，游兴亦阑。"这段话把"不肖"二字的含义说得很清楚，应无疑义。

向恺然从写社会小说改为写武侠小说，是应出版商之请。包天笑在《钏影楼回忆录》中说："《留东外史》……出版后，销数大佳，于是海上同文，知有平江不肖生其人。……我要他在《星期》上写文字，他就答应写了一个《留东外史补》，还有一个《猎人偶记》。这个《猎人偶记》很特别，因力他居住湘西，深山多虎，常与猎者相接近，这不是洋场才子的小说家所能道其万一的。后来为世界书局的老板沈子方所知道了，他问我道：'你从何处掘出了这个宝藏者？'于是他极力去挖取向恺然给世界书局写小说，稿资特别丰厚。但是他不要像《留东外史》那种材料，而要他写剑仙侠士之类的一流传奇小说，这不能不说是一种生意眼。那个时候，上海的所谓言情小说、恋爱小说，人家已经看得腻了，势必要换换口味，……以向君的多才多艺，于是《江湖奇侠传》一集、二集……层出不穷，开上海武侠小说的先河。"这段话有助于我们了解向恺然的武侠小说。

向恺然是由晚清的通俗小说模式向新风格过渡的作家之一。因此，在他的小说中就必然存在着新与旧的两方面因素。从他最初的成名作《留东外史》来看，晚清小说模式的痕迹十分明显。

鲁迅在《中国小说史略》中谈到《官场现形记》《二十年目睹之怪现状》等晚清"谴责小说"时，曾指出："揭发伏藏，显其弊恶，而于时政，严加纠弹，或更扩充，并及风俗。虽命意在于匡世，似与讽刺小说同伦，而辞气浮露，笔无藏锋，甚且过甚其辞，以合时人嗜好"，是此类小说的共同特征。《留东外史》不仅在内容取材和创作思想上明显地带有晚清"嫖界小说"和谴责小说的痕迹，而且在故事的组织形式上也体现着晚清小说结构松散的时风，缺乏严谨的通盘考虑。我这样说，并非要否定《留东外史》的艺术成就，而是要表明客观存在的事实，《留东外史》是具有过渡性质的民初作品。它不可能完全摆脱晚清小说模式的影响。这是很自然的，《官场现形记》发表于1902—1907年，《二十年目睹之怪现状》发表于1902—1910年，《海上花列传》发表于1892—1894年，《海上繁华梦》发表于1903—1906年，《九尾龟》刊行于1906—1910年；当向恺然在民国三年（1914）撰著《留东外史》时，正值上述诸书风行之际，相距最近者不过三四年，《留东外史》与之实属于同时代产物，假若两者之间毫无共同之父，那反倒是怪事。

从另一个方面来看，《留东外史》之所以能称为过渡性质的作品，还在于它确实提供了新的东西，甚至在某种程度上有令人耳目一新之感。首先是他如实地描绘了异国风情，中国通俗小说中的外国，向来是《山海经》式的，《西游记》《三宝太监西洋记》《镜花缘》等不必说了；林琴南的小说原是翻译，但他笔下的外国也被写得面目全非；再看看晚清的其他作品，如《蘖海花》中对欧洲的描写，大都未免流于妄诞。不肖生在《留东外史》中却能把日本的风土民俗写得生动、鲜明，这正是此书出版后大受读者欢迎的重要原因。但是，这还仅是浅层的新奇；更深一层来看，不论作者是否自觉地意识到要运用西方的创作方法，实际上他已经表现出这种倾向，如上所说之照实描绘异国风情，就是西方文学的"写实主义"方法，特别是在《留东外史》的某些段落中还显示了进行"心理分析"的倾向，这些都是从旧模式向新风格过渡的重要迹象。

总之，就《留东外史》总体而论，旧模式的深刻痕迹还是主要的，但不能因此而忽略它所显示的新倾向之重要意义。两方面的因素杂糅在一起，是过渡时期的必然现象。处于洪宪复古浪潮中的向恺然，能做到这一步已经难能可贵，不应对他提出不切实际的过高要求。看一看《玉梨魂》《孽冤镜》等在复古浪潮中极享盛名的扭捏之作，或许更有助于认识《留东外史》的可贵之处。

《留东外史》使向恺然崭露头角，但他之得享盛名却是因为写了武侠小说《江湖奇侠传》。

《江湖奇侠传》当年所引起的轰动，今天的读者或许难以想象得到。这部作品首刊于《红》杂志第二十二期，《红》杂志为世界书局所办周刊，1922 年 8 月创刊，至年底发行二十一期，转年始连载《江湖奇侠传》。1924 年 7 月，《红》杂志出满一百期，改名为《红玫瑰》，仍为周刊，继续连载，至 1927 年向氏返湘，遂由《红玫瑰》编者赵苕狂续写，现今通行的《江湖奇侠传》一百六十回本，自一百零七回起为赵氏所续。

《江湖奇侠传》掀起的热潮一直持续了十年。据郑逸梅《武侠小说的通病》一文说："那个付诸劫灰的东方图书馆中，备有不肖生的《江湖奇侠传》，阅的人多，不久便书页破烂，字迹模糊，不能再阅了，由馆中再备一部，但是不久又破烂模糊了。所以直到'一·二八'之役，这部书已购到十有四次，武侠小说的吸引力，多么可惊咧。"在《江湖奇侠传》小说一版再版的同时，由它改编成的连台本戏也久演不衰，更加轰动的是明星影片公司改编拍摄的《火烧红莲寺》，由当时最著名的影星胡蝶主演。沈雁冰在《封建的小市民文艺》（作于 1933 年）一文中说："1930 年，中国的'武侠小说'盛极一时。自《江湖奇侠传》以下，模仿因袭的武侠小说，少说也有百来种吧。同时国产影片方面，也是'武侠片'的全盛时代；《火烧红莲寺》出足了风头……《火烧红莲寺》对于小市民层的魔力之大，只要你一到那开映这影片的影戏院内就可以看到。叫好、拍掌，在

4

那些影戏院里是不禁的，从头到尾，你是在狂热的包围中，而每逢影片中剑侠放飞剑互相斗争的时候，看客们的狂呼就同作战一般，他们对红姑的飞降而喝采，并不尽因为那红姑是女明星胡蝶所扮演，而是因为那红姑是一个女剑侠，是《火烧红莲寺》的中心人物；他们对于影片的批评从来不会是某某明星扮演某某角色的表情哪样好哪样坏，他们是批评昆仑派如何、崆峒派如何的！在他们，影戏不复是'戏'，而是真实！如果说国产影片而有对于广大的群众感情起作用的，那就得首推《火烧红莲寺》了。从银幕上的《火烧红莲寺》又成为'连环图画小说'的《火烧红莲寺》，实在是简陋得多了，可是那疯魔人心的效力依然不灭。"这是一位极力反对《江湖奇侠传》者写下的实录，我认为他所描绘的这幅轰动景象是可信的。

如此轰动一时的《江湖奇侠传》，它的魅力在哪里？要说简单也简单，不过是把奇闻异事讲得生动有趣而已。

向氏初撰《江湖奇侠传》时，并无完整构思，只是随手撷拾湖南民间传说，加以铺张夸饰，以动观听，用类似《儒林外史》的那种集短为长的结构，信笔写来，可行可止。作者在此书第八回中说："说出来，在现在一般人的眼中看了，说不定要骂在下所说的，全是面壁虚造，鬼话连篇。以为于今的湖南，并不曾搬到外国去，何尝听人说过这些奇奇怪怪的事迹，又何尝见过这些奇奇怪怪的人物，不都是些凭空捏造的鬼话吗？其实不然。于今的湖南，实在不是四五十年前的湖南。只要是年在六十以上的湖南人，听了在下这些话，大概都得含笑点头，不骂在下捣鬼。至于平、浏人争赵家坪的事，直到民国纪元前三四年，才革除了这种争水陆码头的恶习惯。洞庭湖的大侠大盗，素以南荆桥、北荆桥、鱼矶、罗山几处为渊薮。逊清光绪年间，还猖獗得了不得。"就说出了此书前一部分的性质。

总之，《江湖奇侠传》有其不容忽视的长处，确实把奇闻逸事讲得生动有趣；但也有其不容忽视的短处，近乎于"大杂烩"，它之得享盛名，除了它自身确有长处之外，还与当时的环境条件有关，在晚清至民初的十多年间，中国通俗小说几经变化，公案小说和谴责小说的浪潮逐渐消退，"淫啼浪哭"的哀情小说维持不久已令人厌烦，此时向氏将新奇有趣的风土民俗引入武侠说部，道洋场才子之万不能道，自然使人耳目一新。其引起轰动也就是情理中应有之事了。

向恺然还写过一部比较现实的武术技击小说，即以大刀王五和霍元甲为素材的《侠义英雄传》，这部作品的发表与《江湖奇侠传》同时，于1923年至1924年间在世界书局出版的《侦探世界》杂志连载，全书八十回，后出单行本。或许是由于向氏想使此书的风格与《江湖奇侠传》有鲜明的区别，也或许是向氏集中精力撰写《江湖奇侠传》而难以兼顾，这部《侠义英雄传》写得不够神采飞扬，远不如《江湖奇侠传》驰名。此外，向氏还著有《玉玦金环录》《江湖大侠传》《江湖小侠传》《江湖异人传》等十余部武侠小说，成为二十年代最引人注目的武侠小说名家。

　　通观向氏的武侠小说创作，无论是《江湖奇侠传》或《侠义英雄传》，都还未能形成完善形态的神怪武侠小说或技击武侠小说风格。当然，对于这一点，我们不能苛求，向氏是一位过渡阶段的作家，他在民国通俗小说史上属于开基立业的先行者，他的功绩主要是开一代风气，施影响于后人。正是他的《江湖奇侠传》引起的巨大轰动，吸引了更多读者对武侠小说的关注，也推动报刊经营者和出版商竞相搜求武侠小说。后起的还珠楼主、白羽、郑证因、王度庐、朱贞木等都是在这种风气下，受报刊之约才从事武侠小说创作的，就这个意义上说，若没有向恺然开风气之先，或许也就不会有北派四大家的武侠名作。另一方面，向氏也的确给予后起的还珠、白羽、郑证因很大影响，只要看看还珠、白羽、郑证因早期的作品，就能发现其受向氏影响的痕迹。所以，向氏在民国通俗小说史上是一位重要的人物，他的功绩不容贬低，不能只从作品本身来衡量他应占的地位。

目　　录

序 ……………………………………………………… 赵茗狂　1
自传 ………………………………………………………………… 2

第一回　装乞丐童子寻师
　　　　起宝塔深山遇侠 …………………………………… 1
第二回　述往事双清卖解
　　　　听壁角柳迟受惊 …………………………………… 8
第三回　红东瓜教孝发庄言
　　　　金罗汉养鹰充卫士 ……………………………… 17
第四回　董禄堂喻洞七剑
　　　　金罗汉柳宅传经 ………………………………… 25
第五回　万二呆打鱼收义子
　　　　钟广泰贪利卖娇儿 ……………………………… 32
第六回　述前情追话湘江岸
　　　　访义父大闹赵家坪 ……………………………… 40
第七回　陆小青烟馆呈才情
　　　　常德庆长街施勇力 ……………………………… 49
第八回　陆凤阳决心雪公愤
　　　　常德庆解饷报私恩 ……………………………… 56
第九回　失镖银因祸享声名
　　　　赘盗窟图逃遇罗汉 ……………………………… 64
第十回　木枪头亲娘饯别
　　　　铁拐杖娭䢀无情 ………………………………… 72

1

第 十 一 回　吕宣良差鹰救桂武

　　　　　　沈栖霞却盗收红姑　·················　79

第 十 二 回　跛叫化积怨找仇人

　　　　　　小童生一怒打知府　·················　88

第 十 三 回　罗慎斋八行书救小门生

　　　　　　向乐山一条辫打山东老　···········　97

第 十 四 回　大乡绅挽留周教师

　　　　　　小侠客气煞洪矮牯　·················　105

第 十 五 回　小侠客夜行丢裤

　　　　　　老英雄捉盗赠银　···················　111

第 十 六 回　湘江岸越货劫书箱

　　　　　　岳麓山寻仇遇奇侠　·················　118

第 十 七 回　指迷路大吃八角亭

　　　　　　拜师坟痛哭万载县　·················　126

第 十 八 回　小侠客病试千斤闸

　　　　　　老和尚灵通八百鱼　·················　133

第 十 九 回　坐木龛智远入定

　　　　　　打和尚来顺受伤　···················　140

第 二 十 回　化公子和尚显神通

　　　　　　救夫人尼姑施智计　·················　147

第二十一回　逢拐骗更被火烧

　　　　　　得安居又生波折　···················　155

第二十二回　香山城夫妻行巧骗

　　　　　　村学究神课得先机　·················　162

第二十三回　炼飞刀惨掳童男女

　　　　　　忧嗣续力救小夫妻　·················　170

第二十四回　迁兴宁再练童子剑

　　　　　　走南岳惊逢智远师　·················　177

第二十五回　小剑客采药受惊

　　　　　　新进士踏青被骗　···················　183

第二十六回　古庙荒山唐采九受困

　　　　　桃僵李代朱光明适人 ………… 190

第二十七回　光明婢夜走桂林道

　　　　　智远僧小饮岳阳楼 ………… 198

第二十八回　剪纸枷救人锁鬼

　　　　　抽芦席替夫报仇 ………… 206

第二十九回　土地庙了道酬师

　　　　　义冢山学法看鬼 ………… 214

第 三 十 回　小豪杰矢志报亲仇

　　　　　勇军门深心全孝道 ………… 221

第三十一回　入深山童子学道

　　　　　窥石穴祖师现身 ………… 230

第三十二回　惊变卦孝子急亲仇

　　　　　污佛地淫徒受重创 ………… 237

第三十三回　述奸情气坏小豪杰

　　　　　宣戒律枪杀三师兄 ………… 245

第三十四回　动念诛仇自惊神验

　　　　　无钱买渡人发杀机 ………… 252

第三十五回　偷路费试探紫峰山

　　　　　拜观音巧遇黄叶道 ………… 259

第三十六回　诛旱魃连响霹雳声

　　　　　取天书合用雌雄剑 ………… 269

第三十七回　未先生卜居柳仙村

　　　　　沈道姑募建药王庙 ………… 279

第三十八回　药王庙小和尚变尼姑

　　　　　柳仙村沈道姑收徒弟 ………… 290

第三十九回　陆伟成折桂遇奇人

　　　　　徐书元化装指明路 ………… 299

第四十回　朱公子运银回故里

　　　　　假叫化乞食探英雄 ………… 306

3

第四十一回　卖草鞋乔装寻快婿

　　　　　　传噩耗乘间订婚姻 ·················· 317

第四十二回　魏壮猷失银生病

　　　　　　刘晋卿热肠救人 ·················· 326

第四十三回　巧机缘深山学道

　　　　　　显法术半路劫银 ·················· 337

第四十四回　还银子薄惩解饷官

　　　　　　数罪恶驱逐劣徒弟 ·················· 345

第四十五回　乌鸦山访师遭白眼

　　　　　　常德府无意遇奇人 ·················· 355

第四十六回　铜脚道运米救饥民

　　　　　　陆伟成酬庸清道藏 ·················· 363

第四十七回　探消息误入八阵图

　　　　　　传书札成就双鸳侣 ·················· 370

第四十八回　遭人命三年败豪富

　　　　　　窥门隙千里结奇缘 ·················· 380

第四十九回　奇风俗重武轻文

　　　　　　怪家庭独男众女 ·················· 390

序

赵茗狂

我少时读太史公之《游侠传》，未尝不眉飞色舞，呼取大白相赏也。及长，又读琴南翁所译之《髯刺客传》，又未尝不眉飞色舞，呼大白而相赏也。自后，饥来驱我，行役四方，遂废读书之乐。即偶有所读，强半又为风怀宕渺之词、儿女绮丽之作，欲求能鼓荡我心、激励我志，如彼《游侠传》《髯刺客传》二书者，迄未可得也。

兹者，佣书海上，世界书局主人沈君，忽以不肖生所著之《江湖奇侠传》相示，则巨干盘空，奇枝四苗，豪情侠态，跃跃纸上，固可与前之二书，鼎足而三也。不禁色然而喜，跃然而兴；而前日读书之乐，不啻复一温之目前矣。所可慨者，则前此我方在血气未定之时，跳踉叫嚣，窃欲取书中人以自况；今则中年哀乐，壮气全消，不复有此豪情矣。斯可哀耳！至此书措辞之妙，运笔之奇，结构之精严，布局之老当，固为不肖生之能事。凡爱读不肖生文字者，类能言之。且每章之末，复有施子济群为之加评，朗若列眉，固不待余之词赘矣。

是为序。

民国十二年暮春，茗狂书于海上之忆凤楼

自　传

我姓向，名恺然，六十二年前出生于湖南湘潭油榨巷向泰隆伞店内。我祖父是开这伞店的，很积了些财产，因此送我父亲读书，在湘潭一班读书人里面颇有点名望。

我五岁的时候，也开始读书了。我家原籍平江，祖父死后，我父亲将伞店歇业，全家搬到平江居住，那时我十一岁了，我父亲将我引进了旧文字的堡垒，打算猎取科名。可是八股还没有成篇，清政府已废除八股，改用策论取士。到十四岁文字勉强清顺，可望出考，清政府却又把科举废了，改办学校。就在十四岁这年考进了高等实业学堂。但是只读了一年书，便因闹公葬陈天华风潮被开除了学籍。那时被曾经学校剔退过的学生想另考学校是不容易的，因此只得要求我父亲变卖了田产，自费去日本留学。

无目地无计划地在日本混过了几年，在宏文学院毕了业。民国二年回国，那时家业已经中落，无力再往日本，在岳州洞庭制革厂当书记，这厂的总经理是军事厅厅长程潜兼的。这年倒袁运动，湖南出兵北伐，我任职北伐第一军军法官，失败后，随第一军总司令程子楷再往日本。因生性爱好文学和武术，这时虽在中央大学上课，对政治、经济不感兴趣，终日我和日本柔术家、剑术家、射箭师来往。

民国三年因愤慨一班亡命客的革命道德堕落，一班公费留学生不努力、不自爱，就开始著《留东外史》，专对以上两种人发动攻击。党人仇鳌、易象和，公费留学生张定、佘耀枢都同情我的著作，大家凑钱帮我出版。因为被我唾骂的人太多，用笔名"平江不肖生"，不敢写出我的真名实姓。

民国四年返国参加中华革命党江西支部，跟着江西革命军总司令董福开搞革命工作，被派赴韶关说韶州镇守使朱福全反袁，遇海珠之变，几遭龙济光毒手。不久，袁世凯死了，我回上海无所事事，便以卖文为业。

直到民国十六年。所著小说有《留东外史》《江湖奇侠传》《侠义英雄传》等书，志在提倡尚武精神，打击豪强兼并分子。民国十六年回湖南，受朋友的招请，任职三十六军军部秘书，参加大革命，在开平驻军年余。

民国十八年解职居北平，任奉天《辽宁新报》特约小说撰述。民国十九年到上海，仍以卖文为业，所写多提倡国术的短篇文字。流行社会的有《拳术见闻录》《拳术传新录》《拳师言行录》《猎人偶记》等书。民国二十一年回湖南办国术训练所及国术俱乐部，两次参加全国运动会，湖南皆夺得国术总锦标。

民国二十六年抗战军起，随二十一集团军总司令廖磊到安徽任总办公厅主任，转战至大别山，兼任安徽学院文学系教授。在程潜主湘政时回湘，任省政府参议。解放后生活无着，重理笔墨，著《革命野史》一书，因销数太少，无力继续出版。从去年九月起，每月受领军政委员会津贴食米一市担，家有继配戎氏和小女儿六人，不足维持生活。

公元 1951 年 2 月自传于长沙南门青山祠一号

第一回

装乞丐童子寻师
起宝塔深山遇侠

从长沙小吴门出城，向东走去，一过了苦竹坳，便远远地望见一座高山，直耸云表。山巅上一棵白果树，十二个人牵手包围，还差二尺来宽，不能相接。粗枝密叶，树下可摆二十桌酒席。席上的人，不至有一个被太阳晒着。因为这树的位置，在山巅最高处，所以在五六十里以外的人，都能看见它和伞盖一般，遮蔽了那山顶。那山横跨长沙、湘阴两县，长只六十余里，高倒有三十余里。从湘阴那方面上山，虽远几里路，然山势稍缓，走得不大吃力；从长沙这方面上去，就是巉岩峻削，不是精力极壮的人，绝没有能上去的。长沙、湘阴两县的人，都呼那山为"隐居山"。故老相传，说那山在清初，很有几个明朝遗老，隐居在里面，遂称为"隐居山"。

这隐居山底下，有一个姓柳名大成的，原是个读书人。只因读过了四十多岁，尚不曾捞得一个秀才，家里又有不少的祖遗产业，父母都亡故了，便懒得再去那矮星里受罪。他夫人陈氏，容貌既端庄，性情又贤淑，因此伉俪极为相得，中年才得一子，就取名一个"迟"字。

那柳迟生长到四岁，无日不在病中，好几次已是死过去了。柳大成延医配药，陈夫人拜佛求神，好容易才保留了这条小命。然性命虽保留了，直病得枯瘦如柴，五岁还不能单独行走。加以柳迟的相貌生得十二分丑怪，两眉浓厚如扫帚，眉心相接，望去竟像个"一"字。两眼深陷，睫毛上下相交。每早起床的时候，被眼中排泄出来的污垢胶着了，睁不开来。非经陈夫人亲手蘸水替他洗涤干净，无论到什么时候，也不能开眼见人。两颧比常人特别的高，颧骨从两眼角，插上太阳穴。口大唇薄，张开和鳜鱼相似，脸色黄中透青。他又欢喜号哭，哭时张开那鳜鱼般的嘴，谁也见着害怕。

柳大成夫妇，有时带着他去亲戚朋友家，人家全不相信这般一对漂亮的夫妇，会生出这么奇丑的儿子。只是柳大成夫妇因中年才生这个儿子，自后并不曾生育，夫妇两个痛爱柳迟的心，并不因他生得奇丑减少毫发。

柳迟到了七岁，柳大成便拿了一本《论语》，亲教柳迟读书。柳大成夫妇的意思，多久就虑及儿子不能读书，不过打算略试一试，若真是不能读，便不枉费心血。谁知只教一遍，即能背诵出来。柳大成逐页地教，柳迟竟能逐页地背。并且教过一遍的，隔了十天半月问他，仍然背得一字不差。这才把柳大成夫妇，欢喜得不知如何才好。但是柳迟虽有过目成诵的天才，却是极不愿意读书。不愿意读书，本是小孩子的通病，只是普通不愿意读书的小孩，必是贪着玩耍，哪怕玩耍得极无意识。集合无数小孩，三个成群，四个结党，闹得个乌烟瘴气，这类顽皮生活，总是寻常小孩免不了要经过的阶段。

这柳迟很是作怪，他从来不曾和左邻右舍的小孩在一块儿闹过一次，也不学那些小孩玩耍的举动。他不读书的时候，不是坐在位上，抬起头呆呆地望着楼板；便是站在丹墀里，发了呆似的，望着半空中飞走的乌云、白云。有时数墙上的砖，有时数屋上的瓦，见人家厅堂上悬了屏条，屏条上写的是大字便罢，若是小字，他必得从头至尾，数个清楚，柳大成夫妇也禁止他不了。

这么过了两年，他却练成了一种极奇特的本领：凡是多数在一块儿的物件，一落他的眼，即能说出一个数目来，不多不少。他的性质，虽不欢喜和小孩做一块，只是六七十岁的老头子，他倒欢喜去亲近。那地方上年老的人，也都喜和他东扯西拉地说故事。

是这么和许多老头儿混了一年，柳迟的性情又改变了。见了寻常混作一块的老头儿，他都不大搭理了，却看上了一班叫化子。凡是来他家讨钱、讨饭的乞丐，他在里面一听得这声音，便和什么最亲爱的人到了一般，来不及地跑出来。给了钱，又给饭，又给衣服，还得问那叫化的姓名、住址。有时高兴，约齐了无数的叫化，男的、女的、老的、少的，聚作一块儿，他自己也装成一个叫化模样，或在桥洞底下，或在破庙里面，大家说也有，笑也有。若是天色晚了，便不归家，拣一个和自己说得来的叫化，在一条稿荐里面睡觉。柳大成夫妇虽痛爱儿子，但见儿子这般不长进，也实在有些气愤不过。将柳迟叫到跟前，训饬了好几次，无奈柳迟听了，只当耳边风。一转眼，又是右手拿棍，左手提篮，跟着老叫化走了。

湖南的叫化，内部很有些组织，阶级分得极严。不是在内部混过的人，绝看不出这叫化的阶级来。他们显然的表示，就在背上驮着的讨米袋。最高的阶级，可有九个袋，以下低一级，减一个袋。柳迟和许多叫化混了三年，背上已有驮七个袋的资格了。

一日，他讨了一袋米，走一个村庄经过，见晒稻子的场里，有十来只鸡，在青草里寻虫蚁吃。其中有一只老母鸡，大约有四五斤重。柳迟从袋中掏出一抓米来，把老母鸡引到跟前，顺手抢着鸡项脖，左手往鸡肚皮下一托，那只老母鸡，就到了柳迟的手，只翼膀略扑了两扑，连叫都没叫出一声。他们同伴偷鸡的手法，都是如此。最难偷的，是大雄鸡。雄鸡会跳跃，不肯伏在地下不动。老母鸡的性质，见人向它伸手，十九伏在地下。不过去攫的时候，总得叫一两声，所以下手就得抢着鸡项脖，使它叫不出声。左手托着鸡肚皮，鸡自然不会叫了。

柳迟既偙了那只老母鸡，即走到河边，拾了一片碎瓷，把鸡杀死。并不捇毛，只破开肚皮，去了肠杂，放下些椒盐、五香、酱油、白醋之类的东西在鸡肚皮里面，拿线扎了起来。调和许多黄泥，将鸡连毛包糊了。再从身上抽出一条大布手巾来，把讨来的米，倒在手巾里，就河水淘洗干净，用绳将毛巾扎好，也用湿黄泥包糊。然后走到山中，寻了些柘枝干叶，拣土松的地方，撧一个尺来大、尺来深的洞。先把黄泥糊的母鸡放在洞里，将枯枝干叶纳满了一洞，取火点燃了，接连不断地添柴。

是这么烧过了一个时辰，黄泥已烧得透心红了，柳迟才把鸡取了出来。趁那洞里正烧得通红的时候，把黄泥包的米放下去，只略略加了些儿柴在上面，那生米便能煨成熟饭。柳迟才添好了柴火，心里忽然寻思道："有这么好的下酒物，没有酒，岂不辜负了这鸡吗？好在身边还有几文钱，何不且去买点儿酒来，再剥鸡子呢？"主意已定，就拿了一只碗，到近处酒店里买了酒。

回到山上，一看火洞的柴枝上面，竖了一片尖角瓦，心里登时吃了一惊，暗想这深山穷谷之中，哪有本领很大的人来寻我的开心呢？原来叫化子伴里，有这种极大的规矩，不是阶级很高的叫化，不能是这么弄饭菜吃。在这种场合，若是有同道的经过，在火洞上竖一片尖角瓦，谓之"起

3

宝塔"；在火洞旁边竖一根柴枝，谓之"竖旗杆"。不是在叫化子伴里最有本领的、阶级最高的，绝不敢玩这种花头。烧饭的叫化遇了这种表示，必得停了饭不吃，在山前山后，寻找这起宝塔或竖旗杆的人。寻着了，彼此攀谈几句江湖话，果是本领不错，就请来同吃。

柳迟这日既发现了宝塔，便放下手中的酒，四处张望，却不见一个人影。在山底下都寻遍了，也是没有。回身走上半山，只见一个老道人，身穿一件破布道袍，背上驮一个黄布包袱，坐在一块石头上打盹。身旁放着一口六七寸宽、尺多长的红漆木箱。木箱两旁的铜环上，系了一条蓝布带。大约是行走时，将蓝布带绊在肩上的。柳迟心中忽然一动，觉得这老道不是寻常人，随即双膝跪在地下，磕头说道："弟子求师三年，今日才遇见师傅了。望师傅开恩，收我做个徒弟。"说罢又连连磕头。那老道合着双眼不瞧不睬，好像是睡着没有醒来。

柳迟磕过了十多个头，膝行移近了两步，又磕头如前说了一遍。老道醒来，揉了揉眼睛，打量了柳迟几下，口里喝了一声道："我也和你一样，在外面讨饭糊口，哪里有钱打发你？你不看我身上穿的衣服，像是有钱打发叫化子的人么？"柳迟听了一点儿不犹疑地答道："师傅可怜弟子一片诚心，求师求了三年，今日才见着了师傅。师傅慈悲，收了我吧！"

老道哈哈笑道："原来你想改业，不做叫化，要做道士。也好，我讨饭正愁没人替我驮包袱，提药箱。你要跟我做徒，就得替我拿这两件东西。但怕你年纪太轻，提不起，驮不动，那便怎好呢？"柳迟至诚不二地说道："弟子提不起也提，驮不动也驮，师傅只交给弟子便了。"老道立起身来笑道："你就提着这药箱走吧。"说话时，好像闻着了什么气味似的，连用鼻嗅了几嗅道："不知是哪一家的午饭香了，我们就寻这饭香气，去讨一顿吃吧。"柳迟也立起来，伸手提起那药箱，说道："这饭香气，是弟子预备着孝敬师傅的，就在前面，请师傅去吃吧。"老道又哈哈大笑道："我倒得拜你为师才好！你能弄得着吃，还有多余的请我，不比我这专吃人家的强多了吗？"

柳迟引老道到了火洞跟前，把讨米袋折叠起来，给老道做坐垫。老道自己打开药箱，取出一个竹苑雕成的碗来。柳迟剥去鸡上黄泥，鸡毛不用手择，都跟着黄泥掉下来了。老道全不客气，一面喝着酒，一面用手撕了鸡肉，往口里塞，不住地点头咂舌说："鸡子煨得不错，只可惜这乡村之

4

中，买不着好酒。"柳迟道："好酒弟子家中有，且等弟子去取了来何如呢？"老道摇头道："已用不着了。好酒来了，没有这么好的下酒菜，也是枉然。你家的好酒，留着等你下次又煨了这么好的鸡的时候，再请我来吃不迟。"柳迟连忙应是。

没一会儿，酒已喝得点滴不剩，鸡也只剩下些骨子了。老道举起竹兜碗，向柳迟道："拿饭来，做一阵吃了吧。"柳迟取出饭包，刳去了面上黄泥，解开扎口的线，估料饭多碗小，承贮不下，打算从自己袋里拿一个碗来，和老道分了吃。老道指着饭包说道："快倒下来给我吃，不要冷了，走了香味。"柳迟不好意思不往竹兜碗里倒，谁知一大包饭倒下去，恰好一碗，一颗饭也没有多余，更不好意思再从竹碗里分出来。只好双手捧着，递给老道。

老道接过来，就用手抓着，往口里吃。一边吃一边说道："这是百家米，吃了是可以消灾化难的。不过这里面有一大半太粗糙，吃下去哽得喉咙生痛。你下次讨了这种粗糙米的时候，我教你一个好法子，可以使粗糙的立刻都变成上等熟米。你这袋里，不是有竹筒吗？把讨来的粗糙米，都放在竹筒里。抓一把竹筷子，慢慢一下一下地舂，舂到一千下开外，簸去筒里的糠屑，不都变成上等熟米了吗。"

柳迟听了，暗想师傅也是我们这圈子里的老手，我难道真是讨饭的人，拜了师，还学这些玩意？当下也不敢说什么，只是点头应是。老道大把地抓着吃，一会儿子就吃了个一干二净。柳迟忍着饿，立在旁边，老道仍将竹兜碗纳入药箱，立起来伸了个懒腰，双手摸着大肚皮笑道："这顿饭扰了你，算吃了个半饱。我就住在清虚观，你下次煨了这么肥的鸡子，再给我一个信，我不和你们小孩子讲客气。圣人说过的'有酒食，先生馔'，你一有信给我，我就来叨扰，绝不教你白跑。"

柳迟道："清虚观在什么所在？弟子实不知道，得求师傅指示。"老道打量了柳迟两眼笑道："你既不知清虚观的所在，便说给你听，你也找寻不着。罢，罢！你提了药箱，跟我一道儿去吧。"柳迟欢喜得又爬在地下磕头，先背好了自己的讨米袋，一手挽着药箱，跟定老道，走了二十多里路。

天色已渐渐向晚了，柳迟肚中实在饥饿不堪，两腿又走得乏极了，忍不住问道："师傅的清虚观在什么地方，此去还有多远的路呢？"老道随便点点头，有声没气地应道："大概还远了。你力乏了，走不动么？就坐在这里歇歇也使得。但是我肚中，又觉得有些犯饥了，哪里再有一只那么好的煨鸡，给我吃一顿才好。"柳迟道："这时天色不早了，人家的鸡都进了埘，如何弄得到手呢？并且就有鸡，一时也难煨熟，弟子袋里的米，也没有了。师傅既是肚中犯饥，请在这里坐坐，弟子就去讨一碗热饭来。此刻正是人家晚饭时候，讨来必是热的。"

老道又点了点头道："这便生受你了。我坐在这里等着，好孩子就去吧，我肚中饥得难过了。"柳迟即将药箱放在老道身边，背了讨米袋，急急忙忙，望屋上有炊烟的人家走。亏得他年纪轻，人家瞧着他可怜，都肯给他饭。连讨了三五家，集聚了一竹筒热饭。恐怕冷了，师傅不好吃，拿几个袋，将竹筒包裹起来。饶着自己的饥火中烧，馋涎欲滴，也不敢先吃一点。

跑回原处一看，哪里有个老道呢？柳迟心里着急，口里连声呼着："师傅在哪里？"呼了几声，不见有人答应。再低头一看，那红漆药箱，仍放在一块石头旁边。心想师傅刚才确是坐在这块石头上，这箱是放下的，并不曾移动，师傅若是走了，怎么不把药箱带去哩？我又不知道清虚观在什么地方？这夜间教我去哪里寻找呢？莫不是师傅到僻静地方大解去了，恐怕我回头，认作他走了，所以特留下药箱，使我好在这里等候？不然，就是因我讨饭去久了，他等得不耐烦，自去各村庄找我，仍是怕我回头错过，留下这箱子，免得我跑开。没法，只得坐在这里等。柳迟想罢，便挨着药箱坐下来。

天色一阵黑暗似一阵，看看已对面不见人了，还不听得一些儿声息。又不知道这块叫什么地名，因平日不曾来过，并不知道是哪一县境所属。禁不住心中慌急，倒把肚中饥饿忘了。足等候了两个时辰，没有动静，只得把讨来的饭吃了。提了药箱，走到地势略高的所在，向四面张望，看何处有灯光，即到何处投宿。四周都看了一遍，全没一点儿光亮。心想今夜只怕要在树林中歇宿了，但是得拣一处青草深厚的所在，上面有树枝盖着，才不至受凉，遂带走带寻觅可歇宿的地方。

转过一只山嘴，忽见一盏很明亮的灯光，从树林中透了出来，柳迟登时把一颗心放下了，随向有灯光处走去。走到临近一看，原来是一座很庄严的庙宇，庙门大开着，神殿上点着一盏大琉璃灯。柳迟立在门外，朝庙里张看，神殿上不见一人，静悄悄的，觉得有一股阴森之气袭来，身上的

6

毛发，都不由得直竖起来。偶抬头见大门牌楼上，悬着一方金字大匾。借着星月之光看去，分明是"清虚观"三个大字，不觉失声说道："好了，清虚观在这里了。"胆气立时壮起来，大踏步上了神殿。

一个小道童，正伏在神案上面打盹，听得脚声响，拔地跳起身来，对柳迟大喝道："哪里来的穷叫化，怎么讨吃讨到我庙里来了呢？还不快给我滚出去！幸亏我不曾睡着，你打算来偷这口铜磬么？"柳迟也大喝一声道："胡说！谁教你这东西偷懒，坐在这里打盹，大门也不关上呢？"

小道童一眼看见了柳迟提的那药箱，即转了笑容问道："你是送药箱来给我师傅的么？我多久就坐在这里等你，坐得支撑不住了，才伏在案上打盹。"柳迟也忙转笑脸答道："很对不住，劳师兄久等。不知师傅可曾吩咐了什么话？"小道童答道："师傅只吩咐等你一到，就带去见他。"柳迟喜不自胜地卸下背上的讨米袋，双手捧了药箱，随小道童引进一间洁净无尘的房内。只见老道盘膝坐在一张床上，垂眉合眼，像是睡着了。

柳迟偷眼看老道的衣服，灿然夺目，哪里是白天看见的那件破道袍呢？床的两边，烧着两支臂儿粗的大蜡烛，床前放着一个蒲团。老道身后的壁上，悬挂一把三尺来长的宝剑和一个朱漆葫芦。柳迟不敢慢忽，双膝跪下蒲团，将药箱顶在头上说道："弟子送药箱来了。"老道两眼一睁，即有两道光芒射将出来，和闪电一样，柳迟不禁吓了一跳。

不知老道是何许人，传了柳迟什么本领？且待第二回再说。

冰庐主人①评曰：

　　作者欲写许多奇侠，正如一部《廿四史》，竟有无从说起之概。乃不知费却几许心思，善为布置，始以柳迟一人，作为引子。开首先写地点，说白果树，已使人惊奇；然后徐入正文，写柳迟状貌十分丑陋，而性质反极聪颖。其种种举动，已是一篇奇人小传。若随便看去，必以为作者有意描写卑田院中动作，琐琐可厌。其实柳迟一片至诚向道之心，即圣贤豪杰，亦不过如是。观其叩头求教，敬谨侍奉之状，与张良圯桥至进履，初无二致。作者曲曲写来，传神阿堵，佩服，佩服！

―――――――――――――

① 冰庐主人，即施济群。

第二回

述往事双清卖解
听壁角柳迟受惊

柳迟吃了一惊，忙低头不敢仰视。老道教道童，将药箱接过去，微笑点头说道："你今夜必已十分疲乏了，且去安歇了，明早再来见我。"说时，随向小道童道："你将来须他帮扶的时候不少，他此刻年纪比你轻，又系新拜在我门下，凡事你得提引着他。你要知道，我得收他做徒弟，是我的缘法；你得交他为师兄弟，也是你的缘法。他的夙根，深过你百倍，道心又诚，其成就不可限量，你须记取着我的言语。"小道童垂手静听。老道说毕，仍合上两眼。

小道童引柳迟到外面，低声问柳迟的姓名、住址，柳迟一一说了，回问小道童的法号，小道童道："师傅替我取的名字，叫'双清'。"柳迟道："师兄跟随师傅几年了？"双清掐着指头算了会道："已是五年了。我本姓陈，乳名叫能官，山东曹州人。九岁的时候，被卖解的拐在河南，逼着我练把式，苦练了三年。从河南经湖北，一路卖解到湖南，挣的钱，着实不少。这回在长沙教场坪，用绳牵了一个大圈子，预备尽量卖三日，便去湘潭。第一日，我把所有的技艺全使了出来，看的人盈千累万，没一个不叫好，丢进圈子的钱很多。这日我因使力太久了些，玩到将近收场的时候，失脚从软索上掉了下来，但我仍是双足着地，并不曾跌倒。便是看的人，也没一个看出我是失脚来。

"谁知拐我的那周保义，混名'五殿阎王'，见我第一日就失脚掉下来，竟勃然大怒。当着众人，没说什么，只向我瞪了一眼，我就知道不好。收场后，落到饭店里，我见饭店门首有一个卖药的道人，摊放许多纸包在地下，口里高声说道：'不论肺痨气膨，年老隔食，以及一切疑难杂症，只要百文钱买一包药，无不药到病除，并可当面见效。'道人是这么一说，登时围了一大堆的人，看热闹的看热闹，买药的买药。是我不该，也钻进人丛中去看。道人看见我，就问道：'你不是害了相思病么？我这里有药可治。'那些看热闹和买药的人，见道人和我说话，一个个都望着我，听说我害相思病，大家哄笑起来。我正有些不好意思，不提防从后面一个耳光打来，打得我两眼出火。我回头一看，只吓得心胆俱裂，原来打我的，就是周保义。打过我一下耳光，一把抓住我的顶心发，拖进饭店。当时也没再打我，直到夜深，饭店里的人都睡着了，周保义关上房门，将我捆起，毒打了一顿。他照例是半夜打我，不许我叫喊，只要叫喊了一声，就得打个半死，三五日不能起床。然而尽管我不能起床，次日天气不好，或大风，或大雨便罢，由我睡在床上，不过睡几日，几日没饭我吃。若是次日天气晴明，哪怕我动弹不得，也得逼着我，勉强挣扎，同去卖解。并且在外面，还不许露出挨了打，不能动弹的样子。我挨打挨得多了，便打死了，也不敢开口叫喊。这夜在饭店里，毒打了一顿，亏得周保义怕我第二日不能卖解，没打伤我的筋骨。

"次日仍到教场坪，昨日看的人四处一传说好看，这日来得更多了。我一上软索，即瞧见昨日卖药的道人，也在人丛中睁眼望着我，我也不在意。才走到软索中间，忽见眼前一亮，脚底下一软，扑地跌下地来。那索成了两段，和快刀截脱的一般。这一跤跌得我心头冒火，仿佛觉得是那道人有意作弄我似的。不由周保义吩咐，趁着看客哄闹的时候，跳起来，从兵器架上抢了一把刀，拼命地来追那道人。眼见那道人在前面走，只是追赶不上，越追越气愤，脚底下跑得越急。我在河南练跑，很练了有工夫，一气追出城，跑了二十多里路，到一座山里，道人立住脚，回头笑道：'你的相思病，是得我医治。你的罪也受够了，还不快把刀放下，跟着我来，更待何时！'我这时心里和做梦才醒似的，立时把刀丢了，就跟着到了这里。那道人便是你我此刻的师傅。"

双清说到这里，猛听得檐边一线风响，接着红光一闪。柳迟惊得立起来问："怎么？"双清笑道："你跟我去安歇吧！"旋说旋挽了柳迟的手，到西院中一间房里。柳迟看这房，没甚陈设，仅有一张白木床。床上铺着一条芦席，一没有蚊帐，二没有被褥，房中连桌椅都没有。一盏半明不灭的油灯，钉在壁上。双清伸手将灯光剔亮了些儿，向柳迟说道："老弟今夜且和我做一床睡了吧。看师傅明日怎样吩咐，再替老弟安置床铺。不过我这床，太不好睡，只怕老弟睡不惯。"柳迟道："我山行野宿了三年，为的就是准备好睡这般的床。"双清并不脱卸衣服，也学老道的模样，盘膝坐在东边。

柳迟心里总放不下那檐前风响，和那一闪红光，遂问双清道："刚才那神殿前檐的风响，和那闪电般的红光，毕竟是什么缘故呢？"双清已合上了两眼，听了柳迟的话，即时张开眼，露出惊慌的样子。停了一会儿才说道："老弟在这里，凡是可以说给老弟听的事，自然会说，不待老弟问。我不说的，便是不可问的事，老弟记取着，这地方不是当耍的。老弟初来，也难怪不知道。还有一层，老弟得千万留意，若是夜深听了什么响动，切不可认作是偷儿来了，起来窥探。一有差错，就祸事不小。"柳迟连忙点头应是，不敢再问。

一宿已过，次日早起，柳迟向老道请安。老道笑问道："你讨饭很能过度，为什么定要拜我为师，你心里想学习些什么呢？"柳迟叩头说道："弟子的家资，粗堪温饱。只因觉得人生有如朝露，消灭即在转瞬之间，所以甚爱惜这有用的精神，不肯拿去学那些无关于身心性命的学术。思量人间果有仙佛圣贤，必不肯混迹富贵场中，拿着膏粱锦绣，来戕贼自己。壶公、黄石，都是化身老人；或者于野老之中，能见着至道。弟子因此凡与年老的人相遇，莫不秉诚体察。无奈物色经年，绝无所遇。又思量古来仙佛度人，多有不辞污秽，杂身乞丐中的，欲求至道，不是自己置身乞丐里面，必仍是遇不着。所以竟忍心抛弃父母，终年在外行乞。虽饱受风霜苦痛，都只当是分内，还没想到有这么迅速的，就遇见了师傅。望师傅慈悲，超拔弟子脱离苦海。"

老道仰天大笑道："难得，难得！不过你的志愿太大，凤根太深，譬如卞和的璞，交给一个不会雕琢的匠人，岂不可惜？我的道行，深愧浅薄，不能做你的师资。只是你我相遇，总算有缘，不可教你空手而返。我于今且传你静坐吐纳的方法，这是入道的门径，不论是谁，都不能不经由这条道路。"柳迟欣然受教。老道将方法传授完了，说道："看你精进的力量如何，有了什么功候，我自然知道按着层次教你。"柳迟心领神会了所传方法，就在清虚观朝夕用功。

流光如驶，不觉已是半年。这夜柳迟正独自在房中静坐，忽听得屋瓦声响。初听还疑是猫儿，仔细听去，觉得猫的脚步，若是在瓦上跑得这么快，便没有这么轻。柳迟的视觉和听觉，本来都比寻常人灵捷。这种又轻又快的脚声，在寻常人耳里，必一些儿听不出。柳迟又正在静坐的时候，所以能听出是人的脚步来。再侧耳听去，那声音直奔向自己师傅的院中云了，心里偶然一动，便想探听这脚声的下落。悄悄走到老道人房外，见有灯光从窗格里透将出来，里面好像有许多人呼吸的声音。

柳迟用一只眼睛，从窗缝里向室中张看，只见自己师傅依然盘膝坐在床上，两边椅上，排列坐着十二个人，都是玄色衣服，青巾缠头，背上斜插一把长剑，腰间悬着一个革囊，一般无二的装束。若不是容貌有美恶，身体有高矮，只怕连他们自己也分不出谁是谁来。双清也坐在末尾一把椅上，身上已不是小道童的衣服，雄纠纠地坐在那里，全不是平日温和的神气。

只见坐在第一把椅上，一个二十来岁书生气概的少年，立起身来说道："贯晓钟在南州，劫节妇王李氏的养老银六十两，送与白衣庵淫尼青莲；在长岭杀死孤单客商，劫得散碎银十七两；逼奸行路妇人，幸得有人经过，未得成奸。弟子曾三次向他背诵师傅的戒条，并细细地规劝他，他背了弟子，故态又作。弟子在通城遇见红姑，只得把贯晓钟的种种背叛戒条行为，陈述了一遍。红姑的意思，还似乎不大相信，弟子不敢再说。及到了临湘，遇见宋满儿，才知道贯晓钟早已在红姑跟前，说了弟子多少坏话，并把他自己干的事，都推在弟子身上，还逼着要宋满儿做证。宋满儿不敢说是，也不敢说不是，所以红姑听了弟子的话，面子上很露出不以为然的神气。弟子原打算将贯晓钟找来，同见师傅，因听得宋满儿说，他已奉了红姑的命，去常德乌鸦山见朱三师伯去了。弟子恐怕耽误了会期，只得赶回来，禀明师傅，请师傅发落。"少年说完坐下。

老道点了点头，将左手的拂尘，指着右边第六把椅上，一个瘦削如柴的汉子说道："宋满儿，你说贯晓钟的行为，你所知道的，是不是和你大师兄杨天池刚才所说的相同？你和贯晓钟，在什么所在遇见红姑，红姑曾怎生吩咐？"只见第六把椅子上的汉子，蓦地立起来，发声如雷地应了一声是。

柳迟没提防像这么小身体的人，会有这么宏大的声音，相隔又很近，只震得耳鼓乱鸣，倒吃了老大的一个惊吓。接着听得宋满儿说道："弟子奉命去北荆桥，探瘤子的举动，半夜伏在瘤子的卧房上，瓦楞里面，正听得瘤子的声音，和一个河南口音的男子说话，说的正是与师傅争水陆码头的事。忽然有人捉住弟子的腿，将弟子倒提起来，几起几落，就到了一片青草场中。弟子因没有准备，既已头朝下，脚朝上，手脚都施展不来。及到了草场中，那人将弟子掼下，弟子一看，原来是贯晓钟。弟子便责备他道：'这是什么所在？怎好是这么和我开玩笑？幸亏我已料着是自己人，若鲁莽些儿认你作贼党，动起手来，岂不误了大事？'贯晓钟反笑嘻嘻地说道：'幸亏我把你提跑。你既知道这里不是开玩笑的所在，却为何敢公然伏在人家卧房上？我若来迟一步，只怕你此刻已被贼人的飞剑斩了呢。'弟子听了这话，问他怎么知道，如何也到这里来了？他说：'师傅差他去南州送信，回头在路上遇见一个河南的珠宝商人，小小的包袱里面，足有十万银子的珠宝。这一票买卖做着了，足够二三年的挥霍，因此就跟了下来。本打算夜间和那商人同落了店，方去动手的，谁知商人并不落店，径投这里来。我一打听，才知道就是瘤子的家里。思量这票买卖，十九难成，没得打草惊蛇，倘瘤子有了准备，反妨碍着争码头的事。但是这珠宝客商怎的会投宿在瘤子家里？这事很有些可疑，倒不可不去探听探听。喜得我不曾冒昧动手，谁知这珠宝商人，就是瘤子的师叔，江湖上人人知道的杨赞廷，绰号叫作四海龙王的。我仗着红姑给我的那张六丁六甲的符，到急难时，可以借遁，便大胆进了瘤子的内室，伏在天花板里面。才伏下，就听得有人在瓦上响动。心里疑是贼党，到瘤子家里来的，打屋上经过。再听下去，见也是伏着不动。并且伏的地方，就在我上面，才知道必是自家人，来探听瘤子的举动的。听得瘤子在下面对杨赞廷说和师傅争水陆码头的事，说不到几句，屋上的瓦被压得裂了一片。那声音传下去，二人便突然截断了话头。接着听得瘤子的声音，很低微地笑道：还是飞剑快，老叔用不着起身。我一听这话，知道不好，急忙借遁出来，也来不及向你说话，只好提住你的脚就跑，你倒怪我不该和你开玩笑。'"

宋满儿说到这里，老道点头笑向坐第一把椅的杨天池说道："贯晓钟的品行，我早知其不端。我所以这么优容他，一则因他父亲贯行键，和我系三十年至交，他只得这一个儿子；二则我门下三十六个徒弟，论本领，他远不及你。若论机警精明，你们三十五人都不及他。便是红姑那么赏识他，也是因他能做事，所以赏给他丁甲符。"杨天池忙立起身应是。

老道掉过脸向宋满儿道："后来怎样呢？"宋满儿道："弟子问他要上

哪里去？他说信已送过了，横竖离会期尚早，想顺路去看看红姑。他又说：'杨师兄可恶，倚着是大师兄，遇事干涉我。他也一般地欺孤虐寡，强奸女人，他的行为，我都知道。我看有杨赞廷在这里，你一个人也不见得能探出什么举动来，并且还怕失脚。刚才若非我见机得早，怕不是白光一亮，"喳"的一声，你宋满儿的头，就滚下瓦楞去了吗？不如同我去看红姑，或者红姑曾听了瘤子什么消息，说给你听，倒比你在这里打听的，还要实在些。'当下弟子便依了他的话，从北荆桥动身往临湘。才走到鱼矶，遇见解清扬，说红姑不在临湘，现在喻洞欧阳净明师伯的家中。弟子听了，不愿意跑这么远，贯晓钟不依，非拉着弟子同去不可。弟子只得和他一阵，到了喻洞，在欧阳师伯家住了一夜。贯晓钟不服大师兄遇事干涉他，对红姑说大师兄如何在通州劫寡妇王李氏的养老银，如何与白衣庵的淫尼青莲通奸，并一一将他自己干的坏事，完全推在大师兄身上，要弟子证实他的话。弟子因实在不曾听说大师兄有这些违戒的事，也不知道这些事是他自己干的，不好怎么说。红姑却也没问弟子。红姑吩咐弟子道：'北荆桥用不着再去了。我此刻有要紧的事，须住通城，你替我去临湘，传个信给桂武夫妇，只说我暂时不得回临湘，教他夫妇在这一个月以内，不可走动，我有用着他们的时候，得随时听候调遣。'贯晓钟想跟弟子同去临湘，说长远不见桂武夫妇了。红姑道：'这时哪有给你闲行的工夫。我这里有封紧要的信，限你七日来回，送到乌鸦山朱三师伯家里。'贯晓钟接了信，与弟子分手。弟子到临湘的第二日，大师兄也到桂武家来了。"

柳迟躲在窗外，正偷听得出了神，陡觉得一阵凉风过去，两眼被红光射映，仿佛房中失了火一般。正自惊异不过，即听得房中齐声说："红姑来了。"再看自己师傅，已下了床。两旁坐着的十二个人，都垂手直立起来。一个遍身穿红的女子，站在房中间。那女子的装束，非常奇怪，自顶至踵，火炭一般的通红，也不知是什么材料制成的衣服，红得照得人眼睛发花。头脸都蒙着红纱，仅露出两眼和鼻子口来。满身红飘带，长长短短，足有二三百条。衣袖裙边，都拖在地下，看不见她的手足。赛过石榴花的脸上，两点黑漆般的眼珠，就如两颗明星，闪闪摇动。樱桃般的嘴唇开处，微微露出碎玉般的牙齿来。

柳迟正要听这红姑说些什么，谁知一开口，几乎把柳迟的魂都吓掉了。只听红姑说道："你们这些人哪里如此大意，难道竟不知道窗外有人

13

偷听吗?"柳迟一闻这话,就想提脚跑回自己房里。接着听得自己师傅哈哈大笑道:"自家徒弟,有什么听不得?"红姑也笑着说道:"我若不知道是你自家徒弟,就肯饶恕了他么?"师傅放高了声音,向窗外呼道:"柳迟,到这里来!"柳迟估料着不至受责罚,遂脱口应是,自己定了定神,缓步走了进去。先向红姑行了礼,才向自己师傅叩头,自承偷听的罪。老道命柳迟坐在双清下首,让红姑床上坐,自己坐在旁边。

大家都就了坐,老道才向柳迟说道:"你列我门下,才得半年。道心虽坚,只是日子太浅,还说不到应用的本领。我因你将来可望大成,不肯叫你小就,所以传你的道家正轨。一切用世的方术,都不给你知道,为的是怕分了你的道心。不然,此时的会,正不妨教你参与。你还没到窗下,我就知道你因听得屋上瓦响,悄悄从西院跟来。我因想趁此教你认识你的这些师兄,所以听凭你在外偷看。你这些师兄的面貌,此刻你都已识得了。还有二十三个,今晚都得齐集此处,等他们到齐了,我一一将姓名说给你听,你好生记取,不要忘了。"

柳迟刚起身应是,猛听得半空中笑声大作,笑声里面,还夹着一个很苍老的声音说道:"劳老弟与红姑候久了,勿罪,勿罪!"语声才毕,秋风飘落叶似的,一连飘进二十五个人来。老道、红姑,和房中坐的人,都一齐起立。首先着地的,是一个儒衣儒冠,须发皓然的老者。老者后面,跟着一个头似雪、发如霜的老太婆。柳迟猜想这老太婆的年纪,必已在八十开外,然手中所拿的一条拐杖,是水磨纯钢的,杖头一只金色灿然的凤,那凤的身体,比茶杯还大。凤尾聚起来,恰恰一手把握得下,弯弯曲曲的三尺多长,便成了一条拐杖。估计这拐杖的重量,至少也得五六十斤。那老太婆提在手中,和寻常的老人拿着一条极轻巧的竹杖相似。老太婆的后面,也是一个白胡须老头,顶上光滑滑的,没一根头发,两条白眉毛,却向两只眼角边垂下,足有二寸长;胡须疏而短,两眼笑眯眯的,活像是画中的寿星,只手中少了一条拐杖,却握着一串念珠。跟在这老头儿后面的便是些俊丑不等、肥瘦不一的汉子,年纪只在二十以上,四十以下,也都与房中诸人一般的装束。

老道先向老太婆行礼说道:"劳嫂嫂远途跋涉,心实不安,但是这回的事,确非借重嫂嫂不可。"老太婆不待老道说完,即答礼笑道:"自家人,何须如此客气!"说罢,掉过脸向红姑道:"你家离这里近,毕竟比我快些。"红姑一面点头，一面笑对两个老头儿道："两位一个是南极星，一个是北极星，倒怎的做一道儿来了呢？"后面像寿星的老头儿笑道："南极星和北极星，本来常是在一块儿的，你没见过百寿图吗？"老道也笑着说道："话虽如此说，只是两位不前不后地同到，是在途中偶然相遇的吗？"老太婆就床上坐下来，说道："哪有这么凑巧，能在途中相遇。我们会合在一处的缘故，说起来话长呢，只好慢慢儿说吧。"

老道让两个老头儿坐下，立在两旁的十二个汉子，齐上前请安。柳迟心想自己的身体小，若混在里面上去，必没人瞧见，便立着等候十二人退下来了，才上前向三人叩拜。三人齐问："这小子是哪里来的？"

不知柳迟怎生说法，三人毕竟是谁，且待第三回再说。

冰庐主人评曰：

上回既以柳迟引出老道，此回遂在老道身上，发舒奇文。若双清、杨天池、宋满儿、贯大元，以及红姑、朱镇岳夫妇、欧阳净明等等。随手写来，陆离光怪，已使读者应接不暇，更兼在宋满儿口中说出贯晓钟、甘瘤子、杨赞廷。在柳迟目中先看见十二人，再见红姑，再见二十五人，或已知其姓名，或不知为谁何。看他累六叙出，虚虚实实，各自有致。

吾尝观夫云矣，初自山巅喷出，连绵如絮，缕缕不绝。及其上达霄汉，倏成苍狗，舒卷自如，瞬息万变，于以叹观止矣！今读《奇侠传》此回，自柳迟房中静坐，忽听得屋瓦声响，至一连飘进二十五个人未止，一段文字，倏而写师傅房中排列坐着十二人，倏而写红姑从天外飞来，已是奇文突出，中复夹叙杨天池、宋满儿一席话，更觉恍惚迷离，使人如堕五里雾中。作者纡徐写来，亦有白云苍狗，舒卷自如之概，非有绝大才力，何能至此？

双清卖解，备受周保义种种凌虐，作者不惮烦琐，细细描写，亦欲使人知江湖黑暗，惨无人道也。曩阅某说部，有卖解者，拐一稚子，使居瓮中，照常给予饮食，十余年后，将瓮击破，则此人头大逾瓮，而身不满二尺，遂以大头人炫人观看，借敛钱帛；又有拐二稚子，各削其背部皮肉，共捆一处，使二人血脉相合，及其既愈，俨然双连人矣！凡此种种，尤属惨无人道。

嗟乎！孰无子女，提携捧负，而忍令匪徒若是蹂躏耶？负有司之责者，亟宜设法禁阻也。

柳迟说弟子家资粗堪温饱，只因人生有如朝露云云，即庄子"吾生也有涯，而知也无涯"之意。是懒惰求学者之当头棒喝。夫柳迟一稚子耳，而竟悟此义，奈何世人之不惜以有用精神，去学无关于身心的学术者，竟懵然不悟耶？

此回为全书一大关键，后文许多事实，即借杨天池、宋满儿口中略略点明，有草蛇灰线之妙。

第三回

红东瓜教孝发庄言
金罗汉养鹰充卫士

柳迟独自上前，向三人磕头行礼，三人都像很注意的样子，指着柳迟问老道："这小子是哪里来的？"老道笑嘻嘻地答道："这是我末尾的小徒。"随着略述了一遍柳迟的来历。首先进房的那白胡须老头，端详了柳迟两眼，点头笑道："这个小孩的骨骼气宇都好到十分，向道的心又能坚诚如此，将来的成就，怕不在你我之上吗？"旋说旋掉过脸向拿凤头杖的老太太笑道："清虚门下，真可谓英才济济，于今恰应了三十六天罡的数了。"老太太点头答道："这个小孩的根基极厚，三十五人之中，没一个能赶得他上。不过我嫌他学道太早，血气未定，深思太过，将来于他自己的身体，不无妨碍。"老道忙接着答道："我本也是如此着想。因恐他年纪太轻，见道不笃，操守不坚，若再和那些无知乞丐混上三年五载，身体上受的苦痛过多，又一无所获，渐渐地改变了初心。那时方去纠正他，就来不及了。"

那容貌像寿星的老头，坐在旁边，只是嘻嘻地笑，一声不作。红姑笑向那老头，叫了一声红东瓜道："你只是这么笑，又不说出什么来，毕竟捣什么鬼呢？"那老头伸手摸摸自己的脑袋，打了一个哈哈道："我本像煞一个红冬瓜，我看你倒像煞一只落汤虾子呢！"说得各人都大笑起来了。只有三十五个徒弟和柳迟不敢笑出声来，也都低着头，掩着嘴。红姑被笑得不好意思，两脸越显绯红了。

老道忙止了笑，指着首先进房的白胡须老头，向柳迟说道："这位是常德乌鸦山的朱三师伯，名讳镇岳，是雪门祖师爷大弟子，剑术在南七省首屈一指，无人及得。你虽在我门下，但凡事能求得他老人家指教，必能得着很多的好处。"柳迟忙应了声是，从新向朱镇岳叩头。朱镇岳抬起身来笑道："我怎能及得你师父的本领？不过我是一个最欢喜奖掖后进的人，方才听你师父述你的来历，我心里就高兴得了不得。我们当剑客的，最难得就是可传衣钵的弟子。十个得道的剑客当中，不过两三个有缘的，能有人接受衣钵。其余七八个，虽一般地收有徒弟，甚至徒弟多到百数十人，究其实，一个也不能望他大成。所以我们这一道，一代衰微似一代。我瞧你的气宇，十年之内，必能使清虚门下大放光明。只怕我的年纪已老，没缘法，看不见你成功得名的盛事。"柳迟不知应如何回答，唯有拜谢。

老道又指着拿凤头拐杖的老太太，向柳迟说道："这位是朱师伯母，和朱三师伯本是同门，因恶相打，变成好相识。此事在四十年前，江湖上传为美谈。你生得太晚，此时和你说，也不懂得。总之，朱师伯母的本领，恰是你朱三师伯的对手，你也是得殷勤求教的。"柳迟听了这些话，也真莫名其妙，只得恭恭敬敬地向朱老太太叩头。

朱老太太笑对柳迟道："你师父原是当叫化子出身，他的资格却比你老。在四十年前，已是一个有名气的叫化子了。"柳迟不敢答应。红姑笑着摇手说道："罢了，罢了！时间已不早了，还得商量正事。这位是喻洞的欧阳净明师伯，我给你这小子引见了吧。他方才望着你，只是笑着不作声，你倒得问他，是个什么道理？"柳迟也一般地叩了头。

欧阳净明也抬了抬身问道："柳大成是你什么人？"柳迟见他忽然提出自己父亲的姓名来，心里不由得一惊，口里忙答应："是家父。"欧阳净明点头又问道："你有多少兄弟，多少姊妹？"柳迟应道："就只小侄一人，并无兄弟姊妹。"又问道："你离家几年了？"答道："三年了。"又问道："你父母知道你在这里么？"答道："小侄心恋道术，三年不曾归家，家父母不知小侄在此。"

红姑在旁听了，显出不耐烦的样子，反问欧阳净明道："你盘问他这些玩意干什么？学道的人，从来都是抛妻撇子的，在外数十年不归。他这三年不归家，也算不了什么稀罕的事。"欧阳净明正色答道："只听说学道的人有抛妻撇子的，不曾听说有抛父撇母的。父母都可以抛撇，这道便学成了，又有何用处？并且世间绝也没有教人不孝的道术。我再问你：你父母不知道你在这里，你可知道父母在哪里么？"

柳迟被欧阳净明这几句话吓得汗流浃背，心中愧悔得了不得，忽听得问自己知道父母在哪里的话，更茫然不知应如何回答，心里又恐慌自己父

18

母出了什么变故。欧阳净明见柳迟踌躇不答，又接着问道："你只知道心恋道术，不知你的父母想念你的苦么？"柳迟才答道："小侄的家，祖居在隐居山底下，将近二百年，不曾迁徙。舍间的家资，又粗足温饱。家父母的年龄，尚不算高，精神并未衰老。小侄不孝，实以为家父母此刻仍是安居旧处，所以能安心在此，追随师父学道。师伯既是这般见问，必是家父母此刻已离了故里，但不知现在哪里，是如何的情状。还要求师伯明白指示。小侄好昼夜赶去，慰家父母的悬望。"众人听了柳迟的话，都屏声绝息地望着欧阳净明，老道更是注意。

欧阳净明从从容容地向老道说道："我前月在南岳进香，回头在路上遇见夫妇两个，也是朝山回头。那妇人旋走旋哭，男子安慰一会儿，自己也饮泣一会儿。我同走了一日，猜不透这两夫妇为什么这么伤感。夜间同宿在一家火铺里，见那妇人实在哭得可怜，我忍不住，便向那男子问是什么缘故。那男子说道：'我是长沙东乡隐居山底下的人，姓柳名大成。夫妇两个，中年后才得一子，取名柳迟。只因钟爱过甚，懈怠了管束，在三年前，跟着一群叫化子跑了，至今渺无音信，也不知是生是死。我夫妇老年无靠，而柳家的宗嗣也要从此斩断了。我夫妇没法，只得求求南岳圣帝。我儿子死了，只怪我夫妇命该乏嗣；若是还不曾死，就得求菩萨显灵，使我儿子转回家来。'我当时问明了柳迟的身材、容貌，本想帮着他夫妇到处物色，奈归到家中，接二连三的事，把我羁绊住了，并没想到柳迟就在你这里。"

柳迟听了欧阳净明的话，已掩面痛哭起来。老道止住他说道："用不着哭泣，你就此归家去吧。你学道的年龄本也太早，我此时便派你大师兄杨天池，送你归家。不过你在家中，不要荒废了吐纳的功夫。你功夫到什么火候，我自然到你家来指点你，毋庸你来找我。"

柳迟又是欢喜，又是依依不舍，只得拜辞了一干人，向杨天池作揖说道："劳大师兄的步，心实不安。不知大师兄认识寒舍么？"杨天池笑道："我昨日便到过隐居山，还在那白果树底下寻了两株草药呢。老弟府上，虽不曾去过，大概没有寻觅不着的。"柳迟这夜就由杨天池送归家中，柳大成夫妇见了，真是如获至宝。

从此柳迟便在家中，专心一志地学习吐纳的功夫。毫不间断地用了两年苦功，也不见师父前来指点。心想再去清虚观，求高深的道术，无奈四处打听，终探不出清虚观在什么地方。初次去清虚观的时候，所经由的路，仿仿佛佛的，记认不清。杨天池送他回家，因在深夜，又被杨天池提着臂膊，御风一般地飞跑，更不知道走了些什么地方，既是探问不出，也就罢了。

一日柳迟的姑母生日，柳大成夫妇教柳迟去拜寿。柳迟的姑母家，在湘阴白鹤洞。从柳迟家到白鹤洞，有四十来里路，中间隔着一座大山，名叫"黑茅峰"。那黑茅峰虽不及隐居山那般宽广，然险削远在隐居山之上。隐居山上有庙宇，有种山的人家，山中不断地有人行走。那黑茅峰不然，和笔管儿相似的，一峰直立，半山中略有些树木。离平地二三里以上，全是顽石叠成。石上长着两三寸深的黑苔，光滑无比。不是晴明天气，那山峰总是云遮雾隐，看不出峰头是什么模样。莫说人不能上去，便是鸟雀，也不容易飞上那峰头。从柳迟家去白鹤洞，若没有这黑茅峰挡路，直径走过去，只有十四五里远近。因为得从黑茅峰底下，绕一个大弯子，所以有四十来里。

柳迟这日奉了他父母的命，在家中吃过早饭，即提了送寿的礼物，独自向白鹤洞走。走到黑茅峰底下，心想若从峰头翻过去，岂不省却了一大半的道路？他因做了两年多的吐纳功夫，又是个大有凤根的人，不知不觉地，已是身轻如燕。在旁人看了那黑茅峰，觉得比登天还难，而在柳迟此时的眼中看了，竟和走平坦大路无异，绝不费力地上了山峰。只见一块大石头，尖角朝天，竖起来有三丈多高、五丈多阔，立在峰头上，和一座屏风相似。石下立着两只大鹰，都把翅膀亮开来，在那块大石上摩擦，一边翅膀，足有五尺多长。见柳迟上来，并不畏惧，仍不住地摩擦。柳迟觉得很稀奇，就立住脚看。鹰翅膀摩擦的地方，那么粗糙的磨石，都被磨得光可鉴人。两鹰越磨越快，只听得喳喳声响。磨了好一会儿，两鹰同时并举，猛然冲天飞去。柳迟倒吃了一吓，忙抬头看飞向什么地方去了。原来并不曾飞开，只在半空中，打了两个盘旋，忽将双翅一敛，身体收缩得紧紧的，头朝下，尾朝上，比流星还快，向山头直射下来。才一着地，两翅一展，又到了半空。柳迟的眼快，已看见两鹰的四只铁钩一般的爪内，抓了四块斗大的石头。抓至半空，用嘴在石上连啄几下，啄声铿然，如石匠用钢钻打石。那石头禁不起几啄，石屑纷纷向山头落下。柳迟见了，觉得是旷古未有的奇观。心想若不是我冒险登这山峰，怎能见得着这般奇事？

心里一面这么想，两眼仍睁睁地望着两只鹰，一翻一覆的，各张开两片翅膀对搏。

两鹰正搏得得劲，柳迟也正看得出神，猛听得大石屏风背后，划然长啸一声，两鹰顿时敛翅而下，并立在大石的尖角上。柳迟听得那长啸的声音，不觉惊疑道："这黑茅峰，不是终古没有人迹的山峰吗？怎么我才上来，竟有人在我之前上来了呢？"正打算跳上石尖去看，猛抬头，只见一个白发飘萧的老叟，巍然立在石尖上面，支开两条臂膊，两鹰一边一只，分立在两条臂膊上，争着向老叟显出亲昵的样子。

柳迟一见老叟那种岸然道貌，不由得心坎中发出极钦敬的意思来，就在石屏风下，放下一篮送寿的礼物，朝着老叟跪下说道："弟子柳迟，向道心切，千万求老师父传弟子的道。"说罢，捣蒜一般地叩头。老叟见了，发声一笑，响彻云霄，柳迟的耳鼓，都被那笑声震得呜呜地叫。老叟笑毕问道："你这小孩，跪在这里干什么？"柳迟重申前说道："求老师父传弟子的道。"老叟道："这山中哪里有稻？你要求稻，得向田中去。"柳迟道："弟子要求的，是道德之道，不是稻粱之稻。老师父千万可怜弟子，几年苦心，得不着道的门径。"老叟点头笑道："原来你这小小的孩子，也知学道。只是道有千端，你想学的，是什么道？"柳迟道："弟子未曾入门，但知要学道，不知要学什么道。听凭师父指教，弟子都愿学。"老叟道："可以，我传你的道。不过你得拜师。"柳迟喜道："自应拜师，弟子就在此叩拜了。"说时，又叩头下去。

老叟连连扬手止住道："拜师不是这般拜法。"柳迟忙停住问道："应当怎生拜法？仍得求师父指教。"老叟道："你拜着须记着数，应叩三百个头，叩完了，我才收你作徒弟，传你的道。"柳迟应道："遵师父的命！"就一个一个地叩下去，心里记着数。叩了大半日，已叩到二百九十八个头了。心想只有两个头，随便叩两下就完了。柳迟心里才是这么一想，老叟又连连扬手说道："不行，不行。像你这么不诚心地叩头，只可去拜那泥塑木雕的菩萨，拜我是不能作数的。你要学道，得从新拜过。"柳迟伏在地下，惶恐说道："弟子该死！求师父恕罪，从新诚心拜过。"老叟点头道："你拜吧！"柳迟这回就打点一片至诚心，一二三四五地数着叩拜，拜到二百九十八个，老叟忽然生气说道："罢了，罢了！你哪里是在这里拜师，简直是和我开玩笑，非再从新拜过，你这个徒弟，我不能收。"柳迟心想："不错！我刚才因一颗石子，垫得膝盖有些儿痛，身体略侧了些儿，所以师父怪我不诚意。此后便痛得要断气了，我也不顾。只一心一意地叩拜。"如是又叩了二百个头。

正待继续叩下去，老叟已将身体一起，跳下地来，弯腰将柳迟拉起说道："用不着再拜了。我不曾见有向道心坚诚像你的，你回去吧，我收你做徒弟便了。"柳迟道："弟子得跟着师父走，不愿回家。"老叟道："还不曾到传道的时候，你跟着我也无用处。"柳迟不依道："弟子无论如何得跟着师父走。"老叟道："你定要跟我走也使得，只是得事事听我的话。"柳迟欢喜答道："自然事事听师父的命令。"老叟笑道："那么，你就在前面走吧，我走你后面。"柳迟心想："哪有师父在后面走，弟子反在前面走的道理？并且我脑后不曾长着眼睛，师父若丢下我，独自跑了，教我去哪里寻找呢？"便向老叟说道："还是请师父在前面走，弟子在后面跟着。"老叟不乐道："你方才不是说了，事事听我的话吗？怎么就不听我的话了呢？"柳迟没得话说，只得问道："师父教弟子往哪方走咧？"老叟用手指着白鹤洞那边道："向这条路上走去。"

柳迟只好仍将送寿的礼物提起来，走过了石屏风，回头一望，师父已不见了。连忙转身跳上石尖，四处一望，全不见一些踪影。思量师父是道德之士，绝不至无缘无故地哄骗我这年幼的小孩。我记得朱师伯母见我的时候，曾道嫌我年纪太轻，学道过早，将来于我自己的身体不无妨碍。方才师父也是说还不曾到传道的时候，必是和朱师伯母同一般意思。我问师父向哪方走，师父指着白鹤洞，这分明是教我只管去姑母家拜寿。横竖师父已走，我也追寻不着，不如且去姑母家拜了寿，仍归家做我的吐纳功夫。师父是得了道的人，没有不知道我在家举动的。到了可传授我道术的时节，料想师父自然会找到我家来。柳迟主意打定，即转身下了黑茅峰。不须一会儿，便到了白鹤洞，在他姑母家吃了寿酒，午后辞别姑母回家。

次日早起，还坐在床上做功夫，不曾出房，即听得自己家里雇的长工，在大门口高声说道："化缘哪得这么早，等歇再来吧，我的东家这时还睡着不曾起来。我是在这里做长工的，比你更穷，哪有钱米化给你？"柳迟心中偶然一动，暗想从来少有来我家化缘的，就是化缘，也没有这般早的道理。我何不出去看看或者是师父找我来了，也未可知。柳迟跳下床，跑到大门口一看，并非昨日拜的师父，却是清虚观的老道。长工正用手将老道向门外推，老道只是笑嘻嘻的，立着不动。长工用尽了平生气力，直是蜻蜓撼石柱，哪里动得老道分毫呢？

柳迟一见，连忙将长工喝住，紧走几步，上前叩头说道："弟子该死，不知是师父的大驾到了，跪接来迟。长工敢向师父无状，更增加弟子的罪戾，求师父惩处。"老道伸手将柳迟拉起，两眼在柳迟脸上看了又看，忽然"哎呀"一声道："你在什么地方另拜过师了呢？很好，很好！这是你的缘分，我并不怪你。"

柳迟听了这话，如闻青天霹雳，心里着惊，面上便露出惭愧的样子。偷眼看老道的神气，像是很失意的，只得重复跪下，说道："弟子四处探问清虚观，想去跟师父请安，并求师父传授弟子的道术。无奈找寻不着，只好在家，遵师父的示，做吐纳功夫，二年来并无间断。昨日因家父母命弟子去白鹤洞，与家姑母拜寿。在黑茅峰遇见一个调鹰的老叟，弟子一时差了念头，以为黑茅峰素无人迹，那老叟白发飘萧，年龄自是不小，那么峻削的山峰，岂是寻常年老的人所能上去？并且那么大的两只鹰，不是有道行的人，也不能调养。因此又触动了弟子学道之念，即时跪下来，向老叟求道。老叟命弟子拜了八百拜，已承诺收受弟子了，但是不教弟子同走，一转眼间，老叟竟不见了。弟子此时尚是怀疑，不知老叟是何如人，住在甚样所在？这是弟子昨日拜师的实情确意，出于一时的向道心急，并非敢背了师父，又去拜他人为师。"老道又将柳迟拉起，哈哈大笑道："既是调鹰的老叟，更不是外人。我不但不怪你，并且替你欢喜，不是你的缘法好，也遇不着他。"

柳迟正要问是什么道理，老叟毕竟是什么人，柳大成在里面听得大门口有人说话，也走出来探看。见儿子和一个老道人说话，即走了过来。老道好像认识是柳迟的父亲似的，向柳大成稽首说道："贫道和公子有缘，今日便道经过宝庄，特地前来望望。惊扰了施主，甚是不安。"柳迟连忙对自己父亲说明，老道就是二年前拜的师父，柳大成见是儿子的师父，又见老道风神潇洒，不是寻常道士的模样，忙答礼让进客厅，陪坐着说了些申谢的话。即起身进里面，教人预备斋饭去了。

柳迟向老道问道："师父说那调鹰老叟不是外人，师父认识他么？"老道点头笑道："岂仅认识，且是我的前辈。他老人家的外号，江湖上都称'金罗汉'，姓吕，讳宣良。江湖上人人知道金罗汉吕宣良，却没人知道他老人家的年龄籍贯，更没人知道他的历史。你前年在清虚观见着的欧阳净明，今年八十八岁了。十六岁上，就拜金罗汉为师学道。那时，金罗汉就是于今这般模样。从学了几十年，不曾见过他老人家，有一个确定不移的住处，终年是山行野宿，到哪里便是哪里。也不曾见他和旁人同走过，随便什么时候，总是独来独往。并且不但没人知道他的年龄，便是那两只鹰，也不知有多大岁数了。他在山中行走遇有虎豹，或旁的凶恶鸟兽，两只鹰没有降服不了的。哪怕二三百斤的猛虎,那鹰能张爪抓住虎的头皮,提到半空中,拣乱石堆上掼下来,把猛虎跌得筋断骨折。不知在金罗汉手中调养了多久,金罗汉说话,两鹰能完全懂得。金罗汉游遍天下名山,野宿的时候,两只鹰轮流守卫,毒蛇猛兽不能相近。他可算得我们剑客中的第一个奇人!你能得着这么一个师父,我如何不替你欢喜呢?"

柳迟听出了神,至此才问道:"他老人家既没一定的住处,又不肯和旁人同走,然则欧阳师伯如何能相从学道,至二十年之久呢?"老道摇头笑道:"那却没有什么稀罕。我等同道中,从师几十年,不知道师父真姓名的尚多,住处是更不待说了。古礼本是只闻来学,不闻往教。唯我们剑客收徒弟,多有是往教的。"柳迟又问道:"师父既说吕祖师,是剑客中的第一个奇人,道术也能算得是剑客中的第一个么?"

不知老道如何回答,柳迟毕竟从何人学道,且看第四回自有分解。

冰庐主人评曰:

此回上半回承接上文,下半回另起波澜。吕宣良亦为全书重要人物,武术为诸侠之冠,作者欲写诸侠小传,各有专长,弗使雷同,已须几副笔墨;而于此领袖群英之人,遂难着笔。因在二鹰身上加以描写,更在笑道人口中略略渲染,金罗汉之技艺,已觉有声有色。此即画家烘云托月法也。

红冬瓜教孝一段,为近世非孝末俗,痛下针砭,世间绝没有教人不孝的道术云云,作者慨乎言之,发人深省。

柳迟虚心学道,能随处留意访觅良师,已属难得;且耐心极好,叩三百个头,已至二百九十八个矣,老叟忽而扬手止住,说不作数,须重新拜过,是犹可忍也。至再至二百九十八个,忽又曰:"不作数。"此真所谓有意挑剔矣。浮躁者必且勃然而怒,决然舍去,安肯再作第三次之叩拜哉!唯柳迟则不以为忤,依然续拜,语曰:"精诚所至,金石为开。"柳迟有如是强毅之精神,宜其他日学艺冠侪辈也。

笑道人述金罗汉行状,仿佛《封神传》中人物,余初疑为诞,叩之向君。向君言此书取材,大率湘湖事实,非尽向壁虚构者也。然则茫茫天壤,何奇弗有?管蠡之见,安能谬测天下恢奇事哉!

第四回

董禄堂喻洞比剑
金罗汉柳宅传经

　　话说老道听了柳迟的话，正色说道："道术自有高下，但不能由同道的口中分别，况分属前辈，岂可任情评骘。并且他老人家的本领，莫说同道的无从测其高深，便是欧阳净明，相从他老人家二十年，也不能知道详细。据欧阳净明说，从来不曾见他老人家亲自和人动过手。山西董禄堂，是崆峒派的名宿，横行河南、北，将近六十年，没逢过对手。闻得金罗汉的名，探访了半年，走遍了两湖、两粤四省，在喻洞欧阳净明家中，与金罗汉相遇。对谈了一夜，见金罗汉所谈，没一句惊人的话，有些瞧不起金罗汉，定要与金罗汉比试比试。金罗汉不肯，董禄堂更疑金罗汉胆怯，接二连三地催着要放对。金罗汉只是笑着摇头，董禄堂自以为占了上风，说话带着讥讽。那时欧阳净明的本领，已不在一般剑客之下，听了董禄堂讥讽的话，忍不住要动手和董禄堂较量一番。金罗汉连忙止住，望着董禄堂笑道：'老弟跋涉数千里，旷时废事地前来找我，为的在要和我见个高低。我待不和老弟比吧，很辜负了老弟一片盛情；但是若真个和老弟动起手来，天下的英雄必要笑我欺负后辈。这事实在使我处于两难的地位。依我的愚见，还是以不动手伤和气的为好。'

　　"董禄堂那时的年纪，已是八十六岁了，如何肯服金罗汉叫他老弟，称他作后辈呢？登时怒不可遏，两颗金丸脱手飞出，即发出两团盘篮大小的金光，一上一下的，如流星一般，直向金罗汉刺去。这是崆峒派练形的剑术，与我们练气的不同。金罗汉被包围在金光里面，神色自若地从容笑向董禄堂道：'老弟活到这般岁数，成功得名都不容易，便有天大本领，也犯不着和我这于人无忤、于物无争的老头子较量。我曾受过了多年磨折，火性全无，无论老弟对我如何举动，我都不放在心上。只是我这两个

小徒，野性未除，若是弄发了他的脾气，或者有对老弟不起的时候，老弟又何苦自寻烦恼咧?’

　　"董禄堂听了这些话，心想金罗汉就只这一个小徒弟，立在旁边，乳臭尚不曾除掉，料想没有什么了不得的道术。并且董禄堂，连金罗汉都不放在心眼中，哪里还惧怯金罗汉的徒弟呢? 也不答话，将两手的食指，对两颗金丸几绕，两颗金丸便疾如电、响如雷，直起直落地对准金罗汉咽喉、胸脯射将过去。金罗汉此时不言不动，金丸射近身，如被什么软东西格住了一般，又直退了回来。一连好几次，都没射进去。董禄堂这时才知道不是对手，正想收回金丸逃走，只见金罗汉陡然大喝一声，两边肩头上的两只大鹰，听了金罗汉这一喝，同时并起，真个比箭还快。一鹰用两爪，抓住两颗金丸；一鹰直奔董禄堂，不容有招架的工夫，已将董禄堂的左眼啄瞎。亏得金罗汉第二声吆喝得快，那鹰才不敢再啄了，衔了董禄堂的那只眼珠，飞回吐在金罗汉手中。这鹰抓住的两颗金丸，也交给金罗汉。董禄堂血流满面，仍想逃走，金罗汉挽住他说道：‘老弟丢了双剑，不妨再练。但丢了这只眼珠，是无法弥补的，我替老弟治好吧。’董禄堂惭愧得了不得，只因想金罗汉替他治眼，勉强在欧阳净明家中住了两日。那眼居然被金罗汉治好，一些儿不曾损害光明。唯有欧阳净明的眉毛、头发，在董禄堂用食指，绕得金丸乱射的时候，被削去了许多，当时并未觉着，次日照镜子才知道。欧阳净明心想幸亏金罗汉止住了自己，不曾和董禄堂放对，自己实在不是董禄堂的对手。不必问金罗汉的道术高下，即此一事，已可概见其余了。"

　　柳迟听得出了神，至此已欢喜得搔耳扒腮地问道："他老人家本来有多少徒弟呢?"老道摇头道："哪有多少徒弟! 除欧阳净明外，就只一个河南人，姓刘名鸿采。听说刘鸿采的品行不大端方，学了金罗汉的道术，不肯向正途上走。这话我是听得欧阳净明说的，究竟如何，我不知道。据欧阳净明说，金罗汉很不容易地肯收人做徒弟，你的缘分真是了不得，所以我很替你欢喜。"说话时，柳大成已备好了斋供出来，请老道饮食。老道也不谦让，就上面坐了，柳大成父子，相陪坐着。

　　才动手饮食，没一会儿，天井里的一株合抱不交的大梧桐树，忽然飘下几片叶子来。老道敛容说道："吕老师来了。"说罢，离开座位，拱手而立。梧桐叶落下来，柳迟原没留意，见老道如此，柳迟眼快，已看见金罗汉的那两只大鹰，立在梧桐枝上，却不见金罗汉进来。才打算问老道是何缘故，即听得外面一声哈哈大笑，接着便见吕宣良大踏步进来。远远地望着老道笑道："我已料定你在这里。"老道紧走了几步，上前行礼。

吕宣良一把将老道挽起说道："对不起你，夺了你的徒弟。"柳迟也上前叩头。老道鞠躬答道："这是小孩子有福，得你老人家玉成他。"柳大成也知道这老头不是寻常人物，忙走过来作揖。吕宣良拱手答礼，笑道："老朽很欢喜令郎，愿意收他做个徒弟，今日特地前来和先生说明一声。"柳大成唯唯应是。

老道让吕宣良上坐，吕宣良也不客气，就上面坐了。对老道说道："不是我好意思和你争徒弟，只因我有一桩事，将来非这小孩，没人能替我办到。那时，你自然知道，此时也无须详说。今日趁你在此，所以赶来向你说说。不然，倒显得我没道理。"老道连忙立起身，说了几句谦逊的话。

吕宣良手捻着长过肚脐的白胡子，笑嘻嘻地向柳大成道："老朽知道贤夫妇都长厚一生，理应食这儿子的好报。不过你这儿子，生成不是富贵中人物，像此刻这么能潜心学道，将来在方外，倒可成一个不世出的英雄。老朽今日特来，和贤夫妇说明的，就是从今日以后，你儿子成了老朽的徒弟，凡他一切的举动，或出门去什么地方，贤夫妇都用不着过问，用不着担心。老朽的徒弟，从来不会受人欺负，贤夫妻尽可放心。"

柳大成是个极忠厚的人，也不知要怎生回答，但有点头应是的份儿。吕宣良说完，从袖中抽出一本旧书来，对柳迟说道："你二年半吐纳功夫，足抵旁人一生的修炼。虽说是你的凤根深厚，道念坚诚，然而笑道人的蒙以养正之功，不能磨灭。你于今虽拜在我门下，笑道人的恩施，你终身是不可忘记的。'

柳迟到此时，才知道老道叫笑道人。心想："怪道他开口便笑。前年在清虚观的时候，每日总听得他打几次哈哈。原来是这般一个名字，可算得是名副其实了。"只听得吕宣良指着那本旧书，继续说道："这是一部《周易》，传给你本来太早了些。因你已有了这个样子的内功，道念又坚诚可喜，不妨提早些传给你。但是这部《周易》，你不可轻视，这是我师父的手写本，传给我，精研了几十年。我师父原有许多批注在上面，我几十年的心得，又加了不少的批注。欧阳净明相从我二十年，他的道念已十分

27

诚切，心术又是正当。我所以不传给他这部《周易》，就为他资质不高，没有过人的天分，怕他白费心思，得不着多大的益处。河南的刘鸿采，资质颖悟不在你之下，只因他英华太露，不似你诚朴。我当时尚只虑他不是寿相，却没见到他的心术会有变更。此时传给你，在学道的同辈中，也算得是难逢的异数了。你潜心在这里面钻研，自能得着不可思议的好处。明年八月十五日子时，你到岳麓山顶上云麓宫的大门口坐着，我有用你之处。切记，切记！不可忘了！"说着，将《周易》递给柳迟。

柳迟慌忙跪下，双手举到顶上，捧受了《周易》，拜了四拜说道："弟子谨遵师命，不敢忘记。"吕宣良含笑点头，向笑道人说道："欧阳净明告我，说你和甘瘤子争水陆码头，你很得了采，事情毕竟怎样？"笑道人立时现出很惭愧，又很恐慌的样子，勉强赔着笑脸说道："小侄无状，气量未能深宏，喜和人争这些闲气，说起来真是愧煞。"吕宣良大笑道："不妨，不妨！这又何关于气量？这种闲气，我就争得最多。"

笑道人道："这回的事，很亏了欧阳师兄，替小侄帮场。否则，有什么采可得！杨赞廷很是一把辣手，非欧阳师兄与他一场恶斗，将他逼走，胜负之数，正未可知呢？"吕宣良道："你们较量的所在，不就是在赵家坪吗？那么好的战场，在北方平阳之地，都不容易找着；何况南几省，全是山岭重叠，除了那赵家坪，再到何处能找一个穿心四五十里，一平如镜的地方来？也无怪平、浏两邑的人，相争不了。战场是好战场，地方也真是好地方。"笑道人说道："地方虽好，却是于小侄无关。"吕宣良长叹了一声，立起身来说道："世人所争的，何尝都是于自己有关的事？所以谓之争闲气。我还有事去，先走了。"随向柳大成点头作辞。

梧桐树上的两鹰，如通了灵的一般，见吕宣良作辞，都插翅飞了起来，在天井中打了两个盘旋，像是很高兴的样子，望着吕宣良唧唧地叫。吕宣良抬头笑道："席上全是斋供，等歇去屠坊要肉给你们吃。"柳迟忙说道："要肉弟子家有，且不知要生的，要熟的？"吕宣良摇手笑道："不要，不要！这两只东西的食量太大，吃饱了又懒惰得很，并且不能惯了他。他若今日在这里吃了个十分饱，便时常想到这里来。云麓宫的梅花道人，就被这两只东西拖累得不浅。猎户送梅花道人的两条腊鹿腿，被这两只东西偷吃了；一只腊麂子，几副腊猪肠肚，也陆续被两只东西偷吃了。若不是看出爪印来，还疑心是云麓宫的火工道人偷吃了呢。"笑道人问道："他们背着你老人家，私去云麓宫偷吃的吗？"吕宣良摇头说道："那却还没有这么大的胆量。如果敢背着我私去那里偷盗，还了得吗？那我早已重办他们了。几次都是我教他去云麓宫送信，梅花道人不曾犒赏他们，他们便干出这种没行止的事来。但是也只怪梅花道人，初次不该惯了他们。因我初次到梅花道人那里，梅花道人拿了些熏腊东西，给他们吃了，就吃甜了嘴。从那回起，凡是经过熏腊店门首，这两只东西便在我肩上唧唧地叫，必得我要些熏腊给他们吃了，才高兴不叫了。得了派他们去云麓宫的差使，直欢喜得乱蹦乱舞起来，谁知他们早存心想去云麓宫，讨熏腊吃。"说得柳大成和笑道人都大笑起来。

两鹰好像听得出吕宣良的话，越发叫得厉害。柳大成连忙跑到厨房里，端了一大盘切好了的腊肉来。吕宣良道谢接了，用手抓了十多片，向空中撒去。两鹰真是练就了的本领，迎着肉片，嘴衔爪接，迅速异常，一片也不曾掉下地来。邪需片刻工夫，即将一大盘腊肉吃得皮骨无存，飞集在吕宣良肩上。笑道人也同时作辞，二人飘然去了。

且慢！第一、第二两回书中，没头没脑地叙了那么一大段，争水陆码头的事；这回从吕宣良口中，又提了一提。到底是桩什么事？不曾写明出来，看官们心里，必是纳闷得很。此时正好将这事表明一番，方能腾出笔来，写以下许多奇侠的正传。

却说平江、浏阳两县交界的地方，有一块大平原，十字穿心，都有四十多里，地名叫作"赵家坪"。这个赵家坪，在平、浏两县的县志上都载了。平江人说是属平江县境的，浏阳人说是属浏阳县境的，历几百年争不清楚。这坪在作山种地的人手里，用处极大。春夏两季，坪中青草长起来，是一处天然无上的畜牧场；秋冬两季，晒一切的农产品，堆放柴草，两县邻近这坪的农人，都是少不了这坪的。只因没有一个确定的界限，两县的人各不让步。又都存着是一县独有的心，不肯劈半分开来，于是每年中，不是因畜牧，便是因晒农产品，得大斗一场。

斗的时候，两方都和行军打仗一般，一边聚集千多人，男女老少都有，就在赵家坪内。少壮的在前，老弱的在后，妇人小孩便担任后方勤务。两方所使用的武器，扁担、铁锄为主，木棍、竹竿，临时取办来接济的也不少。每大斗一次，死伤狼藉，打得一方面没有继续抵抗的余力了才罢。也不议和，也不告官，打死了的，自家人抬去掩埋，只怨死的人命短，不与争斗相干；受了伤的，更是自认晦气，自去医治，没有旁的话说。打输了的这一方面，这一年中便放弃赵家坪的主权，听凭打赢了的这一方面在坪里畜牧也好，晒农产品也好，堆柴放草也好，全不来过问。一到第二年，休养生息得恢复了原状，又开始争起来，斗起来。历载相传，在这坪里，也不知争斗过多少次，死伤过多少人。

那时做官的人，都是存着吏不举、官不究的心思，只要打输了的不告发，便是杀死整千整万的人，两县的县知事，也不肯破例出头过问。所以平、浏两县的人，年年争赵家坪，年年打赵家坪，唯恐赵家坪不属本县的县境。两处县知事的心理，却是相反地，几乎将赵家坪看作不是中国的国土，将一干争赵家坪，在赵家坪相打的农人，也几乎看作化外。所以年年争打得没有解决的时候。

赵家坪的地位，本来完全是陆地，并不靠水。然争赵家坪的，都不说是争赵家坪，却都改口，称为"争水陆码头"。这种称呼，也有一个缘故在内，只因清朝初年，宝庆人和浏阳人，争长沙小西门外的水陆码头，曾聚众大打了好几次。那时出头动手的，两边都拣选了会拳棍的好手，在南门外金盘岭，刀枪相对地争杀起来，接连斗了三日。两边都原有二百多人，三日斗下来，死的死，伤的伤，一边都只剩一个人了。浏阳的一个，姓戴名汉屏，年已七十三岁了；宝庆的一个，姓常名葆元，年龄也和戴汉屏差不多。两人的本领，功力悉敌，起初都用单刀相杀，不分胜负，都调换兵器，又不分胜负。三日之内，所有的兵器，通调换尽了，仍是分不出胜负。两人又斗了一会儿拳脚，见同伴的，都伤亡了一个干净，两个老头子才议和，结成生死兄弟。

从这次大争斗以后，凡是两个团体，争占什么东西，无论是田地，是房屋，或是坟墓，都顺口叫作"争水陆码头"。这"争水陆码头"几个字，成了两方相争的代名词。于今争水陆码头的意义说明了，只是平、浏两县农人的事，和笑道人、甘瘤子一班剑客，有什么相干呢？这里面的缘故，就应了做小说的一句套话，所谓说来话长了，待在下一一从头叙来。

离赵家坪五里路，有一条小河，春季涨水时候，也不过两丈来宽、七八尺深。若在秋冬两季，仅有二尺来深的水，并不要渡船，作山种地的，只将裤脚捋起，便可在水中走过河去。载粮食的小船，春天连下了几日大雨，发了山水，方能驾进这小河里来。平时这条河里，是没有船走的。唯

30

有靠河岸居住的一些农人，每家都有一两只小划子，农闲的时候，便将小划推到河里，就在河里网鱼。这网鱼的生涯，算是这条小河附近农人的副业，每年也有不少的出息。

这些农人中间，有一家姓万的，就只夫妇两个，没有儿女。姓万的人极浑厚，排行第二，地方上都叫他"万二呆子"。但他为人虽像个呆子，种地网鱼的成绩，却都在一般自命不呆的农人之上。他的老婆，也是没一些精明的样子，混混沌沌的，终日帮着万二呆子苦做。夫妻两口，食用不多，很有了些儿积蓄。

这日正是正月十三，万二呆子向他老婆说道："快要到元宵节了，今日得网一天的鱼，明日好卖给人家过节。"他老婆自然说好。他平日网鱼，照例是他老婆驾着划子，他立在船头上撒网，这日也是如此。只因这日在小河里网鱼的太多，万二呆子网了半日，没网着几条拿得上手的鱼。他老婆怂恿着，去大河里试试。这条小河，通大河也不过几里路。万二呆子便鼓了鼓呆气，放下手中的网，提了一片桨，帮着老婆，一阵摇到了大河。

这日的北风不小，河里走上水的船，都止扯着半截篷，便如离弦的劲弩，直往上驶。万二呆子在小河里的时候，还不觉风大，一到了大河，料想这么大的风，撒网是不相宜的。和老婆商量，打算退回小河里来。他老婆还不曾回答，忽然睁开两眼，望着河里，好像发现了什么。万二呆子忙随着老婆望的所在望去，不觉失声叫了一个"哎呀"。

不知万二呆子夫妇，发现了什么东西？且待第五回详说。

冰庐主人评曰：

　　董禄堂之败，实缘骄傲太甚。夫以八十六岁之老人，虽有天大本领，极宜善自韬养，以保天和。奈何好胜之心，反甚于少年？以致几失双剑，复损一目，自取侮辱，夫复何言！况武艺用以防身固当，倘恃以凌人，则未有不败者焉！董禄堂不悟此旨，遂有此失。

第五回

万二呆打鱼收义子
钟广泰贪利卖娇儿

　　话说万二呆子见自己老婆，睁眼望着河心，好像发现了什么东西似的，也连忙掉过头，向河心一望，不觉大吃一惊。原来水面上，浮着一件红红绿绿的东西，像是富贵家小儿穿的衣服，随着流水，朝鱼划跟前，一起一伏地淌来。看看流拢来，相离不过几尺远近，万二呆子失声叫道："哎呀！从哪里淌来的这个小儿？可怜，可怜！我们把他捞上来，去山里掩埋了吧。给大鱼吞吃了，就更可惨了。"他老婆一面口中答应，两手的桨，便用力朝那小儿摇去。

　　不须三四桨，小儿已靠近了船边。万二呆子伏下身子，一伸手即将小儿捞起。夫妻两个同看那小儿，雪白肥胖，不过一周岁的光景，遍身绫锦，真如粉妆玉琢。只因身上穿的衣服过厚，掉在水中不容易沉底。万二呆子夫妻，都是水边生长的人，很识得水性，更知道些急救淹毙人的方法。当下见那小儿背上衣服，还不曾湿透，料想是才落水不久的。两夫妻慌忙施救，一会儿竟救活转来。两口子高兴到了极处，都向天祝谢神明，说是神明可怜他夫妻两个，年过五十，没有儿女，特地送这么好的一个儿子给他。万二呆子从自己身上，脱下一件棉袄，去了小儿的湿衣，将棉袄包裹了，哪里还有心思网鱼呢？急忙掉转船头，摇回家中。左右邻近的农人，都知道万二呆子，在小河里拾了个儿子，便也有许多人，来万家道喜的。万二呆子因这小儿，还在吃乳的时候，自己老婆不曾生育过，发不出乳水来，手中既是积蓄了些儿财物，就专为这儿，请了一个奶妈。

　　这小儿有一处和旁的小儿不同的地方，就是两边的头角高起，角上的头发，都成一个螺旋纹。寻常人的头发，当中一个旋纹的多。据一班星相家说，看小儿头上旋纹的前后左右位置，可以定出生产的时刻来。头上有

32

两个旋纹的极少，便有也是或前或后，或左或右；一边头角上一个旋，整万的小儿中间，只怕也不容易选出二三个来。这个小儿，才只有周岁，自是不能说话，无从知道他姓什么，是什么所在的人。不过就他身上的衣服看来，可以断定他是一个富贵人家的公子。如何落在水中的缘故，也无从知道。万二呆子替他取了个名字，叫作"义拾儿"。

养到了一岁，万二呆子见义拾儿天分很高，全不是一般农人家的小孩气概。只是不愿意跟着万二呆子，下田做农人的生活。普通农家，有了十来岁的小孩，便得担负许多耕作上的事项。牧牛羊、割草、扒柴，自然是农家小孩分内的事。若是这小孩的身体发育得快，有了十来岁，简直可以帮同父兄，做一个大人的事。义拾儿的身体，发育并不算迟，然禀赋不厚，到底不是农家种子。万二呆子见他对于一切农人的事项，都做不来，心里怜爱他，也舍不得逼着他做。

附近一个教蒙童馆的先生，略略殷实些的农家，想自家小孩认识几个字，都花三五串钱一年，将小孩送进蒙童馆里读书。万二呆子遂也把义拾儿，送进了那个蒙馆。煞是作怪，义拾儿一见书本，便和见了什么亲人一般，欢喜得很。只须蒙馆先生教一遍，他就能读得上口。蒙馆先生教书，照例不知道讲解，仅依字音念唱一回。讹了句读、乖了音义的地方，不待说是很多很多。馆中所有的蒙童，跟着先生念唱，正如翻刻的书，错误越发多了。唯有义拾儿，不但跟着念唱，没有错误，并且常用他的小手，指点着书句，要先生讲解。

先生每每被逼得讲解不出，便愤愤地对义拾儿说道："教蒙馆是教蒙馆的价钱，照例都不讲解。要讲解，得加一倍的学钱。你家里能加送我的钱，我就给你讲解。"义拾儿认作实话，归家向万二呆子道："要多送先生的钱。"万二呆子辛苦积蓄的钱，如何舍得多送？并且万二呆子是个纯粹的农人，只知道读书就读书，哪里知道还要什么讲解，得另外加钱？听凭义拾儿怎生说法，他只是不肯担负这笔额外的款项。义拾儿见说不准，也就罢了，次日仍照常到蒙馆去了。

平日去蒙馆，总是用竹篮提着午饭，在蒙馆里吃。读到下午，日落西山的时候回家。这日义拾儿照常去后，直到天色已晚，尚不见回家。万二呆子夫妇，都觉得诧异。万二呆子自己提了一个灯笼，亲去蒙童馆探问。蒙馆先生道："我正在疑心，今日义拾儿怎的不来读书？莫是病了么，上

33

午已从家中出来了吗?"万二呆子一听这话,真若巨雷轰顶。错愕了半晌,才回问道:"今日真个不曾到馆里来吗?他从来不是欢喜逃学的孩子,又从来不贪玩,更没有旁的地方可走。不到馆里来,却到哪里去了呢?"蒙馆先生生气答道:"不是真个不曾来,难道我隐瞒了你的义拾儿不成?你不相信,去问这些学生,就知道了。我教了十多个学生,今日统来了,就义拾儿没到。"

万二呆子料想先生的话不假,心里更急得无法可想,归根落蒂,就恨先生不该要加什么讲解钱。和这先生吵闹了一会儿,也吵闹不出义拾儿来,只得归到家中,对自己老婆说了。义拾儿虽不是他夫妻亲生的儿子,然终日带在跟前,养到这么大,又生得十分可人意,一旦丢失了,如何能不心痛呢?夫妻两个足哭了一夜,次日天光一亮,夫妻即分头四处寻找,又拜托了几个邻人,出外打听。

一连寻了数日,杳无踪影。左近知道这事的人,莫不替万二呆子夫妻叹息。都说万二呆子前生欠了义拾儿的孽债,这是特来讨债的。所以来不知从哪里来,去不知往哪里去。话虽如此,但是义拾儿难道真是一个讨债鬼吗?确是从哪里来的,确是往哪里去了呢?于今且将他的来路表明出来,再说他的去路。

广西杨晋谷,是一个很有学问的孝廉,只因会试不第,乘着那时开了捐例,花了些钱,捐一个道衔,在湖南候补,很干了几次优差,便将家眷,接到了湖南。他有个儿子叫杨祖植,来湖南的时候,已有十三四岁了,在广西不曾定得亲事。到湖南过了三四年,就娶了平江大绅士叶素吾的小姐做媳妇。过门之后,伉俪之情极笃,一年就生了一个男孩子。杨晋谷把这小孩子,钟爱得达于极点。但是叶素吾夫妻,也极爱这个女儿,虽则出了嫁,生了孩子,乃是要接回家来久住。杨祖植离不开老婆,也跟着同住在岳母家。两小夫妻从家里动身去岳母家的时候,生下来的小孩才得三个月。

在岳家住了半年,杨晋谷就打发人来接,叶素吾夫妻舍不得女儿走,只是留着不放。二月间去的,直住到年底,杨晋谷连着派人接了三五次,叶素吾夫妻定要留着过年。杨晋谷想看孙子的心切,只等过了年,就改派了两个长随,同了个老妈子,教老妈子对叶家说:"如果要留少爷少奶奶住,不要紧,只要把孙少爷带回去,少爷少奶奶便再住十年八载,也不妨事。"叶素吾夫妻见是这么说，不好意思再留了。正月十二日，就叫了一艘大红船，送杨祖植夫妻回去。

这时杨晋谷在衡州，正月里北风多，红船又稳又快，计算十五日可以赶到。谁知行到第二日，奶妈抱了这周岁的小孩，在船头上玩耍。这个小孩本来生得肥胖有力，乱跳乱动的，在奶妈手中，不肯安静。奶妈年轻，一个不留神，小孩便脱手掉下河里去了。奶妈顺手一捞，仅捞了一顶风帽在手，水流风急，顷刻已流得不知去向。奶妈吓慌了，乱喊救命。杨祖植夫妻跑出去看时，连水花都没看见一个。杨祖植急得抓住奶妈就打，奶妈情知不了，也要向河里跳下。依得杨祖植的性子，觉得这奶妈死有余辜，巴不得她跳下河去，陪葬自己的周岁小儿。亏得杨祖植的妻子机警，一把将奶妈拉住道："小儿已是掉下河去了，你陪死，也无用处，且快把船头掉过，赶紧追下去捞救。"

红船本来就是救生船，驾船的都是救生老手，不问有多大的风浪，红船是从来不会翻掉的。当时听得小公子落了水，不待杨祖植吩咐，已连忙下了半截风篷，掉转船来。船上原备有捞人的长竿挠钩；七手八脚的，旋捞旋赶。无奈那船行驶半帆风，比满帆的更快，哪怕你落了篷，疾行的余力，还得跑半里路方能停住。在河心行驶，又不能撑篙，将船抵住不动。加以水流甚急，等得掉过头来，相离落水的地方，已不知有多远了。大家心里，都存着小孩不会泅水的念头，估料落水就沉了底。既是不能确定落水在什么所在，虽是用挠钩捞挽，也都不过奉行故事而已。

杨祖植夫妻望着河里，痛哭了一会儿。杨祖植道："我们年纪轻，不愁不会生育。这孩子该当不是你我的儿子，便不掉下河去，要病死也没法设。只是老太爷这般钟爱他，三回五次地派人来接，也完全为的是他，我们如今空手回去，却是怎生交代呢？老太爷、老太太都是上了年纪的人，得了这个惨消息，不要急死，也要伤心死。这可怎么得了呢？"他妻子说道："这消息不但不可给老太爷、老太太知道，连外公、外婆都知道不得。唯有连夜赶到省城，多叫几个媒婆来，多许他们些银子，叫他们去打听，看哪家有月份相当的小孩，便花几千银子也说不得，买一个来做替身。好在出来的时候，只得三个月，于今离隔了差不多一年，老太爷老太太不见得便认得出。"

杨祖植摇头道："不好，到哪里去找这头上有双旋，又正正在两边头角上的?"他妻子道:"那是不容易找,然只要头上有两个旋的,即是找不出,也还有一个法子,叫个剃头匠来,把头发剃个干净回家,一时不留神,也看不出。并且两个老人家无缘无故的,大约也不至十分注意到这旋上去。"杨祖植听了,也只得说好。随即叮嘱了一干下人,不许到家透露风声。这些下人身上,都担着些干系,巴不得不给老太爷老太太知道,免得挨打挨骂。

红船连夜赶到了长沙,打发下人上岸,找寻了六七个媒婆。杨祖植对媒婆将要买周岁男孩的话说了,如能找着头上有双旋的,更可多出价钱。媒婆也不知道有什么缘故,只理会得这是一笔好买卖,做成了功,可以一生吃着不尽。他们做媒婆的,干的是这类事业,岂有不极力兜搭的?天下事,只要有钱,真是没有办不到的。几个媒婆跑满了一个省城,到十五日,就居然找着了一个。头上也是两个旋纹,只略大了几个月,有一岁半了,是一个做裁缝的儿子。裁缝姓钟,名叫广泰,有六个儿子,四个女儿。因家境不好,食口太多,时常抱怨妻子不该生这么多儿女,久有意送给没儿女的养。一则苦于没有相当的人家;二则他妻子,毕竟是自己身上生下来的,不忍心胡乱丢掉。每次生一个儿女下来,得忍受丈夫无穷的埋怨。这回媒婆来说,有富贵人家要买了做儿子,料知买过去,不但没有苦吃,还有得享受,并且又有银子可得。钟广泰自是高兴,就是他妻子也愿意了。说妥了一千两银子的身价,四百两银子的媒费,一时交割清楚,这岁半的小孩,便到杨祖植夫妻手里了。

也合该这小孩,是义拾儿的替身,虽则大了几个月,只因裁缝老婆生育得过多,缺乏了奶水,小儿的身体不大发达,和义拾儿落水的时候,长短大小差不多。容貌也有些相仿佛,就只头上双旋,不及义拾儿那般齐整,但是尽可以敷衍过去,仍旧教义拾儿的奶妈带了。寻常有了岁多的小孩,多是不肯吃旁人的奶。这孩子因平日亏了奶水,肚中饥饿得很,奶妈给奶他吃,一点儿不号哭。回到衡州,杨晋谷两老夫妇,竟毫不疑虑地认作自己的嫡孙子。替他取的名字,叫作杨继新。后来这杨继新大了,也是这部书中的紧要人物,暂时放下,后文自有交代。这样说来,义拾儿的来路,算是已经表明了。

却说义拾儿这日提了饭篮书包,去蒙馆读书。心里因万二呆子,不肯答应他加送学钱,有些闷闷不乐。低着头,一步懒似一步地往前行走。万家离蒙童馆不上三里路，走了好一会儿，仍没有走到。停了步抬头一看，原来走错了路。在三岔路口，应拐弯的，因心中不乐，忘记了拐弯，就走进一座山里来了。小孩子心性，见走错了这么远，恐怕到迟了，先生责骂偷懒，不免有些慌急起来。慌忙回头，匆匆向来路上走。方要转过山嘴，不提防一条硕大无朋的牯牛，迎面冲了过来。哪里避让得及？那牯牛用角一挑，把义拾儿挑得滚下一个山涧中去了。

农人牧牛，照例是清早和黄昏两个时期，这时正是早起牵出来，吃饱了水草，要牵回家去了。黄牛、牯牛都有一种劣性，不惹发它这劣性就好，驯服得很，三五岁的小孩，都能牵着去吃草。若是它的劣性发了，无论什么人，也制它不住。每次发劣性的时候，总是乘牵它的不防备，猛然掉头就跑。牵牛的十九是小孩，手上没有多大的气力，哪里牵得住呢？有时还将小孩一头撞倒才跑。跑起来，逢山过山，逢水过水，随便什么东西，都挡它不住，遇人就斗。必待它跑得四蹄无力了，又见了好青草，才止住不跑了。这种事，在冬季最多。因为冬季是农人休息的时候，牛也养得肥肥的，全身是力，无可用处动不动就发了劣性。义拾儿这回被难，也正在冬季。

那山涧有丈多深，涧中尽是乱石。牧牛的小孩，跟在牯牛背后追赶，因相离很远，又被山嘴遮了，不曾看见义拾儿走涧上经过，想不到有人被牛挑下涧里去了，竟不作理会地追了过去。

义拾儿跌得昏死了，也不知经了多少时刻，才渐渐地有了知觉。睁眼一看，见是一间很精雅的房子，自身躺在一张软榻上，只是不见有人，心里疑惑，一时也忘记了被牛斗的事，想坐起来，看是什么所在。才一抬头，登时觉得头顶上，如刀劈一般地疼痛。身体略移动了一下，肩、背、腰、腿，无一处不更痛得厉害。有这一痛，就记起被牛斗时候的情形来了。即听得有人在软榻那头说道："醒了么？快不要乱动。"

义拾儿心里吃了一惊，怕痛不敢再抬头去看。那人已走过这头来，原来是个花白胡须的道人，将头伏近，口里呼着"义拾儿"三字，说道："我已熬好了些小米粥在这里，给你吃些儿再睡。你的伤势太重，非再有十天半月，不能全好。你已在此睡了三日三夜，知道么？"说罢，哈哈大笑。义拾儿听得叫他喝粥，即时觉着肚中饥饿不堪。道人端了一碗稀粥进来，一口一口地喂给义拾儿吃了，道人教他仍然安睡。一连半个月，每日敷药喂粥，以及大小解，全是那道人照拂。半月以后，伤处方完全治好。

　　义拾儿聪敏，知道向道人拜谢，并问道："这是什么地方？你老人家怎知道小子叫作义拾儿呢？小子记得被一条牯牛挑下了山涧，就昏死过去了，怎么会到这里来的？"那道人笑道："这里是万载县境，鸡冠山清虚观。我就叫清虚道人。同道中人，见我常是开口笑的日子多，都呼我为'笑道人'。我一年之中，有十个月闲游，顺便替人治病。你被牯牛挑下的那条山涧里面，很长着几味不容易得的草药。我那日从那里经过，便下去寻寻草药。也是你合该有救，又与我有缘，下洞就见你倒在乱石堆上，脑盖已破，幸喜脑浆不曾流出，只淌了一大摊的紫血。肩腰背脊，和两条大腿，都现了极重的伤痕。看那石上的血色，已干了许多，推想你跌下必不止一日半日了。四肢不消说，全是冰冷，亏得心脏不曾损坏，还可以望救。我当下就用洞中泉水调了些'万死一生丹'，敷满了你的头脑。又灌了些'回轮汤'，给你吞了。那乱石堆上，不好用推拿的功夫，并且你的伤，也不是三五日能治好，只好将你驮到这里来。我初见你遍身的重伤，还只道你是被恶人谋害了，掼在那山涧里面。及至驮到这里，仔细一看，才看出是被牛角挑伤了。牛角挑的地位，在腰胁之间。头脑是倒栽在乱石上，肩背两腿，是从洞石上滚碰伤的。你姓什么，家住在哪里，我都不知道。只因见你身边有一个竹饭篮，饭菜都倾散在洞里。又见有一个书包，里面几本书上，都写了'义拾儿'三个字，料想就是你的名字。你怎的取这么一个名字，是教你书的先生替你取的吗？"

　　义拾儿道："我本来姓什么，连我自己也不知道。名字是我义父给我取的，义父不曾对我说出来历。只时常听得同馆读书的人，笑我是十年前正月十三日，在河里拾着的。我拿这话问义父，义父只叫我莫信那些胡说，然而也不说出我亲生父母的姓名住处来。只怕真是在大河里拾着的。终不成我是没有父母的吗？不过我心想同学的话，也实在有些像是胡说。我今年才得十一岁，十年前，我不是还不曾上一岁吗？没上一岁的小儿，终日在母亲手里抱着，如何会跑到大河里去呢？难道不上一岁的小儿，就会浮水？既落到了水里，又怎的不会沉底，能给我义父拾着呢？并且他们说是正月十三日拾的，更是不近情理。正月间天气，何等寒冷，便是大人掉在水中，也要冻死，何况是小儿，何况是不上一岁的小儿呢？"

　　笑道人光开两眼，望着义拾儿滔滔不断地说了一大段，微微地点了一下头，问道："你义父住哪里？姓什么，叫什么名字呢？"义拾儿道："我义父姓万，什么名字，我却不知道。我只听得人家当着我义父的面，都叫万二爷，或是万二爹，背后全是叫什么万二呆子。家住在离赵家坪不远，金家河旁边。义父本是种田的人，得闲就驾着鱼划，同义母去金家河打鱼，我也同去过好几次，不过义父义母都不大愿意带我同去。我问是什么道理不教我同去？义母说是算八字的先生说我犯水厄，不到河里去的稳当些。照这些情形看来，又似乎是在大河里拾着的。"

笑道人一面听义拾儿说话，一面捻着花白胡须，偏着头如思量什么。听到末了，忽然拔地跳起身来，跑到义拾儿跟前，双手将义拾儿的头一捧，吓得义拾儿不知为的什么。

毕竟是为的什么？且待第六回再说。

冰庐主人评曰：

自第四回下半段叙明争水陆码头起，以后均用倒叙法，追述从前情事，读者幸弗忽略过去。

三家村学究，头脑冬烘，句读未明，便俨然好为人师，贻误青年，实匪浅勘。义拾儿不幸堕水，更不幸而遇此不能讲解之塾师，以至途逢奔牛，抢坠深涧。故吾谓他日争赵家坪之起点，实在此塾师也。读者疑吾言乎？请阅下回，当知非谬。

第六回

述前情追话湘江岸
访义父大闹赵家坪

话说笑道人，忽然跑到义拾儿跟前，双手将义拾儿的头捧了。此时头上伤处的瘢痕，已经脱落了，只是还不曾长出头发来。然两边头角上的旋纹，仍仿佛能看得清楚。笑道人仔细端详了几眼，拍着义拾儿的肩头，笑道："你不用着急不知道你的亲生父母，我能使你一家团圆，不过一时不能办到。"义拾儿喜问道："你老人家怎生能知道我的亲生父母呢？我实在是我义父，正月十三日，在大河里拾着的吗？"

笑道人道："如何拾着的，我虽不能断定，然是十年前的正月十三日，落到你义父手里，是一些不错的。至于你问我怎生知道你的亲生父母，这事也真是凑巧。十年前的元宵，我恰好在长沙，长沙省城里三教九流的人物，我认得极多。有人告诉我，说小西门河里，到了一号大红船，船上载的是官眷。不知为的什么，要买一个周岁的男孩子，不怕价钱大，只要是头上有两个螺旋纹的。于今城里头的媒婆，都想张罗这笔买卖，满城寻找合适的孩子。有一班无赖子听了这个消息，也想趁此发一注横财，到处打听有周岁男孩子的人家，打算买通人家底下人或老妈子，用调虎离山之计，将男孩弄到手，去卖给那红船上。那些有男孩的人家，也听了这不好的消息，多是几个人围守自家的孩子，怕被人偷了去。我当时知道了这事，很觉得奇异，探访了好几日，不曾探出原因来。只知道那船上的官眷是广西人，在湖南候补的杨晋谷的少爷、少奶奶。少奶奶是平江大绅士叶素吾的小姐，这回是从娘家回婆家。那船上的人，异口同声地不肯说出买孩子的缘故来。后来也只知道花了一千多两银子，买了一个裁缝的儿子，带到衡州去了，我也没再打听。

"过了五年，听说杨晋谷因事挂误了，丢了前程。又因年纪也老了，就全家回了广西原籍。但不知他是广西哪府哪县的人。刚才听你所说，触发了我十年前很觉得奇异的事。心想买人家小孩，做自己儿子的有，然从来没听说要限定是周岁，而头上又要有两个螺旋纹的。这不待说是自己原有这么一个小孩丢了，要买一个同样的补缺。你说同学的揶揄你，是十年前正月十三日，在大河里拾着的，和我所见的年月日都对。而那时的你，恰好又只周岁，我心里已有八成，可断定那船上要买的，就是为补你的缺。但须看你头上，果是有两个螺旋纹没有。你于今头上虽然脱落瘢痕，不曾长出头发，然发根的纹路，是看得出来的。不是很显明的，一边头角上一个螺旋纹吗？由此一点看来，你是杨晋谷的孙子，是毫无疑义的了。你的亲生父，叫杨祖道，但不知你因何才得周岁，就会掉在河里，十九是因领你的奶妈不小心。这事除了你当日同船的人而外，没有旁人知道，所以打听不出。"

义拾儿听了，流泪说道："我果然还有亲生父母在世，却为何也不到金家河一带来找寻我呢？可怜我父母，当我那落水的时候，不知道哀痛到了什么地步？我怎的出世才周岁，就有这么不孝？于今既承你老人家指点我亲生父母现在广西，我岂可再逗留在外，不作速归家，慰我父母的悬望？"笑道人连连点头道："你十来岁的孩子，知道尽孝，很是难得。我既救活了你的性命，应得成全你这一片孝心。不过你的年纪毕竟太轻，不知道世事。此地离广西三千多里，山川险阻，盗匪出没无常，老在江湖的人，尚且不容易行走；你一个未成年的小孩，既在我这里，我岂肯教你如此涉险？况且你父母是广西哪府哪县的人，还不知道。广西一省，那么大的地方，你一个小孩子，贸然到哪里寻找？"

义拾儿哭道："我不问寻找得着与寻找不着，总得去寻找。莫说还知道我的父母是在广西，便是不知道，只要明白我的亲生父母，确实尚在人间，哪怕连姓名都不晓得，我也得寻遍天下。上天可怜我，总有寻着的一日。"

笑道人见义拾儿小小的年纪，居然能说出这种话来，心里不由得愈加喜爱。拉了义拾儿的手，坐在床缘上，一边抚着他的头，安慰他说道："好孩子！不用着急。你有这一片孝心，自有你父母重逢之日。我刚才不是说了，能使你一家团圆的话吗？这事包在我身上，我可托人去广西打听。你的父母是很有声望的人，大概打听还不难。等打听得有了着落，我就亲身送你去。你父母此时的年纪，不过三十多岁，便再过三年五载，也不愁没有见面的日子。我因很欢喜你的资质好，想收你做个徒弟，传你的道术。像你这般天分，加以猛进之功，三五年就可横行天下。那时你自己也不难独自去广西，寻找父母。"

义拾儿也是一个大有慧眼的人，合该成为清朝一代的大剑侠，所以鬼使神差地从周岁掉在河里，落到万二呆子手中，才有迷路被牛挑下山涧的事。若在杨祖植家中，带着回到广西去了，又如何能从笑道人学道呢？义拾儿当时听了笑道人的话，有夙慧的人，自然闻道心喜，即刻立起身来，爬在地下，朝着笑道人叩了四个头。笑道人打着照例的哈哈，弯腰将义拾儿扶起，说道："你这义拾儿的名字，是你义父给你取的乳名，人家听了不雅。你本姓杨，我给你一个名字，叫杨天池。你就住在这清虚观，朝夕用功修炼。我不带你出外，你独自不许出外。"杨天池连声应是。从此杨天池，便在清虚观，跟着笑道人，修炼剑术。

清虚观在万载鸡冠山穷谷之中，终年不见人迹，不闻鸡犬之声，丝毫没有妨碍修炼的东西。只练了五年，杨天池的剑术，已是成功了。起初笑道人不许杨天池独自外出，两年过后，才放杨天池出来，就在鸡冠山上，追逐飞禽走兽，辅助外功。三年后，便教他去各省的深山大泽中，寻觅草药。

这采药一门，是修道的舟楫，目的并不是给人治病，原是用以辅佐自己内、外功的一种工具。剑术不过是修道的在深山穷谷之中，一种自卫的东西。到各处寻觅药草，时常与毒蛇猛兽相遇，剑术也是不可少的。只是杨天池从笑道人所学的，重在剑术，五年后，剑术成了功，杨天池向笑道人说道："弟子从师父五年之久，虽朝夕专心修炼，然每一念及亲生父母，心中总是难过。于今弟子仗着师父传授的剑术，不论什么险恶的地方，弟子也敢独来独去。求师父许弟子去广西，寻觅家父母。等家父母终了天年，再来此侍奉师父。"笑道人欣然答应了。杨天池遂一人到了广西，整整地在广西探访了四年。广西的六道八十州县，都访遍了，不曾访出他父母的住处来。料知已不住在广西了，只得仍回清虚观，想慢慢地探访。

笑道人在这四年之中，又收了许多徒弟。论年纪，多有比杨天池大几岁的。论次序，只杨天池居长，所以杨天池做了笑道人的大徒弟。

一日，杨天池因事走赵家坪经过，远远地即听得喊救之声，俨然和打仗一般。杨天池心想，于今是承平世界，绝没有造反打仗的。我仿佛记得小时候在义父家中，曾屡次听得说平江、浏阳两县的人，因争什么水陆码头，在赵家坪聚众打架，每年不是春季，便是秋季，总得大打一次。此时正是二月，这喊杀之声，一定又是平、浏两县的人，在这里争水陆码头了。我自从离了我义父家，忽忽十年了。前五年因在清虚观一心修道，不能任意出外，后五年远在广西，寻我的亲生父母，所以不曾到义父家探视过一次。义父母养育我的恩典，岂可就是这么忘恩不报？他们争水陆码头的旧例，只要是行走得动的，不论老少男妇，都得从场去打。不过老弱妇孺在后面，烧饭挑水，搬石子，运竹竿木棍。不愿从场的，须出钱一串，津贴从场的老弱。我那时年轻，义父母钟爱我，不教我从场，每年得贴一串钱。义父母虽然年老，是每次要去的。我于今练成了这一身本领，恰好又到了这里，何不助义父母一臂之力，趁此报答二人养育之恩。

杨天池计算已定，即绕到平江人这方面。举眼看去，一边足有千多人，都是一字儿排开。近的拳棍相交，远的用藤条缠着鹅卵石子，向对面打得如下雨一般。老弱妇孺，各离阵地里多路，呐喊助威。

双方正在酣战，还没分出胜负，杨天池估料义父、母必在老弱队中，遂向老弱队中寻找。这时万二呆子已是六十多岁了，他老婆患病在家，不能上阵。万二呆子不舍得出两串钱，独留老婆在家，自己还是勉强挣扎，跟着大家上阵，在后方担任烧饭。杨天池寻找了好一会儿，才寻着了。

少年人的眼力和记忆力，都比年老人强些。杨天池一落眼，便认出是自己义父来。万二呆子的老眼昏花，杨天池又完全长变了模样，如何能认得出呢？杨天池走过去，双膝跪下，叫了一声义父，倒把万二呆子吓得错愕起来。旁边有个眼睛快的老头，一见就向万二呆子喊道："哎呀呀，你的义拾儿回来了。"万二呆子这才从恍然里面钻出一个大悟来，立时欢喜得两泪交流，颤巍巍的双手抱住杨天池，哭不出，笑不出，话也说不出，只张开口，一迭连声地"啊"个不了。旁边的人，互相告语，都替万二呆子欢喜。

杨天池立起身来问道："义母现在何处？孩儿且去见了她老人家再说。"万二呆子看杨天池文士装束，生得容仪俊伟，气度雍容，立在众人丛中，正如鹤立鸡群，不由得心里更加喜悦。见他问义母在何处，忙答道："你义母么？她病了好多日子了。自从不见了你之后，心里一着急，又上了几岁年纪，就时常是病痛纠缠不清，近来更厉害得不能下床了。等我告了假，带你回家去吧。"

万二呆子正待转身，找为首的去告假，猛然见前面战斗的壮士，都纷纷败退下来。后面的老弱妇孺，也登时大乱，呼号喊叫的，各自私窜逃生。万二呆子一手扯了杨天池要跑道："快逃，快逃！我们这边打输了。浏阳蛮子就要追下来，落在他们手里，便不能活。"说话时，神色慌张到了极点。再看这一排的老弱妇孺，已逃跑了大半。因是一坦平阳之地，看得分明，浏阳人那边追下来的，约有五六百人，异常奋勇。平江人队里，只望后退，已没有反抗的能力。杨天池心想："我要帮助义父，此刻已是时候了。"便立住不动，向他义父说道："一逃跑，就输给浏阳人了。孩儿可助杀一阵，你老人家且在此等着，孩儿杀上前去。"万二呆子听了大惊，待喊住不放，杨天池已一跃去了十多丈。

杨天池本想施出练成的飞剑来，忽然心里一动，顾念这些上阵的浏阳人，全是些作山种地的蛮汉。其中虽也有些练过一会儿拳脚的，然终是血肉之躯，哪有什么内功？如何经得起我的飞剑，刈草一般地把他们全体刈杀了，未免太伤天地好生之德。不如用梅花针，只将他们一个一个地戳伤，不能追赶那边的人，也就罢了。思量已毕，看看追赶的到了跟前，忙揭起长袍，从腰间百宝囊里，掏出一大把梅花针来。这种梅花针，是用钢屑炼就的，厉害无比，和头发一般粗细，每支长不过三分。使用的时候，全仗内功到家，可以打到百步开外，无微不入。哪怕你穿着极厚的衣，一粘身就钻进皮肉里面去了。心术狠毒的人，修炼这种梅花针，多用极毒的药水煮过，见血即不能医治，这也是暗器中的一种。甘肃、陕西一带的练气士，发明这种暗器，为的是好杀狼群。在几百年以前，甘肃、陕西的狼，动辄是千百成群，没有这种可以多杀的暗器，不容易制伏狼群。流传下来，便成了练剑的一种附属武器。

当时杨天池掏出梅花针来，朝着追赶的浏阳人撒去。只听得数百人，同时叫了一声"哎哟"，有中了要害的，即倒地挣爬不起。不曾中着要害的，也疼痛得住了脚，不能追赶。一时呼痛号哭的声音，惊天震地。众逃跑的平江人，忽见追赶的纷纷倒地，不倒地的也伏着身子呼痛，还疑心是浏阳人用诈。有胆大的，回头杀伤了几个，不见浏阳人反抗，大家才折转身来，复奋勇向浏阳人杀去。杨天池一看不好，使浏阳人是这般骈首就戮，不是和用剑术杀他们的一样吗？我师父是个仁德君子，听了我这举动，必然责备我残忍。我得从速将他们止住才好。只是上阵的人多，一字儿排开的阵线，长有数里，杨天池又不是平江队里的头目，如何能够止住他们呢？一时急中生智，见一面红旗底下，有一个人在那里擂鼓催进。鼓声越急，反攻的人越奋勇。擎红旗的，双手举着旗，一起一伏地摇动。离红旗十来丈远近，有一面绿旗，旗下也是一个人，提着一面大锣，举旗的立着不动。

杨天池心想，这锣声，必是令退的，我唯有急将锣抢过来，用力敲打一会儿，看是如何，再作计较。真是小说上面所说的，说时迟，那时快，天池身手，何等疾捷？只将两脚一垫，已经到了绿旗之下，随手抢起锣来，也来不及抢锣捶。就握着拳头，敲得那锣震天价响。反攻的人一闻锣声，同时止了脚步。然浏阳队里被杀死的被打伤的，已有十之五六。杨天池见大众停了手脚，即大声喊道："穷寇勿追，这回且饶恕了他们的性命吧。"众人得转败为胜，也不知道缘故。见浏阳人都瞑目待死，一些儿也不抵抗，正是杀得高兴，忽然听得锣声，虽则齐把手脚停了。但是心里都疑惑，怎么会金鼓齐鸣呢？一个个回转头来看，听了杨天池的喊声，却没一个认识杨天池。

平江队里为首的人，姓罗名传贤，是一个在农人中很有些资产的人。当洪秀全、杨秀清经过湖南的时候，罗传贤还只二十多岁，就充当团练军的小头目，略略知道些临阵的方法，拳棒功夫，也可打得开十来个蛮汉，此时已有五十多岁了。只因他家世代业农，薄薄的有些祖业，所以不愿认真投身行伍；不然，那时由行伍中发迹的，十分容易。有了他这种资格，早已是提镇的地位了。如何能得他在这里，当这种全无名义的首领呢？这时罗传贤，见自己的队伍败退下来，正无法阻止，只得也跟着往后退。陡然见一个文人装束的少年，从老弱队中，一跃十多丈，到了阵前，将长袍一揭，随着左臂一扬。便见无数火星相似的东西撒开来，向浏阳人身上射去。浏阳人正奋勇追赶，一遇那些火星，顿时一个个如受了重伤。罗传贤心中好生诧异，才招呼自己人，回身杀去。又见那少年抢着锣打，心里更是惊讶。

杨天池高声喊了几句话，罗传贤忙跑过来，对杨天池拱手，问道："足下是哪里来的？为何不乘胜追杀，反敲锣停止进攻呢？"杨天池放下铜锣，也拱手答道："敌人已死伤得不少，上天有好生之德，君子不欲多杀人，岂可尽情杀戮？小子便是十年前的义拾儿，今日路过此地，特来相助我义父一臂之力，并非有仇于浏阳人。死伤过多，仇恨更深，循环报复，更无了时。老先生此时，即可将大众遣散，小子就此告别了。"杨天池复拱了拱手，折身见自己义父，就立在后面。

原来万二呆子着急义拾儿像个文弱书生，如何能和人打？自己不曾拉住，很放心不下，自己的眼睛又看不见多远，杨天池施放梅花针，浏阳人受伤，以及平江人反攻上去的种种动作，万二呆子眼里，都不曾看得清楚。只听得旁边的人，忽然加倍地呐喊，又听得大家欢呼之声，问同伴的，才知道义拾儿在绿旗底下，和罗传贤说话。浏阳人已是大败亏输，方将一颗老糊涂心放下，急忙走到绿旗跟前来。他原是一个极忠厚的人，见自己的首领在这里，还不敢上去，就立在背后等着。

杨天池搀扶着他的胳膊说道："扶你老人家回家，看义母病得怎样了。"万二呆子点了点头，说道："好可是好，但是我还得向罗先生告假，才能带你回去。这是有规则的，不然，就算是临阵脱逃，得罚我五串钱。"杨天池道："什么罗先生，他在哪里呢？孩儿去替你老人家告假，你老人家只立在这里不动。"万二呆子摇头道："这是使不得的。不论是谁，都不能托人告假，我是要亲去的。刚才和你说话的，便是罗先生。"

罗传贤还没走开，万二呆子的话，听得明白，即过来说道："万二爷，只管回去吧。我遣散了大众，还要到你家来和他谈话呢。"说时，用手指着杨天池。万二呆子听了，欢喜不尽。在万二呆子的心目中，以为罗传贤是个大有身份的人，能得他来家一趟，真是蓬荜生辉。慌忙鞠躬致敬的，连称不敢当。杨天池懒得多说，搀扶了万二呆子就走。回到万家，杨天池与他义母自有一番殷勤安慰，万二呆子自有一番问长问短，这都不必叙他。

且说浏阳人方面，有五六百人受了杨天池的梅花针。被平江人杀死的，有一百多名，打伤者有二三百。只被梅花针刺了，没被打被杀的，倒容易恢复了原状。原来杨天池的梅花针上面，没有毒药，受伤的不至有性命之忧。往常两方打架，照例是打输了的，就即时各散五方，这年认了输，且待次年再打，然从来死伤到一百人的时候很少。这回浏阳人本已打胜了，却来了杨天池助阵，反将胜的打得一败涂地，死伤如此之多。

浏阳队中首领，姓陆名凤阳，是浏阳一县中，财力最雄厚的农人。虽是不曾读书，为人却甚是精明干练，争着了赵家坪，于他家农务上的益处极大，所以浏阳人奉他为争赵家坪的首领。这回因是打胜了，陆凤阳领着大众，争先追杀，不提防他受了杨天池一梅花针，又被平江人在他肩头上，打了一铁锄头。还亏了一锄就打得昏死过去了，平江人以为是已经死了，才没打第二下。平江人退后，方渐渐转过气来。陆家住在一个小市镇上，陆凤阳的跟人，将陆凤阳抬回家医治。

刚抬到那市镇上，一个跛脚叫化，正低着头，迎面一偏一点地走来。抬陆凤阳的人，因走得太快，跛脚叫化避让不及，竹竿尾子，在跛脚叫化的额角上，撞了一下。叫化喊了一声"哎呀"，双手将竹竿扭住骂道："你们瞎了眼吗？充军到烟瘴地方去吗，怎么是这般乱冲乱撞的？"陆凤阳的跟人在那时有什么好气，朝着那叫化脸上，啐了一口凝唾沫，也回骂道："你不是瞎了眼，如何不早些让开？你真是个不睁眼的东西！也不去打听打听，看我们抬的是谁？"

那叫化被这一回骂，倒软下来了，反笑着晃了晃脑袋，说道："我确是个不睁眼的，不知道是谁。倒要看看你们抬的，可是一个三头六臂的人物？"陆凤阳肩上虽受了重伤，心里却还明白。起初听得自己跟人和人拌嘴，以为无意地撞人一下，算不了什么事，便懒得张眼去看；及听这叫化说出来的话，既不是本地的口音，又不像寻常叫化的口气，见说要看看可是个三头六臂的人物．即张眼一看，不由得心里大为诧异。

不知陆凤阳为什么诧异，那跛脚叫化是谁？且待第七回详说。

冰庐主人评曰：

施耐庵作《水浒传》，辄于每回之末，另起波澜，故作惊人之笔，不肯平平写去，使读者精神为之一振，且妙在笼罩下文，而无背谬情理之处。本书作者深得是法，每至回末，令人悠然意远，而第五回一结，尤出人意料之外。迨读本篇笑道人之言，则又语语不背情理．蛛丝马迹，早在上回埋伏妥帖。噫！小说虽小道，欲求其工，岂易易哉！

吾尝痛夫近世非孝说之背谬，不惜浪费楮墨，一再斥之。亦欲纳人心于正轨，挽既倒之狂澜，使枭獍之徒，憬然自知觉悟耳！今读《奇侠传》一书，而知作者与余有同情也。故一发于红冬瓜教孝之言，再申于义拾儿寻亲之日，劬劳罔极之思，溢于言外。呜呼！吾人之所以异于禽兽者，以其能识孝悌，别长幼耳，奈何倡言非孝者之自甘侪于禽兽之列耶？

平、浏乡民之争赵家坪，一年一度，已成惯例。原与诸侠风马牛不相及，乃从杨天池探望万二呆子闲闲而入，他日英雄聚义，剑侠争雄，皆肇于此。大风之起，始于苹末，信然，信然！

第七回

陆小青烟馆逞才情
常德庆长街施勇力

话说陆凤阳张眼见那跛脚叫化，身材矮小，望去像是一个未成年的小孩，一头乱发，披在肩背上，和一窝茅草相似；脸上皮肤漆黑，紧贴在几根骨朵上，遍身只怕没有四两肉，背上披一片稿荐，胸膛四肢，都显露在外。两个鼻孔朝天，涂了墨一般的嘴唇，上下翻开，俨然一个喇叭，两只圆而小的眼睛，却是一开一阖的，闪灼如电。发声自丹田中出来，洪亮如虎吼。那时正在二月间天气，北风削骨，富贵人重裘还嫌不暖，这叫化仅披着一片稿荐，立在北风头上，全没一些缩瑟的样子。

陆凤阳的心思，也很细密，一见这叫化，就暗自寻思道："这人必不是寻常的乞丐，多半是一个大强盗装成的，我倒不可把他得罪了，免得再生烦恼。"心里这般忖量着，便忍着肩上的痛，勉强抬了抬身，赔着笑脸说道："他们是粗野的人，不留神撞伤了老哥什么地方，望老哥看我的薄面，饶恕了他们。我身上带了重伤，不能下来给老哥赔罪，也要求老哥原恕。"

那叫化见陆凤阳赔不是，即将扭竹杠的手松了，点了点头，笑道："这倒像几句人话。好！我真个看你的面子。"说完，提起那跛脚，又一偏一点地往前走。陆凤阳的跟人，心里十分怪自己主人太软弱，无端地向一个乞丐，是那般服低就下，只是口里不敢说出什么来。气愤愤地抬到家中，邀了几个帮陆凤阳种田的长年工人，瞒着陆凤阳，各人带了一条檀木扁担，追出来，想毒打那叫化一顿。

这种事，在浏阳地方是常有的，浏阳的人性，本来极强悍，风俗又野蛮，过路的人，常有一言不合，就动手打起来的。本地人打赢了便罢，若是被过路的打输了，一霎时能邀集数十百人，包围了这过路的毒打。打死了，当时拣一块荒地，掘一个窟窿，将尸首掩埋起来；便是有死者家属寻到了，也找不着实在的凶手。

陆家出来追叫化的，共有八个人，才追出了那市镇，即见那叫化，缓缓地在前面走。追的一声喊嚷，各举扁担，从两边包围上去。那叫化像是聋了耳的一般，全不知觉，仍向前一偏一点地走。先追着的，一扁担没头没脑地砍下，正砍在那叫化的后脑上。可是作怪！扁担砍在上面，就和砍在一个棉花包上相似，砍的人还只道是叫化头上的乱发堆得太厚，砍在头发上，所以这般柔软。接着第二个赶到了，扫腿一扁担砍去，砍在那跛脚上。只听得"啪"的一声，将扁担碰了转来，震得这人的虎口出血。

跛脚叫化望着刚才抬陆凤阳的两个跟人问道："你们为什么打我呢？"两人不曾回答，接二连三的扁担，斩肉丸似的软将下来，下下实打实落，并没一扁担落了空。倒打得那叫化大笑起来说道："原来你们只有打单身叫化的本领，怎么和平江人打起来，便那般不济咧？打够了么？我都记好了数目，回头去找你的东家算账！"这一来，把这八个人惊得目瞪口呆。几个胆小的掉转身，撒腿就跑。这几个见他们跑，也跟着溜之大吉，大家都存了一个如果叫化找来，只咬定牙关，不承认打了他的心思。

一行人才奔进大门，就听得那叫化紧跟在背后喊道："我送上门来给你们打；你们不打一个十足，我是不肯走的。"大家回头一看，更惊得恨无地缝可入。谁也想不到他一个跛脚，会追赶得这么快，料想他这么大的嗓音，必然会嚷得被自己东家听见。跑是跑不了，躲也无处躲，只得都回身向叫化求饶道："我们都是些无知无识的蠢人，得罪了你老人家，你老人家不要与我们一般见识，我们在这里赔礼了。"各人都倚了扁担，一齐向叫化叩了个头。

叫化"嗄"了一声道："有这么便宜的事么？你们浏阳人被人打死了，都没要紧；打伤了，更是应该的。我不是浏阳人，没这般好说话。快把你东家叫出来，跟我算账。"两个跟人以为他是一个叫化的，我们向他叩头，便叩一百个，他也没有用处，所以说没有这么便宜的事。他必是想要钱要米，多偷些米给他就完了，免得给东家知道了麻烦。忙拿大碗，盛了一满碗米给他道："对不起你老人家！我们都是帮人家的人，手边实在是拿不出钱来。将就点儿，收这碗米吧。这碗米，差不多有一升呢！"

那叫化朝着碗只一声"呸"，碗里的米，和被什么东西打着了似的，都直跳起来，敩了一地，碗中一粒也不剩；连端碗的那只手，都被呸得麻了，吓得这人倒退了几步。叫化接着骂道："好不开眼的东西，老子向你讨米吗？你够得上有米开叫化，我不是贼头目，怎的收你这偷来的米？还不快把你的东家叫出来吗？"这如雷的声音一呼唤，陆凤阳睡在里面，已被惊醒了，忙教自己的儿子陆小青出外，看是什么人吵闹。

陆小青这时才得十二岁，却是聪明绝顶，言谈举止，虽成人不能及他。陆凤阳因钟爱他，又自恨世代业农，不曾读得诗书，不能和诗礼之家往来结亲，立意想把陆小青读书。五岁上就延聘了一个本地秀才，在家里教读，只两年工夫，便读完了五经。远近的人，都称陆小青为神童。八岁的时候，陆凤阳带着他到长沙省城，看他姨母的病，他姨母住在南门凤凰台。那时湖南的鸦片烟盛行，省城里的街头巷尾，都遍设了烟馆。上、中、下三等社会的人，烟馆里皆可容留得下。烟馆当中，最大最好的，推鸡公坡的福寿祥第一。陆凤阳这日，请一个姓赵的秀才到福寿祥吸鸦片，陆小青也跟着去了，在烟馆里，赵秀才又遇着一个朋友，于是三人共一个烟榻吸烟，陆小青就立在旁边看。

赵秀才见陆小青生得唇红齿白，目秀眉清，很欢喜地摸着陆小青的脑袋问道："你曾读书么？"陆小青说："略读过几本。"赵秀才又问："曾开笔做文章么？'陆小青说："不曾，只每日做一首诗，对两个对子。"赵秀才说："你会对对子吗？我出一个给你对，你欢喜对么？"陆小青说："请出给我试试看。"赵秀才原是随口说的一句话，心里何曾有什么可出的对子呢？听陆小青这么一说，倒不好意思不出了。随即躺下来，拈着烟签烧烟，一盒烟三个人吸，早已吸光了，赵秀才还不曾过瘾，遂笑向陆小青说道："有了！我说给你对吧：盒烟难过三人瘾。你有得对么？"陆小青应声说道："杯酒能消万古愁，使得么？"赵秀才吃了一惊，望着陆凤阳笑道："想不到令郎这一点点年纪，就有这般捷才，真是难得。将来的造就，实在不可限量。"

陆凤阳听了，自是高兴，正在谦逊，忽听得烟馆里的雄鸡叫，赵秀才拍着巴掌笑道："我又有了一个好的，你再对一对看。这里地名鸡公坡，方才恰好鸡公叫，就是：鸡公坡内鸡公叫。你对吧。"陆小青略不思索地答道："凤凰台上凤凰游。"赵秀才长叹了一声道："这种天才，这种吐属，还了得吗？你将来一定是凤凰台上的人物！"从这回起，陆小青的才名，震惊遐迩。他又肯在学问里面用功，陆凤阳把他看得比宝贝还重，轻易不教他出外。这日自己被平江人打伤了，儿子在床跟前伺候，听得外面吵闹，自己不能挣扎起来，才打发他出外查问。

陆小青来到厅堂上，见一个跛脚叫化，坐在大门里面吆喝。这时八个打叫化的人，都没法摆布，又怕东家出来责备，一个个抽身进里面躲了。叫化也不再追赶，一屁股坐在地下，张开喇叭口，朝里面乱骂。陆小青走近前问道："你是讨吃的么，却为何坐在这里骂人呢？"那叫化举眼一见陆小青，即时换了一副笑容答道："只许你家的人打我，不许我骂你家的人吗？"陆小青问道："我家有谁打了你？只怕是你认错了人吧？我的父亲被人打伤了，还不曾请得医生来治，如何会有人来打你咧？"那叫化哈哈大笑道："原来你父亲被旁人打伤了，却教长工追赶着打我，这也算是报复之道。好在我的皮肉坚牢，没被你家长工打伤。你不相信，只把刚才抬你父亲回家的那两个人叫来，问他们是不是打了我？这地下撒的米，也就是他偷了给我，想敷衍我的。"

陆小青早已看见撒了一地的米，听这叫化的谈吐，绝不像是一个下等人，估料他说的，必不是假话，心里很觉得有些对不住。即时将两个跟人叫出来，问什么事追赶着人打。跟人知道隐瞒不住，只得把追赶实情述了一遍。陆小青是个头脑很明晰的小孩，一听跟人的话，就暗自寻思道："这一个小小身材的叫化，身上又没穿着衣服，科头赤脚的，怎生能受得了八个壮健汉子用檀木扁担劈，一些儿不受伤损呢？这不是一个很奇怪的叫化吗？我父亲这回和平江人因争水陆码头打架，若是有这叫化同去，平江人不见得能打伤我父亲。我何不将这事，进去告我父亲知道，看他如何说法？"陆小青思量着，教跟人立着不动，自己转身到里面，将叫化的情形和跟人的话，照样向陆凤阳说了。陆凤阳不待说完，一蹶劣爬了起来，全忘了肩上的伤痛，倒把陆小青吓得后退。

陆凤阳下了床，招陆小青拢来说道："快扶我出去见他。"陆凤阳的老婆在旁说道："你肩上受了这么重伤，一个叫化子，也去见他做什么？"陆凤阳道："你们女子知道什么？说不定替我报仇雪恨，就在这个叫化子身上呢。"陆凤阳一面说，一面扶着陆小青的肩头来到外面，向那叫化一躬到地说道："我等山野之夫，真是有眼不识泰山。家人们无礼，更是罪该万死，望海量包涵。恕我身带重伤，不能叩头赔礼。这里不是谈话之所，请去里面就坐。"

那叫化并不客气，随即立起身，笑道："不嫌我龌龊吗？"跟人还立在那里，见叫化不提说挨打的事，就放下了心。听了叫化说不嫌我龌龊的话，忍不住掉转脸匿笑。陆凤阳忙叱了一声骂道："你们这些无法无天的东西，还了得吗？等歇我闲了，再和你们说话。"骂得两个跟人不敢笑了。

陆凤阳父子引叫化到客堂里，纳之上坐，自己在下面坐着相陪，开口说道："我本是一个村俗的人，生长在这乡里，一辈子没出过远门，没一些儿见识。然而一见你老兄的面，就能断定是一个非常的人。只因我肩上被人打伤了，一时疼痛难忍，不能延接老兄进来。方才听小儿说家人们对老兄无礼的情形，心里又是气愤，又是钦佩。气愤的是，家人们敢背着我，这般无法无天；钦佩的是，老兄的本领。所以身上的痛苦都不觉着了，来不及扣挣扎着出来，向老兄赔罪，并要求老兄不弃，在寒舍多盘桓几日。"

那叫化微微地点了点头，含笑说道："不愧做浏阳人的首领，具是精明干练，名下无虚。但不知贵体是怎生受伤的？"陆凤阳说道："老兄不是已经知道我是被平江人打伤的吗？"叫化道："我曾遇着一个从赵家坪逃回的人说，这边本已打胜了，正奋勇追赶，忽然追赶的人一个一个地只往地下倒，却又不是被平江人打了的。是不是有这么一回事呢？"陆凤阳拍着大腿，唉声说道："正是这般的情形，我至今还不明白是什么道理。这回我浏阳人里面，死伤的只怕有一大半，真是可怜可恨。往年的陈例，每年只决一次胜负。但是这回我浏阳人吃的苦实在太大，宁肯拼着一死，这仇恨断忍不了到明年再报。我知道老兄是英雄，千万得助我雪恨。"陆凤阳说至此，忽然"啊呀"一声道："我只顾说话，连老兄的尊姓大名，都忘记请教了。"

那叫化偏着头，像是思索什么的样子，陆凤阳的话，似乎不曾听得。好一会儿，才抬头问道："追赶的时候，你这边的人一个一个地往地下倒，是不是呢？"陆凤阳口里应是，心里暗自好笑，这话原是他自己听得人说的，我已答应了正是这般情形，怎么还巴巴地拿这话来问是不是呢？只见叫化又接着问道："你跟着上前追赶没有呢？"陆凤阳道："我若不是跟着上前追赶，也不至被人打伤了！"叫化又把头点了两下，问道："你也跟着往地下倒没有呢？"陆凤阳暗笑这人怎的专问这些废话？我若不跟着往地下倒，难道见大家都倒了，我还不急速退回，立在那里等平江人来打吗？只是陆凤阳心里尽管这般暗笑，口里仍是好好地答应："我也跟着往地下倒了。"叫化道："你为什么也跟着倒呢，真个不是被平江人打倒的吗？"

陆凤阳听了这两句话，却被问住了，迟疑了一会儿，才说道："那时平江人敌不住我们了，都没命地转身飞跑。我们已追赶了半里路，并没一个平江人敢回头，实在是没人打我们。我之所以往地下倒的原因，是为我的右腿上，忽然像是有人拿一支很锋利的锥子，用力锥了一下，立时痛彻心肝，两腿不由得一软，就撑支不住，倒在地下了。然我回家后，捋出右腿来看，又不见有伤痕。我正自疑惑，即算我平日两腿本有转筋的毛病，这几百人怎么都会一齐倒下的咧？"

叫化起身走到陆凤阳跟前，教再把右腿捋出来看，即露出很吃惊的神色。仔细端详了几眼，才用那色如漆黑、瘦如鸡爪的手指，点着膝盖以上一个带红色的汗毛孔道："平江人打了你的伤痕，有在这里了。"陆凤阳看了不信道："这是蚤虱咬了的印子，我身上常有的，如何说是平江人打的伤痕？"叫化大笑道："也难怪你不相信，我就还你一个凭据吧。"说时，揭开他自己腰间的稿荐，现出一只讨米袋来。伸进手去，摸了一会儿，摸出一颗棋子大的黑东西，像是有些分两的。估料不是铁，便是石。

叫化将那颗黑东西，放在红色的汗毛孔上，不一刻就拿起来，指给陆凤阳看道："这是蚤虱咬的么？"陆凤阳看黑东西上面，粘着半段绝细的绣花针，针上还有血，不禁惊异问道："这不是一口断了的绣花针吗，怎么会跑到我大腿里面去了呢？"

叫化叹了一声气道："这事只怕得费些周折。老实说给你听吧，这不是断了的绣花针，是修道人用的梅花针，因形式仿佛梅花里面的花须。我本来不合多管这些不关己的事，但使用这针的人既在修道，何必帮着人争水陆码头，并下这种毒手？于情理未免太说不过去。不落到我眼里，我尽可不必过问；于今既看在眼里，听在耳里，记在心里，待说不过问，天下英雄也要笑我，不能存天地间正气。我姓常，名德庆，江西抚州人。只因平生爱打不平，十七岁上替人报仇，杀了人一家数口，就逃亡在外，不能回转家园。流落江湖上二十年，本性仍不能改。曾遇人传授我治伤的方药，不问跌伤打伤，哪怕断了手足，只要在三日之内，我都有药医治。今日也是你我有缘，又合该二三百农人不应死在梅花针下，凑巧我行乞到此。"常德庆说时，又伸手在那讨米袋里，掏出一个小红漆葫芦来，倾出来些药粉，用水调了。先敷了陆凤阳肩上的锄伤。然后将葫芦中药粉，尽数倾出，用纸包了，交给陆凤阳道："凡是从场打伤了的人，只须将这药略敷上些儿，包管就好。你拿去给他们敷上吧，我还有事去，不能久在此耽搁，回头再见。"

陆凤阳肩上的伤，原疼痛得厉害，虽勉强延接常德庆，陪着谈话，然仍不免苦楚。自从这药粉敷上，但觉伤处微痒，顷刻即不似前时那般疼痛了。心里正高兴，要和常德庆商量复仇之计，听常德庆说有事去，不能久在此耽搁的话，哪里肯放他走呢？双手扭住常德庆的手腕，放声哀求道："我这一肚皮怨恨，非老兄……"常德庆不俟陆凤阳说完，连连地点头答道："用不着多说，我统知道了。仇也不能就坐在你家里报呢！"陆凤阳仍扭着不放。忽听得外面人声嘈杂，仿佛有千军万马杀来的声响，惊得陆凤阳连问怎么。

不知外面嘈杂的是谁，这仇怨究竟怎生报法，且待第八回再说。

冰庐主人评曰：

  古之成大事、立伟业者，往往礼贤下士，虚怀若谷。未闻有徒恃匹夫之勇，而能垂不世之业者。西楚霸王，勇士也，然徒恃其拔山盖世之雄，瞋目一呼，辟易万人；卒至楚歌四绕，无面以见江东父老。法拿破仑，怪杰也，纵有统一全球之志，蹂躏亚欧，称霸一时；然而滑铁卢一战遭擒，难免被流荒岛。以此证之，谦德亦为人生要素，良足信也。陆凤阳闻常德庆之勇，即瞿然忘痛苦，不以乞丐为鄙，低首礼之，真不愧为浏阳人之首领矣！故吾姑置他日胜负于不论，就目前言，陆凤阳亦非常人也。

第八回

陆凤阳决心雪公愤
常德庆解饷报私恩

　　话说陆凤阳正扭着常德庆不放，忽听得门外人声嘈杂。陆凤阳是在赵家坪，受了惊吓的人，惊魂才定，又听得有如千军万马杀来的声响，如何能不惊得连问怎么呢？陆小青早已跑出客堂，朝大门口一望，只见一大群的人，争着向门里挤进来。陆小青眼快，认得在前面的几个人，都是附近的大农户，平日常和自己父亲来往的。料知没甚凶事，才放了心，急转身告知陆凤阳。

　　常德庆笑道："你家有客来了，更用不着我在这里。我这脏样子，或者人家还要讨厌呢。"说着，脱开了陆凤阳的手，往外便走。陆凤阳肩上的伤，此时已全不觉痛了。见常德庆执意要走，只得立起身送出来，一面看许多农户来干什么。只见大门以内，挤得满满的人，足有八九十个，一个个面带怒容，见陆凤阳送一个叫化出来，都现出诧异的样子。

　　立在前面的几个人，迎着陆凤阳，略转了些笑脸问道："陆大哥不是受了重伤吗？怎么就好了呢，原来伤得不重么？"陆凤阳向说话的人指了指常德庆道："等我送了客，回头再和诸位详说。"陆凤阳直送到大门外，拉了常德庆的手，两眼像要下泪的样子，说道："到舍间来的这许多人，不问可知是找我商量报复的事。我若不能报这回的仇，死在九泉之下的众兄弟，也不能饶恕我。你老兄若不能帮我，我这仇就到死也报不了。"

　　常德庆摔开手不悦道："太啰唆了！教人不耐烦。我既说了要报仇，也不能坐在你家中报，不是已经答应了你吗？"陆凤阳赔笑作揖道："我委实是气糊涂了。老兄且不耐烦，但我仍得请问一句，老兄此去，何时再来？万一有紧急的事，教我去哪里寻找老兄？"常德庆一面往前走着，一面答道："这也用不着问，你有紧急的事，我自然会来。我便说给你的地方，你也找寻我不着。"陆凤阳不敢再说，望着他一偏一点地走得远了，才回身进屋。

此时陆小青已教家下人，搬出许多椅凳，在大厅上，给众农户坐了。刚才问陆凤阳话的几个人，见陆凤阳进来，先起身说道："我等听得大哥受了重伤，都放心不下，所以约齐了，来瞧大哥。"众人也都立起身来。陆凤阳让座申谢了几句，说道："我的伤，已承刚才送出门的那位常大哥，给我治好了，并留下许多灵丹在这里，教分给受伤的众兄弟。"说时，取出那纸包药粉，交给一个年老的人道："往年的旧例，打胜了，得治酒大家痛饮一番；打败了，各自归家休养。死了的，归家属领埋；伤了的，归自家医治。唯今年不能依照往年的旧例，因平江人得了外来的人助阵，才能转败为胜，并不是我们斗平江人不过。从来争水陆码头，没有外来人帮场的，况且他们这帮场的，不是寻常人。我们众兄弟，都死伤在那人的梅花针底下，情形实在太惨。我这回拼着不要命了，总得设法报这番的仇恨。"

众人都流下泪来，争着说道："我等到这里来，一则为瞧大哥的伤势，一则为要商量报前番的仇。我等多是目击当时情形的人，若不是逃跑得快，也和众兄弟一样，死的死，伤的伤了。也不知平江人，从哪里请来的那个妖人，用的什么邪法？只将手往两边一撒，我们这边的人，就纷纷往地下栽倒。他们都回身，打跛脚老虎似的，一下一个。可怜死伤的众兄弟，哪一个能明白，是如何死伤的呢？这仇不报，要我等活在这里的何用！陆大哥尚肯拼着性命不要，我等中若有一个畏死贪生的，已死众兄弟的英灵，绝不让他活着。"

众人说时，有放声大哭的，陆凤阳扬手止住道："大丈夫做事，要做就拼着性命去做，哭是不中用的，徒然减了自己的威风。他们能请得着外来的帮场，我们也请得着人。刚才我送出门的常大哥，就是一个英雄豪杰之士。我已拜求了他，承他答应了，替我们报仇雪恨。诸位且回去，拿这药粉将众兄弟的伤治好了，只等常大哥一来，商量了报复的方法，我即传知诸位。"

众人中有问常大哥是哪里人，怎生到这里来的？陆凤阳将轿杠擂了常德庆，及自己跟人纠合长工去打的话，说了一遍。众人都转忧为喜，一个个眉飞色舞的，辞了陆凤阳，带着常德庆给的伤药，医众人的伤去了。

且慢！在下写到这里，料定看官们心里，必然有些纳闷，不知常德庆毕竟是个什么人，如何来得这般凑巧？这其间的原委，也正是说来话长。而且说出来，在现在一般人的眼中看了，说不定要骂在下所说的，全是面壁虚造，鬼话连篇。以为于今的湖南，并不曾搬到外国去，何尝听人说过这些奇奇怪怪的事迹，又何尝见过这些奇奇怪怪的人物，不都是些凭空捏造的鬼话吗？其实不然。于今的湖南，实在不是四五十年前的湖南。只要是年在六十以上的湖产人，听了在下这些话，大概都得含笑点头，不骂在下捣鬼。至于平、浏人争赵家坪的事，直到民国纪元前三四年，才革除了这种争水陆码头的恶习惯。洞庭湖的大侠、大盗，素以南荆桥、北荆桥、鱼矶、罗山几处为渊薮。逊清光绪年间，还猖獗得了不得。这回常德庆出头，正是光绪初年的事。趁这时将常德庆的来历交代一番，方好腾出笔来，写以下争水陆码头的正传。

常德庆原是江西抚州人，他父亲常保和，是一个做木排生意的人。湖南人称做木排生意的，谓之"排客"。照例当排客的，不是有绝高的武艺，便得有绝高的法术。湖南辰州地方，本来产木料，风习又最迷信神权，会符咒治病的极多。所以，"辰州符"是全国有名的。辰州的排客，没一个不是有极灵验、极高强法术的。因为湖南人迷信，相传说：洞庭湖的龙王，最是气度仄狭，手下的虾兵、蟹将，更最喜兴风作浪的，危害行船。不论来往的船只，预备过湖的前一日，总得斋戒沐浴，鸣锣放炮，跪拜船头，求龙王爷保佑。在经过湖心的时候，船中老幼男女，都得寂静无哗，不但不敢在湖中有猥亵的行为，便是略近不敬不谨的话，也不敢说出半句。说是只要有一言半语，触犯了龙王爷或虾兵蟹将，立时风波大起，那船就或翻或沉，那排就或散或停，在湖心打盘旋，和被人牵住了一般，再也行走不动。法术好的排客到了这种时候，就要有本领和龙王爷抵抗。排客驾着木排，到湖北销售了，得了现金，须搭帆船回家。在洞庭湖经过的时候，就得防备大盗。会武艺的排客在这种关头，便能保全自己的生命财产。常保和虽是江西人，却很会辰州的法术，武艺更是好到绝顶。常德庆才得十岁的时候，常保和就将他带在跟前，教他的武艺。只因常保和所会的武艺，是阴劲功夫，常德庆的身量又天赋的瘦小，练到一十五岁，形象便活是一只猴猿，身子比猴猿还快。十八岁上，常保和死了，他不愿意继续做那木排生意，在湖南藩司衙门里，谋了一份口粮。

那时的藩台，独具只眼，能看出常德庆是个好身手的汉子来，格外提拔他，当了一名贴身的护卫。每次有重要的差遣，总是教常德庆去，从来不曾失过事。那时解赴都门的丁漕银两，若没有水陆两路的英雄保护着，出了湖南界，就不得过湖北界；过了湖北界，又不得过河南界；只要能过了河南界，便可望平安无事地解进北京了。湖南专保解丁漕银两的，姓罗，名有才，独身保了五十年，水陆两道的强人，从不敢过问。这时罗有才的年纪，已有八十多岁了。他儿子罗春霖，不忍八十多岁的父亲再去饱受风霜，饱担惊恐，力劝罗有才递辞呈，乞休养。罗有才每年一次地力辞，辞到第三年，病了下来，实在再不能奉命了，藩台只得准了，因此才极力地物色人才。两三年提拔常德庆在跟前，随时留心观察，知道是个可靠的人。罗有才既是病了，藩台便叫常德庆到签押房里，问他能不能保解丁漕银两。

　　此时常德庆的年纪，只二十二岁。少年人练了一身本领，目空一切，哪知道江湖上的厉害！当下便随口答道："小的承大人格外栽培，虽教小的赴汤蹈火，小的也得奉命。何况于今是太平盛世，不过要小的在沿途照顾照顾，哪里真有目无王法的贼子，敢冒死来盗窃？罗有才保解了五十年，何尝有一次曾有贼子敢出来侵犯过？小的情愿保解，以报大人格外栽培的恩。"藩台听了，异常欢喜，即交了三十万两丁漕银给常德庆，点了三十名精壮兵士，随船照顾，送出湖南地界。

　　常德庆结束停当，带了应用兵器，押着一号大官船的银两，从长沙动身，往湖北进发。下水船行迅速，只两日就过了洞庭湖。次日又安然无事地经过了鱼矶。鱼矶以下三十里，便是罗山。随船的三十名兵士，只待过了罗山，即回长沙销差。

　　这夜船泊在罗山底下。常德庆在童年的时候，就随着他父亲常保和，往来两湖之间。湘江沿岸的强人侠士，虽见识得不多，然什么所在是强人出没的地方，耳里时常听得常保和说，脑筋里是能记忆的。罗山本是湘江岸强人的第一个巢穴，里面好本领之人极多。常德庆也就不敢怠慢，教众兵士不要解装休息，真是弓上弦，刀出鞘的防护，但是都坐在船舱里面，船棚仍遮盖得严密。常德庆背上插了一把三尺长的单刀，这单刀还是常保和传给他的。虽没有吹毛断玉的那般犀利，然在常保和手里用了几十年，江湖上没有不知道这单刀厉害的。稍微轻弱些儿的兵器，一遇这刀，莫不登时两段。刀重有九斤半，寻常无人能使得他动。常德庆自幼使用惯了，舞动起来，刀光如镜，耀得人两眼发花。这时插了这把刀，吩咐众兵士不要高声言语，若听得外面有呼杀的声音，须同时立起来，一齐动手，将船舱揭开。各人守住各人的地位，不可乱走乱动，强人到了跟前，方可动手。船上不比陆地，人多一走动，船身就摇晃，立脚不住。凡事有我担当，不要害怕。

众兵士听了常德庆的话，虽教他们不害怕，其实他们是承平时候的兵，不曾见过阵。这时又在夜间，又在不好施展、不能逃跑的船上，如何真能不害怕呢？口里不敢说什么，心里却都存了个若果有强人来了，就大家跪在船板上求饶的念头。常德庆吩咐好了，猿猴一般地爬上桅杆颠上坐了，用眼向四面张望。此时并无月色，十丈以外，便看不出人影。

坐等二更以后，忽听得远远地有犬吠之声，近处人家的犬，也立时接声吠起来。常德庆定睛向犬吠的地方望去，穷极目力，看不出一些儿人影来。正待飞身上岸，用耳贴地去听，听有无脚步的声音，并声音的轻重多少，忽觉三四丈以内，有一条黑影一晃，向自己船上射箭一般地奔来。船身登时往下一沉，竟似有千斤重量，只是一些儿响声没有。常德庆即知道来者不是等闲的人物，趁着那人上船立足未定的时候，从桅颠上一个"鹞子翻身"，头朝下，脚朝上，对准那人头上，直刺下来。那人闪让不及，举手中铁尺来挡。怎当得常德庆从上杀下来势凶猛？铁尺碰在单刀上，截去了半段。顺势收束不住，将那人右膀连肩削去了一半。常德庆脚才踏着船板，那人也不喊痛，一面用左手的铁尺来招架，一面口中打了一声呼哨。常德庆恐来多了，地方仄狭，抵敌不过，正把手中的刀紧了一紧，想先将来的杀倒。

可是作怪！船身猛然向水中直沉下去，舱里的兵士，都慌张大叫进水了。常德庆来不及拔步，水已淹了大腿。亏得他小时在河江里长大的，很识得水性，然身上担着这多银两的干系，心中怎免得了惊慌？一个不留神，左肩上被人打了一下，身体才一偏，右腿上又受了一暗器。觉得这两下都很有些分两，哪敢留恋，连忙泅水向上流逃生，耳里还听得众兵士哀号的声音，和强人哈哈大笑的声音，吓得头都不敢回，直泅了十多里水程。

见鱼矶这边河岸，隐隐有几点火星，料想不是人家，便是停泊的船只，且去借宿了，再作计较。便泅过江，近有火星的地方一看，哪里是人家，也不是船只。原来是渔人，架着大罾，在河边捞鱼，用芦席搭盖着一间船棚也似的小房子。渔人坐在里面，旁边挂着一盏油灯。这种渔棚，相离十来丈远近一个。常德庆在水中逃生的时候，肩腿上的伤，都不觉得疼痛，此时一爬上岸，便痛得不能忍受了。走到一个渔棚跟前，见里面坐着一个五十来岁的渔人，正合着双眼打盹。常德庆"喂"了一声说道："借光，借光。我是被难逃生的人，身上受了重伤，要借你这渔棚，休息一夜，明日算钱给你。"口中说着，身体已不由自主地进渔棚倒了下来。

那渔人张眼望了一望微笑着问道："你是干什么事的？在哪里被难，却逃生到这里来？"常德庆痛得哼声不止，哪有精神回答，只闭着眼不睬。渔人连问了几声，常德庆心里烦躁道："你管我这些作甚？我借了你的渔棚，说了明早算钱给你，要你多什么闲事，寻根觅蒂地来问？"渔人听了，倒不生气，反打了一个哈哈道："怪道你被难逃生，身上受了重伤。你年纪轻轻的人，对年老的人说话，竟敢这般不逊？你身上的重伤，就受得不亏了，只可惜没把性命送了。你是好汉，痛起来就不要这么苍蝇似的只哼。"

这几句话不打紧，却把个少年气盛的常德庆，几乎气死过去了。也顾不了身上的痛苦，翻身跳了起来，指着渔人骂道："你……你……你骂我不是好汉！你是好汉，敢过来，和我见个高下？我身上便再多伤儿处，也不怕你，敢来么？"渔人坐着不动，仍笑嘻嘻地望着常德庆点头道："你好汉是好汉，只可惜要充好汉的心太急了，自己断送了一条右腿。你若再充好汉，但怕连性命都得充掉。"渔人说时，只管望着常德庆右腿上的伤处。

常德庆是个初出来的人，如何知道自己腿上受的暗器是有毒的。听了渔人的话，觉得不是无因。又见渔人的言词举动，不似寻常的粗人，并且此时腿上的伤处，火也似的烧得痛，筋肉都像是要短缩的样子，一抽一抽的，痛得支持不住。来不及钻进渔棚，就倒在水里的沙滩上。

只见渔人长叹了一声，起身提了油灯，出了渔棚，照着两处伤痕说道："你知道你腿上，是受了人家的药箭么？再迟三个时辰，你这条小命就没有了，亏你还在这里耀武扬威。"常德庆心里明白，口里却负气不作声。渔人一手托着常德庆的肩头，教他坐起来，常德庆肩上的伤，被托得很痛，脱口喊出一声"哎呀"。渔人用灯照着肩上，见了那把单刀的皮鞘，吃惊似的问道："这刀鞘是你的吗，刀在哪里呢？"

常德庆觉渔人问得诧异，随口答道："这刀是先父传给我的，刚才洇水，掉在河边去了。"渔人问道："你姓什么？"常德庆说了姓名。渔人叫着"啊呀"笑道："你原来就是常保和的儿子，这却不是外人。我于今且治好了你的伤，再问你的话。"说着，放下手中的灯，从腰间掏出一包药来，敷了两处伤痕，说道："你刚才不跳起来使这一会儿劲就好了，于今缩短了一寸筋肉，成了一个跛子。这也是你合该如此，只要救了性命，就算是万幸了。"

常德庆思量："这渔人必是自己父亲的朋友，所以认得这把单刀。"想起自己无礼的情形，心中十分惭愧。伤处敷上了药，不一会儿就减轻了痛苦，连忙爬在地下，向渔人叩头说道："谢你老人家救命之恩，你老人家认识这刀鞘，必认识先父。小侄方才种种无礼，还得求你老人家恕罪。你老人家的尊姓大名，也得求指示。"渔人点头笑道："岂但认识你父亲，本来连你也都是认识的。只因有七八年不见你了，你的相貌长变了，又在夜间，没留意看不出来。你问我的姓名么？你只瞧瞧我这里，看你还记得么，认得出么？"

常德庆看渔人用手指着他左边耳朵，只见那左耳根背后，长着一个茶杯大的赘疣，心里忽然记忆起来，逞口而出地呼道："哦！你老人家是甘叔叔么？小侄真该死。你老人家还是八年前的样子，一些儿没有改变，怎么见面竟不认识呢？"说时又要叩头。

渔人拉了常德庆的手笑道："不必多礼！伤处才敷了药，尤不可劳动。且在这棚里睡到天明，明日再到我家下去。"当下拉了常德庆到渔棚里睡下，从容问常德庆因甚事被人打伤了。常德庆说明了始末原因，那渔人大惊失色道："你真好大的胆量！初出来的人，就敢保这么重的镖，往北道上去。还侥幸是在湖南界内失的事，只要人不曾丢了性命，丢失的银两，是还有法可设的。若是出了界，你这回的性命，就送定了。便算你能干，逃脱了性命，不死在劫镖的手里，试问你凭什么讨得镖回？讨不回镖，这三十万皇家的饷银，你有什么力量归还？这可是当要的事么？你此时在此睡着，不要走动。我得赶紧去，设法讨回镖银，迟了恐怕又出岔事。"

常德庆正待问将怎生去讨，渔人已出了渔棚，走几步又回头向常德庆说道："你安心等着便了。我今夜不回，明早定要回来的。"常德庆应着是，想坐起来相送，看棚外，已是不见人影了，一些儿不曾听到脚步声响。心里不由得暗暗佩服，前辈的本领是不可及，仍旧纳头睡下来。身体疲乏了的人，伤处又减轻了痛苦，自然容易睡着。正在酣梦朦胧中，忽听得沙滩上有多人脚步之声，常德庆惊醒转来，睁眼看棚口，那渔人正钻了进来。

不知讨得镖银回来了没有，且待第九回再说。

冰庐主人评曰：

  吾前回尝言谦德为人生之要素，今读此回而益信。盖常德庆渺视天下无能人，遂使三十万镖银，一旦被劫，身受重创，几难幸免；复藐视渔人，跳踉叫骂，卒损一足，为终身之病。语云：满招损，谦受益。我人立身处世，可不慎哉！

  作者写常德庆保送镖银，与《水浒传》杨志押送金银担，布局有极相似处，而用笔竟无一笔相犯。耐庵写黄泥岗遭劫一段，写得个中人各有神似，栩栩欲活；向君写罗山被劫一段，亦细细写去，使读者如身入其境。月黑星稀，犬声远吠，人影一晃，船身便往下一沉云云，午夜读之，不觉毛戴，真神化之笔也。故吾谓近世深得耐庵笔法者，向君一人而已。

第九回

失镖银因祸享声名
赘盗窟图逃遇罗汉

话说常德庆睡在渔棚里，被沙滩上一阵脚步声惊醒了。睁眼一看，只见去讨镖的那渔人钻进棚来。常德庆慌忙坐起，心里唯恐不曾将镖讨回，不敢先开口问，只用那失望的眼光，仰面瞧着渔人。渔人笑道："这回虽则失事，却喜你倒得了些名头。彭四叫鸡竟被你断了他一条臂膀，他是湘河里有名的大胆先锋。许多老江湖一个不提防，就坏在他手里。他素来是欢喜说大话，两眼瞧不起人的，所以江湖上替他取个绰号，名为'彭四叫鸡'。这回倒很恭维你，他说就凭你那一刀，愿将镖银全数送回。这也是你初出世的好兆头。"

常德庆听了，心中高兴，来不及地立起身来问道："三十万两都全数讨回了吗？他虽是这般说，然若不是老叔的面子，哪有这么容易。但不知三十名兵士，有几名留着性命的？"渔人用手指着棚外道："你自去点数，便知端底了。"

常德庆钻出棚来，此时天光已亮，晓风习习，晓雾濛濛，回头看江岸上，一排立着几十名兵士，并堆着一大摊的银箱。暗想怪道刚才一阵脚步声，把我惊醒了，原来就是这些兵士，和搬运这些银两的人。遂走到一个兵士跟前问道："你们统同回来了么？昨夜船沉了以后的情形，是怎么的呢？"兵士答道："我们三十个人，一个也不曾伤损。当船沉下去的时候，我们已将船棚掀开，都待浮水逃命。即听得岸上有人喊道：'不干你等的事，你们不逃倒没事，逃就枉送了性命。你们看，四面都有人把守了，能逃上哪里去？一齐上岸来吧，绝不难为你们。'我们听了这些话，哪里肯信呢？没一个敢近岸，都拼命泅着水，向上流逃。岸上的人，也不再喊了。我们逃不上半里，忽被一根粗索，在水中截住去路。我们的水性都不大熟习，一遇那根粗索绊住，便再也浮不过去。转眼之间，那粗索移动起来，我们的身体，被那索拦的只向后退，和打围网相似，将我们作鱼，围到沉船的所在，一个一个地赶上岸。原来是四个人，牵着那根粗索。我们若是水性好，也不至是这么被他围住，无奈我们都是陆营，能够勉强在水中浮起，不沉下去，也要算是我们的能耐了。"

常德庆点头，催着说道："将你们赶上岸怎么样呢?"兵士道："就在离河岸不远，有一所茅房，八个着水衣靠、手拿钢叉的人，押着我们到那茅房里。地下铺了许多稻草，壁上钉了一碗油灯，以外什么物件也没有。八个人将门关上，就监守着我们。一会儿，外面有人敲门，隔着门向里传话道:'焦大哥教提一个杀胚上去问话。'我当时还不知道杀胚是什么，只见监守的八个人齐声应是。在我们三十人中，挑精选肥的，刚刚选中了我。两个人过来，一人执着我一条臂膀，说声:'走，值价些。'我才知道杀胚就是指我们。我也不开口，便随着二人出了茅屋，向东北方走了五六里路。见前面有一堆灯火，走到临近，却是一个山岩。约莫有四五十人，各执灯笼火把，立在岩下。当中立着一个年约五十多岁，满脸络腮胡子的人，正和一个满身是血，没有右膀的人说话。押我的两人，猛然将我往前一推，喝道:'跪下!'我只得朝山岩跪了。

"那胡子掉过脸来，用很柔和的声音向我说道:'你不用害怕，我这里的刀，不至杀到你们颈上来。我只问你，你们凭着什么本领，敢押解这一船的饷银，到北京去?说来我听。'我就答道:'我们是奉上官差遣，身不由己，本领是一些没有。并且我们只送到湖北界，就回头销差。'那胡子点头笑道:'我也知道你们是身不由己，但是你们只送到湖北界，以下归谁押送呢?'我说:'有常德庆大爷押送。'那胡子露出踌躇的样子，说道:'常德庆么，是哪里来的这么一个名字?咦!我问你，这常德庆有多大年纪了，于今在哪里?'我说:'年纪不知道，像是很年轻，大约不过二十多岁。沉船的时候，不知他往哪里去了?'胡子大笑道:'怪道我不曾听说过这么一个名字，原来只二十多岁的人，真是人小胆不小。'

"那胡子说笑时，又望着那没有右膀的人说道:'四弟这回可说是阴沟里翻船了。'没右膀的人，听了不服似的大声说道:'这常德庆虽是没有名头，本领却要算他一等。我遭在他手里，一些儿不委屈，我并想结识他，只可惜他赴水跑了。'一面说一面望着我，也喊了一声杀胚道:'你听着，

65

我放你们回去，你见着常德庆，得给我传一句话。你只说罗山的彭寿山拜上他，这回很领教了他的本领，看他这种本领，谁也不能说够不上保镖。只是江湖上，第一重的是仁义如天；第二还是笔舌两兼；第三才是武勇向先。他初出世，没有交游，本领便再高十倍，也不能将这么重的镖，保到北京。这是我想结识他的好话，你能照样去说，不忘记么？'我说：'不会忘记。'那胡子教押我去的两人，仍押我回茅房。

　　"我到茅房不到半个时辰，又听得外面敲门的说道：'有甘瘤子来说情，要将三十万饷银，全数讨回去。焦大哥说，看甘瘤子的情面，交还他一半；彭四哥说，凭他这一刀的本领，完全退还他。于今已将银两，全数搬到对面河岸去了。甘瘤子还要把这三十个杀胚，一并带回去，现在前面等着，赶紧将这一群杀胚送去吧。算是我们倒霉，白累了一个通夜。'八个监守的人都愤愤地说道：'我们在水里浸了这大半夜，落得个空劳心神，真是没得倒霉了。'即听得门外的人催着说道：'罢了，罢了！快点儿送去吧。倒了霉，不要再讨没趣。这个瘤子，最是欢喜多管闲事的。'八人都堵着嘴，板着脸，连叱带骂地将我们引到沉船的地方。在山岩下问话的那胡子，同那没右膀的人，正立在河岸上，和方才领我们到此地来的这位老者，做一块儿说笑。这老者见我们到了，就向两人作辞，说了句承情，便带我们到此地来了。这些银箱，也不知是何人搬运到这里来的。"

　　常德庆听了这些话，心中害怕，不敢再押着银两，往前走了。就在鱼矶另雇了一艘民船，仍将三十万丁漕银解回长沙，向那藩台禀明了失事情形，谨辞恳辞地卸了委任，独自跑到鱼矶来，拜甘瘤子为师，练了一身惊人的剑术。

　　这甘瘤子是两湖的大剑侠，他师傅杨赞化，是崆峒派剑术中的有名人物。在喻洞和金罗汉吕宣良较量的董禄堂，是杨赞化的大徒弟，甘瘤子的师兄。甘瘤子因董禄堂败在吕宣良手里，对于吕宣良这一系的人，都存了个仇视的心思。只待一有机会，就图报复。南荆桥、北荆桥两处，都是甘瘤子的巢穴。甘瘤子的家在北荆桥，他还有一个九十多岁的老母。他这老母在江湖上也是有名的，叫作"甘二娭毑"，少时跟着她父亲，吃镖行饭，练就一身硬功夫，舞得动八十斤的大刀。嫁着甘瘤子的父亲，就改业做独脚强盗。

　　怎么谓之独脚强盗呢？凡是绿林中的强盗，没有不成群结党的。和常人一般，住在家里，每年出外，做一两趟买卖，也不收徒弟，也不结党羽，便谓之独脚强盗。这种独脚强盗，最是难做，不是有绝大本领的人不行。甘瘤子的父亲住在北荆桥，做了二十年的独脚强盗。左右的邻人，不但无人知道他是个强盗，并且没一人不感激他周济贫人的好处。甘瘤子十四岁上，他父亲就死了，甘二娭毑每年仍照常出外，做一两趟买卖，连甘瘤子和家下人，都不知道。直到后来，拜了杨赞化为师，成了一名大剑侠，自能撑持家政了，甘二娭毑方坐在家中安享。但是甘瘤子的行动，仍是继承祖业，也做这项不要本钱的买卖。在下写到这里，却又要将甘瘤子家庭的组织，并和吕宣良一派人作对的前事，叙述一番了。

甘瘤子有两个老婆，这两个老婆，也都有些儿来历。大老婆姓蔡，是河南的一个卖解女子，容貌奇丑，武艺倒是绝高，不是寻常卖解女子一般的花拳绣腿，名字叫作蔡花香。每次卖解，每次当众宣言，如有打得过她的男子，不问贫富，只要年龄相当，家中不曾娶过妻的，便嫁给他。打遍了北五省，没遇一个打得过她的相当男子。甘瘤子偶然高兴，和她交手，只几个回合，便把蔡花香倒提在手中。这时甘瘤子确是不曾娶过妻，就娶了这蔡花香做老婆。二老婆是甘二娭毑的侄女，也是个吃镖行饭，有本领的女子。因甘瘤子的父亲行二，还有一个大伯，在中年死了，没有后人，这将甘瘤子挑继，所以娶两房妻室。大老婆生了一女，名叫联珠；二老婆生了一子，名甘胜。诗书世家的子弟，必习诗书，他们这种武艺世家的子弟，自然也都会些武艺。就是甘胜娶的妻，也是会武艺的女子，甘联珠的本领，更是不待说了。

蔡花香的容貌，虽生得十分丑陋，但她生下来的女儿，却是端庄又流丽，绝不像蔡花香的模样。蔡花香只生了这一个女儿，看得比什么宝贝还重。有许多镖行里的子弟，托人向她求婚，蔡花香只是嫌人物不漂亮。甘联珠的芳龄，看看十七岁了。蔡花香时常抱怨甘瘤子，不肯留神替女儿择婿。

甘瘤子一日走华容关帝庙门口经过，见庙里围了一大堆的人，好像有什么热闹似的。一时动了好奇的念头，信步走进庙门，挤入人丛中一看，原来是一个少年壮士，在那里耍一条齐眉铁棍。估料那棍的重量，至少也有四五十斤，少年拿在手中，和使一条极轻的木棍仿佛，丝毫没有吃力的样子。甘瘤子见了，心里已是惊异。那少年使完了一路棍，猛然将两手往背后一反，铁棍就靠着脊梁，朝地上插下。只听得"喳"的一声，那棍插入土中有尺七八寸深，少年随即耸身一跃，一只脚尖立在铁棍颠上，身体晃都不晃动一下。甘瘤子不由得脱口而出地大叫了一声"好"。

当时许多人叫好，少年全不在意，唯甘瘤子这声好一叫出口，少年就好像知道是个内行。连忙跳下地来，对大众打了一个圆拱手。末了向着甘瘤子道："献眼，献眼！小子借此求些盘缠，也是出于无奈。"甘瘤子看这少年，不过二十多岁年纪，生得容颜韶秀，举动安详，俨然一个贵家子弟的气概。若不是亲眼看见他的武艺，专就他的身材行止观察，绝不相信他是能使这般兵器的人。见他向自己拱手，说出这几句话，即时触动了择婿的心。便也拱了拱手，笑答道："佩服，佩服！像老哥这般武艺，我平生还不曾见过呢！老兄既是缺少了些盘缠，这是很容易的事。只看老兄用得着多少，我立刻可以如数奉送。但是此地不好说话，老兄可否去寒舍坐坐？"少年欣然说道："应得去府上请安。"说时，一手提起放在地下的一个包裹，一手将铁棍抽了出来。看热闹的人见没了把戏看，都一哄而散了。

甘瘤子带着少年，归到家中，问少年的姓名籍贯，因何在关帝庙卖艺的。少年说道："我姓桂名武，原籍是江西南康人。我先父讳绳祖，曾做过大名知府。几十年宦囊所积，也有不少的产业，先父去世，我只得十岁。只因我生性欢喜武艺，所以取名一个'武'字。先母钟爱我，不忍拂我的意思，听凭我招集些会把式的人，终日在家使枪弄棒，一些儿不加禁止。十五岁时候，因一桩盗案牵连，我被收在监里。亏得先父在日，交游宽广，不曾把家抄了，然而费耗产业十之七八，才保全了性命。审讯明确，与我无干，释放我出来。先母就为这事，连急带气，我归家不上半年，便弃养了。我又不善经营家计，式微之家，不能和富贵人家攀亲。我自己见家业凋零，也不肯害人家闺女。几年因循下来，不曾娶得妻室，因此更支持不下去了。我有一个姑母，嫁在临湘，只得到湖南来，想寻着姑母，谋一个安身之所。不料到临湘访求了两个月，没得着姑母的住处，手边的盘缠已罄，没奈何，卖艺糊口。今日初到华容，就遇了老丈。"

甘瘤子听桂武所述，正合了自己择婿的希望，和蔡花香商量。蔡花香见了桂武这般人物，岂有不合意的？在桂武穷途无所依靠，又见甘家是个大户人家的样子，自也没有不愿意的道理。于是桂武就做了甘瘤子的赘婿，和甘联珠伉俪之情，极为浓笃。

桂武在甘家住了两年，渐渐地有些看出甘瘤子父子的行动了，猜想着必不是做正经买卖的人。时常在枕边，用言语套问甘联珠。甘联珠只是含糊答应，随压些不相干的话打岔。桂武心里有几成明白，因少时为着盗案牵连，弄得身陷囹圄，母亲气死，家业倾荡个干净，每一想念到这上面，就不寒而栗。于今反做了这种形迹可疑人家的赘婿，如何能不害怕呢？

这日桂武因坐在家中烦闷，独自到外面闲逛，拣近处高大些儿的山岭，登临上去，想使心胸开朗。正立在山顶上，背操着手远眺，忽有人从背后在肩上拍了两下。因全没听得脚声，倒吓了一跳，忙回头一看，只见一个神采惊人的白须老者，一边肩上立着一只大鹰，笑容满面地立在后面。

桂武也是一个很有本领的人，自能一见就知道这老者是个异人，慌忙掉转身行礼道："老丈从何而来？拍小子的肩头，有何见教？"这个肩着双鹰的老者不待在下说，看官们也都知道，就是金罗汉吕宣良了。吕宣良望着桂武笑道："你欢喜做强盗么？"桂武心里不悦道："小子虽是贫无立锥，然生诗礼之家，辱没祖宗的事，怎敢去做，老丈何以如此见教？"吕宣良又笑道："你既不欢喜做强盗，却怎的久住在强盗窝里？"

桂武不由得心里惊跳起来，双膝向地下一跪，叩了一个头道："老丈得救小子的性命。小子丈人的本领，远在小子之上。小子既窥破了他的行止，料定绝不肯放小子夫妇走开。"吕宣良挥手教桂武起来道："呆子，你不好去和你妻子商量的吗？"桂武略低头思索，忽觉跟前一晃，抬头就不见人了。急向四面探望，哪有些儿踪影呢？知道功夫高深的剑侠，多有这种借遁的本领，深悔不曾请问得姓名，只得下山，心里计算如何与甘联珠的话。

才走了十来步，见自己丈人迎面走了上来，心里又是一跳，疑心被自己丈人听见了，吓得立住脚不敢动。只见甘瘤子和颜悦色的，问从哪里来，不是曾识破了的神气，才放下这颗心，从容回答了，归到家中。

等夜深人都睡了，轻轻将自己曾被盗累，及害怕的心思，对甘联珠说了。甘联珠初听时，惊得变了颜色，停了好一会儿问道："你既害怕，打算怎样呢？"桂武道："你能和我同逃么？"甘联珠连忙掩住桂武的口道："快不要做这梦想。你我的本领，想逃得出这房子么？依我说，你尽可不必害怕，料不至有拖累你的时候。然而你既有了这个存心，勉强留你在这里，你心里总是不安的。你心里一不安，我家里就更不得安了，自然以走开的为好。我嫁了你，还有什么话说？俗语说得好'嫁鸡随鸡，嫁狗随狗'，不用说，你走我也得跟着走。不过逃是万分逃不了的，无论逃到什么地方，也安不了身。我父亲和哥哥，明日须动身出门，得十天半月才能回来。等他两人走了，你就去对祖母说：我的年纪瞬眼就三十岁了，不能成家立业，终年依靠着丈人家度日。虽蒙祖母及丈人丈母青眼相看，不曾将我作外人看待，然我终年坐吃，心里终觉难安。并且追念先父母弃世的时候，遗传给我的产业，何等丰厚，在我手里不上几年，弄得贫无立锥。若再因循下去，不发奋成家立业，如何能对得住九泉之下的亡父亡母咧！因此决意来拜辞祖母和两位丈母，出外另寻事业。你是这般向祖母说，看祖母怎生答白，我们再来商议。"桂武听了，很以为然。

次日一早，甘瘤子果带着甘胜出门去了。桂武趁这时机，进里面拜见了甘二娭毑，即将甘联珠昨夜说的话，照样说了。说时，触动了自己的心事，两眼竟流下泪来。甘二娭毑绝不踌躇地点头答道："男儿能立志，是很可嘉尚的。你要去，你妻子自应同去，免得你在外面牵挂着这里，不能一心一意地谋干功名。只看你打算何时动身，我亲来替你饯行便了。"桂武心里高兴，随口答道："不敢当，打算就在明天动身。"甘二娭毑笑着说好。

桂武退出来，将说话时情形，一一对甘联珠说了。甘联珠一听，就大惊失色道："这事怎么了！"桂武道："祖母不是已经许可了吗，还有什么不了呢？"甘联珠叹道："你哪里知道我家的家法。你去向祖母说的时候，祖母若是怒容满面，大骂你滚出去，倒没有事。于今他老人家说要饯行，并说要亲来饯行，你以为这饯行是好话吗？在我们的规矩，要这人的性命，便说替这人饯行。这是我们同辈的黑话，你如何知道？"说着，就掩面哭起来。桂武道："祖母既不放我们走，何妨直说出来，教我们不走便了，为什么就要我们的性命呢？"

甘联珠止了哭泣道："我父亲招你来家做女婿，原是爱慕你的武艺，又喜你年轻，想拉你做一个得力的帮手。奈两年来，听你说话，皆不投机。知道你是被强盗拖累了，心恨强盗的人，所以不敢贸然拉你帮助。然两年下来，我家的底蕴，你知道得不少。你一旦说要走，谁能看得见你的

70

心地？相投的必不走，走的必不相投。我全家的性命，不都操在你这一走的手里吗，安得不先下手替你饯行呢？"桂武这才吓坏了，口里也连说："这事怎么了！"

不知甘二娭馳毕竟如何替桂武夫妇饯行？且待第十回再说。

冰庐主人评曰：

此回通篇精警，无丝毫松懈之处，能使读者精神为之一振。

彭老山之言曰：江湖上第一重的是仁义如天；第二还是笔舌两全；第三才是武勇向先云云，足证盗亦有道，非虚诬也。

下半回在甘瘤子传中，忽而夹写桂武小传，乃作者行文变化之处。桂武亦奇侠也，故虽久居盗窟，而能不为美色财帛所动，一闻金罗汉之言，去之若浼，其立品概可想见。甘联珠叛父背兄，偕夫同逃，就甘氏一方面言，则女心向外，诚无足齿，然亦可谓出污泥而不染者矣！

第十回

木枪头亲娘饯别
铁拐杖嫂驰无情

话说桂武听了甘联珠的话，口里也连说："这事怎么了！"甘联珠踌躇了一会儿，勉强安慰着桂武说道："事已至此，翻悔是翻悔不了，唯有竭力做去。走得脱，走不脱，只好听之天命，逃是不能逃的。好在父亲和哥哥出门去了，若他二人在家，我等就一辈子，也莫想能出这房门。"

桂武定了定心神问道："父亲的本领，我知道是无人及得。哥哥的本领，大约也是了不得，我自信不是他们的对手。但是他二人既经出门去了，家中留着的全是些女眷；我就凭着这一条铁棍，不见得有谁能抵得我住？你说得这般郑重，毕竟还有什么可怕的人物在此，我不曾知道么？"甘联珠道："哪有你不曾知道的人物。不过你刚才不是说，祖母曾说要亲自替你我饯行吗？除了父亲哥子，就只祖母是最可怕的了，你难道不知道吗？"桂武吃惊道："祖母这么大的年纪，我只道她走路还得要人搀扶，谁也没想到她有甚可怕的本领。"甘联珠笑道："岂但祖母，我家的丫头，都没有弱的。外人想要凭本领打出这几重门户，可说是谁也做不到。你莫自以为你这条铁棍，有多大的能耐。"

桂武红了脸，心中只是有些不服，但是也不敢争辩。甘联珠接着说道："你既向祖母说了，明日动身，明日把守我这重房门的，必是我嫂嫂。我嫂嫂的本领，虽也了得，我们不怕她。她曾在我跟前输过半手，便没你相帮，也不难过去。把守二重的，估料是我的生母。她老人家念母女之情，必不忍认真难为我。冲却过去，也还容易。却是你万不可动手，你只看我的举动，照样行事。三重门是我的庶母，她老人家素来不大愿意我，一条枪又神出鬼没，哥哥的本领，就是她传出来的，我父亲有时尚且怕她。喜得她近来右膀膊上害了一个酒杯大的疮，疼痛得厉害，拈枪有些不

72

便当。我二人拼命地招架，一两下是招架得了的。久了她手痛，便不妨事了。最可怕的就是把守头门的祖母，她老人家那条拐杖，想起来都寒心。能冲得过去，是我二人的福气；不然，也只得认命，没有旁的法设。你今夜早些安歇，养足精力，默祷九泉下的父母保佑，桂氏一脉的存亡，就在此一举。"

桂武听了，惊得目瞪口呆，暗想：我在此住了这么久，不仅不知道这一家眷属，都有如此惊人的本领，连自己妻子，也是个有本领的人，尚一些儿不知道；可见得我自己的本领不济，并且过于粗心。怪道那个肩两只鹰的老头，教我和妻子商量。照此看来，我桂氏一脉应该不绝，才有这种异人前来指点。这夜甘联珠催着桂武早些安歇，桂武哪里睡得着？假寐在床上，看甘联珠的举动。只见甘联珠将箱箧打开，拣出许多珠宝，做一大包袱捆了。又拣了许多，捆成一个小包袱，才从箱底下，抽出两把雪亮也似的刀来，压在两个包袱上面。一会儿收拾完了，方解衣就寝，也不惊动桂武。

桂武等甘联珠睡着了，悄悄地下床，剔亮了灯光，伸手去提那刀来看，一下没提动，不禁暗暗诧异道："我的力不算小，竟提这一把刀不动，还能使得动两把吗？"运足了两膀气力，将那刀双手拿起来，就灯光看了一看，即觉得两臂酸胀。心里实在纳罕，像联珠这样纤弱的女子，两指拈一根绣花针，都似乎有些吃力的模样，居然能使得动这么粗重的两把刀么？我自负一身本领、在江湖上目中无人，幸得不曾遇着这一类的人，遇着了就不知要吃多少的苦恼。一时想将手中的刀，照原样搁在包袱上，哪里能行呢？两膀一酸胀，便惊颤得不能自主，那刀沉重得只往下坠，两手不由得跟着那刀落下去。刀尖戳在地下，连墙壁都震动了。甘联珠一翻身坐起来，笑问道："不曾闪了腰肢么？"

桂武心里惭愧得很，口里连说没有。甘联珠拉桂武上床笑道："我教你好生安息一夜，你为什么要半夜三更，爬将起去看刀呢？你听，不是已经鸡叫了吗？"桂武搭讪着上床，胡乱睡了一觉，已是天光大亮。二人起床结束，甘联珠提了那个小包袱给桂武道："你把这包袱驮在背上，胸前的结，须打得牢实，免得动起手来，它碍手碍脚。这里面的东西，够我二人半生的吃着了。"

桂武接在手中，觉得也甚沉重，依着甘联珠的话，结缚停当，一手提了带来的铁棍。只见甘联珠驮了那个大包袱，一手拈了一把刀，竟是绝不费事，回头向桂武说道："你牢记着，只照我的样行事，我不动手，你万不可先动手。"桂武此时已十分相信自己的本领不济，哪里还敢存心妄动？忙点头答应理会得。甘联珠将右手的刀，并在左手提了，腾出右手来，一下抽开了房门的闩，随着倒退了半步。"呀"的一声，房门开了。

桂武留神看门外，只见甘胜的妻子，青巾裹头，短衣窄袖，两手举一对八棱铜锤，堵门立着。满面的杀气，使人瞧着害怕，全不是平日温柔和顺的神气。倒竖起两道柳叶眉，用左手的铜锤，指着甘联珠骂道："贱丫头恋着汉子，就吃里扒外，好不识羞耻！有本领的不须惧怯，来领受你奶奶一锤。"甘联珠并不生气，双手抱刀，拱手答道："求嫂嫂恕妹子年轻无状，放一条生路，妹子报德有日。"

甘胜的妻子哪里肯听，便厉声喝道："有了你，便没有我，毋庸饶舌，快来领死！"甘联珠仍不生气，说道："人生何地不相逢？望嫂嫂恕妹子出于无奈。"桂武在旁，只气得紧握着那条铁棍，恨不得一下将甘胜的妻子打死，只因甘联珠有言吩咐在先，不敢妄动。甘胜的妻子经甘联珠两番退让，气已渐渐地平了些，锤头刚低了一下，也是说时迟那时快，甘联珠已一跃上前，双刀如疾霆闪电般劈下，甘胜妻子方悟到甘联珠是有意乘她不备，自己锤头着了一刀背，被甘联珠抢了上风。勉强应敌了几下，料知不能取胜，闪身向后一退，气愤愤地骂道："贱丫头诡谋取胜，算不了本领，暂且饶你走吧。"甘联珠也不答白，见让出了一条去路，即冲了出来。桂武紧跟在后面，回头看甘胜的妻子，已香汗淋漓地走了。

二人走到二重门，果是甘联珠的生母，挺枪当门而立，面上也带怒容。甘联珠离开一丈远近，就双膝跪在地下，叩头哀求道："母亲就不可怜你女儿的终身吗？"她母亲怒道："你就不念你母亲养育之恩吗？"桂武见甘联珠跪下，也跪在后面。甘联珠跪着不起，他母亲撒手一枪，朝甘联珠前胸刺来。只听得叮当、叮当一阵响，甘联珠随手将枪头一接，原来是一条银漆的木枪头，枪头上悬着一串金钱珠宝，被甘联珠一手将枪头折断，那串金钱珠宝，跟着到了手中。她母亲闪开一条去路，二人皆从断枪底下，蹿了出来。

甘联珠收了枪头和金钱珠宝，直奔第三重门，她庶母倒提着一条笔管点钢枪，全副精神，等待厮杀的样子。甘联珠不敢走近，远远地跪下说

74

道："妈妈素来是最喜成全人家的。女儿今日与女婿出去，将来倘有寸进，决不敢忘妈妈的恩德。求妈妈成全了女儿这次。"她庶母将枪尖一起，指定甘联珠骂道："家门不幸，养了你这种无耻贱人。今日我成全了你，只怕明日我甘家就灭门绝户了。我知道你的翅膀一齐，就要高飞，但是你也得问过老娘手中这个伙伴，它肯了，方能许你高飞远走呢。"

甘联珠又叩了一个头，说道："女儿便有天大的胆量，又不曾失心疯，怎敢与妈妈动手？只求你老人家开恩，高抬贵手，女儿就终身感德。"甘联珠一面哀求，一面将手中双刀紧了一紧。桂武跪在旁边见了，也紧了紧手中棍，准备厮杀。只见她庶母一抖手，枪尖起了一个碗大的花，连声喝道："来，来，我不是你亲生母，不能听你的花言巧语。"旋骂旋用枪直刺过来。甘联珠一跃，避开四五尺，双手一抱，说道："那就恕女儿女婿无礼了。"两把刀翻飞上下，风随刀发，满地尘埃激起，如狂风骤雨，如万马奔腾，连房屋都摇动起来。桂武也带发了性子，使动手中铁棍，争先杀上。一来欺她庶母是个女子，二来听得甘联珠说她右膀害疮，所以自己的胆壮起来。一铁棍劈去，却碰了枪尖，就仿佛碰在一块大顽石上一般，铁棍反了转来，险些儿碰到自己的额头上。虎口震出了血，两条臂膊都麻了，暗地叫了声："哎呀，好厉害的家伙。"忙闪身到甘联珠背后。

甘联珠一连两刀，架住了笔管枪，向桂武呼道："此时不走，更待何时？"桂武闻言，哪敢怠慢，一伏身，从刀枪底下，蹿出第三重门外。只听得她庶母骂道："妖丫头，你欺你老娘手痛，如此偷逃，看你父亲哥子回家，可能饶你，许你们活着？"

甘联珠没回答，撇了她庶母，也蹿到外面。揩干了头上香汗，甘联珠说道："我们须在此休息片刻，才好去求祖母开恩。她老人家那里，就真不是当耍的。"桂武刚才碰了那一枪尖出来，自看手中铁棍，已碰了一个寸来长、五分多深的大缺口，棍颠也弯转来了，不觉伸出舌头来，半响缩不进去。暗想联珠说她祖母的本领更可怕，亏得我在她庶母手里试了一下，不然，若在她祖母跟前出手，真要送了性命，还不知道是如何死的呢。

桂武正在思量着，甘联珠来了，听得说要休息片刻，才好去求祖母开恩的话，慌忙问道："万一她老人家不许，将怎么办咧？"甘联珠知道他已成惊弓之鸟了，心里若再加害怕，必然慌得连路不知道走，只得安慰他道："我要休息片刻，就是为的怕她老人家不许。论我的本领，抵敌她老人家，原是差得甚远。不过但求得脱身，只要你知道见机，有隙就走，不要和刚才一般，直到我喊你走，你才提脚。你出了头门，我一个人是不妨事的。"

桂武心神略为安定了些儿，说道："你若也和刚才一样，能将祖母的拐杖架住，我准能很迅速地逃出去。已经历过一次，第二遭便知道见机了。"甘联珠点头，只是面上很带着忧容。其实甘联珠知道自己的本领，万分不是甘二娭馳的对手。两把刀的许多路数，一到甘二娭馳的拐杖跟前，从来是一下也施展不来。但是甘联珠何以主张桂武去向甘二娭馳作辞，敢跟着来冒这种大险呢？这其间有一个大缘故。

因为甘瘤子的独脚强盗，原是继承祖业。他们这种生涯，比较绿林中成群结党的强盗，还要危险十倍。绿林强盗是明目张胆的，尽管官厅和百姓，都知道他们是强盗，他们仗着人多，依山凭险，官兵奈何他不得。即有时巢穴被官兵捣毁了，他们另觅一处险阻的地方啸聚起来，旧业不难立时恢复。至于甘瘤子这种独脚强盗就不然，他们分明是极凶狠的强盗，表面上却对人装出绅耆样子，和一班平民住在一块，有田亩，有房屋，也一般地完粮纳税，并和官绅往来。凡是绿林强盗的防御工程，一些儿也没有设备。他们的防御，就全在秘密，丝毫不能露出形迹，给外人知道。若外面一有了风声，他们便没命了。所以甘瘤子一家人，全是一个统系的。

甘瘤子招桂武作赘婿，因见桂武年纪轻，父母都死了，没有挂碍，本领虽不见得十分高强，然年轻人，精研容易，原打算赘作女婿后，渐渐探问桂武的口气，若肯上自己这一条门路，就告知自己的行为给他听，再传给他些本领，好替甘家作个贴己的帮手。当时以为桂武年轻没把握，又为怜爱着娇妻，断没有不肯上自己这条门路之理。谁知几次用言语探问，桂武不知就里，总是说到强盗，便表示恨入骨髓的样子。后来桂武渐渐看出了些甘家父子的举动，虽不大当着人表示恨强盗了，然而表同情的意思，却始终不曾露过一言半句。甘家父子料知是不能用作自己帮手，绝口不再来探问了。

甘联珠见丈夫立志不做强盗，她也是一个有志趣的女子，怎么肯劝丈夫失节呢？丈夫既是不做强盗，独脚强盗家里，势不能容非同道的人，久住在家里碍眼。桂武若只知道迷恋女色，贪图温饱，甘联珠知道就在甘家住一辈子，自己父兄也不会有旁的念头。无奈桂武硬说出心中害怕，决计要离开这里的话来，所以甘联珠不由得踌躇了好一会儿，才主张等父兄出了门，即去向祖母作辞。甘联珠踌躇的，是心想就勉强将桂武留住，他是一个公子哥儿出身，不知道厉害，心里又恨的是强盗，万一父兄有了旁的念头，更是危险得没有方法解免。此时光明正大地作辞出去，危险自是危险，然尚望侥幸脱身。这也是古人说就的"女生外向"。大凡女子一嫁了丈夫，一颗心就只顾婆家，不顾娘家了。

当下甘联珠同桂武休息了片刻，不敢迟缓，急忙紧了紧包袱的结头，绰手中刀，直奔头门而来。桂武不敢再作抵抗之想，只见甘二娭毑，拦门坐在一把太师椅上。左手支着一条茶杯粗细的拐杖，黑黝黝的，也不知是钢是铁，有多少斤重量。右手拈着一根旱烟管，在那里掀着鳜鱼般阔嘴吸烟，那旱烟管，也足有酒杯粗细。迷离着两眼，似乎被烟熏得睁不开来的样子。甘联珠跪下去叩头，就像没有看见，桂武也只得跟着跪下。甘联珠才待开口哀求，甘二娭毑已将旱烟管一竖问道："你们来了吗？你们要成家立业，很是一件好事。你们要知道，我这一份家业，也不是容易成立起来的。我活到九十多岁，你们还想我跌一跤去死，这事可是办不到。"甘联珠哭着说道："孙女和孙女婿受了祖母、父母养育大恩，粉身碎骨，也难报万一，怎敢如此全无心肝，去做那天也不容的事！"

甘二娭毑用拐杖一指，喝道："住嘴！你祖母、父母一生做的，尽是天也不容的事。你们既不存心教我跌一跤去死，我于今已九十多岁了，能再活上几年？你们为什么不耐住几年，等我好好地死在家里了，才去成家立业呢？不见得此时就有一个家业，比我这里还现成的，在外面等着你们去成立？你们既存心和我过不去，自是欺我老了无用，也好！倒要试试你们少年人的手段看看。"说时，已立起身来。只吓得桂武浑身发抖，三十六颗牙齿，厮打得咯咯地响。

甘联珠仍跪着不动地哭道："祖母要取孙女的性命，易于踏死一个蚂蚁。"甘二娭毑哪许甘联珠说下去，举拐杖如泰山压顶的，朝甘联珠头上打下来。甘联珠只得用一个"鲤鱼打挺"身法，就地一侧身，咬紧牙关，双手举刀，拼命往拐杖一架。甘联珠的心理，以为桂武见已将拐杖架住，会趁这当儿逃走。谁知桂武被吓得只在那里发抖，不敢冒死从拐杖下蹿出去。甘联珠刀背一着拐杖，两臂哪禁受得那般沉重，只压得两眼发花，两耳鸣鸣地叫。口里不觉喊了一声："不好！"两脚随着一软，身体便往后顿将下来。招架是招架不了，躲闪又躲闪不开。明知这一拐杖压将下来，万无生理，只好将刀护住头顶，双睛紧闭，等她打下。

就在这闭了眼睛的一刹那之间，只觉一阵凉风过去，即听得"哎呀"一声，甘联珠只道是甘二娭毑，不忍下手打自己的孙女，却将孙女婿打死了。心中不由得一痛，连忙睁眼，只见桂武不但没被祖母打死，并且精神陡振，一手拉了自己，往外便蹿。一时也没看清自己祖母为何不动手阻挡，如在梦中的，急蹿了两里多路，甘联珠才把神定了，立住脚问桂武道："毕竟是怎么一回事？我们难道是死了，和你在阴曹奔走么？"

不知桂武如何回答，且待第十一回再行分解。

冰庐主人评曰：

此回结束处较前尤佳，读者试回忆前文，然后揣测后事，如能解索得之，必有谏果回甘之妙。

甘联珠偕夫同逃，防守者为甘胜妻、蔡花香、甘瘤子妾、甘二娭毑，作者写联珠应对之法，各各不同，并恰合身份。蔡花香以木枪头赠金钱珠宝，尤为出人意外，即此可见慈母之爱，体会入微。然近世颇多女儿偕所欢私奔者，则渠母为蔡花香之流亚也，必矣。

当官强盗，啸聚山林，杀人越货，是有形之盗也；独脚强盗，表面上装出绅耆样子，其实杀人掠货，无所不为，是无形之盗也。语曰：防真小人易，防伪君子难。有形之盗，真小人也；无形之盗，伪君子也。故吾谓伪君子之罪，实浮于真小人。然近世拥牙建纛者，何一非无形之盗耶？峨冠博带者，何一非无形之盗耶？无形之盗既若是其多，宜乎吾小民之无噍类也。

第十一回

吕宣良差鹰救桂武
沈栖霞却盗收红姑

话说甘联珠如梦如痴地被桂武拉着手，蹿出头门。不停步地跑了二里路，甘联珠才定了定神，问桂武："是怎么一回事？何以祖母的拐杖打来，我正闭目待死，你却能把我救出来？"桂武笑道："我哪有这般本领，能将你救出来？这事真也有些奇怪，你当时架不起祖母的拐杖，身子往后顿将下来，我眼睁睁地望着，真是急得走投无路。明知自己的本领不济，铁棍又坏了，哪敢动手来耩你呢？心里正在又急又痛，猛然见一只大鹰，比闪电还快，从头门外扑进来，一爪就将那要打下来的拐杖抓住，脱离了祖母的手；再翅膀一拂，大约是拂在祖母的脸上，只听得祖母'哎呀'一声，连旱烟管都丢了，双手把脸捧住。我一见这情形，心中好不痛快，不敢停留，更来不及说什么，所以拉了你就走。"

甘联珠吃惊似的问道："你看明白了，是一只鹰么？"桂武道："青天白日，怎的看不明白呢，确是一只极大的黑鹰。"甘联珠叹道："不好了，我家的仇敌金罗汉到了。除了他有两只神鹰，什么人也没有。"桂武问道："金罗汉是个什么样的人，如何和你家是仇敌？"甘联珠道："我常听得我父亲说，江湖上有个吕宣良，绰号'金罗汉'，专一与崆峒派的人作对。养了两只神鹰，许多有本领的人，都败在那两只鹰的爪里，我师伯董禄堂，险些儿连性命都丢了，所以金罗汉是我家的仇敌。不知他今日怎的到这里来了，却救了你我的性命？"桂武问道："他是不是一个白须老头儿呢？"甘联珠点头道："我虽不曾见过，但听说他的年纪很大了，你问怎的？"桂武便将前日在山顶闲眺，遇见金罗汉的话说了。

甘联珠笑道："幸得你前夜不曾将这话向我说，若说给我听了，我必疑是金罗汉，有意离间我家里人，特来刁唆你的。我有了这疑心，不但不肯和你同走，说不定还要疑你是来我家卧底的。那么，事情就糟透了。"桂武道："我所以不将遇见他的话说出来，一则因不知道他是什么人，若将当时那种神出鬼没的情形说出来，怕你疑虑；二则想离开你家原是我的本意，久已有了这个念头，并不是遇见他才发生的，用不着把他说出来。"甘联珠点头应是，又道："此地离家太近，我们不可久留。看你打算往什么地方走，就此走吧。这是乘我父亲哥哥都不在家，我们只要出了头门，在此停留这么一会儿，还没要紧。若是父兄在家的时候，不能立时逃出三十里以外，只怕你我的头，此刻早被飞剑取去了呢。"

桂武道："我到湖南来，原是为寻我姑母，想投托她替我觅一安身立命之所。无奈探访了多少日子，探访不着，于今只好再去临湘，从容探访。我想我姑母此时的年纪，尚不过四十来岁，必不曾去世。只因她出嫁得早，那时我才得四岁。我父亲在日，她同姑父陈友兰，在我家住过好些日子。后来父亲一死，路远了，两家便不大来往。父亲死了的第二年，接了姑母专人送来的讣告，我才知道姑父也死了。姑母守着一个两岁的表弟，听说搬到临湘乡下住了，自后便绝无消息。这也只怪我那时太不长进，专一和许多狐群狗党做一块，家中大小的事，一点也不过问。我姑父去世既久，姑母又不在县城，我初来人地生疏，因此探访不着。此时也没有旁的道路可走，仍旧往临湘去吧。"二人遂到临湘，甘联珠拿出些珠宝，变卖了钱，置备田产房屋，也不向人说明自己的来历。临湘人见他夫妇都生得那么漂亮，举动又很豪华，也没人疑心他们是强盗窝里出来的人。桂武逢人打听他姑母的消息，又是一年多没得着些儿踪影。桂武揣想他姑母不是已经去世，就是搬到别州府县去了，不在临湘，已渐渐把探访的心懈息下来了。

一日桂武正和甘联珠在家闲谈，忽见一个十来岁的小孩，生得骨秀神清，英气奕奕，立在门外，向里面大声问道："这里可有一位姓桂的公子么？"桂武听了，心中一动，一面迎出来，一面留神看那小孩的眉目，竟和自己的眉目一般无二。若在一道儿同走，不问谁人见了，必说是同胞兄弟。旋想旋走到切近，且不答应自己就是桂公子，先问那小孩道："你是哪里来的，姓什么，问桂公子作甚？"

那小孩见桂武出来，两眼也不住地向桂武脸上打量，不待桂武说出姓氏，小孩已拜倒在地说道："家母今日才知表哥在此，特命小弟来请表哥到寒舍去。"桂武听了表哥的称呼，一时方想到是自己姑母打发表弟来请的，连忙也拜下去，将表弟扶起。心中欢喜，自不待言。一手拉了表弟的手，同进里面，与甘联珠也见了礼。桂武才问他表弟的名字，表弟答道："我名叫继志。家母吩咐，在路上不要耽搁，见着表哥，就请同去，免得家母盼望。"桂武喜问道："姑母怎知道我住在此地？可笑我专为探访姑母，才来临湘，在这里前后住了三年，竟没探着姑母的住处。今日倒是她老人家知道了，劳老弟的步来找我。"

陈继志答道："家母怎知道表哥在此，却不曾向我说，表哥去见了家母，自会知道。家母并吩咐了，表嫂也请一阵同去。"桂武回顾甘联珠笑道："怪呀！她老人家连你在这里都知道了。"甘联珠也笑道："既知道你在这里，自然连我也知道。我本应得同去请安，只是她老人家住在哪里，此去有多少的路程，得问问小弟弟。"桂武道："他这般小小的年纪能来，没多远的路，是不问可知。"陈继志也点头说道："没多远的路。"

甘联珠走进自己卧房，更换衣服，桂武教陈继志坐着，也跟着甘联珠进房。只见甘联珠正坐在床上裹足，将铁尖鞋套在里面。桂武惊问道："又不去和人家动手，你穿上这东西干什么呢？"甘联珠笑道："定要和人家动手，才能穿这东西吗？"桂武道："我看去见姑母，用不着穿上这东西。"甘联珠将桂武拉到跟前，低声说道："你并不认识你这位表弟，今日突如其来，教我二人同去。我想你前后在此寻访了三年，就住在这屋子里，也有一年多了。姑母既是住的离这里没多远的路，怎的你是有心寻访的，倒寻不着，她想不到你在这里的，却打听出来了。这情理不是很说不过去吗？并且我们住在这里，从来不曾和人往来过，也没向人说过自己的姓名来历，她从何知道我们住处的呢？你刚才问你这表弟，看是怎生知道的，他不是说不出一个所以然来，教你去问姑母，自会知道的吗？我想这事有些蹊跷，不去也不好，又怕是真的，要去就不能不防备，小心点儿才好。"桂武听了甘联珠的话，心中也有些疑虑。只是看陈继志的相貌酷似自己，又相信是自己姑母的儿子。因知道自己的面貌，从小就很像姑母，母子面庞相似的，极是寻常。然也觉得甘联珠虑得不错，自己衣底也暗藏了防身兵器。

甘联珠妆饰已毕，同出来与陈继志动身。陈继志在前面走，桂武夫妇跟在后面，走了半里多路，陈继志的脚步，越走越快。桂武向甘联珠说道："看不出他这小小的年纪，倒这么会跑路。我们的脚步，也放快些吧，不要赶他不上，给他笑话。"甘联珠微微点头不作声。二人真个把脚步放快了。又走了半里，桂武忍不住问道："老弟不是说没多远的路吗？还有多远呢？"陈继志回头答道："哪有多远，一会儿就到了。"陈继志口里说着，脚底下更加快了。桂武已跟着跑出汗来，甘联珠还不大觉着累。

不一会儿，一座很高的石山挡住去路。陈继志立住脚，将要和桂武说话，桂武已相差有四五丈远近，甘联珠却相离不过几尺。桂武面上有些惭愧，走近陈继志说道："多久不走路了，走不动，见笑得很，还有多远呢？"陈继志笑道："本来表哥是公子爷出身，自是不会走路。就是表嫂，也是千金小姐，怎能比我这乡下看牛羊的小孩，终日翻山越岭的走惯了。此时得翻过这一座山，却怎么办呢，哥哥嫂嫂能爬上去么？"

桂武看那山，尽是房子大一块的顽石堆成的，石上都是青苔，莫说树木，连草也没长着一根。更没有上去的路径，陡峭的和壁一般。心想凭着自己一身本领，上是能上去，但是石上须不长着青苔才好。脚踏在青苔上面，是滑的，万一蹿到半山之间，一脚不曾踏牢，滑将下来，岂不要跌个骨断筋折。又想表弟这么小的年纪，他未必就能爬得上去。他如果真有这种能耐，能不怕滑跌下来，我们就照着他脚踏的地方踏去，便也不怕滑了。当下对陈继志说道："去老弟家里，必得从这山爬过去吗？若没有第二条路可走，我们也只好跟着老弟走了。"陈继志道："第二条路是有，不过须回头绕一个大弯子。我恐怕母亲盼望，所以引表哥表嫂到这里来。我在前慢慢地上去，二位照样上来就是。这山是我三四岁的时候便爬惯了的，不算一回事。"说着，举步如行平地，绝不费事地转眼就上到半山，甘联珠也跟着飞身而上。桂武只得抖擞精神，连蹿带跃地往上赶。好容易用尽平生之力，赶到半山一看，陈继志已神闲气静地立在山顶。甘联珠虽也上去了，却是脸上变了颜色，立在那里喘息不已。

桂武这时的两条腿，疲软得不能动了，上半截的山势，更来得陡峭，实在没力量能上去了。也不好意思说什么，低头就拣一块平整点儿的石头，坐下来歇息。心想我小时候在家乡，虽说是家中富有，有下人伺候，不要我自己劳动；然我生性欢喜武事，何尝不是终日在外翻山越岭。但是像这么陡峭的山，休说我不曾上过，又几曾见有人能上呢？甘联珠是练就了魁尖的上高本领，尚且累得喘气不匀，可见我这表弟的本领，必还在她

82

之上。不过我小时候并不曾听得我父母说，我姑母也会武艺。计算我表弟的年龄，此时不过十一岁，又没有父亲，难道是天生成这般便捷身体？甘联珠疑心这事，怕有些蹊跷，她疑虑的，只怕不错。

桂武正低头踌躇着，忽觉得头顶上有什么东西倾动，忙抬头一看，原来是一根极粗的葛藤，从山顶悬下来。陈继志捏着一端在上面说道："表哥身体疲倦了，只双手紧紧握住这藤，我拉表哥上来。"桂武又想："他这一点儿大的身体，如何能拉得起我，这不是笑语？不要连自己都拉下山来了，不是当耍的。"遂仰面朝上说道："用不着拉，我再歇息一会儿，就能上来了。"陈继志在上说道："我母亲在家等得苦，还有几里路，不要耽搁吧。"桂武也实在疲乏不堪了，姑且握住葛藤试试，若上面拉不动，也没要紧，并且有甘联珠在上面，也可帮着拉拉。便两手牢牢地将葛藤握住，即时身不由自主，两脚腾空，仿佛登云驾雾一般，只往上升。桂武的身体很重，拉得那葛藤喳嗻地响。

桂武心里着慌，哇恐葛藤从中断了，必然跌得骨断筋折。还好，陈继志手快，在吊井里提水似的，只须几把，就将桂武吊上了山顶。桂武立稳了脚，两脸通红地问道："老弟会上山，可说是从小翻山越岭惯了，两膀这么大的气力，难道也是吊人吊惯了吗？老弟得向我说个明白，我方敢随老弟到姑母那里去，若不说明，我总不免有些疑虑。我与其搁在心上怀疑，不如请你说个明白，姑母毕竟是怎的知道我的住处？"

陈继志笑嘻嘻地答道："表哥要问我两膀怎生有这么大的气力么，我母亲还时常骂我生得太脆弱，练不出气力呢。表哥怀疑些什么？下山不远就是我家，见着我母亲，我母亲都会说给表哥听的。这根葛藤，是我三四岁的时候，我母亲给我做帮手的。起初没有这葛藤，这山不能上下。于今上下惯了，这葛藤就没有用处，搁在这山顶上，好几年了。"陈继志才说到这里，忽住了嘴，侧着耳往山下听，随句甘、桂二人说道："我母亲在下面呼唤了，请快走下去吧。"甘、桂二人也听得有女子的声音，在山下呼唤，陈继志匆忙将葛藤塞入石岩里面，引二人下山。下山的路，却不似上山那般陡峭。

三人走到山下，陈继志指着前面一个道装女子，向桂武说道："表哥请看，我母亲不是在前面等候吗？"桂武没回答，心想我姑母怎么成了一个女道士？渐渐地走近了，仔细一看，还约略认得出容貌来，不是自己的姑母是谁呢？桂武小时的乳名清官，他姑母已迎着呼他的乳名，笑道："十年不见，见面几乎不认识了。我知道你找寻得我很苦，我直到今日才知道呢！"

桂武此时疑云尽散，忙紧走几步，爬下地叩头，口称姑母，甘联珠自也跟着跪拜。他姑母笑向甘联珠问道："你就是北荆桥甘家的小姐么？也真难得，有你这么明白大义。我听得说，心里就欢喜得了不得。"甘、桂二人都猜不透他姑母是怎生知道的，当下在外面，也不便开口去问。

一同到了他姑母家里谈论起来，原来他姑母就是前几回书中所写的红姑。只因他姑父陈友兰死后，红姑的年纪还不到三十岁，守着一个两岁的孩儿，取名继志。陈友兰遗留下不少的财产，当时陈家的族人都不免有些眼红，想将红姑排挤得改了嫁，族人欺继志年小，好把遗产朋分。以为红姑年轻貌美，必容易诱惑。那知红姑的节操极坚，族人用了多少的方法，都不曾将红姑诱惑得。红姑的性情异常慷爽，不肯拘泥小节，平常没了丈夫的妇人在家守节，都是遍身缟素，到死不肯穿红着绿。凡是年轻妇女所享受的一切繁华，皆得摈除净尽。而红姑生性爱红，又本来是个不拘小节的人，丈夫在日所穿的衣服，不肯完全废掉。安葬了陈友兰之后，仍照常穿着起来。族人便抓了这一层做凭据，在临湘县告红姑不贞节。亏得那县官廉明，将族人申饬了一顿，红姑就搬到临湘乡下住了。族人告红姑不曾如愿，反被县官申饬了一顿，红姑占尽了上风，心中不服，见红姑独自搬到乡下去住，便集合许多无赖，去红姑家里行劫。

这时红姑只雇了一个乳母，一个粗作老妈，住在自家的田庄上。这日黄昏向后，忽来了一个化缘的道姑，年纪约有六十多岁，要在红姑家借宿。陈友兰在日，对于这些三姑六婆本极厌恶，从来不许上门。于今陈友兰死了，红姑见这道姑年纪已老，天色又已黑将下来，若不许这道姑歇宿，心里觉得有些过不去，只得教她和老妈子同睡。谁知到了半夜，族人行劫的来了，共有二十多个壮健汉子，一个个都用锅烟涂黑了面孔，把唱戏的假胡须挂了。劈门入室，将红姑和乳母、老妈子都捆起来，堆在一个床上，反锁了房门，各自抢东西去了。

红姑见乳母也被捆，却不见自己的儿子，便问乳母："继志在哪里？"乳母回答不知道，说被捆醒来，已不见了公子。老妈子就说："那借宿的老道姑也不知去向。佗必是强盗一伙的，特来这里做内应。"红姑守节所希望的，就在这个小孩，一旦被强盗劫得不知去向，如何不能心痛？只恨手足被捆了，不能动弹，不然，也一头撞死了。

正在那里伤心痛哭，忽然房门开了，有人拿了个火把过来。红姑料是强盗，将两眼闭了不看。只听得乳母呼道："奶奶，你看么，公子果是在这道姑手中抱着。"红姑这才打开眼，只见那道姑笑容满面的，左手抱着继志，右手握着一条竹缆子火把，照着红姑说道："奶奶不用害怕，强盗都被贫道拿住了，公子也一些没有损伤。"说着将继志放在床上，只用手在三人身上一摸，捆缚手足的麻绳，登时如被刀割断了。

红姑坐了起来，一把抱了继志，才向道姑道谢，问怎生将强盗拿住的？道姑笑道："请奶奶同去外面一看，便知端底。"红姑吓虚了心，仍有些胆怯，不敢去看。道姑拉了红姑的手道："有贫道在此，怕什么呢！一个也不曾跑掉，只看奶奶要怎生发落？"红姑仿佛如在梦中的，跟了道姑出来，见堂屋角上，挤满了一角高高矮矮的人，脸上都涂抹得那可怕的样子。一无绳索捆绑，二无墙壁遮拦，却都呆呆地立着，动也不动。各人的眼睛，又都是光着的，不过不能活动地看人。

红姑向那道姑问道："师傅用什么法子，能使他们这样挤在一块儿不动呢？"道姑笑道："这法子容易得很，奶奶若是想学，贫道可以传授给你。在山野之间居住，这类法子也不可不知道些儿。贫道数十年山行野宿，就全仗这些方法保护性命。这些强徒，看奶奶要怎生处置，只须说一句，都交给贫道办理就是。据贫道看，这些强徒必非是寻常强贼。奶奶两岁的公子，与强徒有何仇恨？他们竟想置之死地。若不是贫道在旁边，将公子救了，只怕公子此刻的身体，已是四分五裂了。贫道因见他们如此狠毒，才存心一个也不教他跑掉。"

红姑一听道姑的话，已知道这些强徒，尽是同族的无赖子，只要自己没受什么损害，便不想再结深怨。当下请道姑教众强徒醒来，红姑亲自训斥了一番，一个一个地放了，并不追究。红姑的天分本高，从此就拜那道姑为师。

那道姑姓沈，道号栖霞，也是有清一代的女剑侠，和金罗汉吕宣良最是投契。终年借着化缘，游行各地，专一救济贫苦，诛锄强暴。她也和金罗汉一般，没有一定的庵寺。因见红姑是一个意志坚强的女子，很愿意地收作徒弟。五年之后，红姑已练了一身了不得的本领。江湖上因她欢喜穿红，都呼她为"红姑"。红姑一面从沈栖霞学道，一面督着陈继志练武艺。陈继志才三岁，刚学会了走路，就教他拣不好走的山巅去爬；五岁，就教他练气，并道家一切的基础功夫。红姑的本领成功，陈继志的本领便也不在人下了。

这日红姑在清虚观遇见金罗汉，金罗汉问红姑已见着桂武没有？红姑见问，还摸不着头脑，金罗汉遂将桂武来临湘投红姑不着，在华容卖艺，赘入甘瘤子家中，图逃无计，及自己如何指引桂武，如何差鹰去救了甘联珠的话，说了一遍。又道："我前日在一家新造的房子门前经过，还见着甘瘤子的女儿，在那房子里面，我料知就是桂武夫妇住在那里。只道你早已见着了，尚不知道么？"红姑这才问明了那房子的所在，归家就教陈继志去请。所以说起来，知道得这般详悉。红姑将前后的事，说给甘、桂二人听了，甘联珠因想跟红姑学习剑术，就认红姑做了义母。从此两家往来，十分亲密。

却说甘瘤子父子归家，听说自己女儿和桂武走了，倒不甚在意。听到末尾，来了一只黑鹰，将自己母亲的拐杖抓去，并翅膀拂伤了母亲的左眼，知道是金罗汉差鹰来救的，便气得暴跳如雷，恨不得抓着金罗汉拼命。只因知道自己的本领，不是金罗汉的对手，现放着师兄董禄堂是榜样，只好勉强按捺住火性。甘二娭馳年老的人受了这次大惊吓，心里加上一气，不到半月，便呜呼哀哉死了。甘瘤子既和寻常人一样住家，不能不发丧守制，就把这仇恨延搁下来。有一天，他师叔四海龙王杨赞廷来了，甘瘤子将金罗汉吕宣良，屡次如何欺负崆峒派人，添枝带叶地说了，有意激怒杨赞廷。果然把杨赞廷激得要去找吕宣良，替崆峒派出气。

不知找着了没有，出了气没有，且待第十二回再写。

冰庐主人评曰：

上回极力描写甘二娭馳之如何勇猛，及铁拐杖之如何神奇。至甘联珠双刀护顶，闭目待死时，真令人代为急煞。迨读至本回吕宣良之神鹰忽至，铁拐杖飞去半天，则又令人代为喜煞。此段文字，大有"山穷水尽疑无路，柳暗花明又一村"之概。

甘联珠见陈继志其来突如，即暗将铁尖鞋套在足上，预为戒备。足证女子之心较男子为细，非过虑也。

红姑族人，因觊觎陈友兰遗产之故，逼醮诬控，无所不用其极。计既不售，复扮盗围劫，必欲置继志于死地。心狠计毒，胜于豺豹矣。及既为栖霞所制，红姑非但不加惩处，且尽斥释之。大度能容，洵佛家慈悲之怀，善哉，善哉！

第十二回

跛叫化积怨找仇人
小童生一怒打知府

话说甘瘤子因怕自己敌不过吕宣良，有意激怒他师叔杨赞廷。杨赞廷果不服气，向甘瘤子说道："吕宣良现专一和我崆峒派人作对，我等要图报复，也不必定要处置吕宣良。只要是他们练气派的人，不问男女老幼，我等遇着了，就得收拾他，就算是报复了。吕宣良那个老鬼实在难惹，从来也不曾听说有人讨了那老鬼的便宜。他又没一定的住处，找寻他极不容易。但是他的徒弟虽少，党羽却是很多，我等能将他的党羽多做翻几个，使那老鬼听了，气也得气个半死。"

甘瘤子道："小侄原也是这般打算，就因为他们的党羽太多，恐怕敌不过他们人多势众，弄巧成拙。老叔也是没一定的住处，临时想求老叔相助一臂，也是没处找寻。"杨赞廷道："你有为难的时候，不待你来相求，我自然会来给你助场。"甘瘤子知道杨赞廷的本领，在崆峒派中无人及得，虽远隔数千里，他能朝发夕至，并且精通易数，千里以外的吉凶祸福，一捏指便知端底。相信他说了来助场，临时是不会失约的。杨赞廷去后，甘瘤子便随时随地存心和练气派人作对，只苦没有适当的机会。

他自从收了常德庆这个徒弟，心中十分得意，常德庆也肯下苦功研练，不消十年，已尽得了甘瘤子的本领。终日装作叫化，到各处踩盘子，做眼线，探实了有够得上下手的富户，夜间就去劫取。不过，甘瘤子这种强盗，比较绿林中的强盗，本领自是高得多，就是举动，也比较的光明。虽一般地劫取人家财宝，却有许多禁忌，不似绿林强盗的见钱就要。正正当当的商人，拿出血夲做买卖，便赚了十万八万，他们做独脚强盗的，连望也不去望；读书行善的，和务农安本分的人家，不问如何富足，他们也是不去劫取的。有时不曾探听明白，冒昧动手劫了来，事后知道劫错了，仍然将原物退回去。平日所劫来的财物，总有一半用在周济贫乏上头，所以江湖上称他们这种强盗，也加上一个侠义的名目。

那时两湖的绿林，没一个不知道甘瘤子，也没一个不敬服甘瘤子。所以罗山的大水盗，大家呼为焦大哥的焦启义和彭四叫鸡，劫了常德庆的镖银，甘瘤子一去讨镖，立刻便全数退回。至于彭四叫鸡对护船兵士说的那派话，不过是自己要顾面子，有意把常德庆的本领提高，才显得自己被断掉一条臂膊，不是败在没本领的人手里。后来甘瘤子去说，更知道既有甘瘤子出头，镖银不全数退回是不行的，只反说看那刀的分上，退还一半，看甘瘤子的情面，退还一半。这是他们江湖上做顺水人情，结交有本领人的一种手段。果然常德庆就这回的事，对于焦启义、彭四叫鸡一干人，很发生一种好感，成了不同道的至交。

于今且说常德庆这日治好了陆凤阳之后，作辞出来，心中甚是高兴，暗想这番练气派人的错处，给我拿着了。哈哈！你们练气派人，常自夸义侠，能救困扶危，不侵害良善，却用梅花针死伤这么多农民。平、浏两县人争水陆码头，与你们当剑客的有何关系？无知农民，又岂是你们当剑客的对手？一霎时，教无辜农民死伤几百，问心如何能安，道理如何能说得过去？但不知这事，是哪一个没天良人干出来的？我且把这人查明出来，再由师父出头，邀请江湖上豪杰评评这个道理。

常德庆走到金家河，装作叫化的，挨家窥探。只听得家家户户谈论的，都是说万二呆子倒有一个这么英雄的义子，能替我们平江人争气。我们这回本来已是输得不可救药了，亏得这义拾儿来找万二呆子，不知他使的什么神通，只见他将衣一拃，两手一扬，那些浏阳蛮子自会一个一个地纷纷倒地。听说罗队长已亲到万二呆子家，看这义拾儿去了。

常德庆听一般人的言语大都如此，正想去万二呆子家看这义拾儿是怎么一个人物。忽见迎面来了一大群的人，走前面的，是几个壮健的农民。中间一个体格魁梧、气象英武的汉子，年纪约在五十以外。右手挽着一个丰采韶秀，态度雍容的美少年，旋走旋说笑，很露出得意的神气。后面跟着一个六十多岁的老头，也是农民模样，相貌慈祥和蔼，一望就知道是个很老实的人，笑容满面的，和最后几个壮健农民说话。常德庆做个全不在意的，立在旁边。心里已料定那五十多岁的汉子，必是一般人口里说的什么罗队长，美少年必就是使用梅花针的人，这老头不待说是万二呆子了。

立在旁边等一群人走过，即回身缓缓地跟着，不一会儿，跟到一所庄院，一群人都进庄院去了。

常德庆看那庄院的形势不小，约莫有七八十间房屋。四周树木丛密，团团围住，和一座木城相似。进庄门的一条道路，用小石子铺着，两旁并排栽着数十棵伞盖一般的桧树，倒很是一个富厚人家的气派。常德庆心想："这么一个书生模样的美少年，倒看不出他有这么狠毒的心肠。看他的气度颜色，不必打听，就可断定他是昆仑练气派的弟子。不过我曾听得师傅说，吕宣良平生只有两个徒弟，年纪都有六七十岁了，吕宣良并不许他的徒弟再收徒弟，这小子绝不是他这一派的弟子。我何不趁此去试试这小子的本领，看是怎样？"想罢，即一偏一点地向庄门走去。才挨进庄门，便见义拾儿在前，罗队长在后，满面堆欢地迎了出来。

义拾儿朝着常德庆拱拱手，开口说道："小弟虽是肉眼，却能认出老哥是个非常人物，请不必再以假面目相向。小弟今日借花献佛，敬邀老哥进里面，痛饮三杯。"常德庆见义拾儿这般举动，心中老大吃了一惊，正待再装出不承认的样子，那罗队长也走过来，一揖到地说道："我本是一个俗子，不识英雄。承杨公子指示，才得拜识山斗。倘蒙不嫌简陋，请进去胡乱饮几杯薄酒。"常德庆知道再隐瞒不住，不进去倒显得胆怯，只得也拱了拱手道："知道两位在赵家坪，替平江人建了大功，将浏阳的小百姓，杀了个尸横遍野，血流成河。浏阳那些该死的小百姓，不知回避，应得受这般惨劫，死得不亏。我特地前来贺喜，也正想讨一杯喜酒喝喝。"说完，进了庄门。

杨、罗二人让常德庆踱进厅堂，堂上已一字摆好了两桌筵席，罗传贤推常德庆首座。常德庆指着杨天池哈哈笑道："他才是应当首座的，我有何德何能，敢当这般敬意？刚才听老兄称呼他杨公子，他尊姓杨，我是知道了，还没请教台甫是怎么个称呼？"

杨天池听了常德庆这种轻慢的话音，和见了这种疏狂的态度，心里很有些纳闷，不知常德庆是种什么来意？在路上遇见常德庆的时候，虽曾看出是一个有本领人乔装的样子，却想不到是和昆仑练气派有宿怨，特来寻仇的。只因杨天池在清虚观年数虽不算少，但从不曾听自己师父，说过与崆峒派有嫌怨的话。并且崆峒派的董禄堂，败于吕宣良之手，在崆峒派人以为是莫大之耻辱，而在昆仑派中人并不当作一回事。

吕宣良救桂武夫妇出来，鹰翅拂伤了甘二姨驰，甘瘤子更以为是有意来欺侮崆峒派人，在昆仑派人也没人将这事放在心上。所以杨天池绝未想到常德庆，是存心来和自己作对的。既是没想到这一层，便以为常德庆的轻慢疏狂，是其本性。江湖上有本领的人，性情古怪的很多，不足为奇。当下仍是很客气的，直说了自己的姓名，和这番助阵的缘由。并表明自己因没有杀人的心思，才用梅花针。原只打算使浏阳队里，略略受点儿轻微的伤，不料自己这边的人得胜就反攻起来，一些儿不肯放松，及至自己去抢锣来打，已是死伤的不少了。

常德庆听了，又仰天打了一个哈哈道："这只能怪浏阳人太不中用。杨公子一时高兴，和他们开开玩笑，他们就承当不起。而且死伤的数百人，至今还没一个知道是受了公子爷的恩惠呢。"杨天池一听常德庆这般言语，估料是想来替浏阳人打不平的，登时脸上气变了颜色答道："你是哪里来的，怎这般不识抬举？你公子爷便杀死几百人，与你阿干？白得你当面抢白我，你姓什么？你有本领，替浏阳人打不平，尽管使出来。你公子爷惧怯你，也不算好汉。"

常德庆并不生气，仍是笑嘻嘻的，把头点了两点说道："了不得，好大的口气！公子爷心里想杀人，莫说几百个，便是几千几万，也只怪那些人命短。公子爷又不曾杀我，自然与我无干。我是一个当乞丐的人，怎敢说替浏阳人打不平，在公子爷面前使本领？公子爷莫怪，乞丐哪有姓名，更如何识得公子爷的抬举。"

罗传贤见二人说翻了脸，心里也有些恨这叫化，竟像有意欺侮杨天池，专说些挖苦讥嘲的话。虽曾听杨天池说这叫化，是有本领人乔装的，但看了这形容枯槁、肢体不完的样子，并不大相信杨天池没看走眼。以故同杨天池出来迎接的时候，直说出自己不认识，因杨公子是这么说，才肯出来迎接的意思来。此时见杨天池发怒，也正色向常德庆道："彼此都是初会，大家不嫌弃，客客气气的，也算是朋友结交一场。"

常德庆不待罗传贤说下去，已双手抱拳，打了一拱道："领教，领教！改日再见。"说时一转眼，便不见这叫化的影子了。罗传贤吃了一惊，忙回头向杨天池问："怎么？"只见杨天池横眉怒目的，向堂下大喝一声道："贼丐休得无礼！且睁眼看清我杨某是何等人，再来捣鬼。我和你远日无冤，近日无仇，用不着认真较量。你若真要替浏阳人打不平，须得光明正大地同上赵家坪去。"杨天池喝声才毕，就听得那叫化的声音答道："好的，我也明人不做暗事，三日之内，我邀集江湖豪杰，约期和你说话。我姓常，名德庆。"说到这里，音响寂然，把个罗传贤惊得呆了，半晌才问杨天池道："这叫化不是个鬼怪么，怎么一转眼就不见他的影子，却又听得他的声音说话呢?"杨天池道："并不是鬼怪。他想用隐身法瞒过我的眼睛，出我不意，飞剑杀我。既被我识破，只得把话说明，此时是确已走了。我这回本待在我义父家里多盘桓两日，刚才这常德庆既说明三日之内，要邀集江湖上豪杰向我说话，这事来得太稀奇，我不能不作准备。承先生的情，下次再来叨扰，我此刻不能在此耽延了。"

罗、杨二人出外迎接常德庆的时候，万二呆子避在旁边房里，此时才出来，听了义拾儿说就要走，心里舍不得。杨天池只得用言语安慰了一番，别了罗传贤，送万二呆子回家，方急匆匆回到清虚观。这时候的柳迟，还不曾进清虚观，清虚道人正收了向乐山做徒弟，才带回观中。清虚道人收向乐山的一回故事，凡是年纪在七十以上的平江人，十有八九能知道这事的。在下且趁这当儿，交代一番，再写以下争水陆码头的事，方有着落。

向乐山是平江人，兄弟三个，他最小。他大哥向闵贤，是罗慎斋的学生，学问极其渊博，二十二岁就中了进士。罗慎斋极得意他，看待得和他自己儿子一般。二哥向曾贤，年纪比乐山大两岁，就由向闵贤教着二人读书。这时曾贤十岁，乐山八岁，八股文章都成了篇，并做得很好。向闵贤便带着两个兄弟，去考幼童。县考的时候，曾贤、乐山都取了前十名。在平江县应过县考，就在岳州府应府考。

那时岳州府的知府，是一个贪婪无厌、见钱眼开的捐班官儿，投考的童生们不送钱给他，无论你有多大的学问，莫想能取前十名。这知府在岳州任上，照例是富厚之家的子弟，按着财产的多少，定这前十名的次第。巴、平、临、华四县，有才无财，受了委屈的童生们，曾起哄闹过一次。无奈知府的神通广大，一些儿不曾闹出结果来。向乐山家里贫寒，兄弟们又都仗着有一肚皮的学问，一则无钱可送，二则不屑拿钱去买这前十名，所以发出榜来，前十名仍旧是一班阔人的子弟占了。

在曾贤、乐山两个，年纪轻，名心淡，就没取得前十名，也不觉得怎么难过。唯有一班怀才不遇的，一个个牢骚满腹的，和向闵贤有交情的，都跑到向闵贤寓所来，争着发出些不平的议论。其中有一两个性情激烈的，酒酣耳热，就狂呼像这种知府，应该大家去将他打死，方能替我四县有才的童生出气。

这几句醉后狂言说出来不打紧，向乐山在旁听了，小孩子的头脑简单，就以为这种知府是不妨打死的。当下也不和他大哥说，只将他二哥向曾贤拉到外面，悄悄地问道："刚才他们那些人说的话，二哥听了么？"向曾贤道："他们不是骂知府吗，怎么没听得呢！"向乐山道："他们都说这种知府应该打死，我们两个何不就去打死他，又可以替四县人出气，又可以显得我们兄弟比别人家强。"向曾贤的性格和向乐山差不多，都是胆量极大，一些儿不知道畏惧，便点头答道："去打他没要紧，但是他住在衙门里面，门房不教我们进去，如何能打得他着呢？"向乐山道："我们进去打他吗，那怎么使得？我们站在衙门外面等他，他出来打我们面前经过，我们就好动手了。"向曾贤摇头道："不行，不行！他出来总是坐轿子，四个人抬着，前前后后，还有好多人同走。我们只两个人，又没有兵器，哪里打得过他们人多，不是白送给他们拿住吗？"

向乐山笑道："二哥怎么这般老实？他坐轿子，又没有门关着。轿子两边，都是玻璃，一打就破。他们若知道我们站在那里，是去打知府的，有了防备，我们就打不着，得白给他们拿住；出其不意地去打他，他坐在轿里不能避让，一石头就打个正着。我最会打石头，又打得远，又打得中。我两人手里一人拿一块石头，只等知府的轿子一出来，对准轿子里，两块石头一齐打去，打在他脸上，就不死也得受伤。"

向曾贤连连点头道："这法子倒也使得。我们去和大哥说，要大哥也去一个，他的力比我两人大些。"向乐山慌忙止住道："使不得！大哥知道了，绝不肯教我两人去。二哥还想他也同去吗？这事只我两人去做，什么人也不能给他知道。万一传出了风声，事还没做，知府已有了防备，不是糟透了吗？"向曾贤道："不给外人知道可以，连大哥都不给知道，只怕有些不妥，事后我怕大哥骂我。算了吧，我们不要去打了。"向乐山不高兴道："你胆小害怕，不敢去，就不要同去。我一个人去，也不愁打不着知府。不过你不去，不要对大哥说，只算是你不知道，大哥绝不会骂你。"向曾贤道：'你要去，我为什么不去？好！就同去吧。"向乐山这才欢喜了。

93

各人寻了一块称手的砖头，同到知府衙门的对面站着等候。街上来往的人，也没一个注意到他二人身上。因二人都是小孩子，小孩子玩石块，是件极寻常的事，谁来注意呢？二人等了半日，不见知府出来，闷闷地回家。过了一夜，次日吃了早饭，又同到昨日等候的地方站着。向闳贤以为两个兄弟到街上玩耍去了，小学生平日受先生拘管得极严，一到了考试的时候，照例都得放松些儿，谓之"畅文机"。因恐拘管严了，进场文思不畅，所以曾贤兄弟出外，闳贤并不过问。

　　这日也可说是合当有事。曾贤、乐山没等到一刻工夫，那个倒霉的知府，果然乘着蓝呢大轿，鸣锣呵道地出来了。向乐山用膀膊，挨了挨他二哥，教他准备的意思。转眼之间轿子到了跟前，向乐山举起那块半截火砖，隔着玻璃，对准知府的头打去。只听得"哗啦啦"一声响，玻璃破裂，那半截砖头，从玻璃窟窿里直钻进去，落在知府的脸上，连鼻梁上架着的一副墨晶眼镜都打碎了，脸上也擦破了一块油皮。亏得那知府的眼皮虽薄，脸皮却厚，这一点点浮伤，不关重要。只是这一惊却非同小可，口里不由得大呼了一声"哎呀"，接着用两脚在轿底上几蹬，一迭连声喊："拿刺客！"

　　向乐山见只自己的一块砖头打去，曾贤的砖头还握在手里不敢打，急得望着曾贤跺脚道："快打，快打！"向曾贤毕竟胆量小些，不敢动手。向乐山气不过，一手夺过那块砖头，正待再补打一下，哪知府前后随从的人，先听得玻璃响，又听得喊拿刺客，哪敢怠慢，立时将街上行路的人，顺手抓了几个，却没一个疑心向乐山兄弟。还是那知府眼快，见向乐山从向曾贤手里夺砖头，举起来要打。这时轿子已经放下，连忙钻了出来，欺向乐山是个小孩子，就自跑过来拿。

　　向乐山也不打算逃走，不慌不忙地对准那知府的头又是一砖头打去，正打在知府的肩头上。随从的人至此方看出刺客就是这两个小孩，都跑过来拿。向乐山大喊道："两块砖头，都是我一个人打的，与我二哥无干，你们不要拿他。"向曾贤双手把向乐山拖住，说道："我弟弟年纪轻，他没动手，是我打的，你们把我拿去就是！"知府一面揉着肩头，一面怒说道："两个都给我拿住，看还有同党的没有？"当时走这条街经过的人，共拿了十多个。

　　知府不敢再坐轿子了，也不再往别处，随即步行回衙，亲自提讯这两个小刺客。向乐山不待知府开口，即高声说道："我是考幼童的向乐山，因恨你贪财，将府前一名都卖给有钱的人，无钱的人便做得极好的文章，也取不着前十名，投考的人人怨恨，我忍不住，特来打你。我二哥不教我来，我不听，二哥不放心，就跟我同来。他并没动手，你快把他放了。"知府见向乐山说出这样的话，疑心有主使的人。一点儿不动气，反和颜悦色地说道："你打的，他打的，都不要紧。你只说，我贪财，把府前十名卖给有钱的人，这话你是听了什么人说的？你说出来，连你也一同放出去。"向乐山道："报考的童生，人人是这么说，我两个耳朵，听得不要听了。也不记得说的人姓什么，叫什么名字。"知府是一个奸猾透顶的人，见向乐山说话这般伶俐，料知骗不出主使的人来，只得暂将二人收押。

那时正在太平世界，知府的尊严，还了得？居然有人敢去行刺，而行刺的又是两个小孩。这事情一出，不到半个时辰，即轰动了满城。向闵贤在寓所，不见两个兄弟回来吃午饭，心里正是有些着慌。一听了这消息，慌忙托人去府衙探听，两个小刺客，果是自己的两个小兄弟，只把个向闵贤急得走投无路。四县受了委屈的童生们，就无一个不拍掌称快，反找着向闵贤恭喜，说道："向闵贤有这么两个有胆气的兄弟，不但替平江人争光不少，连巴陵、临湘、华容三县的正气，都仗这两块半截砖头扶持起来了。"向闵贤听了这些恭维话，吓得摇手不迭。

不知是何缘故，且待第十三回再说。

冰庐主人评曰：

此数回叙崆峒、练气二派积怨之由，并为崆峒人物略张声势，如杨赞廷、甘瘤子、常德庆辈，亦有非常之才，然后于下文二派角逐时，方有奇文可写。否则以卵击石，人早知其不敌矣。安有奇文奇事，足供吾人之欣赏哉！

余同年稍谙弈法，辄觑友对局，以消永昼。两阵既列，车马思骤，子声丁丁然，几废寝食。顾每战辄北，而友则一局既罢，必推枰欲起，若甚不耐者。余哀之不已，始重整旗甲，然勉强之色，浮溢眉宇矣。一日，有客造访，见方弈，屏息侧视，余屡屡北，客哂曰："螳臂安足当车轮。"因自请与友角，友勉诺。日中布局，及夕未辍。友亦津津若有余味焉！余乃知才力相匹，然后

95

可以言敌。余之弈，与友相差悬殊，宜乎友之不屑对垒也。今读《奇侠传》而知向君蚤洞此旨，故于盛写甲方之后，复从而渲染乙方，使均势既成，乃信笔挥写，则无往而非奇文奇事矣。

下半回入向乐山传，乐山以垂髫之年，而具石击知府之胆，真可与秦庭匕、博浪椎，后先辉映，岂能因其童竖而目为无知哉！

捐班官儿本不知文章为何物，一旦主持考政，正苦无术论衡，得孔方兄代为评次，确属大公。四邑童生不自恨无财，而怨知府贪婪，亦可谓不达世务者矣。

第十三回

罗慎斋八行书救小门生
向乐山一条辫打山东老

话说向闵贤见一班受了委屈的童生们，反来说恭维两个小兄弟的话，来不及扬手，止住大家的话头说道："依诸君的话说来，我等竟成了主使的人，竟是谋反叛逆的人了。这还了得！我平日率弟不严，以致他二人，做出这种犯上作乱的事，我已是罪不容于死。诸君不以大义见责，反来纵恶长傲，我家这番灭门之祸，就是诸君这些话玉成的。"众童生见向闵贤的脸上，如堆了一层浓霜，又说出这些词严义正的话，在那君主时代中，这些话极有力量，极有分量，哪里敢回说半字，一个一个面上无光地走了。

向闵贤见那些童生走后，即忙提笔做了一纸呈词，自认教督无方，以致两个小兄弟，敢做出这种犯上作乱的事，求知府念两个小兄弟的年纪小，将应施行的处分，移到他自己身上，以为天下后世督率子弟不严的鉴戒。这纸呈词递进去，也没批驳，也没准行。向闵贤自缚到知府衙门请收押，想抵出两个小兄弟来。知府竟推病不出，也不收押向闵贤。向闵贤兄弟被收在监里，十多日不曾审讯第二次。向闵贤见请代不许，只得去求他老师罗慎斋。

那时罗慎斋正掌教岳麓书院，向闵贤去诉了情由，问罗慎斋能否设法救出两个小兄弟。罗慎斋生成的古怪脾气，生平第一厌恶的，就是贪官污吏。岳州府知府的不法行为，罗慎斋久已知道了个详尽，只怕自己没能力参奏他。听了向曾贤兄弟的举动，口里不便说称赞恭维的话，心里实是痛快到了极处。莫说向闵贤还是自己的得意门生，义不容辞地应设法去救二小刺客出狱，便是绝不相关的人，只要是像这么小小的年纪，能有这大的魄力，干出这样惊天动地的大事，罗慎斋但有一分力量可尽，也绝不忍袖手旁观。当下也不对向闵贤说什么，只教向闵贤放心，包管那知府不仅不敢伤损你两个兄弟的一毫一发，并且连小考的场期，都不至于耽误。

罗慎斋说这话有什么把握，能如此负责任呢？原来这一任的学差，也是罗慎斋的门生。罗慎斋等学差一到，就写了一封详细的信教人送去。学差接了老师的信，心里也恨那知府不过。官场中的习惯，科甲出身的官，最是瞧捐班出身的官不起，哪怕捐班出身的名位，在科甲出身的以上，捐班官每每受科甲出身的奚落。若是捐班官名位低微的，更是没有讨好的希望。那学差读过罗慎斋的信，也懒得和知府说什么，直到入场唱名的时候，唱到向曾贤，没人答应。学差忽教唱的停住，问怎么向曾贤不到？知府见问，连忙出席陈说事故。学差故意沉吟了一会儿道："考试是国家大典，且放向曾贤兄弟出来，考试过了，再治他们的罪不迟。"学差说了，随呼向曾贤兄弟的领保，问两兄弟的年龄。领保照实说了，学差哈哈笑道："黄口小儿，哪里就知道做刺客。快放他们出来，到这里当面考试，若文理不清，更得重办。"

知府不敢违抗，只得将向曾贤、向乐山都提到学差跟前来。学差见二人都生得清隽可爱，然心里有些不相信，这一点儿大的小孩子，就通了文墨。从来考幼童，都是提堂号考试，为的是怕人抢替。这回学差更是注意，把向曾贤兄弟坐在自己公案旁边，另外出题考试。没想到向曾贤兄弟都是提笔就写，和誊录旧文一般。向乐山交头卷，向曾贤接着交第二卷，学差已是吃了一惊。及看二人的卷子，写作俱佳，向乐山更是才气纵横，字也是秀骨天成，不禁击节叹赏，暗想怪不得没取得前十名心里不服，气得打起知府来了。

二人交卷了好一会儿，才有第三人交卷上来，照例交了卷，就可出场，学差却将二人留在里面。等大家出了场，学差打发人将向闵贤请来，备办了一桌酒席，邀了挨打的知府，教向曾贤、向乐山兄弟对知府叩头赔礼。学差笑向知府道："从此他两兄弟是贵府的门生了。本院替他们讲情，既往的事望贵府大度包容了吧。他两兄弟前途远大，将来受贵府栽培的日子固是很长，而报答贵府的日子也很有在后面。"向闵贤也连忙对知府叩头。

知府知道向闵贤是个花衣进士，又是罗慎斋的得意门生，更和这任学差同年，早已料到这回的侮辱没有雪愤的希望。学差既肯这般说情，向闵贤又叩头赔了礼，也算是给面子的了。若不见风转舵，恐怕连这样的便宜都讨不着。当下连忙答了向闵贤的礼，又谢了学差，反高高兴兴地在酒席上对向曾贤兄弟问长问短。一桩惊天动地的大案子，就是这么杯酒合欢，谈笑了事。向曾贤、向乐山都是这回入了学。

只是向乐山入学之后，心中十分愤恨自己的两手，太没有气力，以致两砖头不曾将知府打死，因此想练习武艺。平江人本来尚武，不知道拳棍的人家很少，越是大家庭，墙壁上悬挂的木棍越多。向家因是世代读书，不重武艺，所以向闵贤兄弟皆不曾练习。于今向乐山既是想习拳棍，向闵贤便聘请了一个有名的拳教师，来家教两个兄弟。但向曾贤的体质比向乐山生得孱弱，性情又不与武艺相近，练了几日，身体上受不了这痛苦，就不肯练了。向乐山却是朝夕不辍的，越练越觉有趣味，如此苦练了一年，真是生成的美质，每和教师打起对子来，教师略不留神，就被向乐山掀翻在地。再加练习了半年，教师简直打不过乐山，自愿辞馆不教了。向闵贤托人四处访求名师，陆续请来好几个，没一个打进场不跌的，于是向乐山就没有请得好师傅，只得独自在家研练。

这时他的年纪已有一十三岁了，辫发也有了尺多长，他忽然想到这辫发垂在背后，将来结长了，和有本领的人动起手来，很不方便。并且有时跑起来，辫尾若是挂在什么东西上面，更是讨厌。拳术里面，有一种名叫"顺手牵羊"的手法，就是利用人家的辫子，顺手牵住，往怀中一带。被牵的，十九牵得头昏眼花。他打算把辫子割了，又因有"受之父母，不可毁伤"之戒，不敢割下来。想来想去，就想出一个练辫子的方法来。他悬一根粗麻绳在屋梁上，辫尾就结在麻绳上，硬着脖子，将身体向前后左右，一下一下地倒过去。初练的时候，麻绳悬得高，便倒得不重。后来麻绳越放越长，身体便越倒越重。是这般不顾性命地蛮练了两年，哪怕合抱的树，只须把辫尾往树上一缩，向乐山一点头，那树即连根拔了出来。辫尾结着一大绺丝线，有时和人动手，向乐山将丝线握在手中，朝着敌人颈上掼去，一绕着就将头一偏，敌人身不由己地一个跟斗栽过了这边。

向乐山自从这本领练成后，更没人敢和他较量。他因为遇不着对手，在家闷气不过，心想平江的地方太小，当然有本领的人不多。我何不去外州府县游行一番？必然有本领高似我的人物。计算已定，即对向闵贤说明了出外寻师访友的意思。向闵贤自免不了有一番叮咛嘱咐。

向乐山知道，浏阳人的性质也和平江人一般地欢喜武艺，从家中出来，即向浏阳进发。平、浏是连界的，行不到几十里，已进了浏阳县境。向乐山因抱着寻师访友的目的，不能和赶路一般地快走，装作游学的寒士到处盘桓。一日走到一处极大的庄院，看那庄院的规模，知道是一个很富厚的人家。只见东西两个八字大墙门，中间隔着一块青草坪。两个大门外面，都有上马的石磴，拴马的木桩。大门虽开着，却不见有人出入。

　　向乐山走进东边大门，见右首一间房的门框上，挂着一块"门房"两字的木牌子。暗想乡村中的庄院，一不是衙门，二不是公馆，如何用得着什么门房呢？这不待说是一个欢喜搭架子的乡绅。这种肉麻的乡绅人家，料不会有了不得的人物在内。向乐山心里这么一想，便不打算进去了。正折转身待退出大门，门房里忽跳出一只大黑狗来，对着向乐山狂吠。接着一个二十多岁的健汉，也从门房里伸出头来，大声喝问道："喂！你来这里找谁的？"向乐山见有人问，只得停住脚答道："我不找谁，我是来这里游学的。"

　　那汉子欺向乐山年纪小，不像个游学的，也和那黑狗一样，跳了出来，问道："你游什么学，游的文学呢还是武学，怎么进大门就走？"向乐山笑道："我文学也游，武学也游。进了大门，才知道走错了人家，所以不停留地就走。"那汉子跑过来，一手将向乐山拉住道："你且慢走，等我搜搜你身上看。我刚才在房里打盹，不知你从什么时候进来的，只怕你这东西，已进了里面，见没有人，偷了什么揣在身上。"说着，想动手来搜。向乐山也不动气，只拦住那汉子说道："你何以见得我进了里面，偷了什么？你若搜不出什么来，该怎么办？"那汉子道："搜不出什么，就放你走，有什么怎么办？你既是游学的，到这里来，如何谓之走错了人家？我们家的老爷少爷，从来不轻慢游学的。文有文先生，武有武教习，来这里游学的，多则住一月半月，少也要住三五日。你到这里就走，不是趁里面没人，偷了什么，怎的肯走这么快？看你偷了什么，趁早退出来，免我动手。嗄！嗄！倒看你不出，这小小的年纪，居然敢假充游学的。"

　　向乐山一听那汉子的话，心里倒欢喜起来，反赔着笑脸问道："这里也有武教习吗？我是一个游武学的，你就带我去看看武教习好么？"那汉子摇头道："你不要瞎扯淡。你打算乘我不防备，好抽身逃跑么？不行，不行！你且给我搜了身上再说，我是在这里替守门的守门，担不起干系。"

向乐山看那汉子，本也不像个门房，心里急于想进去见这家的武教习，便懒得和人争论，耽搁了时刻。随将两手分开，挺出胸脯给那汉子遍身搜了一会儿，没搜出什么。那汉子道："这下子你走吧。"向乐山道："就这么放我走么？没这般容易。快说武教习在哪里，你引我去见了面，便没你的事。不然，我好端端的一个人，你如何硬说我是贼，将我遍身都搜了？你不把我这贼名洗清，看我可能饶你。"

　　那汉子见向乐山说出这些无赖的话，也有些害怕给东家知道，只得说道："你要见这里的武教习做什么？这里的武教习是由山东聘请来，专教我家少爷拳棍的。外面的徒弟一个也不收，你找他也没用处。并且他轻易不肯见人，我就引你进去，他不见得肯出来会你这小孩子。"向乐山笑道："我是身体生得矮小，年纪比你大得多，你怎么倒说我是一个小孩子呢？你只引我进去，见得着见不着，你不要管。"

　　那汉子又打量了向乐山几眼，只是摇头。向乐山道："你不引我进去也没要紧，我自会进去。你只说那教习姓什么，叫什么名字？我好去会他。"那汉子道："那却使得。我们这边的教习，姓周名敦五……"向乐山道："那边还有一个教习吗？"那汉子望着向乐山出神道："我听你说话的口音，并不是外路人，怎么连我们这里的大老爷和二老爷争胜的事，都不知道咧？"

　　向乐山觉得很稀奇地问道："大老爷什么事和二老爷争胜，你可以说给我听么？"那汉子道："这话一言难尽，你既不知道，不问也罢了。不过我看你是个借游学讨吃的人，也可怜。若不知道我们这里的情形，进去说错了话，必不讨好。我大概说点儿给你听了，并教你几句话，进里面去说，包你能混几天饮食到口。若你的运气好，还说不定可得几百文盘缠。"

　　向乐山暗自好笑，连忙点头应道："老弟真是个慈心的好人，肯如此帮扶我，请你快说吧。"那汉子见向乐山呼他老弟，以为果是比自己的年纪大。当下欣然说道："我老爷姓陶，名守仪。二老爷名守信。老太爷做过一任知府，才去世没几年，大老爷和二老爷就分了家。虽在这一个庄院，却隔离了是两户人家。一家都有两个少爷，都聘请了一个文先生，一个武教习，兄弟都存心要争强夺胜。你进去只说二老爷那边如何鄙吝，如何待人不好，怪不得外人都传说大老爷，是个疏财仗义的豪杰，果是名不虚传。大老爷听了你这种说法，必然欢喜，你知道是这么说么？"向乐山点头道："说是不难说。但是我并不曾去过那边，怎么能知道那边的坏处呢？"那汉子晃着脑袋笑道："大老爷又不会盘问你，何必定要去过那边呢？"向乐山笑道："那就是了。"别了那汉子，直往里面走。

向乐山只想见周敦五，看从山东聘来的教师，是怎样一个人物。走到里面大厅上，故意高声咳嗽了一下，即有一个十六七岁小伙子走了出来，问向乐山找谁。向乐山看那小伙子的装束，像一个当差的模样，遂答道："来看周教师的。"小伙子装腔作势地翻起一对白眼望了向乐山一望，待理不理地道："带手本来没有？"说时，遂高声朝着下面门房骂道："怎么呢？门房里的人死了吗，不问是人是鬼，也不阻挡，也不上来通报一声，听凭他直撞进来，这还成个什么体统？"

向乐山看了小伙计那般嘴脸，心中已是老大的不快，见问自己要手本，更要开口骂了。听了这一派话，哪里还忍耐得住呢？也懒得说什么，提着辫丝线，对小伙子肩上掼过去。跟着把头一偏，小伙子哎呀都不曾叫喊得出，腾空一个跟斗掼下来，直挺挺地倒在丹墀里。只听得"啪嗒"一声，竟跌得昏死过去。向乐山不由得吃了一惊，心想这小子怎这般禁不起跌？若就是这么死了，我岂不是遭了人命官司吗？这种东西也教我替他偿命，未免太不值得。好在还没人出来，他们又不认识我，不趁此逃走，更待何时？哪敢怠慢，拔步往外就跑。

刚跑近大门，里面已有四五个汉子，大呼追了出来，一片声喊拿住，不要放走了凶手。向乐山跑到青草坪中，忽然转念一想："打死了人，像这么逃跑是不对的。夜间没人看见，他们追不上，不愁逃不了。此时正在白天，我在前面跑，他们跟在后面追。我逃到哪里，他们追到哪里，这如何能逃得了？且就这一片好草坪，将追的打发了，方能从容逃走。"当即回身立住。

看追来的四个壮健汉子在前，年纪都是三十上下，一个年约五十来岁，身体高大的在后。看那人眉目间带几分杀气，精神分外充足，行路的脚步，甚是稳重，估量着就是教师周敦五。走前面的四人，赶到切近，仿佛有些疑惑凶手不是向乐山。都用眼向各处张望了一转，才对向乐山喝问道："就是你这东西打死了人么？"向乐山还没回答，后面的那人已大声说道："就是这小子，快上去给我拿住。"

向乐山听那人说话果是北方口音，断定是周敦五了。四人一齐抢过来，伸手拿向乐山。都以为这一点儿大的小孩，捉拿有何费事，并且各人皆知道些拳脚，哪里把向乐山放在眼里？不提防向乐山等他们来到切近，将身子往下一蹲，扑的一个扫堂腿，四人同时跌了一丈开外。一个个爬了几下，才爬起来，望着向乐山发怔，不敢再过来。向乐山指着周敦五道："你就是这里的拳教师么？我正要领教领教！"

向乐山本是朝大门立着，说话时，见那跌昏了的小伙子，跟着两个小学生模样的孩子，和一个五十多岁的花白胡子，走了出来，心里不由得大喜，不曾打死人，就用不着图逃了。只见周敦五两脚一踩，使出一个"鹞子钻天"的架势，凌空足有丈多高，直扑下来。脚还不曾着地，就变了一个"饿虎擒羊"的身法。向乐山知道这人不弱，急将身躯一偏，使一个"鲤鱼打挺"，让开周敦五双手。跟着使一个"叶底偷桃"，去捞周敦五的下阴。周敦五的身法也真矫捷，一个"乳燕辞巢"，就穿到了向乐山背后。见向乐山的辫丝线，一大绺垂在背上，心中高兴不过，以为这一个"顺手牵羊"，不愁不把向乐山牵倒。谁知才一手撩住辫尾，也和那小伙子一般地腾空一个跟斗，栽了一丈多远。

原来周敦五也知道向乐山是个劲敌，思量非用全力，就牵住了辫尾，也怕牵向乐山不倒。哪知道向乐山的辫子，越是牵得力大，越掼得远，越跌得重。周敦五这一跤跌去，头朝下，脚朝上，跌了一个倒栽葱，哪里挣扎得起来呢？向乐山哈哈笑道："牛角不尖不过界。几千里跑到这里来当拳教师，原来也不过如此。领教了，领教了！"说着，对大众拱了拱手，提起脚要走。

那个花白胡子连忙抢行了几步，走到向乐山跟前，作了一个揖，赔笑说道："师傅的本领，实在是了不得，佩服，佩服！求师傅不弃，请进寒舍盘桓盘桓。"向乐山见陶守仪说话甚是殷勤，便不推辞。陶守仪侧着身体，引向乐山到里面一间陈设十分精致的书斋里。恭恭敬敬地请问了姓名，带了刚才那两个小学生模样的孩子过来，双双拜了下去。向乐山慌忙答礼不迭。陶守仪纳向乐山坐了，说道："寒舍聘请教师，脩金不问多少。谁打得过原有的教师，就请谁在寒舍教这两个小儿。今日师傅打胜了，小儿自应拜认师傅。"向乐山笑问道："那位周教师怎么样呢？"陶守仪道："他既没有大本领，被师傅打输了，兄弟唯有多送他几两程仪，请他自回山东去。"

向乐山连连摇头道："使不得，使不得，老先生快把他请到这里来，我有话说。"陶守仪道："他既被师傅打得这般狼狈不堪，如何好意思来见师傅咧？"向乐山道：'这有何要紧。二人相打，不胜就败。平心讲，周教师的本领实在不错，我不是能坐在尊府教拳脚的。尊府除了周教师，想再请一个比周教师本领高的，绝不容易。"陶守仪见向乐山这么说，也来不及回话，一折身就往外跑。

不知陶守仪跑到外面做什么，且待第十四回再说。

冰庐主人评曰：

此回叙向乐山练辫功事，颇奇特，读者或又疑为诞，唯余则深信之，并引一事以为证。

余邻有陈翁者，年已逾古稀，而精神矍铄，孔武多力。尝语余，少时习技击，及壮充乡勇，为发逆所掳，反缚手足，以发辫悬梁间。同掳者若干人，不胜痛楚，相继毙。夜半，陈亦不支，方微呻，忽一人操鲁音，问曰："若尚未死，当谙武艺，亦思遁邪。"陈言悬宕空中，无从施吾技，奈何！客曰："无害，吾自有法以脱之。"遂运气上达。俄顷索素寸断，砉然坠地。手足之缚，亦委地如蜕，因并释陈，挟之偕遁，得免于难。由此观之，则练功及辫，亦技击家之常事，不可目为诞妄矣。

第十四回

大乡绅挽留周教师
小侠客气煞洪矮牯

话说周敦五被向乐山，打得一败涂地，挣扎起来，见自己东家，陪着向乐山进里面去了，面子上更觉得羞惭无地。那四个健汉，原是陶家请了本地方几个略懂得些拳脚的粗人，在家中一面做做零星琐事，一面看管家财的。闲时跟周敦五学习几年，也要算是周敦五的徒弟，毕竟有点儿师徒的感情，都连忙跑过来问，跌伤了哪里没有。这一问，益发把周敦王问红了脸，溜回自己的卧室，卷起包袱，并不打算向陶守仪作辞，背着包袱就走。

已走出了大门，忽转念想道："我在北道上，整整称了二十年的好汉，今一旦败在这个小孩子手里，此仇安可不图报复？只是这小孩姓甚名谁，我不知道，将来我便练成了报仇的本领，不知道仇人的姓名，将怎生报复呢？没法，只得老着脸，再进去一趟，当面请教他一声，料他不至畏惧我，隐瞒不说。"

周敦五想罢，正待回身，陶守仪已匆匆跑了出来，一把将周敦王拉住道："我料知师傅是要走的，所以追了出来。快请进去，刚才和师傅动手的，并不是当把势的人，且极称道师傅的本领。我两个小儿，仍得求师傅在寒舍指教。'周敦王听了，暗自寻思道："陶守仪方才欢迎那小子到里面去的时候，我正跌在草地上挣扎不起来，他连正眼都不瞧我一下，只勤勤恳恳地作揖打拱，把那小子迎接进去。我回房卷包袱，他也不来理我。此时却如此殷勤地跑来留我，多半是那小子，自己不能在此教徒弟，不曾指摘我的短处，因此陶守仪便不肯放我走了。也罢！那小子的本领实在不错，我若能趁此结识他一场，也是好的。如果见面瞧不起我，我请教了他的姓名就走。"周敦五遂跟着陶守仪复进里面来。

105

向乐山起身迎着，拱手笑道："老兄偶然失手，算不了什么，任凭有多大本领的人，像老兄这般失手的时候，总是不能免的，老兄千万不要介意。"周敦五见向乐山的身材相貌，虽是一个小孩，说话却很像是一个老于江湖的。一肚皮愤恨想报复的心思，被这几句话一说，不由得登时冰释了，也拱了拱手笑答道："兄弟在北道混了二十多年，南七省也游行了一转，和人较量的次数在二千以上，今日算是第一次遇见先生这般本领。先生可谓周身毛发都有二十分的力量，但不知令师尊是哪位？"向乐山笑道："我的武艺可以说没有师承。从前师傅所传授的，至今一手也用不着，全是自出心裁，苦练得来的。"周敦五初听，不大相信，后来谈论起来，才知道向乐山得力的本领，没一手是普通拳脚中所有的。

陶守信听说哥哥家来了这么一个人物，也想迎接到自己家里来住几日，教教自己的儿子。自己家里请来的一个江西拳教师，姓洪名起鹏的，却不服气。在陶守信跟前，极力说向乐山不过略知道些武艺，只怪周教师太不中用，又欺向乐山是个小孩，才轻敌致败。偶然赶人家失手，打胜了一次，算不得什么了不得的本领。就拿了向乐山安慰周敦五的话，证明向乐山这回的胜利，确是偶然得的。

这个洪起鹏教师，也是江西有名的好手。陶守信因陶守仪聘来了周敦五，才托人到处物色。聘请洪起鹏的时候，陶守信还曾亲去江西，到洪起鹏家里，送了二百两银安家，方接着一同到陶家来。洪起鹏的身体矮胖，生成一双火眼，人家都呼他为"红眼鼓"。又因他姓洪，生得矮，身体和牯牛一般壮实，喊变了音，也有喊他为"洪矮牯"的。到陶家来的时候，年纪不过四十多岁，在江西的声名，已是很大，也是享了十多年盛名，不曾逢过对手。初和周敦五见面，倒想较量一番。后来见周敦五的纵跳功夫，在南方可算得一等，又能打得出六两八钱重的镖，恐怕占不了上风，坏了多年的名誉，并且在陶家也立脚不住。像陶家这样的东家，凡是当拳教师的人，没一个不羡慕，没一个不想夺这一席位置。这个饭碗若自行打破了，未免可惜，就是周敦五的心理，也和洪起鹏差不多。

洪起鹏初到想显本领，用十根茶杯粗细、三尺来长的椆木桩，钉入极坚实的土内，上面露出五寸来，隔三尺钉下一根。洪起鹏赤着双脚，一路用脚掼过去，能将十根木桩都拔出来；又能一脚立在木桩上，挑选八个健汉，各拿一条麻绳，听便系住洪起鹏的手脚，或肩或腰，立在远远地用力

106

拉扯，就和生铁铸成的一般，再也拉他不下来。陶守仪办了一桌接风酒，请洪起鹏吃饭。陶守信叮咛嘱咐洪起鹏，要他故意多显些本领给周敦五看，洪起鹏答应了。一到陶守仪这边，只一屁股就坐破了一把靠椅。陶守仪还没看出是故意显本领，以为本是靠椅不牢，连忙教人更换了一把又新又牢实的。洪起鹏坐下去，也是"咯喳"一声，连椅脚都折断了两条。陶守仪才大吃一惊，知道是有意炫技。也不说什么，亲自端了一把紫檀木的古式太师椅送到洪起鹏跟前，说道："寒舍的器具，多是陈年腐朽了，所以禁不起师傅一坐。这把椅子是紫檀木的，或者比方才坐的两把结实些儿，请师傅轻轻地坐一下看。"洪起鹏笑道："只怪我的贱体太重。我家里贫寒，坐麻石惯了。木椅子多是赶不上麻石那般坚实的，抱愧得很。"说完坐下去，仍是绝不费事的，一沾屁股就破裂得不能坐了。大家看了，都惊得吐舌。

洪起鹏见大厅左右，一边安着一个石鼓，走过去端椅子似的，端到客位坐了笑道："我坐这东西就相宜。"周敦五在旁见了，自也免不了暗暗纳罕。次日陶守信还席请周敦五，正在饮酒的时候，一只耗子在梁上跑过，爬下许多灰尘来，撒在酒菜上面，大家都抬头骂这耗子可恶。周敦五笑道："这耗子果是讨人厌，等我抓来，重重治它的罪。"从容放下酒杯，一耸身到了梁上。左手三个指头，把梁捏住，右手伸进壁孔，掏出一只四五寸长的耗子来。左手一松，已飘然坠地，赛过风吹落叶，一些儿声息没有。洪起鹏也很是佩服，因此两人都不敢交手。

这回洪起鹏听见周敦五被向乐山打败了，自己东家想把向乐山迎接到家里来，洪起鹏心里老大的不服气。特意找着那四个和向乐山交手的汉子，盘问向乐山如何打跌周敦五的。四人都说并不曾见向乐山动手，只仿佛见周教师，使出一个"乳燕辞巢"的身法，穿到向乐山身后；向乐山却没掉转身躯，我等正欢喜周教师已抢了上风，向乐山必然跌倒。哪知道一转眼的工夫，就听得向乐山口喊了一声："去吧！"周教师已从向乐山头顶上，一个跟斗栽了一丈多远。洪起鹏道："你们见向乐山动脚么？"四人都说不曾见。洪起鹏道："那一定是遭了向乐山的臀锋，所以并不掉转身，而周教师又从向乐山头顶上栽了过来，本来周教师的下盘欠稳，这也是专练纵跳的缘故，两脚着地太轻。用'乳燕辞巢'的手段，原是避开他来捞下阴。但既穿到了他背后，就应赶急变'顺手牵羊'，便不愁向乐山不跌。哪有已穿到他背后，还被他用臀锋打得栽过前面来的道理？这不是向乐山的本领高，只怪周教师太轻敌。我若不给点儿厉害向乐山看，他真要目中无人了。"

四人都被向乐山打跌过，巴不得洪起鹏出来收拾向乐山，好出那口输气，一力地在旁撺掇。也是洪起鹏合当丢脸，四人都没看出，周敦五就是用"顺手牵羊"，被向乐山辫尾打跌的架势来。若当时洪起鹏亲眼看见了，也就会心悦诚服地认输，不敢再出头了。

陶守信听了洪起鹏的话，信以为实，即对洪起鹏道："师傅何不替周教师出口气，也显显我的眼力不差呢？"洪起鹏道："我正打算去找他，只因他在大老爷家，即是大老爷家的客，我似乎不好登门去打。我打输了，固不待说，面子上下不来；便是打赢了，也有些对不起大老爷。最好是打发人去约向乐山，也在大门外草坪里，彼此见个高下。"陶守信道："要去约他容易，并用不着差别人，就是我亲自去约他。他若胆怯不来，将怎么办呢？"洪起鹏道："他不来时，我再亲去。无论如何，总不由他在这里打个落花流水，不肯和人打复架。"陶守信点头应是，真个跑到陶守仪这边。

这时陶守仪、周敦五两人，正陪着向乐山喝酒。陶守信见向乐山的衣服破旧，身材瘦小，十足的穷小子气派，来时原打算见面一揖的，及到见了面，瞧不起的念头一发生，连那准备好了的一个揖都作不下去了。陶守仪、周敦五都立起身来，想给向乐山介绍，向乐山也慌忙站起。陶守信不待三人开口，即对向乐山努了努嘴，问陶守仪道："这人就是姓向的平江人，说也会拳脚的么？"陶守仪听了自己兄弟这种轻侮口吻，心里大不自在。向乐山已抢着答道："岂敢，岂敢！"陶守仪忙指着周敦五对陶守信说道："周师傅都五体投地地佩服，你说是会不会拳脚？"陶守信道："既是会拳脚，我家洪教师要跟他见个高下，看他敢去不敢去？"周敦五连连扬手道："我们都是自家人，向先生又不是个把势，请洪师傅快不要存这个心。我这番打输了，输得心服口服。洪师傅若是想替我出气，尽可不必，我是过来人。"

陶守仪因自己请的教师打输了，巴不得兄弟请的教师，也照样跌个跟斗。听陶守信说洪教师要见个高下，正如了自己心愿，不料周敦五说出这些话来。遂不待周敦五说完，也抢着说道："周教师尚且打输了，你去对那洪矮秸说，快不要妄想。"周敦五是个山东人，生性直爽，以为洪起鹏是想替自己出气，是一番好意。明知道打向乐山不过，所以不愿洪起鹏再跌一跤。

陶守信是个公子脾气，一则想显显自己家里教师的能为；二则不服陶守仪教洪矮牯不要妄想的话，立时望着向乐山说道："你若是个有实在本领的人，就大胆去外面青草坪里等着，我家的洪教师即来和你较量。"向乐山笑着点头道："我看老先生的年纪，总在四十岁开外了。怎么说出来的话，全不像是吃过四十多年饭的？难道尊府这么富厚，老先生竟是吃了一辈子的屎吗？不然，怎的和癫狗一般地乱吠呢？我又没到你家去，你家有教师既想跟我见个高下，他就应该到这里来当面领教。他自己没实本领，不敢来和我较量，却打发你这吃屎的，来望着我乱吠。我若不看主人翁和周教师的面子，早已给你下不去了。"说着，气愤愤地坐下，也不睬陶守信了。

陶守信平生不曾受过这么恶劣的教训，只气得浑身打抖。一面红着脸往外走，一面口里骂道："好小子，骂得我好，看我可肯饶了你这条狗命？"周敦五乃是不愿洪起鹏丢脸，想追上去将陶守信拉住。陶守仪已从背后牵住周敦五的衣袖道："人不到黄河心不死，洪矮牯自以为本领了得，师傅劝阻他，反讨了不好。索性给他跌一跤，倒可熄灭他的气焰。"这时陶守信已冲出大门去了，周敦五料也挽留不住，只得长叹了一声坐下。

向乐山立起身，对陶、周二人拱手道："我年轻火气未退，一些儿受不了人家不好的脸嘴。我对你家二先生客气，他倒欺负起我来了，我一时火性上来，开罪了他，那个姓洪的教师必定立刻前来和我较量。我坐在这里不安，暂且与二位告别，后会有期。"陶守仪忙起身挽留道："那洪矮牯的本领，并不在周师傅之上，先生请安心坐着。他如敢来，先生尽管给他两下厉害的，先生的本领难道还惧怯他不成？"向乐山摇头道："我原是为寻师访友出门，姓洪的本领果比我高强，我拜他为师便了，惧怯怎的？不过此地非动手的所在，改日再来和二位多谈。"旋说旋离席往外走。周敦五还疑心向乐山实有些胆怯，和陶守仪一同相送出来。

刚走出大门，劈面见洪起鹏来了，陶守信也跟在后面。洪起鹏望了向乐山一眼，忙退一步，立了一个门户。陶守信怒容满面地喝问道："你这小子想溜跑么，看你能跑上哪里去？洪师傅还不快给我痛打这小子。"洪起鹏也不说话，也不上前，只等向乐山动手。因见向乐山的身体瘦小，必然矫捷。自己是个矮胖子，若和向乐山游斗，料是斗不过的。仗着自己的下盘稳实，两膀有三四百斤实力，准备以逸待劳地将向乐山打败。

向乐山一见洪起鹏立的门户，已瞧出了他的用意。立得远远的，笑着说道："我只道是什么三头六臂的洪教师，原来是这般一个模样，这倒像煞一个马桶，又矮又圆。你们看他两只手，是这么举着，不活像马桶上提手的东西吗？"说得陶守仪大笑起来。周敦五望着洪起鹏的架势，想起那马桶的模样来，也不觉好笑。连立在那边气愤填胸的陶守信，也禁不住扑哧地笑了。

洪起鹏被大家笑得不好意思起来，心里益发恨向乐山不过。只得改变了一个架势，对向乐山道："你有本领就过来。我若被你打输了，自愿将徒弟让给你教。"向乐山知道洪起鹏的功夫很老辣，就这么过去和他硬对，绝对不过他。自己年龄轻，身体小，气力毕竟有限，绝技就在一条辫子上。周敦五已上了这辫子的大当，恐怕洪起鹏已听得说，留心提防着辫子，便不容易取胜了，所以存心要激怒洪起鹏。

凡是较量拳棍的时候，越是愤怒，越是慌乱。草坪宽广，利于游斗，向乐山不肯坐在里面，就是这个道理。当下见洪起鹏换了架势，说出让徒弟的话来，更仰面大笑道："周教师教过的徒弟，我尚且不愿意教，教你这马桶的徒弟吗？你得了这么一个饭碗，算是你这马桶修到了，我看你无端打破了，有些可惜。我又没找你，你何苦自寻烦恼呢？你若败在我手里，驮着一个牛心包袱归江西，垂头丧气地到家，必是妻埋子怨，说不定还要气得寻短见，这是何苦咧？我家里有饭吃，用不着出外教徒弟，也不和你争夺饭碗，实在不忍干这种丧德的事，我是要少陪你了。"说时，回头对周敦五、陶守仪点点头，掉臂径走。

不知洪起鹏放向乐山走了没有，且待第十五回再说。

冰庐主人评曰：

此回承接上文，而言向乐山辩功之造诣已深，故写与洪教师放对一节，不惜刻意铺张，以明上次胜周敦五之非偶然也。

作者既于上回写向乐山以辩胜周敦五，偏于本回再写向乐山以辩胜洪矮牯，此为文章有意相犯法，作时最难下笔。盖同叙一事，稍一不慎，即易雷同，使读者生厌恶之心。故叙事虽与上文极相似，而行文不可有一笔相犯，方为上乘。读者宜从此等处着眼，庶不负作者一番苦心也。

第十五回

小侠客夜行丢裤
老英雄捉盗赠银

话说洪起鹏受了向乐山一阵奚落，只气得要将向乐山吞吃了才甘心。见向乐山提起脚就走，竟不来和自己交手，这一气更把肝都气炸了。也顾不得紧守门户，以逸待劳了，拔步赶将上去。洪起鹏练的是一种硬门功夫，不会纵跳，脚底下追人很慢。向乐山从小就喜操练溜步，能一溜两丈远近，洪起鹏如何追迁得上？但向乐山并不往大路上跑，只在青草坪里，一溜到东边，一溜到西边。见洪起鹏追得吃力，便立住脚，望着洪起鹏嘻嘻地笑。洪起鹏举着一条铁也似的臂膊，一上一下地对向乐山劈去。向乐山溜了几次，却不溜了，见洪起鹏一上一下地逼拢来，即一步一步地往后退。背后相离不过三五尺远，就是一堵高墙挡住。洪起鹏心里高兴，暗想看你退到哪里去？没地方给你躲闪，还怕打不过你吗？

周敦五见向乐山露出惊慌的样子，洪起鹏就精神陡长，很替向乐山着急十分。想喊一句"背后有墙"，又恐怕开罪了洪起鹏。并且洪起鹏和向乐山动手，是借口给自己出气，不便再帮向乐山的忙。三五尺远，不够退两三步，便抵靠着不能退了。向乐山已露出手慌脚乱的样子来。洪起鹏大喝一声，直抢过去，向乐山故意大叫一声："不好！"将身体往左边一转，辫尾和一条马鞭相似，向洪起鹏脸上拂过来。洪起鹏提防拂着自己的眼睛，顺手将辫尾捞在手里，绾了一绾，正待用力往怀中一带，想不到那辫竟像有千百斤重，一下没带动，自己的身体却似上了钓钩，被那辫子牵着，两脚离了草地。向乐山往前直跑，洪起鹏悬在辫尾上，就如大风吹起一面旗子凌空飘荡。向乐山越跑得紧，洪起鹏便越飘得起。向乐山有意往山岩上跑，洪起鹏哪敢松手呢？只得哀求道："好汉饶了我这瞎了眼的人吧，我佩服好汉的本领了。"向乐山旋跑旋答道："我仍旧送你回草坪里

111

去，在这里放下你，你准得跌死。你从此还敢目空一切么？"洪起鹏道："不敢了，不敢了！"向乐山一口气跑回草坪。

陶守仪兄弟正和厉敦五在草坪中议论，赞叹向乐山的本领，向乐山已拖着洪起鹏，飞奔回来。洪起鹏打算一着地，就拣向乐山的要害处，一下毒手，出出胸中羞愤之气，以为向乐山脑后不曾长着眼睛，又在跑得精疲力竭的时候，不提防下此毒手，不愁他能躲闪的了。主意打定，只等向乐山停脚。谁知向乐山更是乖觉，脚还没停，便将头往前一点，洪起鹏已身不由己地掼到了向乐山前面。"啪"的一声响，仰面朝天地躺在草地上，两手握住辫尾，仍不肯放。

向乐山提起脚尖，对准洪起鹏的头顶道："再不放手，真要找死吗！"说了一遍，不见答应，两手还是不放。原来洪起鹏气愤得太厉害，被刚才这一掼，掼得昏过去，不省人事了。向乐山一看他的脸色不对，料知是昏厥过去了，忙拨开握辫尾的两手，在周身穴道上按摩了一会儿。洪起鹏"哇"的一声，咳出一口凝痰来，口中叫了个"哎呀"，已悠悠地活转来了。

向乐山知道没有性命之忧了，即对陶守仪、周敦五二人拱手告别。二人定要挽留，向乐山道："洪矮牯眼有凶光，便被人打死也是不服输的。我离了这里便罢，在这里一日，他一日要想方设计地来图报复。并非我怕了他，我单身出门，原为寻师访友。这里既没有本领高似我的人，本已用不着逗留，何况在这里得悬心吊胆呢？"陶守仪再想强留，向乐山已抱拳说道："后会有期！"

向乐山离了陶家，在浏阳寻访了半月，连赶得上洪、周二人那般本领的都不曾遇见。听说万载有个姓罗名新冀的，年纪已有了六十七八岁，练了一身惊人的本领，平生没收一个徒弟，也没人敢和他交手，家中很是富有，江湖人去拜望他的，他一百八十地送盘川。若做功夫给他看，求他指点，他倒不客气，说出怎么怎么的毛病来。受他指点的，没一个不是心悦诚服的，说他好眼力，说他是苦口婆心。不过他有一种古怪脾气，想去见他的人，须将名刺交给他的下人，或把姓名籍贯向他下人说了，下人进里面通报，经过一时半刻，他说可见，下人就出来引人进去。他若说不见，任凭如何要求，也是不能见的，问他讨些盘川倒使得。

向乐山既访得是这么一个人物，如何能不去求见呢？只是这罗新冀的家，住在万山层叠之中，行走极不容易。这时又正是七月间天气，白昼炎热非常，坐在家中不动，都得汗出如雨。在树林中行那崎岖的山路，纵有二十分的勇气，也敌不过那般炎热。向乐山求师的心切，只得趁夜间凉爽的时候行走，白天就在火铺里睡觉。

行到第二夜，树林中含蓄了白天的热气，因夜间没有风，仍是热得难受。向乐山走出了一身大汗，嫌湿衣粘在身上不舒服，即将衣脱下来，挑在伞把上，赤着膊走，倒也觉得爽快了许多。又走了一会儿，还嫌湿裤穿在腿上，又难过又不好走。心想这深山没有人迹，又在夜间，何妨连裤都脱了，赤条条一丝不走，岂不更加爽快。遂绝不踌躇地褪下裤来，和衣一同挂在伞把上，用肩挑着走。

行了四十多里，不但不曾遇着行人，连兽类都不曾遇见过。天光渐渐要亮了，晓风吹来，颇有凉意。向乐山拣一片石头坐下休息，打算拿衣裤穿上。不多几里路，就要到罗家了。从肩上放下伞来，就迷蒙的星光一看，只有一件单衣挂在伞把上，那条裤已是不知去向了，还想不起是何时掉落的，不由得心里慌急起来。暗想天光快亮了，下身不穿裤子，成个什么模样呢？偏巧把裤子掉落了，没有上衣倒还不大要紧，这却如何是了呢？心里正自着急，忽听得山后有鸡叫的声音，遂立起身来喜道："既有了人家，就有法可设了，暂时做一回偷儿应应急，也说不得了。"当下将上衣穿了，跟着鸡声寻去。

转过山坡，果见一所茅屋。看那茅屋的形式，料知是一个种地的小小农户，又有些不忍进去偷这样穷人的衣服。想下去敲门，向他家借一条裤子穿穿，等到了罗家，问罗新冀借了裤，再来还给他。只因自己光着两条腿，实在不好意思下去敲门，立在茅屋的后山上，迟疑不决。天光亮起来极快，听得茅屋里面，已有人说话的声音了。再看那茅檐底下，一根丈来长的竹篙，穿了一条裤一件衣，靠墙晾着。向乐山即时下了一个决心道："我这种模样，他们如何借衣服给我？于今既有这么凑巧，恰好晾了一条裤在房檐下，再不动手，更待何时？"

喜得山墈不高，凭空一跃，已到了房檐下。两脚才一落地，就见一条黑狗，从墙根跳起，箭也似的蹿过来。向乐山一提脚，便把那狗踢去丈多远，撞在山墈石山，滚下来汪汪地叫。向乐山哪敢怠慢，慌忙从竹篙上捋下那条裤来，幸是干的，往身上一套，即听得房里有男子的声音问道：

113

"什么人打我家的狗呢？"接着又有一个女子的声音喊道："不好了！竹篙响，我晾了一套衣裤在后檐下，只怕是偷衣的贼来了，你们还不快去看看。"向乐山本不会纵跳，从山塥上往下跳容易，往上跳就难了。那条裤穿在腿上，又嫌太短了些，不好作势，只得靠山塥往前跑。跑不上几箭路，后面已有三四个男子追赶上来。

向乐山心里好笑，怎么这一点大的茅屋，倒有三四个男子，难道是安排了与我为难的吗？一面向前跑，一面回头看追的，又加了三四个，越追越紧了，口里都大声喊捉贼。向乐山思量这条裤子偷得不妙，他们一时哪来的这么多人，这不是奇了吗？此时天光已是大亮，我在前面跑，他们在后面追，我路道又不熟，何能跑得了？不如立在这里等他们来，料想也没有大本领的人在内。随即掉转身来站住，对那些追来的人问道："你们追赶什么？"追来的共有七个，都是壮健汉子，内中有三个年约二十多岁的，每人手中提一条扁担，围上前来答道："你还装佯吗？就是追这偷小衣的贼！"旋说旋举扁担打来。

向乐山见来的都像是安分的农夫，看他们拿扁担的手法，就知道没一个会把势的人，若动手将他们打伤了，也太觉可怜。并且这偷裤子的事，算是自己无礼，怎好偷了人家的东西，再把人打伤咧！见三人的扁担打来，连忙让开，说道："你们看错了人么，我何时偷了你们什么小衣？这做贼的事，不好是这么胡乱赖人的，你们知道么？"后面四个也围拢来，争着说道："你还要赖！我们亲眼见你偷的，你再想赖到哪里去？"

向乐山摊开两手道："我仅有一把伞在手里，偷了你们的小衣，搁在什么地方呢？我就只有一身衣裤穿在身上，难道我光着腿，来偷你家的小衣不成？如果你们在我身上搜得出两条小衣，就算是我偷了你们的。"一个人指着向乐山的裤脚道："我家失的是女小衣，你自己低头看看，钉了这么宽的阑干，你还要赖吗？"向乐山低头一看，果是翻穿了一条女裤。

七个人不由分说，一拥上前，将向乐山拿住。向乐山若肯动手打他们，莫说这七个人，便是七十个，也莫想能将向乐山拿住。七人拿着向乐山，并不带回那茅屋，有一个年老些儿的说道："这个小贼不是本地方口音，是一个外路贼，须送到公所里，请众绅士来办。"向乐山道："你们这里有些什么大绅士？"那年老些儿的人道："你问了做什么？你又想去偷他们的东西吗？"

向乐山笑了一笑，也不往下问了。三个年轻的，一人牵住向乐山的辫丝线道："你们看这小贼，倒有一绺这么讲究的辫线。"分捉了手膀的二人道："知道是偷得谁的呢？做小贼的人，哪里买得起这般讲究的辫线。"后面的四人催着走道："不要说闲话了，快送到公所里交给保正，我们好回来打禾。为他一个小贼，耽搁我们的正工夫，太不合算。"七人遂拥着向乐山急走。

不一会儿，走到一所小小的房屋门口。向乐山看那门上挂了一块木牌，上写着"五都三㕘公所"六个大字。进门一个石砌的丹墀，阶基直接一个大厅，两旁分排着许多椅凳，大概是乡绅们，有事开会议时坐的。阶基上两根磉柱，有水槿粗细，七人将向乐山的辫子，用麻绳穿了，拴在磉柱上，两手也反缚着。向乐山听凭他们处置，只是笑嘻嘻的，见已捆缚停当了，方向七人说道："看你们这地方，有些什么大绅士？要叫来的，就快些去叫来。我还有事去，不能在这里久等。"七人听了这些话，个个都鼻孔里冷笑，也没人回答。留三个年轻的看守，那四人说是去告保正，一同出大门去了。

向乐山问三人道："这里有个罗新冀，你们知道么？"刚才牵辫子的那人笑道："你已想转罗老爷家里的念头么？做你娘的清秋大梦呢！我说给你听吧，我们都是罗老爷家里的佃户。像你这样的小伙子，也想去偷他老人家的东西，要算是活得不耐烦了，想去找死。"向乐山故意问道："这是什么道理呢，他家的东西就没人敢去偷吗？"那人又把鼻子"哼"了一声道："你只三只手，一颗脑袋，差得远。要偷他老人家的东西，除非有三颗头，六条臂膊。没有长着三头六臂的，休要去送死。"向乐山笑道："罗新冀不是已有六十七八岁了吗，快要死的人还能拿得住贼么？"

那人把脸一扬，做出不愿意答白的神气。这一个指着向乐山的脸道："莫说你这一个拳头般大的小贼，不在他老人家眼里。那年他老人家才搬到这里来住家的时候，因抬来了几十捎银两，轰动了鹅绒寨一班大盗，四五十人打齐伙，明火执仗地来劫。他老人家只拈着一根铁旱烟管，全不费事地将四五十个大盗都打在地，没一个能逃跑的。直待天明，把远近多少大绅士都请了来，他老人家仍拿着旱烟管，在那些大盗腿弯里，一个敲一下，就像是服了解毒药似的，一个个清醒转来。他老人家拿出几百两银子来，当着众绅士，对那些大盗说道：'你们见我有这些银两，就想来抢劫。

115

你们可知道我这些银两，是什么东西对得来的？你们以为我是做官，来得容易吗？我是个镖行出身，这些银两是数十年血汗和性命，换得来的，甘心给你们一夜工夫劫去吗？姑念你们几十里跑到我这里来，有一半也是逼于无奈，每人送给十两银子。你们若肯改悔，从此不做这没本钱的买卖了，有了这十两银子，也够做个小生意；不愿改悔，也只由得你们自己，我也不管。不过下次不要再撞到我手里，那时就莫怪我的旱烟管太不留情了。'那些大盗都爬在地下，向他老人家叩头，每人领着十两银子去了。自后连扒手也不敢到这方来，何况你这样小小的贼。"

牵辫子那人忽然指着门外道："保正老爷来了。啊呀呀，还来了好几位绅士呢！"这两人听说，都探头朝门外观望。向乐山也掉过脸，只见一个五十多岁的胡子，长条身体，穿着一件白夏布长衫，手中拿着一根二尺多长的竹节旱烟管，用作拐杖撑着走了进来，面上很露出不耐烦的样子。进门望了向乐山一眼，即叹了一声气，走上了大厅。后面跟着进来了十七八个人，也有穿长衫约，也有穿短衣的，年龄都在三十以上。进门都望望向乐山，也有嬉笑的，也有面带怒容的，也有装作看不上眼的，也有现出揶揄的神色的。那四个去告保正的农人，走在最后。

大家都到了厅上，分两边坐下来。向乐山车转身躯，朝上立着。先进门的那胡子坐在当中一把靠椅上，跷着腿子，一手摸着胡须，一手拿旱烟管指着向乐山，先叹了一声气，才说道："我看你小小的年纪，为什么不务正业，是这么偷东摸西？你可知道我这里，是什么所在？拿住贼，照例是什么办法吗？"向乐山笑道："我知道的。你们照例拿住了你老婆、你媳妇的野男人，是将辫子割掉。"这一句话才说出口，厅上坐的人，都哄然大笑起来。

原来向乐山随口说这么一句骂那保正的话，本没有丝毫根据的，谁知倒说着了那保正的阴事。那保正的媳妇，就是偷了本地一秀才，旁人代为不平，替保正的儿子出气，在他媳妇房中，把那秀才捉住。那地方当时的风俗习惯，拿住了野男人，除痛打一顿之外，就将野男人的辫子割了。前清时，这人没了辫子，便不能出外，出外就给人指笑。

向乐山一句无意的话，既道着了保正的阴事，旁人忍不住笑，保正就忍不住气得发抖了，站起身骂道："这还了得！你这贼骨头竟敢侮辱绅士，我若不把你淹死，也不做这保正了。"向乐山哈哈笑道："你不做保正，就做王八也够了！"

两排坐的绅士，见向乐山这种嬉笑怒骂的样子，齐声对向乐山喝道："你这小贼骨头真想死吗？你是外来的贼，不知道我们这里的团规。我老实说给你听吧，我们这里拿住了贼，只要问明了口供，有正经绅士来保便罢；若没有正绅来保，立时绑上一块大石头，往河里一掼，第二日才捞尸安埋。你这东西死在临头，还敢这么胡说乱道。"向乐山仍是笑着问道："你们这里曾淹死过几个贼，在什么河里淹的？"坐近的那一个穿长衣的绅士答道："每年得淹死几个，也没人计数。这对面就有一条河，你的一双贼眼还不曾看见吗？"向乐山道："既是每年得淹死几个，怎么你们这些贼骨头，都还活在这里，不曾送到对面河里去淹死呢？"

这几句话，更把满厅的人都气得跳起来了，那保正举着旱烟管，跑过来要打向乐山。向乐山大吼一声，将脑袋一偏，屋檐上的瓦，哗啦啦地落下来，连墙壁都牵得摇动起来了。只吓得厅上的人慌了手脚，怕房子坍塌下来，争着往门外跑。向乐山哈哈大笑道："你们原来都是些没胆量的贼骨头！这地方有了你们这些东西，得辱没了罗老英雄。"

不知向乐山如何脱身，如何见着罗新冀，且待第二集再写。

冰庐主人评曰：

第一集十五回，所传奇侠之士，如金罗汉、笑道人、柳迟、双清、杨天池、桂武、甘联珠、红姑、向乐山等，为昆仑派人物，侠义正直，令人钦敬；如董禄堂、杨赞廷、甘瘤子、常德庆辈，为崆峒派人物，嫉贤妒能，使人厌恶。作者尽力描写，莫不各得神似，跃然纸上，已令读者目眩神骇，叹为观止。然此只全书四之一耳。而后文如火如荼，精神团结之处，更有十百倍于此者。吾愿与诸君沽佳酿而共读之，每得佳处，便可痛浮一大白也。

第十六回

湘江岸越货劫书箱
岳麓山寻仇遇奇侠

　　前集书中说到向乐山一偏脑袋，牵扯得那水桶粗细的屋柱，喳喳地响，房檐上的瓦，也哗啦啦地一阵，掉了许多在丹墀里，连墙壁都震动起来。那些乡绅、保正和捉拿向乐山地七个农人，都吓得争先往公所大门外飞跑。向乐山哈哈大笑道："原来你们都只有吓人地本领，却禁不起人家一吓！这地方有了你们这些脓包货，可不辱没了罗老英雄吗？"

　　大众跑到门外，回头见向乐山住了头不扯了，方停了步。听得向乐山说"可不辱没了罗老英雄"这句话，其中有一个刘全泰，是罗新冀家里管庄子地，听了这话，即对那保正说道："我看这人地气概，不像是个做小偷地。他既有这种本领，刚才他说话又是这种口气，必定是来拜我们东家地。且等我进去，好好地问他一声，看是怎样？"

　　那保正到了这时，也知道做小偷的，绝不会有这般气概和这般本领，连忙点头答道："不错，不错！这事是怪我们鲁莽了，得罪了罗老爷的客，不是当耍的。就请你老翁一面去问，一面替我们谢罪。"刘全泰应着是，走到向乐山跟前，先作了一个揖，才赔笑开口道："你是个好汉，不要和我们一般见识。我们都是生成肉眼，不认得英雄。请问好汉，是不是要见敝东罗新冀老爹吗？"

　　向乐山的一双手被反缚了，不能答揖，只好把头点了两点。他这头点两点没要紧，房檐下的瓦又纷纷地掉下来，吓得刘全泰双手抱住头，又要往门外跑。向乐山笑着止住道："因你对我作揖，我的手不能回礼，所以向你点头。这也只怪你们管地方公事的人，太把公款揎上腰包了，才有这惊吓到你们头上来。"

　　刘全泰见屋瓦不掉了，半晌方敢放下手，说道："我们这一保内，自从罗老爹搬来后，管地方公事的人，没一个敢把公款揣上腰包的，不知好汉的话从何说起？"向乐山笑道："既是没人敢吞公款，为什么公所的房屋，造得这么不牢实，房柱上连一个小偷，都捆缚不了咧！"刘全泰也笑了，凑过来解向乐山手上的绳索。

向乐山连连摇头道："不要解，不要解！"话未说完，瓦又掉下来好几片。刘全泰连忙缩手问："怎么？"向乐山道："你们在地方上当绅士的人，连'捉贼容易放贼难'的这句话都不懂得么，哪有这么糊里糊涂开释的道理？"刘全泰只得问道："依好汉要怎生开释呢？"向乐山笑道："是贼应该办贼，不是贼应办诬告，怎么就这么开释呢？"

刘全泰心里好笑，暗想你分明翻穿着一条女裤在身上，难道还可说不是个贼？不过你仗着有本领，教人如何能把你做贼办？于今马马虎虎地开释你，你倒放起刁来，硬要人说你不是贼。也罢，你一来仗着自己有本领，我们奈何你不了；二来仗着是来看罗老爹的，我们也不敢得罪。好，好！算是你厉害。刘全泰想罢，复赔笑说道："我早已说了，我们都是肉眼，不识英雄，于今谁还敢说你是贼咧！这诬告的罪，不待你说，敝东知道了，必然重办。"刘全泰正在这里说着，忽听得外面一阵欢呼之声，都喊："好了！罗老爹来了！"刘全泰即撇了向乐山，慌忙往门外跑。

向乐山回头一看，只见那些乡绅，簇拥着一个身材矮小得如十来岁小孩一般的老头儿进来，须发都漆黑，若不是皮肤露出苍老的样子来，谁也得说这人不过四十岁。穿着一身金黄色的葛布衫裤，左手提一根二尺多长黑中透亮的旱烟管，有大拇指粗细。估量那旱烟管必是纯钢打就，加上了一层退光漆，提在手中，似觉有些儿分量。右手握着一把极大的蒲扇，像他这么小小的身材，足够当一把雨伞用。

向乐山一见罗新冀进门，即仰天大呼道："我久闻罗老英雄大名，不惮千里前来拜访。哪知道罗老英雄的庄客们，欺负外路人的本领真大，竟将我绳捆索绑在这里，这难道就是罗老英雄待客之道吗？"罗新冀听了，哈哈大笑，走过来，伸手往屋柱上一抹，辫丝线和绑手的麻索，登时如被快刀割断。向乐山大吃一惊，不由得两膝一屈，拜了下去道："弟子今日才求着师傅了！"捣蒜似的一连叩了四个头。罗新冀忙双手搀住，笑道："不敢当，不敢当！请快起来，同去寒舍，此地真不是待客之所。"向乐山立起身，同到罗新冀家里。罗新冀拿裤给向乐山换了，将偷来的女裤还了罗新冀的庄客。

原来众乡绅和保正，见刘全泰对向乐山作揖，向乐山又将屋瓦牵掉了许多，恐怕真个把房屋牵倒了，急忙派人飞报罗新冀。罗新冀只道是有意来炫本领的，所以也使出本领来，赤手劈断了绳索。向乐山所以吃惊的缘故，就因他自己头上结的，那绺丝辫线，是野蚕丝结成的，比较寻常丝线，不知要坚牢多少倍，便是用快刀去割，也不容易割断。为的是仗着这条辫线打人，若不是特别坚牢，有力的一扭即断，又如何能当兵器使呢？罗新冀居然能绝不费事地随手抹断，有这种本领，如果动起手来，还经当得起吗，怎能教向乐山不五体投地地拜服呢？向乐山在罗新冀家住了半年，得了罗新冀不少的本领。

归到家中，向闵贤有些不愿意向乐山，拿着绝顶的天分，丢了书不读，专练这好勇斗狠的武艺，教他和向曾贤同去衡阳书院读书。因那时衡阳书院的老师，是当代经学大家王闿运，向闵贤也是他的私淑弟子，因此教两个兄弟，赶到衡阳书院去读书。向乐山只得重整书帙，跟随向曾贤同去衡阳。

在衡阳读了两年多书，学问长进到什么地步，是摸不着看不见的。但是这两年中，他们兄弟在衡阳，收买的旧版书，却是不少。向曾贤自己会刻图章，凡是他的书，每本上面都盖了一个"乐知山房藏书"的章子，每人有二十六箱。那时衡阳出产的大牛皮衣箱，又坚牢耐用，价值又便宜，向乐山兄弟，遂每人买了二十只装书。

二年之后，王闿运走了，换了一个没多大学问的老师，他兄弟便不愿意再住衡阳书院了。因书箱累赘，就雇了两条民船，装载书箱，包运到平江浯口上岸。兄弟二人每人坐守一条。当那搬运书箱上船的时候，两名脚夫抬一口皮箱，只压得汗流气喘。脚夫因争论要增加力钱，说箱里装的不是衣服，衣服没有这么重，必定是金银珠宝。码头上的习惯，搬运金银的力钱，每挑每抬，比搬运谷米什物须贵三成。向乐山懒得和那些脚夫多说，就依照搬运金银的力钱给了，也没说明箱里全是书籍的话。

谁知船户认真当作是二十大箱金银，就陡起了杀人越货的念头。见向乐山兄弟都是文弱的书生，年纪又轻，更没有仆从。这念头一起，招待他们兄弟便分外的殷勤。每日好酒好肉地办给二人吃。他们初次坐这长途的民船，又在洪杨乱平之后，哪知道江湖上的利害，各睡在各人的船上，吃喝饱了，就拿着书看，停船启碇以及经过什么码头，全不顾问。船行了四日，船户只因没有好下手的地方，遂商量这夜并不停泊，在江心动手。

这夜的月色很好，向乐山坐的这条船在前，向曾贤的船在后，柜离有半里河面，向乐山生怕本来喜酒。寻常的民船，照例黄昏时就停泊不走了，有时恐怕赶不上第二个埠头，下午三四点钟的时候就停了，从来不曾坐过在月夜行走的船。这夜倒觉得很高兴，独自拿了一壶酒，坐在船头上，旋喝旋观玩夜景。正在喝得有八成醉意，忽听得身后脚步响，以为是船户撑腰篙的，懒得回头去看。手里端着酒杯，刚待往嘴边送，陡觉有人一把将自己的辫发揪住。向乐山醉意阑珊中，也不问揪辫发的是谁，只将头向前一点，就听得"啪"的一声，把那人一个跟头栽到前面船板上。触眼即见那人手中，握着一把明晃晃的钢刀。

这一来，却将酒意惊退了，拔地跳起来，一脚点住那人胸膛，回头看舱里，又蹿出一个拿刀的人来。见向乐山脚点住了一个，他也不识进退，亮刀直劈过来。向乐山哪有心思和他动手，一晃脑袋，辫尾如流星一般的，一绕就绕着了那拿刀的手腕，顺势一带。洪矮牯、周敦五那么本领的人，尚且受不了一辫尾，船户能有多大的本领，被这一带，如何能立脚得牢？扑面一跤，也跌倒在船板上。

向乐山拾起一把刀，指着二人问道："快说！后面那条船和你们伙通了没有，如何相离得这么远？"船户道："伙通是已伙通了，不过他们已经动手没有，就不得而知。"向乐山听了，心里登时慌急起来。想放起这两个船户，教掉转船头迎上去，又怕船户知道事情败露了，没有好结果，一放起来，就赴水逃命，自己又是一个不会水的；待将船户捆缚起来吧，自己一个人，如何能驾得这么重载的船？双珠一转，想出了一个计策来，丢了手中的刀，就船头上的铁链捆好了一个，由他躺在船板上，才将脚点的这个提起来，也用铁链锁住了他的双脚，一端结牢在桅柱上。提了一片橹给他，拿刀在他脸上晃了一晃道："你若敢不尽力地摇橹，只这一刀就要了你的狗命！你想逃是逃不了的，只要能赶得上那只船，我决饶了你的性命！"船户到了这时，哪里还敢违抗，自然是尽力地摇橹。

向乐山安置了那个，才将这个躺着的铁链解了，一手拿刀，一手拖着船户到后梢，喝教他掌舵，将船掉头。向乐山知道自己哥子文弱，这回十九是死，只急得如热锅上蚂蚁，一迭连声地催着快摇。自己手扭住掌舵篷的辫子，探身船篙上，向前头江面上望。直追赶到天明，不见那条船的踪影。只得又拿刀逼着船户说，看他们原约了在什么时候动手的？船户说并不曾约定时候，谁先得手谁走，大概那条船动手得早些，所以先回头跑了。向乐山料想自己的哥子，是死定了，不见得能追赶着。不如就近且将这两个强盗，送交地方官，讯实了口供，得了那伙强盗的巢穴所在，再去缉捕。倘我自己一个不小心，连这两个也逃了，就更费手脚了。当下就问船户追到了什么地方？船户说是湘潭。向乐山教把船泊了，用绳索牵了两个船户，连同那两把刀，亲自送到湘潭县。

那县官听说是盗案，立时坐堂提问，问出那条船上同伙的，也是两个人，一个姓林名桂馥，原籍是广西人，十几岁的时候，被洪秀全的军队掳在营中喂马，随营进湖南，在衡州一个山上照管数十匹马吃草。忽然有一匹马失脚从山岩上跌下，跌断了一条腿，林桂馥怕回营受责罚，就逃到衡阳，在一个船户家当腰篙，后来自己做了一条船；还有一个，是林桂馥雇的伙计，姓张，因是个癞痢头，同伴都呼他"张癞子"，不知是湖南哪一县的人。县官又问明了林桂馥在衡阳的住处，行文去衡阳县缉拿。向乐山自请同去，县官自然许可。到衡阳访拿了半月，不仅林桂馥不曾回衡阳，连那只船都没人看见在衡阳一带露过眼。向乐山只得痛哭回家，将遇难情形告知向闵贤，即日又驮了个包袱出门，誓必寻着林桂馥，替兄报仇。

因林桂馥是个船户，在江河里的日子多，在陆地上的日子少，遂也投进衡阳的船帮，充当船伙。终日在江河里明察暗访，足足查访了三年，凡是湘河里的船只，只要船桅一入向乐山的眼，就能认识这船是谁人的，单单不见有林桂馥那条船。问一班船户，也都说近三年来，林桂馥的船不知怎的，不在湘江河里行走了。向乐山见访查没有下落，出门的时候，原发誓此去不能替遇难的老兄，报仇雪恨，决不回转家乡，于今荏苒三年，只仇未报，哪有心情哪有颜面回家见人呢？仇人既不在湘江河里，船伙也用不着再充当了，辞卸了职务。既不能归家，复无心谋于什么差事，东飘西荡的，竟像是一个流落江湖的人。有时喝醉了酒，就独自跑到高山顶上放声大哭，哭疲了，便倒在岩石上睡觉。无论什么人和他谈话，他总是摇头不答。

他这日忽走进岳麓书院，每间斋舍他都去揭开门帘看看，住斋舍的人也没注意。其中有一闯书斋，陈设得十分整洁，床帐都极其华丽，是新宁县一个豪华公子住的。这位公子因有事回新宁县去了，书斋空着没人住，也没托朋友照管。向乐山本来与这位公子熟识，便扭断了房门上的锁，在书斋里住着。这夜睡到半夜醒来，见脚头有一人睡着，鼾声震地。向乐山疑心是室主人回来了，连忙坐起来招呼，只见那人翻转身又睡着了。向乐山看那人，胁上穿着一双草鞋，知道不是室主人，抬头看了看门窗，仍是严封未动。暗想这人必有些来历，若是寻常穿草鞋的人，不但不能进来，并不会有这种举动。岂倒得推醒他，问他一个明白，看他如何进来的？随伸手在这人腿上摇了几下，只听得这人口里含含糊糊地骂道："半夜三更的，不好生睡觉，要这么大惊小怪的闹些什么！"骂完，鼾声又起了。向乐山越觉得不是寻常人的举动，便也不再摇他了，打算等到天明了，再和他谈话。

不料自己再睡了一觉醒来，已不见那人的踪迹了，忙起来检点门窗，仍旧一些儿不曾启动。不觉连连跺脚道："可惜，可惜！有这般异人同睡一夜，竟一无所获地放他走了。"独自叹惜了一会儿，也无计追寻。闷闷地过了一日，以为再没有这么好的机会了，第二夜才要入睡，即觉得床帐微微地一动，惊得睁眼一看，昨夜同睡的那人，又睡在脚头打呼了，也不知从何时睡下来的。这番哪肯怠慢，翻身跳了起来，顾不得那人生气，连推带摇地说道："你是哪里来的？也不问这房里的主人是谁，就敢睡一夜又睡一夜。"

那人就慢腾腾地坐了起来，迷离着两眼，望了向乐山一望，笑道："你若是这房里的主人，我也应该对你讲一个礼节，一般地偷住人家的房间，管什么睡一夜两夜。"向乐山见那人是一个游方道士的装束，颔下一部花白胡须，年龄若在五十岁以上，说话声音宏爽，满脸带着笑容，遂点了点头说道："话虽如此，但也应分个先来后到，不过我此时也不问这些了。道人适从何来，怎么来去全无声息？"道人哈哈笑道："你都不用问我。今夜月色大佳，我的瞌睡既被你闹醒，且带你去云麓宫玩玩。"向乐山道："月色虽好，但此时已过了半夜，等我们走上云麓宫时，月已衔山了，还有什么可以赏玩咧？"

道人又是一个哈哈道："没有月就赏日，又有何不可？人家说读书人固执不通，果然，果然！"向乐山从来不曾被人骂过固执，只得也笑道："既如此，就走吧。"说着，待伸手开门。道人一手挽了向乐山的手道：

"但闭上眼，不要害怕。"向乐山知道道人非凡，即依言将双目紧闭，只觉得两脚一软，身体就飘飘地往上升腾。心里还害怕头顶着天花板，谁知竟是一无阻挡，正在诧异，两脚忽踏了实地。道人更高声打着哈哈道："你看，这是什么所在？"

向乐山将两眼一干，只见一座巍峨的云麓宫，被清明的月色笼罩着，仿佛如水晶宫殿一般。低头看湘河里的水，光明澄澈，映着皎洁月光，曲曲弯弯，宛如一条白银带。抬头远望长沙城，但见万家烟雾，沉寂无声，几点零落断续的渔火，和寒星杂乱，辨不分明。不觉失声叫道："妙啊！像这般的夜景，人生能得几回领略。"口里一面叫妙，心里一面转念道："这道人若不是神仙，何能有如此道术？我数年在外寻师，于今得遇着这样的人物，真算得是三生有幸了，岂可错过？"随即双脚往地下一跪，朝着道人叩头道："师傅两夜来和弟子同睡，必是怜念弟子兄仇未报，特来指引弟子一条道路的。弟子只要报了先兄的仇恨，此后有生之年，愿终生侍奉师傅。"说罢，想起自己哥子遇难之惨，又放声痛哭，连连叩头不止。

道人扶起向乐山说道："容易，容易！自有你报仇雪恨的一日。"向乐山听说容易，才转悲为喜，立起身问道："弟子的仇人在哪里？求师傅指示。"道人摇头道："等歇再说吧。"向乐山料想拜了有这般道术的师傅，兄仇是不愁不能报的了，心里顿时高兴起来。见湘河里的水光平如镜，他自从行刺岳州知府不着之后，恨自己不会投石子，时常练习打石子，他的石子打得最远，又有准头。这时心里一高兴，就从地下拾起一个石子来，望江心中打去。在岳麓山顶上望湘河，觉得就在眼底，其实距离有二十来里。任凭向乐山如何会打石子，哪里能打到二十来里远呢？自然石子打去，江心中毫无动静，落在半山中草地上，连一些声息也没有。

道人在旁看了，反操着手大笑。笑得向乐山红了脸，对道人说道："从此地到江心有二十里，师傅能打得到江心么？"道人笑道："打到江心算什么，我还要打破这个月光呢，你瞧着吧！"随手拾了一个碗大的石头，对准江心抛去。那石头破空的声音，比响箭还大，接着就是那镜面也似的江水，正在月影当中，忽起了一个盘篮大的溅花，一霎时牵动了满江的波纹。好一会儿，那扑通的声浪，才隐隐地传入耳鼓来，月影在水中，只管摇摇不定。

这时向乐山心里又惊又喜的情状，真是形容不出，连忙向道人说道：

"师傅务必将这本领传给弟子。弟子将来与仇人相遇的时候，有了这种本领，哪怕相隔二十里，只要看得见，便不愁他跑得了，岂不痛快吗？"道人点头笑道："容易，容易！你此时腹中觉得有些饥饿了么？"向乐山正苦饥饿，便笑道："饥是饥了，但如此夜深，有甚方法弄得着吃的呢？"道人照来时的模样，一手挽了向乐山的手，喝声闭目。这番又觉与刚才来时的情形不同，来时是步步往上腾高，耳中并不听得什么声息；这番虽一般地两脚一软，身体凌空，但耳中听得呼呼的风响，身体却一步一步地往下降。两脚未踏实地之先，耳里已听得有更锣之声，随即着地，睁眼一看，只喜得向乐山跳起来。

不知二人飞到了什么所在，且待下回再说。

冰庐主人评曰：

向乐山游学数年，始得一罗新冀，足证求师亦非易事也。然世有已得良师，而犹弗努力向学者，岂非如入宝山，依然空手而回？惜哉！

向曾贤之死，实出二人疏懒大意之故。曾贤哗唧终日，穷研经史，本不知江河艰险，到处危机；唯乐山频年在外，当谙一二，乃偶一大意，惨折雁行，江心跺足，返棹恨迟，读书至此，不禁废然兴叹！其实作者故弄狡狯，将借此引出下文之与笑道人相晤耳。

第十七回

指迷路大吃八角亭
拜师坟痛哭万载县

话说向乐山脚踏实地后，睁眼一看，认得是长沙城里的八角亭，两边所有的铺户，都关门深入睡乡了。除大铺家门口悬了几盏檐灯外，没一些儿灯火。道人向前走着道："跟随我来。"向乐山跟着走了一箭之地，道人停步指着一家小铺户说道："你看这家准备了点心，等你我去吃。"向乐山看里面尚有灯火，铺门也是虚掩着，只是心里不相信，真个准备了点心在那里等，不敢过去推门。道人笑推向乐山道："怕什么，如何不推门进去呢？"向乐山只得上前把门一推。

原来是一家小小的点心铺子，房中悬了一盏满堂红的油灯。灶上一个蒸笼，蒸得热气腾腾的，一个腰系围裙的小伙，靠墙壁坐着打盹。几张破旧的小方桌，也靠墙壁放着，房中没第二个人。道人走过去，将那小伙计的肩膊一推道："快把蒸好了的点心拿过来。"那小伙计被推惊醒起来，揉了揉眼睛，望了道人一望，也不说什么，好像是约会的了，走到灶跟前，从锅里将蒸笼端起来，拿了一个大瓷盘，拣了一盘热烘烘的馒头搁在桌上。

道人先就上首坐下来，指着馒头对向乐山道："你尽量吃吧，蒸笼里还有的是呢。"向乐山不知师傅是什么神通，这时候真个有人准备了点心在这里等。腹中既是饥饿了，也就不客气，拿起来就吃。向乐山的食量本大，片刻如风卷残云，一顿把大盘馒头吃了。道人问："再能吃得下么？"向乐山吃了这一大盘馒头，已是很饱，回说："不能吃了。"道人叫小伙计过来说道："剩下的馒头都给你去吃，你领我们上楼去睡吧。"小伙计应着是，点了一个纸捻，在前扬着引道，道人挽着向乐山跟在后面。

一把小扶梯，搭在一个灰尘积满了的楼口，小伙计一面向后扬燃纸搓，一面用左手扶着梯子上去。道人复推着向乐山道："你先上去，我出外小解了就来。"向乐山更是莫名其妙："怎么忽然跑到这里来睡呢？这里分明是一个小小的点心店子，又不是饭店，怎么能留客人歇宿咧，这不是奇怪吗？"心里旋揣想着，旋举步跟着爬上扶梯。小伙计吹燃了手中纸搓，就壁间一碗泚灯点着，拨了拨灯芯，自反身下楼去了。

向乐山看这楼上，无一处不是灰尘堆积，两条单凳搁着几条木板，架成一个仅够睡一人的床，也悬挂着一条乌陶陶的破夏布帐子。楼上并没有可坐的椅凳，床当上放着一个极大极粗劣的木橱，橱门已破烂了一扇，没了斗榫，不能安上去。就一头搁在楼板上，一头靠着木橱，把橱遮掩了，不知橱里有什么东西没有？因才吃了那一大盘馒头，不想便睡，又见师傅小解去了，不曾上来，也得等等。闲着无事，就轻轻将这扇破了的橱门搬开来，靠壁放了。看那橱里，竟是塞满了一橱的旧书，心里更觉诧异："怎的这样点心店里，却有这么一大橱的书籍？"随手拿起一本来，就油灯下拍去了灰尘一看。

这也应着小说上的套话，所谓"不看犹可"，这一看，只惊得两手抖个不住。原来这本书面上，明明盖着一颗"乐知山房藏书"的图章。急忙换一本看，也是一样。连看了几本，知道用不着再看了。禁不住两眼的痛泪，纷纷掉了下来。放下手中的书，打算等师傅上来，定计捉拿凶手。但是等了好一会儿，哪有师傅上来呢？心里才恍然悟道："原来是他老人家，指引我到这里拿凶手的，凶手不待说，必就是这店里的主人。好在那林圭馥的模样，见了面大约还可认识。事不宜迟，趁他们这时睡着了，拿了捆绑起来，等天明送到长沙县去。"想罢，反转身走到楼口，恐怕扶梯响动惊了凶手，就楼口往下一跃，赛过秋风飘落叶，着地全无声息。寻那小伙计，已不在这房里了。那盏满堂红，原有四个灯头，此时已吹熄了三个。向乐山搬了张椅子垫脚，将灯取了下来，端着照进左边一间房里。

向乐山从那回遇难之后，即花重价买了一把极锋利的小匕首，连柄才得九寸三分长，拇指粗细的铁钉，只要将匕首轻轻一按，登时两段，并且截下去，没有声响，终日带在身边，不曾片刻离过。此时从腰间抽了出来，去了皮鞘，看那房里，也是开了一张单凳架的床，挂着蓝布帐子，帐门放下了，地下有两双破鞋。

　　向乐山放下那灯，撩开帐门看了一看，一头睡着一个男子，认得睡在外边的这个，就是那小伙计。里面的像是很有些年纪，不是林桂馥的模样，也不像那条船上的船伙，但也不管他是谁，且捆绑起来再说。只是身边没有绳索，一时却怔住了。举眼向房中四处一望，见房角上放着一个吊桶，桶口盘了一大卷棕索。原来这时长沙城里的居民，饮的是河水，用的是井水，每条街上或是巷子里面，都有吊井。各家自备吊桶，打水就带去，打完了又带回来，所以这房角上放着这个吊桶。向乐山立时将桶索解下来，本想就这么将二人捆绑做一块，只因见这两人是两个笨货，被人捆醒了，必然闭着眼乱喊。就拿匕首去吓他们，他们闭着眼，也不看见。不如将他们推醒，再拿刀吓他，他知道怕死，就不敢声张了。果然把二人喊醒明白了，拿匕首往他脸上一亮，低声喝道："敢作声就是一刀。"即吓得筛糠一般的只抖，连哼也不敢哼了一声。颠倒着捆绑起来，割了两片帐门布，揉成两个麻核桃，塞了一个在那年老的口里。留着这个小伙计问道："你这里的老板姓什么，叫什么名字，是哪里人？快说出来，一些儿不干你事。"

　　小伙计战战兢兢地答道："我……我……我这里的老板姓张，没……没……没有名字，就是这城里的人。"向乐山知道就是这条船上的船伙张瘌子，接着问道："他睡在哪间房里？"小伙计道："他和老板娘同睡。"向乐山气得在小伙计身上踢了一下，骂道："我问你，他睡在哪间房里？管他和谁同睡。"小伙计痛得弹了几弹，说道："老板娘就睡在这间房的后面房里。"向乐山忙看这房的木板壁上，有一个单扇的门。随将手中的麻核桃，塞入小伙计口中。走到那房门口，试推了一下，推不开。即拿匕首截断了一门边斗榫，"哑"的一声开了。

　　这时的天色已亮，房中看得分明，张瘌子已醒来，先听得隔房说话，以为是小计伙和烧饭的起来了，及听得房门响，响声又不寻常。他是个犯罪心虚的人，哪有不惊慌的。一翻身爬了起来，大声问道："谁呢？"向乐山一纵步，已到了床跟前，随口应道："是我！"张瘌子把帐门一撩，伸出那个瘌瘌头来。向乐山是何等的眼明手快，一见那瘌瘌头，就看出是那个船伙。那船伙却也看出是向乐山了，只苦于帐后没有可逃的路，只能挺身

128

出来，打算和向乐山拼命厮打。他还不曾知道那夜前条船上劫抢的情形，一向总以为是一般的得手后，远走高飞了。这时见了向乐山，心里虽然疑惑，只是还没想到，向乐山有多大的本领。又欺向乐山只一个人，手中仅拿着几寸长的兵器，所以并不惧怯。他也略懂得几手拳脚，握着拳头，向向乐山扑来。向乐山到了这时，真是仇人见面，分外眼红，张瘌子这点儿拳脚，哪有他施展的份儿。一辫尾扫过去，就把他拖翻在地，用脚踏住了胸脯。回头见帐钩上，挂着一条丝腰带，顺手取下来，捆了张瘌子的手脚。张瘌子的老婆是新讨来的，不知就里，只道是强盗来劫抢，躲在被窝里，张开喉咙大喊救命。向乐山因她是妇女，又睡在被里，不肯动手去捆她，也不阻止她喊叫，自将张瘌子提到外面。

忽听得大门外有人捶门，并高声问里面什么事。向乐山跑到大门跟前，开了大门，见门外立着几个做生意的人，打量了向乐山两眼，正要开口问话，向乐山已对他们拱了拱手道："请诸位街邻进来，我有几句要紧的话奉告。"那几个街邻见向乐山手中，拿着明晃晃的匕首，又听了喊救命的声音，都以为必出了杀人的案子，一个个吓得不敢进来。立在后面些儿的，一低头就溜跑了；立在前面的几个，回头见同来的溜了也想溜开。向乐山笑道："我又不是强盗，又不是凶犯，好好地请诸位进来谈话，这也怕什么呢。但请放心，绝不是连累诸位的事。"

几个街邻听得这么说，才放大了胆量，跟着向乐山进房。见张瘌子被捆在地，左达房里，又颠倒捆着两个伙计，一个个望着向乐山发怔。向乐山收了匕首，从容对街邻述了一遍三年前兄弟遇难，及自己出门寻仇的情形。接着说道："今日才捉着了这个张瘌子，所以惊动了诸位街邻。"那些街邻听了向乐山的话，没一个不佩服向乐山是个豪杰，也没一个不骂张瘌子，是个没天良的恶贼。向乐山就托街邻，代雇了几名脚夫，抬了楼上那些书籍，向乐山亲手牵了张瘌子，和那两个伙计，一同到长沙县衙里。

县官见是盗案，自然立刻升堂审问。张瘌子无可抵赖，只得招承了和林桂馥同谋，并说当时是二人同动手，把向曾贤从床上拖下来杀死后，截成无数小块，装入一个大坛子里，投下江底。当夜停泊在一个小河汊里。打开皮箱一看，谁知尽是书籍，口口如是，当下悔也无及。林桂馥分了十二箱书，说是要回广西，自驾着船走了。我得了八箱书，也没用处。我也没有兄弟，父母是早年亡过了，只有个姑母，住在易家湾，和林桂馥拆伙后，就寄住在姑母家里。只因没有生活，瞒着姑母，做了一次贼，偷了几件衣服，一百五十两银子，就到八角亭开点心店。劫来的八口皮箱也卖了，只剩了这些没用的书，零零碎碎的，也不知已烧掉了好多，留下来的，不过十分之一了。这也只怪新讨来的这个老婆，她说这些书留了有用处，问她什么用处？她说可以留给将来生下了儿子，长大了的时候好读。因此，就做一个破木橱装了，搁在楼上。那楼上是给小伙计睡的，从来没别人上去，不知怎么会发觉的。

县官教招房录了供，就问那小伙计怎的会把向乐山引到楼上去？小伙计供说："我这日早起，因烘老面，随手从橱里带了一本烂书下来，撕了好引火。没烧完的，就丢在门角落里。我在这里当了一年多的伙计，常是用烂书引火。近来讨了老板娘，虽不教我再用，然间常烧几本，老板娘就见了，也不说什么。我贪图烂书容易烧着，每次烘老面，就拿一本。这日我正将烧剩下来的丢向门角落里，忽有一个道人打门首走过，见我烧书，连忙说：'罪过，罪过！'弯腰拾起我丢下的书，看了一看；问道：'你烧书不怕罪过，难道你东家也由你吗？'我说：'是东家教我烧的，有什么罪过？'道人又问我东家，有多少书教我烧，怎么有书要烧掉。我说：'有好几箱，特为收买了烧的。'道人笑着点头问：'书都搁在哪里？'我说：'都搁在我睡的楼上。'道人还待问，我因有事走开了，道人也走了。

"过了两个多月，直到前日，道人复来店里吃点心，只吃了两个馒头，临走给我一吊大钱，说我是个好人，穷得可怜，多给我些钱，好买件衣穿。我谢了道人收了。昨日黄昏时候，道人又来店门首，把我招到外面说道：'我今晚要请一个朋友，到你这店里吃点心。我此时给你二两银子，你做好一笼馒头，三更后蒸着等候。你能等到那么迟久么？'我看有二两银子，昨日那道人又给了一吊，有什么不能等呢？即一口答应道：'无论要等到什么时候都使得，我横竖拼着一夜不睡就得了。'道人见我肯了，又拿出一两银子道：'再给你一两银子，我请的那朋友没地方睡觉，在这里吃过点心，就借你的床睡一觉。你若怕你东家骂，便不要对你东家说，只睡一觉就走。你真能拼着一夜就行了。'

"我见道人的银钱，这般松动，心想我是一个光身汉子，哪里怕人粘

130

刮了我什么云？床帐都是老板的，也值不了几文钱，不怕人偷了去。并且我把床让给人睡，我自己仍可同烧饭的睡，更不必坐一夜，乐得多得一两银子，便也一口答应了。谁知道人引来的朋友，就是这人。"说时，指着向乐山。

县官问向乐山："那道人是谁？"向乐山将前昨两夜，在岳麓书院遇见道人时的情形说了。县官连连点头叹道："诚能通神，至诚所感，仙佛自来相助！"

向乐山等到定了案，将张癞子处决了，才归家报知向闵贤。向闵贤几年来因二弟惨死，三弟出外寻仇不知下落，心中终日悲痛。又加以连年荒歉，书生本来不善营运，家境便一日不如一日，越发忧思成疾。等到向乐山报了仇回家，向闵贤已是病在垂危了，听说仇已报了，即含笑而逝。向乐山遭此情形，哀痛自不待说，经营了丧葬，幸得向曾贤娶妻得早，已生了一个儿子，这时已有五岁了。向闵贤的儿子，也有十来岁了。

向乐山因喜武艺，不肯娶妻。频年在外漂流惯了，在家安身不住。只惜在岳麓山上不曾问那师傅的住处，不好去哪里寻访。忽然想起万载的师傅罗新冀，已有几年不见了，何不去探望探望？于是从家里动身，到得罗新冀家里，才知道罗新冀也已死去半年了。向乐山跑到罗新冀坟上，痛哭了一场，也不再去罗家了，独自凄凄惶惶的，并无一定的方向行走。满心想去广西，寻找林桂馥，只因不知道林桂馥是广西哪一道的人，又不是有名头的人物，踌躇不好向那条路上去找。正打算且去广西，仍装作游学的到处行走，或者机缘凑巧，或有狭路相逢的一日。却因近来忧伤过度，酒也喝得太多了些，不料在万载一家火铺里生起病来。像向乐山这样年轻练武艺的人，不容易生病，一生病就不是轻微症候。火铺里的主人，怕他死了麻烦，逼着要向乐山挨出门外去死。向乐山又是伤心，又是愤恨，也无法反抗，只得勉强挨出火铺门。行不到两箭路，就昏倒在草地上，不省人事了。

不知向乐山的性命如何，且待第十八回再说。

冰庐主人评曰：

作者写向乐山传，洋洋数万言，叙述不厌细详，向乐山亦崆

131

峒派之重要人物也。下回入解清扬传，将叙智远仙迹之前，先以笑道人事一引，则下文愈觉奇特，或病或诞。余谓不如此，即不足当奇侠之称也。

向乐山所遇道人，言语惝恍，行从诡秘，岳麓山头，夷犹杳渺，飘飘乎有遗世独立之意。作者虽未指明为谁，而读者早知其为笑道人矣。呜呼！世果有笑道人其人欤？余为之执鞭，所忻慕焉！

第十八回

小侠客病试千斤闸
老和尚灵通八百鱼

话说向乐山勉强挨出火铺大门，行不到两箭路，就昏倒在地。这时正是十月间天气，旷野寒风，已是侵肌削骨。幸亏向乐山得的是火症，在草地上睡了一夜，次日倒清醒了，只觉得肚中饥饿难挨，想回到火铺里去买些饭吃，又苦身边一文不剩。料想这个没有天良的火铺，不给他钱绝不会有饭给人吃，遂竭力挣扎起来，打算找一个大户人家，去讨些饮食。

行了半里多路，忽见前西山坡下，有两条极雄壮的牯牛，在那里拼命相斗。两条牯牛的角，都有两尺多长。两个牧牛的小孩，各自牵着牛绹，用力往两边拉扯。但是两牛斗红了眼，哪里拉扯得动呢？都急得哭着叫喊起来。向乐山满想上前，将两条牛分开，奈自己大病之后，恐怕敌不过两牛的力量，没得反被牛斗伤了，给人笑话。只是两牛正挡住自己的去路，山坡下的道路又窄，两牛既斗红了眼，打那跟前经过，也得提防被那长角挑着。

正在旋走旋计算应如何才好过去，只见从山坡里，走出一个十四五岁的童子，穿着得十分华丽，相貌也生得十分清俊。左手把着一张朱漆雕金、双弦小弹弓，右胁下悬着一个绣花弹囊，笑盈盈地走了下来，开口问两个牧童道："你们哭叫些什么呢，牯牛斗架不是很平常的事吗？"即听得两个牧童答道："解少爷哪里知道，像这般的斗架，轻则把角折断，重则两牛都得斗死。折断了角，也是成了废牛了。"那童子笑道："你们有绹在手里，也拉扯不动吗？"牧童道："我们实在不能再用力了，若一下扯缺了牛的鼻间，就更没有法子了。"

童子笑着向牛跟前走，牧童连忙止住道："解少爷快不要上前去，两条畜生都红了眼，把尔挑伤了，我们更该死了。"那童子也不答话，一伸右手，握住一条牛尾，回头教牧童让开。牧童忙往旁边一让，那童子拉住牛尾向后便退，将那条牯牛拖退了丈多远。牯牛被拖得"哞哞"地叫。但是拖退了那条，这条却赶上去斗，让路的牧童便连声叫苦道："解少爷专拉我的牛，我的牛太吃亏了。"童子听了，即停住脚，用手在那牛屁股上向前一推。这条牛抵不住，也往后退。吓得这牧童避让不迭，也连声嚷道："解少爷帮着他的牛斗我的牛，我的牛不太吃苦了吗？"

　　向乐山立在一旁看了，不由得暗暗纳罕。心想这个孩子的力量真不小，看他的衣服气度，可知是一个富厚人家的少爷。我今日穷途落魄，能在他跟前显点儿本领，倒不愁得不着一顿饮食。只恨我这时偏在大病之后，又饥瘦无力，这便如何是好呢？心中一急，忽生出一个计较来。思量罗新冀老师傅传授的"千斤闸"，还不曾有机会使用过，这时正需用得着，何不试他一试。主意已定，便不迟疑，趁那童子把两牛推走的时候，几步走到两牛当中，一手按住一个牛头，口中笑道："你们都用不着争论，等我来替两牛讲和吧。"话没说完，两牛被按得都跪下了前蹄，不能再斗了。

　　向乐山随手一带，两牛都睡倒了，口流白沫，两眼翻白。原来这种千斤闸又名"重拳法"，并非实在功夫，乃是一种魔术，不过极不容易练成。练了和实在功夫一样，随时随地都能应用，哪怕篮盘大的麻石，运用"千斤闸"一掌劈去，能立刻劈成粉碎。不问有多么壮健的牛马，一遇"千斤闸"，就压得伏在地下，动弹不得。本人坐在船上，可用"千斤闸"将船压沉。会使"千斤闸"的人，使起法来，任凭多少人也拖拉不动。就只动手和人较量武艺的时候，却用他不着。向乐山这时用"千斤闸"将两牛压服，那童子果然惊异得了不得，慌忙走过来，请问向乐山的姓名。向乐山把姓名说了，也回问他，他说姓解，名清扬，定要请向乐山到他家去。向乐山巴不得有此一请，随点头应好。

　　正要举步跟着解清扬走，两个牧童忽同时放声哭道："你这人把我们的牛打死了，就想这么走吗？"向乐山回头笑道："我何尝打死你们的牛，这两条牛不都好好地活在这里吗？"牧童不依道："既是活着的，如何不动一动呢？"向乐山道："要他动很容易，我一走他就会动了。"牧童哪里相信，四只手将向乐山的衣角拉住不放。解清扬见两牛躺在地下只是喘气，也只道是要死了，便教牧童松手道："打死了牛没要紧，算是我打死的便了。"牧童见解清扬这么说，才把手松了。向乐山道："两牛因斗疲了，又

134

被我一按，所以躺在地下不能动弹，过一会儿就要起来的。"

向乐山跟着解清扬转过山坡，走到一所树林茂密的庄院。解清扬道："这就是寒舍了！"向乐山看那庄院的规模，比陶守仪家还要宏大，一望就知道是一个资产雄厚的绅耆家。解清扬引向乐山进了大门，只见几个青衣小帽的人，从门房里出来，垂手侍立地迎着。解清扬把头略点了点，问道："老太爷已起床了么？"中有一人抢着答道："已起床好一会儿了，刚才还传话出来，请少爷回来的时候，赶快上去呢。"解清扬也不答话，侧着身体，让向乐山到里面一间书室就坐，随告罪说道："且等小弟过去禀明家祖，再出来奉陪。"向乐山连说请便。

解清扬进去不一会儿，即携挟着一个白须老者出来，向乐山忙立起身。解清扬对向乐山给介绍道："这是小弟的家祖。"向乐山抢前一步行了个礼。解太公也忙答礼笑道："方才听得小孙称赞老哥的本领了得，老朽不由得十分钦佩。老哥贵处哪里，何时到敝乡来的？看老哥的气色，敢莫是病了才好么？"

向乐山见解太公说话的声音宏爽，精神充足，全不像是上了年纪的人，料想也是一个有本领的人物，便将自己的身世来历略述了一遍。解太公笑道："原来是罗老英雄的高足，怪不得有惊人的武艺。罗老英雄和老朽最要好，只可惜我和他相见得迟，他去世得太快。本来打算将小孙拜给他做徒弟的，一则因罗老英雄存心客气，说自己的本领，不够做小孙的师傅；一则因玄妙观的智远禅师，欢喜小孙，定要收小孙做个徒弟。老朽知道智远禅师的本领，原不弱似罗老英雄，既是欢喜小孙，便算与小孙有缘，当下就依了禅师的。只是禅师的本领虽好，无如小孙的资性顽梗，何尝能得着他师傅的好处啊！若承老哥不弃，得便指教指教，老朽真是感激不浅了。"

向乐山慌忙拱手答道："敝老师尚且自知本领不够，小子有何知识，敢当指教的话。"解太公回头对解清扬道："向大哥大病新痊，昨夜又露宿一宵，此时必已很泛饥了，便不去催厨房里，快些开饭上来。"解清扬应着是去了。向乐山正苦不好开口要饭吃，听了这话，恰如心愿。顷刻开上饭来。解太公起身笑道："恕老朽不能奉陪。寒舍房屋宽大，如不嫌没好款待，望多住些时，小孙必能得不少的益处！"说完，又叮嘱了解清扬几句好生陪款，挽留多住的话，自支着拐杖进去了。

解清扬陪向乐山吃过了饭，同立在丹墀边谈话。向乐山见丹墀当中，安放着一口绝大的金鱼缸，缸里养着数十尾鼓眼暴睛的金鱼，其中有两尾最大的，都足有一尺长。向乐山指着笑道："像这么大的金鱼，我还不曾见过呢。大概在这缸里，已养得不少的日子了。"解清扬摇头笑道："前日才弄到这缸里来，这种金鱼缸，哪能养成这么大的金鱼？这两尾鱼只怕再养不上几日，仍旧得退还原处去呢。"向乐山问道："这话怎么讲呢？难道这么大的缸，还养不下这两尾鱼吗？"解清扬道："不是养不下，这鱼是我师傅的，我偷了来养在这里。师傅不知道便罢，若知道了，不是仍得退还原处去吗？"

向乐山看了解清扬那种天真烂漫的样子，不觉好笑问道："不就智远禅师吗？他养了多少金鱼，你怎么偷了来的？"解清扬笑着点头道："我师傅前日向我们大家说，他老人家要去西安看个道友，约莫有三四日盘桓，教我们不要到观里去。他老人家亲手掘了一个鱼池，养了一池子的金鱼，也不知道有多少，都是这么大一尾。他老人家每日在池边走来走去，鱼都养亲了。他老人家立在池子东边，鱼也集聚在东边，伸出头来，望着师傅；他老人家一到西边，鱼也立时跟了过去。他老人家临走的时候，对我们大家说，池里的鱼，是有数目的，少了一尾都知道，谁也不许动他一动。他老人家走过之后，我们商量，这一池子鱼，师傅哪有数目？一定是怕我们偷，故意是这么说了吓我们的。不见得偷去一两尾，他老人家回来真个知道。大家都说偷了没地方养，要我偷到家里来，我因此就偷了这两尾。"向乐山道："从这里到西安，数千里途程，怎么说只有三四日的盘桓呢？"解清扬道："我只听得他老人家是这么说，也不知道西安在哪里。今日已是三日了，明日他老人家就要回的，回了的时候，我带大哥去观里玩玩。"向乐山以为是解清扬听错了，绝不是陕西的西安。

次日，同解清扬走到玄妙观。一进观门，就看见有十多个小孩，年龄都与解清扬仿佛，分两边在大殿上练拳脚。一个魁梧奇伟的和尚，反操着两手，笑嘻嘻地立在旁边看。解清扬对向乐山道："师傅果然回来了，立在殿上看的就是。"向乐山看那和尚的年纪，不过四五十岁的光景，一回头看见解清扬，即大笑说道："好！偷鱼的贼来了。"解清扬脸上一红，紧走几步，上前请安。

智远禅师一面扶起解清扬，一面很注意地望着向乐山，向乐山也上前行礼说道："久钦老师傅的清德，今日特来叩谒，望赐指教。"解清扬对智远说了向乐山的来历。智远听了，两眼只管把向乐山端详，好半晌，才连连点头笑道："居士已有胜过我十倍的名师，得见交为幸。指教的话，太客气，太不敢当。"说着，让向乐山进方丈里坐。

向乐山因贪看众小孩练拳脚，立着不动，智远笑道："所谓儿戏，这类把戏只合教他们小孩玩玩，哪看得上眼？"向乐山看了那些小孩练的拳脚，一个个都老辣异常。稳重的时候，比泰山还稳重；轻捷的时候，比飞鸟还轻捷。觉得自己苦练了这么多年，若专论拳脚功夫，只怕不见得能比他们高强多少。口里不好说什么，心想拳脚功夫练到了这些，还说是儿戏，这和尚的本领就不问可知了。

智远见向乐山看了出神，便望着解清扬道："既是向居士欢喜看这类把戏，你也使出些儿来给他看看。你使出来的，或者比他们中看一点。"解清扬有些踌躇，不肯卸衣。向乐山听得说比他们中看一点的话，遂向解清扬拱手道："何妨使我开开眼界呢？"解清扬道："大哥这么高的本领，却来打趣我。也罢！横竖免不了要献眼的。"随脱了身上长袍，笑问智远道："师傅教徒弟在哪里使呢？"智远用眼向周围望了一望，指着殿前竖的两根桅柱道："到那上面去使吧。当心点儿，不要给向居士看了，笑话你不成材。"解清扬对向乐山拱了拱手道："我便遵命献丑了。请大哥把眼光放低些，瞧不上眼，不要见笑。"

向乐山正也拱手答礼，只见解清扬一蹲身，但觉影儿一闪，便不见了。赶紧回头看那桅柱，解清扬已使出"金鸡独立"的架势。一只脚立在桅颠上，一只脚倒竖朝天，贴着耳根。向乐山不由自主地叫了一声好。呼声才毕，解清扬直挺着身体往前一扑，贴耳根的那脚，仍贴着不动。那一扑，俨然将要扑下地来似的。吓得向乐山心里一跳，思量那桅颠离地足有五丈多高，地下铺的麻石，若是扑跌下来，便是铜打的金刚、铁汀的罗汉，也必跌个粉碎。谁知解清扬立在桅颠上的那脚，竟和钉住了的一般，身体扑下来，就倒挂在上面，用双手抱住桅杆，翻身到了斗内。那斗有见方一丈大小，解清扬就在斗上面，使出许多架势。一瞬眼间，已如飞鸟一般地落到殿上。向乐山口里不住地叫了不得。解清扬复拱了拱手道："大哥不要见笑。"

向乐山心想世间有本领的人真不少，只怪我的眼界太小。我今日既到了这里，遇了这种名师益友，岂可再和在岳麓山一样当面错过。还不拜这和尚为师，更待何时呢？心中计算已定，正待回身向智远下拜。智远已伸手挽住向乐山的手，笑道："请进方丈里谈话。"说时，向众小孩道："你们只道我失了两尾鱼，是不会知道的。我池里共有八百尾鱼，于今只有七百九十八尾。你们不信，且跟我来，数给你们看。偷鱼的贼，是解清扬，我也有凭据给你们看。"一面说，一面挽了向乐山的手往里走。解清扬已穿好了长袍，和众小孩一同跟在后面。

走进一个小小的花园，智远复对向乐山笑道："我也玩个把戏给居士看。"遂指园中一个鱼池道："这池是我手凿的，很费了我不少的精力。"向乐山看那鱼池有两丈多长，一丈六七尺宽，满池的清水，透明见底，不过五六尺深浅。许多的金鱼在碧绿的水草中，穿来走去，煞是好看。十几个小孩，都立在池边。那些金鱼见惯了人的，一些儿不畏惧，只见智远拿了一根丈多长的竹篙，在池里赶鱼如赶牛羊似的，口里喂呀喂地喂了几声。那些鱼真像通了灵气，一尾都不敢乱窜，衔头接尾地都聚集在一个池角落里。智远将竹篙浮在水上，旋做着手势，旋一二三四地数。智远日里报一个数，便见一尾鱼从竹篙那边，跃过竹篙这边来。数着跃着，一尾也不错。数到七百九十八尾，再往下数，就不见有鱼跃过来了。智远望着解清扬笑道："你还想赖么？你瞧瞧这些鱼，哪一尾不是睁开眼瞧着你的？它们是怪你，不应该将它们的同伴偷去呢。"

向乐山仔细看那些鱼，果然没一尾不是抬着头，睁着眼，望了解清扬的。心里越是诧异，越觉得智远是个神人，只是不解如何教化这些鱼，都有这般灵性？智远弯腰佮起竹篙来，教众小孩散学，各归家去，独引向乐山、解清扬二人到方丈里。解清扬叩头谢了偷鱼的罪，智远哈哈笑道："我这鱼不是你能养的，我尚且只能暂时养着。"

向乐山听了，不懂智远这话怎么讲，也不便问。等解清扬立起来，即上前跪下说道："弟子终年在外寻师，今幸遇着师傅，千万求师傅不弃顽劣，弟子愿侍奉师傅一生。"智远双手拉了向乐山起来，笑道："我已说过了，居士已有胜过我十倍的名师，哪里还用得着我呢？"向乐山道："弟子的恩师罗公新冀，已去世好几月了，实不曾更有师傅。"智远摇头道："居士何用隐瞒？"随用手指着解清扬道："居士将来必和他同出一人门下。"向乐山笑道："若不蒙师傅收容弟子，弟子怎能和他，同出一人门下呢？"

智远笑道："解清扬在我这里，犹之居士在罗老英雄那里，一般地是师傅，一般地只能学些粗浅的功夫。得道自然还有得道的师傅在那里，难道居士就把岳麓山拜的那位师傅忘掉了吗？"

向乐山一听这话、心里又惊又喜，连忙答道："年来实未敢一日忘怀。不过弟子当时过于疏忽，不曾拜问他老人家姓名居处，无从访求。此时老师傅既提醒弟子，必然知道他老人家的所在。"智远笑道："居士且暂在此地多住些时，自有师徒会合的时候，此时说也无用。"

解清扬在旁听了，忽然朝着智远跪下来道："听师傅的语气，弟子将来不能长远地跟随师傅。弟子不愿意再拜别人为师，愿侍奉师傅到老，总求师傅不要半途把弟子丢了。"智远扶起解清扬大笑道："你却为什么要做贼，要偷我的鱼呢？"解清扬毕竟是个小孩，吓得连声哀告道："弟子下次再也不敢了。"智远道："这时还早，且到那时再说。"向乐山和解清扬，在玄妙观住了十多日。智远每日早晨在大殿上看众小孩练拳脚，众小孩去了，便去池边看鱼。向乐山虽不曾拜智远为师，却跟着解清扬，也得了不少的益处。

这日智远带着向乐山、解清扬二人，在池边看鱼，忽见池里的水，如蒸热了一般，满水面的热气只往上冒。八百尾金鱼在水里乱穿乱窜，仿佛被热水烫得难受似的。二人都觉得很奇怪，只见智远也像很着慌的样子，急忙跑到里面，托了一个钵盂出来，钵盂内盛着白米。智远抓去米往池里撒下，撒一把米，热气便减低几寸，八百尾鱼的穿窜力量，也减少了些。停一刻不撒米，热气又蒸腾上来了。智远一面撒米，头额上的汗珠，一面直流下来。

不知毕竟是何事故，且俟第十九回再说。

冰庐主人评曰：

作者写解清扬与智远惮师，又有一副笔墨，与以前诸侠，截然不同。一则童憨可爱，一则仙机透逸，宜乎向乐山之悠然神往也。此书事奇、人奇、文奇，故吾谓作者亦奇人已。

第十九回

坐木凳智远入定
打和尚来顺受伤

话说向乐山见智远急得汗珠直流，也吓得不知是什么缘故，仔细向那热气蒸腾的池里一看，原来八百尾金鱼，都张开着阔嘴朝天嘘气。水面上蒸腾的气，就是那八百尾金鱼口中嘘出来的。智远手中的米撒下一把，金鱼的嘴便合拢一下。起初嘘出来的，每尾口中尚只一线，撒下几把米之后，略停了一停，一会儿没将米撒下，那嘘出来的气就渐渐地粗了。智远一把一把地抓着米，越撒越急，钵盂里的米看看撒完了，智远翻身复往里跑。解清扬问向乐山道："大哥知道师傅干什么吗?"向乐山不及答白，就见池中的蒸气越热越高。

霎时间，彤云密布，白日无光，将一个小小的花园，迷蒙得如在黑夜。顷刻檐端风起，闪电如走金蛇，向乐山忙挽住解清扬的手道："不好了! 快进里面去吧，就要倾盆的大雨了。"解清扬道："再看看没要紧。你瞧，师傅不是又端了一钵盂米来了吗? 他老人家还更换了法衣呢。"向乐山回头一看，果见智远披着大红袈裟，双手捧着钵盂，飞也似的向池边跑来。跑到离池边七八尺远近，猛然电光一闪，一个巨霆跟着劈下来。那巨霆的声音，就像靠紧耳门劈下似的，向乐山、解清扬二人，同时被那巨霆震得昏扑在池边，没了知觉。

在昏迷中也不知经过了多少时刻，向乐山首先清醒转来，张眼一看，只见在岳麓书院遇的那个道人，笑容可掬地立在旁边，心中不由得一喜。被雷震昏了的人不比害过病的，一清醒便和平时一样，身体上本不感受何等痛苦。加以心中欢喜，一蹶劣就爬了起来，随即双膝跪下，朝道人叩拜，口称师傅呀，可把弟子想死了。道人连忙挽扶起来，笑道："你五脏都受了些震损，不用多礼，且坐下来再说话。"

向乐山起来看房中的陈设，认得出是智远和尚平日打坐的禅房，自己躺着的，就在禅床上。解清扬还躺在禅床那头，面色苍白，两眼半开半合，黑眼珠全藏在眼胞里，露出来尽是白眼。上颚的牙齿紧咬着下嘴唇，嘴唇也和脸色一般苍白，形象竟是个已经死去的人，非常可怕。再看天气晴明，并无风雨，只是天色已将近黄昏了。自己心里明明记着，是被一个大霹雳，和解清扬同时震倒在金鱼池旁边，也不知这位师傅，何时把我二人救进这房里来了？平日智远师傅在这房里的时很多，这时怎的倒不见他了呢？

向乐山心里这么疑惑，正想开口问道人，只见道人一面指着禅床，教他自己坐下，一面俯着身子，仔细端详解清扬的脸。向乐山看了解清扬这种神气，只道已经死了，不觉惨然问道："怎么弟子醒了这么一会儿，解贤弟还躺着不能动呢？"道人点头道："快要醒了。"

向乐山也跟着仔细定睛看解清扬的脸，没一会儿，就见两个眼珠儿，在眼胞内微微地转动了，渐转渐快，忽然睁开了，和熟睡刚醒的人一样，两眼似觉有些畏惧阳光。向乐山忍不住凑近前喊道："贤弟醒了么？"解清扬这才明白了，一翻身抱住向乐山的颈道："吓煞我了！"向乐山忙安慰他道："不用害怕，有师傅在这里。"

解清扬放开手，向四面张看道："师傅呢？"说着，就坐了起来。道人笑道："你想见你师傅么？等歇我就引你去见。"才说着，即听得隔壁房中一声磬响。道人对解清扬笑道："此时可引你去见你师傅了。"解清扬道："我师傅在哪里？他老人家，平日不是常在这房里的吗？"道人也不回答，一手拉着向乐山，一手拉着解清扬，走进一个院落。

这院落旁边一个小殿，原是供着一尊弥勒佛像。靠着弥勒佛，有一个大木龛，龛上安着两斗格门，格门从来开着，里面并无神像，龛前也没香案。解清扬平日常来这小殿上玩耍，小孩儿家也没注意，怎么这么大的一个神龛，却没有神像？这时被道人拉到这殿上，只见一个少年和尚，低头跪在那大木龛前面，口中念经一般地只管念诵，听不出念诵的什么。再看木龛里面，自己师傅盘膝端坐在内，双手拈着一串念珠，与平日一样的慈祥眉目。木龛的格门上，悬着一块粉牌，牌上写着一个大"闲"字。

解清扬见了这模样，以为自己师傅圆寂了。他天性生来笃厚，智远和尚又本来待他甚好，那时不由得两泪直流，也向地下一跪。正要哭出声来，智远已开口呼着解清扬的乳名"清官"说道："你不须烦恼。我因自己的功夫须及时努力，所以不能兼顾你们的功夫。你从今后只当我已圆寂了，这位清虚道友，才是你和向居士的真师傅。你们好生侍奉他，他自有安身立命的道，传授绐你的。他的道高出我十倍，你要学道，第一当用慧力，斩断情丝，哪有学道的人现出你此时这般嘴脸的？在三年以内，你随时可到这里来见我，只看我这龛门上的粉牌，像此时写着"闲"字，你心中有话，尽管向我陈说；若见牌上写着"观"字，那便是我入定的时刻，你不得拢我。我念你年纪太轻，天性甚厚，恐你一时的道念不坚，慧力不足，为念我分心，不能沉潜学道，特为你多此一条相见之路，你知道了么？"

解清扬听得自己师傅尚能说话，心里就高兴了，连忙应道："弟子知道了。"智远道："既知道了，还不拜师，更待何时？"解清扬这才爬起来，向清虚道人拜了四拜。智远在龛中，也向清虚道人合掌道："此儿骨秀神清，仗着道兄道力，将来成就必不可量。老衲今日敢以私情重累道兄了！"清虚道人稽首答道："司本度人之旨，师兄只自努力，后会有期，贫道就此告别了。"随即引解清扬、向乐山二人出来。向乐山走出殿外，回头看那少年和尚，还跪在那里，口中又接着念诵，甚是纳闷，不知道少年和尚是谁，念诵的是什么？

回到禅房里，正忍不住要拿这话问清虚道人，解清扬已呼着师傅问道："弟子心地糊涂，实在不明白怎么金鱼池里，无端会冒出气来？又怎么在晴天白日里，忽然会劈下那么大的雷来？师傅更为什么会跑到那龛子里面，坐着不动？你老人家可以说个明白，给弟子听么？"清虚道人点头笑道："自有给你明白的时候，不过此时说给你听，你也不能理会。总之，智远师傅的功行快要圆满了，所以八百罗汉先期白日飞升。你今后能潜心向道，则此中因果，不难彻悟，不是于今向你口说的事。"

向乐山在旁问道："那跪在殿上念诵的少年和尚是谁？口里念诵的是什么，师傅可能说明给弟子听么？"清虚道人听了，忽然正色说道："不可说，不可说！"正说到这里，后面脚步响。向乐山掉头一看，那跪在殿上的少年和尚走了进去，又朝着道人跪下叩头，口里说出来的话，向乐山听了也不懂得。只见道人将他扶起，说道："三教同源，本毋须拘泥行迹，不过你的大事既了，返俗尽可听你自便。"道人说时，指着向乐山、解清扬二人对那和尚道："这是你两个师弟，你们此时都见见，免得日后相见，误作途人。"随说了二人姓名，即对二人说道："这是你们的师兄，姓朱，单名一个复字，他是生长在广东潮州的人，只说得来潮州话。南几省的语言，听得懂，却不能多说。"

三人互见了礼，都面对面地望着，不通言语。向乐山看朱复的年龄，不过二十五六，生得高颧深目，隆准宽额，满脸英雄之气，带着儒雅，使人一望就能知道，必是一个善文能武的少年英杰。心想有这般雍容华贵的气概，绝不是寒素人家的子弟，却为何少年就出家，当了和尚呢？心里十分愿意和他要好，就因言语不通，仅能于神气之间，表示很愿亲交的好意。古语说得好"唯英雄能识英雄"，向乐山既表示愿亲交的好意，朱复也觉得向乐山，是个非常的人物，当下也竭力地表示出好意来。所以后来清虚道人门下三十五小侠中，只他二人做的事业最多，造诣最深。只因二人情感既好，处处不离，这就是"二人同心，其利断金"的道理。然这是后话，后集书中，自然一一地交代。于今且趁这当儿，将朱复的历史表明一番，方好接叙争赵家坪的正文。智远和尚的来历，也就因此可使看官们，明白几成了。

朱复的父亲名继训，据说是朱元璋的十六世孙，生小即怀抱大志。到二十岁，文名冠潮州府，只是不肯应试，专喜结纳江湖豪杰之士。两广素为多盗的省份，绿林中人物，朱继训结识得也很不少。他存心谋复明社，所以生下儿子来，就取名朱复。朱复之下生了一个女儿，便取名朱恶紫。朱继训的祖遗产业，原来很富，不愁无资结纳人物。朱复年才七岁的时候，朱继训亲自带在跟前教读。那时朱复生来的体质最弱，枯瘦如柴，朱复的母亲，恐怕儿子养不大，时常去一个神庙里拜求药签，膏丹丸散，都照着药签弄给朱复吃。哪知越吃越坏，本来不过是体质弱，并没什么病的，每日把求来的神药一吃，倒吃出许多的病来了。朱继训见儿子病了，才知道是神药吃病的。于是接医生来诊治。奈潮州地方没有好医生，朱继训自己又不懂得医道。糊里糊涂的几服药灌下去，已把个朱复灌得奄奄一息了。朱继训夫妇都以为自己儿子没有医治的希望了，连小棺材和装殓的衣服都已备办好了，只等朱复断气。

忽然来了一个游方的和尚，腰系葫芦，手托一个紫金钵盂，立在朱家大门口，向朱家的下人要募化财物。朱家人正都忙着准备办小少爷的后事，哪有工夫来睬募化的和尚呢？那和尚见堂中停着一口小棺材，棺盖搁在一边，问朱家的下人道："你家里新丧了小人吗？我最会念倒头经，你家能多募化些财物给我，我可替你家新丧的小人，念一藏倒头经。"朱家的下人骂道："放屁！人还不曾断气，谁要你这秃驴来，念什么倒头经咧！"那和尚笑道："既是还没有断气，就把这吃人的东西，停在堂上做什么呢？你家也不忌讳吗？"

朱家下人也懒得回答，双手把和尚向外推道："我家最忌讳的是和尚，不忌讳棺材。你快往别家去吧，不要立在这大门口，碍手碍脚。"那和尚只是嘻嘻地笑。下人推了几把，也没推动，气起来，指着和尚骂道："你这秃驴！怎这般不识时务？多少好施僧布道的人家你不去，却来这里纠缠。"和尚一些儿也不生气地笑道："行三不如坐一，我是为化缘来的，不曾化着，如何就往别家去？"

下人恐怕耽搁自己的事，即从身边摸出几文钱来，向紫金钵盂里一掷道："好，好！你走吧，像你这么讨厌的和尚，来世投生还得做和尚。"和尚笑道："只要来世不当弹手，也就罢了。"那时一班人背地里呼当下人的，都呼为"当弹手的"。因下人立在主人跟前，总得把两手弹下，朱家下人见和尚骂他当弹手，那气就更大了，举起拳头朝着和尚的光头便打。和尚也不避让，只口里说道："巴不得你打，你只记清数目，好一总和你家主人算账。"下人的拳头打在那光头上，就和触在铁桩上一般，才打了三五下，拳头已痛得打不下去了。缩转来一看，吓了一跳，拳头渐渐地肿起来了，手指放不开来，越肿越大，一霎眼连手臂都肿得拐不过弯了，和尚只涎皮涎脸地望着笑。

那下人知道不好，连忙改变态度，向和尚赔不是道："大师傅不要和我当下人的认真，请发慈悲，治我这手吧。"和尚摇头道："我没有工夫，我要往好施僧布道的人家去，不能在这里讨你的厌了，多谢你这几文钱。"说完，掉转身就走。下人的手痛彻心脾，一时也忍受不住，两眼也痛得流下泪来。明知是打和尚打痛的，非和尚不能医治，见和尚搭架子要走，只得忍住气，上前拉住哀求道："大师傅不可怜我，我不成了个废人吗？我家有老母，有妻子，望我一个人挣衣食……"下人才说到这里，听得里面连声呼来顺。下人一面口里答应："来了！"一面拉住和尚不放道："大师傅不瞧我这手吗？弄成了这个模样，如何是好呢？"和尚只是笑。里面又接连喊起来了，来顺没法，只得松了手，左手把右手捧着，愁眉苦脸地跑到里面去。

这时朱复已咽气了，朱继训的夫人只哭得死去活来，朱继训也是伤心痛哭，只得叫来顺来帮着装殓，叫了两遍，才叫了进来。朱继训泪眼婆娑的，见来顺右手的拳头，肿得比饭碗还大，向前直伸着臂膊，像是握着拳头要打人的样子，左手在下面托着，也不禁吃了一吓，问道："怎的把手弄成了这个模样？"来顺不敢隐瞒，将打和尚的事说了一遍。朱继训听了，也自纳罕，只是自己心爱的儿子才死，无心和人周旋。若在平日，听得有这么一个和尚来了，必来不及地出去，与和尚厮见。这时只向来顺说道："这是那和尚有意这么惩处你的，你还不快去求他诊治。他若走了，你这手就废掉了。"来顺应了声是，慌忙转身跑到门外一看，和尚不知去向了。急得问左右邻居的人，问了好几个，才有一个人指前面说道："那和尚好像是向这条路上走去的，他行走得不快，还追赶得上，也不一定。"

来顺一抹头就追，身上受了伤的人，行走都痛得厉害，这么一跑，伤处受了震动，只痛得如油煎火烫。咬紧牙关，追过了数十户人家，只见和尚立在一家酒店门首，和酒店里伙计拌嘴，说酒店里伙计做生意太不规矩，三文钱的酒，还没一钵盂，定要店主人化一钵盂酒给他。店主人添了几杓，只是添不满一盂。正在说这钵盂太大，来顺追到了，朝和尚跪下来，哀求治手。和尚哈哈笑道："我不找你，你倒找起我来了。也好！我去和你家主人算账，你主人若不能依我话募化给我，我是不能白给你医治的。"说着，一手托着钵盂就走。

来顺跟在后面，一会儿到了朱家门首，和尚直走入厅堂，回头对来顺说道："快去把你家主人请出来。"来顺道："我家少爷才咽了气，主人正在伤心痛哭，何能出来陪大师傅呢？我得罪了你老人家，再向你老人家赔罪。"说时，又要叩头下去。和尚连连摇手道："非得你主人出来不成功，谁稀罕你叩头赔罪。"来顺的手实在痛得不能挨忍了，只好哭丧着脸，到里面向朱继训说了和尚的要求。朱继训虽没好气，然自己儿子死了，正在须人做事的时候，把个当差的伤了，不能动作，也很不方便，只得揩干眼泪，走出厅堂来。一见和尚那种魁梧奇伟的模样，心里已估量这和尚，必有些儿来历，不是寻常的游方和尚可比，即拱了拱手，说道："下人们没有知识，开罪了老和尚，我来替他向老和尚赔礼。求饶恕了他，给他把手

145

治好。寒舍今日有事，不能没人帮做，老和尚发个慈悲吧！"

　　和尚打量了朱继训两眼，合掌笑道："治伤容易，但老僧要向施主化一个大缘，施主应了老僧，即刻就给他治好。"朱继训道："和尚想化我什么？只要是我有的，皆可化给和尚。"和尚道："施主没有的，老僧也不来募化了。老僧要把公子化去，做一个小徒弟。"朱继训听了，指着旁边停的小棺材流泪道："小儿才咽了气，若是活着的，就化给和尚做徒弟，也没什么不可。"和尚点头道："老僧原是知道公子咽了气，才来向施主募化，不然，也不开口了。"

　　朱继训觉得很诧异地问道："和尚把死了的小儿化去，有什么用处呢？"和尚道："施主不用问老僧的用处，肯化给老僧，便不会死了。"朱继训听了，知道是一个有道行的和尚，连忙施礼说道："和尚能治的活小儿，准化给和尚做徒弟，听凭和尚带去哪里。"和尚道："那话能作数么？没有更改么？"朱继训道："大丈夫说话，哪有不作数的，哪有更改的？不过小儿已咽气有好一会儿了，手脚都已僵冷，只怕和尚纵有回天的本领，也治不活了。"和尚笑道："公子若不曾咽气，施主肯化给老僧了吗？公子现在哪里？请即领老僧去。"

　　朱继训见说，能将自己已死的儿子治活，欢喜得把来顺手上的伤都忘了，急忙引和尚到朱复死的房间里来。

　　不知那和尚是谁，毕竟如何将朱复治活，且待第二十回再说。

冰庐主人评曰：

　　八百金鱼，为罗汉化身，能通人意，已极恢奇之至，一旦雷霆暴震，白日飞升，则更令人目眩心骇，如读《封神传》矣！正急欲穷其究竟时，忽又岔入朱复小传，作者以文为戏，真是令人无从捉摸。

　　作者对于方外，推崇备至，故每遇道人、和尚、尼姑登场，辄竭意描写，即觉分外生色。此回传智远和尚，尤为奇特。

146

第二十回

化公子和尚显神通
救夫人尼姑施智计

话说朱继训见和尚能医治自己已死的儿子，哪里还顾得来顺手上的伤呢？当下即把和尚引到朱复死的那房里。朱复的母亲正抚着朱复的尸痛哭，心里已不免有些恨外面不识时务的和尚，在这时候来化缘，打伤了人家当差的，还要人家主人亲自出去陪话。这时见自己丈夫，更把和尚引了进来，平日朱继训治家非常严肃，内外之防，丝毫不苟，和尚尼姑这类不耕而食、不织而衣的人，尤不喜接近。朱继训一生的嗜好，就只不能听说有特别能为的人，不怕千里迢遥，不问娼优皂隶，但他听得说果有能耐，他总得去结识结识，然而，从来不曾把和尚引到内室来过。

朱夫人心中狐疑着，不觉把哭声停了，待立起躲避，和尚已将钵盂放下，合掌当胸，对朱夫人念了一声"阿弥陀佛"。朱继训即将和尚要化自己儿子做徒弟的话，向朱夫人说了。朱夫人这时只要有人能将已死的儿子医活，什么事都愿答应。只见和尚用双手在朱复周身摸遍，也不用砭石针砭，口对着朱复的口，度了一会儿气。教朱继训拿出一个酒杯来，和尚用针刺破他自己的左手中指，滴出小半杯白浆，白浆里的热气只往上腾。拨开朱复的牙齿，将小半杯白浆倾入口内，复口对口地连度了几口气。没片刻工夫，朱复的肚内就咕噜咕噜地响起来，即时双眸转动，口里随着长吁了一声，已是活转来了。把个朱夫人喜得忘了形，也不管和尚立在旁边，走过去抱着朱复，口叫着孩儿，连声问道："你清醒了么，不觉怎么难过了么？这位大师傅救了我孩儿的性命，还不快起来谢谢。"

朱继训只喜得哈哈笑道："哪里是起来谢谢可以了事的吗？从此以后，算是大师傅的徒弟，不算是我们的儿子了。大师傅是救活了他自己的徒弟，不是救活了我们的儿子。这时刚醒转过来，总还得安睡一会儿，方能动弹。"朱夫人听了这话，翻着两眼望了朱继训。刚才哭儿子的时候，眼中流不尽的痛泪，又流了出来。

朱继训知道朱夫人的心理，见儿子已经医活，就舍不得化给和尚了。朱继训自己的心理，也自有些舍不得将这一个单传的儿子，化给和尚，但话已说出了口，大丈夫说话不能出尔反尔。并且自己的儿子已经咽了气，若不是这和尚，万无复生之理，便是舍不得，也只得忍痛割舍了。此时见自己的夫人，望着自己流泪，便安慰他道："你我的儿子，本已死了，连棺材和装殓的衣服，都已备办齐全，倘若大师傅迟来一时半刻，此时不已装进了棺材吗？死了是永远不能见面。于今化做大师傅做徒弟，尽有见面的时候，还有什么不舍得呢？"

朱夫人见丈夫是这么说，和尚又立在旁边看着，不能说出不舍的话，只得问道："大师傅是哪个庙里的，离这里有多远的路呢？"和尚答道："老僧云游天下，本没一定的庙宇，到此地暂时挂单在千寿寺里。我僧家最戒诳语，公子化给老僧之后，施主想时常见面是办不到的事。到了能团圆的时候，老僧自然送他回来。"

朱复自服下和尚的白浆，陡觉精神大振，身上的痛苦，完全没有了，反比不曾病的时候强健得多。一翻身爬了起来，望着朱夫人叫肚中饿了。朱夫人想起这可爱的儿子，就要化给和尚，得跟着和尚同去，一时只顾得抱着朱复痛哭。和尚端起钵盂笑道："老僧还有事去，回头再来化公子去。"朱继训心里正自惨痛，听了和尚的话，急忙问道："师傅去什么地方，何时方来呢？"和尚旋向外走旋答道："说去就去，不拘地方；说来就来，不拘时刻。"朱继训送到厅上，忽想起还不曾问和尚的名字，随即问道："师傅的法讳是哪两字？我一时心慌意乱，尚不曾请问得。"和尚还没回答，来顺已走至跟前来笑道："我的手不治也好了。"朱继训一看，果已回复了平时的模样。和尚点头笑道："这番是不治也好了，下次若再要无礼地动手打和尚，只怕治也不好呢。"和尚说着，径出大门去了。

朱继训因来顺走过来，把话头打断了，和尚已走，仍是不知道和尚叫什么名字。当时急欲回房看儿子，也无心赶上去追问，回到房里，朱复已在地下行走。朱夫人也止了啼哭，见丈夫进房，忙问："和尚如何就这么去了？"朱继训道："和尚说了有事去，回头再来，他去哪里，什么时候再来，他又不肯说，大约等一会儿就要来的。"朱夫人道："等歇和尚来了，我自愿多送金银给他，请他去别处花钱买一个徒弟，把我的儿子留下来。他有了银钱，还怕买不着徒弟吗？可怜我四十七岁了，就只一个儿子，一个女儿。要我把他活生生地施舍给一个游方没有一定庙宇的和尚，终日跟他在外面受雨打风吹，不是比割掉我的心还要痛吗？"

说话时丫鬟光明，端了碗粥进来给朱复吃。这丫鬟年才十岁，生得伶俐异常，五岁时，被她自己的父母卖到朱家来。朱继训夫妇甚是爱怜她，替她取个名字叫光明，也含蓄着光复明社意思在内。她年龄比朱恶紫大，朱继训夫妻就教她陪伴小姐玩耍。朱恶紫也很欢喜她在一道儿玩，名分上虽有主仆的分别，实际是和亲姊妹一般。这时她端粥进来，听了朱夫人说的话，她小小的心肠就有了个主意，只不敢对朱夫人说。悄悄把朱恶紫拉打一旁说道："夫人既不肯将公子施给和尚，何不趁这时和尚不曾来，将公子藏起来？和尚来时，不见了公子，再给他些银钱，他便不能不要了。"朱恶紫更是小孩心理，以为此计甚妙，慌忙跑到他母亲跟前照样说了。

朱夫人心里高兴，即问朱继训，有什么地方好给朱复藏躲？朱继训摇头说道："和尚并没有强夺我们的儿子，我们自己答应了化给他。刚才他若要带去，我们也只好随他带去。他见你哭得可怜，好意等回头再来，我们若是把孩儿藏躲起来，道理如何能说得过去？并且我看这和尚的道行，大得不可思量，他既能知道我的孩儿死了，难道就不能知道藏躲起来了吗？他有起死回生的本领，难道就没有把孩儿摄取去的本领吗？依我想孩儿能得他这么一个师傅，可说是很有缘法，你不必悲痛吧。"

朱夫人不乐道："孩儿是我生的，我心痛，我实在不舍得活生生地施给人家。不是你肚皮里生出来的，你自然不心痛。是你在外面答应化给他，我是没有说化给他的话，他有道行是他的，我的孩儿用不着他那么大的道行。你没地方给孩子藏躲，我自有地方。你若怕和尚来了，道理说不过去，你也躲着莫见和尚的面，我有话回复他，哪怕把家业都施给他，也没要紧。"

朱复这时虽只七岁，资性却是极高，听得和尚要收他去做徒弟，要别离亲生的父母了，也知道伤心，也扭着朱夫人哭，说不能跟和尚去。这一哭，更哭得朱夫人决心要将朱复收藏了，朱继训说也无益。就在这夜，朱夫人亲自送朱复到外祖母家，整日地关在内室里，不教朱复出外，不断地打发人到家来探信，看和尚来过了没有？打算等和尚来过了，把话说明白了，和尚答应了不要化朱复做徒弟，方带朱复回家。可是作怪！朱夫人带着朱复在外祖母家足住了三个月，和尚并不曾到朱家来，打发人到千寿寺探听，也从没有这么一个和尚来挂单。朱继训也猜度不出是什么缘故，朱夫人防范的心，也就渐渐地懈松了，恐怕朱复耽搁了读书的光阴，逆料和尚已不会来了，遂仍将朱复带回家来，朱继训照常带在跟前教读。

朱继训是个存心恢复明朝帝业的人，表面上虽坐在家里教儿子读书，像一个极闲散不问世事的，骨子里，却是一刻也不曾停止进行。两广的绿林头目，和一班会武艺的江湖人物，也都拿赤心去结纳，拣其中有能耐、有知识而又心地光明的，朱继训便把自己的志向说出来，大家商议发难的计划。这时洪秀全、杨秀清还不曾在金田发动，二百年承平之世，全国的文武官吏，都只知道歌舞升平，军队仅存了个模样，当兵是有名的吃孤老粮。各省都只养些老弱的废物，敷衍门面，做武官的才好借着吞吃粮饷。这时要发难本极容易，朱继训只因发难的地点踌躇不定，这日朱复在门口玩耍，忽然不见了，朱继训夫妇急得着人四处寻找都没有，料知就是那和尚化去了，寻找无益。

过了几日，又来了个化缘的老尼姑，定要进去见朱夫人，也是来顺在门口拦住说："我家夫人，素来不接见三姑六婆的。她老人家常说，三姑六婆一到这人家，这人家就得倒霉。你若不是尼姑，倒可进去。我家的家法如此，我当下人的，担当不起。你要化钱，我给你几文钱；你要化米，我给你几合米。我家才把少爷丢了，夫人正时刻不了地哭泣。你识时务些，化点儿钱米走吧。"老尼姑笑道："丢一个少爷算不了什么事，只怕连老爷也丢了，才真是倒霉呢！我专来向你家夫人化缘的，谁稀罕你的钱米？"

来顺是一个实心护主的下人，听了连老爷都丢了的话，不由得气又撞了上来。若不因是一个尼姑，又已年纪老了，怕不又要动手打起来。随嗽着一口凝痰，对准老尼姑的脸，下死劲地啐去。打算啐了这一口痰，再愤骂她一顿，好骂得老尼姑走离这里。谁知啐出口的凝痰，还不曾喷到老尼姑脸上，老尼姑已回啐一口，也啐出一团凝痰来，恰巧碰在啐来的凝痰上，一碰就激了转来，不偏不倚地正打在来顺的鼻梁上，比受了一石子还要痛得厉害。"哎呀"了一声，倒退了几步，几乎栽倒在地。

若是换一个心里机警些儿的人，上次受了和尚的创，这回就不应再轻量方外人。并且自己啐出去的凝痰，在半途中，被尼姑也用凝痰啐转回来，打在鼻梁上有这么疼痛，这尼姑不待说，必是个有本领的人。自己冒昧，受了这一下，也应该悟到是不好惹的了。但是来顺生成是一个笨拙没有心眼的人，鼻梁上这一下，不但没有把他打明白，反打得他的无名业火直高三丈。登时揉了揉鼻子，把两袖一捋，握着两个拳头，翻车也似的朝尼姑打去。他存心欺尼姑年老，料想打得过，叵耐尼姑只是背朝着里面退让，并不回手。来顺越觉得鼻梁痛，越一步紧一步地追打，老尼姑退了好几步，已退到了厅上，口里就大喊："救命！"

　　朱继训正坐在内室劝慰朱夫人，忽听得外面大喊救命，吓了一跳。连忙跑出来，见来顺发了狂一般地追赶着一个尼姑打，即大声喝住。来顺见朱继训出来，才吓得不敢追打了，停了手，跑到朱继训跟前，气喘气促地指着自己的鼻梁，诉道："这妖尼姑把小的鼻梁打伤了，小的一下也没打着她，她倒喊起救命来。得老爷做主，把她捆起来，给小的毒打一顿，小的才得出气。"

　　朱继训看来顺的鼻梁红肿了，再看老尼姑的鬓发全白，龙钟不堪的模样，不像是能打人的，而且脸色非常慈祥和善，更不像是会动手打人的。朱继训知道来顺素来喜和人打架，遂开口骂道："休得胡说！你这东西，动辄向人无礼，你不动手打人，人家就无缘无故地打伤你的鼻梁吗？"来顺再想申诉，奈鼻梁肿得连脸都和瓜瓢一样，一霎时两眼肿没了缝，开口就满头满脸，牵扯得痛不可当。老尼姑听得朱继训责骂来顺的话，便走过来向朱继训合掌行礼。

　　朱继训一面拱手还礼，一面端详这老尼姑，眇了一只左眼，右眼却分外的光明，身量虽极矮小，立在厅堂之上，仿如奇松古木，另有一种潇洒出尘的风度，不由得从心坎中生出敬仰之念。当即叱退来顺，让老尼姑就厅堂坐下，于口问道："师傅法讳什么，宝刹在哪里？"老尼姑道："贫僧受人之托，特来救施主的性命。此时大祸已在眉睫，没有闲谈姓名住址的工夫，请施主快随贫僧逃走。再迟一步，就有回天的本领，也来不及了。"说着，便立起身来，不住地回头，用那一只有光的眼向门外张看，好像怕有人追来似的。

　　朱继训是个最有胆量，临事不苟的人，平白无故的，怎肯听了一个素

151

昧平生人的话，就仓皇出走呢？当下仍是神闲气静地笑道："鄙人家居，力贫食苦，无端有何大祸？逃避得了，祸必不大，师傅但请安坐。鄙人为此间土著，即果有意外之祸，亦不患不得昭白。"老尼姑神色很露出惊慌，又一连向门外张看了几眼，对朱继训长叹一声道："天数果难逃。不然，贫僧在路上，也不至有那些耽搁了。既是施主安命，贫僧救夫人、小姐去吧。"说罢，便向内室走去。朱继训见老尼姑这般举动，疑心是个失心疯的尼姑，忍不住立起身来喝道："内室不能去。"边喝边待上前去拉。

猛听得背后一阵脚步的声音，回头一看，只吓得魂飞天外。原来来的不是别人，正是潮州府的衙役，蜂拥一般地进来了十多个，一个个手中拿着刀叉，横眉怒目的，如临大敌。朱继训明知不妙，然到了这时分，只得勉强镇定着，回身大声问道："诸位来寒舍有何贵干？"众衙役且不答白，抖出铁链来，七手八脚地将朱继训锁上，来顺跑出来看，也锁上了。有几个衙役，往内室跑，见中门关着，就举起刀背在门上就砍，口中乱喊开门。喊了一会儿，里面没有动静。众衙役从门缝里向里面骂道："关着门就可以了事吗？"捉拿朱继训的衙役，向那些打门的衙役喊道："怎不劈门进去，还有什么道理可讲呢？谋反叛逆的案子，岂同小可。"

朱继训一听这话，心里就是一惊，只恨自己手无缚鸡之力，不能将一干衙役打倒。又悔没听得老尼姑的话，趁早逃走，知道自己此时已没有逃走的希望，觉得自己儿子，被那不知名姓的和尚，化去做徒弟，不至一同遭难，将来或者还能继续自己的志愿。心里只着急关在内室的夫人、小姐，不知能否听信老尼姑的话，作速逃生？朱继训心里这般想着，两眼望着那些劈中门的衙役，只见他们一齐动手，劈啪劈啪地砍了好一会儿。奈中门甚是坚厚，衙役手中的刀叉又轻又小，又不锋利，仅将那门砍得一条一条的缺口，哪里砍得开来呢？

捉拿朱继训的衙役就向朱继训道："你若是一个好汉，就得值价些儿。你犯了这样的弥天大罪，你自己尚逃不了，你的老婆儿女，还想能躲掉吗？把这门关了，便能没事吗？你要知道拒捕的罪，更加一等，快亲去把门叫开，免得我们劳神。我们也是奉官所差，出于不得已，并不和你的老婆儿女有仇。快去，快去！"遂押着朱继训到中门跟前，逼着朱继训叫门。

朱继训只得用手在门上拍着，口叫光明开门。又拍叫了好一会儿，里面仍是没有动静，众衙役都冷笑道："看她们这些该死的东西，能在里面藏躲得了，后门早已有多人把守了，也不怕他们逃到哪里去。我们且抬一块大石头来，哪怕他铁铸的门，也要撞开它。"于是有几个壮健的衙役，跑到丹墀里，在阶基边挖出一条四尺多长、尺多宽、五六寸厚的大石来，四个人用手抬着，打油榨似的向中门上抵撞。果然不到十来下，便把门闩撞断了。两个气力大的，用力把门一推，跨足进去，不提防两扇石磨，从上面打了下来，一扇打在这个的头顶心上，登时脑浆迸裂，倒地死了；一扇打在那个的肩头上，"哎呀"一声，也昏倒在地。吓得立在后面的衙役连忙倒退，以为是有人从里面打出来的。再一看，里面并不见一人，才大胆进内，各房都是空洞洞的，没一个人影，箱箧都打开着堆在地上，衣服器皿散满了各地，众衙役都惊诧道："居然逃走了吗，把守的人都到哪里去了呢？"

捉拿朱继训的几个人，见满地都是衣服，便起了不良的念头，教将把守后门的人叫进来，齐议先处分这些物事再说。随将朱继训捆绑在房柱上，大家动手抢衣服。把守后门的衙役走进来说道："后门始终关着不曾开，并不见有人从那里出来。"这些衙役只要捉拿了朱继训，旁人如何逃脱，因都存心要争夺衣物，也就不再加研究了。各人把贵重的衣物，都分配妥当了，抄了那些不值钱的东西，算是朱继训的家业。查抄已毕，也奉行故事的加了封条，方押朱继训主仆，并扛抬着一死一伤的衙役去了。

原来有一个绿林头目，姓周名致祥，和朱继训最相得。朱继训误认他当个豪杰，曾和他商议发难的计划，不料周致祥犯了旁的案件，在惠州被捉。他原是一个脓包货，禁不起三推五问，就把朱继训的计划，和盘托出地供了。在惠州的朱继训同志，因此也十九被捉。两广的绿林有一种特性，这案件不是他做的，打死他也不认；如确是他做的，问官一提起，他就立刻承认，无须乎动刑，狡赖的便不算汉子，大家都得骂他不值价，连子孙都在绿林中说不起话，做不起人。那些和朱继训要好的绿林，不曾与闻发难计划的便罢，与闻过的，也都和盘托出地供了。于是惠州就慎重其事地移文到潮州，把朱继训做谋反叛逆的要犯拿了。朱继训自知狡赖不了，直供不讳，拿去没两个月，竟在广州被难了，死后没人敢来收尸。第三日才来了一个眇了一只眼睛的老尼姑，说从前受过朱继训的施舍，不曾报答得，要求官府施恩，许她领尸安葬。官府允许了，老尼姑就买了一口棺材，将尸首装殓停当，搬上了一条民船，不知运往何处去了。

153

要知朱夫人和恶紫小姐、光明丫鬟的下落，以及和尚、尼姑的来历，都在下回书中写出。

冰庐主人评曰：

和尚化缘而欲化人，奇矣！所化者非活人而为死人，则奇之尤奇矣。半杯白浆，对口度气，竟能起死回生。眇目尼僧，其来突如，拯人于水火之中，是皆作者竭力为方外人道传处也。

朱继训念念不忘明社，欲图恢复，卒以误交匪人，身首异处，宿昔志愿，尽付东流。嗟乎！出师未捷身先死，长使英雄泪满襟，是诚大可浩叹者也，然临事不慎者，亦可以此为戒。

胥役狐假虎威，残民以逞，一遇财帛，如蚊见血，此篇写衙役一见衣服、器皿，便先议处分之法，反置正事于脑后，虽寥寥数语，直抵得一篇《衙役现形记》。

第二十一回

逢拐骗更被火烧
得安居又生波折

　　上回写到朱继训在广州被难，尸首为一眇目老尼运去为止。至于老尼是谁，尸首运往何处？以及朱夫人、朱恶紫小姐、光明丫头，究竟老尼如何保护脱险？都没工夫交代。就是那个要化朱复做徒弟的和尚，毕竟是谁？朱复忽然失踪，是否就是那和尚偷偷地化了去？也因正在一意写朱继训的正传，不能腾出笔来交代。逆料看官们心理，必然急欲知道以上诸人的下落。当朱复忽然失踪的时候，朱继训夫妇，都以为就是那和尚化去了，那和尚既没留下法号，更不知道他的庙宇在哪里。和尚亲口所说的千寿寺，朱家早已派人打听过了，寺里从来没有这么一个和尚来挂单。朱家因此认为无处追寻，只得忍痛割舍。在下揣想一般看官们的心理，必也和朱家差不多，以为朱复定跟着那和尚修道去了；其实不然，朱复得做那和尚的徒弟，中间还经了无数的波折，几次险些儿送了性命，才落到那和尚之手，那和尚自然是第十九回书中坐木凳的智远了。这回书是朱复的正传，正好将他失踪后的情节交代交代。

　　且说朱复自智远僧救活之后，跟着他母亲藏躲了几日。在藏躲的时期中，一行一动，都由他母亲亲自监视，不能单独玩耍。及至几月不见和尚再来，朱继训着虑儿子荒废了学业，教朱复回来照常读书。又过了几时，一家人防范的念头，一日一日地懈松下来了。

　　这日黄昏时分，朱复因功课已经完了，便走出门到街上玩耍。七八岁的小孩，正在顽皮的时候，又藏躲了几个月，才能恢复自由，自然觉得街上比平常更好耍了。信步走过了十几家店面，忽迎面来了一个穿短衣的人，向朱复打量了两眼，又看了看左右前后，不见有跟随的人，便近前凑近朱复的耳根说道："前面有把戏，正玩得热闹，我带你去瞧瞧好么？"朱复望了望那人不认识，便摇头答道："我家快要吃晚饭了，没工夫去瞧。"那人道："你家的晚饭还早呢。我刚从你家来，你妈要我带你去瞧把戏，并拿了一个饼给我，要我送给你吃。你且吃了这饼，再同我去瞧把戏吧。"边说边从怀中摸出一个酒杯大小的饼来，递给朱复。七八岁的小孩，哪有判断真假的识力？见有可吃的饼到手，自是张口便咬。谁知道饼一入喉，立时就迷失了本性，如痴如呆地听凭那人摆布。

那人姓曹，名喜仔，素以拐贩人口为业的，在广东各府县做了无数的拐案，只因手段高妙，不曾破过案，凡拐带人口，全凭迷药。曹喜仔的迷药异常厉害，并有种种的方法，使人着迷。

这种人在江湖上，原也有个组织，虽同属拐贩人口的拐带，然他们内部里，却有种种极严厉的分别。第一是码头，水旱两路之外，还有府县的界线，一点儿不能差错，错了即成仇敌，一处码头有一个头目，这头目就谓之看码头的。他们所谓码头，和普通人所谓码头不同，普通人以舟车交通停泊的所在为码头，他们却以有团体组织的地方为码头。譬如这口岸没有这种拐带的团体组织，便不算是码头。无论何处的拐带，都可以在这口岸上坡下水，若原有组织的，就只限于本码头团体以内的人活动，别码头的人，绝不能到这码头做事。就是在别处带了货，走这码头经过，也须有许多手续；次之便是施行拐骗的手腕，也有许多分别。同一用迷药，有用饼的，有用豆的，有用末药散在茶饭，与其他食物里面的。还有一种，名叫"捉飞天麻雀"的，也是迷药，不过那迷药的力量极大，只须沾少许在小孩的头上或颈上，即时就能使他迷失本性，和吃到肚里的迷药一般。又有用迷魂香的，各人所用的不同，便各有各的派别，各有各的党徒，丝毫不能错用。几种之中，以捉飞天麻雀的势力最大，云、贵、两广四省到处有他们的码头。用迷魂香的，只有湖南、四川两省最多，江浙一带多用豆。他们码头虽分得严，一些儿不能侵越仅限，只是看码头的人，彼此平日都有联络的，别码头的人不能到这码头办货，却能到这码头出货，不但能出货，且可得这码头同业的帮助。不过帮助得尽力与否，就得看这出货人的情面与手段，情面大手段高的，出脱固然比较的容易，便是一时不易出脱，而这码头的同业肯帮同安顿，不致漏风走水，也就比较的安全得多了。曹喜仔的手段高妙，即是能得许多出货码头的助力，至于施行拐带的手段，大概都是差不多的。

闲话少说。且说曹喜仔当时迷翻了朱复，抱起来就走。这日曹喜仔已拐了一个七岁的女孩，就在这夜连同朱复运往揭阳，这个七岁的女孩也是有些来历的人，将来亡得成就一个女侠，且与朱复有连带的关系，不能不趁这当儿，将她的历史，宣述一番。这女孩姓胡，名舜华，她父亲胡惠霖，做珠宝生意发财，很积了几十万财产，有两个儿子，一个女儿。大儿子成雄，二儿子成保，都已长大，能继父业，终年往来各大通商口岸做买卖。胡舜华最幼，又生得极慧美，胡惠霖夫妇，真是爱如掌上明珠。若照胡舜华的身份，和所居的地位看来，任凭曹喜仔有通天彻地的手段，也不容易将她拐走。这大约也是她命中注定，将来要成就一个女侠，此时便不能不和朱复，同受这番磨难。

恰好这几日，胡舜华跟着她母亲，回到外婆家来。她外婆家姓林，在潮州城隍庙隔壁，开设林义泰靴帽店。胡舜华也是在家关闭久了的人，一到她外婆这种小商户人家，出入就比在家时简便多了。加以林家的小孩，平日在隔壁城隍庙里玩耍惯了，小孩会了伴，自然如雾合了烟，大人想无端禁止他们的行动，是办不到的。那城隍庙的香火本来很盛，做种种小买卖的，玩种种把戏的，庙中终日不断，都是投小孩所好的。林家的小孩便带着胡舜华，终日在庙里玩耍。拐带小孩的，把这种庙宇当他作活动的中心。

曹喜仔在这庙里遇见胡舜华，便认定是一件奇货，哄骗了几日，才将胡舜华骗离了林家小孩。当拐带的手脚何等敏捷，只要林家小孩一霎眼，就把胡舜华拐走了，胡舜华既被曹喜仔连朱复一同拐到了揭阳。曹喜仔原意要立时卖给大户人家，为奴为婢的，无奈一时觅不到好主顾，曹喜仔又不愿把这般上等货色，便宜出脱，就带领二人住在一个小客栈里。因为揭阳不是码头，没有同业的人帮助，其所以不将二人带到码头上去，就因曹喜仔将二人当作奇货，不肯给同业分肥的缘故。这也是曹喜仔的恶贯满盈，才有这般奢望。

曹喜仔到揭阳的第三日，这夜喝了不少的酒，带着朱复、胡舜华做一床睡了。睡到三更时候，贴邻忽然起了火，一霎时就烧过这边来。朱复、胡舜华从梦中惊醒，已是浓烟满室，火尾只向房中射来，吓得二人乱哭乱喊。幸亏隔壁住了一个做拷绸生意的人，货物已经出脱了，没有多少行李。听得隔壁有小孩哭喊的声音，知道是不能出来，望人去救的。

这时同栈的客人闻警，都各自抢了包裹逃走，只有这个做拷绸生意的人听了不忍，他的气力不小，一脚就踢破了房门，从烟火中将朱复、胡舜华抢出。曹喜仔平生作恶多端，理应葬身火窟，等他从醉梦中醒来时，床帐都已着火了。大醉之后的人，在烟飞火舞的当中，哪里找得出逃跑的路径？东冲西突，来回二三次，便倒地只有手足动弹的份儿，挣扎不起来了。凑巧那夜的北风很大，转眼之间，连烧了十多户，这家小客栈，简直烧得片瓦不存。曹喜仔烧成了一个黑炭，也没人认领，由地保用芦席包了掩埋，这便是曹喜仔当拐带的结果。

　　再说那个做拷绸生意的人，姓方名济盛，原籍香山县人，已有五十多岁。殷勤诚实地做了二十几年拷绸生意，也积聚了几千两银子的资产，他老婆、儿子、媳妇一家人很舒服地度日。方济盛少时也曾练过些时拳脚，所以五十多岁还很壮健，能从烟火中把两个小孩救出来。当下盘问朱复、胡舜华的姓名、籍贯，两个小孩都茫然不知所答，因为他们拐带用的迷药，甚是厉害，小孩的脑力不充足，被迷之后，两三个月不能回复原状。拐带就利用小孩的脑筋不清晰，可以任意处置。朱复、胡舜华被迷才得几日，如何能记忆自己的姓名籍贯呢？

　　方济盛盘问了一会儿，问不出个所以然来，寻觅小客栈的老板，在那纷乱的时候，也寻觅不着。方济盛是个很诚实的人，不肯把两个小孩，胡乱交给不相干的人，自己的货物已经出脱，寄居的地方又被火烧了，不能为两个小孩在揭阳再停留下去，只得带回香山，打算慢慢地问出两孩的履历来，再作计较。于是朱复、胡舜华，便相随到了香山。

　　方济盛的老婆、媳妇，见朱、胡二孩生得十分俊秀可爱，就只不大能说话，说时有些结巴。都以为是客栈里失火的时候，吓掉了魂，所以和呆子一样。七八岁的人了，连自己的姓名、籍贯，以及如何到小客栈里住着，同来被烧死的是什么人，都说不出。看面貌眉目，绝不是蠢笨的人，逆料静养几个月，必能渐渐地聪明。因此方家一家人，都只觉得二孩可怜，绝不因他痴呆，便欺负他，不加意调护。方家揣拟是兄妹两个，随着父亲从什么地方来，或往什么地方去，家中必尚有亲人。方济盛打算将他们调养得回复了聪明之后，问明了履历，就送二孩归家。但是老天有意捉弄他们，所以福无双至，祸不单行。这两个可怜的小孩，被一阵大火烧得几乎送了性命，幸有方济盛打救，得以转祸为福，脱离了曹喜仔的毒手，又落到这般一个慈善的人家。若能照方家的打算，将来问了来历，各送回各的家庭，岂不朱、胡两家都很满意，都很感激方济盛吗？

谁知世间的事总不由人计算，朱、胡两孩在方家，才安然住了半月，这日忽来了两乘小轿，中坐一男一女，直到方家门口下轿。男的在前，女的在后，男的进门即高声问道："方济盛老板是这里么？"方济盛在里面听得，忙迎出来一面答应，一面看来的男子，年约四十多岁，衣服华美，气慨轩昂。立在男子旁边的女子，年纪也在四十左右，衣服首饰，也显得很豪富。虽上了几岁年纪，没有美人风态，然就现在的模样看去，可以断定她少时，必是个极有姿首的女子。男女二人的眉目间，都带着几分忧愁的意味。

男子向方济盛点点头问道："你就是方老板么？在揭阳某某客栈里住过的，是你么？"方济盛连连答是，让二人就坐，自己陪坐了。请问男子姓名，男子且不回答方济盛的问话，急急地说道："我的姓名来历，自然有得对你说的时候，只请你快把你在揭阳客栈里，搭救的两个小孩，带出来见见我，和他们的母亲见了面，我自对你详细说明。"

方济盛是个老在外面做生意的人，做事极是小心谨慎。当救得朱、胡二孩回家的时候，心里早打定了主意，非查察得确确实实，有凭有据，绝不随便还给人家。当下听了男子的话，心里也并不疑惑，不过素行谨慎的人，总得多问几句才得放心。便随口向男子问道："先生怎生知道我在揭阳客栈里，搭救了两个小孩呢？"男子立时现出焦急不耐烦的样子答道："你搭救的是我的儿子、女儿，我们官宦之家失了儿子、女儿，就不追寻吗？休说还在广东，便是九洲外国的人救了去，我也得追寻回来呢。你这话才问得稀奇，我于今父子母女团圆的心，比火烧还急，承你的情搭救了，请你快教他们出来，我们见了面，自有重重地谢你。"

女子两眼流泪，帮声说道："你是我们儿女的救命恩人，就是我们的救命恩人。可怜我夫妇都差不多半百年纪的人，膝下就只这一儿一女，这回若不是恩人搭救……"说到这里，以下呜咽得不能成声了。男子立起身来催促道："快去带他们出来吧。"

方济盛本来没有疑心，因见二人这么急切，倒觉得有些可疑了，便不肯不问个明白，就唤小孩出来。尽管女子哭泣，男子催促，只是从容不迫地说道："请坐下来谈。二位既到了舍间，还愁见不着面吗？二位这回从哪里来的，少爷小姐有多大的岁数了，怎生会到那小客栈里去住的？同住的是……""谁"字还不曾说出口，男子已急得跳起来，狠狠地指着方济盛，厉声说道："你好毒的心肝！你可知道人家骨肉分离，是不是极悲痛的事，还有心和你闲谈吗？"

女子连忙止住男子道："你也不要心急，这实不能怪他。我们要见儿女的心切是不错，不过他是搭救我们儿女的人，不问个明白，怎能放心呢？你何妨且把话和他说明了，再教他带秋官、桂香来见面呢？难道承他的好意搭救了，他会把我们的儿女隐藏起来吗？"方济盛笑道："对呀！"男子仍是气愤愤地坐下来，望着女子说道："你去和他说吧。我心里简直刀割也似的痛，什么话也没精神说了。"

女子即拿手帕揩干了眼泪，勉强赔着笑脸，对方济盛说道："你老人家不要见怪，外子从来性急，又是中年过后，才得这一儿一女。儿子因是甲子年八月生的，取名秋官。女儿是乙丑年八月生的，生的时候，外子恰在场屋里，因取吉利的意思，名作桂香。今年一个八岁，一个七岁了，这一对儿女，不但我夫妇钟爱，就是他姨母、姨父，也钟爱得了不得。前月他姨母生日，我自己病了，不能去庆寿，就打发这对儿女，派人送去，在他姨母家住了几日，姨父亲自送他们回家来。他姨父是生性鄙吝的人，要落在那小客栈里歇宿，想不到出了这大的乱子。可怜他姨父竟活活地烧死了，连尸身都无处寻觅。我夫妇因等了几日，不见儿子回来，正要派人去姨母家迎接，姨母也正因不见姨父回来，派人到舍间来问。我夫妇一听已经送回来了的话，就料知事情不好，从姨母家到舍间，只有半日旱路。照例是这日动身，到揭阳寄宿一宵，次日早搭船，午饭后便到了舍间。我们起初还以为是坏了船，及至打听近半月以来，这条河里不曾坏过一条船，就疑心在揭阳出了乱子。我夫妇遂亲到揭阳，好容易才打听出来，因为那夜被烧死了的姨父，仅剩了一团黑炭，认不出面目来，小客栈里又不知道客人姓名，为的簿据都已烧了。幸亏找着了两个那夜同住那客栈的人，他说曾亲眼看见做拷绸生意的方济盛老板，搭救了两个小孩，但不知安顿在什么地方。我夫妇得了这个消息，心里略放宽了些。仔细问那两个客人，那夜亲眼见的小孩是怎生模样？客人说出来的情形很对。我们就知道承方老板搭救的，必是小儿秋官小女桂香无疑了。所以兼程赶到府上来。我夫妇自从得到不见了小儿女的消息起，到今日已半个多月，白天没安然吃一顿饭，夜间没安然睡过一觉，整日整夜地拿眼泪洗脸。外子生来性急，更是不堪，已几次要寻短见了，望老板不要见怪他言语冲撞，实在是情急，口不择言。"

方济盛见女子口若悬河，说得源源本本，有根有蒂，不由得不信以为实。慌忙立起身来，反向那男子拱手赔笑道："先生也休得见怪，我便去叫令郎、令爱出来。"男子这才现出笑容，也起身拱手说劳驾。方济盛走到里面，对朱复、胡舜华笑道："你们的爹妈都来了，快随我去见。"两个孩子听了，似懂非懂的，也不说什么，只笑嘻嘻地都牵住方济盛的衣，一同到外面来。那男子见面，几步跑上前，抢着朱复抱了。一面偎着脸哭，一面心肝呀儿呀地乱叫。女子也将胡舜华紧紧地搂抱了，和男子一般地伤心哭喊。朱复、胡舜华也都"哇"的一声，号啕大哭起来。一时惨哭之声，震动屋瓦。

方济盛的心很慈善，闻了这哭声，见了这惨状，鼻子酸得难过，两眼内的无名痛泪禁不住夺眶而出。及至仔细看四人哭作一团的情形，不觉心中又发生疑惑。原来两小孩虽放声号哭，却不是至亲骨肉，久别重逢中心伤感的哭泣，竟和见了面生的人，害怕得哭起来的一般，旋抬起头号哭，旋极力地用手撑拒。就是那一男一女，虽哭得泪流满面，也有几点可疑之处。

不知方济盛觉得怎么可疑，且俟下回再写。

冰庐主人评曰：

拐匪离人骨肉，甚至戕害儿童性命，为人类之蟊贼。曹喜仔葬身火窟，可谓天网恢恢，疏而不漏！

方济盛家突如其来之一男一女，男子举动殊有可疑；女子一席话，委婉曲折，绝无破绽，非善词令者不办！然朱、胡二人复入厄运中矣。

第二十二回

香山城夫妻行巧骗
村学究神课得先机

话说方济盛见那一男一女，抱着两孩悲哭的情形，很觉有些可疑。两小孩一面抬起头哭，一面用手极力撑拒，完全是平常小孩，不肯给面生人抱的样子。小孩撑拒得越厉害，那一男一女便抱持得越紧，并都用背朝着方济盛，似乎怕人看出破绽来。方济盛暗想这事蹊跷，虽说这两个小孩，有些痰迷心窍的样子，然亲生父母不比他人，哪有这般不相认的道理？便是这一男一女的哭声，也像是假装的。这其间恐有别情，我既觉得形迹可疑，这两个孩子，就万不可随便给他带走。

方济盛正待教二人坐下谈谈，那男子已揩着眼泪向女子说道："什么缘故？秋官、桂香竟不认识你我了。莫不是在揭阳吓掉了魂么？可怜，可怜！"女子硬着嗓音答道："我也正是这般思想。啊哟！我的儿呀，你就不认得你的亲娘了吗？"另子连连地用嘴亲着朱复的脸道："我的心肝宝贝呀，你连你老子都不认得了吗？"随抬头对方济盛道："承老板的情，救了小儿小女的性命，我夫妻不是没人心的人，总有报答老板的时候。小儿女多半是在揭阳吓掉了魂，本来是一对活跳跳的聪明小孩，想不到竟变成这个模样，连自己的亲生父母，见面都不认识了。只好带回家去，请医生诊治，慢慢地调养，等到精神复了原，我夫妇再带来叩谢老板，那时再重重地酬谢。这里略备一点儿薄敬，聊表我夫妇感激的意思，望老板不嫌轻微，赏脸笑纳了。"旋说旋从怀中摸出一个红纸包儿来，很像有些分两似的，约莫包中至少也有二三十两银子，走过来递给方济盛。

方济盛见二人这么说法，不由得就把疑惑的心思退了，因自己也很相信两小孩，是在揭阳吓掉了魂。自来方家十多日，总是如呆如痴的，说话既齿音不清，复没有次序，这时不认得亲生父母，也是意中事。不能说因小孩不认，便不给二人带去。不过自己是个有些儿积蓄的人，这种事是不肯受人钱财酬谢的。遂对那男子拱手笑道："快不要如此客气，舍下托先生的福，还不愁穿吃，这岂是受人财礼的事？我只望令郎、令爱得骨肉团圆，便于愿已足了。"那男子道："这如何使得？小儿女在这里打扰了这么久，就专讲伙食，老板收受了这点儿薄意，也不为过。不要推辞了吧，我这时急着要延医生，替小儿女诊治。"女子也帮着劝方济盛收受。

方济盛究竟是个做生意的人，虽为人诚朴，不受横财，但是不义之财就不要。像这样搭救了人家儿女，又带到家中住了这么久，便收受人家些酬报，问心也没有什么过不去。当下见二人殷勤劝说，就伸手接过来收了。女子抱着胡舜华往外便走，男子向方济盛又道了声谢，也要跟定女子走。方济盛才想起还不曾问明二人的姓名住处，即赶上前道："先生的尊姓大名，贵处哪里，尚不曾请问得？"男子连连哦了两声道："我也忘了，我姓赵，名敬亭。到潮安城里问赵敬亭，少有不知道的。"说着，匆匆地上轿。

方济盛眼看着抬讫走了，回身打开纸包来看，果是三十两散碎银子，自觉取不伤廉，取之无愧，高高兴兴地收藏起来。以为搭救的两个孩子，真是骨肉团圆了，自后也就没把这事放在心上了。只是在当时的方济盛，听了赵敬亭一方面的话，又自己相信朱复、胡舜华是吓掉了魂的人，自然不知道其中有诈。而立于旁观地位的看官们，此时当已明明白白是一个骗局了。不过骗局自然是骗局，赵敬亭却不是和曹喜仔一般的拐带，是一个比拐带还凶恶十倍的教书先生。教书先生为什么比拐带还凶恶十倍呢？这其中又牵扯了一段骇人听闻的故事，且待在下从头交代出来。

这赵敬亭并不是这人的真名实字，这人姓万，名清和。他本是个读书人，相传二十多岁的时候，误入茅山，茅山末底祖师见了他，说他有些根气，收他做了徒弟，传了他许多法术。后因他犯了末底祖师的戒，被驱下山。他原籍是顺德人，茅山被驱后，仍回顺德。他的父母，早已死过了，只有一个妻子王氏，并无儿女。因万家素无产业，万清和便在顺德乡村中，招集些乡下蒙童教学，夫妻两口也还可以勉强度日。地方人有知道他曾在茅山学运的，每遇有疑难的病症，多来请他画符画水诊治，遇有疑难不得解决的事情，以及被窃了财物，也多来请他占卦指教，都有十分灵验，却并不向人索钱。一乡人对于万清和的感情，甚为融洽，恭送他一个绰号，叫"赛管辂"。

这日万清和早起，自己占了一卦，很高兴地对妻子王氏说道："今夜有上客自西方来，于我的命宫有利，须准备些酒食，等候他们。"王氏是一个极能干的人，相信丈夫的神课最灵，依话备办了些酒食。夫妻二人，入夜便坐着等候，直坐到三更以后，忽然大雨倾盆而下。王氏笑向万清和道："你这回的课，只怕是不曾诚心，没了灵验。"万清和道："你何以见得不灵呢？"王氏道："于今已到这时分了，又下这么大的雨，还有谁到我们家来咧？"

万清和正要回答，猛听得有人敲着大门响。万清和一面起身答应，一面向王氏笑道："何如呢？不是那话儿来了吗？"说着，连忙出来开门。只见门外立了一大堆的人，约莫也有十多个。驮包裹的、挑担的、二人共扛的，都被雨淋得落汤鸡一般。立在靠大门近些的一个汉子，对万清和说道："我们是有急事要赶路的，因雨太大，不曾带得雨具，想暂借尊府躲避些时，住雨就走，求先生方便方便。"万清和笑道："只要不嫌舍间仄小，请进来坐就是。"一行人遂蜂拥进来。王氏早将座位安排好了，并搬出许多柴草来，烧火给大家烘衣。

众人烘干了衣，万清和夫妇将准备的酒食搬出来，众人见了都欢喜，说正用得着。唯有最初和万清和说话的那汉子，不住地用眼睛向万清和打量，万清和只作没看见，提着壶只顾劝众人饮酒。那汉子托地立起身来，扬手指住同伙道："这酒且慢喝，得问一个明白。"随望着万清和道："先生怎知道我们会来这里避雨，一切都安排好了等候？先生不把这话说明，我们却不敢领情。"万清和见汉子说话的语意很和缓，声色却甚是严厉，已知道他说这话的意思，是恐怕误遭毒手。即不慌不忙地笑答道："你们到我这里避雨，也不打听打听我是什么人吗？"那汉子立时变了颜色，说道："你是什么人？我们不过是顺路借这里避雨，半夜三更去哪里打听？只是不问你是什么人，我们也不怕。"

众人听了那汉子的话，都跳起身，准备厮杀的样子。万清和哈哈笑道："诸位放心坐下来饮酒吧。我是有名的赛管辂，虽不敢说知道过去未来，眼面前事，谁也瞒不过我万清和。我今早占了一课，就知道今夜有上客降临，并知道你们是从西方来的，所以准备了些酒食等候。你们不用疑虑，我若有恶意，也不是这么做作了。"

那汉子这才几步走到万清和跟前，一揖到地笑道："原来先生就是赛管辂万清和吗？我久闻先生道法高深，只恨无缘拜见，想不到今夜在这里遇着。亏了这场大雨，真可算得良缘天赐。"万清和看这汉子，虽是短衣窄袖，和众人一般的麻鞋套足，青绢裹头，却另有一种英爽之气，举动谈吐，都不似寻常人。当下便也回了一揖，说道："不敢，不敢！我还不曾请教老兄的贵姓大名？"

原来这汉子，便是广东有名的大盗李有顺。练就了一身高去高来的本领，会射一十八支连珠袖箭，能使一十八个人同时受伤倒地，上山下岭，更是矫捷如飞，同伙中都称他为"爬山虎"，江湖上就呼他为"李飞虎"。那时两广的妇人、孺子，闻了李飞虎的名，都没有不害怕的。官厅悬了上万的花红捉拿他，哪里能望见他的影子？万清和神课的声名，知道的本也不少，李有顺这时见了面，并不隐瞒，即将真姓名说了。万清和见是李有顺，也就喜出望外。当下大家开怀畅饮。

酒至半酣，李有顺笑问万清和道："先生的神课果是名不虚传，可否请先生替我们占一课，我们打算明夜去东南方做番生意，看去得去不得？"万清和旋点着头，旋捏指算了一算，慌忙地说道："东南方万分去不得，去了必有性命之忧，不是当耍的。"李有顺听了，吃惊问道："不去东南方，就不妨事么？"万清和道："不去东南方，自然无事，还是西北方最利。"李有顺道："谢先生的指教。我看先生这般大才学，实在不应该居这般萧条的家境，我很有些替先生不平。我是个一点儿才学没有的人，就凭着这一副身手，在两广地面横行了十年，恩怨分明，无不如愿。我看人生如一场春梦，迟早都有个归结的时候，乐得在生快活快活，何必刻苦过先生这般清凉日月。先生若不嫌局面狭小，我们愿奉先生为大哥，一切听先生的号令，不知尊意如何？"万清和道："老兄的好意，我很感激。不过我觉得老兄们这种生活，毕竟是苦多乐少，一旦筋力衰颓，便要受制于人了。"

李有顺不待万清和说完，即仰天大笑道："先生真是计深虑远。我说为人在世，都是做一日和尚撞一日钟，在什么时候，说什么时候的话。只要壮年时候努努力，还愁筋力衰颓了，没得享受吗？"万清和连连摇头道："我的话，不是这般说法。我是说你们这种做法，太劳苦，又太风险，为人能拼着劳苦，何时何地不能换得些享受？何况担着无穷的风险，更可算

165

是拼着性命，去求享受。人果能拼性命来换些享受，又岂愁没得享受吗，何必要做这世人都不欢喜的强盗呢？所以我并不是不愿意做强盗，只不愿意像你们这般做法。"

李有顺道："我原说了，一切听先生的号令。先生既不愿意像我们这般做法，何不把先生的做法说出来，教我们兄弟大家遵守呢？我们何尝不觉得现在的做法，又劳苦、又风险。只是从来当强盗的，除了我们现在这种做法而外，不曾留下又安适又稳妥的做法来，我们因此不能不是这么笨拙的做着。先生真个有又安逸又稳妥的法子，休说我们兄弟愿听先生的号令，少打算点儿，我可包管两广的绿林中兄弟们，没一个不愿听先生号令的。"

万清和嬉笑着问道："你果能包管两广的绿林中兄弟，都听我的号令么？"李有顺拍着胸脯道："尽管唯我是问。不过先生须把那好法子说出来，我才能号召得动。"万清和点头道："你明晚独自到我这里来，我慢慢说给你听，你只牢牢记着东南方去不得。此刻天色已快要亮了，我这里地方太小，天亮后学生一来，看了你们，多有不便。"随起身向众人拱手道："自家人不客套，雨已不下了，我不留你们久坐误事。"大家都起身道谢。李有顺拣了一个包裹，双手捧给万清和道："我们兄弟一点儿薄意，先生不嫌不干净，就赏脸收下来。"万清和毫不推辞地接了，李有顺率领着一行大盗，出了万清和家，趁着天光未亮，急急地赶回巢穴。

他的巢穴，在顺德东南一座丛山之中，山中有几十户人家，尽是李有顺的部下。平时各人有各人的职业，和普通乡村中农民一般的生活，由李有顺派人往四处踩盘子，打听确实了，有动手的价值，才临时发出召集的命令。李有顺或亲自率领，或不亲自率领，由踩盘子的伙计引导去动手。抢劫后归来摊派赃物，也是由李有顺主持，众人不敢说半个不字。像这样的巢穴，李有顺共统辖了十多处，只是这十多处巢穴，并不是由李有顺组织而成的，也不是和李有顺有关系的人组织的。

当李有顺未成名之前，各处原是现成的巢穴，原是不断地打家劫舍，不过首领不是李有顺罢了。他们各处的首领，都是大家承认，共同推举出来的，不必是本团体的人，只要是声名大，本领高的同类，都有被推举为首领的资格。首领所享的权利，第一是分赃，分赃以外的事，首领固有相当的权限，然不必有首领在跟前，也一般地可以有举动。但得了采，就非等公推的首领来，无论什么人不能处分，有人勉强处分了，大家也不服。若是公推首领摊分的，哪怕十分不均匀，也绝对没人敢争多论少。只是当首领的，总得保持这公正人的资格，必按照各人出力的多少，仔细摊派。李有顺就是因为分赃公道，所以十多个村寨，都奉他为首领。

这番李有顺率领众盗，回到顺德东南方这个巢穴，还不曾将赃物摊派，猛听得山背后一声炮响，接连一阵喊杀的声音，震得满山响应。原来是官军来围剿这山中强盗，凑巧这时候才到。李有顺等刚得了采回来，丝毫没有准备，一闻炮声，都吓慌了手脚，争先恐后地往山下逃跑。李有顺料知不能抵敌，忙教众人不要分散逃走，须聚做一块，到山顶上看那方官军稀薄，即合力向那方冲下去。众人因是事前毫没有准备，一知道有官军围山，便一个个如脚底下揩了油的一般，等到李有顺发出号令来，早已逃散十之七八了。在李有顺左右的，不过三四人，并都是没多大本领的。李有顺流泪跺脚道："元数难逃，我们众兄弟合当有这大劫，赛管辂万先生分明说了，东南方去不得。我们以为只是不能去东南方做生意，谁知我们正住在东南方，回来就遇了这场大祸，偏偏众兄弟不待我的号令，各人先自逃了。于今只剩了我们这几个人，想要冲下山去逃性命，就得有神明保佑，便是已经逃了的各位兄弟，也不见得能冲出重围。为今之计，我们唯有各自努力，各安天命。我凭着这身本领，在前拼命杀开一条血路，你们有力量跟上来，是你们命不该绝。万一你们的气力赶不上，我就劝你们值价点儿，横竖十八年后，我们又是一条好汉。"说罢，一声大吼，手舞单刀，往山下撞将去。

三人也各舞手中兵器，如冲发了四条大虫，一会儿便进了官军队里。李有顺那把单刀，真是使得超神入化，一霎时，官军队里，被杀了二三十个人，只好纷纷地往左右闪避。李有顺冲出了重围，回头看后面三人时，一个也不曾跟上。原来李有顺的步下太快，有名的爬山虎，三人如何能跟踪得上呢？李有顺这时也就没有回身杀进去，救那三个兄弟出来的勇气了，恐怕官军追来，急急地逃到别一处村寨躲了。

夜间仍到万清和家来，一见万清和的面，就忍不住流泪说道："悔不听先生的神果，昨夜在这里打扰的兄弟们，只怕一个也没了性命。'接着将归寨来没一会儿，就被官军围山攻剿，众兄弟如何散逃，自己如何拼命冲出的话，说了一遍。万清和听了，神色自若地笑答道："数皆前定，岂是一人之力所能挽救，你又何用悲哀呢?"

李有顺心想这人本领虽高，却是没有仁爱之心，他昨夜明知道我众兄弟，有这场大祸，也不向我们说明一声，仅说东南方上去不得。我那时是问去东南方做生意利与不利，并不是问村寨归得归不得，教我们怎生想得到不去东南方做生意，也有性命之忧呢? 于今他听得我众兄弟都送了性命，连叹息都没一声，可见得这人的心，比我们做强盗的心还要狠了。但是当时李有顺只得含泪答道:"先生的话是不错，不过我和众兄弟出生入死多年，情同骨肉。今一旦眼见他们都死于非命，仅剩下我一个人，心里虽想不悲哀，却如何做得到啊?"说着，两眼又扑簌簌地掉下泪来。

万清和才悠然长叹了一声道:"这本是可伤的事，不怪你止不住悲痛。"李有顺一闻万清和的叹息声，更哽咽地哭出声来了。万清和忽"唗"了声说道:"你且不要哭。我有句话问你，你那些兄弟，都是如何把性命送掉的?"李有顺拭干眼泪，说道:"我不是曾说了，众兄弟因为事前没有准备，临时各自偷逃的话吗? 山上的官军，围裹得铁桶也似的紧密，众兄弟多没有大能为，若能大家聚在一块，齐心合力地冲出来，或者还有一半可以逃出。既是一个一个地单逃，除了我有谁逃得出? 因此我逆料一个也没有了。"万清和笑道:"命里该死的，就聚在一块，也不难死在一块;命里不该死的，一个人也能逃出来，你不就是一个人逃出来的吗?"

李有顺听了这话，心里又是好笑，又是好气，呆呆地望了万清和一会儿，说道:"众兄弟实在不能比我。我这一点点本领，虽算不了什么，然百十名官军，休想将我困住。众兄弟中，能赶得上我三五成的也没有，如何能拿我一个人逃出来的事，和他们比譬呢?"万清和笑道:"照你这样说来，有本领的人，简直在许多该死的人当中，也不该死了。就是命里该死，有本领也不会死了么?"这两句话，说得李有顺没得回答，半晌才说道:"那么我就是命不该死了。"万清和点头道:"你的命是不该死，便是你众兄弟的命，尤不该死;若是该死的，我昨夜也说明了。"

李有顺道:"众兄弟既是命不该死，为什么又都死了呢? 这话就教我更不明白了。"万清和仍是笑道:"你要明白很容易。"说时，随掉头向里面连喂了几声道:"你们还不出来，更待何时?"李有顺是个十分机警的人，见了万清和这情形，心里猛然疑惑有人暗算，惊得跳了起来。

不知万清和喂呀喂地叫出些什么人来，且待下回再写。

冰庐主人评曰：

　　万清和以神课灵应，煽惑人心，结合李有顺图谋不轨，与施耐庵写吴学究议取生辰纲一段颇相合。唯吴用只待智计，而万清和兼有道法，合智多星、入云龙而一之，宜乎阴险奸狠，较吴学究为尤甚也。

第二十三回

炼飞刀惨掳童男女
忧嗣续力救小夫妻

话说李有顺见万清和向里面高声说："你们还不出来，更待何时？"顿时疑心有人暗算，慌忙跳起来，退后了几步，随即朝里面一看，只见拥出一大群人来。仔细看时，原来不是别人，就是官军围剿散逃下山的众兄弟，共有二三十个人。连与自己同路下山，不曾赶上，以为被官军所害的三个人，都在其内，不由得把李有顺怔住了。

众兄弟抢上前，争着问李大哥怎么才来？害得我们好生盼望。李有顺定了定神，答道："我在这里做梦么，你们怎的倒都先到了这里？实在教我不得明白。"众人指着万清和道："我们若不是有先生相救，早已都做了刀头之鬼呢。我们到这里大半日了，就只不见大哥，正急得什么似的，几番公请先生前去搭救，先生说是昨夜与大哥约了，今夜到这里来的。并说大哥是个有信义的人，绝不会失约。"

李有顺几步抢到万清和面前，指着自己的膝盖说道："我这膝除拜师外，不曾向人屈过。此时不由我不向先生磕头。"说着，又膝跪了下去，捣蒜也似的磕头说道："一则替众兄弟叩谢救命之恩，二则拜先生为大哥，以后我等不拘什么事，都得听大哥的号令。"万清和连忙将李有顺扶起，众兄弟听了李有顺的话，也齐向万清和叩头。大家纷乱了好一会儿才定。

万清和复搬出酒菜来大家吃喝，李有顺终不明白，万清和怎生救出众兄弟的。向万清和细问当时搭救的情形，万清和笑道："那一点点官军，在我眼睛里看了，直是一群蝼蚁相似，只须略施小技，教他们向东，他们便不能向西；教他们死，他们便不能活，搭救几个人的性命，算得什么？"

众兄弟道："我们虽承万大哥救了性命，只是我等心里至今还不明白，我们在山上的时候，分明看见无数的官军把住山口。我们的腿都吓软了，原打算逃回头，不敢下山的。不知怎的，忽然一阵大风过去，只听得满山喊杀，却不见一个官军？我们以为，官军是从山背后上来的，此时转到山前去了，我们正好趁这时向山后逃走，于是都跑到后山，果然一个官军没有。但是喊杀的声音，又好像就在我们跟前，并不是前山喊杀的声，后山能听得着。我们当时只要能避开官军的眼，哪里还敢停留观看呢？一路头也不回地逃出后山，陆续等齐了伴，万大哥就来了，说李大哥已逃出来了。何以我们起初看见那么多的官军，后来一个也不见？从来官军围攻山寨，没有留出一方不围的，并且我们都听得喊杀的声音，就在身边，何以连一个人影子也不看见呢？"

跟着李有顺冲下山的那三人抢着说道："你们是这样就不得明白吗？我们三个人才真正不得明白咧。我们跟着李大哥，因见你们都各顾各地走了，官军又一步一步地围攻上来，急得没法子，只好拼着这条命不要。李大哥在前，我们三人紧跟在后，直朝着官军阵里冲杀下去。李大哥的脚步你们是知道的，我三人如何能赶得上？越赶越相离得远。我们才到半山，已远远地看见李大哥，冲进官军队中去了。官军好似波浪一般，时而分开，时而合拢。末了官军齐向两边飞跑，一霎时就不知跑向哪里去了，眼前也是不见一个官军。我们心想，这时还不逃下去，再等什么时候？我们就此安然跑下山来，什么人都没遇见一个。只看见山脚下有些红豆子，和纸剪的人马，料想是住在山脚下的小孩，在官军未来之前，在那地方玩耍留下来的。这不是更奇怪吗？"

李有顺跳起来说道："照你们这般说来，这番的官军，岂不是专为剿一个人来的吗？万大哥既能显神通，救出一干兄弟，何不并我一同搭救出来，定要害得我受急担累，险些儿把性命丢在官军队里呢？"万清和笑道："你也要我搭救，却要本领做什么呢？你若是没本领冲出来，我自然一般地救你。"

李有顺和众强盗因这回事，都心悦诚服地拥戴万清和为大哥。各处山寨村寨的强徒，得了这个消息，也都争着前来依附，声势一日大似一日了。万清和自己并不出外打劫，仍是教着一些学童读书，夜间就吩咐某部分人，去某方多少里地方去劫掠。凡是经万清和吩咐的，打劫无不顺利。后来万清和的名声，比李有顺还大得多了。官厅一次一次地增加悬赏，由三千加到三万，他才不敢再如前从容教读了，占领了一座形势险恶的山寨，聚集了七八百强徒，官军几番进剿，都打了败仗，竟是奈何他们不得。两广的绿林，数百年来，总是遍地皆是。做县官的，只要不抢到县衙里来，多是开一只眼，闭一只眼，不能根究，也不敢根究。

万清和一日对李有顺道："我要炼一件东西，炼成了，不但可以永远保这山寨，不致被官军击破，我的道术，从此也要高超几倍。不过那东西很不容易炼成，最重要的，是要两个有根基的童男女，取了血来祭奠。你可传知众兄弟，从此出外，大家留神，若遇了相貌生得清秀，两眼神光满足的童男童女，或买或掳，务必多弄几个上山来，我好挑选了应用。"李有顺答应了，随即通知了七八名强徒。

万清和这个号令传出来不打紧，只可怜那附近数十里以内人家的小儿女，几日之间，也不知被掳去了多少。但是掳抢上山的童男童女，万清和一一看了，说没一个有根基的，通用不着，仍打发下山去吧。众强徒谁肯麻烦，送回各人家去，带在自己跟前听小差的也有，暂时充小丫头，预备将就做压寨夫人的也有。相貌生得太丑，性质太鲁钝的，不肯留在山中，耗费了粮食，就提起来往巉岩峻削的山坑里掼下去，掼成一团肉饼，去喂豺狼野兽。万清和见掳来的童男女概不中用，知道自己兄弟们的眼光，看不出有根基与没根基来。

他要炼的东西，据说就是妖魔左道所用的"阴阳童子剑"。那剑并不是钢铁铸成的，系用桃木削成剑形。炼的时候，每日子午二时，蘸着童男女的血，在剑上画符一道，咒噀一番。经过百日之后，功行圆满，这木剑便能随心所欲，飞行杀人于数十里之外，比剑侠所练的剑，效力更大。不过所用的童男女必须有根基，有夙慧的，练成之后，方能随心所欲。童男女笨滞不灵敏的，将来练成的剑，也笨滞不灵敏。这种说法，本是无稽之谈，只因全部《奇侠传》中，比这样更无稽的很多，这里也就不能因他无稽不写了。

万清和既是要炼这种剑，便不能不亲自下山，物色合用的童男女。他当下山的时候，占了一课，课中所指，在香山一带，但是课中很透着几分凶相。他心想我有这么高的道术，官厅莫说悬三万银子的赏格，无奈我何，就是悬到三十万，也没人能把我拿住。并不是世间没有道术比我高强的人，道术比我高强的人，与我无冤无仇，必不肯平白和我为难，去贪图官厅的赏银。只要我自己处处谨慎些，行事不冒昧，自能逢凶化吉，遇难成祥。

万清和已决心下山，将山中事务，交李有顺经管，独自化装往香山来。在街头巷尾行走了几日，所见的童男女委实不少，哪有一个用得着的呢？暗想是这么物色，便在香山城里行走一辈子，也看不出一个中用的小孩来。人家伶俐可爱的儿女，如何肯放出来在街上玩耍咧？必得设法进人家屋里去才行。暗自思索了一会儿道："有了。我何不将香山县所有算命的人，都邀了来，看他们近来所算童男女的命，有根基极好的没有？如有，看在谁家。若还不曾算过，就托他们留神。他们算命的人，好八字一落耳，便永远不会忘记。童男女根基稳固的八字，更是他们取钱的好门路，绝不肯轻易放过去的。我身边有的是钱，能多给他们几文，还愁他们不替我尽力吗？"主意想定，即实行照办起来。

一个斗大的香山城，本地的，外路的，总共不过几十个算命的人，有钱岂不容易召集？万清和把几十个算命的，都召集在一处，先说了几句江湖中客气话，才说道："兄弟无事不敢劳动诸位的大驾，只因兄弟平生只有一儿一女，看待得稍微宝贝点儿，病痛就异常之多，到处寻找名医参视，银钱也不知花掉了多少，仍是丝毫不见效验。日前内人得一奇梦，梦见神人指示，须找一对根基极好的童男女，和小儿女结拜为兄弟姊妹，自然易长成人。内人在梦中问神人，何处有根基极好的童男女？神人指示在香山县。因此，兄弟特地到这里来，寻觅了好几日，无奈寻觅不着。因想到诸位在这里算命，人家小儿女出世，无论根基如何，总得请诸位算算八字。根基好坏，自逃不过诸位的计算。望诸位静心记忆一番，真有根基稳固的童男女八字，纵然相隔三五年，必尚能记忆得出。看在什么地方，什么人家？果能详细告知兄弟，一个八字，兄弟可赠二十两花银。记忆不出的，每位也奉赠一两。"

几十个算命的，听了万清和的话，都觉得这事是很新鲜。谁不爱银子，一个个都偏着头冥思苦索。有思索出来的，将八字报给万清和听，万清和听了，只用指头轮算一番，便摇头说："这八字，仅有六分根基，或七八分根基。"接连算了十来个，连一个有九分根基的都没有。

最后一个光眼瞎子说道："我就在前日，揣骨相了一对童男女，我当时觉得很奇怪。这里某条街上，有个做拷绸生意的方济盛，前几日从揭阳回来，带回一对童男女，说是在揭阳客栈里遇了火烛，把带领两个小孩的大人烧死了。方济盛听得小孩喊救的声音，拼命上前救了出来，在揭阳没人认领，只好带回家来。小孩有了八九岁，面貌都生得十分清秀，衣服也像富贵人家的，只是都和失了魂的一般，问他们的话，不大晓得答应。终日痴不痴，呆不呆的，说话结里结巴，方济盛也没问出他们的姓名籍贯来。方济盛的儿媳妇，是我邻居的女儿，曾请我揣骨一饮。我断定她的话，都灵验了，很相信我的相法。前日特找了我去，要我给两个孩子揣揣。说这两个孩子可怜，也不知是因失火吓成了这个样子呢，还是因不见了父母，急成这个样子？相金是没有的，倒要相得仔细些才好，看将来有骨肉团圆的日子没有？

　　"我那时左右闲着无事，又因是熟人，就给两个孩子揣相了一番。真是奇怪，那一对童男女的骨相，若不是神仙转劫，就必是精灵化身，寻常小儿女，绝没有这般骨相。我当时就说：'可惜这两个孩子没父母在跟前，不然，这样的骨相，我取二十两银子一个，任凭谁说也不算多。'方济盛的儿媳妇笑道：'你们走江湖的，照例欢喜瞎恭维人，好问人要钱。你这瞎子，今日算是白恭维了，若真有这么好的骨相，何至落到于今这步田地？'我此时也懒得和他们女人家争论，就出来了。我此刻想起来，还是可以写包承字，包管这一个男孩子，将来必成大器；这一个女孩子，将来必做一品夫人，不过八个什么字，就不得而知。"

　　万清和听了，心中很是高兴，口里却说："没有八字，不见得靠得住。"于是每人送了一两银子，打发一般算命的去后，又虔心占了一课。课文极佳，但是爻中仍透几分凶相，遂不敢孟浪从事。在方家左右邻居打听了几日，把朱复、胡舜华二人到方家后的情形，打听得明明白白。原打算使邪术将二人摄取出来，因见两次课中都透着几分凶相，恐怕做不稳当，才想出前回书中假装父母的方法来。逆料方济盛既不知道两孩的来历，两孩又失了魂，要骗出来很容易。不过这事不能不有女人同做，因急急地回到山寨，教王氏一同来香山，实行骗术。果然马到成功，竟将朱复、胡舜华骗到了山寨中。

　　万清和看了朱复、胡舜华，心中好生快活。以为有了这样一对好根基的童男女，阴阳童子剑就不愁炼不成功了。带入山寨后，仔细观察二人痴呆的情形，不像是吓掉了魂的，也不像是急成的，更不是生成的。研究了好几日，才研究是受了迷药。既知道是受了迷药，就容易解救了，不费多少气力，便将二人所受迷药的毒性，完全解除了。二人的性灵既复，都向万清和哭着要父母。万清和哪里肯作理会，忙着安坛设祭，沐浴熏香，把朱复、胡舜华也洗刷干净，选择了庚申日开坛祭炼，刺血书符。可怜两个浑浑噩噩的小孩，哪里知道杀身之祸就在眉睫。因王氏还欢喜二人生得伶俐，拿了零星食物给二人吃，二人就在王氏跟前亲热。

王氏的年纪已四十开外了，膝下一无儿，二无女。大凡年纪到了三十以上的妇人，没有不想望儿女的。朱、胡二人既生得极可人意，满山都是穷凶极恶的强盗，小孩见了就害怕。王氏是个女人，又是从香山把二人带回的，二人自然最喜亲热王氏。王氏的心思不由得渐渐地更变了，想抚育作自己的儿女，舍不得给丈夫杀血炼剑了。却又有些虑及朱、胡二人，已有了这么大的岁数，知道不是他们的亲生母，或者养到成人，他自落叶归根，悄悄逃去，寻觅他们自己的亲生父母，那就自己白费了一番心血。而丈夫最要紧的阴阳童子剑，又不曾炼成，那时就后悔也来不及了。

妇人心里总比男子阴柔，没有决断。王氏虽想到了这层，只是仍有些不舍，想故意探听二人的口气试试，便将二人领到跟前，先问朱复道："你的亲生父母，早已死过了，你知道么？"朱复流着眼泪，半响摇头道："不知道。"王氏道："你知道这里是什么地方么？"朱复也摇头说不知道。王氏道："你读过书么，认识字么，知道强盗是什么东西么？"朱复点头道："已读过了三年书，字都认识，知道强盗是抢劫人家东西的。"王氏笑道："专抢劫人家东西，不杀人放火，还算不了强盗，强盗是杀人的。这山上的人，都是杀人的强盗，你怕么？"朱复摇头道："不怕！"王氏道："你不怕强盗杀你吗？"朱复道："妈不是强盗，我在妈跟前，不怕。"

王氏听了这话，喜得心花都开了，连忙将朱复抱在怀中亲嘴道："你做我的儿子好么，你将来孝顺我么？"朱复也将脸偎着王氏道："好，将来孝顺妈。"王氏欢喜得什么似的，连亲了几个嘴，才放下朱复，拉了胡舜华的手，也试探了一遍。这也是朱、胡二人，合该不受那刺血的磨难，有鬼使神差似的，二人都答应得正如王氏的心愿。王氏遂决心救出二人，作为自己的儿女，当下教了二人许多对付万清和的言语做作。

等到万清和夜间进房，朱、胡二人都过来叫爹。万清和嗔着两眼，望了二人一望，鼻孔里"哼"一声道："谁是你们的爹？你们的爹在阴间，不久就打发你们去见面。"二人吓得退了两步，低着头不敢作声。王氏忙迎着万清和，赔笑说道："我看这两个小东西很解人意。你我两人的年纪，合起来差不多百岁了，膝下一个儿子一个女儿也没有，将来都免不了要做饿鬼。我的意思打算就认这两个东西做儿女，好生抚育成人，岂不也可以慰我二人的晚景吗？"

万清和板着脸，只当没听见，王氏向朱、胡二人使了个眼色，二人慌忙爬在地下，朝着万清和叩头，口里又叫着爹。万清和现出极冷酷的面孔，不瞧不睬。王氏又说道："你瞧这两个孩子，也怪可怜的。"旋说旋对朱、胡二人道："你爹不答应，你们就跪着不要起来。"二人真跪着，一递一声地叫爹。

万清和没好气地向王氏说道："儿女可以保得你我的性命么？官军来围山寨，你能教这可爱的小东西，下山抵敌么？你怕将来死了做饿鬼，我怕现在就要做砍头鬼。"王氏也生气道："亏你还是个读书人，在茅山学过道，时常自夸道术高强，原来连做强盗的本领都不够。好，好！你只顾做终身的强盗，不怕绝子灭孙，你一个人去做很好。我父亲当初把我嫁给你，是想我到你家做一品夫人的，不是想我做压寨夫人的。于今你走你的阳关路，我过我的独木桥。这两个小东西是我从香山带来的，我要他接万家的后代，将来我死到九泉之下，也可以见得死去的翁姑。"一面说，一面号啕大哭起来，朱、胡二人也跪在地下痛哭。

不知哭得万清和怎生发落，且待第二十四回再写。

冰庐主人评曰：

万清和因欲巩固强盗事业，而祭炼阴阳童子剑，因祭炼阴阳童子剑，而杀死无数童男女。呜呼！赤子何辜，乃遭浩劫。万清和罪恶之大，可谓极矣！

第二十四回

迁兴宁再练童子剑
走南岳惊逢智远师

话说王氏和朱、胡二人，一阵痛哭，万清和的心肠，毕竟不是生铁铸成的，看了这种凄惨情形，也不由得一时软下来了，长叹了一声，向王氏说道："罢，罢！用不着号哭了，不见得除了这两个，便没有中用的童男女。"王氏这才转悲为喜。朱复、胡舜华好像知道自己是死囚遇赦似的，也止了啼哭，又连连地向万清和叩头。

万清和勉强回头看了一眼，说声："起去。"朱、胡二人起来，挨紧王氏站着。万清和也不理会，心中已决定，如迁延时日，竟找不着合用的童男女时，宁肯夫妻反目，非拿朱、胡二人，炼成阴阳童子剑不可。又过了些时，果然寻不着合用的童男女，只得把心一横，正言厉色对王氏说道："你可知道周胜魁受了招安，当了统领，于今专一和我们绿林中人作对，已剿散好几处山寨了么？"

王氏看了万清和的神色，又听了这般言语，心里早明白了他的用意，只得摇头答道："外面的事，你不来和我说，我怎生知道？周魁胜是什么人，我都没听你说过。"万清和道："你是个妇人，不知道外面的事，自是正理。周胜魁是和我此刻一样的人，不过他能受招安，我不能受招安。我既不能受招安，你不知道这山里上千的人，性命都靠谁保护？"王氏道："不待说是全仗有你了。"

万清和"嗄"了一声道："你也知道全仗我么？老实对你讲，我的阴阳童子剑不炼成，休说一山人的性命难保，连你我的性命也保不了。你不要我做丈夫，只由得尔。我劳神费力才弄到手的童男女，不能由你要留下来便留下来。更不能为你一个人的妇人之仁，断送满山兄弟们的性命。我于今已选择了明日庚申日开坛，你休得再发糊涂，耽搁我的大事。"王氏见丈夫如此神色，知道无可挽回了，只得一声不作，倒在床上，掩着面哭。万清和也不瞧睬，自将朱复、胡舜华拉到神坛里来。

二人这时的年龄虽只得八九岁，然都是聪明绝顶，具有夙慧的人。又早已听得王氏说过掳他们上山的用处，此刻被拉到神坛里，自然明白是死到临头了，都"哇"的一声哭了出来。万清和冷笑道："哭什么！只怪你们自己的命生得好，因此不得好死，你也不要怨我。"说着，亲自动手，将二人的上衣卸了。神坛左右，安好了两条木凳，先把朱复捆在左边凳上，朱复越加号哭得厉害。万清和用食指，在朱复额头上点了一点，恶狠狠地说道："你想死得快就哭，不哭倒还可以活一百天。"两句话，真吓得朱复不敢哭了。捆好了朱复，将胡舜华也照样捆在右边凳上，准备就在这夜子时，刺出血来，开坛祭炼飞剑。

这里便恰好用得着平常小说书说的"无巧不成书"的那句成语了。万清和才把炼剑的种种设备，忙得有个头绪，忽得着派在外面踩盘子的兄弟回来报告，说周胜魁带领了二千人马，并有无数的大炮，不分昼夜地前来攻打山寨，已到了离这里不过三四十里路了。万清和听了这消息，虽并不慌张着急，然不能不从事于筹布防置。炼剑的闲情是没有了，只得仍将朱、胡二人解下来，交给王氏看管，王氏不待说是喜出望外。

再说万清和知道周胜魁，不过一勇之夫，没有多大能耐。所虑的，就是周营有许多大炮，朝山寨攻打起来，不容易抵敌，遂思量一个抢炮的方法。挑选了二百名壮健兄弟，各人只带长矛短棍，埋伏在离山寨十来里险要的山峡两边，等官军经过的时候，猛然杀出，专一抢夺大炮。果然周胜魁不曾防备，被抢去了几尊大炮，并杀死了数十名官军。官军的锐气大挫，哪里是万清和这般强徒的对手，差不多被打得全军覆没。这么一来，这山寨强盗的声势就更闹大了。不到几日，竟又调来五千多官军，只把这座山寨围了，并不进攻。山中并没有出产，官军打算围到山中的食粮一尽，便不能支持。

山中的强徒见官军密密包围，也不免有些着虑，一个个都盼望万清和用道术解围。万清和却先将满山的兄弟聚在一处，说道："官军来攻打我们，并不算一回事。像这般不中用的官军，哪怕他再加上几倍，也不在我心上，要打发他们回去，我立刻可打发他们回去。不过我刚才占了一课，不久便有招安的消息来。我初上山的时候，原没有受招安的心思，所以教你们下山寻找合用的童男女，若当时容易找着，则此刻我的法宝已经炼成。法宝既经炼成，不但这山寨，能使官军不敢正眼相向，便是两广的绿林中兄弟们，我和李大哥早已商议了，都要邀集做一块儿，大干一番。无奈事不凑巧，合用的童男女，迁延到几月之后才找着，却又为阴人阻隔。直到前几日方待从事祭炼，而周胜魁忽来相扰，于是复延搁下来。我再四思量，我们这番若不受招安，必是接连不断地有官军前来麻烦，我的法宝终没有祭炼成功的时候。不如暂时由李大哥出面，受了招安，我好趁这当儿，另择僻静所在，将法宝炼成，那时再图大举，不知诸位兄弟的意思如何？"

众强徒和李有顺忽然听得要受招安的话，都觉得出乎意料之外，一时都没话回答。万清和接着说道："请诸位兄弟仔细思量，我和李大哥初次在村学里见面的时候，我说做强盗太劳苦，太风险。我当时虽不曾说出我的做法来，其实就在使我们的声势张大，好受招安。招安后，得了一官半职，则一切皆可不劳而获了。不过我的心愿，此次尚不易相偿，所以正好趁这当儿，把自己的脚跟站稳。"

万清和虽是这么说，众强徒仍是莫名其妙。次日果由官军里派人上山招安，许李有顺当管带。李有顺见周胜魁受招安后，做了官，心中早已羡慕，此时见万清和也主张招安，自然很容易就范。

于今且搁下众强徒受招安的事，却说万清和不待招安事了，即带了王氏和朱复、胡舜华到兴宁县境一座丛山里，自结一所茅屋住着。打算在这清静所在，好祭炼阴阳童子剑。无奈朱、胡二人在王氏跟前，一日亲热一日，王氏简直看待得比自己儿女还要宝贝，死也不肯给万清和炼剑。大凡练习邪魔妖术的人，对于家庭的感情，必是很稀薄的。万清和见王氏几次阻挠，料知有王氏在侧，阴阳童子剑决炼不成功，只得索性将老婆不要，乘王氏不在意，带了朱复、胡舜华从兴宁到南岳衡山。他打算在丛山中结一所茅屋，好安心祭炼。

万清和只闻得衡山的名，并不曾到过衡山。他这回带着朱、胡二人到衡山的时候，正是八月中旬。衡山居五岳之一，每年八月间，南岳庙的香火极盛，无论富贵贫贱，男女老幼，常有从数百里、数千里以外，步行到南岳进香的。更有许了朝拜香，从各人家中出来，就三步一拜，五步一跪，直跪拜到南岳山顶上。

万清和正在香期当中到南岳。南岳山中，处处是人山人海，不容易能找着一处僻静地方，给他祭炼飞剑。万清和见朝山的如此之多，正踌躇不得计较，忽见从人丛中走来一个高大和尚，身披一件破烂袈裟，袒出左边臂膀来，又粗又黑，筋肉突起；汗毛疏疏落落，也粗黑得和须发一般，托着一个钵盂，比五斗栲栳还大，浓眉巨眼，很透着几分凶恶像。万清和看了，心想照这和尚的形状看来，绝不是一个安分守戒律的东西。心里是这么想着，那和尚已走近了身边，万清和一手牵着朱复，一手牵着胡舜华，连忙向旁边让开。因见和尚已喝得烂醉，手中钵盂里，还有半钵盂的酒，恐怕惹得他发酒癫。说也作怪，那和尚已挨身走过去了，走不到三五步，忽回过头来，两眼圆溜溜地望着朱复。万清和心虚，怕和尚看出破绽，难得啰唣，急拉着二人，背转身去。

　　那和尚也急回过身来，朝朱复叫了一声朱公子，那声音就和天空响了一个霹雳相似。朱复听得，望着和尚发怔，仿佛是认识的。和尚大笑走来，伸起巨灵般的右掌，在万清和肩上一拍道："伙计，伙计！你也来了吗？害我找得好苦。这里人多，不是说话的所在，快跟我走吧，我和你有得账算呢！"万清和不由得老大着了一惊，但是仗着自己的道法，又不知道和尚是何等人，却不甚惧怯。放下脸对和尚"呸"了一口道："谁和你这贼秃是伙计？是识时务的，快滚开些。"说时，紧紧地把朱、胡二人的手握了。和尚也正色说道："你这东西才是不识时务呢。你不打听明白，这朱公子是我的什么人？他是我的徒弟，你知道么？"

　　万清和一看，左右前后看热闹的人，围了一大堆，不好施展手段，即点头对和尚道："看你这贼秃，要到什么地方和我算什么账，你就走吧，怕你的也不是人了。"和尚连连道好，分开众人，侧着身体往前走。万清和拉着二人跟在后面。

　　走到一处山林里，万清和估量这和尚必也有些本领，不如先下手为强。遂乘和尚不觉，腾出左手来，朝和尚脊梁当中，哗啦啦一个"掌心雷"打去，以为打死了便没事。谁知雷才出掌，和尚已不见了，那雷不偏不倚地劈在一株松树上，将松树劈得枝干纷披，倒折下来，几乎压在自己头上，吓得倒退了几步。和尚已在万清和背后，一把抓住万清和的顶心发，哈哈大笑道："你真是在龙王爷面前卖水，这一点点儿毛法，也拿出来卖弄。你还有本领么，尽量使出来吧。"

万清和不提防被和尚抓住了顶心发，想借隐身法逃走，也来不及了。只得发哀声求饶道："我肉眼不识圣贤，求师傅饶恕了我这遭。"和尚道："你求我饶恕你，却为什么还拉住我的徒弟不放呢？"万清和没法，只好把两手松了。和尚将万清和提离了地，说道："你也是个学道之士，本与我无仇无怨。不过你这东西的心地太坏，不知断送了多少无辜的童男童女，我受了末底祖师的拜托，特地来这里等候你。一则救我自己的徒弟，二则替人世除一大毒。幸亏末底祖师见机得早，不待你的道术成功，就驱你下山。像你这种无良心的东西，假使你能尽得了末底祖师的道术，凡事有预知的本领，还了得吗？仅传了你一点点毛法，你就拿着无恶不作起来，竟敢剪纸为马，撒豆成兵，假装官军，将强盗逼得拥你为首。你仗着妖术做强盗尚嫌不足，还要祭炼阴阳童子剑，一个略有天良的老婆，你都视同仇敌。你这种东西留在世间，有何用处？"

　　万清和只急得浑身发抖，苦苦地哀求道："师傅杀死小子，直如踏死一个蚂蚁。不过上天有好生之德，圣贤许人以改过。小子从此一步也不敢妄行，只求师傅饶了小子的性命。"和尚偏着头想了一想道："也罢！我本也犯不着为你这东西，破我多年不开的杀戒。至于你改过不改过，妄行不妄行，哪怕你躲在天涯海角，也瞒不过末底祖师的耳目。那时恐怕你的阴阳童子剑不曾炼成，你的头已被师傅的飞剑斩了呢。去罢！"随将手一松，万清和跌倒在数步以外，爬了起来，向和尚叩头问道："师傅的法讳，能否告知小子，小子向后也好感念。"和尚道："智远禅师就是我。"

　　万清和心里记得，在茅山学道的时候，曾听得同学的说：末底祖师和智远禅师最好。智远禅师的道行极高，能乘龙出入沧海，本是骖龙使者降生。只因自己在茅山不久被逐，所以不曾见过智远禅师的面。此时一听说便是智远，哪里还敢支吾，即时回兴宁去了。

　　万清和这番到南岳来，竟像是知道智远禅师在南岳，特地亲送朱、胡二人来交割的一般。其实是智远禅师，当初在潮州，救活朱复性命的时候，就已知道朱家有灭门之祸，一家人都得流离颠沛。朱继训更是死在临头，无法挽回劫运，所以朱夫人不肯将朱复给他带走，他也不甚勉强。

　　光阴易逝，又过了几月，智远并不曾离开广东，仍在千寿寺中住着。不过他住在千寿寺，并不是和寻常僧人挂单一样，正式谒见住持，呈验度牒，拨住僧寮。他日间到处游行，入夜才到千寿寺来，就在廊檐下，蜷作一团睡了，也不念经，也不打坐。所以朱家派人打听，回说并没有这般的和尚，他白天来往的地方，就在五华山中水月庵。

水月庵的住持，是一个七十多岁的老尼姑，法讳了因。少时和智远，原是同门姊弟，道行且在智远之上，只为炼丹走火，烧瞎了一只左眼，遂发愤在五华深山之中，终年人迹不到的所在，亲手诛茅辟草，复募化十方，建筑这座水月庵，一心一意地在庵中修炼。智远因朱复的磨劫未除，不能离开广东，欢喜水月庵不近尘俗，好供自己修持，复得与了因同证道果，所以每日到水月庵来。

这日智远忽来向了因稽首道："今有一件功德，非得师兄亲去，不能完成。"因将自己要度脱朱复为徒的情形，述了一遍道："于今朱继训的案子已快破了。这案一破，朱家便有灭门之祸，但是他夫人、小姐，都不应在这劫数之内。而我虽有力，也不便救援。师兄若不伸手援引他们，则我必至前功尽弃。"了因踌躇了一会儿道："恶紫和光明丫头也合当与我有缘，这事我愿任劳。不过你的徒弟，你应当去救，不合累我。"智远笑道："我的徒弟早已不在朱家了。他的磨难更多，此时救他尚早。"

了因于是动身到潮州来，沿途仍装作募化的尼姑。这日黄昏时候，了因走一座很陡峭的山壁下经过，偶听得山上有脚步声，跑得很急。随立住脚，抬头向山上一看，只见一个三十来岁的壮士，背负长剑，左胁下悬革囊，短衣草履，英气盎然，不要命地向山下逃跑。背后相离二三十丈远近，有个身体魁伟，形状凶恶的汉子，紧紧地追赶。不觉吃惊，暗道："这事既落到我眼里，我若袖手旁观，如何能对得住道友？"

不知山上逃的、追的是谁，了因怎生对付，且待第二十五回再写。

冰庐主人评曰：

朱复、胡舜华二人，经千磨百折，几濒于危，直至遇智远禅师，始得回复自由。读书至此，为之一快，唯万清和仍得逍遥法外，报施殊嫌不当耳！

万清和奸佞小人，心术险恶，未底祖师，授以道术，失察之咎，无可讳言。幸驱逐尚早，否则荼毒人群，宁堪设想！世之以技授徒者，可不审慎出之耶？

第二十五回

小剑客采药受惊
新进士踏青被骗

　　话说了因看了山上一逃一追的情形，认得在前面逃的，是清虚观笑道人的徒弟魏时清；后面追的，不认识是什么人。暗想不问追的是谁，为的甚事，我既亲眼遇着笑道人的徒弟被人逼迫，论情理总不能不援救他一番。且看那追的追着了，怎生处置？正想着，魏时清已逃近岩边，将耸身下岩。一眼看见了了因，就和危舟见了岸的一般，不觉"哎呀"一声喊道："了因师太，快救小侄的性命。"话才出口，了因已见那个追的，伸右手朝魏时清背上一指，一道金光随着，比箭还急得射将来。

　　这里也恰用得着"说时迟、那时快"的套话了。了因见那道金光出手，也急将右手一抬，胁下即时射出一道白光来，宛如拿空之龙，一掣就把金光绕住。金光短、白光长，金光看看抵敌不住了，那汉子索性把金光收回，正色向了因说道："我看师傅不是没道德的人，为什么这般劝恶，也不问个情由？是他们倚仗人多势大，来欺负我，盗我的丹药。师傅是有道德的人，难道能说我不应该向他们讨回吗？"

　　了因也早已将剑光收回，飞身上了石岩，向魏时清说道："贤侄因何在此，与这人动手，同来的还有谁呢？"魏时清道："师太不要听这厮的话，何尝是小侄等夺他的丹药。"魏时清才说了这两句话，忽从山岩侧边，跑出三个和魏时清一般装束的人来，了因一看，也都认识是清虚观笑道人的徒弟。在前面身长瘦削的，姓萧，名挺玉；走中间的是展大雄；走背后的是贯晓钟。三人自然认识了因，走过来向了因请了安，齐声说道："求师太与小侄们做主。"了因合掌念声阿弥陀佛道："你们都是令师尊打发来的吗？"

　　贯晓钟上前一步，躬身答道："不是师尊差使，小侄等怎敢无端跑到这里来？只因师尊于前月交下一纸丹方，命小侄等五人，限三个月，往三山五岳采齐。这山上有一块绝大的过山龙，苗牵十多里。小侄等寻觅了四昼夜，方将根株寻着。五人同时动手，又掏掘了一昼夜，好容易才掘了出来。谁知刚掘出来，这厮就跑来强夺，硬说这过山龙是他祖师从海外得来的异种，在这山上培植了三个甲子，才长了这么大。这厮并说他在这山上，已看守了好几年，像这样骗小孩的话，谁肯信他呢？他便倚强动起手来，小侄等四人一面抵敌，一面教师兄张炳武先拿了过山龙下山，免得落到这厮手里。"

了因点点头，合掌向那汉子说道："你刚才说他们盗你的丹药，是不是就是这过山龙呢？"那汉子道："是的。过山龙是我祖师刘全盛手栽的，到于今已是三个甲子了。我专为看守这过山龙，才住在这山岩里，已有好几年了，如何能给他们盗去？"了因道："你是刘全盛的徒孙吗？杨赞化，你称呼什么？"那汉子见了因问这话，面上露出喜色来，忙答道："是我师伯，我师傅是四海龙王杨赞廷，师太想必是认识的。"了因也点头笑道："怎么不认识。你姓什么，叫什么名字？"汉子道："我姓庞，名福基，师太既和我师傅认识，就得求师太，看我师傅的面子，替我做主，勒令他们把过山龙交出来。"

了因笑向贯晓钟道："我看一株过山龙，也值不了什么，他既这么说，贤侄就还了他吧。"贯晓钟不服道："这座山不是刘家的，不是杨家的，也不是他庞家的，怎么好说山上的过山龙，是谁栽种的呢？"了因笑着望了庞福基，庞福基急忙分辩道："确实是祖师栽种的，不然，我也不在这山上看守了。"贯晓钟向庞福基道："不错！你既在这山上看守，我们一行五个人，在山上寻觅了四昼夜，掏掘了一昼夜，这五昼夜，你往哪里去了，怎么不见你出头拦阻？直待我们劳神费力地掘到了手，你才出来说是你的呢？好不要脸。"庞福基没得回答，只求了因做主。

了因笑道："我是巴不得他们给你，不过他们的话，说得近情些。我于今若帮着你，问他讨回，他们心里也不服，我也对不起他们的师傅。即算这株过山龙，是你祖师栽种的，你看守不力，也不能怪人。何况就据你说，这株过山龙经历了三个甲子，而你在这山里看守，不过几年。若他们在几年前来掘，你却向谁去追讨咧？我劝你马虎一点儿吧，不值得为这些小事，伤了同道的和气。"

庞福基横眉怒目地望着贯晓钟四人，欲待不服，又斗不过了因，只得愤愤地向贯晓钟恨了一声道："我已认得你们这五只仗人势的贱狗了，你们能一辈子不落到我手里，就算是你们的造化。"说罢，掉头不顾地去了。就因这一番纠葛，已于无意中，为将来争赵家坪时增加好几个劲敌。这是后话，后文自有交代。

于今且说了因见庞福基走后，向贯晓钟等叹息道："我何尝不知道他是诈骗，只是我想多一事不如少一事。刘全盛是崆峒派的老前辈，徒子徒孙不少，并很有几个了得的人物。崆峒和我们昆仑派，自雍正初年以来，直到现在，总是如冰炭之不相容的，我因不愿意为这点儿小事，加添两派的嫌隙，所以才劝你们把过山龙还他。其实明知不是他的，哪里说得上还咧！不过你们费了几昼夜的心力，平白地教你们让给人家，本也不近情理。这虽是一点儿小亏，其中也有定数。"

说话时，天色已经晚了，贯晓钟等谢了了因救命之恩，正待告别，了因忽然吃惊道："不好了，你们快看，那西南方两道剑光，一起一落地斗着。想必是庞福基那厮，趁张炳武独自下山，追踪抢夺过山龙去了。"贯晓钟等随了因手指的方向一看，约莫在十里远近，果有一道金光，一道白光，在那里奋斗。贯晓钟着急道："师太，这怎么好？张师兄不是那厮的对手。我们就赶去帮助，也来不及了。"了因笑道："你们尽管赶去，有我在此不妨事。快去吧！回清虚观时，代我向你们师尊问好。"

贯晓钟等那敢急慢，答应着，向剑光起处飞奔去了。赶了十来里路，只听得张炳武在树林里喊道："来的可是诸位兄弟么？"四人连忙答应。蹿进树林看时，张炳武正怀抱过山龙坐着，对四人说道："侥幸，侥幸！险些儿没性命和你们见面了。那厮大约是斗你们四人不过，就追来和我为难，我一个人却不是他的对手，看看敌他不住了，亏得从斜刺里，飞来一道剑光，把那厮吓退了。我心里又是欢喜，又是疑惑。欢喜是那道剑光救了我的性命，疑惑是猜不出那剑光从哪里来的？我们同辈中，没有这么高的本领。"

贯晓钟道："那厮哪里是斗不过我们四人。我们自你走后，同心合力地和那厮斗了半个时辰，我们敌不住，恐怕白送了性命。喜得红姑曾给我一道丁甲符，急难的时候可以借遁。但是我只两只手，不能挈带三个人，不凑巧魏贤弟离我远些，不得不把他留下。我们三人借遁先走，却又不忍远离，命不该绝的，终当有救，魏贤弟奔到岩边，恰好了因师太走岩下经过，遂救了魏贤弟性命。方才救师兄的，也是了因师太。"张炳武听得，慌忙立起来，将过山龙交给贯晓钟拿了，恭恭敬敬地朝着东北方叩了四个头，算是拜谢了因救命之恩，五人自往他山采药不提。

且说了因为这事耽搁了些时间，所以次日到朱继训家略迟了点儿，几乎到在潮州府差役之后。这日了因直入朱家内室，朱继训在背后追呼，了因只当没有听见。才一跨进房门，回头看时，众衙役已拥进大门了。恰好光明丫头听得外面人声，出来探看，了因就自作主张，翻身将中门关上。看门后有一条木杠，顺手拖过来，牢牢地把门缝顶住。再看旁边放着一扇很大的石磨，大约也是平日拿来靠门的，了因心想："这门也还结实，有杠顶了已够，他们若是粗重东西撞碰，便把这石磨靠着，也无济于事。我何不将这石磨移上去，搁在门框上？像这些吃人不吐骨子的衙差，就压死他几个，也不委屈。"旋想旋提起石磨，一耸身就搁在门框上面了。

光明不知道为什么，吓得跑进去，向朱夫人指手画脚的，说不出个所以然来。朱夫人也听得外面喧扰之声，正要起身到中门口看看，了因已走了进来，朝着朱夫人合掌道："尊府大祸已到眉端，贫僧是特来救夫人全家的。奈朱施主不听贫僧言语，以致此刻被潮州衙役拘锁在前厅，即时就要进来，捉拿夫人和小姐了。"话才说到这里，中门已被敲打得一片声响。了因接着说道："夫人不要慌急，贫僧已将中门关好了，一时打不进来。只看夫人有什么要紧的东西，早些检点出来。有贫僧在此，包管没事，尽可从容打后门出去。"

任凭朱夫人平日如何能干，到了这种时候，又听说自己丈夫被衙役拘锁了，接连又听得敲的中门震天价响，哪里还有主意，连话都不知道应怎生说了，只管痛泪交流，望着了因泣道："师傅是哪里来的？可知道外子为什么事，潮州府要派人来拘他？"了因道："犯的不是灭门之祸，也用不着贫僧来救了。请快点儿收拾走吧。"朱夫人忽侧耳听外面道："哎呀！老爷在外面叫光明呢。"了因连连扬手道："不管叫谁，门是不能开的。一开门，就全家俱灭了。"恶紫这时吓得拉着朱夫人的衣，只是发抖，光明也抖作一团。

了因见了这大小三口儿的情形，就只索自己动手，将箱笼都拖下来，扭断了上面的锁，把衣服都倾出来。了因的意思，并不是寻觅细软贵重物品，为的是恐怕朱继训，有什么造反的凭据和名册，落到衙役手里，必致拖累多人。侄是倾翻了几口衣箱，尽是衣服以及金银首饰，并没别的物事。了因正在翻箱倒箧的时候，众衙役已抬着石块，在外面撞中门。了因料想中门虽结实，也经不得几撞，等他们进来再走，便不能不开杀戒了。后门大约是有人把守的，且趁此时，借遁光离开了这是非场，再作区处。了因才一手揎住朱夫人的手，一手将光明、恶紫两只小手，合作一块儿握了。喝道："闭了眼！"瞬息已遁出了潮州城。路上自无可流连，直将三人领到水月庵住着。朱继训殉难后，了因将尸首也是运到了水月庵。

朱夫人为儿子已急成了病，这番家中更遭此惨变，又把丈夫死了，真如火上添油，哪须几日工夫，朱夫人也就在水月庵身殉朱继训了。临死时候，握着了因的手泣道："师傅是活菩萨，只恨我没福，虽有活菩萨，也挽不回我的薄命。不过寒舍既遭此磨劫，我就留了这条命在世间，也实在太没有趣味。我如今丈夫遭难，儿子不知存亡下落，我死了岂不干净？所不能瞑目的，就只觉得丢下这个又小又弱的女儿，无依无靠。承师傅的恩意，说与小女有缘，愿收作徒弟。师傅是我全家的救命恩人，我岂有不愿意之理？只因我以为年轻人出家，不是一件容易的事，所以不曾令小女拜师。并且小女当周岁的时候，他父亲抱在外面，遇着一个游方和尚见了，曾摸着小女的头顶说道：'可惜是个女儿，若是男子，将来长大，真贵不可言；便是女子，也很不凡，好生培养，不可糟蹋了。'因先夫不信僧道，不愿跟那和尚攀谈，即抱了进来。那和尚的话虽不见得有凭准，但我总存心想为小女拣一个称心如意的儿婿，如今是已成为虚愿了。唯有将小女交给师傅，一切终身大事，都听凭师傅做主。光明丫头虽不是我家的骨血，然自从她到我家，我不曾将她作丫头看，她的命运也和小女此刻一般的苦，就和小女一同交给师傅，由师傅做主就是了。"

朱夫人付托了这番话，才瞑目而逝，葬事自是了因办理。从此，恶紫、光明就在水月庵。了因的徒弟，原不曾落发。智远和尚在衡山，救了朱复和胡舜华，也是带到这水月庵来，将胡舜华交给了因，智远自带着朱复，别处教练本领去了。

朱复和朱恶紫，患难中，散而忽聚，聚而复散，自有一番悲喜情状。只因无关紧要，用不着破工夫去写他。光阴迅速，转眼过了十年，侄是在下写到这里，却要另从一方面写来了，看官们不要性急。

且说广西桂林有一个姓唐的文士，名叫采九，家中有十多万的产业。唐采九少年科第，二十六岁就成了进士，人品也生得飘逸出群，广西、广东大户人家有女儿不曾字人的，都争着到唐家说合。唐采九的父母，因儿子的年龄已大，又已成了名，不便干涉儿子的婚姻。唐采九存心非得才貌俱绝世，又曾亲眼看见的，宁肯一辈子不娶妻，因此因循到二十六岁，尚没成亲。

　　这时正是清明佳节，唐采九独自闲步到郊外踏青，芳春永昼，花草撩人，微风舞蝶，弱柳穿莺，唐采九是抱着满腔情思，无处使用的人，对着这惹人春色，心中总不免发些遐想。信步行来，不觉已走到离桂林城十里以外，两腿渐渐有些力乏了。正待回头向归途上走，只因脆弱文人，一气走了十来里路，不能不拣个地方，坐着休息休息，遂在路旁一块青石上坐下来。

　　刚坐了没一会儿，忽有一个五十来岁，下人装束的人匆匆走来，向唐采九突然问道："先生可是姓唐么？"唐采九点头问道："你是哪里来的，问姓唐的干什么？"那人听得，喜滋滋地请了个安，立起来垂手说道："幸亏小的走得快，不曾错过。敝东人就在前面，特地打发小的来，迎接先生去，面谈两句要紧的话。"

　　唐采九觉得很诧异，暗想我并不认识这人，他东人是谁，我更不知道，莫不是他认错了人么？随向那人说道："姓唐的人很多，贵东人要你迎接的，必不是我这姓唐的。我今日出来闲游，并不曾和人约会，连我自己，都不知会走到这里来，贵东人从何知道，打发你来此迎接？"那人摇头道："不错，不错！一点儿不错。敝东人在前面恭候，先生一见面，自然知道不错了。"唐采九转念今日是清明节，同学同年到郊外闲游的多，或者他们故意布这疑阵，和我开玩笑，也未可知。不妨姑且跟着那人前去，看看究竟是谁？

　　岂知走了半里多路，依然没到，因即立住脚问道："你说就在前面，怎么走了这许久还没到呢？我的腿早已走得酸痛了。你说出来吧，你东家是谁？他要会我，何不到我家去？"那人也停了脚道："原来先生的腿走不动了，小的倒会医治。"说着，弯腰在唐采九的腿上摸了几摸，在他自己腿上也摸了几摸，提起脚就走。作怪！那人一提脚向前走，唐采九也身不由己地提起脚跟着走。那人走得急，唐采九也不能缓，正如《水浒传》上

188

所写李逵被戴宗捉弄的一般。唐采九心里明明白白，只是不能自由自主地停着不走，这一来就不由得慌急起来了。

不知唐采九跟着邪人，跑到什么地方，且俟下回再写。

冰庐主人评曰：

　　此回入唐采九传，开首便说非得才貌绝世，又曾亲眼看见的女子，宁肯一辈子不娶妻云云，以下文章，均从此数语写去，读者幸弗被作者瞒过。

第二十六回

古庙荒山唐采九受困
桃僵李代朱光明适人

话说唐采九身不由己地跟着那人飞跑，心里又是害怕又是着急，不住地向前面那人喊道："请你停一停，你教我怎么，我便怎么。"那人不但不答白，连头也不回地越走越急。唐采九气得在后面乱骂，这人也只作没听见。唐采九明知此去凶多吉少，翻悔不该闲游到这么远，但是他心里尽管这么悔恨，两脚仍是不停留地向前奔波。

一会儿奔进一座大山，那山树木青葱，岩石陡峭。那人穿入树林，蹿岩跃石，如履平地。唐采九看了，吓得心胆俱碎，唯恐失脚从岩石上跌下来，必至粉身碎骨。一边跟着跑，一边心中打算，看准前面一株大点儿的树，即张开两手，准备那树挨身擦过的时候，拼命一把将树身抱住。无奈心里虽这么打算，刚一转眼，那树已飞也似的过去了，有几次不曾抱着，也就知道是抱不住的了。

上到半山之中，就见有许多参天古木，拥抱着一所石砌的庙，远望那庙的气派，倒是不小。石墙上藤萝漫衍，看不出屋檐墙角，估量那庙的年代，必已久远。唐采九到了此时，也无心玩景。那人离庙不远，才放松了脚步，唐采九也不由己地跟着松了。那人仍用很敬谨的辞色，回身对唐采九说道："敝东人就在这庙里恭候先生，请先生随小的来。"那人说毕，仍用手在唐采九脚上抚摸两下，登时觉得两腿和寻常一般了。唐采九自料不得脱身，只得硬着头皮跟那人进庙，看庙中殿宇，甚是荒凉，好像是无人住的。

那人引唐采九穿过几重房屋，到一所小小的房间里，那房间却打扫得清洁，虽没甚富丽的陈设，然床上的被帐，全是绫锦，非富贵人家眷属，断不能有这种铺盖。那人进房，让唐采九坐下，说道："先生辛苦了。请将息一番，小的再去禀报敝东。"唐采九道："我无须乎将息，看贵东有何事见教，快请他出来吧。此刻天色已将向晚，我还得趁早回城里去。"那人诺诺连声地应是，退出房去了。

不一会儿，仍是一个人转来说道："实在对不起先生，敝东人适才因事下山去了，大约不久便要回来的，只好请先生宽坐一会儿，若先生身体乏了，不妨在这床上躺躺。"唐采九不觉生气说道："贵东人究竟是谁？我与他素昧平生，是这么把我弄到山上来，究竟为的什么？并且既把我弄到这里来，他就应该在这里等，为什么刚巧在这时候又下山去了呢？我哪有工夫久在这里等他？他知道我，必知道我的家，有什么话和我说，请他随时到我家来吧。"说着起身要走。

那人笑着拦住道："先生可快将要回家的念头打断。小的奉敝东的命，将先生请到这里来，非再有敝东的命，决不敢私放先生回去。"唐采九道："岂有此理！谁犯了你家的法，要听凭你家看管，你知道我姓唐的是什么人？敢对我无礼，你心目中还有王法吗？"那人由着唐采九发怒，只是笑嘻嘻地说道："先生不要拿王法吓人，小的从来只知道遵奉敝东的话。敝东曾吩咐了，不许和先生多说话。小的在这里和先生多说，已是不应该了。"那人说完，几步退出房，随手将门带上，听得在外面反锁了。

唐采九这时就更着急起来，追到房门口，伸手拉门，哪里拉得开来呢？捶打着，叫喊着，只是没人理会，只得仍回身到床缘上坐着，思量如何始得脱身。看房中只一个小小的窗户，窗格异常牢实，不是无力文人可能推攀得动的。除门窗外，三方都是石墙，无论如何也不能凿坏而遁。

闷闷地坐了一刻，天色已黑暗了，唐采九觉得腹中有些饥饿，正打算叫喊那人来，问究竟将我关在这里有何用处？即听得房外脚步声响，随着从窗格里，透出灯光来。"呀"的一声门开了，那人双手托着一个方木盘，盘中有一盏油灯，几个大小的碗，约莫碗里是吃的东西。那人就窗前几上，将盘里的东西搬出来，果是很精洁的饭菜。那人恭恭敬敬地说道："敝东不知因甚事在山下耽搁了，此刻还不曾回来。这种饭菜实不成个敬意，只因荒山之中，取办不出可口的东西，先生请胡乱用点儿，充充饥吧。"说完，提起木盘要走。

唐采九连忙拖住木盘说道："我有话问你，你东家姓什么，叫什么名字？把我关在这里，有什么用处？你若不说出来，这来历不明的饮食，我饿死了，也不能吃。"那人道："敝东不曾教小的对先生说，小的死也不能说出来。敝东回来和先生见了面，先生自然知道了。"唐采九还待问话，那人已夺回木盘，两步退出房，"啪"的一声响，把门关了。唐采九气愤不过，欲待不吃这饭菜，肚中实在饿得挨不住，料想饭菜中，毒药是没有的，没奈何只得吃了，倒觉得十分适口。夜间不再见那人进来，疲乏到不堪的时候，也只得在床上睡了。

第二日早，那人送洗漱的水进来，唐采九问话，仍不肯答。这日送进来三顿饭菜，都很精美，菜中有许多野兽的肉，唐采九平生不曾吃过的，唐采九吃得心里非常纳闷。一连是这样监禁了四昼夜，吃了便睡，睡醒又吃，送饭菜的那人，起初两日虽不大肯说话，然总是满面带笑，露出很高兴的样子。第三、四日的脸色，就变得一点儿笑容没有了，仿佛心中有什么不了的事。不过对唐采九敬谨的态度，仍一些儿没有改变。唐采九住了几日，不见有什么危险，畏惧的心思渐渐地淡了，明知问那人的话，是问不出来的，也就懒得再问。

第五日，唐采九起来了大半日，不见那人送洗漱水来，肚中饿了，饭菜也没送来。高声向窗外呼唤了一会儿，没人答应，唐采九到这时就不由得更加着急起来，祸福即能置之度外，眼前的肚中饥饿是不能挨忍的。侧着耳朵向窗外，看听得着什么声息没有，听了半晌，总是静悄悄的，万籁俱寂，绝不像是有人迹的地方。直听到天色黄昏了，才陡然听得有一阵很细碎的脚步，朝这房里越来越近。

门开处，跨进房的，果是一个妙龄绝色女子，也是用双手捧着一个朱漆盘，进房将盘安置在几上，即头也不抬地退出去了。唐采九平生第一次遇见这样绝色女子，又在患难之中，出其不意，正应了《西厢记》上的"眼花缭乱口难言，魂灵儿飞去半天"的那两句话，呆呆地望着那女子退出房，把门关上了，才翻悔自己，怎么也不问她一问。

这夜唐采九的心里，只是胡思乱想，思量像这般的荒山破庙中，怎么竟有绝世佳人在这里。并且看这女子的年龄，至多不过二十岁，装束又好像是婢女。既有婢女，自然就有眷属在这里。这里分明是一所古庙，岂有富贵人家眷属，寄居在这种荒山古庙中的道理？难道我所遇的，是山魈狐鬼那种害人的东西吗？越想越觉可疑，越疑心越害怕。

次日早，又是那女子送洗漱水来，进门并对唐采九微微地笑了一笑，唐采九疑惧一夜的结果，原抱定正心诚意的宗旨，不管那女子，是狐是鬼，总以不睬理为妙。及至那女子送洗漱水进来，不能闭着眼睛不看，见了那种倾城倾国的笑容，便不能禁住这颗心使它不动。这颗心一动，就自己转念道："从来听说狐鬼迷人，多在黑夜，没有光天化日之下，狐鬼敢公然露形的。这女子体态幽娴，没一些儿邪妖之气，若真有这么好的狐鬼，我就被她迷害了，也心甘情愿。"唐采九因有此一转念，多年怀抱着无处宣泄的春情，至比已如六马奔腾，哪里羁勒得住？见这女子放下洗漱水便待退出，遂连忙起身，想伸手去拉她的衣袖。那女子惊得将衣袖一拂，正色说道："自重些！这是什么所在，敢无礼？"

唐采九不提防受此斥责，那衣袖拂在手腕上，又痛得如被刀割。只吓得目瞪口呆，连动也不敢动。望着那女子退出房，把门关了，才看自己的手腕，竟红肿了一大块，痛彻心脾，洗脸都觉不方便。也想不出何以被衣袖拂一下，就有这么肿痛的理由，只得坐在床上，用左手捧着呻吟。又一会儿，那女子送饭菜进来，从怀中取出一个小小的纸包儿，放在桌上道："先生可将这包里的药粉，用水调了，敷在痛的地方，以后须自重些，胡乱把性命丢了，不值得呢！"

唐采九听了这几句话，心里忽然一动，随将双膝往地下一跪，两眼流泪，说道："我唐采九无端被拘禁在这里，已有好几日了，终日是这么不生不死的，实在难堪，而家父母在家悬望，尚不知我的下落。千万求姑娘垂怜，放我一条生路。我唐采九倘得一日好处，决不敢忘记姑娘大德。"那女子慌忙避过身去，答道："先生请起，且等我家公子回来，自然送先生回去，求我有何用处？"女子刚说到这里，仿佛听得里面有人呼唤的声音，女子立时现出着惊的颜色，急匆匆地退去，反关着门去了。

唐采九心里更觉纳闷，暗想这毕竟是怎么一回事呢？这女子说等他公子回来，自然送我回去。无缘无故的，把我骗来，关这几日做什么呢，不是令人索解不得的事吗？方才在里面呼唤的声音，也是年轻的女子，世间断没有如此庄严的山魈狐鬼。要说她是人吧，却又有几件可疑的地方。第一，我这日出城踏青，是信步走出来的，莫说家里人，不知道我会游到十里以外，便是我自己，也原没打算跑这么远的，坐在路旁歇憩，更是偶然，何以他们就会知道，特地打发人来骗我呢？第二，那人带我到这里来的时候，只在我腿上抚摸两下，他自己也抚摸两下，行走起来，便如乘云

193

驾雾,两腿不由自主。及到了庙门口,他又用手在我腿上抚摸两下,我两腿才回复了知觉。第三,刚才这女子只用衣袖在我手腕上,轻轻一拂,我手腕就肿痛起来,并且她还说,胡乱把性命丢了,不值得。这几种可疑的地方,实在不像是人力所能做得到的。

唐采九是这么七颠八倒的思想,始终想不出一点儿道理来,手腕痛得厉害,就把那纸包药粉用水调和敷了。见效神速,不到一顿饭工夫,已红退肿消,如不曾受伤一样,心里很盼望那女子再来。

唐采九受了这大创,又听了丢性命的话,对于那女子并不敢存非分之想。不过因平生不曾见过这么绝色的女子,觉得多见一次,多饱一次眼福。在这身被监禁,寂寞无聊的时候,能得这么一个女子时来周旋,心里自安慰得多。但是天下事不如意的多,那女子自从被呼唤而去之后,整整的一日不见她情影再来,饭菜也没人送给唐采九吃了。唐采九知道叫唤也无用处,只好背着肚皮忍饿,入夜复没人送灯来,饿乏了的人挣扎不起,唯有埋头睡觉。

正在睡得迷糊的时候,忽觉有人推醒自己,睁眼一看,房中灯光明亮,骗自己上山的那男子,立在床跟前说道:"唐先生快起来,送先生回去。"唐采九听得这话,翻身坐起来问道:"贵上人回来了吗?"那人道:"先生不用问,就请动身吧,小的送先生一程。"唐采九这时虽则欢喜,然心里总有些惦记那女子,却苦于说不出口,遂跟着那人,走到一间大厅上。只见灯烛辉煌,如白昼一般,厅下两匹极雄壮的白马,马上驮了两个包裹。一个少年和尚,英气勃勃地立在厅中,对唐采九合掌,发声如洪钟地说道:"委屈了先生,贫僧在此谢罪。使女光明与先生有缘,特教她侍奉先生回府,想先生不至怪贫僧唐突。荒山之中,无从备办妆奁,这马上两个包裹,就是贫僧一点儿薄意。素仰先生旷达,料不以使女微贱见轻。"

和尚说到这里,厅内忽听得女子哭泣之声,和尚即向里面喝道:"此时哭,何如当时不笑!快出来,侍奉唐先生去吧!"这喝声一出,里面的哭声即时停止了。接着就见那女子低头走出来,仍一面用汗巾拭泪,走到和尚跟前,跪下去叩头泣道:"粉身碎骨,不能报答公子。"和尚不许她往下说,连连地跺脚止住道:"好生侍奉先生,就算是报答我了,快去!"那女子立起身来,唐采九一时觉得事出意外,竟不知应如何说法才好。

和尚催着上马,那男子也走过来搀扶。唐采九是个完全的文人,没有骑过马，亏得那男子搀扶，才得上去。那男子拖住辔头，引着马行走。唐采九回头看那和尚，已不在厅上了，女子倒像全不费力地一耸身便上了马背。唐采九心里糊糊涂涂的，坐在马背上，听凭那男子牵着马走。黑夜之中，也不辨东西南北，但觉马背一颠一簸的，好几次险些儿栽下马来，约莫颠簸了半个时辰，才渐渐地平稳了。唐采九忽然觉悟了，料知马背颠簸的时候，必是从山上下来，山势原极陡峭，因此颠簸得厉害；此时上了道路，所以平稳了。

唐采九在马上，也没和那男子说话，直走到天光明亮了，唐采九觉得马前并没有那男子的影儿，仔细一看，果然前后都没有，也不知在何时不别而去了，喜得那女子尚骑着马跟在马后。借着曙色看周围地势，认识这地方离桂林城还有三十多里，而这一夜鞍马劳顿，唐采九到这时已坐不稳雕鞍了。恰好见路旁有家火铺，唐采九便勒马回头向光明道："我已不胜鞍马之苦了，可否请姑娘下马，在此歇息歇息再走呢？此处离城还有三十多里，说起来惭愧，我竟赶不上姑娘。"

光明也不答话，翻身跳下马来，将手中缰绳，往判官头上一挂，那马自然站住不动了。随即走近唐采九马前，拢住辔头，说道："请先生下马歇息。"唐采九下马问道："那人何时回山去了，怎的也没向我说一声，我也好托他致谢。"光明笑道："那人并不曾同来，只送出庙门就转去了。"唐采九满腹的疑云，甚想趁这时未到家以前，向光明问个明白，回家方好禀明父母。而昨日一昼夜又不曾饮食，正要在这火铺里，买点儿东西充饥。

这时火铺已经开了大门，唐采九遂和光明同进里面，有店伙上前招呼。唐采九道："我们是赶路的人，只吃些儿点心便要上路，但要拣一处僻静点儿、清洁点儿的座头。"店伙答应着，引二人到里面一间很清洁的上房。

唐采九吩咐了店伙安排饭菜，即对光明说道："我这几日仿佛如在云端雾里，要说是做梦吧，情景却十分逼真；要说是真的吧，而几日来所经历的事，又没一桩，不是令我索解不得的，此刻已将近到家了，便是做梦也快要醒了。昨夜既承贵公子的情，以姑娘下配于我，我有父母在堂，虽说仁慈宽厚，不至为我婚姻梗阻，然为人子的，礼宜先请命父母。像这几日的情形，我自己尚疑窦丛生，我父母听了，必然更加恐惧，安能放心许

195

我们成婚呢？所以我不能不在这里请姑娘说个明白，倘其中有不能禀明父母的事，也只得隐瞒不说才好。"

光明听了，低头思索了一会儿，才说道："事情颠末，连我自己也不甚明白。我只知道我公子和小姐姓朱，公子单名一个'复'字，就是先生昨夜在厅中会见的那个和尚。小姐名恶紫，年纪比我小一岁半，今年十八岁了。我五岁时，被亲生父母卖到朱家，就陪伴小姐读书玩耍。十岁上，随小姐在五华水月庵出家，了因师傅传我和小姐的道术。胡舜华小姐和我家公子有姻缘之分的，也拜在了因师傅门下。我三人一同学道，直到去年腊月，我师傅圆寂了。智远师傅带着公子到水月庵来，说我们都得下山，将各人的俗缘了尽，我们就搬到这山里来。

"这山本是我家公子，从智远师傅修道之所，庙址建自明朝，为洪真人庙。这回请先生上山，原是智远师傅在今年正月，交给公子一个锦囊，嘱咐公子在清明日开看。那个下山请先生的男子，名叫来顺，十年前就在朱家当差。我和小姐到水月庵出家的时候，不知怎么不见了，直到今年二月间，公子忽然带了他上山，说来顺在长街行乞，背上插着来顺寻觅小主人朱复的标子，已行乞好几年了。公子听得某某地方，有义仆来顺乞食寻主的话，有意到处打听，这日遇着了，即带回山来。

"清明日，公子打开智远师傅给的锦囊一看，即教来顺带了两道甲马符，来迎接先生。本来智远师傅的谕旨，说以小姐许配先生的，来顺下山不久，公子忽接了同道自云南寄来的信，要公子立刻动身去云南，为的是公子有个不共戴天的大仇人，公子几番去报仇，都不能得手。

"这回机缘很巧，仇人到了云南，下手容易。公子不肯因婚姻小事，失了大仇。所以不待先生上山，只吩咐舜华小姐和我，等先生来了，好生款待，留在山上，他回山再行议亲。公子动身时，约了迟则三日，快则两日便回的，及至去了三日，不见回来。舜华小姐和我家小姐，都放心不下，因来顺带有智远师傅给的甲马符，就要他去探听消息。来顺走后，没人送饭菜给先生，舜华小姐只得叫我来送。没想到先生使出轻薄样子来，伸手拉我的衣袖，我当时回说'自重些！这是什么所在，敢无礼?'后来我又送药粉给先生敷手腕，先生跪在我跟前说话，谁知都被我家小姐知道了。

"舜华小姐立时叫我进去，责我怎的这么没规矩，我说不敢有没规矩的行为。舜华小姐怒道：'面生男子伸手拉你的衣袖，你怎的回答这是什么所在的话？照你这话说来，幸亏这所在有我和你小姐，才不敢无礼；若不是这所在，你不公然敢行无礼吗？你衣袖拂伤人手腕，如何不禀知你小姐和我，竟敢私给药粉？你还想狡赖，不是没规矩吗？'当下责骂得我没话回答，不由得又羞又愤，就睡在床上哭了一整日。昨夜公子带来顺回山，舜华小姐把这事和公子说了，公子与我家小姐商量，小姐矢志修炼终身，不肯嫁人，并说扈某既欢喜光明，即是与光明有缘，就在今夜，打发光明与唐某下山去，成就他二人的终身大事。公子素来是不敢违背我家小姐言语的，所以立时送先生上路。"

光明正说到这里，陡听得外面一阵喧哗，许多人争着叫："哎呀！不得了，打死人了啊。"唐采九文人胆小，吓得立起身，露出张皇失措的样子。光明连说："不要紧。"

不知外面喧哗的什么事，什么人打死了什么人，且待下回再写。

冰庐主人评曰：

此回写唐采九因游春而被骗，受困深山之中，忽而见一女子，忽而来一和尚，疑鬼疑神。不特唐采九迷离惝恍，阅者至此，又安能知其即为朱复、光明耶？天外奇峰，突然插入，非具有大智慧、大笔力不能办此。

光明虽为使女，而凤根甚深，固非路柳墙花可比。言语失检，伤臂送药，皆偶然间事耳，不谓却因此成就好姻缘，便宜了唐采九矣！

第二十七回

光明婢夜走桂林道
智远僧小饮岳阳楼

话说光明扬手止住唐采九道:"不要紧,外面吵闹的,夹着马叫的声音,必是有无赖之徒,见马背上驮着两包珠宝;马的缰索不曾系好,又没人看管,以为是可以夺得走的。他们哪里知道这两匹马,是公子花了重价买来的,亲自教了三四年,能解人意,登山渡水,如走平地。"

光明说话时,店伙已走来说道:"客人还不快去外面瞧瞧,客人的两匹白马,在门口逢人便踢,已踢倒两个,躺在地下不省人事了。"唐采九没开口,光明已向店伙挥手说道:"用不着去瞧,我们的牲口不比寻常,不会胡乱踢人的。你去对那被踢的两人说,肯照实供出来,如何才被马踢倒的,我这里有药,能立刻救他两人起来。若想隐瞒,以为牲口不会说话,我就不管他们的事了。"

店伙听了光明的话,兀自不明白是什么意思,翻起两眼,望着光明。唐采九道:"马背上既驮着重要的东西,我们何妨去外面瞧瞧呢?"光明点头道:"既是先生想去瞧瞧,也使得。"于是二人跟着店伙出来。只见门口拥着一大堆的人,两个衣服褴褛,青皮模样的人倒在地下,都双手按住肚皮,"哎呀""哎呀"地叫唤。两匹白马,仍并排站在原处没动,许多看热闹的人,都远远地立着不敢近前。

两马各睁着铜铃般的眼睛,向看热闹的人瞪着,两对削竹也似的耳朵,或上或下,或前或后的,仿佛张听什么。看热闹的人,固是异口同声地说奇道怪,便是唐采九,初听光明的话,心里还不免有些疑惑,这时见了这种精干解事的样子,也不由得心中纳罕。光明走近被马踢倒的两人跟前,低头"嗤"了一声,问道:"你这个囚徒,胆量也真不小,公然想偷我马上的包袱吗?于今被我马踢倒了,有何话说?你这两个囚徒,平日若

198

不是两个积贼，在这青天白日之中，稠人广众之地，断不敢动手，偷人马背上的东西。非把你们送到衙门里去治罪不可。"

两个人看了光明一眼，同时带怒说道："你这女人休得胡说！我二人去某家做工，打这里经过，你这两匹孽畜，无端把我两人踢倒在地，你倒诬我们做贼么？你得拿出我们做贼的凭据来。"光明指着两人道："你们到这时还想狡赖吗？我的马倘没有这点儿灵性，价值数十万的珠宝，就敢安放在两个畜生背上，一不把人看守，二不系牢缰索么？这马上两个包袱，就是你们做贼的凭据。你们不动手解包袱，我这两个牲口决不至用蹄踢你。我且问你，你们如果是打马跟前经过，却为什么两个都是被马的前蹄踢伤？可见得你们见财起意，以为牲畜没有知觉，直走近马鞍旁边，两人同时动手解包袱。马来不及掉转身驱，所以都用前蹄踢你们一下。你们还想狡赖么？你们肯依实供出来，我这里有药，能将你们受的伤立刻医好；若是还要狡顽，我唯有把你们捆送到县衙里去拷供。"

两人听光明说的，如亲眼看见的一般，只得承认道："我二人不过走近包袱前看看，并不曾动手去解，就挨这畜生踢了这么一下。"光明笑道："却又来！你不想解包袱，走到马前去看什么？你们既承认了，我也懒得追究。"当下拿出些药来，教店伙给两人敷上。唐采九要将包袱解下来。光明笑道："有了这两个人做榜样，谁还敢上前去偷这包袱呢？"

这时里面已开好了饭菜，唐采九与光明回到上房，唐采九问道："你刚才不是说，必是无赖之徒，想将马牵走的吗？怎的却知道两人是上前解包袱呢？"光明道："这不很容易看出来吗？缰绳挂在判官头上，一些儿不曾移动，两个包袱都歪在一边，自然一见就能知道。"唐采九听了，心里更是佩服光明的心思细密，将来治家，必是一个好内助。二人在火铺中进了些饮食，归家自成佳偶，这都无须细说。

于今且说朱复原是奉了他师傅智远禅师之命，打算将朱恶紫嫁给唐采九，乃事情中变，倒替丫头光明择了个乘龙快婿，他也只得暂把恶紫的亲事搁起。朱复是个要继承父志光复祖物的人，因恐行动碍眼，又为是智远的徒弟，所以削发做和尚。但是他表面上虽是个和尚，饮酒食肉，却与平常人无异，智远禅师也是一般地不茹斋吃素。师徒二人常借着募化，游行各省，暗中结纳江湖豪杰，方外异人。

这日师徒二人游行到了岳州，智远禅师指着岳阳楼，向朱复笑道：

"纯阳祖师朗吟飞过洞庭湖，就是在这楼上喝得大醉，飞到对过君山上睡了。后人便在祖师那日醉眠的地方，建了一所庙宇，就取名叫作'朗吟亭'。如今朗吟亭，还好好地在君山上面。我们难得到这里来，也上去喝几杯，领略领略这八百里洞庭湖的风景。"朱复听了高兴，遂一同走上岳阳楼。

这"岳阳楼"三个字的声名，真可说是千古名胜，不曾到过这楼上的人，闻了这楼的声名，必无人不以为是一座了不得的大楼。其实这楼平常得很，就只地势在岳州南门城楼上，比别处高些，在楼上可以凭栏远眺，八百里壮阔波澜，尽在眼底，此外便一无可取了。加以中国人的性质，对于古迹名胜，素来不知道保存顾惜的。住在岳阳楼底下的人，十九都是穷苦小贩，养猪的、养鸡的，简直把楼下当作一个畜牧场。岳州出鱼，楼下又开设了几家鱼行，一年四季，都是鱼腥味，把岳阳楼笼罩了，本地方的人，轻易不肯上楼游玩。楼旁边虽有两家茶酒馆，然因游人稀少，生意非常冷静，茶馆还有些做买卖的人，在里面借着喝酒，讲成交易。酒馆是连这类主顾都不大上门。

这日智远禅师带着朱复，走上岳阳楼，先在几层楼上游览了一会儿，才找酒馆。朱复眼快，已看见一家酒馆的招牌，写着"春色满江楼酒馆"七个大字，连忙指给智远看。智远点头笑道："你瞧那个掌柜的，坐在账台里面打盹，可见得喝酒的人少，我们倒不妨在这里多盘桓一会儿。"

二人跨进酒馆一看，几十个座头果都空着，没一个喝酒的客。堂倌起初听得楼梯声响，以为有好主顾来了，连忙到楼口迎接，及见是两个游方的和尚，就把兴头打退了半截。勉强赔着笑脸，引二人到临湖一个座头坐下。智远要了些酒和下酒的菜，二人一面吃喝，一面看湖中往来的船只。

刚喝了几杯，只见有三个喝酒的客走上楼来，年纪都在三十左右。走在前面的一个，衣服华美，举动大方，虽是一个公子模样，却精神奕奕，两眼顾盼有神，绝不是寻常富贵公子满脸私欲之气，浑身恶俗之骨，全仗绫罗锦绣，装饰外表的可比。走后面的两个，衣服一般的华美，年纪一般的壮盛，气概就有珠玉泥沙之别了。

朱复看了不觉得怎么，仍回头向湖心眺望，智远就目不转睛地打量那人。那人上楼时，还边走边和同来的两人谈话，一眼看见智远，便不知不觉地停口不说了，也不住地拿那一对闪电也似的眼睛，注视智远。智远故作不理会，端起酒只顾喝。那人和同来的两人，就在智远旁边一张桌子坐上，只听得那人笑向两人说道："我这东道主是不容易做的，你们不用客气，想吃些什么，只管说出来。错过了今日，就休想我再有这么高兴了。"两人同声笑答道："我两个只要少爷领我们到这里来了，就如愿已足，岳州原没有什么可吃的东西，这样冷淡的酒馆，一定更弄不出好菜。"那人道："话虽如此，然总不能不吃点儿，终不成带着你们白跑这么一趟。并且这种酒馆不来则已，来了好歹得吃他一点，才对得起这里的堂倌。"那人说着，随向堂倌问有什么好菜，堂倌满面堆欢地说了几样菜，那人挥手教堂倌去拣好的办来，并要了些酒。

智远在这边坐着，静听那边桌上的谈论，一人忽向那人问道："少爷刚才使的法术，就是费长房的缩地之法么？"那人笑道："你们要我带到岳阳楼，只要到了岳阳就得了，何必问这些做什么？"问的人道："假若我们要少爷带到北京去玩玩，也是这么闭着眼，一刻儿就能到了么？"那人道："这种玩意，可一不可再，我不能带你们去北京，你们也可以不问。"问的人连碰了这两个钉子，便喝着酒不再问了。这人即接着问道："大家都说驾木排的人法力很大，是不是实在的呢？"那人道："法力大概都有点儿，很大不很大，就不得而知。"这人立起身指着湖里说道："少爷请看，那副排有多大，顺水流得有多快。想必驾这么大排的人，法力比驾寻常小排的，总得大些儿。少爷何不使点儿法力，逗着那排客玩玩呢？"

那少爷也立起身望了一望，随坐下摇头道："无缘无故的作弄人家做什么？我们喝酒吃菜吧，免得无事讨麻烦。"先发问的那人，顿时现出不高兴的样子，向那少爷说道："此刻少爷在这里左右闲着没事，我们求少爷带到这里来，本是想寻开心的，就逗着那排客玩玩，又有什么要紧？难道少爷的法力，还怵斗不过一个排客吗？"这人也在旁竭力怂恿。

那少爷有些活动的意思了，看那排正流到岳阳楼下面，两人不住地催促。只见那少爷笑嘻嘻地说道："也好！你们瞧着吧，我把那排吊在这楼底下，使他不能行动。不过你们得听我一句话。"两人齐声问道："什么话？少爷只管吩咐，没有不听的。"少爷道："等歇若有人到这里来向我们求情，你们不可露出是我作弄的意思来。"两人答应了，那少爷拿起一根竹筷，插在饭桶里面。

说也奇怪，这里竹筷才向饭桶里一插，湖中流行正急的那副大木排，便立时停住了，只在湖中打盘旋，一寸也不向下水流动。排停住没一会儿，从芦席棚里，钻出一个二十几岁的后生来，带着四个壮健水手，一齐动手，将排头的篾缆，吆喝着绞动起来。越绞动得急，越盘旋得快，就如钉住了的一般，哪里放得下去呢？那后生见绞不动，即扬手教四水手停绞，拿出香烛来，点着焚烧了些黄表纸。后生立在排头，向湖里作揖，口里好像在念诵什么。

是这么鬼混了一会儿，教四人又绞篾缆，仍是只打盘旋。后生将排头上两支蜡烛拿起来，一手拈了一支，回头向四水手示意，扑通跳下湖去，四水手也跟着都跳了下去。好一会儿，后生先跳了上来，两手的蜡烛还在燃烧，四水手接着上来，一个个都愁眉苦脸。五人一同走进芦席棚，随即走出一个白须老头，也是两手拈着两支蜡烛，从容走下水去。烛光入水，照得湖水通红，木排底下的鱼虾水族，都看得分明。老头从西边下去，走东边上来，复将两烛插在排头，作了三个揖，抬起头来，向四方张望。眼光望到岳阳楼上，凝眸注视了一会儿，弯腰拾起一个斗大的木榔槌来，双手举着，对准排头将军柱上，一槌打下去。

岳阳楼上的这少爷，打着哈哈说道："好大的胆，居然动手打起我来了。好，好！倒要瞧瞧你的本领。"说着，从头上取下帽子来，往侧边椅上一搁。老头捶一榔槌，帽子跳一下，一连捶了十来下，捶得这少爷大怒起来。揪下几根头发，缠绕在饭桶里的竹筷子上。再看那老头，也露出惊慌的样子，朝着岳阳楼跪下叩头。两人对这少爷说道："那老头的年纪不小，本领却只得这么大，我们瞧了他这叩头求饶的样子，又觉得有些可怜，少爷放了他吧。"这少爷正色答道："我原不肯多事，你们嬲着我干，此刻倒替他求起情来了。你们可知道，这不是当耍的事么？好便好，不好就有性命之忧呢！"两人听了，不敢再说。

才一转眼，忽见那老头走上酒楼来，先朝智远跪下，哀求道："小人不曾有事得罪过师傅，求师傅高抬贵手，放小人过去，小人生死感激。"智远立起身，合掌当胸，念声"阿弥陀佛"说道："老施主何事如此多礼？请快起来，有话好坐着细说。贫僧出家人，最喜与人方便。"老头起来说道："小人一望就知道师傅是得道的圣僧，小人的排，必是师傅开玩笑吊住了，不能行走，小人只得求师傅慈悲。"智远笑道："这话从哪里说起？贫僧师徒游方到这里，还不到一日，想去上林寺塔，都没有去。因要看这岳阳楼的古迹，游得腹中有些饥饿了，就到这里来喝几杯酒，何尝见你什么排来？"

老头现出踌躇的神气，两眼搜山狗似的，向各座头仿佛寻觅什么。忽一眼看见那饭桶里的竹筷子了，连忙走过那边，朝着三人跪下，说道："小人有眼无珠，不识是哪一位作耍，千万求开恩放小人过去。这副排只要迟到汉口一日，小人就得受很大的处分。"那两人因受了这少爷的吩咐，不作一声，都掉转脸望着湖里，这少爷也只顾喝酒不睬理。老头连叩了好几个头，朱复在旁看了，心中好生不忍，正要斥责这少爷无礼，智远忙示意止住，朱复只得忍气坐着。这少爷已开口向老头说道："你的排既不能迟到汉口，却为什么不早上这里来？你在我头上打了十几榔椎，这账你说将怎生算法？"老头只是叩头如捣蒜地说该死。

这少爷踌躇了一会儿，才伸手从饭桶里拔出那支竹筷子来。这旦竹筷子一拔，停在湖中打盘旋的木排，立时下流如奔腾之马，瞬息不见了。老头爬起来，伸出左手在这少爷背上拍了一下道："好本领，好道法，佩服，佩服！"说着，回身扬长去了。

这少爷见老头已去，即伏在桌上痛哭起来，两人慌忙站起来，问什么事。这少爷顿足泣道："就上了你们的当，我原是不肯多事的，于今我背上受了那老头的七星针，七日外准死，没有救药。我上有老母，下有幼子，教我不得不哭？"两人听了这少爷的话，也都慌急起来，唉声叹气的，不知要如何才好。这少爷哭泣了一会儿，拭干眼泪，拿钱清了酒菜账，愁眉苦脸地带着二人出酒楼去了。

朱复见了，莫名其妙，呼着师傅问道："这毕竟是怎么一回事？"智远正色说道："你年轻的人须记着这回所见的事，这便是好多事的报应。古语说得好'是非只为多开口，烦恼皆因强出头'，刚才这个少爷，若不是无缘无故的逞能，将人家克期到汉口的木排吊住，何至有这场大祸？这事不落在我眼里便罢，觑亲眼见那老头下此毒手，出家人以慈悲为本，方便为门，实不能坐视不理。少年人喜无端作弄人，固是可恶，但罪不至死。老头的举动，未免过于毒辣些，我得小小地惩治他一番。"朱复问道："师傅将如何惩治他呢？"智远起身说道："往后你自知道，此时没工夫细说，我们算了账走吧。"且今且不说智远师徒去向何方，须趁此把刚才那个少爷的来历，夹叙一番，方不使看官们纳闷。

那位少爷姓周，名敦秉，湖南湘潭县人，兄弟排行第二，人都称他周二少爷。因他曾入学，也有许多人称他周二相公。他父亲周尚绸，是一个榜下即用知县，在湖北一省转辗调任了十多次知县。末了在嘉鱼县任上，拿了一名大盗叫孙全福，依律应处死罪，但是论那孙全福的本领，像嘉鱼县那种不牢实的监狱，要越狱图逃，直是易如反掌的事。不过他一进牢监，就向同牢的囚犯，及牢头禁卒宣言道："我犯的本是死罪，唯我此时尚不愿死，也不屑冲监逃走；然不冲监逃走，便没法能免一死，假若有人能救我从正牢门出去，我自愿将我平生的道法本领，完全传授给他，不能开正牢门放我，我是不出去的。"

这时周敦秉正随任读书，年已二十岁了，生性极是不羁，虽是在县衙里读书，却终日欢喜与三教九流的人厮混。周尚绸初因溺恋，不加禁阻，后来便禁阻不住了。孙全福宣言的这派话，传到了周敦秉耳里，立时到孙全福牢里，试探孙全福有些什么道法，什么本领。两人见面谈论之下，异常投合，周敦秉甘愿冒大不韪，偷偷地打开正牢门，把孙全福放出来，自己跟着逃走。等到看管监狱的报知周尚绸，派人追缉时，早已逃得无影无形，不知去向了。周尚绸就因这案，把前程误了。

此时周尚绸已有了六十岁，丢官倒不放在心上，就为自己心爱的儿子，竟跟着强盗逃走了，不由得忧愤成疾，下任没多时，便呜呼死了。周敦秉一去六年，毫无消息，他母亲终日忧煎哭泣，两眼已哭瞎了，加以老病不能起床，家里人都以为老太太去死不远了，忙着准备后事，周敦秉忽然走了回来。

不知周敦秉怎生医治他老母，且俟第二十八回再写。

冰庐主人评曰：

朱复能继承父志，以光复祖物为怀，继训之身虽死，继训之志未泯，魂魄有知，亦当含笑九泉矣。

和尚饮酒食肉，确犯五戒，然吾见近世茹素礼佛之南和子，表面虽循循然谨守佛训，其实作奸犯科，或有甚于饮酒食肉之和尚者焉！则和尚之真假，岂在食肉与不食肉而分哉！

周敦秉以一时好弄，开罪排客，迨至身受七星钉，无法解救，方才大哭，然哭已晚矣！智远正色对朱复说：你年轻人，须记这回所见的事，便是好多事的报应。吾谓读《江湖奇侠传》之年轻人，亦应记着，方不负作者一番苦心也。

周敦秉喜与三教九流的人厮混，周尚纲初因溺爱不加禁阻，后来便禁阻不住，是乃不善教子者之通病。世家子弟沦入下流，亦为初因溺爱，不加禁阻而致，为家长者当三复斯言。

第二十八回

剪纸枷救人锁鬼
抽芦席替夫报仇

话说周敦秉正在他老母病在危急的时候，忽然走回家来，家里人惊喜自不待言，他老母的病原是因儿子急成的，危急的时候，忽见儿子回来，心里一欢喜，精神不觉陡长起来，病魔也就吓退了好远。周敦秉到床前安慰了他母亲几句，便从怀中摸出些药来，给他母亲吃了，极容易地就将他母亲的病治好。他母亲自从服下那药，精神上复增加了愉快，不但病患若失，反较不病的时候强健了许多。周敦秉自此便在家奉养老母，全不与闻外事，他也不曾向人说过，在外几年的情形。

他有一个姑母，住在湘潭乡下，这时他特地跑到乡里，去看他的姑母。一进他姑母的门，便听得里面哭声震地，十分凄惨，不觉吃了一惊，以为他姑母死了，连忙走进去。只见厅堂上围着一大堆的人，哭的哭、叫的叫，忙乱作一团，他姑母也在人丛之内，哭得更厉害。原来是周敦秉的表兄弟，失脚跌在塘里，被水淹死了。等到他姑母家知道，纠人从水中捞起来，已是断了气。这时正在尽尽人事，用铁锅覆在厅堂上，锅底顶住死者的肚皮，想将肚里的水挤出来。施救了好一会儿无效，他姑母痛子心切，自是哭得厉害，而沾亲带故的人，看了这惨死情形，也都免不了同声一哭。周敦秉看了喊道："不用哭，水淹死了没要紧，我能立刻将表弟救活。"

他姑母见是自己侄儿来了，虽不知道周敦秉真有起死回生的本领，然听了能将表弟救活的话，自是欢喜，当下便停了哭声，问周敦秉应该怎生救法。周敦秉道："只要淹死的人尸体不曾朽坏，我都有方法能救治得活，何况表弟才从水里捞出来？容易，容易！快拿一张白纸、一把剪刀来。"他姑母家里人即依话拿了给他。他接在手中剪成一片纸枷，又剪了一副镣铐，用食指在纸枷、纸镣铐上都画了一道符，教他姑母家的人，引他到那落水的塘里去。他一到那塘墈边，即将纸枷、纸镣铐往水中一抛，口里念念有词。说也奇怪，纸枷、纸镣铐落在水里，并不浮起，见水竟沉下去了。

周敦秉在塘墈上念了一会儿咒语，忽回头笑向同去的人道："你们见过落水鬼没有？"同去的人摇头道："只听人说有落水鬼，却不曾见过。"周敦秉道："你们想见识见识么？"同去的人笑道："青天白日，怎么能见得着落水鬼呢？"周敦秉随用手向对面柳树下一指说："怎么见不着？那披枷戴锁的黑东西，不就是落水鬼吗？"

好几个人跟着他手指的地方一看，都分明看见一只浑身漆黑的东西，仿佛三四岁小孩一般大，头顶上四五寸长的黑毛，乱丛丛地蓬松着，两只圆小有光的眼睛，滴溜溜地看人。颈上披着一面枷，脚镣手铐，都不像是纸剪的，蹲在柳树底下，露出很懊丧很惶恐的样子。同去的人看了，都觉得很诧异，只回头问周敦秉一两句话，再看那东西就不见了。这里才将落水鬼锁上岸，那边经多方救治不活的表兄弟，已悠悠地回过气来了，自行吐出肚中的水，即如未落水一般。

周敦秉自从这回显手段，救活了自己表弟，这消息不须多日，即传遍了湘潭一县。这一县中，凡是落水淹死了的人，几十里几百里来求他去救的，弄得他忙得不可开交。湖南人的性格，本来是十分迷信神怪，平生不曾见过鬼怪模样的，尚且异口同声说鬼怪是有的；于今周敦秉能在光天化日之下，将鬼枷锁给一班人看，这迷信的程度，增加得还了得吗？因此不仅落水淹死了的人家，请他去惩治落水鬼，就是患了稍为奇异些儿的病症，没能耐的至生诊治不好的，也以为是鬼怪缠了，哀求苦告地请周敦秉去，降鬼捉怪。周敦秉少年好事，也不觉得厌烦，终日奔波与鬼怪作对。

这夜周敦秉替人治病回家，才合上眼睡着，就梦见他师傅走来向他说道："我传授你的道术，是为你自己修持，作防身之用的，不是给你拿了在外面招摇的。你可知道你归家后种种行为，已上干天怒么？你从今后，若不痛自改悔，闭门修炼，再拿着我传的道术随处逞能，等到大祸临头，只怕追悔也来不及了呢！"周敦秉醒来，心中很有些畏惧，从此不敢再替人治鬼了。

他年少风流，虽是修道之士，仍免不了涉足花柳场中，也有人说他是做采补功夫的，湘潭有名的娼妓，他十九要好。有个名叫花如玉的姑娘，和他更是亲密。这日花如玉忽对周敦秉笑道："湘潭无人不知道你会捉鬼，你并且时常捉了鬼给人看。你在我这里来往了这么久，我很想看看鬼是什么样子，你能捉几个来给我瞧瞧么？"周敦秉笑道："鬼有什么好看？你没听得骂人生得不好的，总是骂丑得和鬼一样的话吗？若是鬼好看，我早已送给你看了。"花如玉道："不管鬼好看不好看，我不曾见过的，总得见见才好。你就捉几个来给我看吧！"周敦秉摇头道："不行！你的胆小，见了一定害怕，还是不看的好。"

花如玉哪里肯依呢？倒在周敦秉怀里，撒娇撒痴地要鬼看。周敦秉拗不过，只得应道："捉给你看使得，但是你想看什么鬼呢？"花如玉道："随便什么鬼，只要是鬼就行了。"周敦秉笑道："你是女子，只能看男鬼，看了女鬼便得发寒热。"花如玉问道："这是什么道理呢？"周敦秉笑道："男鬼好女色，女鬼好男色。你是个女子，男鬼看了你高兴，不忍害你。女鬼见你生得这么漂亮，就不由得要妒嫉你，要作弄你了。"

花如玉问道："难道女子死后变了鬼，还妒嫉人、作弄人吗？"周敦秉道："男子变了鬼还好色，女子自然变了鬼还妒嫉。"花如玉低头想了一会儿道："那么你就捉男鬼来给我看吧，只是得捉几个年纪轻些儿的。"周敦秉笑问道："你要看年纪轻些儿的，打算和色鬼，做恩相好么？"花如玉急得伸手揪周敦秉道："你胡说！我因恐老鬼的样子怕人，难道你这个还不曾变成的色鬼，也妒嫉起来了吗？"二人笑谑了一会儿，周敦秉约了明日送鬼给花如玉看。

花如玉次日坐在家中等鬼来，等了一上午，连鬼影也不见一个上门。等到午饭过后，忽有一个弯腰曲背的老头，提着一个大鱼篮，走来对花如玉说道："周二少爷教我送团鱼到这里来，他等歇来这里吃晚饭。"花如玉教人将团鱼用水养着，不要干死了不好吃。老头去了一刻，又来一个三十多岁的粗人，也是提着一个大鱼篮，走来说道："周二少爷买了我的鲫鱼，教我送到花姑娘这里来，要花姑娘亲手将鲫鱼养在水缸里。"

花如玉心想奇怪，我约了他今日送鬼给我看，他不送来，却买这些团鱼、鲫鱼来干什么呢？但是他既要我亲手将鱼养在水缸里，我只得照他说的做。随即将鲫鱼倒入水缸里，鱼篮退还那粗人去了。又过了一刻，又有两个小孩，抬着一个小鱼篮走来，说道："周二少爷今夜要在这里请客，

208

买了我们的鳅鱼，要我们送到花姑娘家里。这里有姓花的姑娘么？"花如玉听了，心想这小孩说周二少爷，今夜在这里请客，必不是请客。请客要办酒席，哪里用得着这些鱼？一定是安排今夜请鬼给我看。当下花如玉出来对小孩说道："我就姓花。周二少爷此刻在哪里，你们知道么？"小孩答道："周二少爷此刻在城隍庙，他说一会儿就到这里来。"花如玉喜滋滋地收了鳅鱼。

小孩才提了鱼篮出去，周敦秉已笑嘻嘻地来了，花如玉迎着问道："你打算请什么客，用得着买这些鱼呢？"周敦秉正色道："你不是约我今日送鬼给你看的吗？"花如玉点头问道："看鬼要买这些团鱼、鲫鱼做什么呢，鬼欢喜吃鱼吗？"周敦秉大笑道："你吵着要看鬼，当面看了鬼，又不认识。"花如玉诧异道："那些团鱼、鳅鱼就是些鬼吗？你昨夜又不向我说明，我怎么会认识呢？"周敦秉摇头道："团鱼、鳅鱼哪里是鬼？那送鱼来的，才是鬼呢。四个鬼都和你谈了话，你还没看清么？"花如玉不相信道："送鱼来的，我看得明白，分明是四个人，如何硬派他们做鬼？"周敦秉打着哈哈道："于今的人鬼，本也难得分明，不过你缠着要看鬼，我就只有这种像人的鬼给你看、再要看却没有了。"花如玉似信不信地问道："那么些鱼，怎么弄了吃呢？"周敦秉道："你说怎么好就怎么弄，但是要你亲自动手。"

花如玉走到养团鱼的水缸跟前一看，不觉大吃一惊，水缸里何曾有一只团鱼呢？只有七八片梧桐树叶，浮在水面上，拨开梧桐叶看水里，清澈见底，一无所有。花如玉很是疑惑，连忙跑到养鲫鱼的所在一看，浮满了一缸的竹叶，不见有一条鲫鱼。再看鳅鱼缸，竟是一缸水藻。对着缸里怔了一怔，回身出来问周敦秉道："你捣什么鬼？分明许多团鱼、鲫鱼，我亲手倒在水缸里的，怎么一会儿都变成竹叶、树叶呢？"周敦秉笑道："你看错了！"花如玉连连摇头道："不错，不错！鱼都不认得吗？"周敦秉点头道："分明是鬼，你看了偏要说分明是人；分明是竹叶、树叶，你看了偏要说分明是鱼，我如何争得过你呢？"

像这样拿鬼当玩意儿的事，周敦秉时常在班子里，做给一班妓女看。有时妓女偶然闲谈到食品上，说某某地方的什么东西好吃，可惜这里没买处。周敦秉一高兴，只到门外转一转，立时提许多妓女所谓好吃的东西进来，并有某某某地方、某某店家的招牌纸为凭。如馒头、馄饨之类，还是热气腾腾的。弄得湘潭一县的人，个个都知道周敦秉是个奇人。不过，他自从受过他师傅在梦中警告之后，绝对不肯和鬼怪作对了。

当他归家不久的时候，不曾向人显过什么本领，这日他母舅从湘潭县到他家来，看他的母亲，进门已是黄昏时分了，一见周敦秉的面，就跺脚说道："坏了，坏了！我今日动身仓促，忘了一件要紧的东西在县里，此时便派人骑快马去取，也来不及进城了。"周敦秉问道："你老人家忘了什么东西，放在什么地方？"他母舅道："我这回到县里，是因一桩田土案子，和人打官司，费了无穷之力，才找着一条到县太爷跟前进水的门路，送了县里五百两银子。于今把那封引进人的信，和一个手折的底稿，遗忘在我住的那个客栈里了。我因为昨日才知道那客栈的老板，就是和我打官司的人有戚谊，所以不再住那里了。谁知却把这般紧要的东西，遗留在那客栈的西边厢房里，万一客栈里的伙计们看见了，落到那老板手里，我这场官司一定糟透了。从这里到县里，整整地有七十多里路，在这时分谁还赶得进城呢？"

周敦秉听了问道："那东西放在西边厢房里什么所在？"他母舅说是放在桌子抽屉里。周敦秉当时也不说什么，没一刻工夫，从袖中取出一个手巾包儿，交给他母舅道："请你老人家打开瞧瞧，遗忘在县里的，是不是这东西？"他母舅一看，惊得呆了，不是一封信，和手折底稿是什么呢？他母舅问他怎生得来的，他只笑着不肯说，直待救活了他表兄弟，知道他本领的多了，他母舅才释了这回的疑团。

湘潭好事的少年，没有不愿意与周敦秉结交的，一般的心理，都差不多拿周敦秉当玩稀奇把戏的人。这回在岳阳楼，与排客斗法，也就是新结交的，两个典当店里的小东家。知道周敦秉有本领，能在顷刻之间，拜会数千里以外的朋友。定要周敦秉带他两人，到岳阳楼玩耍一趟。周敦秉既不能真个闭户静心修炼，爱向一班俗人厮混，自却不过要求的情面。谁知因钉排遇了对头，背上受了那老头的七星针，当下带着两人，狼狈遁回湘潭。

周敦秉到家，即跪在他老母跟前哭道："孩儿不孝，今日在外被人打伤了，不出七日必死，无可救药。母亲养孩儿一场，不但没尽得丝毫孝道，反为孩儿担着忧急，孩儿此时就后悔也来不及了。"他老母听了周敦秉这些话，正如万箭钻心，止不住放声痛哭。

周敦秉背上针毒发作，躺在床上不能转动，流着眼泪对自己妻子说道："我对不起你，半途把你抛弃，只是你得替我报仇，我死了才得瞑目。"他妻子也哭着问道："我是一个没一点儿能为的女子，心里虽想拼死替你报仇，但是怎么报得了呢？"周敦秉道："我岂不知道，你是个没能为的女子？我既说要你替我报仇，自是你能报得了才说。"他妻子泣道："只要我能报得了，哪怕立刻教我去死，我也甘心。"

周敦秉就枕上点头道："伤我的是一个辰州排客，那木排限期要到汉口，你赶紧拿一片芦席，披头散发，到河边跪着，将芦席铺在水上，哭一声夫，叩一个头，将芦席抽散一根，抽下来的，往上流头抛去。你这里芦席抽完，他那木排也散完了。切记，抽下来的，不要往下流抛去。他的木条，便一根也流不到汉口了。"

他妻子听了这话，急忙挟了一张芦席，哭哭啼啼地走到河边，跪下来披头散发，一面哭夫，一面叩头抽芦席。才抽了几把，忽听得背后有如雷一般的声音，念着"阿弥陀佛"。周敦秉妻子一心要替夫报仇，不肯回顾，就听得背后那念阿弥陀佛的声音说道："女菩萨且止啼哭，贫僧有话奉告。"周奶奶满肚皮不愿意地回过头来，只见一个浓眉大眼、魁梧奇伟的和尚，满面慈祥之气，合掌当胸地立着，后面还立着一个很年轻很壮实的和尚，昂头不语，不由得生气说道："男女有别，何况你是出家人，和我有什么话说？"气愤愤地说毕，仍朝着河里叩下头去。

这两个突如其来的和尚，不待在下交代，看官们必早已知道是智远和尚师徒了。当下朱复见了周敦秉妻子的情形，也不由得生气，待要发作几句，智远已高声打着哈哈说道："女菩萨只知道要替丈夫报仇，就不知道要救丈夫的性命么？"周奶奶只当没听得，不住地"夫呀，夫呀"地号哭。朱复实在忍不住了，说道："师傅，这婆娘颠倒不识好人，不理他也罢了。"智远不答话，长叹了一声道："女菩萨的丈夫有救不救，不是和谋死亲夫一样的罪吗？"

周敦秉妻子听了与谋死亲夫一样的罪，这一气就非同小可了，一折身站了起来，指着智远，说道："你出家人，怎么无端干预我家事。我丈夫不幸，我也拼着一死，你如何说我和谋死亲夫一样？我倒得问你，怎生知道我丈夫有救？"智远正色答道："贫僧若不知道，也不来这里，与女菩萨说话了呢！女菩萨且带贫僧去见着尊夫，自有救他的法子。"

周敦秉妻子听了智远和尚的话，暗想我丈夫今日在岳阳楼受的伤，岳阳楼离此地有五六百里远近，这里有谁知道我丈夫受伤的事呢？我丈夫教我报仇，来这里抽芦席，这事除我夫妻以外，更无人知道。这和尚说我只知道替丈夫报仇的话，又从哪里看出来的呢？可见这和尚必有些来历。我丈夫横竖是受了伤，快要死的人，和尚既说能救，何妨就带着他去见我丈夫的面；若真能将我丈夫的伤医好，岂不是万幸吗？周敦秉妻子想到这里，即时改换了词色，对智远说道："师傅果能救得我丈夫性命，我情愿建筑一座庙宇，给师傅居住。"说着，引智远来到周家。

周敦秉正睡在床上呻吟不断，他妻子先到床前，将遇智远的情形，报知周敦秉。周敦秉喜形于色说道："必就是岳阳楼遇见的那两位师傅，快去请到这里来，求他恕我不能起床迎接。"他妻子请智远进屋。周敦秉勉强抬身，向智远拱手道："弟子早知师傅是圣人，只因孽由自作，不敢冒昧恳求。于今辱承法驾光临，必能使弟子超脱鬼道。"智远合掌答道："居士此后如能确遵令师梦中的训示，一意修持，贫僧愿助一臂之力；若眨眼就把那训示忘了，这番即算保得性命，然以后随时随地，皆难免不再有七星针，到居士背上来！"

周敦秉一听确遵令师梦中训示的话，不由得心里惊服到了极点，暗想：我那回做的梦，连我母亲、妻子都不知道，这和尚若不通神，如何能晓得呢？当下绝不踌躇地便道："弟子知道改悔了。"

智远点头道："七星针原是排教中最厉害的道法，排教中有这种能为的，只有掌教的一人。要救治极不是一件容易的事。排教所恃以护教，而能与师教抗衡的，就在这一针，比师教的五雷天心正法，还来得厉害。这针本是苗峒里传出来的，汉人没有治法。贫僧于今仗着佛力，替居士将背上的针拔出来，不过须准备几样应用的东西，借笔墨给贫僧开写出来。"

周敦秉妻子连忙拿出纸笔，智远开出单来，周敦秉接过来看了，问道："师傅要做很多人吃的饭菜吗，怎么用得着这么大的锅灶和蒸笼呢？"智远道："说起来，居士不要害怕，这七星针非同小可，受伤的人，非坐在蒸笼里，不断火地蒸七昼夜，不能拔出来。"周敦秉变色说道："弟子哪有这法力，能在蒸笼里坐七昼夜呢？"

不知智远怎生回答，毕竟如何救得周敦秉的性命，且待第二十九回再写。

212

冰庐主人评曰：

此回入周敦夔传，用补叙法，与写以前诸奇侠不同。当周敦秉学道归来之日，正老母病床危急之时，卒能一药而瘳，重叙天伦之乐。在周敦秉始虽获罪于乃父，对于老母，可谓能稍尽子职矣。使果能从此静处养亲，屏绝外事，犹不失为一纯正道者；而乃以好嬉故，致身受七星针之惨祸，重贻家人之忧，不独无以对老母，抑且有负乃师矣。

天下之以奇技淫巧贾祸者夥矣，观乎周敦秉之枷锁水鬼、远致食物、役使鬼类，可谓极奇巧之能事。而后日之受创几死，亦即以此，然则世人又何事竞尚奇巧哉！著者于此，寄意深矣。

第二十九回

土地庙了道酬师
义冢山学法看鬼

话说智远听了周敦秉的话，仰天打了个哈哈笑道："居士果有这种能为，还用得着贫僧来多事吗？不过贫僧也得去找一个帮手来才行。居士且将应用的东西备办停当，贫僧去一会儿便来。"周敦秉欲待问帮手去哪里找，智远已转身出来，引朱复往外就走。

朱复跟着出了周家问道："师傅已给这人治好了么？"智远笑道："这般容易治好，也不是七星针了呢！我还得去找一个人来做帮手，可因此了却一重公案。"朱复诧异道："师傅一人的力量，还嫌不足吗？"智远道："不是我一个人力量不足的意思，你可知道学道的人，有法、财、侣、地四件东西么？这四件东西，缺一不能成道。"朱复听了不解，智远道："没有法，不能卫道；没有财，不能行道；没有侣，不能了道；没有地，不能得道。所以，缺一不能成道。"朱复道："学道怎么还要财呢？"智远道："你此时离道还远得很，哪里便能领悟到这一步？有修炼几百年尚不曾成功的，就因为这四件东西，不是有大缘分的人，不能一时都备。张三丰因得不着个财字，直等到沈万山出世，他才成正果。你将来若肯努力上进，缘分又好，这四件东西，就容易给你遇着。我于今要找的这个帮手，姓刘名景福，因得不着一个侣字，迟了五十年，还不得了道。我今日去做他的侣了他，他将来可为我得地以成我。此中因缘，很是玄妙。"朱复听了这些话，全不懂得，知道问也无用，只低头跟着行走。

约莫走了半里多路，忽见前面一座小山脚下，有两株合抱不交的大樟树，枝连干接，如向天撑开两把大伞。两树当中，夹着一座小小的石砌土地庙。智远走到庙跟前，那庙的木栅门即时"喳喇"一声开了，智远合掌当胸，走进庙去，朱复也跟在后面。只见这庙就只一间房屋，当中设了一座石刻的土地神像，神像前的供案香炉，都是粗石凿成的，上面堆积的灰尘，有寸来厚，这庙香火之冷淡，可一望而知。

供案旁达地下，仰面躺着一个衣不蔽体，瘦如枯腊的老人，蓬头垢面，手脚挺直，像是早经断了气的。智远朝着那人拜倒下去，口中说道："弟子智远，特来恭送师尊一程。"作怪，智远的话才出口，那人已翻身盘膝坐起来，点头应道："很好，很好！周敦秉自作之孽，死本应该，只因他存心尚不恶，且屡次救人于厄，立了些微功德，我可以帮你救他不死。不过李金鳌为排教之首，平生功德极多，你须告知周敦秉，万不可存报复之念。"刘景福说罢，端坐瞑目，智远也跌坐合掌，闭目念经。

朱复在旁看刘景福的神情，已是死了。一会儿工夫，智远立起身来，对朱复道："去吧。此间的事，已经完了。"朱复即跟着智远，走出土地庙，再回头香庙里时，刘景福已端坐在石供案上面，不由得心中诧异，暗想刚才的神气，不是和死了一般吗，怎的一转背，又坐在供案上了呢？忍不住问智远。智远遂将刘景福的履历说出。

原来刘景福是武冈州的人，他父亲刘东平，在贵州做了好多年的武官，屡次因征苗族有功，升到了参将。刘景福那时只得十二三岁，跟在他父亲任上读书。有一次刘东平带兵和苗族开战，苗族里面有个会妖法的苗人，苗峒里称这苗人为"济法师"。济法师使妖法，将刘东平打败数次，后来刘东平用鸡狗血及污秽之水，把济法师的妖法破了，并将济法师活捉过来。照律本应处斩的，但是刘东平很爱惜济法师，想暗中留在跟前，以备他日征苗之用。

刘东平主意既定，便在私室提出济法师来问道："你的法术很好，我想用你将来征服诸叛苗，你愿意为我尽力么？你愿意，我便设法保全你的性命。"济法师叩头说愿意。刘东平又问道："你经过此番污秽之后，法术还能灵验吗？"济法师道："只须用清水沐浴一次，即无妨碍。"刘东平就将济法师留在跟前，而以当场格毙，具报清廷。济法师感激刘东平活命之恩，终日在刘东平跟前，如仆役一般，并把姓名更改了。刘东平自从留了济法师之后，在参将任上几年，绝没有苗族叛变的事发生。济法师遂也无所事事，只每日等公子刘景福放了学，陪着玩耍，时常玩些新奇把戏给刘景福看，或是用分身法，现出无数的济法师来，把刘景福围住或是用替换法，随手指一张方桌，说是一只牯牛，那方桌便立时成了牯牛。刘景福看

215

了，自然高兴，并纠缠着济法师要学。济法师总是推诿道："这些玩意儿，公子学了没有用处，公子只认真读书，将来入学中举，点翰林，做大官，等到做了大官，会玩这些把戏的人，看公子要多少，便能有多少来伺候公子，岂不比自己学了去伺候别人的强多了吗？"

　　济法师虽是这般劝说，然刘景福想学的心思，仍是毫不减少。而纠缠了几年，刘东平升了汇西的总镇，快要起程了，仍想带济法师同走。济法师道："小人受了活命大恩，本应随侍终身，图报万一；奈小人除了懂得些微法术而外，全无可用的本领。并且大人此去江西，逆料没有使用小人的事，等来生再图报答高厚吧。"刘东平不便勉强，只得由他告别。

　　济法师向刘东平作辞之后，对刘景福说道："公子屡次想从小人学法，小人因公子不是能学这些玩意的人，不肯传授公子。于今小人将与公子分别了，倒想传授公子一点儿法术。但不知公子想学什么？"刘景福听了，异常欣喜，连忙问道："我想学什么，你便传我什么吗？"济法师点头应道："公子思量停当了再说，说出口便不能更改的。"刘景福少年心性，暗想有许多稀奇法术，他都做给我看过，都不过是玩意儿，学了无味。人最难看见的是鬼，我何不要他传授我看鬼的方法呢？想罢，就对济法师说要学看鬼。济法师道："好，学看鬼容易，不过公子想要看鬼，便不能害怕。公子今夜不要睡，小人传公子的法。"

　　刘景福这夜二更时分，由济法师带到一座义冢山上。济法师用手在地下画了一个大圆圈，教刘景福盘膝坐在当中，自己陪坐在旁边。问刘景福道："公子坐在这里，心中有些害怕么？"刘景福道："有你在我跟前，我不害怕。"济法师笑道："我不能随时在公子跟前，公子害怕，却如何能学法看鬼呢？"刘景福道："我学会了法，自然不会害怕。"济法师指着地下道："我刚才画的这道圆圈便是法，坐在这圈里的人，只要不动，不叫唤，无论什么鬼，也不敢近前。心里尽管害怕，不跑出这圈子，是不妨事的。公子能忍耐着不跑出圈子，不叫唤么？"刘景福道："能！"刘景福这能字才说出口，一转眼已不见济法师的踪影了，心里就吃了一个老大的惊吓，满想呼唤两声，只因济法师吩咐了，不能叫唤的，只得坐着不作声。

　　这时正是九月间天气，寒风振木，冷露沾衣，一轮清如水明如镜的月光，照得树荫草影，在地下成种种奇形怪状。加以微风撼动，俨然是山魈野魅，在那里摇头摆脑，将要扑近身来的样子。刘景福见了这种情景，已害怕得周身毛发，都竦然直竖起来。而三百六十种的虫类，一到秋天，都感各自的寿命不能长久了，彻夜饮泣。有房屋居住，心中毫无所畏惧的人，听了这种秋虫唧唧的声音，尚且无端要生出许多凄凉之感；何况刘景福在这恐怖横生的时候，哪里还辨得出是虫声呢？简直以为是满山的鬼哭神号。因此不但害怕得毛发直竖，竟吓得十万八千个毛孔里，孔孔溜出冷汗来，四肢百骸，没一处能禁止得住发抖，抖得三十六颗牙齿，咯咯咯地响起来。待欲遵守济法师的吩咐，不叫唤，不跑出圈子，无奈害怕得太厉害，心想若再不把济法师叫出来，也会就这么吓死，于是张开口要叫唤。只是吓极了的人，喉咙里仿佛塞了什么，再也叫唤不出。没奈何，只得要跑了，然叫都叫不出，又哪能跑得动呢？

刘景福到了这时，真是心胆俱裂了，不过尽管心胆俱裂，济法师仍是不见。既不能叫唤，又不能跑动，仍得坐在圈子里面，接连出了几阵汗，汗也出得没有了，却总汇到两只眼里，变出眼泪直流。

正在急得哭了的时候，忽听得耳边有人轻轻地唤了一声："公子"，刘景福听得出是济法师的声音，回头一看，济法师仍坐在身旁，好像并不曾走动的样子。不由得心里又是喜，又是气，指着济法师说道："你倒是一个好人，也不怕把我吓死了。"济法师笑道："公子已看见了鬼么？"刘景福举眼向四周望了一望，树荫草影，还在地下摇摆，虫声也还在耳边号哭，实在不曾见着可指认为鬼的东西，只得摇头说："没看见。"济法师道："公子既没看见鬼，被什么东西吓得要死呢？"刘景福不服道："这半夜三更，把我一个人坐在这丛葬山中，你连说也不说一声便跑了，教我如何不吓得要死？"济法师笑问道："公子今夜已吓到了极处么，已害怕到了极处么？"刘景福道："不能再吓再怕了，实已到了极处。"济法师点头道："可见吓到极处，害怕到极处，也不过如此。公子要知道，如果有什么险事，害怕也是不中用的。公子既想学看鬼的法术，尤其不能害怕，一害怕便得受累不浅。公子经过了这番的大害怕，此后当不至有比刚才更害怕的境遇，公子放心便了。"刘景福道："方才我不曾见鬼，尚且害怕到这样，若果真见了鬼，不要把命都吓掉吗？"济法师摇头道："这是没有的事，包管公子见了鬼，丝毫不至发生害怕的念头，请公子将两眼合上。"刘景福道："这回你不走么？"济法师笑道："我走到哪里去？"刘景福见济法师答应不走，遂将两眼合上，并暗中用手拉住济法师的衣角。

没一会儿工夫，仿佛身坐一处街市之中，来往的行人很多。各人所穿衣服的种类，也不一致，有穿现时衣服的，有穿演戏衣服的，闲游的多，做事的极少。自肩以上，头部都模糊辨认不清，仔细看时，手足不完全的；奇形异状的；肩上无头，用双手捧着头行走的；颈上挂一条绳索，吐舌出口外数寸的，刘景福看了这些怪模样的人，心中才顿然觉悟道："济法师教我看鬼，难道这些东西，就是鬼么？是了，若是人，我坐在这街道中，怎么这些东西全不觉我碍路呢？"正在这般想念着，忽见一个身材高大的汉子，推着一大车箱笼，迎面直冲而来。惊得刘景福待起身避让，哪里来得及，只眼一瞬，那大汉已推着车从身上辚轹而去，然身上并不感觉有什么东西接触。

刘景福起初只能看见前面的鬼物，渐久渐能同时看见左右两旁的鬼物了。更坐一会儿，连从后面来的鬼物，也和在眼前一样，看得纤悉靡遗了。刘景福自己也不知道所以然，虽看了这么多鬼物，也不觉得可怕，只觉种种模样，看了都有些讨厌，不耐久看，并且看了这么久，也看够了。心想济法师原对我说了不走开的，此时却不知道他走到哪里去了？心里才一动念，就觉有人在肩上推了一把，接着听得说道："公子不愿意看了，请转去吧。"刘景福惊醒过来，张眼一看，济法师仍坐在身旁，四周情景，与未合眼前无异，回想刚才所见，仿佛如做了一场春梦。

济法师道："公子的根基，异常深固，大概由于公子的祖宗积累甚厚，食报在公子身上，左右后面的鬼物，公子能同时看见，这便是天眼通的根基，将来成就，未可限量。小人这一点儿法术，公子哪里用得着学？"刘景福道："不学便不能修炼，不修炼，有什么成就呢？"济法师道："'生而知之者，上也'，这句话，公子不曾读过么？要学要修炼才得成功的天眼通，便不谓之报通了。"刘景福当时听了，也莫名其妙，就此一同回家。刘东平办好了交代，即带了家眷到江西上任，济法师自回苗峒去了。

刘景福跟在总镇任上，照常读书，然自跟着济法师，在义冢山上，看了那次鬼之后，每夜睡着，必见许多和那夜情形相同的鬼物。如此不间断地看了一个多月，心里一则有些害怕，二则有些生厌起来，忍不住将每夜见鬼的情形，并在贵州与济法师看鬼的事，说给刘东平听。

刘东平只得这一个儿子，钟爱得厉害，忽听得有这种奇怪的症候，深恐因此坏了性命，请了许多有名的法师，来家给刘景福治鬼。治来治去，果然似乎有些效验，夜间睡着不见鬼了，但是白天倒不能合眼，一合眼就和夜间睡着一样，什么鬼都看见，刘东平只得又请些法师来治。治过之后，白日合上眼，倒不见鬼了，然张开眼又看见，弄得刘东平没了办法，不能不听之任之。而刘景福看鬼的程度，就因此日有进步了。初时只能见鬼，半年之后，便能见神，然只能见位卑职小的神，又过了半年，大罗金仙也能看见了。刘景福说："大罗金仙的阳气太盛，仅能远瞻，不能逼视，经自然的进步，五年后才能与大罗金仙相近。数千里以外的事物，自然能通晓，和目击的一般，所不能知道的，就只佛法无边，报通的资格太低，不足以测其高深。"刘景福既自然成功了天眼通，能省悟一切因果，便不愿再堕尘劫。等到他父亲刘东平一死，即将刘东平一生宦囊所积的财产，尽数拿出来，广行功德。

但是刘景福的天眼通，虽然成了功，只因他是无师承的，不曾用功修炼的，便不能收徒弟。不能收徒弟，则"法""财""侣""地"四件之中，"侣"字就得不着。他为得不着这"侣"字，迟延了三十多年，不能了道。不过他的神通，已能知道智远禅师，因得不着一个"地"字，到处访求，并知道智远的道行，也不能前知，但所知的有限，没有通天彻地的本领。有了智远这样徒弟，足能了自己的道果，而智远名虽是徒弟，实则并无须从师傅学习什么，只须代智远觅一个成道的地便了。刘景福通盘计算之后，才到那离周敦秉不远的土地庙里睡着。智远一来，刘景福便成了正果。这段故事，凡是湘潭县年老的土著，十九能源源本本地说出来。那座土地庙从这时起，即改名为刘真人庙，刘真人的肉身，直到民国六年，还巍然高坐在那石供案的上面，庙宇也加大了好几倍，香火极盛。近年来湘潭屡遭兵乱，就不知道怎样的了？只是这些话，都是题外之文，不用多絮。

且说智远在路上将刘景福的来历，略略地告知了朱复一番，已到了周敦秉家。据故老传说，当日智远和尚真个将周敦秉，放入大甑之中，架起劈柴火，蒸了七日七夜。智远亲自设坛在大甑旁边，朝夕做法，竟把周敦秉背上的七星针，真的拔了出来，周敦秉便回复了原状。这种事实，虽是不近事理，然这部《奇侠传》中的事迹，十有八九是这样理之所无、事或有之的情节，因此不能以其迹近荒诞，丢了不写。

闲话少说，再说智远禅师救活了周敦秉，即吩咐朱复道："你快去江宁，救你的姊姊，和胡舜华两人。我这里有一封信，你好生带在身上，到江宁即送呈参将庆瑞。救了你姊姊和胡舜华之后，回头到万载玄妙观来见我。"说着，取出封信来，交给朱复。

朱复陡听了这话，不知道自己姊姊和胡舜华，怎生到了江宁，又有了什么患难？心里不由得着急，想问个明白再去，智远已挥手道："快去吧！到了江宁，自然知道。"朱复不敢多说，只得藏好了信，即刻动身向江宁进发。智远便去江西万载，在玄妙观修真养性。

不知朱复怎生搭救朱恶紫，并胡舜华，且俟第三十回再写。

冰庐主人评曰：

> 此回又从智远和尚身上引出刘景福来，为《奇侠传》中添一健者，真是层出不穷，妙在各人的师傅不同，禀赋亦不同。耐庵作《水浒传》，写一百零八条好汉，有一百零八副声音笑貌，后之作长篇武侠小说者，莫不刻意摹之，然肖者实尠。今观此作，庶乎近矣！

第三十回

小豪杰矢志报亲仇
勇军门深心全孝道

话说朱复奉了他师傅的命，即时动身往江宁。到江宁的这日，即听得满城传说，参将衙门里，捉拿了两个女刺客，年龄都在二十上下，都生得如花似玉，一个是道姑打扮。不知为什么事，要行刺参将庆大人？朱复一听这种传言，料知那两个被捉的女刺客，必是自己的姊姊和胡舜华无疑，只猜不透自己姊姊，为什么会来这里行刺？并且朱复暗想自己姊姊的本领，很不为弱，又有胡舜华同行，参将虽说是武官，不过会些武艺罢了，如何竟能把两个有道法、会剑术的人拿住呢，这不是奇事吗？她两个尚且被捉，我若凭本领去搭救，是决做不到的。师傅有信在这里，我且将信送进参将衙门，看是怎样？

著书的写到这里，却要另起炉灶，从别一方面着笔写来。

且说醴陵渌口地方，有一家巨富，复姓欧阳，兄弟二人，长名继祖，次名继武，兄弟分析了多年。继武捐了一个小小的前程，在南京候补，家眷也都住在南京。继祖少年时候，也曾在外省干过些捞钱的差事，只因他为人过于柔懦，凡事没有决断，以致无论什么好差事，总是以挂误下场。继祖四十二岁，才得了一个儿子，取名后成。古语说得好"有子万事足"，欧阳继祖的家业本来很厚，加以自己捞来的钱，总共也有十多万，预计不但是足够自己一生的衣食，连子孙也够混了，遂起了个林泉休养的念头。全家回到渌口，过度安闲日月。欧阳后成的母亲虽是继配，然此时的年纪，已有三十多岁了，欧阳继祖觉得没有风趣。饱暖思淫欲，于是就在醴陵县城里，花钱买了一个姓毛的小家女儿做姨太太。

这时毛氏只有一十八岁，在娘家已和一个姓潘名道兴的道士通奸。潘道兴略懂得些邪术，并会几手拳脚，性情凶悍异常，时常在赌场里，喝得大醉，与同赌的相打，谁也不敢惹他。毛氏本来生得有几分姿色，十四五岁的时候，已惹得一班浮薄少年起哄。醴陵的淫风素盛，湖南那时六十三州县，没一县有醴陵那么淫乱无耻的风俗。小户人家的女儿，偷人养汉，照例算不了什么事，因此毛氏也无法独善其身。一般和毛氏有染的，为吃醋相打的事，不知闹过多少次。直到姘识了潘道兴，那些浮薄少年，都自料不是潘道兴的对手，才一个个销声匿迹，不敢再上毛氏的门。

欧阳继祖这回因有事到县城，就住在毛氏隔壁，只眼里看见了毛氏姿色之美，耳里却没听得毛氏声名之坏，所以花钱讨了回来。毛氏初到欧阳家的时候，还安分做姨太太，过了几月，就渐渐地嫌欧阳继祖柔懦无用了，心里念念不能忘情于潘道兴。潘道兴也丢不开毛氏，悄悄地到渌口来住着，一有机会，便与毛氏幽会。这种奸情事，两方越混越情热，便越热越胆大。两人都欺欧阳继祖年老懦弱，起初尚躲在外面相会，后来潘道兴简直偷进欧阳家里来。一次，却被后成的母亲撞见了，气愤不过，将撞见时的情形，一五一十地告知欧阳继祖，以为继祖听了，必然大发雷霆，把毛氏驱逐不要。谁知继祖不但不生气，并疑心是后成的母亲吃醋，有意栽诬，一面将后成的母亲责骂了一顿，一面把这些话转告给毛氏听。毛氏自然指天誓日，撒娇撒痴地哭闹，继祖倒百般地安慰毛氏。

毛氏从这番哭闹之后，恨后成的母亲入骨，暗地和潘道兴商议，要将后成的母亲害死。潘道兴会苗族诅咒的邪法，只须得着仇人的生庚八字，设坛诅咒四十九日，仇人便无病而死。潘道兴被毛氏纠缠不过，自己也愿意除去这个眼中钉，好与毛氏畅所欲为，真个施出那种邪法来。

也是后成的母亲寿数有限，丈夫纳妾，她心里已是抑郁不乐，加以因撞见毛氏，和潘道兴通奸的事，反受了丈夫的责骂，一肚皮怨恨无处发泄。女子的心性窄狭，处了这样的境遇，便没人用邪法诅咒她，也免不了一死。而潘道兴正在施行诅咒法的时候，这消息又被一个忠于后成母亲的老妈子知道了，不知轻重地对后成母亲一说，登时气上加气，便断了气死了。

这时，后成已有了七岁，他母亲在将要断气的时分，紧握了他的小手哭道："好孩子，你母亲是被人害死的，你应永远牢记在心上。将来长成了人，替你母亲报仇雪恨。"后成的年龄虽小，心地却极明白，当下跪着痛哭，发誓必替母亲报仇。他母亲听了这话，即瞑目而逝，后成伏在他母亲尸旁边，直哭得死去活来，几日饮食不进口。毛氏看了后成这种情形，非常愤恨，借事刁唆继祖，将后成毒打。

说也奇怪，后成的母亲死了好几日，家中平安无事，并没发生什么怪异。自毛氏刁唆继祖毒打后成一顿之后，这夜毛氏和继祖睡着，就梦见后成的母亲披散着头发，怒容满面地走来，指着毛氏骂道："你这淫妇，害死了我还不足意，七岁的无知小孩，与你有什么仇怨？要刁唆他父亲将他这么毒打。"一边骂着，一边伸手来揪毛氏。毛氏吓得大叫一声，惊醒转来，继祖也从梦中惊觉，忙问毛氏为什么大叫？

毛氏醒来半晌，一颗心尚兀自跳个不住，不敢直说梦中情景，拿别的言语，胡乱敷衍了一会儿。自此每夜必梦见后成母亲，前来斥骂，甚至将房里的器皿，打得一片声响。毛氏不由得害怕起来，又与潘道兴商量。潘道兴道："她既做了鬼，尚不安分，我救生不救死，只得再下一番辣手了。"

于是由毛氏拿出钱来，雇了几个工人，半夜将后成母亲的坟墓掘开，搬出棺木来，翻尸倒骨地弄了一会儿，用符水炒热许多铁菱角和川豆子，盖在尸骨上面，仍旧埋好。妖法果然灵验，经潘道兴这么做作一番之后，毛氏再也不梦见后成母亲了，房中器皿也没声响了。据潘道兴说，已将后成母亲的鬼魂禁锢起来，非待六十年后，不能投生为人。毛氏这时心中的快活，自是形容不出，而忌恶后成的念头，也就随着这快活继长增高。

后成长到九岁的时候，欧阳继祖见儿子生得聪明，九岁正是发蒙读书的时候，就延了本地一个姓朱的秀才，到家专教后成读书。这姓朱的虽是个落魄的秀才，为人倒还正直，因是本地方的人，知道欧阳家的事故，很有心想把后成扶植出来。及至后成母亲被毛氏诅咒死了，朱秀才知道底细，心里很为不平，暗地勖勉后成认真读书，不要悲哭，惹得毛氏忌恨。无奈后成的天性极厚，日里当着人不哭，夜里总是躲在没人的地方，哭到夜深才睡。朱秀才料知后成这种情形，决不能见容于毛氏。潘道兴是个无恶不作的人，在醴陵一县，早已没人不知道，没人不畏惧；既能用邪法害死后成母亲，就不能连后成一同害死吗？后成年纪太轻，不知道厉害，我和后成，既有师生之谊，凭天良不能眼睁睁地望着他给人害死。但是我一个落魄秀才，自己谋一身衣食的力量，尚嫌不足，还有什么力量，能搭救后成呢？明知继祖是个没用的昏聩糊涂虫，若拿这类话去和继祖商量，不但没有益处，反而促成毛氏谋害后成的决心。朱秀才思量了好几日，却被他想出一条门路来了。

这日借故向继祖支了半年束脩，等到夜深人静的时候，悄悄地将后成叫到跟前问道："你知道你死去的母亲，是怎生死的么？"后成流泪说道："我母亲是仇人谋害死的。"朱秀才一面拿手帕替后成拭干眼泪，一面问道："你母亲的仇人是谁呢？"后成掩面不作声。朱秀才又问道："你母亲的仇人，是不是你的仇人呢？"后成点头应是。朱秀才道："你母亲的仇人，能把你母亲谋害死，难道你不怕你的仇人，也把你谋害死吗？"后成听了这话，抬头望着朱秀才，只管哽咽着，说不出话来。

朱秀才看了后成那可怜的情形，也不禁流泪道："好孩子，不用害怕，也不用着急，这地方，你是不能再住下去了。你父亲懦弱无能，又被毛氏迷昏了，心目中除了毛氏，没有第二个人。不论谁人说的话，你父亲也不会听。毛氏既能和潘道兴，将你母亲害死，留下你在这里，他们心里必不安帖，他们若起念要连你一同谋害，并不是一件难事。你年轻固然不知道防范，只是他们用的是邪法，任凭什么人，本也防范不了。我想你叔父现在南京，他为人比你父亲精明干练，我少时也和他有点儿交情，不如将你送到他那里去？他是个识大体的人，料不至漠视你，你愿意去么？"后成道："愿意是愿意去，不过我记得我妈在日，曾对我说，叔叔的家离这里远得很，怎么能去呢？"

朱秀才不觉破涕为笑道："尽管再远些，哪有不能去的道理？路费我都已安排好了，你既愿意去，我们此刻就走吧。明日你父亲不见了你，是要着急派人寻找的，但是毛氏必巴不得你走开，或者还阻止你父亲不许寻找。好在我独自一个人，没有家室，你父亲虽明知是我带着你走了，他也没法能奈何我。"后成见有自己先生同走，胆量就大了。当夜遂胡乱拣了几件随身要穿的衣服，做一个小包袱捆了，朱秀才也只带几件衣服，并那半年束脩，师徒二人，偷着从后门走出来，到江边上了行走长沙的早班民船，不待天明便离开了渌口。由长沙一路水程到南京，途中有朱秀才照应，不到半月，已安然到了南京。

这时欧阳继武，在两江总督衙门里当差，公馆在参将衙门隔壁。欧阳家的花园，和参将衙门的花园，只隔一堵短墙，那时参将是旗人庆瑞。庆瑞虽是镶黄旗的人，学问人品在汉人的武员中，都很难得。欧阳继武欢喜赋诗，和庆瑞极要好，彼此往来，无间朝夕。庆瑞因走大门出入，彼此都有不甚方便，特地将花园短墙打通，安一扇便门，名做好顺门。庆瑞不到欧阳家来，继武便过庆瑞那边去。欧阳继武看庆瑞在南京，最要好、来往最亲密的朋友，除了自己而外，就只一个姓方名振藻的。

方振藻不知是哪一省的人，年纪四十来岁，生得凶眉恶眼，满脸横肉，一没有一定的职业，二没有一定的居处，时常喝得大醉，跑到参将衙里来，问庆瑞要银子去做赌本。庆瑞总是殷勤招待，方振藻要多少银两，庆瑞便如数拿给他，欧阳继武见过无数次。庆瑞有一次拿银子迟了一点儿，方振藻乘着酒兴，竟拍桌大骂庆瑞。庆瑞只是笑嘻嘻地赔不是，方振藻还是愤愤不平地拿着银子去了。

欧阳继武看了，心里实在代庆瑞不平，问庆瑞道："军门该欠了方君的银子吗？"庆瑞笑道："你看他是能有银子借给我的人么？"欧阳继武道："然则方君凭什么，屡次向军门要银子呢？"庆瑞摇头道："他并不曾向我强要，是我愿意送给他用的。"欧阳继武听了不明白，接着问道："方君和军门是有亲么？"庆瑞说："不是，是很要好的朋友。"欧阳继武心想庆瑞虽是武职，却是个文人，并且是世袭的武职，非寒素起家的可比，怎么会有这么一个很要好的朋友呢？因问庆瑞道："我听说方君在外面的行为，很不免有些失检的地方，军门也微有所闻么？"庆瑞道："不知你所谓失检的地方，是指哪一类而言？"欧阳继武道："酗酒行凶，赌博相打，固是方君每日必有的寻常事。好像我还听得人说，他在这南京城里，行强霸占有夫之妇，并将人丈夫打伤的事，已做了好几次了。一班受他欺凌的人，就因他是军门要好的朋友，不能奈何他。军门耳里也曾听人说过这些事么？"

庆瑞点头叹道："何尝没听人说过？我就因为他是我要好的朋友，不能将他怎样。"欧阳继武道："不能劝他改过么？"庆瑞道："他肯听我劝倒好了。"欧阳继武不好再往下说，然心里很不以庆瑞这般对待方振藻为然，疑心庆瑞有什么不可告人的阴私，被方振藻抓住了，因此不敢与方振藻反脸。欧阳继武一有了这种疑心，对庆瑞也就渐渐地冷淡了。庆瑞到欧阳家三四次，欧阳继武才肯去回看一次，庆瑞倒一点儿不觉着的样子。

这日朱秀才带着欧阳后成来了，欧阳继武一听朱秀才说出来投奔的缘由，也很觉得凄惨，并十分感谢朱秀才，护送后成的盛意，当下收拾了两间近花园的房间，给朱秀才和后成住。欧阳继武的子女，年纪都只得三四岁，继武把后成作自己儿子看待。继武的夫人，也很贤淑，后成住着，倒比在家适意。继武见朱秀才这般仗义，甚是钦佩，就留在家中，仍教后成的书。后成虽则住在这里比在家适意，然每到夜深人静的时候，想起母亲惨死，自己不知要到什么时候，才能报仇雪恨，不由得又伤心起来；却又不敢出声，怕叔父、婶母听了难过，总是躲在花园角上一株老梨花树下，嘤嘤地啜泣。那梨花树距离欧阳家内室远，距离庆瑞的书房很近。

庆瑞这夜因在书房里有事，直到三更时分还不曾安歇，忽听得花园里有哭泣的声音，很吃了惊。连忙走到花园里细听，哭声从短墙那边梨花树底下传来。庆瑞身体矫健，一耸身就到了梨树旁边。这时后成只顾拿膀靠着梨树，头伏在手膀上抽咽不止，并不知道有人，从墙头上飞过来了。

庆瑞有几日不曾过欧阳家来，不知后成师徒来投奔的事。一时忽见这么一个小孩，独自在这人迹轻易不到的地方，伤心痛哭，自不能忍住不问。遂轻轻在后成头上，拍了一下问道："你这孩子是哪里来的，在这里哭些什么？"后成不提防有人来，倒着实吓了一跳，忙止了哭声，抬头一看，借着星月之光，见是一个仪表魁伟的人，慈眉善目地望着自己，好像很希望自己快些回答他的模样。后成看了，觉得诧异，暗想叔叔家里，并没有这么一个人，这人是哪里来的呢？并且他走到我跟前来，怎的一没听得门响，二没听得脚声呢？后成心里既有这种疑虑，便不先回答，反问庆瑞道："你老人家贵姓，是怎样进这花园来的？"

庆瑞一听后成的口音，和欧阳继武相似，又见出言从容有礼，已料知必是继武的同乡或亲戚，遂笑答道："我是隔壁庆家的，（旗人本无族姓，汉人每以其名字之第一字为姓。例如呼荣禄为荣中堂，呼端方为端抚台。）你是欧阳家什么人，有什么事受了委屈？尽管向我说出来，我能替你做主。"

庆瑞这替后成做主的话，不过是哄骗后成，想后成说出所受委屈来的。在庆瑞这时心里，以为小孩便受委屈，也不过是要吃什么没吃着，要穿什么没穿着，或者因顽皮被大人责骂了，一时难过就哭了出来。而后成是个有根基的小孩，初到欧阳继武家的这日，就听得他婶娘对他说过隔壁是参将衙门，参将庆瑞和他叔叔很要好的话。一听庆瑞的言语，心里也料知这人必就是庆参将，遂对庆瑞说道："你老人家就是庆老伯么？我叫欧阳后成，才从醴陵到我叔叔这里来的。"

226

庆瑞既和欧阳继武深交，继武有兄有侄在醴陵居住，是知道的。当下点了点头道："不错！令叔曾对我说过，他有个哥子住在醴陵，他侄儿已将十岁了。你什么事，这时分一个人在这里哭呢，你叔叔打了你么？"后成连忙摇头道："叔叔很喜欢我，不会打我。"庆瑞笑道："然你婶娘打了你么？"后成也摇头道："婶娘更不会打我。"庆瑞道："你这孩子真奇怪，既是没人打尔，你半夜三更的，独自躲在这里哭些什么呢？也不怕你叔叔婶娘听了不快活。"后成道："我就为的是怕叔叔婶娘听了不快活，才独自躲在这里哭，没想倒惊动了老伯，下次再不敢到这里来哭了。"说罢，转身要走的样子。

庆瑞听了后成这几句话，又看了后成的举动，觉得不是寻常小孩，闹穿闹吃和受了责骂的哭法。不问个明白，似乎有些放心不下，遂伸手拦住后成，随握了后成的小手说道："你同到我那边去玩玩好么？"后成仍低头用手揩着眼泪说道："今夜已深了，明日当随叔叔到老伯那边请安。"庆瑞不依道："夜深不要紧，来吧。"说时，拉着后成便走。开了好顺门，把后成引到书房里。就灯光看后成生得貌秀神清，姗姗如有仙骨，心里不禁欣喜道："你为什么事哭？说给我听，我总有力量替你做主。"后成见庆瑞盘问，不能隐瞒不说，只得将家里的情形，和盘托出地说了一遍。说完了，又掩面抽咽起来。

庆瑞听了，陡然站起身，"咦"（读如乙）了一声道："有这种事吗？"仰面望着天花板，出了半晌神，才向后成道："只管哭些什么，专哭就算报了仇吗？我问你，你想报仇不想报仇？"后成道："除却我短命死了，就不报仇。"庆瑞点头问道："你打算怎生报法？"后成道："先生曾对我说过，要我发奋读书，将来进学中举点翰林，做了官，这仇便能报了。"庆瑞道："若是你命里没有官做，不是一辈子也不能报仇吗？并且你也得打算打算，你此时还只十来岁，也不曾读几年书，好容易由你的心愿，要进学便进学，能中举便中举，想点翰林做官就点翰林做官吗？即算件件都如了你的心愿，毛氏和潘道兴两个东西，能长久留着性命在醴陵，等你发达了去报仇么？"后成道："我也就为这个，不知道何时才能报这大仇，所以越想越伤心，忍不住就哭了。"

庆瑞重复提了后成的手，叹道："精诚所至，金石为开。这也是你的纯孝感动神明，才得在这时遇了我，你只要肯听我的言语，我包管你在数年之内，如愿相偿。”后成即忙跪了下去，说道："老伯使我能在数年之内报仇，老伯就教我去死，也心甘情愿。”庆瑞拉了后成起来道："你今夜且回那边去睡了，有话明日再说。不可再和刚才一样，独自躲着哭了。”后成答应着，自回这边安歇了。

次日上午，庆瑞来会欧阳继武，见面便笑着问道："令侄从醴陵来好几日，你怎么也不带他到我那边来玩玩呢？是你的侄儿，就不算是我的侄儿吗？"继武也笑道："乡村里初出来的小孩，一点儿礼节也不懂得，没得见笑，因此不曾带过来给军门请安。”庆瑞道："这话不像你我至好兄弟说的，听说还有一位西席同来的，何不请他出来见见呢？"欧阳继武即教人把朱秀才和后成请出来。见礼后，只闲谈了几句，庆瑞便向继武说道："我看令侄的气宇，将来必成大器，我心里不知怎的，非常爱他。”继武笑道："这就是舍侄的福气。”庆瑞道："你打算就请朱先生，在这里教他读书么？"继武点头应是。庆瑞道："我的大小儿，今年也有八岁了，去年就打算延先生到衙门里教读，只苦一时得不着相当的人，难得朱先生到了这里。我想和你商量，屈朱先生到我那边去住，令侄也一同过去。我以为你们叔侄生疏了，督率恐不免有难严密的地方，不如我替你代劳的好些。你的意思以为怎么样？"

继武听了，哪有不愿意的道理呢？即忙立起身拱手笑道："得军门这么格外栽培舍侄，这小子的造化真是不小。便是朱先生，也和我是总角之好，我素知他的性格，今得托庇军门宇下，必十分相宜。”庆瑞异常高兴，次日就亲自送了聘朱秀才的关书，并赞敬银两过来，朱秀才遂带后成，到参将衙里教书。庆瑞因心爱后成，白天教后成跟着朱秀才念书，夜间带着到上房里睡觉。朱秀才和欧阳继武，自是都巴不得后成能得庆瑞的欢喜。

后成在庆瑞上面房里睡了几夜，这夜庆瑞对后成道："你想由读书发展了再报仇，既是来不及，就只有于读书之外，另学一点儿报仇的本领。我这里有个人，本领极好，就是人品坏些。你专学他的本领，不学他的人品，是不妨事的。你愿意，我就求这人收你做徒弟。”后成道："老伯教我怎样，我便怎样，只求老伯做主便了。”庆瑞即点头起身出去，一会儿同一个彪形大汉走了进来，后成偷眼瞧那大汉，醉态迷糊，斜披着一件衣服在肩上，敞开胸膛，露出漆黑的一片汗毛来，行动时昂头天外，好像唯我独尊，不把世间一切人物，放在眼里的样子，进房就踞坐在上面一张椅上。

228

庆瑞很诚敬地将后成来历，略向这人说了一遍，这人鼻孔里"哼"了一声，庆瑞招手教后成过去拜师，后成低头过去，恭恭敬敬朝这人拜了四拜。这人雷也似的吼了一声道："错了，错了！"拔地跳起身，往旁一闪，吓得后成几乎抖起来，不知自己什么事错了，便是庆瑞也惊得呆了，望着这人发怔。

这人仰面朝天，好像默祝什么，一会儿走到后成跟前，拉起后成来问道："你认识我么？"后成心里好笑，暗想我从来不曾见过面，怎么会认识呢？然心里虽是这么想，口里却答道："认识。"这人大笑道："我也知道你必认识我。"庆瑞觉得后成的话答得奇怪，这孩子才到南京来，怎么会认识的咧？遂向后成问道："你怎么会认识呢？"后成还没回答，这人已大声说道："认识，认识！不是冤家是对头。"遂望着后成指了他自己的鼻尖道："方振藻便是我。成全你的孝道，是一件好事，但是除了这房里，你我三个人而外，是不能给第四个人知道的。你从此白天仍照常读书，夜间我来传你的本领，你本领到手的这一天，就是我成全你的日子。但是我成全了你，你也肯成全我么？"

后成见方振藻酒醉得舌头都大了，说出些话来，都在可解不可解之间，心想他成全我是不错，但是怎么倒问我肯不肯成全他呢？我既受了他的成全，就只怕我没有力量，我若有力量能成全他，而他又恰好有事须我成全，我岂有不竭力成全他的道理？后成正在这么思索，方振藻已现出很惶恐的样子，很失意的眼神望着后成催促道："你怎么不好好地回答我呢？"后成只得答道："师傅若有须弟子成全的时候，弟子有一分力量，尽一分力量。"方振藻听了，长叹一声，也不说什么，提步往外便走了。庆瑞和后成都送出门来，方振藻头也不回地去了。后成摸不着头脑，跟在庆瑞后面，回房到上房。庆瑞问后成道："你师傅问你认识他不认识他，你回答认识，你毕竟认识他么？"

不知后成怎生回答，下回再写。

冰庐主人评曰：

　　古诗《青竹蛇儿口》一首，末句谓"最毒妇人心"，其实天下妇人，不能一笔抹杀。唯淫荡之妇，其心皆毒。作者写毛氏之淫，既淫到极处，即毒亦毒到极处吁。可畏哉！淫妇也。

229

第三十一回

入深山童子学道
窥石穴祖师现身

话说后成见庆瑞问他毕竟认识方振藻么？即答道："老伯教我拜过师之后，师傅问我认识他老人家么？我本来是不认识的，不过我想既已拜过了师，师傅问我认识不认识，我若回答不认识，不成了弟子不肯认师傅的罪吗？因此只得回答认识。其实我认识的，仅认识是我的师傅；未拜师以前，师傅若问我认识不认识的话，我必回答不认识。"庆瑞点头叹道："凡事皆由前定，非人力所能勉强。"后成心里着慌道："师傅怪我回答错了，不肯收我做徒弟了么？"庆瑞连连摇头道："不是，不是！这话此时不能对你明说，你去安歇吧。你师傅吩咐你，不许给第四个人知道的话，你须牢记在心，不可忘了。明晚你师傅，必来传你的本领。"后成听了，才把心放下，忙答应不敢忘记。这夜后成安歇了，次日早起，仍照常从朱秀才读书。

到初更时分，后成在庆瑞跟前坐着，一会儿方振藻来了，这夜却不似昨夜那么烂醉糊涂的样子。后成慌忙起身，上前给方振藻请安。方振藻笑嘻嘻地握了后成的手问道："学本领有三不得，你知道么？"后成这番便不敢乱答了，回说不知道。方振藻伸左手倒着指头计数道："学本领的人，胆小不得，偷懒不得，乱动不得。这屋子里面，不是学本领的地方，学本领得到城外山上去。你若胆小害怕，便学不着本领，你害怕不害怕呢？"后成心想："既说害怕便学不着本领，我如何能说害怕？我学了本领，替母亲报仇，我母亲必然暗中保佑我，我还害怕什么呢？"遂向方振藻答道："不胆小，不害怕。"方振藻点头道："只要你不胆小害怕，不偷懒，不乱动两件，就不应说了。好！我们就去吧。"庆瑞起身对方振藻拱手道："恭喜，恭喜！"方振藻也答礼道："托福，托福！"后成看方振藻答礼时的神色，很露出不快的样子，也猜不透是什么意思？

当下方振藻带领后成出来，在黑暗地方行走。没一会儿，后成的两眼神光满足，仔细向四处一望，觉得所走的并不是街道，已像到了野外的光景，随即走上了一座高山。方振藻忽停步回头说道："这所在最好，你就这块方石上坐下来，我传授你的口诀。"后成即在所指的石上坐下。方振藻将入道的口诀，细细地传授了，等后成心领神会了，说道："修道的人，在修炼的时分，不能有外物分心。你只顾坐在此地，依我传授的勇猛做去，就有山魈野魅前来侵扰，你都不要去理会他。我有符咒在你所坐的石上，你不离开这块石，不论什么东西前来，你都不用害怕。离开了这石，我便不能保你了，所以说乱动不得。"后成一一答应了，转眼便不见了方振藻。

十来岁的小孩，教他一个人，在半夜三更的时候，独自坐在深山穷谷之中，虽然师傅教他不害怕，其实何能免得了心中的悾怯。还亏了是欧阳后成，替他母亲报仇的心急，每害怕到了极处的时候，一转念他母亲惨死时的遗嘱，若害怕便不能报仇，胆气就登时壮了。

这夜照着方振藻传授的口诀，做到闻得远处鸡叫的声音了，方振藻忽从身后走出来，说道："天光快亮了，第一次修炼，早点儿回去休息吧。等功夫略有进境，再慢慢地把时刻加多。"后成见是师傅来了，连忙起身应是。方振藻挽了后成的手，一步一步地走下山来。后成留神细看所经过地方的情景，刚行到山腰下，觉得两脚软了一软，以为踩着了什么软东西。低头看时并不见有什么，再抬头看两边，只见两面都是房屋，原来已在街上行走，忙回头看后面的山，却已一点儿山影都不见了。心里自是很疑惑，然不敢开口问方振藻。从那山脚下走起，不到一百步远近，便已是参将衙门了。方振藻引后成从后门进去，直送到后成睡的床上，教后成安心睡觉才去。从此方振藻每夜必来，引后成去那山里修炼，鸡一叫就送后成回来睡觉，如此不间断地修炼了半年。

方振藻对后成道："于今你可再增加修炼的时刻了。"当下又传授了些道术，每夜直修炼到红日东升，方振藻才送他回来。后成因夜间不能休，只得趁上午睡一两个时辰。朱秀才教庆瑞儿子读书的时候，后成仍须赶着同时受课，因此朱秀才并不知道后成有学道的事。

后成这夜正坐在那山中石上修持的时分，忽一阵风吹来，直吹得四围树木乱摇乱摆，随听得一声大吼，山谷响应的声音半晌不绝。后成只是十来岁童子，半夜独自在无人的山中，猛不防遇了这种现象，虽说他已经从方振藻修炼了半年，然实用驱邪辟怪的法术，尚不曾学得，一时怎能够不惊慌失措。遂举眼向四处张望，只见一只水牛般大的斑毛大虫，已山崩也似的迎面扑将下来，吓得后成仰天便倒。但是他身体虽被吓倒了，心里却还明白，打算翻身滚下石来好跑。陡然间暗自转念道："跑不得，师傅不是曾吩咐我，只要不离开这块石头，不论什么东西也不能近身的吗？"他心里既有此转念，便仰面躺着不动。

一会儿没听得什么声息，逆料那大虫早已走了，仍挣扎起来坐着。哎呀！大虫哪里肯走呢？支起前脚，坐下后脚，踞在后成前面，两只赛过灯笼的眼睛，睁开望着后成，瞬也不瞬一下，更从鼻孔里，发出一种惊天动地的哼声来。后成这次的胆量便大了些儿，知道这大虫坐着不敢上前，确是因石头上有师傅的符箓。自己只一离开这石头，便成虎口里的肉食了。那大虫守到鸡声高唱，才立起身来，将前两爪抓地，垫下腰子，把身体伸长，抬头张口打了一个呵欠，再竖起那条旗杆也似的尾巴，朝天袅了几袅，上半截身体往前一纵，两条后脚也和前爪一般的，在地下用力一抓，然后发一声狂吼，吼声未止，大风已随着吹得满山树木哗哗地响，那大虫便跟着那阵风，只一跃，即窜入树林中去了。

后成暗道："好险！亏得我今夜尚不曾离开这石头，若和前昨几夜一样，坐久了支持不住的时候，每在树林中游走一会儿，在那时遇了这孽畜，我还有命吗？师傅的法虽大，只是没有前知的本领，一时不在跟前，也不能救我。我若早知道这山里有虎，无论如何也不敢独自坐在这里修道了。"后成一个人思前想后，要想出一条安全的方法，看看想到天光大亮了，却不曾把安全方法想出来。

这时一轮红日，刚刚冒出地面，后成因身在高山之上，受日光最早，方振藻所传授他的功课当中，原有一种应迎着初出地的日轮做的，然后成这时，一则因惊吓过甚，二则因思虑过多，竟不能和平日一般地做得顺利。后成只得停了不做，想借着这时师傅没来，仔细看看四周山势。他在这山上修了大半年的道，只因每次都是深夜来绝早去，全没有给他细看山势的余闲与机会。

这时后成就立在那块石头上，回身朝上面望去，只见一片青翠欲滴的

232

树林，顶着满枝满叶的露珠儿，好像在那里与初出的阳光争辉斗丽。阳光渐渐地上升，直射入双林里面。后成随着阳光的射线，看一片树林过去，有一个石岩，石岩里黑洞洞的，也看不出有多深，并岩里有什么东西。因那石岩的缝口不过尺多高，人非匍匐不能进去，所以看不清里面。后成王想走近那岩跟前去看个停当，凑巧那轮红日一步一步地升上。恰在这时候，阳光与岩口成一平行线，阳光遂射进缝口去了，顿时照得岩里通面彻透。后成趁着阳光朝里看时，只见一张四方的石桌上，端坐着一具骷髅白骨，浑身没一些儿皮肉。后成不觉吃了一惊，再举眼看时，日轮又移上了些儿，只看得见石桌，石桌上的骷髅，便已看不见了。一瞬眼间，连石桌都不能见了，里面仍是黑洞洞的，回复了没有阳光以前原状。

后成方在惊疑的时候，忽听得后面有人笑问道："瞧见了什么，立在这里发痴？"后成转身看时，原来是师傅来了，遂将所见情形，说给方振藻听，问石岩中骷髅是什么人？方振藻笑道："你要问这骷髅么？这骷髅便是你祖师的法身，你是不能亵渎他的，快跟我回去吧。我今天有事，要五百两银子应急，我又不愿到庆家去拿。我知道你叔叔很有钱，你去给我借五百两银子来吧。"后成一听这话，比昨夜遇见大虫时还要吓得厉害，暗想：我叔叔尽管有钱，我一个小孩子，吃他的穿他的，无缘无故要这么多银子干什么呢？叔叔只要问我一句，我便没有话回答。后成心里这么思量，口里却不敢拒绝。方振藻不待后成回答，仿佛觉得后成不能不答应他似的，遂挽着后成的手，送回参将衙门。

后成因有这件大事横梗在胸中，连饭也吃不下，加以昨夜受了大虫的惊，竟倒在床上不能起来。庆瑞亲到床前问病，后成将遇大虫和看见祖师法身的事，说给庆瑞听，并说当时被大虫吓倒的情形。庆瑞问道："你遇大虫的话，曾对你师傅说过么？"后成说："不曾。"庆瑞道："你为何不说呢？"后成道："不是不说，因为师傅来的时候，我正在看见祖师的法身，急于要问师傅是什么人的骷髅，师傅告我是祖师。接着就说他今天有事，要五百两银子应急，教我去叔叔那边去借来给他。我听了心中一着急，便将遇大虫的事忘了。"庆瑞点点头道："原来是这么一个缘由。"庆瑞一面说，一面低着头，好象思索什么。一会儿，仍望着后成说道："我就拿五百两银子给你，你去送给你师傅。你不用为难不好向你叔叔开口。"后成正要说这如何使得，庆瑞已转身出房去了。不一刻，捧了五个很沉重的纸

233

封，走来搁在后成床上，说道："等歇你师傅来了，你就交给他便了。"

后成感激得说不出话来，只光着两眼问道："师傅若问银子是哪里来的，我说是老伯给的好么？"庆瑞摇头踌躇道："说是我给的，也不大妥当。"后成道："我断不敢无故向叔叔要这多银子，只好向师傅直说。我在老伯这里日子已不少了，师傅向老伯要银子的事，也不知见过多少次。今天大约是也有些不好意思起来了，所以教我去叔叔家要。论师傅成全我的恩德，休说五百两，便是五千两，只要我能拿得出，也应送给他老人家用，无奈我做不到。实在恐怕他老人家，见我这次在叔叔家能拿得出，下次手边没了钱，又向我开口，师傅已是累了老伯，我不也跟着使老伯受累吗？因此不敢不向师傅直说。"庆瑞仍是摇头道："不妥，不妥！你师傅的性格，我深知道。他只要有银子到手，便拿着去挥霍，并没有问这银子来历的工夫。他既不问你，你又何必说出来呢？你若开口就向他说，这银子是庆老伯拿来的，他一定倒要对你发脾气，说你不听他的话。你等他来时，只这么说就得了，师傅吩咐办五百两银子，已遵命办好在这里了，请带去使用吧。"

庆瑞说到这里，忽停了不说，即听得外面脚步声响。方振藻已喝了个八成醉意，一路歪斜地走进房来。进门就要问话的神气，一见庆瑞坐在床边，便不说什么了。后成遂照着庆瑞的话，对方振藻说了一遍，方振藻果然不问银子来历，欢天喜地地将银封揣入怀中，边揣边笑着说道："正等着要这银子使用，我也不坐了，回头再见。"一掣身又往外走了。

庆瑞见方振藻去得远了才说道："学道的人，每夜独自在深山之中修炼，大虫自然是可怕，就是旁的野兽，猛然间遇见也讨厌。我于今借给你一件防身的好东西，不要给你师傅看见，不问什么猛兽，禁当不起一两下。"旋从袖中抽出一件黑黝黝的东西，约有四五寸长，递给后成手中，说道："这是从外国买来的手枪，这东西厉害得很，一连打得六下，几十丈远近打去，人畜立时倒地。你带了这东西在身边，便三五只大虫来，也可一一地打死。"后成连忙双手接着。庆瑞详细告知了打法，教后成好好地藏在身边。后成收藏起来，从此每夜带着入山修炼，胆气粗壮了许多。

如此每夜勤修苦练，又整整地过了一年，只因没有机会给后成试验，虽苦练将近两年，然究竟不知道自己的道法，练到了什么程度？但是后成也不着急，方振藻传授他什么，他便修炼什么。不过夜间因修炼的时间太多，上午须睡一会儿，下午方能读书。朱秀才不知道后成拜方振藻为师的事，总怪后成偷懒，屡屡责备后成道："你母亲临终的遗嘱，你都忘了么？此时不发奋读书，将来有你报仇雪愤的份儿吗？"后成每听朱秀才，提到他母亲遗嘱的话，触动了伤痛之心，只是呜咽地哭泣。因方振藻曾吩咐不许告人，也就不敢把夜间修炼道法的话，对朱秀才表明自己不是偷懒。

这日下午，后成将读书的功课做完了，朱秀才对后成说道："时常来这里，缠着军门要钱的那个痞棍似的人，你知道他于今撞下了大祸么？"后成知道所说的便是自己师傅，不由得吃惊问道："撞下了什么大祸呢？"朱秀才道："就在离这衙门不远，有一家姓屈的，夫妻两个，和一个七十六岁的老娘，一个五岁的小孩，全家四口人，昨夜都死在这痞棍方振藻手里。你看惨也不惨，是不是一桩大祸？"后成连忙问道："那一家四个人，为什么都会死在他一个人手里咧，又怎么知道是他咧？"

朱秀才道："说起来连我都恨不得要吃他的肉，但是他于今已不知逃到哪里去了，满城的人动了公愤，要捉拿他，没把他拿住。原来这姓屈的妻子，虽有三十多岁的年纪，听说风度却还不恶。在我们没到这里以前，不知方振藻用什么法子，将姓屈的妻子强奸了，强奸之后，便霸占起来。那妻子不待说，不是一个有贞操的女子，然姓屈的，不是个全无廉耻的人，见自己妻子，被全城都知道的第一个穷凶极恶的痞棍占住了，而自顾力量，又奈何方振藻不得，只好忍气吞声地走开了。走到了什么地方，并没人知道。

"方振藻卫不得姓屈的走开，公然毫不避忌地将屈家当他的外室。左邻右舍的人看了这种事，都早已替姓屈的不平，而屈家婆媳因家计艰难，贪图方振藻的手头散漫，倒不计较，竟相安无事地过了一年。近来方振藻不知又强占了一个什么女子，将屈家的生活不顾了。前几天，姓屈的忽然回来了，左右邻居以为方振藻已多日不到屈家来了，姓屈的便回家，也不至有乱子闹出来。谁知姓屈的这天才回家，第二日邻居就听得方振藻在屈家大声骂人。

"昨夜有人见方振藻喝得大醉，走路一偏一倒地走进屈家去了，一夜并没人听得屈家有什么声息。今日上午，大家都差不多要吃午饭了，还不见屈家有人开大门。邻居疑惑起来，就约了好几个人，去敲屈家的门。敲了一会儿，不见里面答应，只得撬开门进去，一看全家老幼四口，都死在床上，但是四人身上，经仵作验了，全没一点儿伤痕，也不像是中毒死的。"

后成听到这里问道："既没有伤痕，又不像中毒，却何以知道是死在姓方的手里呢？"朱秀才道："就为的死得这么奇怪，大家才能断定是方振藻害死的。因为南京城里有多少人，知道方振藻会邪法，要杀死几个人，不算一回事。听说曾有人和他同赌，三言两语不合，吵起嘴来，方振藻只指着那人骂一句：'我若不教你明天不能吃早饭，你也不知道我方振藻的厉害。'那人回家，次日早，果然没一点病就死了。"

后成口里不说什么，心里很不以自己师傅的行为为然。不过又着急自己的道法不曾练成，师傅却犯了人命案件逃了，以后修炼，不得指教的人，闷闷地回到上房，看庆瑞的神情，好像并不知道有这回事似的，后成也不敢提起。这夜等到平时入山修炼的时候，方振藻仍照常来引后成入山，后成见师傅并不曾逃走，也就不把屈家的事放在心上了。

又修炼了三个月。这日方振藻神色惊慌的，跑到参将衙门里来，一见庆瑞的面，即对庆瑞双膝一跪说道："你今日得救我一救。"后成在旁看了这情形，很觉得诧异，暗想：我从来没见过师傅有这种惊慌的样子。

不知方振藻毕竟为什么事，求庆瑞救他，且待第三十二回再写。

冰庐主人评曰：

　　作者写后成振仇心切，不畏艰险困难，以求得达厥志，与第一集写柳迟学道心切，秉一片至诚心，访师求学，遥遥相应。中间夹入方振藻事，迷离惝恍，直至下回方得大白，又与唐采九一段仿佛。文笔似范而事实绝不相犯，作者真以文为戏哉！

第三十二回

惊变卦孝子急亲仇
污佛地淫徒受重创

话说庆瑞见方振藻跪下求救，先举眼看了看后成，才忙伸双手将方振藻扶起说道："自家人，何必如此多礼？请安心坐下来吧。"方振藻起来就旁边椅上坐下。后成看他的神气异常颓丧，全不似平日那般趾高气扬的样子，心里很有些觉得诧异，暗想：我师傅平日无恶不作，好像是天不怕，地不怕的样子，今日怎的忽然现出这般神气来呢？并且他是一个法力无边的人，便有不了的事，庆老伯却有什么力量能救他呢？后成正在这么思量，即听得庆瑞向方振藻说道："你若是疲乏了，不妨去后成床上歇息歇息。此时辰光还早，正好趁此休养一番。"庆瑞说到这里，回头对后成道："扶你师傅到床上去睡吧。"后成一面应是，一面走上前来扶方振藻。

方振藻望着后成，露出一种似笑非笑似哭非哭，又像害怕，又像欢喜的脸色，说道："你倒已修炼到了这一步，便没有我，自己也能寻得着门路了。不过你能修到这一步，可知是谁的力量？"后成忙垂手答道："师傅玉成之德，老伯培植之恩，弟子没齿不敢忘记。"方振藻忽改变态度，哈哈笑道："你哪里知道！"庆瑞不待方振藻往下说，即连连摆手止住道："此时不用说这些闲话吧。"方振藻便不作声了，也不要后成扶掖，立起身就走。

后成看他起身和跷脚的时候，像是很吃力，勉强撑持的样子，又像身上有什么痛苦，又像是奔走了许多里路，身体走疲乏了。后成看了这情形，又不由得暗忖道："怪道庆老伯教我扶师傅去睡，师傅平日喝得烂醉如泥的时候，走路一偏一跛的，快要跌倒的样子，尚且不要人搀扶着走；今日一些儿醉意没有，倒教我扶着去睡，原来他身上不知出了什么毛病。"后成一面思量着，一面跟着方振藻到自己床跟前。只见方振藻一纳头横躺在床上，悠然长叹了一声，自言自语地说道："你敢追我到这里来，就算你有真本领。哈哈！只怕你不敢啊。"旋说旋合上两眼，沉沉地睡了。后成在旁边看了，兀自猜不透是怎么一回事，但是后成心里着虑的，只愁师傅若是病了，夜间去山中修炼没人指教，遂坐在床边伺候着。

方振藻睡了一会儿，忽张开眼来，望着后成笑道："好小子，你坐在这里，是伺候着我么？"后成忙起身应是。方振藻向床边指了一指，说道："坐下来，我有话和你说。"后成随即坐下。方振藻问道："你可知道我为什么弄到这个样子么？"后成摇头道："弟子不知道。"方振藻道："你想知道么？"后成停了一停答道："有益于弟子的事，弟子很想知道；但是若与弟子修道之念有碍的事……"方振藻不待后成说下去，即伸手将后成的手握住，笑道："快不可如此称呼，我哪有这么大的福分，能做你的师傅？"

后成一听这几句不伦不类的话，不由得吃了一惊。忙立起身，垂手说道："弟子承师傅玉成之德，正不知应如何酬报，师傅怎的忽然是这么说起来？弟子如有什么错处，总求师傅俯念年幼无知，从严教训。"方振藻翻身坐起，使出平日轻浮的态度，哈哈大笑了一阵说道："酬报倒可不必，只要不替人报仇就得咧。"

后成看了方振藻这般举动，听了这般不可思议的言语，更是如堕五里雾中，不知应如何回答。心想我若不为母亲报仇，又何必万水千山地来这里学道？并且我为母亲报仇，也不能说是替人报仇，难道我师傅得了心疯病么？若不然，怎的今日专一说这些没有道理的话？后成心里是这么思量，方振藻也不说什么，站起身径自去了。

后成因恐自己修炼的法术半途抛弃，只得到庆瑞跟前问道："师傅今日的言谈举动，大异平日，并有不认我做徒弟的意思。不知我曾有什么差错，使他如此生气？"庆瑞笑道："没有的事，你修炼得非常精进，他决不会无端不认你做徒弟。"后成道："师傅的道法高深，向来俯视一切，常说当今之世，没有能与他为难的人，今日却为什么现出很为难的样子来呢？"庆瑞半晌不回答。

后成料是自己不应该这么说，急忙解释："小侄实在是因离家三年，大仇未报，唯恐师傅中道厌弃小侄，道法练不成功，更不知何日才能报仇雪恨。"庆瑞看了后成发急的样子，也伸手拉住后成的手道："你师傅素来是这么荒乎其唐的，你应该知道。你尽管专心一志地练你的道法，成功就

238

在目前了，修炼以外的事，你可以不必过问。应当你知道的，到了那时候，你不问也会知道，若是不应当你知道的，知道了，反分你修道的心。我不回答你，并不是怪你不该这么问，只因你还不曾到知道这事的时候。"后成这时心里所希望的，但求不妨碍自己修炼的功课，功课以外不相干的事，他原不想过问，当下便不说什么了。

这夜仍照常入山修炼，练到三更过后，于万籁沉寂之中，猛听得山岩里一声虎啸，登时四山响应，林谷风生。后成是曾经在这山里，受过一番惊吓的人，一闻这声音，就想到那夜遇虎的情景，又不禁有些害怕起来。忽转念想道："那次遇虎之后，庆老伯不是给了我一杆枪防身的吗？一向平安，不曾用过，此刻还揣在怀里，何不取出来，等那孽畜近身，便赏他两下呢？"随想随探手入怀，拔出那杆连发六响的手枪来。准备停当，借着星月之光，竭尽目力，向四方森林中仔细探看。却是奇怪，那虎只啸了那一声，便没丝毫声息了。后成等了好一会儿，见没动静，只得依旧揣藏了手枪，再做功课。

没一刻工夫，方振藻来了，后成照例立起身来问候，方振藻扬手止住道："坐着不必动吧，我有话和你说。大家坐下来，好慢慢地谈。"后成虽听师傅这么说，然已立起身来了，不能不让师傅先坐下才敢就坐。

方振藻又改变了白日的态度，两手执住后成两条胳膊，缓缓地往下按着，笑道："我若是你的师傅，你自然不能先行坐下。于今你我不是师徒了，还拘什么形迹呢？我此刻得意极了，你听我说得意的事吧。"后成被按着只好坐下，十分想问何以于今不是师徒的话，但是方振藻不容他有问这话的空隙，一同坐下来，紧急着说道："我在南京混了十多年，南京的三岁小孩都知道我的三种嗜好。你我在一块儿也差不多三年了，你知道我是哪三种嗜好么？"

后成说："弟子只知道师傅的道法高深，实不知道有哪三种嗜好。"方振藻大笑道："你还在这里什么师傅弟子！好，也罢，这时和你说，你只当我是胡乱说了好耍子的，待一会儿再说吧。我的三种嗜好，你何尝不知道？不过存客气，不肯直说出来罢了。我老实说你听：我第一种嗜好，就是贪花。只要有生得漂亮的雌儿，落到我眼里，我便和掉了魂的人一般，不弄到手快活快活，再也放她不下。不问她有丈夫没丈夫，是贞节女子，是淫荡妇人，我总有本领使她依从我。"方振藻说到这里，又打了个哈哈，

239

接着自己解释道："有了我这般道法，世间有什么女子能保得了贞节呢？第二种嗜好，和第一种的色字，从来是相连的，就是爱酒。我一喝了几杯酒，贪花的胆量就不因不由地大起来了，所以要贪花，便非有酒不可。第三种嗜好，却和第一、第二两种不相连，然而是一般的痛快。你猜得出是什么？"

后成见方振藻说出这些不成材的话，心里已存着几分不快，只是不敢表示反对罢了。略略地摇着头答道："猜不出是什么。"方振藻笑道："赌博，你也不知道吗？我赌博输赢，只凭运气，不用法术，一用法术，便赢了也没趣味。你要知道我此刻极得意的事，并不是赌博赢了钱，也不是酒喝得痛快，也不是得了生得漂亮的女子，我料你决猜不着我为什么事得意。你我不久就要分离了，我不能不把得意的事说给你听。"

后成忍不住插嘴问道："好端端的为何就要分离呢？"方振藻忽然长叹一声道："数由前定，谁也不知道为着怎的。前次我向你要五百两银子的事，你不曾忘记么？"后成道："还记得是曾有这么一回事，不过日子久了，没人把这事放在心上。师傅不提起，弟子是差不多忘怀了。"方振藻点头笑道："我平日拿旁人的钱使用，也记不清一个数目，从来也没想到偿还，唯有你那五百两银子，便到临死也不会忘记。"后成道："那算得什么，何必这么搁在心上。"

方振藻道："那却有个缘故，银子虽只五百两，用处倒很大。六塘口如是庵的住持尼净缘，早五年前本来就和我要好，我嫌她年纪大了些，有三十六七岁了，不愿意时常到如是庵里去，净缘恐怕我把她抛弃，想出些方法来牢笼我。她有几个年纪很轻的徒弟，她都一个一个地用药酒灌醉了，陪着我睡，我只是不大称心如意。离如是庵四五里路远近，有一家姓陶的绅士，是有名的富户。陶家有个在浙江做镇台的，死在任上，留下一个新讨进来的姨太太，年纪才十七岁，生得着实漂亮，并是良家的女子，陶镇台设计讨进来的。陶镇台一死，陶夫人的醋心不退，逼着这十七岁的姨太太在陶家守节。姨太太不敢违拗，就随着陶镇台的灵柩，一同归到陶家来。

"凑巧搬运灵柩的那日，我在半路上遇着了，像那姨太太那般娇丽的女子，我白在世间鬼混了几十年，两只无福的乌珠，实在不曾瞧见过一次。这时虽是在半路上偶然遇见，但我的三魂七魄，简直完全被她勾着去

240

了。我知道陶家是个有钱有势的人家，那陶夫人治家，又十二分的严谨，谁也不能到她家做出奸情事来。我寻思无法，只好求净缘替我出主意。净缘倒肯出力，专为这事在陶家走动了好几个月，劝说得姨太太情愿落发出家，终身皈依三宝，就要拜净缘为师。叵耐陶夫人不答应，说是落发出家可以，但不许在如是庵出家。自己拿出钱来建了一个小小的尼庵，就在陶家的住宅背后，不知从什么地方，招来一个五十多岁的老尼姑，陪伴那姨太太，姨太太便真个落发修行起来。只苦了我和净缘，用了多少心思，费了多少气力，到底不曾如着我的心愿。

"幸亏净缘能干，渐渐地和那老尼姑弄熟了，知道老尼姑也不是个六根清净的人，生性极是贪财。净缘费了许多唇舌，她才答应了，能送她五百两银子，她方肯担这惊恐，因此我那日向你要五百两银子。就在那夜，老尼姑将净缘给她的药酒，哄骗得姨太太喝了，迷迷糊糊地与我成了好事。次早醒来，生米已经煮成了熟饭，翻悔也无益了，索性要嫁给我做老婆。若论她的模样性格，本来做我的老婆也够得上。不过，我是一个天空海阔，来去没有挂碍的汉子，多添一房妻小，便多添一层挂碍。并且她已经落了头发，娶回家来也不吉利。只是我心里虽然这么着想，口里仍敷衍她，教她安心等等，等到顶上的头发复了原，即娶她回家。她怨我没有娶她的真心，几番对我说，你既不能娶我回家，这里是佛门清净之地，你从此就不要到我这里来了吧，免得风声传到夫人耳里，我的性命便活不了。"

后成听到这里，不觉惨然说道："可怜，可怜！"方振藻道："这有什么可怜？我花了五百银子，用了许多心计，才把她弄到手，没快活得几日，我不是呆子，怎么能随意丢开呢？并且我花钱费事，受怕担惊，为的就是她一个人，我对她这么有情，论理她对我也应该如此，而她竟忍心教我不要再去，我如何能甘心咧？好在我不比寻常人容易被人识破，每夜等大家睡净了才去，天未明就出来，一晌除了净缘和老尼姑之外，绝无人知道。

"前夜也是合当有事，二更时候，我到她那里，她还坐在床上等候，不曾睡下。一见我窗眼蹿进去，即跳下床对我扬手，教我不要高声。我问为什么？她指着对面房间，就我耳边低声说道：'今夜有两个年轻的尼姑，到夫人那里化缘，夫人见天色晚了，就留两个尼姑歇宿，亲自送到这里来，此刻在对面房间里睡了。我恐怕你不知就里，进房和我随便谈话，给她们听见了，不是要处，所以坐在床上等候。'我当下听了这些话，也不把放在心上，打算上床睡觉。无奈她的胆小，定不肯我在那里睡，逼着我离开那房。我心里不免疑惑起来，暗想若真是两个年轻的尼姑来这里化缘，出家人断不肯多管闲事，怕到这个样子干什么呢？看她这样慌张的情形，对面房间里睡的多半不是尼姑。我既生了疑心，益发不肯走了，蛮将她抱上床同睡。平日我本来不待天明就走，前夜却有意睡到日高三丈，还假装睡着不起来。任凭她推一会儿揉一会儿，在耳边低唤一会儿，掩面饮泣一会儿，我只作睡着了不作声。她急得无法，穿衣下床出房去了。

"我在床上听得她走出房门，随手将门带关，在外面锁了。我才睁眼一看窗户，只见窗纸上照着一个黑影，从窗纸小窟窿里，现出一只黑白分明的俊俏眼睛来，那眼光正射在我身上。我心想不好，她昨夜所说的，并非假话，据这眼光和黑影看来，不是一个年轻尼姑是什么呢？立时打算踢破窗门逃走。忽听得窗外发出娇滴滴的声音，向我叱道：'哪里来的恶贼，敢污秽佛门清净之地。'我这时见已有人叫破，也就用不着急急地图逃了。这尼姑的容貌生得怎样，虽隔了一层纸，不曾看出，然那只勾魂的眼睛，是已见过的，觉得比陶家姨太太的还要动人几分。我何不瞧他一个仔细，如果有十分姿色，两个年轻的尼姑，又在外面化缘，料没弄不到手的道理。这主意打好，已走近了窗户跟前，即听得外面又有一个很娇嫩的声音问道：'妹妹怎的还不动手呢？若给恶贼跑了，岂不可恨吗？'我当下听了这话，只是好笑。若不是想看她们的心急，原以为可以不作理会的，哪晓得我这条性命，就险些儿送掉在那房间里。

"亏得我急于要看她们，一举手冲破了窗门，蹿出窗外。谁知我的脚还不曾点地，迎头就是一剑飞来。我才大惊，不敢怠慢，一面招架，一面偷眼看两尼姑的容貌体态，真是一对嫦娥仙子。我一落眼，浑身骨节都不由得酥软了，只因那两口剑非同小可，紧紧地拣我要害刺来，性命只在呼吸的关头，不容我再有旁的念头。使尽平生本领想将两人制伏，无奈两人不肯放松半点，一折身，我屁股上早着了一下，我立脚不牢，便借遁光跑了。我逆料那两个丫头，既有那么大的本领，遇了我必不肯轻轻放过，我昨夜安排好了，专等她们赶来。果不出我所料，昨夜二更以后，她们自投罗网，径到参将衙来找我，两个都被我活捉生拿了。你想这么两个天仙也似的人儿，既落到了我手里，还愁她不给我快活么，你看我如何不得意？"

后成听了这番事迹，止不住心头发火，若不因方振藻是自己学道的师傅，早已拔出手枪来打了。这时只得极力按捺住火性问道："师傅拿了她们，此刻关在什么地方呢？"方振藻笑道："此刻还在参将衙里。只等我将你的事办妥了，我便要把她们带到一个安乐地方去。有了这么两个人给我享受半世，就是神仙我也不想做了。"后成问道："我有什么事要办妥呢？"方振藻向东方望了一望，说道："快了，快了，太阳一出就行。"后成不懂是什么意思，呆呆地望着方振藻发怔。方振藻不住地摇头晃脑，现出极得意的神气。

　　不多一会儿，东方一轮红日渐渐地升将上来，登时照得满山苍翠的树木，都和喝醉了酒的一般红艳。后成猛然想起背后山岩里的祖师来，即回头随着阳光射线，向那岩石里面望去。觉得阳光还低了些儿，里面仍是漆黑的，看不分明。方振藻一手挽起后成，笑道："带你见祖师去，今日是你成功的时候了。"后成跟着从树林里穿到岩前，方振藻指着岩口一片青石道："快叩见祖师。"后成连忙跪下叩头，一抬眼，便见一具很高大的骷髅，端正趺坐在一个四方石桌上。

　　方振藻在旁呼着欧阳后成说道："仔细端详，祖师的法身，就在这里。你的师傅，也就在这里。我不是你的师傅，我是你第三个师兄。你要知道拜师的时候，便是得道的时候。你此刻拜师，须拜受师傅的戒律，发誓遵守。"方振藻旋说旋从怀中摸出一张字纸来，展开朗念道："第一戒妄杀，第二戒窃盗，第三戒邪淫，第四戒酗酒。"接着念第五戒什么，第六戒什么。方振藻念一戒，欧阳后成伏在青石上答应一句。方振藻念完了说道："当着祖师发誓，要赌本身咒，不许推诿到来生。"

　　欧阳后成虔心发了誓，立起来，忽觉得心里一动，眼看了方振藻，便遏不住心头愤怒，随即厉声向方振藻问道："师兄也是祖师的徒弟么？"方振藻道："怎么不是？"后成道："师兄拜师的时候，也曾受过戒么？"方振藻道："怎么不受？"后成道："也曾发过誓么？"方振藻道："怎么不发？"后成道："发的也是本身咒么？"方振藻道："怎么不是？"后成道："发了誓不遵守，不要紧么？"方振藻道："怎么不要紧，犯了咒是要灵验的。"后成道："师兄屡次犯了，怎么却不灵验呢？"方振藻哈哈大笑道："我发的本身咒，是一辈子也不会灵验的。因为我当日发的誓，是倘若犯了戒，就得死在一个未成年的小孩手里。我的道法，休说未成年的小孩不能制死

243

我，我敢说当今之世，没有能制死我的人。我怕什么？"

不知欧阳后成听了怎生说法，且俟第三十三回再写。

冰庐主人评曰：

　　术士之能使道法，亦犹文人之善运文字，夫文字、道法，俱所以助人立身之本，匪所以供人犯罪之阶，故圣人谓之"穷则独善其身，达则兼善天下"也。若假文字、道法以济其恶，则其恶必甚，而罪亦弥大矣！方振藻恃道法以淫人妇，人莫敢抗；恃道法以杀人，人又不能抗，然则将任其横行终古欤？则苍苍者天，未能容也；作者笔下，亦未能容也，故出一后成以制之。其意盖谓，善运道法如方振藻，卒死于一孺子之手，则道法亦有时失其效用耳！今之文人，好假文字以济其恶，而以为可恒者，盍鉴诸？

第三十三回

述奸情气坏小豪杰
宣戒律枪杀三师兄

话说欧阳后成见方振藻说当今之世，没有能使他死的人，即随口问道："只要没人能死你，便可随意犯戒，不要紧吗？"方振藻摇头晃脑地说道："我生性是天不怕地不怕的人。没有法力的时候，还有些儿顾忌王法。于今王法既奈何我不了，我还管他什么戒不戒，高兴怎么便怎么。"欧阳后成气愤说道："然则祖师收了你这种徒弟，不是罪过吗？王法能容你，但怕祖师不能容你。"方振藻仰天大笑道："祖师多年不问我的事了，并且祖师若不容我，他自己就得先破杀戒。他自己既能破戒，又何能不容我这破戒的徒弟呢？"

后成听了这强词夺理的话，更加生气道："祖师就能容你，我也不能容你。你若再不忏悔，我必替祖师除了你这败类。"方振藻翻起白眼，望着后成冷笑了一声道："你配么？你这点微末道行，哪里够得上说这话。"后成道："好！你果真怙恶不悛，我自有够得上的这一日。"方振藻道："江山易改，本性难移，我等你一百年吧！怕了你，还是方振藻吗？"

后成刚待回答，陡觉得耳里有人呼着自己的名字说道："你怀中预备杀虎的东西，不能拿出来杀人么？"后成恍然明白了。从怀中拔出那手枪来，枪口才露出，就轰然一声响。只见方振藻"哎呀"了一声，两手一张，向后便倒。后成倒吃了一惊，暗想庆老伯教我要开放的时候，须用食指勾动枪机，怎样我才拔出来便响了呢？并且庆老伯曾教我开放时，应如何瞄准，方能打着要打的东西。刚才我并没瞄准，怎么一响便真个把他打死了呢？心里一面疑惑，两眼一面看方振藻仰倒在地下，胸口吐出鲜血来。睁开两只火也似的红眼，望着自己。两手在地下乱抓，好像痛苦得忍耐不住似的，两脚只管一伸一缩，把山土擦了两条坑。

后成本来丝毫没有杀方振藻的心思，平日为人也没有这日这么容易生气，糊里糊涂的，竟做出这种非常的事，仿佛如做了一场噩梦。这时一看方振藻的惨酷情形，不由得心中又是不忍，又是悔恨孟浪，浑身不由自主的，抖得手枪都掉在地下。见方振藻两眼活动，尚不曾死，不禁走过去双膝跪下，失声痛哭道："我该万死，我自己实在不知道，何以忽然这么的糊涂？"方振藻悠然长叹了一声，说道："你也用不着哭，数由前定，并不是你忽然糊涂。我自作自受，与你无干。不过我和你虽不是师生，也有一番指导的情谊。我今日如此结果，我身后未了的事，你应该替我办了，你能答应么？"后成拭着眼泪说道："师兄未了的事，我自应代办，请师兄吩咐吧。"

方振藻就地下微微地点头道："我在南京强占人家的妻子，虽有好几个，然我自从诱奸了陶家姨太太之后，那些地方我都断绝了不曾去，各人的丈夫也都团聚如初了。唯有明媒正娶的三房家室，分作三处住了。我平日有的钱，到手就用，没一些儿积蓄。这三房家室，我死之后，毫无依靠，年纪虽都不甚大，又无生育，本不难另嫁，只是与我夫妻一场，三人都不曾有差错，我临死不能不给他们几两银子，或守或嫁，听凭他们自便。我打算每人给五百两银子，你得代替我筹措一千五百两，在三日之内，分送给三人，你能答应我么？"

后成听了，很觉得为难，暗想：我自己还是寄人篱下，衣食都仰给于庆老伯，教我从哪里去筹措这么多银两呢？上次要我筹五百两，由庆老伯如数拿出来，我心里已很觉不安，于今更多了两倍，难道还好意思向庆老伯开口吗？方振藻见后成踌躇不能答白，即愤然说道："你不能答应，也得你答应，来生再见。"说罢，两脚一伸，两眼往上一翻，竟咽气死了。后成呆呆地望着尸体流泪，一时不知要怎么才好。

就在这为难的当儿，忽听得石岩里有人咳嗽一声，后成不由得吃惊。回头看时，只见一个风神飘逸的少年，宽袍缓带，从石岩里从容走了出来。面上带着笑容，向后成说道："好孩子，能替我诛锄凶暴，也不枉我成全你一番。"后成这时已看见岩中石桌上的骷髅没有了，心里已明白这少年便是祖师。连忙掉过身，仍旧跪下叩头道："弟子一时糊涂，做梦也似的干出这桩逆伦的事，千万求祖师慈悲，救活师兄的性命。"少年正色说道："你师兄的行为，你曾知道么？"后成伏地答道："曾听师兄自己说过。"少年道："你听了觉得怎样？"后成道："觉得师兄不应该那么犯戒。"少年道："犯戒便得犯咒，你知道么？"后成道："知道。"少年笑道："你既知道，为什么又求我救活他的性命呢？"后成道："师兄犯戒，是应得犯咒，然弟子受了师兄的好处，论人情物理，似乎不应该死在弟子之手，因此求祖师慈悲。"

少年大笑道："你至今还以为你师兄是死在你手里么？你起来搜你师兄身上，看可有什么东西？"后成立起身来，挨近方振藻尸旁，弯腰在方振藻身上摸索了一会儿，从衣袋里摸出一封信来。一看信面上写着"遗嘱"两个字，心里不禁又是一惊，两手吓得抖个不住，不敢抽出信封里面的东西来。少年在旁喊道："遗嘱是给你的，怎么不开封瞧呢？"后成只得战兢兢地开了封，抽出一张字纸来，只见上面写道：

后成吾弟：

　　吾于三年前已知有今日之罚，只以造孽过深，不容忏悔，后事须吾弟代了。二十年后，当俟吾弟于天津。祖师垂戒极严，甚不可忽，今日之事，即是后来者之榜样。慎之，慎之！

纸尾署"方振藻手书"五字，后成看完，已是汗流浃背。少年指着方振藻的尸道："装殓掩埋是你的事，你须永远将这情形放在心上。"后成正想问遗嘱上怎么有二十年后，俟我于天津的话，还不曾说出，一转眼就见红光一闪，照得岩石里面通红，少年已不知去向。再看岩中石桌上，仍然端坐一具骷髅骨，后成恭恭敬敬的，在岩口朝里面拜了四拜，心想这装殓掩埋的事，唯有回去求庆老伯，就是那一千五百的银子，暂时也只好向庆老伯借用。将来由我赚了钱，如数奉还。想罢，收了遗嘱、戒条，拾起手枪揣好，对着方振藻的尸哭道："师兄请耐心在这里等一会儿，我就来送你入土。"说毕下山。

还没走到山脚，即见前面有八个人抬一具棺木，后面跟着一个骑马的，五六个步行的。后成初以为是来这山上进葬的，仔细看时，那骑在马上的不是别人，正是庆瑞。心里疑惑道："我昨夜起更时候，才从庆老伯家来此修炼，并不曾听说衙里死了人，这棺木里面装的是谁呢？哎呀，这棺木的盖，还不曾封好，是空棺木么？难道庆老伯已知道我师兄，被手枪

247

打死了吗?"后成一面心里猜度,两脚往山下迎上去。

行到切近,后成正待向庆瑞诉说方振藻的事,庆瑞已因上山不便骑马,跳下了马来,说道:"不用说,事情我已知道,特备了棺木前来装殓的。"后成更加疑惑,问道:"事情才出只有这一刻儿工夫,这山上又没有旁人,能去老伯那边送信,老伯怎得知道得这么迅速呢?"

庆瑞边携了后成的手上山,边笑着说道:"岂待此刻才能知道?在三年前,你在我那里拜师的时候,早已知道有今日的事了。当日拜师的情形,你就忘了吗?你那时答应成全他,今日果然在你手里成全了。"后成听了,不觉悚然说道:"小侄那时正觉得师兄的举动很奇怪,师兄本来一次也不曾和我见过面,却忽然会问我认识他不认识他的话,那时尚以为他有些失心疯的模样,后来老伯追问小侄,老伯也没说出一个所以然来。我若早知有今日这一劫,早就应该避匿不和师兄见面了。"

庆瑞笑道:"老伯、小侄的称呼,从今日起应当收起,另换一种称呼才是。你知道我是你什么人么?"后成愕然了半晌,说道:"我知道是家叔至好的朋友。"庆瑞摇头道:"称呼是以比较亲厚些的为准,我和令叔固然是要好的朋友,须知我和你,更是同门的兄弟。你此后见面,应呼我为二师兄。今日应了咒神死在这山上的,是你的三师兄,你三师兄的本领,虽没有什么了不起,然以你此刻的本领拿来和他比拼,十个你也敌他不了。只因祖师不肯轻开杀戒,就为今日的事,才收你做徒弟。你不遇这种机缘,好容易列入祖师门墙吗?"说着话,已到了方振藻尸旁。

庆瑞朝着尸体作了三个揖,挥泪说道:"三弟英灵不远,身后的事,有我在,尽可放心。二十年后,仍是今日成全你的人,来成全你。安心去吧。"后成看方振藻的两只红眼,自中枪倒地后,两眼向上翻起,直待庆瑞到来不曾合拢。庆瑞刚挥泪说完这几句话,两眼登时合下来了。庆瑞指挥跟随的人,将带来的衣服替方振藻装殓,并教扛抬棺木的人就在石岩旁边,掘一个深坑,装殓停当,即时掩埋起来。不多一会儿工夫,已七手八脚地做了一个坟堆。庆瑞见已葬好,才带了后成和众人回衙。

后成偶然想起,方振藻今早曾说拿住了两个小尼姑,监在衙里,遂向庆瑞说道:"三师兄说昨夜拿住了两个女刺客,于今三师兄已经去世,二师兄打算怎生发落呢?"庆瑞停了一停,笑问道:"他已将详情对你说过了么?"后成点头应是。庆瑞道:"这事依你打算,怎生发落才好呢?"后成

248

道："这事实是三师兄的罪恶，我今早听得他述这事的时候，即很不以他这种举动为然。比时我就自恨没有能耐，不能禁阻他，假使我在旁边遇着这般的事，必定不顾性命，把诱奸良家女子的人除掉。便是自己本领不济，反死在恶徒手里，也心甘情愿。何况这两个女刺客和陶家的女人，同是佛门弟子，亲眼看见这种污秽行为，出自佛门清净之地，自己又没有力量，如何能袖手旁观呢？依我的意思，二师兄可替三师兄减轻罪恶，赶紧将二人释放。并且据三师兄说，二人的本领不小，以三师兄的本领，初次交手，尚且受了伤，可见二人必也有些来历，不是寻常之辈，二师兄正好借此做个人情。"

庆瑞摇头道："若就事论事，你这意思自是不错。不过你三师兄，只对你撩头去尾地说了他自己这段事故。其实这里面的情由，还很长很长。你此刻既已和我是同门兄弟，便不可不知道我们这派，现在的仇敌极多，这两个女子，也是我们的仇敌。就没有你三师兄这种污秽的举动，她们既到了南京，也是要和我们为难的。"

后成诧异得很的样子问道："修道的人，与人无忤，与物无争，怎么会有很多的仇敌呢？"庆瑞正色道："谈何容易！与人无忤，与物无争。旁的不说，我且问你，你不是为要替你母亲报仇，才专心学道的吗？此时你报仇的机会已快到了，你能做到与人无忤，与物无争八个字么？万一潘道兴的法力比你高强，你一人不能报仇，能不拉几个好本领的帮手同云么？即算你比潘道兴厉害，如愿将你母亲的仇报了，你能保潘道兴没有同门兄弟，与徒子徒孙，又出来替潘道兴报仇么？似此冤冤相报，仇敌安得不多？你要知道，我们奉的崆峒派，崆峒派与昆仑派，素来是不相合的。昆仑派全是汉人，崆峒派原是从蒙古发源的，蒙古人居多，回族人、苗族人都有，从来汉人极少，也轻易不肯收汉人做徒弟。自从祖师在七十年前由蒙古入中原传道，才收入董禄堂和杨赞化、杨赞庭兄弟，杨赞化又传庞福基，杨赞庭又传甘瘤子，甘瘤子、庞福基更传了不少的徒弟，都是汉人。昆仑派的人，因此更仇视我派了。这两个小尼姑，是眇师傅的徒弟，一个是朱继训的女儿，一个是朱继训的儿媳。朱继训在潮州谋叛，已正了国法，全家因有眇师傅搭救，才留了性命。这番二人到南京来，一则因祖师在这里，想来显显自己的能为；二则因我和你三师兄都是旗人，在她们更觉有深仇积怨。我于今纵能大度包容，将她释放，她不见得知道感激，从此不与我为难。”

后成听得里面有种种关碍，便不敢有所主张，又因庆瑞刚才提到替母亲报仇的话，触动了几年来蕴蓄于衷的心事，只坐在一旁低头落泪。庆瑞看出了后成的心事，即向后成说道："你还悲苦些什么？我刚才不是说，此时你报仇的机会已快到了吗？你的根基很厚，白日飞升，在你并非难事。不过你的年事太浅，阅历不深，因阅历不深，操持便不易坚定。我等须以道为体，以法为用。祖师因见你的根基尚好，修炼较平常人容易百倍，所以想将你作育出来。唯恐你为急于报仇一念，分了向道之心，才命你三师兄专一传授你的法术。你要知道法术没有邪正，有道则法是正法，无道则法是邪法。你此刻的法术，足够修道之用，只是若从此不在道上用功，则你这些法术，都是自杀的东西。你三师兄今日如此下场，即是无体有用之结果。祖师假手于你以杀他，实具有深意，千万不可忽略。"

后成觉得领悟了说道："二师兄说我此刻的法术，足够修道之用，我实不懂得。我从三师兄苦练了三年，三师兄常说我很有进境，但是我至今还觉得一种法术都施用不来，这是什么道理呢？"庆瑞笑道："你不到施用的时候，如何能施用得来？"后成问道："怎么谓之施用的时候呢？定要与仇人见面，才是施用的时候吗？"庆瑞说："不然，你三师兄还不曾将开门的钥匙给你，钥匙就是口诀，我传给你吧。"当下庆瑞传授了后成的口诀。

次日后成正在庆瑞跟前，听庆瑞谈道，忽见一个亲随送了封信进来。庆瑞拆开封皮看了一遍，随手揣入怀中，连忙起身出去了，好一会儿才蹙着眉头进房。后成不知是哪里来的信，不敢过问，看庆瑞面上，很露出忧容。后成是个生性很忠实的人，亲眼看见于自己有大恩的人，有为难的事，实在忍不住不顾问；却是转念一想，二师兄这么高的道行，这么强的法力，尚且为难忧虑，我就问，不也是白问吗？

后成心里这般思想，庆瑞像是已经知道，长叹一声，对后成道："你三师兄真累人不浅。他欺眇师傅已死，求我帮同设计，将这两个小尼姑拿住。也不打听清楚，朱继训的儿子是智远禅师的徒弟。方才的信，就是智远禅师，打发他徒弟朱复送来的。我看了信，不由得要着惊，虽立时将两个尼姑放了，然我从此又多几个劲敌。我要专心炼道，就得解组入山。这小小的前程，在我本不值一顾，无奈我是荫袭的职分，又是旗籍，其中有种种滞碍，使我不得如愿，终年坐在这个参将衙门里，哪是修道的地方？

你三师兄撞下大祸走了，却教我一个人担当，你看我怎么能不忧虑？我思量你的亲仇未报，必不能安心在这里久留。好在你家中并没离不开的人，你叔叔、婶母已在此地落了业，你回家乡报复了仇恨，仍回我这里来。一则你们叔侄兄弟可以团聚，二则我有你做个帮手，凡事都放心一点儿，不知你的意思怎样？"

后成不假思索地答道："二师兄便不吩咐我仍回这里来，我报仇之后，也没地方可走，自免不了仍依家叔生活。只是我报仇的事，二师兄打算放我何时前去呢？"庆瑞捏指算了一算道："哎呀！此刻就得动身，在路上还不能耽搁，赶到醴陵，方不迟误。若稍有耽搁，只怕不能完全如你的心愿。"后成听了这话，哪敢怠慢，慌忙立起身说道："二师兄既这么说，我就只得即时动身了。"庆瑞点头道："令叔和先生两处，我自会告知他们，不用你去说。"后成匆匆拾掇了一个包裹，庆瑞拿了一包散碎银两，给他做盘川，后成遂动身向醴陵报仇去了。

不知这仇怎生报法，且俟第三十四回再写。

冰庐主人评曰：

方振藻之罪恶，罄竹难书，然观其死后遗嘱，则三年前已早知必有今日。明知之而故犯之，此所以祖师虽慈悲，亦不容宽假，而必假欧阳后成之手以除之欤！至死时叮嘱后成数语，又似忏悔，又似戒饬。可谓糊涂一世，清醒一时矣。

二十年后俟于天津一语，伏根甚远，又为读者腹中添一闷葫芦。

崆峒、昆仑两派，积怨甚深，而所以积怨之故，读者多未明瞭，此回从庆瑞口中，叙述一过，眉目清醒。

后成为母报仇之志，念念不忘，纯孝如此，读书必为圣贤，修行必成正果。庆瑞许其凤根甚深，不难白日飞升，斯言信也。

朱复与恶紫、光明，亦本书主要人物，久不出现，未免冷淡。此回乃从庆瑞口中带叙数语，亦借实点主之法也。

本回结束方振藻，接叙后成报仇事，为文章之大变化。

251

第三十四回

动念诛仇自惊神验
无钱买渡人发杀机

　　话说欧阳后成驮着包袱，从参将衙门出来，那时没有轮船、火车，只好搭民船到汉口，再由汉口直接搭船到渌口。估计程途，只要遇着顺风，沿途没有耽搁，不过半月或二十日工夫可到。无奈天气绝少半月二十日不变的，从南京去醴陵，又是上水，应有北风才好。偏巧后成动身在三月，暮春时候，哪有连刮半月二十日北风的？在江河中，整整行了一个半月，才到渌口，既到了渌口，便容易到家了。

　　后成这日到了家乡，不敢归家，到附近邻居一打听，才知道自己父亲，已死了两年八个月，计算在自己逃出门三个月之后，便已去世了。什么病症死的，邻居都不知道。就是庶母，也在二十日前死了。至此才知道庆瑞教自己不要在路上耽搁的道理。然事已如此，只得寻那主使教唆的潘道兴雪恨。

　　一打听潘道兴这时住在乡下，遂寻到潘道兴家。原打算径找潘道兴，当面数出他的罪恶，然后下手惩治他的。转念一想不妥，听说潘道兴也很会些法术，自己虽曾修炼了这么久，然太没有经验，恐怕弄不过他，露了面，反为不好。只好躲在潘家对面山上的树林里面，等潘道兴出来，相机下手。等不到半日，潘道兴果然从家里出来。潘道兴的形象，后成本来认识的，这时虽隔了三年不见，然容貌身体，并没有变更的地方，只觉得精神委顿，不似几年前强悍凶狠的样子了。俗语说得好"仇人见面，分外眼红"，潘道兴一落到后成眼里，后成立时就触动了自己母亲惨死时的情形。心里一痛恨潘道兴，不由得便远远地指着潘道兴切齿道："我今日定要取你这恶贼的性命！"这话才说出口，手还不曾缩回，再看潘道兴，已仰面朝天倒在地下。手脚略略地动了几动，即直挺挺地竟像是死了。后成暗自吃惊道："怎么死得这么巧，我的法术，还不曾默念口诀，这恶贼倒已死了。可惜，可惜！不过他早不死，迟不死，刚巧在我见面的时候死，我的仇总可算是报了。但是他死得这么奇怪，我不能不上前瞧个仔细，恐怕他已知道有我在此暗算，故意在我眼前装死。我误认他是真死，不再下手他，那就上他的当了。"心里想着，即上前行走。

才走了几步，忽又转念道："他不是有意装死，想骗我到他跟前，好下手么？只是我也不怕，小心一点儿就是了。"遂径走到潘道兴跟前一看，只见七孔流出鲜血来，便是三岁小孩，也能一望而知，确是死了。复用手指着潘道兴的尸兑道："你也有今日么？你此刻做了鬼，可知道无恶不作的人，决没有好结果的么。你三年前咒死我母亲，我今日是特地前来报仇的。我原意也是想教你七孔流血而死，你却不待我施行法术，就照我心里所想的自行死了。可见得你已恶贯满盈，我便不来报仇，你也免不了这般结果。"

后成很满意地数责了潘道兴几句，即到自己母亲坟上，哭祭了一番。醴陵虽还有些亲戚故旧和族人，然都与后成没有亲密的关系，无酬应周旋之必要。想起动身时庆瑞吩咐的话，不敢在醴陵停留，随即回头向南京进发，仍打算在渌口搭乘民船。

才行到离渌口十来里地方，有一条小河，这河有两艘渡船，来回渡人过河，照例每人要三文渡河钱。后成在三年前，跟朱秀才从家中逃出来的时候，走到这河边，叫渡船过河。驾渡船的，是个三十多岁的汉子，那时见朱秀才是个文人，后成是个小孩，又在黑夜，很露出急迫的样子，驾渡船的遂存心要敲朱秀才的竹杠。等二人上了船，一篙撑到河心，硬逼着朱秀才要一串钱。这时朱秀才唯恐被后成的父亲追来，不敢耽搁，忍气拿出一串钱给驾渡船的。后成年纪虽小，当时也很觉得气愤，后来日久渐忘，也就没把这种小事放在心上。这回重返南京，走到这河边，那艘渡船恰停泊在这边河岸，后成上船一看，认得就是那夜逼钱的汉子。一时想起那夜的情形，连瞪了那汉子几眼。那汉子却不曾理会，接连岸上来了七八个渡河的，都上了这艘渡船。

那汉子见船已坐满，即向岸上一篙点开了船，渡河的照例在河心各人拿出三文钱来，交给驾渡船的，驾船的见钱数不差，方肯将船拢岸，少一文便是啰唕。后成知道这规例，先拿出三文钱来，因懒得交给那汉子手中，顺手搭在舱板上，向那汉子招呼道："我的渡钱在这里呢。"

那汉子爱理不理的，也睄了后成一眼。众人各从衣袋里摸出钱来，只有一个年约五十多岁的道人，身上穿着一件破旧不堪的单道袍，很有几处露出肉来；赤着双足，趿两只不同的破鞋，好像是从灰屑堆中拾起来的，沾满了泥垢灰尘。手里提一只尺多长的小木箱，虽看不出箱中装了些什么东西，然任凭是谁人看了，照这道人身上的情形推测，谁也能断定箱中决无贵重物件。但道人却把那木箱，看得十分珍重的样子，自己靠船舷坐着，将木箱搁在膝盖上，双手牢牢地捧着，仿佛怕被同船人夺了去似的。同船人也都很稀奇地望着他，他却不回看一眼，只是笑容满面地望着后成。见后成与同船的人都拿出钱来，交给那汉子，才做出诧异的样子，问那汉子道："坐渡船也要钱的吗？"

那汉子两眼往上一翻，冷冷地答道："我吃了饭，愁没事干，驾着渡船耍子？你要钱么，我还有钱给你呢。"道人笑道："你说的当真么？我家乡地方的河都有义渡，给人钱的事，也是有的。我今日过了大半天，还没讨得一些儿东西进口，正饿得支持不住了。你果肯做好事，给我这几十文钱，那才真是救人一命，胜造七级浮屠。"

那汉子猛不防朝着道人的脸，啐了一口凝唾沫，接着厉声"呸"了一句道："你做你娘的清秋梦啊，你装糊涂，想赖渡河钱么？不行！值价点，赶紧拿出钱来，不要拖累他们。"道人听了，很着急似的说道："哎呀！你原来是和我开玩笑的么，我还只道真给我钱呢？你于今既后悔不肯给我，也就罢了。何必这么骂我，更啐我一脸唾沫，干什么咧？"那汉子圆睁着两眼，将手中竹篙，从后梢往河中一插，钉住了渡船。怒气冲天地蹿进船来，待伸手去揪道人的衣服。

后成看了不过意，连忙立起身遮着道人，向汉子说道："你用不着难为他，我代替他给你渡河钱便了。"汉子随手把后成往旁边一推骂道："你背上还有摇篮草，口里还做奶子臭，要你多管什么闲事？嘎嘎，你这牛鼻子，上了老子的船，敢打算赖渡河钱么？"口里这么骂着，两手已将道人的破旧道袍揪住，用力揉擦了几下问道："敢不拿出钱来么？"

道人被揉擦得苦着脸道："我身边实在一文钱也没有，教我把什么拿出来呢？"汉子大声喝道："你身上既一文钱没有，为什么敢跳上老子的渡船？"道人双手紧紧地抱住木箱道："有人代我出钱，你为什么不要？"汉子晃了晃脑袋道："没有这么便宜的事，你这东西没有钱，也居然敢跳上渡船，若不重重地惩治你一番，以后我这渡船也不能驾了。"说着举起右手来，将要向道人头上打下。一看道人两手紧护着木箱，像是十分重要，即住了手不打下，却来夺取木箱。道人见汉子要夺木箱，两手更抱得紧了，二人竟扭作一团。同船的人，都像有些畏惧汉子的凶恶，不但没人敢动手帮助道人，并没人敢开口说一句公道话。

后成看了实在不过意，即从身边摸出一块约莫二两来重的银子，送到汉子眼前说道："你不过向他要渡河钱，他没有，我代他出，你又不依。于今我替他给你这块银子，你难道还不依吗?"汉子看了这大一块银子，不由得就松手放开道人，将银子接过手来，掂了几掂，复仔细瞧了瞧成色，才一面点头揣入怀中，一面拿眼不住地打量后成。后成掉过头不作理会。汉子回到船艄去，走后成身边擦过，故意踏得舱板一翻，趁势将身体向后成一偏，一手觇在后成的包袱上。包袱中还有几十两银子，着手自觉有些分两，连忙换了一副笑脸，对后成陪话道："对不起你，没碰伤哪里么?"

后成已知道他这一碰不怀好意，也笑着摇头道："只要不把我这包袱碰下河去，碰在我身上不要紧。"汉子到船艄抽起篙来，将船撑走，逗着后成说道："听你说话是本地口音，小小的年纪，独自驮着包袱，待上哪里去呢?"后成随口答道："我要去的地方远呢。"汉子笑道："不邀几个同伴的，一个人出远门，也不怕吗?"后成懒得答白，见快要拢岸了，即立起身紧了紧包袱的结头。

汉子现出踌躇的样子，向左边一篙点去，把船点得回过头来。船上的人齐声喊到："怎么不拢岸，反向左边下篙呢?"汉子恶狠狠地答道："老子驾了一辈子的渡船，怕不知道拢岸，要你们多事吗?"说着，用力将船艄抵着河岸，双手持篙，钩住岸上的木桩，回头喝向乘船的人道："船头坏了，不能靠岸，你们快打船艄下去。"船艄是朝天跷起的，有四五尺高下，又靠在一面斜坡底下，离岸更觉得高了。乘船的人都存着畏惧的心，不敢不依汉子的话，只得一个一个走船艄跳下去。也有跳跌了，半晌爬不起来的。

这河虽小，河流却很急，轮到后成往下跳的时候，那汉子抢住后成的包袱，往上一提，后成身体往下坠，包袱便从颈上脱出来，到了汉子手里。跟着将钩在桩上的竹篙一松，那渡船便被河流推着，朝下水如奔而去。后成心里气不过，指着那汉子骂道："像你这种没天良的恶贼，真应倒在这河里淹死。"说也奇怪，后成这话一出口，那汉子便是奉了军令，也没这么服从，随着后成所指，真个向河心里一个跟斗，连包袱掉入水中。水面上只冒出两个泡，就淹死了。同船渡河的人，都立在岸上看了，诧异道："这汉子的水性极熟，怎么自己会钻下水淹死呢？"

　　后成心里更是惊疑，暗想我并不曾施用我的法术，如何一动念头，不用口诀，也和用了口诀一般呢？遂又指着河心说道："我的包袱你既无福受用，就应该还我，免得我在路上没钱使用。"说来更怪，后成说这几句话时，两眼望着河心，只见一个大浪卷过来，包袱竟随着大浪卷到了岸上。后成赶紧拾了起来，不觉怔了半晌，暗自寻思道："这种法术的厉害还了得吗？潘道兴七孔流血而死，我还只道是偶然和我心里思想的相合，照这样看来，只要一动念，就如斯响应。那么潘道兴的确也是被我用法术杀死，不是偶然的事了。这种法术又灵验又厉害，真是再好没有的了。怪道二师兄说有了我这般的法术，已足够报仇。原来一些儿用不着施展，只一起念头，就随心所欲，无不如意，使仇人没有反抗的余地。不过好虽是好到无以复加，险也就险到极处了。我除了潘道兴是我的仇人而外，再没有仇人，即如这个驾渡船的汉子，行为自是可恶，然他是一个无知无识的人，生成了这种凶悍的性质，只知道要钱，不知道有礼义，遇了有力量的人，看见他这种行为，也只能责骂他一顿，教训他下次不可如此欺人，充其量也只能将他痛打一番，勒令他改途向善。除了地方官有惩处他的权柄，旁人断不能将他处死。我今日因一动念，送了他的性命，论情是他罪有应得，论理则我犯的法，比他夺我的包袱还重。我的年纪，此刻还只十三岁，后来的日子长，少年人气性大，将来怎能免得有与人口角相争，或意见不对的事。倘若我和这人平日并无丝毫嫌怨，就只为一言两语不合，两下动起气来，我在气头上，心里巴不得他立刻就死，而仅仅这一动念，他竟不由分说，立时便如我的心愿真个死了，像这样任意杀人，即算国法无奈我何，天理也就不能容我。我原是为要替母亲报仇，才刻苦修炼法术，如今母亲的仇已报，这种法术再修炼了有什么用处？"

后成正思量到这里，猛觉得有人在肩头上拍了一下，随即"喏"一声说道："好小子！敢用邪法，将驾渡船的淹死，这还了得。"后成大惊，回头看时，不是别人，正是刚才同渡河的穷道人。口里只得赖道："他自己不小心，掉下河去了。我站在这里，谁有什么邪法淹死他？"那道人哈哈笑道："你想赖么？你用邪法淹死了他，还说他是罪有应得，他为什么是罪有应得？"后成见道人居然能说出自己心里所想的话，料知他的本领必不寻常，想再不承认是不行的，遂指着包袱说道："他抢劫我的包袱，你就没瞧见吗？"道人摇头道："包袱现在你手中，他什么时候抢了你的？"后成愤然说道："你既说他没抢我的包袱，那么，他掉在水里淹死，就更不与我相干。他在船上，逼着你要渡河钱，你就忘了么？我不为替你出渡河钱，他也不至想抢我的包袱。"

道人又打了一个哈哈道："一个驾渡船的人，抢夺了你的包袱，你便要他的性命。有异种人抢夺了你的祖宗产业，你倒像没有这回事的一样。一个道士杀了你的母亲，你拼死拼活地跟人学法，回家乡报仇；有异种人惨杀了你无数的祖宗，你倒也不把这事放在心上。原来你只会欺侮比你弱的人，势力比你强大的，你不但不敢去惹他，反而想去巴结他。哈哈，有人告我说欧阳后成是个神童，谁知乃是一个这么没志气的小子。"

后成一听道人的话，虽一时不懂得异种人抢夺产业，和惨杀祖宗的话是什么意思。然自己在南京学法，与这次回家报仇的事，除了庆瑞而外，再没人知道。这道人竟绝不含糊地说了出来，更知道必有些来历。心里又暗自思量道："我于今父母双亡，已是无家可归的人了，在南京幸遇了二师兄，得了学道的门径，并一再说我的根基好，今日又遇见了这道人，必是我命里应该学道，这道人无端对我说这一派话，自有用意，我何不向他问个明白？"想罢，遂急换了一副笑脸，向道人拱手说道："我的年纪太小，只知道潘道兴咒死我母亲的事，是我母亲临终时吩咐报仇的。实在不知道有异种人惨杀我祖宗、抢夺我祖宗产业的事。还要求你说个明白。"

不知道人怎生回答，且俟第三十五回再写。

冰庐主人评曰：

潘道兴恃妖法以淫人妻妾，离人骨肉，罪恶与方振藻相埒，

257

七孔流血而死，确属罪有应得！

　　驾船人勒索渡资，凌老侮幼，为害行旅，与拦路劫夺之盗贼无异，死亦宜也。

　　铜脚道人向后成说"有人惨杀你祖宗"一席话，引起下文绝大波澜，为文章之枢纽。

第三十五回

偷路费试探紫峰山
拜观音巧遇黄叶道

话说那道人听了后成的话，仍是笑嘻嘻地答道："你想知道惨杀你祖宗、抢夺你产业的人么？我知道得很详细，不过不能就这么说给你听。"后成问道："要如何才能说给我听呢？"道人忽然正色回问道："你真想知道呢，还是随口问着玩呢？"后成遂也正色答道："我实在是因父母去世太早，这种大事，没人肯向我这未成年的小孩子说，所以不知道还有这般大仇恨。于今既承你老人家肯指点我，岂有不是真想知道的道理？"道人点了点头道："你既是真想知道，且同我来，此地不是谈话之所。"

后成遂驮上包袱，跟着道人行走。才走了十来步，后成在后面留神看道人两脚，行动时好象不甚方便的样子。左脚略略有些偏跛，皮色也和右脚不同，右脚杆上有汗毛，左脚杆上光溜溜的，一根汗毛也没有。仔细看时，原来是一只铜铸的假脚，只是行走得比寻常人，还要迅速，在路上不只一日，将后成带到贵州境内一座山里。

那山十九是岩石凑成，最大的岩石，占四五亩地没有裂缝，山高不过五六里，却陡峻异常。岩石上长满了青苔，脚踏在上面一溜一滑，并没有上下的道路，也没有树林藤葛，可以攀扯。若是寻常人，断不能从岩石上，向山顶行走，欧阳后成做了三年服气的功夫，又是童身，早已身轻似燕，能在薄冰上游行，跟着道人行走，因此才不大吃力。看那道人两脚，在岩石上和打鼓相似，左脚触在岩石上，更铿锵有声。

一会儿便到了山顶。后成看这山顶的形式，甚是奇特。最高处有一饭桶形的圆石，足有一亩地大小，七八丈高下，当中一条裂缝从上至下，如弹了墨线锯开的，不偏不倚将圆石分作两个半月形。裂缝约有七八尺宽，中间搭着一条石梁，石梁方正平直，有一丈多长、二尺多宽、尺来厚，可

259

由东半圆石，走过西半圆石。看这石梁的重量，和圆石四周的形势，决不是人力所能造成这种奇迹的。

道人指着圆石向后成道："这山叫饭甑山，就因这石形似饭甑。你不要小觑了这石梁，顺治初年，黄叶道人在这山里修道，费了九牛二虎之力，才将这石梁架成的。"后成问道："费九牛二虎之力，架成这梁，有何用处？"道人笑道："没用处，便不足奇了。这山与陕西终南山相通，黄叶道人在此山修炼《中黄宝笈》，常有山精海怪前来劫抢，黄叶道人修炼不曾成功，没力量抵御，竟被山妖将《中黄宝笈》夺去了。后来亏了终南山昭庆寺碧云禅师，施展无边佛法，取回《中黄宝笈》，交还黄叶道人。黄叶道人就架了这条石梁，与昭庆寺的铜钟相应。一遇意外的事，只须拿铁如意三叩石梁，昭庆寺的铜钟，便应声而响。黄叶道人就赖这石梁，将《中黄宝笈》炼就，你能小觑他吗？"

后成听了这派虚无缥缈、不可究诘的故事，也不知毕竟是怎么一回事，便懒得寻根觅蒂地追问。心里忽然想起道人所说异种人，惨杀自己祖宗，及抢夺产业的话，忍不住问道："你老人家说惨杀我祖宗、抢夺我产业的，究竟是什么人，此时可以说给我听了么？"道人道："于今还没到向你说的时候，你的年纪太轻，功夫太浅，你这仇人的地位太高，本领太大，你不能去报仇雪恨，便说给你听也没用处，徒然分了你向道之念。我这木箱中，便是黄叶道人传下来的《中黄宝笈》，我和你有缘，可传给你，就在此山中修炼。"说罢，耸身上了石梁，开了手中木箱，拿出一本八寸多长、五寸来宽、一寸来厚的书来。

后成此时忽然福至心灵，忙跪在石梁下面，朝着道人叩了四个头。道人笑嘻嘻地招手叫后成上了石梁，传授了《中黄宝笈》，将后成引到山阴一个小庙里。庙中有两个小道童，供道人驱使，做砍柴烧饭种种粗事，终年也不下山。道人传授后成的功夫，与方振藻所传的，完全不同。道人说后成在南京所学的，不过是一种很厉害的邪法，这种邪法，将来定要祸国殃民的。道人此时所说，只是一句推测的话，谁知后来庚子年的义和团拳匪，所崇奉的就是这种类似白莲教的邪法。此是后话，一言表过不提。

且说后成在饭甑山重新修炼《中黄宝笈》，朝夕不辍的，不觉三易寒暑，年龄已是一十六岁了。这日道人忽然拿出一柄剑来，指给后成看道："这剑不弱似莫邪、干将，也是雌雄两柄。这是一柄雄的，我传给你，并传你一路剑法，你用心练习，将来可凭着他做些事业。"后成得了这剑，依着所传的剑法，又练习了六个月。道人道："剑术已经成功了，你此时可以下山去，先成立家室，我再指引你上一条安身立命的道路，你的大仇，也就可望报复。"后成问道："怎么谓之成立家室？"道人笑道："男愿为之有室，女愿为之有家，女嫁男婚，便谓之成立家室。"后成苦着脸说道："弟子愿终身修道，保守这点元阳，不愿成立家室。"道人摇头道："孤阴不生，独阳不长，修道成功与否，并不在乎童阳。你将来的事业，不是你一个人所能成功，非先成立家室不可。"

后成见逼着教他下山成婚，只急得哭起来，哀求道人将他留在身边修炼。道人沉吟了一会儿说道："修道原不是要独善其身的，你一点儿功德没有，就跟着我修炼三五百年，也不见得有成功之望。你真是一心向道，也得下山做些功德，到了那时分，我自然引你重上山来。"后成见是这么说，才不说什么了。

道人写了一封信，交给后成道："这封信，本来要教你直送到蒙自茨通坝掌寨杨铖胡那里去的，只因此去茨通坝路途太远，不多给你些盘缠不能去。而我在这山里，一时拿不出多的钱，只好教你藏好这信，先到安顺府一个富人家取些盘缠，再由安顺动身去蒙自。安顺城南二十多里有一座山，叫紫峰山，那山底下，有一所很高大很华美的房屋。屋内主人，只有母女两个，以外都是奴仆。那人家姓杨，在三十年前和我有些嫌隙，我多久就想报复她，只因没有闲工夫前去，又因不是深仇大恨，所以迟到于今，不曾去得。那人家富有资财，但是母女都非常鄙吝，好好地去向她们借盘缠，是决不肯破费一文的。你此去到了安顺之后，先在城里落了客店，趁白天出城到紫峰山下，将路径探看明白，等黑夜初更以后，才带了雄剑防身，前去盗取盘缠。我并不是教你做贼，是教你去替我报仇。不过你须仔细，杨家母女两个，也都有点儿本领，只不大高强，你前去盗她家的银两，她母女说不定会当时察觉，出来与你交手，你却万不可杀伤她们。若将她们杀伤了，便是我的罪过。仔细，仔细！"

后成接了信答道："她们是女子，弟子只要银两到了手，可以不交手，便不与她们交手。"道人点头说："很好，仇恨不深，偷盗她些银两，使她母女心痛心痛，也就算是报复了。"

后成领了道人的命，揣了书信，背了雄剑下山。在路晓行夜宿，不几日到了安顺府。依着师傅的吩咐，先在安顺城里落了客栈，即日到紫峰山下，果然有一所极壮丽的房屋，向附近邻居打听，果是姓杨，家中母女两个，倒有十多个仆婢。后成立在紫峰山上，将出入的路径看在眼里，记在心里。到夜间初更以后，带了雄剑，悄悄地翻出了安顺城，直奔紫峰山下。

二十多里路，不须多大的工夫便到了，在屋上听屋里的人，已睡得人声寂静了，只有靠后院一带房屋，隐隐有些灯光。估料那灯光的所在，必是杨家母女所居的房间。心想师傅既说她们鄙吝，鄙吝人的银钱，十九是安放在自己住的房间里，我且去窗外偷看她们睡了没有。想罢，随即到了后院。

看这房间的形式，是一连五开间，东西两间，都是很大的玻璃窗，朝着后院，院中栽了些花木，陈列了许多盆景。后成蹑足潜踪地走到东首窗前，从窗帘遮掩不密的缝中，朝里面探看。只见房中点着一盏大琉璃宫灯，照耀得人须眉毕现，靠墙根堆了一大叠的皮箱，箱上都用红纸条写明了第某号。皮箱对面，一张朱漆衣橱，橱门上挂了一把白铜锁，橱尽头安放一张金漆辉煌的大床，床上帐门垂着，好像已有人睡在床上。床前踏板上，躺着一个十多岁的蓬头丫鬟，看情形已是深入睡乡了。后成思量，银钱不在箱里，便在橱里，我不进里面去，怎得银钱到手？遂抽剑拨开了窗门，钻身到了房中。喜得一些儿声息没有，踏板上丫鬟鼾声不断地打着，知道不曾惊醒。心想反箱太多，不知银钱在第几号箱里，不如且先打开衣橱看看。伸手扭那白铜锁，只"喳喇"一声就脱落下来，刚用双手去拉两扇橱门上的铜环，猛然见琉璃灯影一动。急回头看时，一个中年妇人，正从床上跃下来，叱一声："好大胆的鼠贼！也不打听打听，公然敢进老娘房里来行窃。"边骂边举起双拳，雨点一般地打下来。

后成是初生之犊不畏虎，见女人没拿兵器，也就用空手对搏。只走了几个照面，女人不敌后成矫捷，被后成一腿踢翻在地，口里大喊："宜儿还不快来拿贼！"后成没偷着银两，着急没盘缠到蒙自去，不肯便放手走开，一腿将女人踢翻之后，也不顾她喊叫，折身仍伸手去拉橱门。

那女人喊声才了，就听得窗外有又娇嫩、又松脆的声音应道："来了！"好快，应声未歇，已从窗眼里，闪进一个垂髫小女子来，两脚不曾着地，一缕白光，早迎着后成头顶劈下。后成这才吃了一惊，忙闪身放出雄剑来，想将来剑抵住。可是作怪，雄剑才放出来，一缕青光早与白光缠绕做一团。后成正觉惊疑，便见那女人高声喊道："住手！问明了再打，休得伤了自家人。"小女子闻言，即收了剑光。

那女人向后成问道："你姓什么，从哪里来的，手中使的是什么剑？快说出来！"后成见小女子提的那剑，形式长短，和自己的雄剑一般无二，心里正觉得诧异，又见女人问话有因，便随口答道："我叫欧阳后成，从饭甑山来的，你问了有何话说？"那女人道："从饭甑山来的么？嘎！你这小子真好大的胆量。你如何敢把铜脚道人的雄剑，偷到这里来使用。"

后成听说偷了铜脚道人的雄剑，不觉怒道："胡说！铜脚道人是我的师傅，他赐给我这剑，怎么说我是偷的？"那女人望着后成怔了怔说道："你是铜脚道人的徒弟吗，却为什么黅夜跑到我这里来行窃呢？你可知道，我是铜脚道人的什么人？"后成鼻孔里冷笑了一声道："我若不知道，也不黅夜到这里来行窃了。你是铜脚道人的仇人，你打算我不知道。"后成自以为说得不错，只说得小女子掩面而笑起来。

那女人更现出错愕的样子问道："谁对你说我是铜脚道人的仇人？"后成道："你定要问来历么？老实说给你听，就是我师傅铜脚道人，他亲口向我说的。我师傅本教我送信到茨通坝去的，因怕我带少了盘缠，说他有个仇人在这里，教我顺便来偷些银两当盘缠。"那女人仍是惊疑的神气问道："送信到茨通坝，是送给杨钺胡么？"后成反问道："你怎么知道是送给杨钺胡？"那女人哈哈笑道："这就越说越奇怪了，你可知道你师傅教你送信去杨钺胡那里干什么吗？"后成道："我师傅教我跟着杨钺胡，将来好做些事业。"

小女子见后成说话时，不住地拿眼睛瞟他，瞟得有些不好意思，提着那剑低头转到床后去了。那女人笑道："你上了你师傅的当，你还敢骂我胡说。我也老实说给你听吧，杨钺胡是你师傅的儿子，是我的丈夫，你想想看，我是不是你师傅的仇人，你师傅应不应该教你来偷盘缠？"后成听了，也觉得非常古怪，说道："师傅确是这么对我说的，确是这么教我做的。师傅又不是失心疯的人，无缘无故，说自己儿媳妇是仇人，教自己徒弟，偷自己儿媳妇的银子做什么呢？"

那女人偏着头想了一想问道："你师傅给你这柄剑的时候，曾向你说了些什么话，你此时还想得起来么？"后成道："当时不曾说旁的话，只说

263

这剑不弱似莫邪、干将，也是雌雄两柄，练习好了，将来可凭这剑做些事业。就是这几句话，没有旁的话。"那女人又想了一想，问道："给这剑的时候，没说旁的话，教你下山的时候，曾说什么话不曾呢?"后成道："下山的时候，师傅说我的剑术已经成功了，此时可以下山去，先成立家室，再指引我上一条安身立命的道路。"那女人道："你当时怎么说呢?"后成道："我因不肯伤损元阳，要跟着师傅修炼一生，不要家室，后来我急得哭起来了，师傅才说写信给我，送到茨通坝掌寨杨钺胡那里，并教我先来这里偷盘缠。"后成说到这里，女人已哈哈大笑道："是了，是了！不用说了，你师傅因你不肯成立家室，就用这方法，骗你到这里来，使你亲眼见见他的孙女儿，并使雌雄剑会一会面，好成就这一段姻缘。"

且慢，著书的叙述这段故事，专从欧阳后成这方面写来，看官们必觉得什么铜脚道人这方面的事，件件是毫无根据，突如其来，看了如在五里雾中，使人不快得很。于今欧阳后成这方面的事，已单独叙述到不能再继续下去的地步了，只得掉转笔尖，叙述铜脚道人这方面的故事。

铜脚道人姓杨，名建章，贵西安顺府人。少时读书，聪颖绝伦，不到二十岁，文名已震惊遐迩。当时贵西的民俗粗野，休说真有学问的文人不多，便是文气略为清顺的读书人，每年考试，也仅能满额。以贵西当时的文化情形而论，像杨建章这般学问的人，真可以夸口说，视科名如拾芥。只是人生一饮一啄，皆由前定，孔夫子尚且说"富贵在天"的话，杨建章命里不该从科名中讨生活，任凭他满腹诗书，锦心绣口，每到考试，总平白无故地发生意外的事故。不是在场屋里害病不能提笔，便是弄坏了卷子；有一次忘记写题目；有一次的诗只有草稿，忘记誊正。一年一度，十九因犯规，以致名落孙山之外。

杨建章考了十多次，越考越觉得自己没有科名的分，考到三十几岁，便赌气不赴考了。他家祖遗的产业足够温饱，便终日在家栽花种竹，饮酒读书。他夫人王氏，甚为贤德，伉俪之情极好，只苦没有生育。他家屋后紫峰山上，有一座观音庙，王夫人盼子心切，每月朔望，必亲去观音庙祈祷，虔诚求嗣。事有凑巧，是这么朔望祈祷，不上一年，王夫人居然有孕了。杨建章是个读书明理的人，平日自然不信这类神怪的事，但是见自己夫人居然祈祷得有了效验，心里也就有些活动了。妇人心理，自己信奉神明，多是巴不得丈夫也跟着信奉。王夫人见杨建章对于观音大士的信仰心，有些萌芽了，就一力怂恿杨建章就去观音庙，叩谢神恩。

杨建章心爱夫人，不忍过拂夫人的意思，六月十九为观音大士的生日，杨建章遂在这日，斋戒沐浴，上紫峰山观音庙去。杨建章虽是住在紫峰山底下，然读书人脚力不健，又因这山并非名胜之境，所以在山底下住了半世，一次也不曾到山顶上游览过。这日杨建章到观音庙，拜过神像之后，兴致甚佳，心想从山底下到观音庙，这山已上了大半，何不乘兴上山顶远眺一番呢？遂将敬神的祭品，交给跟随的人先带下山去，独自鼓动起兴致，冒暑往山顶上行走。

这山的形势，是贵西多山之地，虽不甚高峻，然丘壑极多，玲珑秀逸，很有足资骚人游览的所在。杨建章一丘一壑地慢慢领略，也不觉得疲劳，也不觉得暑热，兴之所至，信步走了十多里。心中甚悔生长在这山底下，不知早来游赏，直到中年以后，精力渐就衰颓的时候，不因敬神，还不能发现这紫峰山的好处。

他心中一面懊悔，一面转过一个山坡，正立在一块大岩石上，向对面山峰仰望，猛听得背后撼树摇山的一声虎吼，惊得急回头看时，只见一只斑斓猛虎，相隔不过二三丈远近，凭空一跃，扑将过来。杨建章不觉"哎呀"一声，不及提步，两脚一软，就倒下石岩去了。幸亏立脚的岩石，只有七八尺高下，倒下去只将左脚拗断了，肩背上略受了些浮伤。当那吓倒下去的时候，心里明白，唯恐猛虎跟着扑下来，忍痛翻过身，睁开两眼，向岩上望着，即听得有人叱道："孽畜！敢伤好人，还不快快滚回去。"

杨建章听了，好生诧异，暗想这虎难道是人家豢养的么？想到这里，就见一个老道人，身穿黄色葛布道袍，撑着一条三尺多长的铁如意当拐杖，腰间丝绦上，系着一个六七寸长的黄色葫芦，须眉发髻，也都透着黄色，面目十分慈善。立在岩石上，朝杨建章看看，口里连说："罪过，罪过！"踊身飘然而下。弯腰向杨建章问道："居士伤着了哪里没有？"

杨建章当那猛虎追赶下来的时候，并不觉得身体如何痛苦，这时已逆料猛虎不至来伤人了，浑身立时痛不可当，左腿更是彻心肝的痛。只是心里仍明白，知道这道人必有来历，见问伤着了哪里的话，即点头指着左腿。道人放下铁如意，揭开杨建章的下衣一看，蹙着眉摇头道："居士合该成个废疾的人，这腿断的部位不好，便用药力接续起来，也是不能行走，自后并难保不时愈时发。长痛不如短痛，索性割掉这一段倒不妨事。"

杨建章此时已痛得昏过去了，道人驮着他送回家中。王夫人看了，不待说是急得痛哭，道人在杨家替杨建章割断了伤腿，治好了创口，又替杨建章配了只木脚，杨建章自是感激道人。

道人住在杨家欢喜替人写字，字体非颜非柳，笔走龙蛇，下款只是写"黄叶"两字，从不肯向人说姓名。不久，王夫人临盆，生了一个儿子。道人在三朝日，替小儿取了个名字叫铖胡。从杨铖胡出世后，道人与杨建章的交情，益发亲密了，每夜必细谈到夜深才睡。

杨铖胡周岁的这一日，许多亲友都来道贺，杨建章当着亲友，说了些请托关照的话。众亲友听了，虽觉杨建章说的，不伦不类，然也没人诘问他，为什么无端说这些类似遗嘱的话。杨建章说过这些嘱托的话之后，没一会儿就失踪了，便是那个黄叶道人，也同时不知去向。王夫人和众亲友，当即派人四处寻找，如大海捞针，哪里找得着一些儿踪影呢？一连找寻了几日，找不着，也就只得罢了。杨建章没失踪以前，家中的事务，原是王夫人经理，此时杨建章虽卒然出家，于家务并无丝毫影响。

王夫人抚养着杨铖胡，到十几岁的时候，生性欢喜武艺，对于诗云子曰，就格格不能相入。杨铖胡既是生性好武，就自然会找着一班会武艺的人，终日使枪弄棒。王夫人因只得这个儿子，唯恐他体质不佳，寿命短促，练习武艺，能使体质强壮，也就不加禁止。

光阴易逝，杨铖胡不觉到了二十二岁，王夫人抱孙情切，要给儿子娶媳妇。杨铖胡自己说，不娶没武艺的媳妇，要订婚，须得先交手见过高下，两相情愿才定，门户身家，概不计较。这消息传出去，也有些拳教师的女儿，略懂得些拳脚，羡慕杨家富厚，想和杨铖胡订婚的，只是与杨铖胡交手，都全不费事地被杨铖胡打败了。连打败了几个，此外就有本领略高些儿的，也害怕不敢前来丢人了。王夫人见东不成、西不就，非常着急，托亲友劝杨铖胡降格相从，杨铖胡以母命难违，也就把选择的格式放松了些，只要有勉强相安的，便打算将就些定下。

这日忽有一个六十多岁，乡下人装束的老头，带着一个十七八岁的女子，到杨家来要见杨铖胡。杨铖胡看这女子，身上虽穿着破旧的衣服，容貌却是天然的美质，举动甚是大方，全没一点小家女儿，见人羞涩的丑态，两只天然足，和男子的一般大小。杨铖胡见面就觉得很合意。老头问道："我听说贵府娶媳妇，要挑选会武艺的姑娘，是不是确有这话？"杨铖

266

胡道："就是我要娶媳妇，能和我走到五十个回合，武艺就合式了。"老头道："就只选武艺吗？这是我的义女，她父母都没有。十八年前，我在某处山底下经过，听得山上有小儿的哭声，上山看时，只见一只小篾篮，盛了个才生下来的女儿，挂在树枝上。我一时心里不忍，提回家喂养，直养到于今，略教了她几手武艺，寻常三五十人，也近她不得。我是一个光身的穷人，不能和富贵人家攀亲，而平常人家，没多大出息的男子，我又舍不得胡乱将她嫁去。听得贵府有这种条件，所以特地送她到这里来。她是在我手里养大的，一点儿女红不知道，也没教她裹脚，你若不嫌她的出身不好，我便教她和你交手。明人不做暗事，我不惯说假话欺哄人。"杨铖胡绝不踌躇地答道："很好，很好！我一点儿不嫌。"

当下这一对未曾定妥的夫妇，就各显所长，动起手来，直斗了八九十个回合，不分胜负。杨铖胡托地跳出圈子来，喊道："行了，行了！"杨铖胡就此娶了这个不知父母姓名的女子做妻室，夫妻的感情，倒异常浓厚。杨铖胡成亲的第二年，王夫人便去世了，又过了一年，杨铖胡的妻子生了个女儿，取名叫宜男。

宜男长到五岁的时候，杨建章忽然回来了，改了道人装束，年纪只象是五十来岁的人，断了的左脚，改配了一只铜脚。杨铖胡夫妇都不认识，还亏了一个老当差的，当日在杨建章跟前当书童，此时还能记认。有这当差的证明了，杨铖胡夫妇才敢拜见父亲，并引着宜男，拜见祖父。

杨建章抚摸着宜男的头道："我特为你才回家一趟，你跟我到山里玩耍去吧。"宜男只有五岁，听了这话，莫名其妙，只翻起两只明星也似的眼珠望着。杨铖胡夫妇以为是骗小儿玩的话，并不在意。杨铖胡因自己父亲，出家了二三十年才回家，自己不曾尽过一点儿孝道，心里也想问问父亲，二三十年来在外面的行踪生活，这夜就陪着杨建章谈话。

谈到夜深人静的时候，杨建章忽问杨铖胡道："你长了三十岁，可知道你名字叫'铖胡'两个字的意义么？"杨铖胡说："不知道。"杨建章道："铖便是杀，替你取这名字，就是教你将来努力杀胡人的意思。于今大明的江山，被胡奴占据了二百多年，我们应该努力设法，将胡奴杀尽，死后才对得起九泉之下的列祖列宗。三十年前引我出家的黄叶道人，便是洪武大帝的一一世嫡孙，他的道法玄妙，本来可以帮助洪秀全在金陵成帝业，无奈洪秀全因他是洪武嫡系，恐怕妨碍他自己的地位，不肯容纳，以致功败垂成。黄叶道人至今说起来，还是叹息不置。此时胡奴正是大业中兴的时候，气焰方张，中原各地，暂时无可图谋，唯有云南各属土司，地僻民强，你可以去那里从容布置，等候时机。宜男孙女的资性极好，我将她带到山里，传她的本领，学成即送她回家，准备日后好帮同杀灭胡奴。"

杨钺胡至此，才知道父亲果然要把宜男带到山里去，只急得连忙说，宜男年齿太稚，女孩子不像男孩子方便，要求不要带去的话，杨建章也不争论。杨钺胡夫妇次日早起看宜男时，已是影子也没有了，再看杨建章，也不知何时从什么地方走了。重重的门户窗叶，都仍是严关不动。可怜杨钺胡夫妇，只得这一个比明珠还贵重的女儿，一旦失去，教他夫妇如何不着急，如何不心痛？杨钺胡明知寻找无益，夫妻两个，只日日盼望早些送回家来。好容易地盼了六年，宜男已将十二岁了，这日独自走了回来，杨钺胡夫妇见着，自是如获至宝。

不知杨宜男怎生在杨建章跟前过了六年，学了些什么本领，且俟第三十六回再写。

冰庐主人评曰：

  欧阳后成之遇铜脚道人，犹青莲透水，为出邪入正关头。嗣后功名事业，彪炳人寰，其种子胥于此回播下。

  铜脚道人既以正道教后成，而何以命其下山时，竟明明以偷儿事嘱之？读未终卷，不禁大惑。厥后乃知是一种牵引作用，撮合之奇，用心之苦，尽出读者意外也。

  下半回叙述铜脚道人历史，与杨钺胡命名之由，足见当时怀覆清之志者，正大有其人。特草泽英雄，不遇风云际会，即湮没无闻耳！读此当为辛亥革命诸公大呼幸运。

第三十六回

诛旱魃连响霹雳声
取天书合用雌雄剑

话说杨宜男被她祖父杨建章带去六年，才放回家来，杨钺胡夫妇见了，真是喜从天降。杨钺胡妻子将宜男搂在怀中，问长问短，杨宜男却甚是淡漠，不肯将六年来在外的情形细说。只拿出一封书信来，交给杨钺胡道："祖父教父亲不要忘记了黄叶道人命名之意。"杨钺胡看信中言语，是教自己多带些财物，去云南各属土司，运动联络，为异日革命发动的准备。信尾说宜男的剑术已成，将来必有建立功业的机会。宜男所使的剑，是一柄雌剑，他日若遇了使雄剑的儿郎，便是姻缘所在，不可错过。杨钺胡看了，问宜男道："你的雌剑在哪里，可拿出来给我瞧瞧么？"

宜男举手一拍后脑，即见有一线白光，从后脑飞出来，缭绕空际，如金蛇闪电一般，顿时空中寒气侵人，肌肤起栗。宜男举手向庭前枣树上一指，白光便绕树旋飞，枝叶纷纷下坠，与被狂风摧折无异。宜男再一举手，仍从后脑收敛得没有踪影了。杨钺胡问道："雄剑和雌剑有什么分别呢，不怕当面错过吗？"宜男摇头道："辨别甚容易，雌剑是白光，雄剑是青光。与旁人的剑光相遇，是分而不合的，雌雄剑相遇，是合而不分的。此剑的妙处在有质有神，能伸能缩，随使用的心意。我于今藏在后脑，放出来是白光一道，这是使用这剑的神，非剑术成功后不能如此运用。这剑的实质，原是双股剑的一柄，通灵变化，全看练的功夫如何。若仅使用它的实质，充其量也不过能取人于十步之内，与顽铁何异？"说时，复从后脑取出一柄寸多长的小剑来，迎风一闪，便是一柄三尺多长的宝剑。杨钺胡见自己女儿有这般本领，心里自是高兴，即日遵着杨建章的吩咐，束装往云南去了。半年后有信回来，说已做了茨通坝掌寨，各土司、各掌寨和千把总，已联络了不少，这且按下。

再说安顺府这年大旱，从四月到六月，不曾落过一滴雨水。安顺一府的农民，只急得求神拜佛，哭地号天。安顺府知府张天爵，由两榜出身，为官甚是清廉正直，平日爱民如子。今见这般大旱，若再有十天半月不下雨，不但田里的禾苗，将全行枯槁，颗粒无收，便是河干井涸，人民没得水喝，也得渴死。张天爵只得自己斋戒沐浴，虔诚祈祷。祈祷了两日无效，张天爵真急得无可如何了，就亲自做了一道表章，在山顶上立了一个坛，自己穿戴了朝衣朝冠，将表章当天焚化了，直挺挺地跪在烈日当中。

表章上说，一日不下雨，一日不起来；两日不下雨，两日不起来。宁肯自己死在烈日之中，代小民受罚，不忍眼见一府的百姓，相将就毙。但是张天爵虽则是这么跪了两日，天空一点儿云翳都没有，日光更火炭一般的，连山中树木都炙焦了。依张天爵自己，硬要晒死在烈日之中，无奈左右的人苦劝，又有个绅士来对张天爵说："终南山昭庆寺的碧云禅师，于今游方到了安顺弥勒院。他的道法高深，已享寿二百多岁了，陕西人称他为活神仙。难得他恰好到了安顺，若得他来求雨，当有灵验。"

张天爵到了这种时候，只要有人能求得下雨，无论要自己如何委屈都可以。当下听了这绅士的话，即刻步行到弥勒院，当面求碧云禅师慈悲，救一府百姓的性命。碧云禅师合掌苦着眉头道："老僧已到安顺一月有余了，非不知道安顺大旱，若老僧有力量求得雨下来，早已自己设坛，求雨救一府的百姓了。"张天爵不禁流泪，向碧云禅师下跪道："老师傅的道法高深，无论求得下雨，求不下雨，务必请老师傅诚求一番，或者上天见怜，赐些雨水，也未可知。"碧云禅师扶了张天爵起来，叹道："贤太守如此爱民，老僧只好冒险做一番试试看。做得到，是太守和一府百姓的福气；做不到，是大家的劫数，老僧也免不了要断送二百四十年的功行。太守须知此番的大旱，并非曦阳肆虐，上天降灾，只因安顺府境内，今年出了一个旱魃。此时这东西的气焰，正在盛不可当，没有能克制它的人。论老僧的道法，只能将它幽囚起来，不能制它的死命。而这东西，越幽囚越肆恶得厉害，世界没有不畏旱灾的地方，幽囚了也没地方安置。并且老僧三世童阳之体，若见旱魃的面，以火遇火，老僧自身先受其害。所以老僧眼见这般景象，不敢出头替百姓除害，替太守分忧。今见太守如此爱民，老僧寻思再四，喜得安顺境内还有一件纯阴之宝，太守能将那宝请来，这事便有八成可做了。"

张天爵连忙问："宝在哪里？应如何去请？"碧云禅师道："就在离城二十多里的紫峰山下，有个姓杨名宜男的小姐，今年才得一十三岁。太守只要请得她来，老僧就有几成把握了。"张天爵喜道："既是本府辖境之内，本府亲去请她。她虽是一个小姐，可以推却不来，但本府一片至诚之心，无论如何，总得将她请到。不过这小姐年才一十三岁，她如何倒有本领，能克制旱魃呢？"碧云禅师道："将她请来了，到那时太守自然知道。"张天爵听了这话，即时动身到杨家来。

　　杨钺胡的妻子，见安顺府知府忽然到家里来了，心里着实吃了一惊，以为是自己丈夫在云南事机不密，被人告发了，犯了叛逆之罪，须连坐家小，已打算带了杨宜男从后山逃走。幸亏杨宜男有点见识，说："若是要连坐家小的案子，岂有知府亲自到来之理？且等见面问明了缘由，如果有不测之祸，要图逃也是很容易的事。"杨钺胡妻子心想不错，杨家是紫峰山下的土著，非到万不得已，不能弃家逃走。遂硬着头皮，出来迎见张天爵。

　　张天爵殷勤说了来意，杨钺胡妻子转告宜男，宜男道："我并不知道旱魃是什么东西，更不知道如何能制旱魃的死命？不过碧云禅师是个圣僧，我曾听祖父说过。既是他老人家教我去，必有些道理。我果能为安顺一府除了这大旱，也是一件功德。"杨钺胡妻子是听凭杨宜男自主不加干涉的，杨宜男随即同张天爵到城里来。张天爵直引到弥勒院见碧云禅师。碧云禅师教张天爵在北城外高山顶上，设一个坛，坛上一切器具，全用黑色，正面侧面，各安放一把交椅。张天爵依言办理停当了。

　　次日正午时候，碧云禅师带了杨宜男上坛，自己披着大红袈裟，当中坐下，教杨宜男坐在侧面交椅上，从弥勒院挑选了一个又聪明、又壮健的小和尚，也立在坛旁边。此时的太阳，如高张一把火伞，鸟雀都藏置得无影无踪，不敢在天空中飞行。无论体魄怎么强健的农人，一到那热烈的阳光底下做功夫，不到两个时辰，就得渴死。张天爵带了一班属员衙役，拱立在坛下静候，一个个都晒得火烧肉痛，走又不敢走，躲也无处躲。唯有碧云禅师，端坐在坛上，神闲气静的，只当没有这回事的样子。从容端起一杯清水，喝了一口，仰面朝天喷，喷起一片雾来，约有一亩地大小，遮住了阳光。张天爵和一班拱立在坛下的人，立时如到了清凉世界。

　　碧云禅师教小和尚伸出两只手掌来，提朱笔画了两道符在掌心里，并口授了几句咒词，教小和尚牢牢地记着，去两里路以外，一座没一株树木的山底下，朝山上念诵这几句咒词。念到有一只遍身烈焰的怪物出来，就停口不念了，回头便向原路快跑，那怪物必然追赶。等它追到切近，先将左手掌的符朝它一照，照后仍向前跑；再追到切近，再将右掌符照去。一跑到了坛前，便安稳无碍了。小和尚答应着去了，碧云禅师才对杨宜男道："老僧要借重小姐的雌剑，等歇老僧喊小姐下手的时候，小姐不可迟疑。"杨宜男还是个小孩子脾气，不知旱魃是种什么怪物，很想见识见识，听了碧云禅师吩咐的话，只摩拳擦掌的等候。

且说小和尚双手握了那两道符，一口气跑到那座山底下，只将咒词念了两遍，就听得山上一声狂叫，接着便是一阵呼呼的响声，与房屋失火，被风刮着火啸的声音相似。小和尚朝山上一望，只见一个丈多高的红人，浑身射出二三尺长的火焰，两目如电光闪烁，血盆大口里，伸出寸多长的四个獠牙，好像能将整个的人，囫囵吞下去的样子。

小和尚看了，不由得不害怕，掉转身躯便跑，并不知道这怪物追来没有，哪敢回头望一眼呢？才跑了半里多路，耳里已经听得那呼呼的响声，跟在后面来了。默念两手只有两道符，若照早了，跑不到坛跟前，岂不误事？又跑了十来丈远近，呼声更响得大了，渐渐地觉得背上仿佛有火烧得肉痛，再也忍耐不住了，举左手往后一照，不提防脱手就是一个霹雳。小和尚惊得回头一看，只见那怪物被霹雳震得倒地打滚，身上的火焰，也减退了尺多。小和尚趁它没立起来，掉头又跑。又跑了半里来路，听得那怪物在背后哇哇地乱叫，叫出来的声音，非常尖锐，那声音无论在什么人听了，必知道是因很着急才那么叫唤。

小和尚仗着右掌中还有一道灵符，胆量比先时大了些，旋跑旋回头，看那怪物身上的火焰，又高到二三尺了，行走不像人的脚步，周身骨节仿佛木像，不能转动，两腿硬邦邦的，只能耸着肩头，一上一下地向前蹦躅。头顶上乱丛丛的红发，分披在肩窝上，两只耳根上似乎悬挂了一些纸锭，纸锭上也有火焰射出，却没有把纸锭化去。相差还有五六丈远，那怪物就朝前伸着两手，准备捉人的样子，两爪尖锐与鹰爪相似。

小和尚原打算等它追到切近，才放霹雳的，无奈火气太盛，隔四五丈远，就炙得痛不可当。勉强向前再跑了百十步，将右手霹雳放出，跟着一阵倾盆大雨，只见那怪物倒地打了一滚，雨点打在它身上，就如火上加

272

油，火焰更射出七八尺高下，转眼就住了雨，地下没留一点水迹，不过那怪物有些现出累乏了的样子。小和尚不敢停留，刚跑到离坛十来丈远近，那怪物从口里喷出火来，火尾向小和尚背上直射。小和尚跑到坛前雾盖之下，实在支撑不住了，扑地便倒。怪物赶上前，正待伸手捉小和尚，碧云禅师举手向怪物一指，怪物登时打了个寒噤，抬头看见碧云禅师，便舍了小和尚，待扑上坛来。

碧云禅师一拍戒尺，蓦的响了一个炸雷。怪物正要腾空而上，被炸雷打了下来，一落地就吐出十丈长的火焰，向碧云禅师烧来。碧云禅师对杨宜男喝声："动手！"就见那白光朝怪物迎头劈下，火焰顿消。坛前雾盖，登时如春云舒展，转眼布满了天空，再看那怪物时，已连头劈作两半个，原来就是一个绝大的僵尸。

旱魃既除，甘雨自潇潇而下，张天爵不待说是非常感谢碧云禅师，和杨宜男二人，为民除害，而安顺满城的百姓，听说杨宜男是一个十三岁的闺女，又生得貌美如花，又有这种惊人的本领，于感谢之余，更都存着钦敬爱慕之意。有许多富绅病了的人，要迎接碧云禅师到家治病的。就有许多富绅家的太太、小姐，想瞻仰杨宜男，定要迎接到款待的；更有不自量的王孙公子，想娶杨宜男做老婆，或妄想纳作小星的。杨宜男被这些太太、小姐缠绕得不耐烦了，待辞了碧云禅师归家，碧云禅师对杨宜男道："这番借你纯阴之体，和纯阴之剑，诛了这旱魃，救了一府人性命，这功德已是不小。不过这旱魃为害，只害了一府百姓，为祸还小。于今还有一个大怪物，就在老僧驻锡的终南山上，若它一旦成功，天下人都得遭它的荼毒。你牢记在心，将来那怪物也是要你驱除的。"

杨宜男问道："那怪物的本领，比旱魃何如？"碧云禅师道："旱魃有何本领？不能与那怪物相提并论。你只记在心头便了，将来老僧尚能助你一臂之力。"杨宜男问道："将在什么时候呢？"碧云禅师摇头道："不可说，不可说！"杨宜男遂不敢再问。归家住了两年，并不曾听得人说终南山有什么妖怪，也就渐渐地不把这事放在心上了。

杨钺胡的妻子，因杨建章信中曾说宜男的姻缘，在使雄剑的儿郎身上，有许多富贵人家来求婚的，都用婉言谢绝了。但是光阴迅速，杨宜男已是十五岁了。那时安顺、毕节一带的风俗，普通人家的女儿，多是十三四岁出嫁，越是富贵人家，越订婚得早。于今杨宜男已是十五岁了，尚不知使雄剑的儿郎在什么地方。做母亲的心里，总不免有些着急，唯恐婚姻愆期，辜负了青春年少。

这夜欧阳后成来偷盘缠，她见后成放出来的剑是青光，又与自己女儿的剑缠绕作一团，没有对敌击刺的意味。更见后成年轻貌美，心里即时触动了那信中的言语，因此连喊住手，休得伤了自家人。及盘问后成的来历，便悟到杨建章，是有意骗后成与杨宜男会面。当下杨钺胡妻子向后成道："姻缘前定，不能由你不愿。你师傅是活神仙，他老人家的主张，不会差错。他的孙女儿，你此刻已见着面了，并两下都已交过手了，你还有什么话说？"

后成原没有娶妻的意思，但此时当面看了杨宜男这般比花还娇艳的姿色，又有这般的本领，不知不觉地已将不愿娶妻的心理改变了，只是口里说不出承诺的话来，低着头不说什么，面上却表示欣喜的样子。杨钺胡妻子知道后成年轻害羞，不便当面答应，心里已是千肯万肯了。不过踌躇自己丈夫不在家，婚事不知应该怎生办理，应该定在什么时候，忽然想起，杨建章写给杨钺胡的信来。即问后成道："你师傅给你送到茨通坝的信，带在身上么？"后成忙从怀中取出来看时，哪里是一封写给杨钺胡的信呢？上面分明写着"后成拆阅"四字。心中暗自诧异道："封面上写的是这四个字，怎么师傅交给我的时候，我竟没看出来呢？幸亏我在这里发觉了，若如愿相偿地偷了些盘缠，我一定径向云南进发，决不会在半途拿出这信来看，到茨通坝拿出这信来呈递，岂不成了大笑话？这里既写了教我拆阅，我且拆开来，看里面写的是什么？"

后成拆开看了一遍，不禁变色道："这事怎么了？我师兄庆瑞在陕西有难，我三年前受了他成全之德，论情理我不能不去救；只是此去陕西，山遥路远，师傅教宜男师妹和我同去，师妹却如何去得呢？"杨钺胡妻子问道："这信不是你师傅教你送到茨通坝去的吗？如何写的却是这种事。"后成将信递给杨钺胡妻子道："我也正觉得诧异，师傅交这信给我的时候，分明说送给云南茨通坝掌寨那里，不知怎的，此时一看，封面上却写了教我拆看。"

杨钺胡妻子接过一看，上面写道："深喜汝能了吾心愿，完娶之期，俟吾后命可也。庆瑞于汝有私恩，不可以不报，渠在陕西终南山有难，非汝与宜男同去救援，将不得免。亟去勿怠。"杨钺胡妻子看了说道："信上如此吩咐，不司去是不行的，只看你师妹的意思怎样？"

杨宜男在末后已听得明白，当即想起碧云禅师在二年前叮嘱的话。心想我祖父教我司去，必就是为那怪物。欧阳后成与杨宜男，都是天真未凿的人，也不知道未曾完娶的夫妻，应当避嫌的俗套。杨宜男当下就从床后转了出来说道："去终南山可以会见碧云禅师，我愿意同去。"后成听了这话，也想起当日在饭甑山顶上，受《中黄宝笈》的时候，自己师傅所说石梁来历的话来，遂问杨宜男道："不是昭庆寺的碧云禅师么？"杨宜男喜道："怎么不是？你也认识他，就更好了。"后成道："我并不认识，因曾听得师傅说过，所以是这么问问。师妹想必是认识的了。"杨宜男即将在安顺府诛旱魃的事，和碧云叮嘱的话，述给后成听。

后成听了，也欢喜道："我正着急就到了终南山，也不知道我师兄在哪里被难，并且我师兄的本领很不平常，他既有难，我本领不及他的，如何能救得了？于今有着云禅师在那里，便不愁找不着，也不怕本领不济了。"次日这一对未婚的小夫妇，就动身向终南山前进。

途中不止一日，这日到了终南山山底下，刚待上山，只见前面来了两个和尚，朝着欧阳后成合掌笑道："候驾多时了，祖师爷正在寺中等着二位呢。"后成连忙拱手相还道："岂敢，岂敢！两位师傅，可是昭庆寺的么？"两和尚点头不说什么，后成夫妇跟着和尚上山。

不一会儿，到了昭庆寺，和尚引进里面见碧云禅师。二人叩头行了礼，后成正要说明前来的原因。碧云禅师摇手止住道："不用说，老僧已知道了。你们长途劳顿，且去休息一会儿再说。"两个和尚即将二人，引到一间小小的房里。

直等到黄昏向后，碧云禅师才走了进来，随手将房门关了，从袖中拿出一叠黄纸符来，交给后成道："你将这符遍贴这房的四周上下。"后成依言贴好了。碧云禅师才笑着说道："此时我们可以开口说话了。你们今日正来得凑巧，若再迟十日到此，便有回天的力量，也无济于事了。我们在此地一言一动，假使不在这贴了符的房里，那怪物能一一捏算出来，它一有了防备，就大费周折了。"后成心想："我是为救师兄来的，碧云禅师却向我说这些牛头不对马嘴的话。"后成正这么着想，只听得杨宜男问道："毕竟是个什么怪物，有些什么害人的举动呢？"

碧云禅师道："这怪物也是一个人，已潜心苦练了六十多年，只因洪

275

武元年，七阳真人在此山飞升的时候，将一部《玄玄经》藏在对面石山之中，当时曾对《玄玄经》祝道：'留待有缘人，得此无上道。'二三百年来，没有能将这经取出来的。这怪物为想得这部经，特地在这山里，寻了一处风水极佳的地基，建了一个小小的道院。专心致志地在院中练习取经的道法，已练了二十多年。此时道法已经被它练成了，只等今夜亥子之交，就要将这经取出来。这经一落它的手，不须十日工夫，它的本领就通天彻地了，谁也不能奈何它。它此时的神通，已经上应天象。北京钦天监两次密奏西后，说终南山妖气上通于天，须遣道法高深的人，及早前去剪除，免成大患。西后问何人能当此任，钦天监保奏新升总镇庆瑞。西后便下了一道密旨，命庆瑞前去终南山剪除妖孽。奈庆瑞的道术，与这怪物一般的不是正道，不过庆瑞为人，心地还光明，所以不至在怪物手中丧生。"

后成问道："庆瑞已经与怪物较量过了么？"碧云禅师道："若已较量过，就早已没有命了。庆瑞也定了在今夜亥子之交下手，待一会儿，你就能见着的。"后成这才把心放下。

到亥初时分，碧云禅师领二人出来，向山顶上行走。这时天空一轮明月，如挂冰盘，二三里内看得分明。碧云禅师走到一处，停步走到一片幽林说道："那树林之中，便是那怪物修炼之所。院后有一座笔管形的山峰高耸，你们到那山峰上去，只凝神注目，在院前的石塔顶上。等怪物取经到手的时候，你们就可下手诛它。到了危急的当儿，自有老僧前来相救，不用害怕。"

后成问道："庆瑞此时在哪里呢？"碧云禅师道："那时你自见着，不用问老僧。"后成不敢多说，和杨宜男同时飞上了那山峰，低头看那树林中寺院时，只见溶溶月色之中，有一团浓雾，将树林笼罩着，仅隐隐约约的，看见有一所房屋在里面，寂静静的没一些儿声息。定睛看寺院前方，一座白石的宝塔，塔尖直耸云表，宝塔对面一座石山，不甚高大，形势与一个馒头相似。

二人正在观察四周情形，忽听得有声如裂帛，在浓雾中响亮。急向发声处看时，只见一颗红星，从屋顶直伸而上，射到塔尖，便停住了，塔尖上登时现出一个人影来。那人影足有一丈二三尺高下，宽袍大袖的道家装束，红星在头顶的发结里面。后成低声向宜男道："你看这怪物，有这么高大的身体，真可算是一个大怪物了。这怪物既苦练了六十年，你我除了两柄雌雄剑外，一点儿法宝没有，若是敌它不过，将怎么了呢？"

宜男目不转睛地望着塔尖，答道："此时才思量怎么了，已是迟了，还不快看，它在那里故手势了。"后成看那怪物在塔尖上，手足舞蹈了一会儿，忽从口中吐出一道白色的光芒来，朝着月光射去，射到半空，复收回来，接连又射了上去，比前次射得更高。继续射到第四次，直与银盆也似的月光相衔接，笼罩树林的浓雾，被几次白光冲得没有了。天空明净无尘，月色清明，直与白昼无异。

二人从来不曾见过有这么明亮的月光，十里以外，能辨别人男女老少。这时仔细看对面那山，竟是一块整石，没丝毫罅隙。心想碧云禅师说，七阳真人的《玄玄经》，藏在那石山里面，没一点儿斧凿的痕迹，怎生藏得进去呢？可见得七阳真人道法之高深了。于今这怪物，居然修炼得有从这无缝石山中取经的本领，我二人真不知拿什么本领，敌得过它。

后成正这么虚怯怯地想着，只见那怪物收回了与月衔接的白光，猛然举手向对面石山上一指，口里喝一声"敕"，这"敕"字才脱口，便是惊天动地的一声巨响。二人立脚的山峰，就如遇了风浪的帆船，震荡得几乎立不住脚。再看对面石山时，逢中炸裂了一条大口，足有丈来宽，裂缝中仿佛有火焰喷出来。怪物举手再向裂缝中指了一下，即见一件红光四射的东西，从裂缝中出来，直飞到怪物身边。怪物将袍袖一展，那东西便钻进了袖口，怪物登时现出的那种高兴得意的样子，直是形容不出。

二人知道那红光四射的东西，必就是七阳真人的《玄玄经》。后成道："是时候了。"话才说出，猛听得半空中，哗啦啦一个霹雳，狂风顿起，大雨骤下。霎眼之间，将清明如昼的月色，变成黑魆魆的，伸手不见五指。但见无数金蛇电闪，围绕着那怪物乱射，左一个霹雳，右一个霹雳，只是在半空中打不下来。怪物直挺挺地立在塔尖，从脑袋里面，发出一种洪钟之音，雷声渐渐地远了，电闪也渐渐地稀了。后成连忙将雄剑放出道："不好，我师兄斗不过这怪物了。"

说时迟，那时快，后成这一道剑光，直向怪物头颈刺去。可是作怪，那剑光还离怪物二三尺远，仍退了回来。杨宜男不敢怠慢，赶紧也将雌剑放出。雌雄剑的力量真大，两剑如夹剪一般的，分左右向怪物横剪过去。眼见怪物左手句后一挥，才挥了一个半圆，就被两剑拦腰斩作两截，翻下塔去了。

正在怪物翻身倒下去的时候，后成、宜男都被人提住胳膊，比鹰隼还快的飞下了山峰。尚在空中不曾着地，又听得背后一声惊天动地的巨响，沙石纷纷如雨点打下。二人着地看时，原来被碧云禅师一手提了一个。碧云禅师放下二人，吐舌摇头道："好险，好险！"后成心想："怪物已被我二人腰斩了，还有什么好险好险呢？"

碧云禅师对杨宜男道："你的剑只要再迟放些儿，此时你们已变成肉泥了，就是有老僧在此，也唯有叹息无可为力。你二人是童男女，又是雌雄剑，所以能克制它。只一道雄剑，奈何它不得；只一道雌剑，也奈何它不得。你雌剑将放出去的时候，它已用移山倒海之法，将对面石山挥动，向你们当头压下，老僧不挈你们从石山底下逃出来，此时不已压成肉泥了么？大害虽然除了，却断送了你们两个，岂不可伤可惜？"

碧云禅师复引二人到方才立脚的山峰观看，只见一个数亩地大小的石山顶，和戴帽子相似的，戴在山峰顶上，将原有的山峰，压低了数尺。二人看了，不由得惊得目瞪口呆，半晌才同声说了一句："好厉害！"碧云禅师忽然失声喊道："不好了，快下去。"这一声喊，又将二人吓了一大跳。

不知碧云禅师为什么这么大惊小怪，且俟第三十七回再写。

冰庐主人评曰：

> 此回上半写诛旱魃，既有声而有色；下半写灭怪物，更动魄而惊心。或病其诞，吾曰："是书以'奇侠'命名，此正作者用力些'奇'字处。翔驱神使鬼，倒海移山，原是仙家妙用，特凡夫俗子，目未能见，概谓之诞，可乎？"以诞目是书，非善读《奇侠传》者。

第三十七回

未先生卜居柳仙村
沈道姑募建药王庙

话说欧阳后成夫妇，忽听得碧云禅师失声叫道："不好了，快下去吧。"二人的惊魂甫定，一听这话，不禁又大吃一惊，不知又出了什么祸事，都愕然望着碧云禅师。碧云禅师仍挈二人的胳膊，如鹰隼搏兔，疾飞而下，一瞬就到了那白石宝塔下面。后成立住了脚，看天空月色，仍如初上山时一般明朗，风雷雨电，早已随着那怪物翻下塔来的时候消灭了。再看塔底下的怪物尸体，只见连道袍斩作了两半段，细看头上的两耳，不知被何人割去了。

碧云禅师弯腰在两个袍袖里摸索了一下笑道："好大胆的孽障，果然赶现成的，想得这部天书。"后成连忙问道："谁把《玄玄经》拿去了吗？我愿意去追讨回来。"碧云禅师点头道："就是这怪物的徒弟蓝辛如拿去了，于今你师兄庆瑞已跟踪追去。只是你师兄的本领，敌不过蓝辛如，此刻正在山阴拼命相斗。你师兄赖有皇命在身（黄叶道人为朱明宗室，碧云禅师与道人为一流人物，"赖有皇命在身"一语，似不应出之碧云之口。然有清入宰中原，国祚至二百六十余年之久，岂为偶然？谈道者喜谈孽，禽鱼木石皆各有其孽，孽不足以相抵，人力无如之何？孽之为物，与星相家之所谓命运相类。有清享二百六十余年之国祚，祚未尽，孽亦未尽；且其孽之大，当然非蓝辛如之孽所能抵，而庆瑞之孽，又不足以抵蓝辛如，所以不能不有赖于皇命耳。有清二百六十余年中，有志恢复明社者，何时何地无之？而直至辛亥一役，始得推翻之者。辛亥以前之从事革命者，其孽皆不足以抵之也。铜脚黄叶之外，犹不可胜数），或可不死，你二人赶紧去助他一臂之力，将天书夺回。"

后成夫妇听了，哪敢怠慢，急匆匆追过终南山之阴。只见一个山坡之内，一团黑烟，有四五丈宽广、二三丈高下，团圆如一个大黑桶。黑烟里面有什么东西，在外面看不清晰，围绕着黑烟的，也是雷电交作，与那怪物在塔顶上无异。后成向杨宜男道："蓝辛如必在黑烟之内，这雷电必是我师兄的'天心五雷正法'。"

杨宜男举眼向四处一望，忽指着前面一带山冈说道："你看那个立在山冈之上，散着头发的是谁？"后成随着宜男所指的方向看去，不觉逞口而出，叫了声"哎呀"道："那就是我师兄庆瑞。他斗不过蓝辛如，已急得手慌脚乱了，我们怎生帮他呢？"杨宜男道："立在山冈上的是你师兄，蓝辛如必在黑烟里面。"杨宜男口里说着，飞剑已从后脑朝黑烟射去，后成也忙将雄剑放出。

说也奇怪，疾雷闪电，只绕着黑烟盘旋，不能冲破到黑烟里面去。欧阳后成和杨宜男二人的雌雄剑一到天空，便如两道长虹，发声如裂帛地直射进黑烟，黑烟登时四散。此时东方已经发亮，后成借着反射的阳光，看黑烟散处，一个穿蓝色道袍的道人，已身首异处，倒在山坡之下死了。

庆瑞正从山冈上，一面向死道人跟前走，一面招手叫着后成老弟，后成遂同杨宜男凑上前去，庆瑞已从死道人身上，将《玄玄经》取在手中说道："老弟两番救了我的性命，感谢，感谢！只三年不见，想不到老弟的造化，便到如此地步。可喜可贺。"后成抢前几步，叩头行礼道："往日不得师兄玉成，安有今日？为地方为人民除害，是我辈分内应做的事，值得师兄道谢吗？"庆瑞来不及跪倒答礼，与杨宜男相见了，也谢了援助之德，才将《玄玄经》双手递给后成道："我本来应亲去叩谢碧云老祖，无奈有皇命在身，诸多不便。这部天书，原应带着回朝复旨，只是这番非碧云老祖的佛法无边，不能剪除大害。这书不恭送老祖，不足以报答高厚，就请老弟转呈吧。我须即刻回朝复旨，不敢耽延。"

后成接了《玄玄经》，还想和庆瑞谈谈别后情状，庆瑞只顾从腰间拔出刀来，将蓝辛如的两耳割下，从袖中取出一个小手巾包来，打开将两耳包裹。后成看那包中，已包有两只很大的耳朵在内，心想原来那怪物的两耳，就是师兄割下来了。庆瑞裹好了四只耳朵，便急匆匆地走了。后成捧了《玄玄经》，和杨宜男同回到白石塔下面。碧云禅师已运用广大神通，将石塔移动，镇压若那怪物的尸体。

据迷信神怪的人说，幸赖有此一着，庚子年的拳匪，才容易消灭了，没将东南半壁闹糟。这被镇压的怪物，就是徐鸿儒的徒弟。这本来都是一派无稽之谈，不过中国数千年来，圣人以神道设教，其中从来不曾有人能推翻过，不能因其非事理之常，便斥为虚妄。并且在下这一部《奇侠传》，其间所写的人物，其才能都是出乎寻常情理之外的，也不仅终南山诛怪、安顺府诛旱魃，这种不经的故事。

闲话少说，再说后成将《玄玄经》呈上碧云禅师，并陈述庆瑞与蓝辛如斗法，自己夫妇相助的情形，及庆瑞托转呈《玄玄经》的言语。碧云禅师欢天喜地地收了《玄玄经》道："你两人此时不用回紫峰山去。我这里有一封书信，烦你二人送到湖北襄阳府柳仙村药王庙里，交给朱复、朱恶紫兄妹。你只说他师傅智远禅师，日前来西安，曾与老僧会晤。老僧因他几年来恓恓惶惶的，得不着胜地，不能了道，已转求黄叶道人，将万载的玄妙观暂时化给他，使他好成正果。他此时正在玄妙观，可教朱复速去见他。"碧云禅师说毕，交了一封信给后成。后成只默记了这番言语，也不知道所以然。收好了书信，即时和宜男拜别碧云禅师，登程向襄阳柳仙村进发。这且按下。

于今再说朱复自从奉了他师傅智远禅师的书信，到江宁救出朱恶紫、胡舜华之后，他兄妹和胡舜华，表面上虽都是已曾出了家的人，然实际尚不是真个已了绝尘缘的。并且三人都没有可以落脚的庵堂寺院，此时从参将衙门里出来，不能不商量一个去处。朱恶紫道："我师傅在日，最相投契的道侣，唯有沈栖霞师傅。我记得有一次，栖霞师傅和我师傅说，她在湖北襄阳府柳仙村，收了两个男徒弟，新建了一所药王庙，在柳仙村里。那柳仙村的风水极好，能作自己将来了道之所。于今我与舜华妹，既得不着好安身之所，依我的意思，不如且到柳仙村，依托栖霞师傅那里去。"朱复听了，自然没有不赞成的，于是三人遂向襄阳柳仙村来。在下写到这里，却又得掉转笔头，先将柳仙村一段故事写出来。

这柳仙村是个什么所在呢，何以取这么一个村名呢？却也有一点儿荒唐来历。柳仙村在离襄阳府六十多里的一个乡僻地方，村里不过二三十户居民，村口有个小小的市镇，叫黄花镇。因为村里有个柳仙祠，所以叫作柳仙村。

那地方的牧老相传说，当日吕洞宾在洞庭湖收服了柳树精，在岳阳楼喝得大醉，所谓"朗吟飞过洞庭湖"，就是从岳阳楼飞到了衡山回雁峰。

只是吕洞宾醉后，飞到回雁峰去了。这个初被收服的柳树精，一看吕洞宾的葫芦忘记带去，就把葫芦里面的酒偷喝了。柳树精能有多大的酒量，喝下去便醉失了本性，把被吕洞宾收服的事忘了，跑到襄阳府黄花镇上，兴妖作怪。等吕洞宾在回雁峰酒醒转来，再回到洞庭湖一看，不好了！柳树精已逃得无影无踪了。只得追到黄花镇，又用法力将柳树精收服。黄花镇的人因被柳树精闹怕了，大家拿出些钱来，建一个柳仙祠，香花供养，想敬奉得柳树精不再来兴妖作怪。于是这柳仙村的地名，也就跟着这柳仙祠同时出现了。

柳仙村里面的二三十户居民，都是安分务农的善良百姓，也没有富家大族在内，更没一个读书能识字的人。一日忽然有一个六十多岁的老人，带领两个六七岁的小孩，并许多行囊车辆，来到黄花镇上。自称姓未，南京人，因来襄阳投亲不遇，不愿再回南京，想在柳仙村出钱买点儿田地，就在这里居住。黄花镇的人，见这姓未的老人为人，很是谦虚和蔼，都愿意与他接近，大家呼他为未老先生。未老先生向人说，那两个小孩是他自己的孙子。他在柳仙村买了些田地之后，建造了一所小小的房屋，亲自教两个孙子读书。

未老先生欢喜种桃树，初时只将自己住宅的周围，种了无数的桃树。数年之后，渐渐地将范围推广，住宅四周的山上，都种满了。种植的方法，像是很有研究的。寻常人家种的桃树，至快也得十来年，才可望开花结实，而初结的桃子，都是不甜的。这未老先生种的，与寻常人家种的大不相同，只须三年就能结实了，并且结出来的桃子，又大又甜。成熟之后，运到襄阳府发卖，尝着这桃子滋味的人，没一个不咂口咂舌地说好吃，都称这种桃子为未家桃。每年不到成熟的时候，就有许多贩户争着交钱定购。

未老先生初到柳仙村的时候，本来已很富裕，三年后加了这笔未家桃的出息，更是富足极了。只是他富足尽管富足，他自己和两个孙子的衣服，仍是十分朴质，家中一切食用都极节省，情愿拿着大把的钱，周济贫乏。附近数十里以内的贫苦人，没有不曾受过未老先生周济的。因为曾受他周济的人多，未家豪富的声名，也就跟着传播得很远。

柳仙村里虽都是安分的农人，而柳仙村以外的人，在势固不能个个安分，当时就有一班恶贼，被未家豪富的声名打动了，啸聚了十几个强徒，黑夜拥入未家。未老先生已是风烛残年，两个孙子还只十四五岁，哪里有反抗的能力？家里虽雇用了几个仆役，也都不是强徒的对手，因此毫不费事地将未家所有的财物，尽数劫去了。当众强徒拥进去行劫的时候，疑心未家富名甚大，所有的银钱，不仅已被搜出来这么多，必然还有贵重物品，及金银珠宝，藏匿在什么秘密地方。将未老先生的两个孙子，用刀背砍打，逼着他供出藏匿金银的所在来。可怜这两个小孩，被打得昏死过去，哪有什么地方可供呢？众强徒去后，未老先生看两个孙子被打得体无完肤，一个打断了一条胳膊，一个打断了一条大腿，把个未老先生急得什么似的。乡村中又请不着有本领的外科医生，只得守着两个受伤的孙子，痛哭流涕。便有人献计，教未老先生，多写几张招请好外科医生的招贴，到襄阳府张贴起来，治得好，谢多少钱，未老先生依计而行。

次日果有一个白发鬖鬖的老道姑，走到未家来，对未老先生说道："贫道善能医治一切跌打损伤，并能限日治好，与不曾受伤时一样，毫无痕迹。治的时候，更一些儿不觉痛楚。不知老施主肯教贫道治么？"未老先生急忙应道："我正苦没人能治，四处张贴招纸，延请医生，哪有不肯教师傅治的道理呢？"道姑点头道："但是治好了，将怎生谢贫道呢？"未老先生道："只要师傅能将两个小孙完全治好，听凭师傅要我怎生谢，我便怎生谢。凡是我力量做得到的，无不从命。"道姑道："那就是了，且等贫道把两位令孙治好了再说。"这道姑随即动手，将两个小孩的伤处敷药包扎。手术真妙，不须几日工夫，果然两小孩的伤处都好了。

未老先生便问道姑要怎生相谢，道姑指着对面种桃树的山丘问道："那山是老施主的产业么？"未老先生点头应是。道姑道："贫道只要在那桃林里面，化一块方丈大的地基，再由贫道募化十方，募些钱来，建一个药王庙。不知老施主肯将那山里的地基，施舍给贫道也不？"未老先生笑道："师傅也太客气了！休说师傅于小孙有再造之恩，便是寻常方外人，要向我化一块地基建筑庙宇，这是一件有德事，我也没有不肯的道理。师傅也不须再去十方募化钱文，只看师傅的意思，药王庙将怎生建法，应建多大的规模，尽可画出一个图形来，交给我办便了。师傅就请住在寒舍，指示一切。"

道姑听了，也不客气，欣然说道："贫道终是向人募化，老施主能独力做此功德，岂不更好？至于庙宇的规模，不妨极小。贫道久已将图形画好，带在身边。"说着，从身上取出一卷纸，展开递给未老先生道："依这图形建造，工料尽可简省。贫道但求能避风雨，不求能壮观瞻，可以支持三十年便够了。在这药王庙未造成以前，贫道仍得去各胜地云游，游罢归来，便不再出去了。"

未老先生看那图形，连神殿只有五间房屋，和寻常极小的庙宇一样。当时陪同道姑，到对山桃林里，择了一方地基，由道姑指定了方向。道姑合掌向未老先生道："庙宇地基，都是由老施主舍的，贫道只坐享其成。此时贫道尚须往别处去，俟庙宇落成后再来。"

未老先生在柳仙村住了好几年，平日素不见他与方外人接近，大约他的性质，是一个不欢喜方外人的。这回因道姑治好了他两个重伤待死的孙子，所以不能不建造一所庙宇，酬报道姑。然在未老先生心里，只要施舍一方地基，依照图形，建造了一所庙宇，自问便算对得起道姑了。至于这道姑究竟是从哪里来的，定要在桃林里面，建造这小小的一座庙宇做什么，何以建造的，偏是不多有的药王庙？未老先生都不曾向道姑过问，并且连那道姑姓什么，叫什么名字，也便不曾向道姑请教一声。道姑作辞要去，就由她去了。

那道姑去了之后，未老先生即派人采办砖瓦木料，招请土木工人，开始建造起来。五间房屋的工程不大，有钱人办事更分外的容易。只两三个月的工夫，一所小结构的药王庙，便已依照道姑所画的图样，建筑成功了。未老先生的心里，以为道姑临去时说，俟庙宇落成后再来，此时庙宇已经造成，道姑不久必然会来的。谁知落成后，又过了几月，并不见那道姑到来。当道姑来柳仙村治病的时候，未老先生既不曾盘问道姑的来历和姓名，也无从向人打听道姑的下落。只得将一所新建的药王庙，封锁起来，等道姑来了再开。光阴易过，药王庙落成，转瞬经年了。

距离柳仙村三十多里远近地方，有一个土霸，姓曹，名上达，是户部侍郎曹迪的儿子。曹家几代都是显宦，聚敛盘剥到曹上达手里，已有数十万的财产。民国时代的显宦，动辄是数百万、数千万，若只有数十万的财产，要算是两袖清风，谁也不放在眼里。然在前清时代，富至数十万，在社会上一般人的眼光看了，确是了不得的巨富。

曹上达既有这么富足的产业，他家几代显宦，门生故吏又布满朝野，因此在襄阳府的势力，寻常没人能赶得他上。凡是到襄阳一府来上任的官儿，没一个不先来巴结曹上达的。只要触怒了曹上达，无论这人如何振作精神做官，也决做不长久。

这曹上达平日在乡里的行为，就和平常小说上所写土豪恶霸的一般无二。如侵占人家田产，强奸良家女儿，以及窝藏匪类，鱼肉乡民种种恶事，皆无所不为。他出门也是有无数凶眉恶眼的汉子，前呼后拥，若是在路上遇了有些儿姿色的女子，那是先由曹上达亲自上前调戏，那女子相从便罢，若不相从，就嗾使跟从的恶汉，动手抢回家。稍为软弱些儿的女子，少有不被他奸污的，强硬的就十九送了性命。事后虽明知是死在曹上达手里，然天高皇帝远，襄阳一府的官员都巴结曹上达，还愁巴结不了，谁敢收受一纸告曹上达的状子。曹上达的胆量，因此越弄越大。

有人在曹上达跟前，称赞柳仙村的未家桃，如何好吃，每年的出息如何大。把曹上达的心说动了，打发两个篾片到未家来，要收买未家的桃林，看未老先生要多少价钱，毫不短少。未老先生说："我这桃林是我一家养命之源，无论出多少钱，也不能卖给人。"篾片明知道未家是不肯卖的，不过假意是这么问，见未老先生这么回答，便冷笑了一声说道："你知道要收买你桃林的人是谁么？你知道襄阳曹公子要买人的产业，是从来没人敢回半个不字的么？你爽气一点卖给他，倒落得一个人情，并可得些银两。要想把持不肯，就转错了念头了。"

未老先生已在柳仙村住了这几年，曹上达平日凶横不法的行为，耳里也实在听得不少了，只恨自己没有力量，能替受害的打抱不平。于今这种凶横不法的行为，竟轮到自己头上来了，教他如何能不气愤？但是估量自己的能力，万分不能与曹上达抵抗，若真个一口咬定不肯，这两个篾片，当然回去在曹上达面前怂恿，曹上达有什么事干不出呢？甚至连自己的老命都不能保全。白白地把一条命送了，桃林仍得落到曹上达手里去。未老先生一再思量，除了应允，没有安全的方法。当下只好忍住气，对篾片说道："我也知道曹公子不是好惹的人，不过我一家的性命，就靠这桃林养活，所以不愿卖掉。于今既是曹公子定要我这桃林，我就只得另寻生路了。价钱我不敢争多论少，只对面桃林里，有一所新建的药王庙，不是我未家的产业，早已施舍给一个老道姑了，不能由我卖给曹公子。"

篾片见未老先生居然应允了，自是喜出望外，问未老先生要多少业价，未老先生酌量说了个价目。篾片回去报告曹上达，曹上达怒道："几棵桃树，值什么银子？照他买进来的业价，给还他一半，赶紧滚出柳仙村。我这里立刻派人去接收桃林，接收了便是我的产业。药王庙要施舍给谁，只由得我，谁管她什么道姑道婆。"两个篾片听了，自然随声附和，也主张是这么办理。

再说未老先生见两个篾片走后，知道不久就有曹家的人，前来接收产业，心想一时将家搬到什么地方去住呢？药王庙虽是特地建筑了，施给那老道姑的，然道姑经年不来，也不知道她的行踪所在。那道姑的年纪，已有六七十岁的模样了，这一年来没有消息，说不定已是死了。我何不暂时搬进庙里去住？道姑来了，临时让给她也不迟；不来，我就住下去。

未老先生计算已定，即时带了一个工人，拿了扫帚，到药王庙去打扫房屋。走到庙门口，未老先生正从怀中取出钥匙来，打算开发庙门上的锁。一看门上，不觉吃了一吓，那锁已不知去向了。庙门只虚掩着，像是曾有人进去了的。回头问同来的工人道："有谁进庙里去了吗？"工人道："只怕是曹家打发人来看，旁人是不会擅自将锁打开的。"工人说着推开庙门。

未老先生走进庙去，看神殿上已打扫得十分清洁，神龛上原来只有神像，没有帐幔的，此时已悬挂了颜色很鲜明的绸帐。龛前神案上，陈设了香炉、烛台、木鱼、铜磬，都很精美。案前的拜垫，都已铺好了，只不见有人。未老先生不由得非常诧异，放开嗓音，咳了一声嗽。就见一个年约十五六岁的瘌痢头小和尚，从神殿后面转出来，从容不迫地向未老先生合掌道："小僧奉了师傅的命，刚到这里来，因恐怕惊动施主，又得派人来帮同打扫，所以还不曾到府上来。果然施主一听得说，就带人携着扫帚来了。"

未老先生听了这些话，一时竟摸不着头脑，暗想：我平生没结交过和尚，这小和尚的师傅是谁？如何能打发徒弟来，强占旁人的庙宇呢？难道出家人，也能像曹上达那么横蛮不讲理么？曹上达仗着有钱有势，人家不敢惹他；这小和尚的师傅，有什么势力，来强占这庙宇？并且真是有势力的和尚，强占了这个小小的药王庙，有什么用处？

未老先生一时想不出这道理，就对小和尚说道："这庙已施给了一个老道姑，她经年未曾来住。于今我自己的产业，已属了旁人，只得暂时到这庙里住住，所以带了扫帚来打扫，并不是来帮你打扫的。你师傅只怕是弄错了，这庙原是建筑了施给道姑的，不曾施给和尚。"

小和尚似乎吃惊的样子问道："我师傅说，施主甚是富足，怎么只一年下来，产业就已属了旁人呢？莫不是因建筑这药王庙，花的钱太多么？"未老先生摇头叹气道："这都毋须说了。总之这药王庙，已不能再拿了施给和尚。请你回去，照样对你师傅说吧。"小和尚笑道："施主弄错了，我师傅并不是和尚，就是去年在这里，替两位令孙治伤的道姑。施主特地建筑了施给她的，我师傅因为还有些事不曾了，不能就到这庙里来，又恐怕施主盼望，所以教小僧先来，以便朝夕伺候香火。"

未老先生禁不住笑道："你这话说得太离了经，你是个和尚，怎么能认道姑做师傅？这就未免太稀奇了。"小和尚也笑道："一点儿不稀奇，将来施主自能知道和尚认道姑做师傅的道理。施主若此刻不相信小僧是那道姑打发来的徒弟，小僧这里还有一件可做凭证的东西。"说着到神殿后，拿了一卷纸出来，展开递给未老先生看道："这庙宇的图形，是一正一副，小僧师傅交给施主的是正图，副图在小僧这里，施主可以相信了么？并且师傅不久就要来的，小僧岂能支吾过去？"

未老先生看这图形，和前次的图形，丝毫无二。又见小和尚虽是个癞痢头，满身满脸的污垢，然言谈举动，不像是个作恶害人的人，心里已知道不是假冒的了。只是心想怎么来得这么不凑巧？他既来了，却教我一家一时搬到哪里去呢？未老先生是这么踌躇着，不得计较。小和尚问道："施主毕竟是怎么一回事，轻容易的就把产业属了旁人，难道施主府上，又遭了什么意外的事吗，何妨说给小僧听听呢？小僧师徒托施主的庇荫，应该能替施主分忧才是。"

未老先生无端遭此横逆，心里自不免有些抑郁，想向人申诉之处。今见这小和尚虽年小腌臜，说话却像很懂情理的，当下忍不住长叹了一声，将曹上达平日的行为，及这番逼卖桃林的举动，说了一遍道："于今是没有黑白的世界，我风烛残年，原是想多活几春，打听得这柳仙村里居住的，多是些安分务农的良民，才搬到这里来，以为可以安稳度此余生了。谁知盗劫之后，又有这种不操戈矛的大盗，逼得我不能在此立脚。唉！天地虽大，还有一块干净土吗？"说罢，竟放声大哭起来。

小和尚听了，不但一些儿不替未老先生悲伤，反仰天打着哈哈说道："老施主也太不旷达了，世上没有千年世守的业，堂皇天子的锦绣江山，拱手让给旁人的事，历朝以来不皆是如此吗？这一片桃林，算得了什么？老施主破点儿工夫，栽培种植，不到十年，又是一般的产业，哪值得这许多老泪？"未老先生听小和尚这么劝慰，更伤心得哭不可抑。同来打扫的工人，在旁用许多不伦不类的话劝解，倒把未老先生劝住了，搀扶着工人回家，只好打算婉求曹家，稍宽假几日，另觅迁移之所。

次日等曹家人，前来兑价接收产业，等了大半日，不见人来。下午就听得黄花镇上，和柳仙村里的人纷纷传说，曹上达昨夜正和他第六个姨太太睡了，不知被什么人腰斩在床上。那姨太太直到今早醒来才知道，还不知是什么时候死的。

曹上达夜间在姨太太房里睡觉，房外照例有十来个把势轮流守候，房里还有几个丫鬟，也是轮流听候使唤。昨夜房外的把势，房里的丫鬟都眼睁睁的，并不曾偷闲睡着，窗门也都关得严密，不曾打开。今早同睡的姨太太，忽然在床上叫起来，丫鬟才敢揭开帐门，只见曹上达已拦腰斩作了两半段，死在被里，好像是连被窝都不曾揭开的。曹家的人报了县官，县官来验看了，疑是同睡的姨太太谋杀，却找不着一点儿证据，只怕是和房里的丫鬟，伙通谋杀的。于今已将那同睡的姨太太和房里所有的丫鬟，连房外的把势，都带到县衙里去了。杀了这样一个大恶物，襄阳一府的人，无一个不称快。

未老先生听了这种传说，也疑心是同睡的姨太太谋杀，不过依情理推测，在半夜里腰斩一个人，怎能没一些儿声息，不使房外的把势听得？并且当姨太太的，要谋杀老爷，既能伙通丫鬟，也不愁没有干净避嫌的方法，何至谋杀在自己床上？又何至用这种又难、又笨的腰斩呢？未老先生如此推测，县官自然也是如此推测，不能将那姨太太及一干人定罪。为这一条大命案，参了几个官，毕竟不曾办出来。而未老先生的桃林，就幸赖曹上达被杀得凑巧，得以保全下来了。

又过了几个月，还不见那道姑到来，未老先生很有些疑心这小和尚，来得古怪，终日不见他出外，也不见有人和他往来。他一个人住在庙里，自炊自吃，从没人见他在外购买食物，而庙里柴、米、油、盐、酱、醋、茶，件件都不缺少。每日除弄饮食吃喝之外，就在神前念经，念的不知是什么经，拜的也不知是什么神像？庙门一日只有巳、午、未三个时辰打开，这三个时辰以外，总是关着的。他在神殿上念经的时候，连他自己住的耳房，都关闭起来，好像房里有极贵重的东西，怕有人来强抢了去似的。神殿上扫得没一些尘垢，所有的陈设及应用器具，也没一件不磨洗得洁净无尘。唯有他自己的头脸，及身上衣服腌脏得不堪，一立近身，就有一股令人不耐的气味。

未老先生很觉得这些地方古怪，心想小和尚说，和尚认道姑做师傅的道理，将来我自然会知道，于今他已来这里好几个月了，我实在还不知道是什么道理。今日无事，我倒要去药王庙问问他，看他师傅怎的还不来？未老先生想罢，便独自走到药王庙里。

不知未老先生，问出了小和尚什么来历，且俟第三十八回再写。

冰庐主人评曰：

此回结束诛坚事，接叙沈栖霞、朱恶紫诸人，中间插入曹上达恃强夺产一段，倍觉灵活。

曹上达作恶多端，一死不足蔽其辜，唯不先不后，恰死于逼夺未家桃时，明眼人读之，固早知其必为沈栖霞所杀无疑矣。但土豪恶霸，无时无之，亦无地无之，安得千万沈栖霞，施其神技，为天下含冤负屈人，一吐肮脏不平之气耶？

第三十八回

药王庙小和尚变尼姑
柳仙村沈道姑收徒弟

话说未老先生独自走到药王庙，想问明小和尚的来历。走到庙门口，只见庙门紧闭，从里面闩了。未老先生心想："此时才到申刻，天色这么早，如何就把庙门关了呢？庙里有什么金珠宝贝，怕人劫夺，用得着是这么防强盗似的，青天白日把庙门关闭？我敲开门进去，也要问他一个白昼关门的道理。"遂举起手中拐杖，向庙门上敲去。

连敲了几下，不见里面的小和尚答应，暗想难道睡着了吗，又重重地敲了一会儿，里面仍是寂然无声。这庙有一张后门，离耳房很近。未老先生见敲着没人答应，遂转到后门口，伸手推门，也是从里面闩得很紧，推去丝毫不动。只得又举起拐杖乱打，边打边喊小师傅开门。

任凭未老先生高高喊，重重敲，里面哪有一些动静呢？不由得惊异道："便是真个青天白日的，关了门睡觉，也没有睡得这么叫唤不醒的人。可恶这庙宇没一个朝外面的窗户，不能窥探里面的情形。莫不是小和尚独自躲在里面，有什么不可告人的行为么？我已好些日子不到这庙里来了，也不知这庙门关了多久。今日曾打开过没有，我也没有见。这小和尚的身体很瘦弱，又是一个瘌痢头，脸上没一些儿血色，好像有病的样子，或者是病倒在里面，无人照顾他，又病又饥饿，以致不能起床。就听得我在外面敲门叫唤，因没气力高声答应，也未可知。我是这庙的施主，今日没来这里便罢，既到这里来了，不能因叫不开门，就不作理会。他若是到外面去了，不在庙中，庙门应该在外面上锁，断不能前后门都从里面锁着。好在这后门的木料，并不十分坚牢。因为那老道姑说了，只要能庇风雨，可以支持三十年，所以建造的材料，都没在坚牢上着想。且回去叫个工人，带个铁凿来，将门斗撬开进去看看。"

未老先生绝不踌躇地回到家中，却是不凑巧，一个长工因他自己有事出去了，只有两个孙子在家。此时这两个孙子，也都有十八九岁了。未老先生即将叫不开药王庙的门，并自己想撬开后门进去的话，对两个孙子说了。两个孙子喜道："那后门一撬就开了，我两人包能撬开。"未老先生说好。当下就带着两孙，携了一把铁锹，到药王庙后门口。

当小孩的人，遇了这类时候，没有不鼓动好奇之念的。有自家长辈开了口，教他撬这叫唤不开的门，就和撬开了有许多把戏可看，许多利益可得似的。推的推，撬的撬，果然不须几铁锹，早将这不牢实的后门板，撬得一片一片散开了。

未老先生支着拐杖，当先走了进去。口里仍不住地叫着："小师傅在哪里？"五间房都走遍了，这才把未老先生吓了一大跳，哪里寻得出那个癞痢头小和尚的影子呢？

未老先生坐在小和尚睡的耳房里，对两个孙子说道："这个小和尚很蹊跷，举动实在太古怪了。这庙仅有一张前门，一张后门，连对外的窗户，都没一个。于今前门还是锁得牢牢的，后门也是里面上了锁，且用木杠横闩了，不是在里面，不能这么关锁。然而他在里面，把前后门都关锁了，却从哪里出去呢，回来又叫谁开门呢？这庙宇是我亲自监着建造的，除了这五间现面的房子而外，没有可以给他藏躲的地方。这五间房里没有，是已出外无疑的了，这种举动，不更是古怪吗？"

两个孙子道："我两人有几次跟着你老人家到这里来，见小和尚跪在神殿上嗉经。我记得这耳房的门，几次都是从外面反锁着的，一次也没看见这房里是什么模样。我多久就疑心这房里，必有什么贵重东西，怕被歹人白天里看破了，黑夜前来偷去。难得这回小和尚不在庙里，这房门又没上锁，何不趁此时搜搜看，有什么贵重东西没有？"未老先生道："那却使不得，越是小和尚不在庙里，我们越不可动他的东西。我若早知他不在庙里，也不教你们撬开门进来了。于今没有法子，只好坐在这里，等他回来，将原因说明白了再去。君子不示人以可疑，何况对于这个未成年的方外人？"两个孙子听得这么说，便不敢乱动了。

祖孙三人坐等到天色已经昏暗了，还不见小和尚回来，只得相率归家。不说未老先生这两个孙子，生性都异常精细，当跟着未老先生，同进小和尚所住耳房的时候，已经见了一件可疑的东西，因未老先生不许搜查，故不敢拿出来研究。是一件什么可疑的东西呢？原来是一只白大布的袜子，压在垫被底下，只露出一只袜底来。就那袜底的长短形式，一望可知道是女子穿的，男子除了五六岁的小孩，决没有那么瘦小的脚。两人当时看在眼里，记在心里，跟着老先生归家之后，二人便悄悄地到僻静地方商议。

年纪大些儿的说道："那垫被底下露出来的袜底，断不是小和尚的。怪道这小秃驴，终日将那耳房门锁着，不教我们进去，原来他把尼姑藏在里面。那样的袜子，不是尼姑穿的，是什么人穿的呢？"年纪小些儿的点道："那次替我们治伤的老道姑，我记得她脚上所穿的，就是这一类的袜子。不过那道姑的脚不小，袜子比这只露出来的，仿佛要长大寸多些。这小秃驴所偷的尼姑，一定是个年纪很轻，身材很小的，才能在那间耳房里，藏躲得许多日子。我们今日进耳房的时候，这尼姑多半是躲在禅床底下，那时若爷爷许我们搜检，只一撩开床褥，包管就搜出来了。这小秃驴有一个尼姑在庙里，怪道他出去，能将前后门都从里面锁着，回来时也不愁没人开门。这东西太可恶了，一所新建造干干净净的庙宇，被他是这么弄得污秽不堪了，我们万不可轻恕了他。他夜里必然要回来的，我们趁此时到庙里去，拣个好地方躲起来，准能撞破他们的奸情。奸情既被我们拿着了，怕他们不谢罪，不滚向别处去吗？"二人商议停当了，就瞒着未老先生，悄悄地到药王庙来。

这时已是初更时分了，庙里仍不见有小和尚的踪影。二人藏身在神龛里面，从帐幔缝中朝外望，小和尚一入耳房，就得看见，而立在神殿上，决看不见神龛里有人。此时正是上旬天气，初更过后，月色正明，从天井里射进月光，照得神殿上通明透彻，静悄悄的万籁皆寂。

二人约莫等了一个更次，年纪大些儿的屈身躲在里面，身体屈曲得发酸了。对年纪小些儿的说道："等了这么久，还没一些儿动静，难道这秃驴通夜不回来么？我已弯腰曲背的，蹲得遍体发酸了，待出去伸一伸腰才好。"年纪小些儿的答道："不要出去，已等了这么久，还是忍耐些好。这耳房里一点儿动静没有，莫不是尼姑已经不在里面了么？"

大些儿的刚待回答，瞥眼见神殿上月光中，有黑影一晃，风飘落叶似的从天井里飞下一个人来，径走入耳房去了。二人都看得分明，是一个身材瘦小的尼姑，只看不出面貌妍媸。就那妖娇体态推察，年龄至多不过二十来岁。二人脑筋中不知道世间有能飞得起的人，突然看见了这个从天上飞来的尼姑，并落地没一些儿声响，不约而同地疑是妖怪，只吓得浑身乱抖。心里都想趁妖怪进耳房去了，赶紧逃回家去。无奈没经过事的公子哥儿们，既吓得浑身发抖，两条腿也就酸软得不由自主了，只想竭力地镇静，不把神龛抖得乱响，都做不到。正在又吓又急，无可奈何的时候，只见从耳房里走出一个人来，以为必就是那妖怪了，仔细看时，原来竟是痢痢头小和尚。

小和尚一出来，二人的胆量，便登时壮了许多。只见小和尚立在耳房门口，朝着神龛叱道："哪来的小贼，敢藏在里面，想偷庙里的东西么？"二人见已被小和尚看破，料知再藏匿不住了，只得硬着头皮冲出来。年纪大些儿的指着小和尚说道："我们倒不是想来偷东西的小贼，却要问你，你是一个和尚，为什么瞒着人，把小尼姑藏在房里，你知道你自己犯的什么罪？"旋说旋跳下神龛来。

小和尚听了，反笑嘻嘻地合掌道："原来是两位施主，小僧失礼了。不知两位凭什么，说小僧瞒着人，藏匿了小尼姑在房里。毕竟藏在哪间房里，倒得请两位施主拿出凭据来。"二人冷笑道："我们亲眼看见的，你还想抵赖么？我们若拿不出凭据，也不躲在这里，拿你的奸了。小尼姑现在耳房里，你还赖些什么？"小和尚笑道："耳房里有什么小尼姑，请两位叫出来，给小僧看看。若真有小尼姑，小僧自然伏罪。"二人道："敢请我们搜么？"小和尚立过一边，让出耳房门来说道："不敢让两位搜，便是真个藏有小尼姑了。请快进房去搜搜。但不知搜不出，该当怎样？我师傅不在这里，这藏小尼姑的声名，小僧承当不起。"

二人攘臂说道："分明看见一个小尼姑进房去了，哪有搜不出的道理？你让我搜吧。"小和尚却又当门立着说道："搜是自然让两位搜，只是搜不出小尼姑时，该当怎样的话，得事先说个明白，这不是当要的事。"二人急得跺脚道："你这分明是拦住我们，好让小尼姑逃走。等她已经逃出了房，再让我们进房里去搜。"小和尚一听这话，连忙跳过一旁说道："岂有此理，快来搜吧。"

二人跑进耳房，借着殿上反射的月光，房内看得分明，何尝有个小尼姑的魂灵呢？看那朝着天井的窗户，仍是和白天一样，关得很严密的。二人在床下桌下，都用手摸索了一遍，空洞洞的一无所有，二人这才有些慌了。小和尚立在门外，一迭连声地催促道："小尼姑呢，怎么还不拿出来？"年纪大些儿的道："那小尼姑，本是一个飞得起的怪物，我二人亲眼看见她从天井里飞下来的，此时不知道她躲到哪里去了。这房里没灯火，不甚明亮，一些找寻不出来。然你藏匿小尼姑的事，是确切不移的，是百口难分的。"说着，想往外走。

小和尚拦门站住，不放二人出来，说道："小尼姑就小尼姑，又是什么飞得起的怪物。既是飞得起的怪物，便不应说是小尼姑。并且既是飞得起的怪物，我又如何能瞒着人，将她藏匿在房里？只有这么大小一间房，月亮照得通明，如何能推诿说不甚明亮？到底是不是藏匿了小尼姑，须说个明白再走。"

二人被小和尚这一逼，逼得忽然想起那，垫被底下的小袜底来，也不回答，折转身从床上一摸，就将那袜子摸在手里，走到门口，扔给小和尚看到："你还想赖么？你不藏匿小尼姑，你是个和尚，床上如何有尼姑的袜子？快说，快说！这是不是凭据？"小和尚一看，这才吓变了脸色。伸手想夺那袜子，二人怎么肯给他夺去呢？年纪大些儿的，将袜子举得高高的，年纪小些儿的，就亮开胳膊拦住。二人同声问道："还想赖么？"

恰在这难分难解的当儿，猛听得未老先生的声音，从后门喊着进来道："你两人毕竟在这里淘气，吵些什么呢。"二人一听是自己祖父来了，立时更觉得理直气壮，牢牢地将袜子握住，推开小和尚，跑到神殿上，迎着未老先生一五一十地指手画脚诉说刚才的情形，硬说小和尚偷藏了小尼姑。未老先生听罢叱道："站开些，不许你们乱说，我自有道理。"二人被叱得诺诺连声地立在一旁。

未老先生从容对小和尚说道："小师傅，何不将灯点起来，我多久就有意要和小师傅谈谈，只苦机缘不凑巧。方才小孙多有开罪小师傅之处，望小师傅不要介怀。"小和尚应声说道："老施主有何见教，这皎皎明月之下，尽好畅谈，何须再用灯火。"未老先生遂向两个孙子挥手道："你们回家去吧，方才的事，不许对人胡说乱道。"

二人走了之后，未老先生说道："我久已疑心，尊师是个道姑，何以会收和尚做徒弟？这个疑团直到于今，才得解释。原来小师傅恐怕独自住这庙里，有许多不便之处，所以将本来面目藏过。我初见小师傅的时候，见小师傅的身体瘦弱，行动迟缓，就觉得不像年纪的男子。后来更看了小师傅种种举动，都有可疑之处。最使我生疑的，就是小师傅明明是一个极爱清洁的人，庙中打扫得一点儿灰尘没有，一切陈设的东西及应用的器具，也都是刮垢磨光，雅洁无比，独小师傅身上，腌脏得不能近人。就是头顶上的痸痸疤痕，我每次见小师傅，总是新敷上许多药膏，不曾有一次像是敷了几日的。痸痸非疮疖可比，哪里用得着每日敷些药膏呢？这些地方，都使我放心不下。因此今日特地到这里来，想向小师傅问个明白。便是尊师这么多日子不来，我也要向小师傅探听她的行踪。谁知走到这里，庙门从里面关得紧紧的，敲了一回，不见小师傅答应，后门也是一般。

"当时实在怕小师傅，独自住在庙里，发生了什么病痛，不能起床。只得回家叫小孙同来，撬开后门，进里面探看。寻遍了五间房屋，却不见小师傅的踪影。因为劈门入室，恐怕小师傅回来惊讶，坐等到黄昏向后，才带着小孙回家。没想道小孙因白天在小师傅房里，看见了小师傅的袜底，疑心小师傅有违犯戒律的行为，瞒着我到这里来偷看，凑巧看见了小师傅的本来面目，自以为是拿着了把柄。他们小孩子心粗，哪里知道小师傅，就是从天上飞来的尼姑。我在家因不见了小孙，料知必是到这里来了，恐怕小师傅仍不曾回来，他们胆敢到小师傅房里胡闹，只得追来，打算叫他们回去。没想到他们正在小师傅跟前无礼，千万求小师傅原谅。照小师傅的举动看来，尊师必非寻常之人，我虽痴长了七八十岁，只是有眼无珠。尊师在寒舍住了好几日，竟是当面错过了，我至今还不曾请教尊师的法讳和履历。便是小师傅道号什么，我也疏慢极了，不曾请教。这都望小师傅恕罪，详细告我，我还有奉求小师傅的事。"

未老先生说话的时候，小和尚很安闲地听了，至此才点头答道："老施主既已识破了我的行藏，我也毋须隐瞒。我师傅因知道老施主是正人君子，才投托宇下。我师傅姓沈，讳栖霞，江湖中人不知道她老人家的很少。她老人家和金罗汉吕宣良同辈至交，生平行迹，也和金罗汉一样，没一定的庵堂道观，山行野宿的时候极多。近年因外丹已成，内丹非有适宜的所在潜修不能成就，募化老施主这所庙宇，就是为他日成道之地。打发我先到这里来，并不曾教我藏道露尾，欺骗老施主。只因初到襄阳，还不曾来这庙以前两日，偶然在路上遇着一群凶徒。其中有一个为首的，生得凶眉恶眼，满脸横肉，衣服却华美绝伦，骑着一匹白马。一群凶徒簇拥着，与我迎面相遇。我见他们来的人多，便立在道旁，让他们过去。谁知那个骑在马上的东西，走到我面前忽然勒住马，不走了，问我是那个庵里的尼姑。我说是路过襄阳，不是在此地出家的。那东西便起了禽兽之念，要我跟着他去。我说我是出家人，无故不能脚踏俗家门。那东西就跳下马来，伸手想来拉我。我本待顺手打他一顿，奈师傅临行吩咐了，不许轻易与人动手，只得折转身就走。那东西追了几步没追上，遂挥手教那群凶徒追捉。我在转拐的地方，乘他们不看见，溜进了树林之中，没被他们追上。

"我随即向地方上人打听，才知道那个骑马的东西，就是襄阳一府有名的恶霸，姓曹名上达。平日无法无天，只差落草，便是一伙大强盗，年轻女子，不落到他眼里便罢，一落到他眼里，除死终逃不出他掌握。我心想既是如此，这番虽侥幸不曾被他们追上，将来在药王庙，终免不了要拖累施主。不如从此改装这个模样，一则可以避曹上达的眼，二则独自住在药王庙里出入行动，都方便些。因此就把装改了，才到庙里来。谁知道曹上达，竟要强夺老施主的产业。我初听了老施主的话，还以为曹上达因知道我改装到这庙里来了，才来和老施主为难。心想老施主慷慨建造这所药王庙给我师傅，岂可因我使老施主受无妄之灾？此时就是师傅在这里，也决不能不为老施主分忧，为地方除害。因此这夜我便到曹家，乘曹上达睡着了的时候，将他腰斩了。"

未老先生听到这里，即朝着这尼姑化装的小和尚，作了一揖道："原来是小师傅为襄阳府除却了这个大害。我那日听外面的人，传说曹上达被杀的情形，我就心想不是聂隐娘、妙手空空那一类的人物，断不能刺人于不觉，像这么奇特的。我痴长到七八十岁，今日何幸得遇着小师傅，更何幸得做小师傅的地主！"化装的小和尚，只略略地谦逊了两句，即接着说道："我师傅曾说老施主是当今的有心人，眼力确实高人一等。"

未老先生叹道："衰朽残年，去死只争时日了，然而生当现在这种时候，早就该死，何况活到了七八十岁，还说死不过吗？只是使我放不下的，就是刚才开罪小师傅的那两个顽童。于今既承小师傅没拿我当不可说话的人，我也只得将履历表明给小师傅听，还得望尊师和小师傅垂念老朽，格外成全他们两个。我一向对人都说他两个是我的孙儿，其实他二人，并不是我的孙儿，且不同姓。那个年纪大些儿，刚才拿着小师傅袜子在手里的，姓罗，单名一个续字。他父亲罗宏志，是忠王李秀成部下一名

296

勇将；年纪略小些儿的，姓赵，名承规，他父亲赵焕纶，是个博学多闻的名士，在忠王部下经管文卷，忠王甚是器重他。赵焕纶与罗宏志为生死至交，两家同处一个屋子，聘了我教罗续、赵承规的书。南京城破之日，赵焕纶、罗宏志都以身殉难，全家眷属，也死的死，散的散了。只我带着这两个学生，得藏匿在亲友的家中。乱事稍定，才逃了出来，先在襄阳府住了些时。

"我本姓朱，名光启，在南京薄有文名，恐怕襄阳有人挑眼，连累两个学生。若改寻常的姓氏，又恐怕有同籍同姓的人，来和我攀谈族谊，对答不来，反露马脚，因改了姓未。两个学生的年龄，与我相差得太远，只好将他们的姓名藏过，假托是我的孙儿。这柳仙村里的人，尽是安分务农的，不但没有在外面为官作宰的人，连读书识字的人也没有。卜居在这里面，不愁有明眼人，瞧出我的破绽，所以从襄阳府搬到这里来。于今两个学生的书，都已读得有样子了，只因他两个的先人，只是轰轰烈烈的豪杰，我不能教学生违反其先人的志趣，去腆颜事仇，所以不令他们赴考。不然，凭他们胸中本领，也不难混个一官半职到手。

"我给他两人取名字，就含了个继承先人之志的意思在内。不过以太平天国那么好的基业，尚且弄到如此结果；此时要继承先人之志，颇不是一件容易的勾当。甚想逢我未死之前，为他两人谋一托身之所，使他们有尽人事以听天命的机缘。无奈乱离之后，各方的音问阻隔，竟不知何处可以托身。近来正在为难，想不到有尊师，和小师傅降临此处，这真是赵、罗两小子的造化，千载难逢的。我刚才曾说有奉求小师傅之事，就是为他们两个，要求小师傅不嫌顽劣，不以是男子为嫌，慷然收他两个做徒弟，传授他们一些本领，好为异日继承先志之用。他二人身受成全之德的，自是衔感终身，就是我和他们在九泉之下的先人，也感激无地。"说着，又向化装的和尚躬身一揖。

小和尚连忙合掌答礼说道："我此刻还是做徒弟的时候，哪里就敢收徒弟？好在我师傅不久就要来了，老施主向他老人家说，没有不行的。"曾化名未老先生的朱光启听了，觉得有理，便不强求了。没过些时，沈栖霞道姑来了，朱光启将罗续、赵承规拜给沈栖霞做了徒弟，朝夕研练道法，这且不提。

再说朱复带着朱恶紫、胡舜华，从南京到襄阳来找沈栖霞。这日到了襄阳府，只见六街、三巷的店铺门口，以及各住家的公馆门口，都陈设一张方桌，桌上排列香烛、果饼之类的祭品，几乎家家如此，没一家没有。朱复见了，心里好生诧异，想打听出一个理由来。

　　不知曾打听出什么理由，且俟第三十九回再写。

冰庐主人评曰：

　　此回叙明曹上达致死之由，为上回余波，述小道姑化装和尚一节，亦曲折写来，绝不平铺直叙，此即作者卖力处也。

第三十九回

陆伟成折桂遇奇人
徐书元化装指明路

话说朱复走近一家铺户门口，想打听家家门外陈设香案的理由。见一个五六十岁的老年人，坐在柜房里面，便合掌说道："贫僧初到贵地来，不知道贵地的风俗，请问老施主，此地家家户户的大门外，都陈设这香案，是何用意？"老年人打量了朱复两眼，见朱复虽是个行脚僧的打扮，却是气概不凡，即赔着笑脸，抬身答道："师傅是远方来的，原来不知道。今日是玄妙观迎接御赐全部道藏真经的日子。襄阳府的陆知府大老爷，三日前就传谕满城百姓，要虔诚斋戒，焚香顶礼的迎接。所以家家户户，都在大门外摆设香案。"

朱复问道："玄妙观在哪里，因什么事御赐全部道藏真经给他呢？"老年人答道："玄妙观就在这城里。观里的老道爷，今年拿出很多的谷米来，救了襄阳府一府的饥荒，所以御赐他全部道藏真经，这是襄阳府从来没有的盛典。师傅既是从远方到这里来，何妨去玄妙观瞧个热闹呢？"朱复听了这话，也不在意，更不愿意去瞧这种巴结皇室的盛典。当即谢了那老年人，带着朱恶紫、胡舜华两人，投奔药王庙，暂时就寄住在药王庙中，这且按下。

于今须另说一位奇侠的故事了。常德有个姓陆名文良的，曾中了一榜，因家财甚是富裕。陆文良为人又天性纯孝，中过一榜之后，就在家事奉老母。陆文良有个儿子，名叫伟成，生成绝顶的天资，读书过目成诵，六七岁就能信口念出诗来，吐属非常名贵。虽是博学的人卒然听了，都得疑是读熟了的古诗。陆家和陶文毅公家有些瓜葛，陆伟成在八岁的时候，见着陶文毅公，很得陶文毅公的赏识，想带在跟前读书。这时陶文毅公正做两江总督，陆文良自无不愿意之理，于是陆伟成就在两江总督衙门里读书。

陆伟成的天资，固是高到了绝顶，顽皮却也到绝顶。只在文毅公面前，就循规蹈矩，一言一动，都不肯轻率苟且；一背了文毅公的眼，便和没有笼头的马一样，谁也羁绊他不住。白天不肯用功读书，尽做些顽皮生活，夜间等一衙门的人都睡着了，陆伟成才认真做起功课来。文毅公只要他功课做得好，对于这些举动，全不顾问。

总督衙门后面，有个花园，花园里有几株丹桂。这年秋天，丹桂开得极盛。陆伟成读书的房子靠近花园，夜深读书，一阵阵的桂花香风扑入鼻孔，陆伟成忍不住想折几枝作案头供养。然在黑夜，不敢独去花园里折取，只得坐等到天光将近发亮了，能勉强辨得出途径，即独自出了书房，走到园里。一看几株桂花树都很高，花杖离地太远，自己身体太矮小了，攀折不着。但他素来是顽皮得能爬上无皮树的，立在地下既攀折不着，他就把桂花树抱着，慢慢地爬了上去。用眼四处张望，看哪一枝的花最好。偶然一眼，看见了一件惊心动魄的事。

原来花园围墙之外，紧靠着一户人家的后院，这时正有一个约莫是中年的男子，立在后院里，披散着头发，用木梳梳理。最使陆伟成见了惊心动魄的，就是这人头发里面，有无数火球，跟着木梳滚下来，越梳越多，这人好像并不觉着的样子。此时还是晓色朦胧，陆伟成爬在桂树上，和这人相隔又远了一点，看不清这人的面貌，只是既发现了这种奇怪的事，陆伟成是个顽皮好事的小孩，不探寻一个究竟，是不肯罢休的。当下也不作声，也不折桂花了，就伏在桂树丫上，屏声息气地静看。

只见这人先朝后面梳了一会儿，即将头发覆在前面，弯腰低头，一把一把地朝前梳着，只梳得大小的火球，满头乱滚。天光渐渐地大亮，火球也渐渐地消灭。这人停了梳，将头发披向背后，抬起头来。陆伟成定睛一看，认得这人就是在总督衙门里当厨子的徐书元。平日陆伟成常在小厨房里看见他办菜给文毅公吃的，此时见是熟识的人，哪里再忍得住不作声呢，遂高声喊着徐书元道："你头上有火，你头上有火。"

徐书元听了，朝桂树上一看，见是陆伟成，登时露出惊慌的样子，双手对陆伟成摇着道："陆少爷还不快下来，万一跌着哪里，看怎么了！"说话时，匆匆将辫发结起，从角门转到花园里来问道："陆少爷这时候独自爬在桂树上做什么呢？"陆伟成已折了两枝桂花下来，说道："我本是要折桂花，却于无意中看见你在那边梳头。你头上怎么有那么些火球乱滚，你得把道理说给我听！"

徐书元故意装作不懂得的样子，反问道："什么火球乱滚，都滚在什么地方去了？"陆伟成的年纪虽轻，精明却是到了极点，当在桂树上喊着徐书元，连说你头上有火的时候，就已看出徐书元惊慌的神气。此时见徐书元反问什么火球，即正色说道："你不要装作不知道，我亲眼看见的，并且看了好大一会儿工夫，你想还瞒得住么？"徐书元笑道："那是少爷的眼睛放花，何尝是我头上真有火球呢？"陆伟成摇头道："不是，不是！我的眼睛，从来看远处都看得很得当，无缘无故的放什么花，你真要再装假么？你此时不向我说，等一会儿我自有法子问你，看你始终隐瞒得了。"徐书元一听这话，脸上不觉变了颜色，好像很有些害怕的样子。陆伟成更得意地说道："你这人鬼鬼祟祟的，在这花园里对我说，有什么要紧？"

徐书元起初以为陆伟成是个小孩，容易哄骗，及听他说出话来，甚是扼要，便知道无可狡赖了，然仍不肯轻易说出来，随口答道："如果头上真有火球乱滚，岂有不将头发烧落的道理？"陆伟成一手握着桂花，一手掩着耳朵就走，边走口里边说道："你对我是不说的，你能始终不说，算是你的能耐。'

徐书元笑着从后面将陆伟成的衣拉住道："少爷真会放刁。好，我说给少爷听吧。'陆伟成回身笑道："我亲眼看见的，你还想抗赖，怎说我会放刁？毕竟那火球是哪里来的，快说吧。"徐书元道："少爷能不将刚才所看见的情形，对第二个人说么？"陆伟成道："你能说给我听，并教给我梳头的法子，我就不对人说。无论什么人，我也不说。你若仍是隐瞒着，不把法子教给我，我是要逢人遍告的。"

徐书元道："怎么谓之教给你梳头的法子？我不懂得。"陆伟成道："你又装假了。你用什么法子，才梳得头上有火球乱滚，你得将梳的法子教给我。"徐书元道："这东西少爷学了有什么用处呢？"陆伟成道："只看你自己有什么用处，我学了便也有什么用处。"徐书元笑道："错是不错，但是少爷把学的话看得太容易了些，世间也没有这么便宜的事。既这么，少爷要对人说，尽管去对人说吧，我并不怕什么。"

陆伟成以为徐书元是有意说得不要紧，好拒绝自己要求的，暗想他若真个不怕我对人去说，他又何必做出惊慌的样子，更何必拉我回头呢？我逼着要他教我，除了拿着要去对人说的话吓他，没有旁的法子。想罢，鼻孔里"哼"了一声道："你说既没有这么便宜的事，我也不勉强你。"说完，提了桂花就走，以为徐书元必然再赶上来拉住的。

谁知走了十几步，并不见徐书元赶来，不肯回头，又走了几步，仍没听得后面脚步声响，忍不住回头看时，只见徐书元已转身从角门出花园去了。陆伟成才懊悔自己不该太硬，反把事情弄僵了，一时再想不出转圜的方法，只得没精打采地回到书房，呆呆地坐着思索。

他究竟是个天分很高的人，一回想徐书元所说"世间没有这么便宜的事"这一句，心里立时有一种觉悟。思量徐书元所谓没有这么便宜的事，若不是说我不曾送他的师傅钱，便是怪我要学梳心思太不坚诚。他这头发里面梳出无数火球的事，本来很不寻常，他一个人在后院中，可见得不是有意使用幻术。若真个这么就教给我，那也未免太不足贵重了。他的意思，想我不对外人说，我若对人说了，他必然怪我，益发不肯教我了。他早起立在那个后院里梳头，他家必就是住在那个屋子里面。我既想跟他学这东西，何不到他家里去找他呢？陆伟成自觉想的不错。

次日不等到天明，就到花园里，爬上那株桂树等候。以为徐书元到昨日梳头的时候，必然再出来梳头，打算趁那时过那边去。只是等到天光已亮了，仍不见徐书元出来。这时因是清晨，四面寂静无声。陆伟成蹲在桂树枝上，隐隐听得有人哭泣，哭声并不甚远，好像就在衙门里发出来的。暗想这时候衙门里怎敢有人哭泣？细细听去，能辨得出那哭声是女子，哭得甚是伤心，又顺着耳朵静听了一会儿，不由得更加诧异起来。

原来那哭声并不是从衙门里发出来的，发哭声的所在，正是徐书元家中。越听越确切，陆伟成不假思索，随即溜下树来，也从角门走到徐书元后院，就分明听得是妇人哭丈夫的声音了。陆伟成也不管那妇人哭的丈夫是谁，提高嗓音喊了两声徐书元。不见有人答应，哭声却被喊得停止了。陆伟成又振着喊了两声，即见一个蓬头粗服的中年妇人，泪眼婆娑地从里面走到后院来，望了望陆伟成，就掩面哭起来，说道："陆少爷来叫徐书元，可怜他已害急病死了。此刻还停在床上，没衣服装殓。陆少爷不信，请进去瞧瞧就知道了。"陆伟成惊问道："什么病，死得这么快，昨日不还是好好的吗？"边说，边往房里走。妇人跟在后面，答道："岂但昨日是好好的，天光没亮的时候，还是好好的呢。只一阵肚里痛，连医生都来不及

302

去请，就已死过去了。"

　　陆伟成走到房里一看，只见徐书元直挺挺地在床上躺着，死像甚是可怕。陆伟成毕竟年轻胆小，不敢细看，急忙退了出来，徐书元的妻子又抚尸痛哭起来。陆伟成听了这种凄惨的哭声，心里难过，匆匆走出了徐家，仍从角门穿过花园，回到书房里。心想徐书元不像是个体弱有病的人，怎的这一阵肚里痛就死了？我看他家里的情形，很是穷苦，他妻子说因没有衣服，还不曾装殓，可见他穷得不堪了。我从家里带来的银子，还有几十两不曾用了，好在我此刻也用不着多少银子，何不拿来送给他妻子，好买衣衾棺椁装殓呢？小孩子的脑筋简单，如何想便如何做。陆伟成当下就拿了几十两银子，亲自送给徐书元的妻子，衙门里的厨子火夫，都来徐家帮同办理丧事。

　　徐书元原籍是湖南武冈州的人，他妻子扶枢回籍，合衙门的同乡人，都凑送了盘缠。陆伟成见徐书元已死，头发内梳出火的事，也就没有把它放在心上了，仍旧专心读书。直到十五岁的时候，书已读得很博雅了，才回常德来。

　　这日在常德城隍庙里，无意中看见一个蓬首垢面的叫化，虽是衣服破旧，容颜憔悴，形貌举动，却还能认识就是徐书元。陆伟成心中十分惊讶，思量人的相貌，虽有相同的，然何至像到这样一般无二？我记得徐书元鼻端上有颗川豆大的红痣，这叫化鼻端上也有一颗。我若非亲眼看见徐书元死了，装殓在棺木内，封了棺盖，必将这叫化当作徐书元。世间没有死了多久又活转来的人，教我怎么敢认他是徐书元呢？陆伟成看了这叫化一会儿，这叫化也像不觉着有人注意他的样子，陆伟成竟不敢认，只得撇了叫化走出庙来。才走了十来步，忽听得背后有人喊陆少爷，一听那喊的声音，不是徐书元还有谁呢？

　　陆伟成忙立住脚回头看时，那叫化已跟在背后来了，对陆伟成作揖说道："陆少爷便不认识徐书元了吗？"陆伟成道："怎么不认识？不过实在想不到你还在这里。所以只看了你一会儿，见你也不像认识我的，故不敢冒昧。你怎的在此地，成了这个模样呢？"徐书元笑道："并不怎的，只因这模样很舒服。我动身回湖南的时候，承陆少爷送了我数十两银子，我心里至今感激，因此特地来常德谢谢陆少爷。"

　　陆伟成见徐书元说话的神情与当年无异，忍不住问道："你动身回湖

303

南的时候，不是曾得过急病吗，后来在什么时候好了呢?"徐书元笑道:
"不瞒少爷说，当日急病死了，是一桩假事。因怕少爷年纪小，不知道轻
重，将那早在桂树上看见的情形，胡乱向外人说，外面知道的人一多，说
不定还得闹出大乱子来。那时除了装死，没有旁的方法。"

陆伟成此时的知识，比较当年充足，听了徐书元的话，料知必是白莲
教一流的人，登时又动了要从徐书元学法的念头。便仍和徐书元回到庙
里，拣了个僻静的所在坐下来说道:"你当日不肯将那梳头的法子传给我，
是怕我年纪小乱说。于今我可发誓，断不向人提出半个字，你可能放心传
我些法术么?"徐书元笑道:"少爷富贵中人，要学这些邪术有什么用处?"
陆伟成道:"法术有什么邪正? 用得邪便邪，用得正便正。"

徐书元听了，很吃惊似的说道:"少爷是有根基的人，见地毕竟不凡。
不过少爷现放着光明正大的高人在这里，不去拜师，我很觉得可惜。"陆
伟成连忙问道:"谁是光明正大的高人，现在哪里? 我若知道，安有不去
拜求之理?"徐书元道:"少爷将来的造诣不可限量。我因感激少爷周急之
义，不能不来指引少爷一条明路。从此西去二十多里，有座山名叫乌鸦
山，那乌鸦山底下，有家姓朱的，聚族而居，老少男女，共有二三百口
人，公推朱镇岳为族长。这朱镇岳在常德一府，都只知道他是个极正大的
绅士，却少有人知道他夫妻两个，都是当代的大剑侠。少爷若能拜在他门
下，学成了剑术，将来超神入圣的根基，就在此番稳固了。"

陆伟成问道:"不就是一班人都称为朱三公子的么?"徐书元连连点头
道:"正是朱三公子，不过他此时已是五十多岁了。他原籍是常德人，但
是他父亲在陕西做官，他是西安生长的，二十岁才回常德来。他单独一个
人，押解二十万银子，从龙驹寨起运，径回常德。一路之上，惊动了多少
绿林豪杰，也有转这二十万银子念头的;也有闻得朱三公子的名，不服这
口气，要和他见个高下的。只是哪有一个是他的对手呢? 唯有他的夫人田
广胜的小姐，那时正避难在黔阳山中，闻了他的声名不服，和他较量了半
夜，将他的腿刺伤了，然而田小姐自己也免不得受了重伤。那时朱三公子
的威名，在江湖上可以说得无人不知道。"

陆伟成听了这些话，觉得很稀奇好听，插口问道:"什么夫妻倒相打
起来了呢?"徐书元笑道:"不打不成相识，这是一句老话。他们若不相
打，也不得成夫妻。这事说来话长，少爷能拜在他门下学剑，详情自然会

知道的，此时不必说他。我为报答少爷一点周急的好意，特地到此地来指引少爷一条明路。于今话已说明，我还有事去，不能在此久留了。"陆伟成正待问去哪里，有什么事？只一转眼间，就不见徐书元的踪迹了，不觉吓了一跳，忙起身四处张望。只见庙门口拥进十多个衙差来，各人手持单刀铁尺。一进庙门，就留了四个人，将庙门把守。余人冲到庙里，各自睁着铜铃般的两眼，向各处搜索，有两个将陆伟成浑身打量。陆伟成不睬，提脚往庙外走。

这两个衙役都张开手把去路拦住，喝问道："你是什么人？你既在这庙里，应该看见那个叫化。你只说出他此刻躲在什么地方，便不干你的事。"陆伟成道："不错，刚才还见有个叫化，坐在这廊下。不知怎的，你们一进庙门，那叫化就不知去向了。那叫化犯了什么罪，你们像是来拿他的样子？"

不知衙差怎生回答，且俟第四十回再写。

冰庐主人评曰：

　　本回又叙出二奇人，为崆峒派张声势，并牵引出下文朱镇岳来，是为文章过渡之法。

　　陆伟成小小年纪，能识徐书元之法术，要以教授，天资高人一等。徐书元以诈死免祸，智术之工，不亚于啮橐之鼠，可谓狡矣！

第四十回

朱公子运银回故里
假叫化乞食探英雄

　　话说陆伟成见十多个衙差，拥进城隍庙来，要捉拿徐书元，便问衙差道："那叫化犯了什么罪，你们来捉拿他？"众衙役中有认识陆伟成的，走出来说道："原来是陆少爷，怪不得不知道这叫化子的来历。这东西哪里是当叫化子的，他是白莲教的余党，姓徐名乐和。因他鼻颠上有颗红痣，大家都叫他'徐疙疸'。几年前在宝庆、常德、武冈一带，犯案如山。统湖南省绘影图形的捉拿他，没人能见着他的面，都只道他已经隐姓埋名，藏躲在什么地方，不会再出来了。谁知他竟敢假装一个叫化子，坐在这廊檐底下。凑巧我们这个伙计，因有点事儿，到这庙里来，一落眼便看出是徐疙疸，连忙跑回衙门报信。幸亏我们不曾鲁莽，知道徐疙疸有通天的本领，不容易捉拿，没敢禀报本府大老爷，只悄悄地约了这几个人，前来碰各人的运气。若是徐疙疸的恶贯满盈，合该死在这里，我们就拿个正着，拿着了之后，再去禀报不迟。他不该死，我们是无论有多少人，也拿他不着的，免得禀报了自讨麻烦。"陆伟成听了，也不再追问，随即出庙归家。次日向家中说明了，独自骑了匹马，到乌鸦山拜访朱镇岳。

　　这朱镇岳的名字，在第二回书中，已经露过了面，只因没工夫腾出笔墨来，细写他的历史。此刻写到陆伟成学剑的事情上，本可趁势将朱镇岳的履历，追述一番，只是要写朱镇岳的履历，从头至尾至少也得二十万字，方能说得清楚。因为朱镇岳一生履历，当中连带的人物太多，若一一写出，势必喧宾夺主，反妨碍着《奇侠传》中的人物。然而完全不写，一则使看官们对于"朱镇岳"三个字纳闷，二则初集书中既经露过面，如果模模糊糊地放过去，似乎是一个大漏洞，于今只好取一个折中的办法，仅根据第三回书中，清虚道人对柳迟介绍朱镇岳夫妇的几句话的来历，追述一番，使看官们知道个大概罢了。至于与朱镇岳连带的人物的事实，及朱镇岳平生的事迹，另有专书叙述，不再多说。

却说朱镇岳原籍是常德乌鸦山的人，他父亲名沛，字若霖，在陕西做了十多年知县。朱镇岳是在陕西生长的，有两个哥子都在襁褓中死了，因此朱若霖夫妻把朱镇岳看得十分珍重。朱若霖亲自教他读书，读到十二岁，在陕西就很有点文名。十三岁的这一年，因跟着他母亲到东门报恩寺迎香，报恩寺的住持雪门和尚看见了，说朱镇岳的骨气非凡，定要收在跟前做徒弟。朱若霖夫妇既把朱镇岳看得比什么宝贝还要珍贵，如何肯无端送给一个和尚做徒弟呢？亏得雪门和尚费了许多唇舌，居然把朱若霖夫妇说得愿意了，教朱镇岳拜雪门和尚为师。不过他这拜给雪门和尚做徒弟，并不是也落发做和尚。因雪门和尚是咸丰年间毕派三大剑侠之一，要收朱镇岳做徒弟，是要传授朱镇岳的剑术。

三大剑侠是谁呢？第一个是广西人田广胜，第二个是江苏人周发廷，第三个就是报恩寺雪门和尚。怎么叫作毕派呢？因这三个剑侠，都是凉州毕南山的徒弟。朱镇岳从雪门和尚练了几年剑术，禀赋足天分高的人，无论学习什么东西，成功是比寻常人迅速些。朱镇岳虽不能说尽得了雪门和尚的本领，然几年苦练的功夫，已不等闲了。

朱镇岳当拜雪门和尚为师的时候，朱若霖正升了西安府知府。朱若霖在陕西将近做了二十年的官，这二十年宦囊所积，也有二十多万两银子。那时甘肃的捻匪正在猖獗，陕西也在摇动，朱若霖恐怕一旦变起仓促，一生所积的二十多万银子，太笨重了，不能运回家乡。知道雪门和尚的本领了得，江湖上没人不闻名畏惧，想要求雪门和尚押送这二十多万银子，由水路运回常德。无奈雪门和尚是个方外人，不肯担当这种差使，却担保朱镇岳能押送回籍，沿途万无一失。朱若霖见雪门和尚这么说，虽不放心自己儿子能负这么重的责任，然当时雪门和尚既不肯去，除了自己儿子，委实找不出第二个比较妥当的人来，也只好听天由命。买了十万两银子的黄金，和十万两白银，由陆路运到龙驹寨，再出龙驹寨包了一艘大民船，把二十万金银装上。

朱镇岳这时年纪才得二十岁，这番又是初次单独出门，就押运这么多金银硬货。凡是知道这回事的人，没一个不代替朱镇岳担忧。朱镇岳却行若无事的，上船即吩咐一班船户水手道："你们都知道这船上装载的是二

307

十万金银，这种草乱的时候，押着这船在江湖河里行走，确不是一件当要的事，你们大家都得小心一点儿。但是我教你们大家小心，并不是要你们小心防强盗，如果有强盗前来打劫，教你们小心有什么用处？我说的小心，是教你们小心听我的吩咐。水路全仗顺风，此去常德府，谁也算不定须行多少日子。照行船的惯例，凡遇顺风，总得行船，风色不顺，就得停泊。有时一连刮了十天半月的倒风，船便得停泊十天半月不能开头。我这回却不然，不问风色如何，我说要开船，哪怕刮着极大的倒风，也是要立刻开船的。我说这码头须停泊多少日子，哪怕整天整夜地刮着顺风，也是要停着不能动的。有时经过一个埠头，看天色本可以停船了，我说不能停，就不能停。荒僻芦苇之中，本不是停船的所在，然我说要停在这里，就得停在这里。总之，事事须听我的吩咐，遵着我的吩咐，再出了意外，便有天大的乱子，也不与你们相干。"

一班船户水手见朱镇岳这般吩咐，当然诺诺连声的答应。开船之后，一切都请命而行，每到一处码头，朱镇岳必上岸拜访这码头上的能人。一路上虽也经过几次明抢暗劫，然没有一个能上得朱镇岳的手。朱镇岳虽在少年，却并不存心伤人，每次只显出一点儿惊人的本领来，将抢劫的强徒打退便了，因此朱三公子的声名，绿林好汉中无人不知道，也无人不佩服，更没有记恨前来报复的。

船行了不少的日子，这日已进了湖南的境界，船停泊在白鱼矶。朱镇岳知道白鱼矶一带，并没有大能为的人，便懒得上岸去拜访。这时正是八月间天气，夜里月色清明如镜，朱镇岳坐在船头，对着波光月影，想起这一趟独自押运着这一船金银，行了几个月水路，沿途遇了不少的强人，居然能平安无事地到了湖南境界。若再有几日顺风，就很容易地得到家乡。二十岁的人，能担当这么重大的任务，在江湖上行走的，只怕古今的英雄当中，也没有几个有这般能耐。想到此处，不觉得意起来，即叫跟随的人取了壶酒来，独自对着月光，浅斟漫酌。不知不觉地，已饮到了三更时分。

朱镇岳觉得凉露袭人，正待回舱睡觉，才立起身来，猛觉得船身往下略沉了一沉。朱镇岳是个生性机警的人，即知道是有大本领的人上了船。抬头迎着月光一看，只见一个魁伟绝伦的汉子，一只脚立在桅尖上，一只脚向天翘起来。那汉子的身法真快，朱镇岳刚"咦"问了一声是谁，已一闪落到了船头，双脚踏实的时候，正如风飘秋叶，丝毫不闻声息。

朱镇岳万分想不到此地竟有这种能人，想问出姓名来再动手。谁知那汉子不等朱镇岳有问话的工夫，已放出剑光来，朝朱镇岳便刺。朱镇岳见如此鲁莽，不由得发怒，也回剑对杀起来。二人周旋了好一会儿，那汉子毕竟不是朱镇岳的对手，身上受了好几处伤，狼狈不堪地逃去了。

朱镇岳这番虽打胜了，然心里非常纳闷，暗想这白鱼矶地方，不曾听说有如此能人，并且这人的剑法，和我的剑法一般无二。他突如其来，也不答话，究竟是来劫银子呢，还是有意来看我本领的呢？他既得这么高强的本领，就不应看了这点银子便眼红。若是有意来看我本领的，却为什么不肯和我答话呢？我师傅曾向我说过，同练毕派剑术的，连我师傅只得三个人。一个在广西，一个在江苏，湖南地方没有。如果这人是和我同派的，就光明正大地来看我的本领也很容易，如何犯着是这么来呢？倘若我的手段毒辣些儿，是这么把一条性命误送在我手里，岂不后悔也来不及？他这番虽是打败了，然当与我交手的时候，他半点也不肯放松，竟是用性命相扑的样子，有意来看我的本领，也不应该逼得这么紧。朱镇岳是这么想来想去，毕竟想不出一个所以然来。只得放过一边，等到有机会，再探访这人的踪迹。

又行了几日，这日已到了白马隘地方，离常德只有八九十里水程了。若明日风色好，只须一日工夫，便能达到目的地。朱镇岳因在白鱼矶稍为大意了些儿，就遇了一个有能为的汉子，便不敢再大意。哪怕是一处很小的乡镇码头，都得上岸去探访探访，恐怕在大功告成的时候，出一个岔子，弄得前功尽弃。

这日船抵白马隘的时候，天色还很早，朱镇岳将要上岸去，照例吩咐船户道："我上岸去了，你们看守着船头船尾，不许闲杂人等上船来。"这几句话，从龙驹寨开头，朱镇岳凡是停船上岸，没一次不是这么吩咐，船户水手都听得厌了。一路之上，也没外人上过船，船户水手心中，因也不把这些话当一回事，只大家齐声应是便了。

朱镇岳上岸去没一会儿，忽有一个蓬首垢面的叫化，弯腰曲背，慢慢地挨近船边来，伸手向船户要讨点儿饭吃。船户挥手喝道："你向别处去讨吧，我这里是没有打发的。"叫化停了一停，流着眼泪哀求道："你教我向哪里去讨呢？我在这里已讨了大半日，还不曾讨得一颗饭到口。可怜我已饿得不能动了，残菜剩饭不拘多少，胡乱给我吃点儿吧。"船户听了这叫化说话带些陕西口音，不觉动了同乡之念，打量了叫化几眼，问道："你是哪里人？我看你年纪很轻，大约还不过十六七岁模样儿，也还生得不丑，怎么会在这里当叫化呢？"

这叫化听了，更哭着说道："我原是陕西人，因在七八岁的时候，跟随着父亲到常德做生意，家中也有不少的产业。只怪我自己不好，不肯认真读书，也不肯规规矩矩地做生意。去年同我父亲到这白马隘来收账，偶然看上了一个姑娘，一时舍不得离开。回常德后，就偷了我父亲二百两银子，瞒着家里人，仍到白马隘来，和那姑娘相好。二百两银子用不了多久，银子一用光，那姑娘便不肯留我了，将我赶了出来。我无颜回常德去，就流落在这里。可怜我父亲只得我这一个儿子，忽然间不见了我，也不知急到什么样子。我于今实在苦得不能受了，满心想回常德去，水路虽只八九十里，但是没有船钱，身上又是这种模样，谁也不肯把船载我去。旱路有一百四五十里，我此刻害了一身的病，哪里能行走得这么远。眼见得我不久就得死在这白马隘，尸骨莫说回家乡，就是要想回常德，等我父亲瞧一眼，也是做不到的事。"说到这里，竟掩面放声痛哭起来。

这船户是一个心肠很软的人，听了这些可惨的话，又看了这种可怜的情形，不因不由地踌躇了一会儿道："我也是陕西人，难得在这里遇着同乡，这船正是要到常德去，若是风色好，只明日一天便到了。载你一个人回常德，原不是一件难事，不过这船不比寻常的船，这是西安府的朱三公子包定了的船。朱三公子曾吩咐了，不许闲杂人等上船。这干系非同小可，我不敢担当。饭菜是没要紧的东西，我倒可做主，给你饱吃一顿。我再可寻两件衣服给你，虽说不得称身合适，比你此刻身穿的，略为光彩一点就得咧，搭便船回常德也容易些。"船户说罢，自去船艄里端了一大碗饭菜出来，教叫化就河岸上吃。又转身到舱里，寻了两件半旧的衣服，拿出来交给叫化。

叫化略吃了些饭菜，即退还船户道："饿极了，反吃不下，最好是慢慢地做几次吃下去。承你老看顾同乡的情分这么待我，我心里实在感激了不得。我在这河边讨吃，已有几个月了。给残菜剩饭我吃的不是没有，然像你老这般和颜悦色跟我谈天的，实在一个也不曾遇见过。我今日能在这地方遇见乡亲，真是不容易的事，赏我的饭菜，又给我的衣服，我更不应该不知足，再说什么。只是你老虽把这衣服给我穿了，我想趁便船去常德，仍是做不到的事。我的体质又弱又多病，这衣服到我身上，不要几个时辰，就得被几个强梁的叫化剥了去，甚至身上还得挨他们打几下。因此这衣服我也不敢穿，你老还是不给我的好。如果蒙你老可怜我，肯给我船艄一尺的地方，蹲几个时辰，得到常德，你老便是我的重生父母，到死也感激你老的恩典。到常德之后，并得请你老到我家里去款待。古语说得好'救人须救彻'，不知你老肯慈悲慈悲么？"说着，嗓音又硬了，眼睛又红了。

船户听了这些话，看了这种情形，心肠不由得更软了，慨然答道："好！我就担了这干系吧。你来蹲在船艄里，不要声响，只要到了常德，朱三公子便知道，也不要紧了。"叫化连声道谢，船户遂将叫化引到船艄，揭开两块舱板，指着里面，对叫化道："朱三公子每次上岸回船，照例须满船搜看一遍。你躲在这舱板底下，不要声响，等公子回来，搜看一遍之后，我再放你出来坐着。"叫化向船户作了个揖道："我决不敢声响，连累你老。"随即钻进船底，蹲伏作一团。船户将木板盖好，自以为朱三公子不会察觉。

天色将近黄昏，朱镇岳回到船上，照例在船头船尾巡视了一遍。回到舱里，将船户叫到跟前，喝问道："你这东西，好大的胆量！怎敢不遵我的吩咐，引人到船艄躲着？"船户一听这话，脸上不由得惊变了颜色，口里一时吓得答不出话来。朱镇岳一迭连声地催问道："快说！引上来的什么人？"船户心想："公子已经知道了，是隐瞒不过去的。"只得说道："请公子息怒，小的不敢引坏人上船，是一个年轻小叫化，他家也住在常德，因流落在此地，不得回乡，来船上讨吃，一再恳求便载他回常德。小的不合一时糊涂，存了个可怜他的念头，将他引到船艄底下蹲伏。以为只有一日，便到了常德，所以不敢报给公子听。"朱镇岳停了一停，起身说道："带我去看看，是个什么模样的小叫化。"船户遂把朱镇岳引到船艄，将木板揭开，对叫化说道："快出来叩见公子。公子已知道有人上了船，我不敢再隐瞒，怪不得我不救你。"那叫化战战兢兢地立了起来，低头站着，十分害怕的样子。

朱镇岳仔细端详了两眼，顺手朝着船户脸上，就是一个嘴巴打去骂道："你这种蠢东西，哪里这么不知礼节？这般教人蹲伏着，岂是待客的道理。"骂毕即转身对叫化拱手赔笑道:"请好汉恕船户是村野愚夫,肉眼不识英雄,小可又不在船上,多有得罪之处,请进前面舱里去,坐着细谈吧。"可是作怪,那叫化初见朱镇岳的时候,吓得那么缩瑟不堪的样子,及听朱镇岳说了这番客气话,便立时改变了态度,笑容满面的,也对朱镇岳拱了拱手答道:"岂敢,岂敢!江湖上人都称朱三公子了得,固是名不虚传,敬佩,敬佩!我此刻还有事去,改日再来领教吧。"说完要走。朱镇岳哪里肯放呢?连忙拦住说道:"瞧我不起的,不至亲降玉趾。这船上比不得家中,并没好的款待,只请喝一杯寡酒,请教请教姓名,略表我一点儿敬意。"叫化略沉吟了一下,即点头应道:"也罢!与公子相会,也非偶然。"

朱镇岳欣然叫厨子安排酒菜,邀叫化进舱。朱镇岳取出自己的衣服来,双手递给叫化道:"请暂时更换了,好饮酒叙谈。"叫化也不客气。有当差的送过水来,叫化洗去了手脸污垢,换了衣服,顿时容光焕发,面如冠玉,众船户水手偷看了,都吃惊道怪。

须臾,酒菜摆好,朱镇岳推叫化上坐,自己主位相陪。酒过三巡,朱镇岳才举杯说道:"兄弟这番奉家父母及师尊之命,冒昧押运二十万金银回常德。这二十万金银,是家父一生宦囊所积,其中毫无不义之财,因此沿途多少豪杰,都承念及这点,不忍多与兄弟为难,兄弟乃得平安到此。今承足下光顾,必是有缓急之处,务请明白指示一个数目,需用多少,如数奉上,决不敢稍存吝惜。不过尊姓大名,仍得请教。"说罢,斟了一杯酒送上。

叫化哈哈大笑道:"公子的眼力,确是不差。但是认我是为缓急需钱使用,来此转银子念头的,就未免拟不于伦了。我家虽非富有,然我并没有需银钱使用的事。公子这番好意,我不敢领情。"朱镇岳听了,不觉面生惭愧,连忙起身赔罪道:"兄弟该死,妄以小人之心,度君子之腹。还望足下恕兄弟粗莽,请明白指示来意。"叫化反问道:"公子还记得在白鱼矶遇的强盗么?"朱镇岳惊道:"怎么不记得,兄弟看那人并不是强盗,是怎么一回事呢?"叫化很注意似的望着朱镇岳,问道:"公子怎的知道那人不是强盗呢?"朱镇岳笑道:"这何难知道。有那么本领的人,如何会做强盗?便是要做强盗,可下手的所在也很多,何必来转同道的念头?兄弟因此敢断定他不是强盗。"叫化又问道:"他或者不知是公子,也未可定。"

朱镇岳掉头笑道："他若不知是兄弟，来时的情形，便不是那么了。于今且请说那人怎样，当时不肯道姓名，究竟是哪个？兄弟正愁没处打听。"叫化笑道："那人诚如公子所说，不是强盗。他本人既不肯向公子道姓名，我也不敢代他将姓名说出。那人因在公子手里受了重伤，于今还在家调养，那人有朋友，有些代那人不服，要前来和公子见个高下，却派了我先来探看一番。公子今夜小心点儿便了，多谢公子的厚意，我们后会有期。"说罢，起身作辞。

朱镇岳竭力挽留住说道："此刻不到初更时候，还早得很，何妨坐一会儿，兄弟还有话奉问。"叫化又坐下来，说道："时候虽说尚早，不过我来的时候，曾和派我来的人约定，在二更以前，回报探看的情形，他等我回报了再来。若过了二更不见我回去，便认作我的形迹已被公子看破，本领敌不过公子，死在公子手里了，他就前来替我报仇雪恨。那么，和公子相见的时候，他既存着报仇的心，动起手来，就不免要毒辣些。依我的愚见，为公子着想，还是早放我回去的好。免得仇人见面，以性命相扑。设有差错，公子固是后悔不及，就是我也对不起公子这番款待我的盛意。"

朱镇岳听完这番话，不觉怒形于色，勉强按捺住火性的样子说道："足下这话，虽是一番好意，为兄弟着想，但是未免太把兄弟看得不成材了，兄弟也不敢领情。俗语说得好'来者不善，善者不来'，他不存报仇的心，兄弟也未必敌得他过。他便存着报仇的心，兄弟也未必就怕了他。足下既这么说，兄弟本来不必执意挽留的，至此也不能不把足下留在这里了，倒要看他报仇的本领怎样。足下万不可去回报，只在这里多饮几杯。"叫化当说完那些话之后，很留意看朱镇岳的神气，见朱镇岳发怒，倒笑容可掬地举着大指头向朱镇岳道："只就这点气概上看来，已是一个好汉了，我遵命在此坐地便是。"

朱镇岳忽然问道："足下不要见怪，等歇那人前来报仇，兄弟免不了和他动手，那时足下怎么样呢？"叫化笑道："我只坐在这里，动也不动。公子盖世的豪杰，固用不着我帮助，那人若是要我帮助的，也不至来会公子了。我作壁上观，谁胜谁负，我都不出来顾问。"朱镇岳点头道："这就是了，大丈夫言出如箭，兄弟有所布置，足下也请不必顾问。"叫化连连应好。

朱镇岳遂将众船户水手都叫到跟前说道："你们把大锣大鼓，准备在

313

船桅底下，半夜时分，若觉得船身摆簸得厉害，仿佛遇着大风浪似的当儿，就大家将锣鼓擂打起来。手里一面擂打，口里一面吆喝，不妨闹得凶狠。船身不平定，不可停止。"众人齐声答应了。各自退出舱外准备，也没人敢问是什么用意。朱镇岳吩咐了船户去后，仍旧和叫化开怀畅饮，只不谈叫化及白鱼矶所遇那人的身世，知道叫化是决不肯说的。

二人饮到天交二鼓，朱镇岳从箱里取出一副软甲来，披在身上，全身扎束停当了，向叫化笑道："请清坐一会儿，就来奉陪。"叫化忙起身斟了杯酒奉上道："预祝公子制胜克敌，请饮这杯。"朱镇岳接过来放下道："但愿能托足下的洪福，等回来再饮不迟。"

朱镇岳跨出舱门，心想白鱼矶那汉子，来时先抢船桅，他朋友或者也是如此，我何不先在桅颠上等候他来？遂耸身上了桅颠。这时隔白鱼矶遇那汉子才得几日，夜间的月色，仍甚分明。朱镇岳在桅颠上约等了一个更次，猛见雪白的沙洲上，一条黑影比箭还快的，向桅颠上射来。朱镇岳不等他近身，即高声喝了句："来得好！"那黑影似乎吃了一惊的样子，闪折了一下，就到了朱镇岳立脚的下面。白光一道，已向朱镇岳双脚刺来，朱镇岳自不敢放松，也发出剑光来对杀。于是二人翻上覆下，都不肯离开桅杆，只绕桅身狠斗。

朱镇岳借着月色看来人的相貌，生得甚是凶恶，满头乱发蓬松，散披在肩背上，满脸络腮胡须，有二寸多长，张开和竹荚一样。年龄老少虽看不出，然就这种相貌看起来，至少也应有四五十岁。身材却不甚魁伟，举动矫捷到了极处，本领远在白鱼矶那汉子之上。朱镇岳和这人斗了十几次翻覆，因觉得这人的剑法，又和自己的一般无二，心里委实有些放不下。一面招架着，一面喝问道："来的不是毕门弟子吗？何不通出姓名再斗。"这人只当没听见，剑法更来得凶毒。朱镇岳大怒，暗骂这东西好生无礼，也使出平生本领来抵敌。

二人斗到这分际，桅底下锣鼓，突然大响起来，兼着吆喝的声音，震天动地。这人仿佛露出些惊慌的样子，忽然改变剑法，朝朱镇岳下部袭来。朱镇岳认得这一下剑法，是毕派中最厉害的看家本领，只不容易施展得出来，若施展出来了，他派的人，无论有多大的本领，纵然不送性命，至少也得被斩断一条腿。唯有毕派中练过这手功夫的，能避免得了。然不是本领比施展的高强得多的，仍得受点儿轻微的伤。朱镇岳的本领，恰好与这人不相伯仲，一见这看家的剑法施展出来，不禁暗叫了声："不好！"凭空往上一跃，超过桅颠一丈多高，觉得那剑在右脚后跟上，略沾了一下，也就施展出自己的看家本领来，一剑刺到这人脸上，只听得"喳"的一声，这人一抹头便向岸上逃去。朱镇岳也不追赶，跃下桅来，船身一平定，锣鼓吆喝之声，立时寂然了。

朱镇岳跑进舱来，叫化已迎着贺道："恭喜，恭喜！好一场恶斗。"朱镇岳笑道："这东西真厉害，险些儿使我没命回家乡。"说时，卸了软甲，取出药来，敷了脚跟上的伤处。对叫化说道："这人的本领，兄弟自是佩服。但像他这般本领的人，还不能说有一无二，唯有他那种相貌之凶恶，恐怕在人世再也找不出第二个来。于今已和我交过手了，足下可以将这人的姓名来历，说给兄弟听了么？"叫化仍是摇头笑道："公子将来自有知道的一日，此时用不着戋说。公子珍重，我去了。"只见他身子一晃，已在岸上长啸一声，不知去向了。

朱镇岳太息了一会儿，暗想这几个人的举动，真教我摸不着头脑。我此番算是初次出马，从来不曾和人有过仇恨，况且曾和我交手的两人，都是毕门的弟子，这个假装叫化的，不待说也是同门了。彼此既是同门，平日又没有宿嫌旧怨，何苦是这么一次、两次的逼来呢？幸而我准备了锣鼓，使他猛吃一惊，才能在他脸上还了一剑。不然，就不免要败在他手里了。只是这人不知曾练了一种什么功夫，面皮那么坚实，剑刺去"喳"的一声响亮。

朱镇岳正独自坐在舱中揣想，只见船户走进舱来，叩头谢罪道："小人今日不遵守公子的吩咐，几乎弄出大乱子来，想不到这样一个小小的叫化，竟是有意来船上卧底的。倘非公子有先见之明，知道有人上了船时，这般重大的干系，小人便粉身碎骨，也担当不起。"朱镇岳叫船户起来，说道："我何尝有什么先见之明，这叫化假装得虽不错，但是粗心了一点儿，他自己留出一个上船的记号给我看，我才一望分明。这船板都是光滑干净的，平日你们打从岸上回船，穿了鞋子的，必得在跳板上脱了鞋子才下船。若是赤脚，也得用洗帚洗涤干净才下船，没有脚上带着泥沙在船板上乱踩的。这叫化因怕回来撞见他，坏了他的计算，只要哄骗得你答应了，就匆匆上船蹲伏。便没想到泥沾的脚，踏在光滑干净的船板上，一步一步的都留下了痕迹，他上船不久，我就回来。你因天色已将近黄昏了，

315

不曾留神船板上有脚印。我看脚尖朝着船艄，只有上船的印，没有下船的印，无论什么人看了，也都知道上船的人不曾下船去。"船户听了这般解释，这才恍然大悟。

天光一亮，就从白马隘开船向常德进发，一帆风顺，只一日便安抵了常德。朱镇岳将金银运回乌鸦山老宅，这时他家还有七十多岁的祖母，和叔伯堂兄弟人等，朱镇岳还是第一次归家，骨肉团圆，自有一番天伦乐趣，这都不用说他。在家盘桓了好多日，因心里悬念在西安的父母，复束装动身，仍由水路回龙驹寨去。这回仅带了随身盘费，肩上没有担负何项责任，比较来时，自是舒服多了。

这日，船仍停泊白鱼矶，朱镇岳想起那夜和那汉子交手的情形，心里委实有些放心不下。思量我此刻身上也没有什么责任，何妨上岸去访问访问，看这一处有没有毕门中弟子。主意已定，便与船户说知，有事须在这里耽搁些时，等事情办妥了才开船。船是他包定的，开头停泊，当然由他主张。朱镇岳上岸访问了三四日，这白鱼矶本不是停船的码头，不过河面曲折，上下的船可以借此避避风浪。岸上只有七零八落的几户人家，做点小买卖，并没有大些儿的商店，不须几日工夫，周近数十里以内都访遍了。休说没有毕门的弟子，流传在这一带，连一个会些儿把式的人也没有。朱镇岳访得了这种情形，只得没精打采的，打算次日开船前进。

这日天色已将晚了，朱镇岳在船上坐着，觉得无聊，独自在岸堤上，反操着两手，踱来踱去。偶然一眼看见靠堤有个小小的茅棚，棚里坐着一个白须老人，在那里弯腰低头打草鞋，棚檐下悬挂着无数打成了的草鞋。朱镇岳看那老人的姿态精神，绝对不似寻常老年人的龙钟样子，不由得心中动了一动。暗想我何不如此这般的，去探看他一番。即算访不着毕门弟子，能另外访着一个奇人，岂不甚好？想罢，即匆匆回船。

不知朱镇岳打算如何去探看老人，那老人毕竟是谁，且俟第四十一回再写。

第四十一回

卖草鞋乔装寻快婿
传噩耗乘间订婚姻

话说朱镇岳匆匆回到船上，叫船户过来，借了一套粗布衣服，自己改装出一个船户来，上岸走近茅棚，向那老者问道："草鞋几文钱一双？"老者并不抬头，只望了望朱镇岳的脚，即随手拿了一双，掼在朱镇岳跟前，答道："我的草鞋，比旁人打得结实，一双足抵两双。旁人的卖五文钱一双，我的要卖八文。你穿过一双，便知道比买旁人的合算。"

朱镇岳看老者身旁，有一把破了的小杌子，即拿过来坐着，借着套草鞋耽延的时间（草鞋上的绳索，照例须买的人临时结绊），问老者道："看你老人家须发全白了，精神倒是很好，不知尊庚已有几旬了？"老者见问，才抬头望了朱镇岳一眼，仍低头结着草鞋答道："老了，不中用了，今年痴长了七十八岁。"朱镇岳道："你老人家就是一个人住在这里吗？"朱镇岳问这话的时候，已伸着赤脚踏进草鞋。

老者且不回答，很注意地向朱镇岳脚后跟望了几眼，连忙起身放下结着的草鞋，对朱镇岳拱了拱手，笑道："原来是朱公子来了，轻慢，轻慢！若不是于无意中看出了尊足的伤痕，又几乎错过了。"朱镇岳不由得吃惊问道："老丈何以看了我脚上的伤痕，便知道我是朱某？"老者哈哈笑道："老朽特地在这里等候公子，岂有不知道的道理？寒舍离此地不远，就请公子屈驾一临，如何？"

朱镇岳突然见老者这般举动，实在有些摸不着头脑。只得问道："请问老丈尊姓大名？今日初次和老丈会面，老丈何以知道我会到这里来，先在这里等我？一月以前，在白马隘地方，刺伤我这脚的，难道就是老丈么？"老者摇头笑道："老朽何至刺伤公子，公子如想见那夜在白马隘和公子交手的人，此时正好随老朽前去。老朽的姓名，到了寒舍，自然奉告。"

朱镇岳心想："这老人的神情举止，使人一望便能知道非寻常的老人。在白鱼矶和白马隘所遇的三个人，十九就是这老人的徒弟，也不知他们和我有什么过不去的事，两次来找我动手斗不过我。于今却又改变方法，想引我到他们巢穴里去。虽明知这番若是同去，是免不了又要动干戈的，但这老人既专在这里等我，我就要推诿不去，他也不见得便肯放我过去，徒然示弱于人，于事无益。好在我的金银已经运到了家，我单独一个人没有顾虑，不怕遭逢了何等意外。我就跟他去，看究竟是怎么一回事。"

　　思量既定，当下便向老者说道："自应同去拜府，请略等一等，我回船更换了衣服便来。"老者笑道："就这衣服何妨，我辈岂是世俗的眼睛，专看在人家的衣服上。就是老朽身上穿的，何尝不与公子一般。就这样最好，用不着去更换，耽搁时刻。"朱镇岳见老者这么说，只得说道："衣服即算遵命，用不着更换，但是得向船户招呼一声，也使他好安心等候我回船。"老者摇手道："这也可以不必，他们不见公子回船，自知道等候，船上又没有值钱的细软，值得如此费周折。"朱镇岳被说得不好意思，只得毅然答应。这老者拍拍身就走，茅棚、草鞋都不顾了。

　　朱镇岳跟在后面，觉得老者的脚步甚快，振作起全副精神，才勉强跟上。没行走一会儿，天色就昏暗了，幸有星月之光，辨得清道路。朱镇岳初时以为，老者既说寒舍离此地不远，至多也不过几十里路，及至跟着飞走了一夜，走到天光大明，还不见到。朱镇岳平生用赤脚草鞋，一夜奔驰这么远的道路，这是第一次，工夫虽来得及，两只脚底却走起了好几个水泡，步步如踏在针毡上，痛彻肺腑，实在忍耐不住了，只好诘问老者道："老丈说府上离此地不远，于今已走了一整夜，虽不能计算已行了多少里路，然估量已走得不少了，何以还不见到呢？"老者连连点头道："快了，快了！就在前面不远了。累苦了公子，可在火铺里歇歇。"

　　老者引朱镇岳到路旁一家火铺里，陪朱镇岳同吃了些充饥的东西，教朱镇岳伸出两只脚来，老者含着一口冷水，向脚底喷噀了几口，用手在走起的几个水泡上，揉擦了一会儿，带笑说道："尊师走路的本领极好，怎不传给公子？老朽倒不曾留意，此后从容些走吧。"

　　朱镇岳心想不错，我师傅曾带我往各处游历，他老人家行路不起灰尘，说是练气的功夫有了火候，才能如此，我此刻哪里够得上说有这种本领。看这老者的本领，远在我之上，我此去他若对我有恶意，我如何能对付得了呢？想到这上面不由得就有些害怕起来。忽又转念一想道："他若果是恶意，我和他同走了一夜，他何时不可动手做我，定要将我引到他家里才下手。"有了这么一转念，心里又觉安了许多。然朱镇岳是少年好胜的人，因为好胜的一念所驱使，才肯冒险跟来。于今只走路一端，便赛不过七十八岁的老人，面上如何不觉得惭愧？好在老者行所无事的样子，开发了饭食钱，又引朱镇岳上路。说也奇怪，朱镇岳两脚本已痛得寸步难移了，经老者一喷水，一揉擦，此时已全不觉得痛苦了，和初上道的一般。老者行走，也不似昨夜那般飞也似的快了。

又走了一日，直走到第三日午后，才走到一座巉岩陡峭的山下。老者指着山上笑道："这可真到了寒舍了。"朱镇岳抬头看这山，高耸入云，危岩壁立，虽依稀认得出一条樵径，然一望便能断定，已经多年没有樵夫行走，荆棘都长满了。岩石上的青苔光溜溜的，可想象人的脚一踏在上面，必然滑倒下来。幸亏朱镇岳在陕西的时候，曾上过这般陡峻的山峰，这时施展出功夫来，还不甚觉吃力。老者引着弯弯曲曲的，走到半山中一处山坡里，只见一所石屋，临岩建筑，石屋的墙根和屋顶，都布满了藤萝，远望好像是一个土阜，看不出是一所房子。石屋周围，有无数的参天古木，幽静到了极处，休说不闻人声，连禽鸟飞鸣的声音也没有，静悄悄的如禅林古院。

朱镇岳虽是个少年好动的人，然一到了这种清幽的地方，不由得尘襟涤净，心地顿觉通明，不禁长叹了一声道："好一个清幽所在！真是别有天地非人间，不是老丈这般清高的人，谁能享受这般清幽的胜境？便是我今日能追随老丈到这里来，也就是三生有幸了。"老者笑道："公子既欢喜这里清幽，不妨在这里多盘桓些时日。"说着上前举手敲门，即听得"呀"的一声门开了。

朱镇岳看那开门的，是一个华服少年，俨然富贵家公子的模样。不觉心里诧异，暗想像这样的娇贵公子，如何能在这深山穷谷之中居住？再看那少年，含笑对自己拱手说道："朱公子别来无恙？"才吃了一惊，仔细看时，原来不是别人，正是在白马隘，从船艄木板底下拖出来的叫化。此时改变了这般华丽的装束，任凭如何有眼力的人，一时也辨认不出来。当下朱镇岳既看出就是那个叫化，便也连忙赔笑拱手。老者让朱镇岳进门，即回头对这少年说道："朱公子来了，怎不去叫你哥哥快出来迎接？"少年应

319

着是，走进隔壁一间房里去了。朱镇岳进门看这房子，和寻常三开间的客堂房相似，只是房中并没有什么陈设，案凳都很粗笨，勉强能坐人而已。石壁上挂了几件兵器，也都笨重不堪。老者亲手端了一把凳子，给朱镇岳坐，朱镇岳向老者行了礼，刚待展问老者邦族，及此番见招的缘由。只见少年从隔壁房里出来，到老者跟前，低声说了几句话。

老者哈哈大笑道："蠢材，蠢材！都是自家人，一时的输赢，有什么要紧？值得这般做作，这么小的气量，真是见笑朱公子。再去，教他尽管出来相见，不打不相识，难道这句话，他也没听人说过吗？"朱镇岳听了这几句话，逆料不是白鱼矶交手的，便是白马隘交手的人，因斗输了，不肯出来相见。见这少年现出踌躇不肯再去的神气，便起身笑问是怎么一回事。老者道："小儿不懂事，前月瞒着老朽到白鱼矶向公子无礼，却被公子伤了，将息至今，才把伤痕治好，此刻他听说公子来了，还不好意思出来相见。"朱镇岳也哈哈大笑道："原来如此，我得罪了大哥，我亲去向他赔罪便了。"说着，对少年说道："请足下引我去见他。"

少年笑着道："好。"遂把朱镇岳引进隔壁房里。朱镇岳看靠墙一张床上，斜躺着一个身材高大的汉子，年纪若有三十来岁，生得浓眉巨眼，很有些英雄气概。回想在白鱼矶那夜，所遇那汉子的情形，果和这人仿佛，此时这人脸上，现出盛怒难犯的样子。朱镇岳上前作了一揖，说道："那夜委实不知是大哥，乞恕我无礼。"

这人不待朱镇岳再往下说，托地跳下地来，指着朱镇岳高声说道："你也欺我太甚了，你到我家来，我既不肯见你，也就算是低头服输到极处了。你还以为不足，要来当面奚落我！"说罢，气冲冲地回身一脚，将窗门踢破，一闪身就纵上了后山石岩，再一转眼，便不知去向了。朱镇岳做梦也想不到自己向人赔罪，反受人这般唾骂，一时竟被骂得怔住了，不知应如何对付才妥。这汉子方从窗口逃去，即听得老者在客堂里骂道："孽畜安敢对公子无礼。"随即走进房来，对朱镇岳再三道歉。朱镇岳倒不生气，只觉得这汉子的脾气古怪，当下仍和老者退到客堂，分宾主坐定。

老者从容说道："公子虽不曾见过老朽的面，只是老朽的名字，公子必是曾听得尊师说过的。老朽便是与尊师同门的田广胜，公子心中可想得起这个名字么？"朱镇岳听了，慌忙站起身说道："原来就是田师伯，小侄安有不知道的道理。"说着，从新拜下去。

田广胜忙伸手拉起来，指着少年给朱镇岳介绍说："他姓魏，名壮猷，原是我的徒弟，于今又是我的女婿了。我本有两个儿子，两个女儿，大儿子名孝周，在广西当协统，三年前，阵亡在长毛手里，尸首都无处寻觅。我只得将在我跟前的几个徒弟，齐集在一块儿说道，他们大师兄阵亡，尸身无着，我固然是痛心极了，便是你们，一则念与我师弟之情，二则念与你大师兄同门之亲，手足之义，都应该各自尽点儿力量去寻觅回来，才对得起你大师兄的英灵。此刻你两个师妹，都还不曾许人，看是谁能将大师兄的尸身寻回来，我即招谁做女婿。那时几个徒弟，都竭力寻找，却是魏壮猷找着了。魏壮猷那时才有十五岁，正和我最小的女儿红红同年。我既有言在先，不能不践，就招了他在家里赘婿。大女儿娟娟，今年二十一岁了，尚不曾许人。这两个女儿，是我继配的女人生的。

"那年我大儿子既阵亡了，家乡地方，被长毛乱得不能安身。此山在贵州境内，这屋子原来是毕祖师当年修炼之所，山中豺狼虎豹极多，祖师当日不肯伤害这些猛兽，为的是不许寻常人能上这山里来，特地留了这些猛兽，看守山坡，好使左近几十里路以内的人，不但不敢上山，并不敢打山脚下经过。祖师去世的时候，我们同门三兄弟，都在这屋里。祖师将身边所有的东百，分给我们三人，这房子就分给我了。我因有家室在广西原籍，用不着这房屋居住，空着好多年，及至这番被长毛乱得我不能在家乡安身，只好搬到这里来，暂避乱世。谁知到这里不久，我继配的女人就病死了。人人只知道中年丧偶，是人生最烦恼的事，不知道老年忽死去一个老伴侣，其烦恼更比中年厉害。

"自从拙妻死后，我只将她草草地安葬在这山里，便终日在外游览山水。仗着老年的脚力还足，时常出门，三五月不归来。前月我正在庐山，寻觅几种难得的草药，忽见小女红红找来，说他二哥义周，在白鱼矶被朱三公子杀伤了，伤得甚是沉重，睡在家里人事不省。我一听这消息，还摸不着头脑，问小女说的是哪里来的朱三公子，你二哥在家好好的，何故会跑到白鱼矶云，被人杀伤？

"小女拿出一封信来，原来是尊师雪门师傅托人寄给我的，信中说公子是他近年所收的最得意的徒弟，这回由公子押运二十多万金银回常德原籍。公子的本领，小小的风浪，原可以担当得起，所虑就是公子有些少年好胜的脾气，诚恐惹出意外的风波。公子失了事，便是他失了面子，因此特地寄这封信给我，要我念昔日同门之情，大家照顾照顾。这封信寄到，凑巧我不在家，落到了我这个不懂世情的二儿子义周手里。他见雪门师傅夸赞公子是近来所收最得意的徒弟，有担当风浪的本领，便不服气，和他大妹子娟娟商量，要把公子押运的金银截留，使公子栽一个跟斗。

"娟娟知道是这么不妥，不敢和他同去，然知道义周这畜生是生成的牛性，也不敢劝阻。义周便独自出门，要和公子见个上下。侥天之幸，在白鱼矶遇着公子，被公子杀得他大败亏输，回家便卧床不起。他当时以为是必死无疑的了，求自己两个妹子、一个妹婿，替他报仇雪恨。大女儿不能推却，只得答应，一面教他妹婿改装到公子船上刺探虚实，一面教他妹子到庐山报信给我知道。

"我当时看了尊师的信，不由得大吃一惊，思量这一班孽障，胆敢如此胡闹。他们自己伤也好，死也好，是自作自受，不能怨天尤人，只是万一伤损了公子一毫一发，这还了得？教我这副老脸，此后怎生见雪门师弟的面呢？连夜赶回家来，想阻止大女儿不许胡闹。及至赶到家时，大女儿也已在公子手里领教过，回家来了。大女儿盛称公子的本领了得，她若非戴了面具，脸上必已被公子刺伤了。我听得公子只脚上略受微伤，才放了这颗心。依我的气愤，本待不替孽子治伤的，只因他两个妹子，一个妹婿，都一再跪着恳求，我才配点儿药，给孽子敷上。可恶的孽障，到今日还不悔悟自己无状，倒怀恨在心，不肯与公子相见。这都只怪我平日教养无素，以致养成他这种乖张不驯良的性子，实是对不起公子。"

朱镇岳听了这番话，才如梦初醒，暗想怪道那夜在白马隘交手的时候，那人再也不肯开口，原来是女子戴了面具，假装男子，所以头脸那么大，身材又那么瘦小。我末了一剑，刺在她面具上，怪不得"喳"的一声响。那夜若不是我安排了锣鼓助威，使她害怕惊动岸上的人，慌张走了，再斗下去，不见得不吃她的亏。只可惜这娟娟是个女子，若是个男子，有这好的本领，倒是我应当结交的好朋友。朱镇岳心里这么着想，偶然触发了一句话，连忙起身向田广胜说道："田师伯太言重了，小侄开罪了义周二哥，他见了小侄生气，是应该的。承师伯瞧得起小侄，不把小侄当外人，呼小侄的名字，小侄就很感激。叫小侄公子，小侄觉得比打骂还难受。"

田广胜点头笑道："依贤侄的话便了。贤侄可知道我借着卖草鞋，在白鱼矶专等候贤侄，是什么用意？"朱镇岳道："小侄以为这是承师伯不弃，想引小侄到这里来的意思，但不知是与不是？"田广胜摇头笑道："我明知贤侄家住在常德乌鸦山底下，若只为想引贤侄到这里来，何不直到乌鸦山相邀，值得费如许周折？"朱镇岳也觉得有理，只是猜不出是何用意。

田广胜接着笑道："我从庐山回来，不多几日，又接了尊师从西安传来的一封信，因为有这封信，我才是这么布置。我今年已痴长到七十八岁了，正是风前之烛、瓦上之霜，在人世上延挨一日算一日。古人说'人生七十古来稀'，我于今既已活到七十八岁了，死了也不为委屈。不过我有未了的心愿，若不等待了便死，在九泉之下，也不得瞑目。

"我有什么心愿未了呢？就是我这大女儿娟娟，今年二十一岁了，还不曾许配人家。论到我这个女儿，容仪品性都不在人下，若不过事苛求，早已许给人家了。无奈我这女儿，因是我晚年得的，从小我就把他看得过于娇贵，传授给她的武艺，也比传授旁的徒弟及儿子都认真些。她的武艺既高，眼界心性也就跟着高了，寻常的少年，没有她看得上眼的。她发誓非有人品、学问、武艺，都能使她心服的，宁肯一生不嫁。我年来到处留神物色，休说人品、学问、武艺，都能使我女儿心服的男子，不曾遇见过，就是降格相从，只要我看了说勉强还过得去的，已没有遇着。这番天缘凑巧，得了贤侄这般一个齐全的人物。若是尊师托人带信给我的时候，我在家接了信，我儿子便不致到白鱼矶与贤侄为难，我儿子不被贤侄杀伤，不求他妹子报仇，他妹子更何致与贤侄交手？因有这么一错误，我女儿才得心悦诚服地钦佩贤侄。

"我看这种姻缘，真是前定，不是人力所能做到的。我想就此将小女娟娟许配贤侄，只不知贤侄的意下如何？只要贤侄口里答应了，至于成亲的日期，此时尽可不必谈及。贤侄如有什么意思，不妨直对我说，毋须客气。我也原是不存客气，才当面对贤侄说，其所以假装卖草鞋的，亲自将贤侄引来这里，也就是要借此看看贤侄的气度和能耐。我见贤侄的时候，故意说寒舍就在离此地不远，更不教贤侄回船换衣服，贤侄竟能同行三日，一点儿不曾现出愤怒的样子，可见得气度宽宏，不是寻常少年人所能及。而我那孽障对贤侄无状，贤侄能犯而不较，尤为难得。"

朱镇岳至此，才觉悟种种境遇，都是有意造设的。心想娟娟的本领，确是我的对手，又是田师伯的小姐，与我同门，许配给我，并不委屈了我。此刻田师伯当面问我，我心里是情愿，原可以当面答应他，不过我父母都在西安，这样婚姻大事，虽明知由我亲自定下来，我父母是决没有不依的，然于为人子的道理，究竟说不过去。想到此处，即向田广胜说道："承师伯不嫌小侄不成材，小侄还有什么异议，本来就可以听凭师伯做主的。只因小侄这番回常德，是奉了家父母的命，押船回来的，为急于要回西安复命，才在家不敢耽搁，只住了一个多月，即动身回西安去。此时家父母在西安，见小侄还不曾回去，心里必异常悬念。小侄打算即刻动身，兼程并进，到西安复命之后，将师伯这番德意，禀过家父母。想家父母平时极钟爱小侄，这事断没有不许的，那时再从西安到这里来，一则好使家父母安心，二则既禀告了家父母，小侄的心也安了，还望师伯体念小侄这一点儿下情。"

田广胜听了，待开口说什么，忽又忍住，半晌才说道："这是贤侄的孝行，我本不应相强，但是据我的意思，婚姻大事，自应请命父母，然有时不得不从权。我于今并不要贤侄和小女成亲，只要贤侄口里答应一句就是了。"朱镇岳道："师伯的话说得明白，小侄其所以不敢答应，就是因这事体太大，一经口里答应了，便至海枯石烂，也不能改移。于今小侄离开西安，已有大半年了，诚恐自小侄离开西安以后，有门户相对，人物相当的女子，已由家父母做主聘定下来了，小侄并不知道，又在师伯跟前答应了，将来岂非事处两难？"

田广胜不住地点头道："贤侄所虑的，确是不错，此刻我只问贤侄一句话，倘若贤侄此时能知道，尊父母实在不曾在贤侄离开西安以后，替贤侄定婚，而尊父母又断断不会不许可贤侄在这里定婚，那么，贤侄可以答应我么？"朱镇岳道："那是自然可答应的。不过此地离西安这么远，从何可以知道呢？"田广胜道："贤侄不知道，我倒早已知道了。贤侄大概能相信我七十八岁的人了，说话不至于信口开河。贤侄所虑的这一层，我能担保没有这回事，并能代贤侄担保，尊父母万不至于说话。但须贤侄答应下来，我立刻便拿我能担保的证据给贤侄看。"

朱镇岳思量："这种担保，不过是口头上一句话，如何能有证据给我看呢？若果能证实我所虑的，没有这回事，我就答应了也没要紧。"遂对田广胜道："师伯既说能担保，必没有错误，何须要什么证据？只是不知道师伯所谓证据，究竟是什么，莫不是有新自西安来的人么？"田广胜道：

"贤侄且答应了我再说，并不是我要逼着贤侄答应，这其中的道理，等一会儿自然明白。"朱镇岳道："既这么说，小侄便权且答应了。将来只要家父母不说什么，小侄央无翻悔。"田广胜至此，才把所谓能担保的证据拿了出来。朱镇岳一看，只吓得号啕痛哭。

不知到底是什么证据，且俟第四十二回再写。

第四十二回

魏壮猷失银生病
刘晋卿热肠救人

话说田广胜将所谓担保的证据拿出来，朱镇岳一看，原来是一封信。这信是雪门和尚写给田广胜的，信中的语意很简单，只说某月某日捻军破西安，府尹朱公夫妇同时殉难。现已由雪门和尚自己备棺盛殓，即日动身运回常德原籍。信尾托田广胜设法劝阻朱镇岳，勿再去陕西。朱镇岳只看了府尹朱公夫妇同时殉难这几句，已呼天抢地地痛哭起来。没哭一会儿，便倒地昏过去了。

田广胜、魏壮猷都忙着灌救，半晌醒转来，仍哭着责备田广胜道："师伯既得了这信，怎的不于见面的时候给我看，好教我奔丧前去。隐瞒三四日，倒忍心和我议婚事，使我成为万世的罪人，是什么道理？"田广胜连忙认罪道："这是我对不起贤侄。不过雪门师傅的信上说了，即日动身运柩回常德原籍，怎好教贤侄去奔丧呢？在我瞒三四日不说，固是全因私情，没有道理。只是在贤侄迟三四日知道，并不得谓之不孝。贤侄得原谅我，若在见面的时候将这信给贤侄看了，则三年之内，不能向贤侄提议婚的话。我刚才已曾对贤侄说过了，我于今已是七十八岁的人了，正如风前之烛，瓦上之霜，得挨一日算一日。三年之后，只怕葬我的棺木都已朽了。因此情愿担着这点不是，逼着贤侄承诺我的话，以了我这桩唯一的心事。"

朱镇岳见田广胜这么说，自觉方才责备的话，说得太重，即翻身向田广胜叩头泣道："师傅信中虽说已动身运柩回籍，然小侄仍得迎上前去，以便扶着先父母的灵柩同行。"田广胜拉起朱镇岳说道："贤侄用不着去，我已派人迎上去了。大约不出一二日，便能将灵柩运上这里来。"朱镇岳问道："运到这里来做什么呢？"田广胜道："我估料长毛的气焰，还得好几年才能消灭，就是常德，也非安乐之土。贤侄这番又运回这些金银，更是惹祸的东西。我看这山里还好，已打发两个小女去乌鸦山，迎接令祖母到这里来，免得年老人担惊受怕。尊大人的灵柩，暂时安厝在这山里，等到世局平静了，再运回原籍。雪门师傅来了之后，我还要和他商量，尽我们的力量，下山去做几桩事业。"

朱镇岳见田广胜这么布置，只得依从。过不了几日，果然朱沛然夫妇的灵柩，和朱镇岳的祖母都到了。大家在这山里，整整地住了八年，清兵破了南京之后，朱镇岳夫妇才回乌鸦山祖屋。朱镇岳的祖母和田广胜，都死在这山上。这八年当中，田广胜、雪门和尚以及朱镇岳夫妇、魏壮猷夫妇，都曾下山做过许多救苦救难的事。因田广胜和朱镇岳都挟了一种报仇的念头，暗口替清军出了不少的力。但是这些事，不在本书应写之列，都不去写他。不过写到这里来了，却不能不连带把魏壮猷的履历，略为交代一番，使看官们知道，这部书中的重要人物清虚观笑道人的来历。

魏壮猷自从田广胜死后，不久他夫人红红也死了。他和红红伉俪的情分，本十分浓厚，红红一死，他悲痛到了极点。这时南京已破，清室中兴，各省粉饰太平，人民在几年前因兵荒离乱的，至此都渐渐地各回故土了。魏壮猷且已没有父母，跟着田广胜长大的，此时无家可归，只得借着游山揽胜，消遣他胸中悼亡之痛。

田广胜在日，手中积下来的资财很不少，约莫有二三十万。他两个儿子，一个死了，一个因和朱镇岳负气，出走得不知去向。临死只有两个女儿，两个女婿在跟前，这多的遗产，当然分给朱镇岳、魏壮猷两人。魏壮猷得了这一部分财产，独自一个人用度，手头自然很阔。游踪所到之处，当地的缙绅先生以及富商大贾，无不倾诚结纳。只是他对人从不肯露出自己的本像来，一班人见他生得风度翩翩，温文尔雅，都以为他是一个宦家公子，谁知道他是一个剑侠呢？

有一次，魏壮猷游到了四川重庆，住在重庆一个最大最有名的高升客栈里。这客栈房屋的构造，是五开间三进，楼上地下，共有三四十间房子，有钱的旅客，到重庆多是在这客栈下榻。魏壮猷到的时候，欢喜第三进房屋又宽敞又雅洁，只可惜已有三间被人占住了，仅余下一间厢房。中间客厅，是不能住人的。魏壮猷单身一个人，本来有一间厢房住着便得了。但是他因好交游，无论到什么地方，总是座上客常满，樽中酒不空，这一间厢房，因此不够居住。当下便和客栈账房商量，要腾出这三间房子来，给他一人居住。房钱多少，决不计较。账房看魏壮猷的行李很多，很透着豪富的气概，以为是极阔的候补官儿，来这里运动差缺的。恐怕错过了这个好主顾，连忙答应了魏壮猷，向那三个旅客要求移房。费了许多唇舌，才将三间房子腾了出来，给魏壮猷一个人住了。

魏壮猷照例结交当地士绅，终日宾朋燕集，弄得五开间的房子都座无隙地。一时魏公子在重庆的声名，几于没人不知道。他这回来四川游历，身边带了千多两黄金，原不愁不够使费。金银在他这种有本领的人手里，不问到什么地方，难道还有人能劫夺了去吗？只是事竟出人意外，这日魏壮猷因须付一笔账，开箱打算取一百两黄金出来兑换。足足的一千两黄金，哪里还有一两呢？只剩了一块包裹的包袱，不曾失掉。魏壮猷不由得大吃一惊。暗想这事真奇怪，这一叠八口皮箱，金叶放在第六口皮箱之内，要开这箱，非将上面五口搬开不可，五口皮箱内尽是衣服，每口的分量很不轻，要搬开不是一件容易的事。并且每口皮箱都上了锁，贴了封条，锁和封条丝毫未动，这金叶从哪里取出去的呢？这一进房屋，除了我没旁人居住，我在家的时候，固然没人敢动手偷我的东西，便是我每次出外，多在白天，门窗都从外面锁了，钥匙在我自己身上，若曾有人动过锁，我回来开锁的时候，岂有个不知道的？

魏壮猷心里一面思量，一面将这七口皮箱次第开看，都一些儿没有动过的痕迹。唯有第四口箱中的一块一百五十两重的金砖，也宣告失踪了，不觉失声叫着"哎呀"道："这就是奇怪了！这块金砖，因是红红留下来的纪念物，多久不曾开看，连我自己都忘记了，不知放在哪口皮箱里。方才若不是看见这个装金砖的盒儿，在衣服底下压着，我说不定一时还想不起被人盗去了呢？如果盗这金子的人，是将八口皮箱都打开来，一口一口地搜索，则不但箱外的锁和封条，应该现些移动过的痕迹，便是箱内的衣服，也应该翻得七零八乱。若不是一口一口打开来搜索，怎么连我自己都不知道在哪口箱里的东西，外人能这么轻巧地盗去？"

魏壮猷反复寻思，只觉得奇怪，再也想不出是如何失掉的道理来。不过悬揣盗这金子的人的本领，可以断定决不寻常。报官请缉，是徒然教盗金子的人暗中好笑，没有弋获希望的，倒不如绝不声张，由自己慢慢地寻访。失掉金子的事小，这样盗金子的能人，却不舍得不寻访着，好借此结识这么一个人物，当时将皮箱仍旧堆叠起来。

在魏壮猷失掉这点儿金子，原不算什么，只是此时正在客中，又逼着须付账给人，既拿不出金子来，就只得暂拿衣服典钱应付。心里因急欲把盗金子的人探访出来，也就懒得再和一班士绅作无谓的应酬了。高升栈的账房，见魏壮猷拿衣服典钱还账，料知是穷得拿不出钱来了。登时改变了对待的态度，平时到了照例结账的时期，只打发茶房将账单送到魏壮猷房中桌上，一声不响就退出去的。此时账房便亲自送到魏壮猷手中，摆出冷冷的面孔，立在旁边等回话了，魏壮猷却毫不在意，随即又拿衣服去当了钱，付给账房，自己仍四处探访这盗金子的人。

一连探访了十多日，一点儿踪影都不曾访着。客栈里的用度大，他又不知道省俭，衣服典当起来不值钱，出门的人更能有多少衣服？不须几次，就当光了，新结交的一班士绅，忽然不见魏公子来邀请了，初时以为是害了病，还有几个人来客栈里看看，几日之后，都知道魏公子手边的银钱使光了，靠着典当度日。一个个都怕魏公子开口告贷，谁也不敢跨进高升栈的门，有时在路上遇着，来不及似的回避。魏壮猷心中有事，哪里拿这些人放在眼里？客栈里的人，见魏壮猷终日愁眉不展，只道是穷得没有路走了，才这么着急。账房恐怕再住下去还不起房饭钱，便走来对魏壮猷说道："客人既手边不宽展，不能和往日那般应酬了，还要这么多房间干什么呢？下面有小些儿的房间，请客人腾出这一间房屋给我，好让旁的客人来往。"

魏壮猷心里正因访不着盗金的人，非常焦躁，听了账房的话，只气得指着账房大骂了一顿。账房以为魏壮猷穷了，是不敢生气的，想不到还敢骂人，究竟摸不着魏壮猷的根底，不敢认真得罪，只好咕嘟着嘴，退了出来。魏壮猷心里一烦闷，便几日不出门，贫与病相连，竟闷出一身病来了。练过功夫的壮年人，不生病则已，生病就十分沉重。

魏壮猷到各处游历，举动极尽豪华，然从来不曾带过当差的。在平时不生病，没有当差的，不觉着不便，此时病得不能起床了，偏巧没有钱，又和账房翻了脸，客栈里的茶房都不听呼唤起来，便分外感觉得痛苦了。连病了三日，水米不曾沾唇，客栈里的人，都以为魏壮猷是个不务正的纨袴子弟，不足怜惜。

这时却激动了一个正直商人，慨然跑到魏壮猷房里来探看，并替魏壮獣延医诊治。这个人是谁呢？是在成都做盐生意的，姓刘名晋卿，这时年纪已有五十多岁了，在成都开了三十年盐号，近来因亏折了本钱，打算将盐号盘顶给人。只因刘晋卿所开的盐号规模太大，成都的商人多知道这盐号的底细，不肯多出顶价。刘晋卿怄气不过，带了些盘缠，特地到重庆来觅盘顶的主儿。凑巧不先不后地与魏壮猷同这一日到高升栈。两个月来，魏壮猷的一举一动，他都看在眼里。他自己是一个谨慎商人，心里也不以魏壮猷的举动为然，不过见魏壮猷一旦贫病得没人睬理了，觉得这种豪华公子，不知道一些人情世故，拿银钱看得泥沙不如的使用，一朝用光了，就立时病死也没人来睬理，很是可怜。遂袖了二十两银子，走到魏壮猷房里来，殷勤慰问病势怎样。

魏壮猷不曾害过大病，此时在这种境遇当中，病得不能起床，使他一身全副本领，一些儿不能施展，才真有些着急起来。几次打算教茶房去延医来诊视，无奈茶房受了账房的嘱咐，听凭魏壮猷叫破了喉咙，也只当没听见。魏壮猷正在急得无可如何的时候，恰好刘晋卿前来问病。魏壮猷看了刘晋卿这副慈善面目和殷勤的态度，心里就舒畅了许多，就枕边对刘晋卿点头道谢。

刘晋卿拿出二十两银子，放在床头说道："我是出门人，没有多大的力量，因见阁下现在手中好像穷迫的样子，恐医药不便。我同在这里作客，不忍坐视。阁下想必是席丰履厚惯了的人，不知道人情冷暖。我虽不知道阁下的家世，然看阁下两月来的举动，可知尊府必是很富厚的。我此时去替阁下请个好医生来，阁下将病养好了，就赶紧回府去。世道崎岖，家中富裕的人，犯不着出门受苦。"在刘晋卿说这番话，自以为是老于世故的金石之言，魏壮猷只微微地笑着点头。

刘晋卿一片热诚，亲去请了个医生来，给魏壮猷诊视了。开了药方，也是刘晋卿亲去买了药来，煎给魏壮猷服了。外感的病，来得急，也去得快，服药下去后，只过了一夜，魏壮猷便能起床，如平时一般行走了。

因已有几日不曾出外，探访偷金子的人，心里实在放不下。这日觉得自己的病已经好了，正思量应如何方能访得出偷金子的人来，忽然从窗眼里飘进一片枯黄的树叶来，落在魏壮猷面前。魏壮猷原是一个心思极细密的人，一见这树叶飘进房来，心里不由得就是一惊。暗想此时的天气，正在春夏之交，哪来的这种枯黄树叶？并且微风不动，树叶又如何能从天空飘到这房里来？随手拾起这片树叶看时，一望就可认得出是已干枯了许久的，有巴掌大小，却认不出是什么树叶。又想这客栈四周都是房屋，自从发觉失了金子以后，我都勘察得仔细，百步以内，可断定没有高出屋顶的树木。既没有树木，也就可以断定这叶不是从树枝上，被风刮到这里来的了；不是风刮来的，然则是谁送来的呢？

魏壮猷是这么一推求，更觉得这树叶来得稀奇，刚待叫一个茶房进来，教认这叶是什么树上的，只见刘晋卿走来问道："贵恙已完全脱体了么？"魏壮猷连忙迎着答道："多谢厚意，已完全好了。"旋说旋让刘晋卿坐。刘晋卿指着魏壮猷手中的枯叶问道："足下手中这片公孙树叶，有什么用处？"魏壮猷喜问道："老先生认得这是公孙树叶吗，什么地方有这种树呢？"刘晋卿笑道："怎么不认识？这树我在旁处不曾见过，只见泸州玄帝观里面有两株极大的。这叶上的露，能润肺治咳嗽，但极不容易得着。我先母在日，得了个咳嗽的病，什么药都吃遍了，只是治不好。后来有人传了个秘方，说唯有公孙树叶上的露，只须服十几滴，便能包治断根。我问什么所在有公孙树，那人说出泸州玄帝观来。我做盐生意，本来时常走泸州经过的，这次便特地找到玄帝观，公孙树是见着了，但是叶上哪有什么露呢？就是略有些儿，又怎么能取得下来呢？在那两棵树下，徘徊了许久，实在想不出取露的法子来。亏了观中的老道，念我出于一片孝心，拿出一个寸多高的瓷瓶来，倾了五十滴露给我。这是他慢慢地一滴一滴取下来，贮藏着备用的。我谢老道银子，他不肯收受。我带了那五十滴露回家，先母服了，果然把咳嗽的病治好了，因此我一见这叶便认识。"

魏壮猷问道："那玄帝观的老道姓什么，叫什么名字，老先生知道么？"刘晋卿点头道："我只知道一般人都叫那老道为黄叶道人。姓什么，究竟叫什么名字，却不知道。"魏壮猷道："那黄叶道人，此刻大约有多少岁数了？"刘晋卿笑道："于今只怕已死了许多年了，我已有了二十多年不曾到那观里去。我去讨露的时候，看那道人的头发、胡须，都白得和雪一样，年纪至少也应有了七八十岁，岂有活到此刻还不曾死的道理？"魏壮猷道："既是只有泸州玄帝观内才有这公孙树，这片树叶就更来得稀奇了。"刘晋卿问是怎么一个来历，魏壮猷将从天空飘下来的话说了，刘晋卿也觉得诧异。刘晋卿去后，魏壮猷心想："这树叶必不是无故飞来的。我于今既知道了公孙树的所在，何不就去玄帝观探访一番呢？"主意已定，遂即日动身向泸州出发。

　　途中非止一日，这日到了泸州，径到玄帝观察看情形，果见殿前丹墀里，有两棵合抱不交的树，枝叶秾密，如张开两把大伞。叶的形式，与从窗眼里飘进来的，一般无二。只这棵树上的叶色青绿，没有一片枯黄的。

　　魏壮猷把这观的形势都看了个明白，记在心里，打算夜间再来观里窥探。正待举步往观外走，猛觉得头顶上一阵风过去，树叶纷纷落下来。惊得连忙抬头看公孙树上，只见一只极大的苍鹰，正收敛着两片比门板还大的翅膀，落在树颠上立着，那一对金色的眼睛，和两颗桂圆相似。魏壮猷生平不曾见过这么大的飞鸟，很以为奇怪，心想像这么高大这么雄俊的鹰，若好生调教出来，带着上山打猎，确是再好没有的了。只是它立在这树颠上，要弄死它容易，要活捉下来喂养，倒是一件难事。眉头一皱，忽然得了个计较，心中暗喜道："我何不投它一个石子，惊动它飞起来，再用飞剑将它两翅的翎毛削断，怕它不掉下来，听凭我捉活的吗？"

　　魏壮猷自觉这主意不错，随即弯腰拾了个鹅卵石，顺手朝那鹰打去。这石子从魏壮猷的手中打出来，其力量虽不及炮弹那般厉害，然比从弓弦上发出去的弹子，是要强硬些的。无论什么凶恶的猛兽，着了这一石子，纵不立时殒命，也得重伤，不能逃走。谁知这一石子打上去，那鹰只将两个翅膀一亮，石子碰在翅膀上倒激转来，若不是魏壮猷眼快，将身子往旁边闪开，那石子险些儿打在头上。然石子挨着耳根擦过，已被擦得鲜血直流。魏壮猷不由得又惊又气，指着鹰骂道："你这孽畜，竟敢和我开玩笑吗？我要你的命，易如反掌。"口里骂着，随放出一道剑光来，长虹也似的，直向那鹰射去。哪知那鹰立在树颠上，只当没有这回事的样子，剑光绕着树颠，盘旋了几转，只是射不到鹰身上去，魏壮猷这才慌急起来。正在没法摆布的时候，那鹰两翅一展，真比闪电还快，对准魏壮猷扑来。魏壮猷料知敌不过逃不了，失口叫了声："哎呀！"便紧闭双睛等死。

　　少不得"说时迟、那时快"的两句套话，魏壮猷刚把双睛一闭，耳里就听得殿上一声呼叱，接着有很苍老的声音喊道："休得鲁莽！"那喊声才歇，就觉得一个旋风，从脸上掠了过去。睁眼看时，那鹰已在这边树颠上立着，殿上站着一个白须过腹的老头，左边胳膊上，也立着一只和树颠上一般大小毛色的鹰。那老头笑容满面地望着魏壮猷点头。魏壮猷见鹰尚有这般厉害，这养鹰的老头，本领之大，是不待思索的了，当下不因不由的，便存了个拜这老头为师的念头，紧走几步到殿上，对老头拜了下去说道："若不是老丈相救，小子已丧生于鹰爪之下了。小子年来游行各省，所遇的英雄豪杰不在少数，竟不曾遇见有这鹰这般能耐的。两鹰是日老丈调教出来的，老丈有通天彻地的手段，可想而知了。小子一片至诚心思，想拜在老丈门墙之下，千万求你老人家收纳。"老头伸手将魏壮猷拉起来，笑道："你的骨骼清奇，将来的造诣不可限量。但是我不能收你做徒弟。来！我引你见一个人吧。"

魏壮猷随着老头，弯弯曲曲地走到里面一个小厅上，不禁又吃了一吓。原来这厅上，睡着一只牯牛般大的斑斓猛虎，那虎听得有脚步声，一蹶劣跳了起来，待向魏壮猷扑来的样子。魏壮猷才被鹰吓了那么一大跳，惊魂还没定，哪里再有和猛虎抵抗的勇气呢？吓得只向老头背后藏躲。亏得老头对那虎叱了一声，那虎才落了威，拖着铁枪也似的尾巴，走过一边去了。魏壮猷心想："幸亏我在白天遇了这老丈，若在黑夜，冒昧到这里来窥探，说不定我一条性命，要断送在这两样禽兽的爪下。"魏壮猷一面这么着想，一面跟着老头，转到厅后一间陈设很古雅的房里。

但见一个须发皓然，身穿黄袍的老道，手中拿着拂尘，盘膝坐在云床之上，并不起身，只向老头笑了一笑，说道："来了么？"老道也笑着应道："我正为不仔细，误收了个刘鸿采做徒弟，后悔已来不及。这小子又要拜在我们门下做徒弟，道友看我如何能收他？不过我瞧这小子骨骼很好，道友若能收他在门墙之下，将来的成就，倒不见得赶不上铜脚。"老道微微地摇头说道："这小子此刻心心念念所想的，只是黄金白银，哪有些微向道之意？铜脚能敝屣妻孥，视黄金如粪壤，却是难能可贵的。这小子未必能及得。"

魏壮猷听了两老问答的话，虽听不出铜脚是什么人，然老道人瞧不起自己的语意，是显然可知的。思量他说我心心念念所想的，是黄金白银，可见得我失窃的事，与他有关联，他才知道我是为探访黄金下落来的。我岂真是为探访黄金？这却看错我了。心里如此想着，即走近云床，跪下来叩头说道："小子年来游踪所至，极力结交各类人物，为的就是想求一个先知先觉之辈，好作小子的师资。即如小子这次失却了黄金，若是被寻常人盗了去，小子决不至四处探访。只因料知盗黄金的人，能耐必高出小子万倍，且其用意，必不在一点点黄金。小子若不探求一个水落石出，一则

333

违反了小子年来结交各类人物的本意；二则既逆料那个盗黄金的人，用意不在黄金，便是有意借这事试探小子。若小子置之不理，也辜负了这人的盛意。小子果得列身门墙，妻财子禄，小子久已绝念。"说着，连叩了几个头。

老道人至此，才起身下了云床，点头笑道："你知道绝念妻财子禄，倒不失为可造之才。你师傅田广胜，曾与我有点儿交情，我因见你的资质不差，恐怕手中钱多了，在重庆流连忘返，特地将你所有的尽数取来。又见你得不着探访的门道，只得给你一个暗记，那黄叶便是我的道号。"

魏壮猷听了这老道就是黄叶道人，暗想刘晋卿在二十多年前看见他，说他已有了七八十岁，于今照他这般精神态度看来，寻常七八十岁的人，哪有这般强健？我能得着这么一个有道行的师傅，此后的身心，便不愁没有归宿了。当下魏壮猷便在玄帝观，跟着黄叶道人一心学道。这个养鹰的老头，看官们不待在下报告，大约也都知道，便是金罗汉吕宣良了。

黄叶道人收魏壮猷做徒弟之后，即将从魏壮猷衣箱里取来的金叶、金砖，仍交还魏壮猷。魏壮猷想起刘晋卿送银，及代延医治病的盛意，觉得自己此刻既一心学道，留着许多金子在身边，也没有用处。刘晋卿因生意亏了本，不能撑持，才到成都招人盘顶，若将这金子送给他，正是雪里送炭，比留在身边没有用处的好多了。魏壮猷自觉主意不错，随即禀明了黄叶道人，带了金子回成都。

刘晋卿这时正为找不着盘顶的人，住在客栈里异常焦急。客栈里账房见魏壮猷出门好几日不回来，以为是有意逃走的，因刘晋卿曾代魏壮猷延医熬药，硬栽在刘晋卿身上，说刘晋卿必知道魏壮猷的履历。魏壮猷欠了客栈里二三百串钱的房饭账，要刘晋卿帮同追讨。刘晋卿更觉得怄气，这日忽见魏壮猷回来，心里才免了一半烦恼。

魏壮猷一回到客栈，就拿出几十两银子来，叫了一桌上等酒席，专请刘晋卿一人吃喝。刘晋卿见魏壮猷仍是初来时那般举动，心里很不以为然，推辞了几遍，无奈魏壮猷执意要请。只得在席间委婉地规劝魏壮猷道："我和足下虽是萍水相逢，不知道足下的身世。然看足下的豪华举动，可知道是个席丰履厚的出身。于今世道崎岖，人情浇薄，只看足下初来的时候，结交何等宽广，往来的人何等热闹，客栈里账房何等逢迎；只一时银钱不应手，哪怕害了病，睡倒不能起床，也没人来探望足下一眼。客栈里账房更是混账，竟疑心足下逃走了。因我曾代足下延医，居然纠缠着我，要我帮同找足下讨钱。看起来，银钱这东西，是很艰难的，拿来胡花掉了，不但可惜，一旦因没了钱，受人家的揶揄冷淡，更觉无味。足下是个精明人，想必不怪我说这话是多管闲事。"

魏壮猷哈哈笑道："承情之至，两月以来的举动，我于今已失悔了。不过我在此一番举动，能结识老先生这么一个古道热肠的人，总算不虚此一番结纳了。老先生的生意，也不必再招人盘顶，我此时还有帮助老先生的力量。"说着，将所有的金子都搬到酒席上，双手送到刘晋卿面前，直把个刘晋卿惊得呆了，半晌才徐徐问道："这……这……这是怎么一回事？"魏壮猷笑道："没有什么，我的钱，愿意送给老先生，老先生赏收了便完事。"

刘晋卿迟疑道："足下前几日不是因没有钱，将衣服都典质尽了的吗？怎的出门几日工夫，便得了这么多黄金呢？但是足下不要多心，怪我盘查这黄金的来历。我是做生意买卖的人，非分之财，一丝一粟也不敢收受。足下若不愿将来历告我，请将这金子收回去，我感激足下相助的盛意便了。"

魏壮猷敛神叹道："难得，难得！我这金子送得其人了。我的履历，从不曾告人，老先生是长厚有德的人，故不妨见告。"随将自己出生历史，及此番失金得金情形，略述了一遍。刘晋卿因那日曾亲眼看见那片公孙树叶，又见魏壮猷的气概确是不凡，不由得十分相信，便道谢收了金子，自归家重整旗鼓，经营固有的生意。

刘晋卿店里，有一个姓戴名福成的徒弟，十二岁上，就在刘晋卿跟前学买卖，为人甚是聪明伶俐，刘晋卿极欢喜他。三五年之后，戴福成对于盐业的经验很好，刘晋卿因信任他，渐渐给他些事权。谁知他年纪一到了二十几岁，事权渐渐地大，胆量也就跟着渐渐地大了。时常瞒着刘晋卿，在外面嫖赌。帮生意的人，一有了这种不正当的行为，自然免不得银钱亏累。因银钱亏累，就夏免不得要在东家的账务上弄弊，这是必然的事势，谁也逃不了的。戴福成掉刘晋卿的枪花，也不止一次，久而久之，掩饰不住，被刘晋卿察觉了，遂将戴福成开除。

四川的盐商，原套帮口的，帮口的规则很严，凡是经同行开除的人，同行中没人敢收用。戴福成既出了刘家，在四川再也找不着一碗盐行的饭吃，只得改业，跟着一班骡马贩子，往来云南贵州道上贩骡马。一日跟着几个马贩，赶了一群骡马，行到云南境内一处市镇上。那市镇上有个都天庙，这日庙里正在演戏酬神，戴福成因闲着无事，便去庙里看戏。

这日看戏的人异常拥挤，戴福成仗着年轻力壮，在人丛之中，丝毫不肯放松地和众人对挤。挤来挤去，挤到一块空地，约有五尺见方，中间立着一个衣履不全的道人，昂头操手，闲若无事地朝戏台上望着。戴福成看了这道人，心中觉得奇怪。暗想他一般地立在人丛之中，左右前后，并没有什么东西遮拦，为何这许多人独不挤上他跟前去呢？我不相信，倒要挤上去看看。想罢，即将身子向道人挤去。

不知戴福成挤上去的结果如何，且俟第四十三回再写。

第四十三回

巧机缘深山学道
显法术半路劫银

话说戴福成向那道人挤去，眼里明明看见并没有什么东西阻挡，然而只是挤不上去，身体一用力，就不因不由地挤到了道人前面。回头看道人，仍操手昂头，独自立在一块空地上。心里更觉得奇怪起来，掉转身仍朝着道人挤去，一眨眼却又到了道人左边。戴福成一连挤了四五遍，都是如此，口里不禁喊了声："哎呀！"他这声"哎呀"一喊出口，那道人就随着望了他一眼。戴福成正想开口问这道人，是什么方法独不怕挤，那道人一弯腰，提起放在脚旁边的一口小木箱，掉头就混入人丛之中。戴福成越觉得诧异，连忙紧跟在道人背后。道人头也不回地径走出都天庙，戴福成也紧跟着不放。约莫同走了十来丈远近，戴福成几步抢到道人前面，回身向道人作揖说道："老道爷将上哪里去？我心里有一句话想请教，不知老道爷可肯赏光，同去前面那个小茶楼上，略坐一会儿？"

道人在戴福成身上打量了几眼，说道："贫道还有事去，实在没有工夫，有什么话，就请在此地说吧！"戴福成向左右看了看，说道："此地乃是市镇之上，来往的人多，不便说话，千万要求老道爷赏光，不要多久的时刻，不至耽搁老道爷的事。"道人听了，面上露出不高兴的样子，问道："你可知道我是哪里人？"戴福成摇着头道："不知道。"道人忽仰天打着哈哈道："是吗？我也不知道你是哪里人。我再问你，你从前在哪里见过我么？"戴福成仍摇头道："好像不曾见过。"道人又打个了哈哈道："好吗！我也好像不曾见过你。你我往日不曾闻名，近日不曾见面，凭空有什么话要问我？我没有工夫，你去问别人吧。"

戴福成挡住去路，连连地作揖说道："我心里要请教的话，非得向老道爷请教不可。若是往日闻过名，近日见过面，也用不着请教了。"道人

337

又打量了戴福成几眼道："也罢，我就同你去坐坐，看你要请教些什么？"

　　戴福成见道人答应了，欣然将道人引到这市镇中，一个小茶楼上，拣了一处僻静的座头，请道人在上面坐了。向堂倌要了一壶茶，将茶杯抹洗清洁，斟了一杯茶，恭恭敬敬地双手送到道人面前，随即拜了下去，叩头说道："我知道你老人家，是个有大道法的人，要求你老人家收我做个徒弟，传我一些道法。"道人吓得连忙立起身来，一把拉起戴福成道："笑话，笑话！我流落在这里，连讨饭都没有路，你还拜我做什么师傅？快收起这些话，不要挖苦我了。"戴福成道："师傅不要隐瞒，弟子已看出师傅，是个大有道法的人，诚心诚意地拜师。哪怕师傅叫弟子赴汤蹈火，弟子断不推辞。"道人大笑道："这话从哪里说起？我的道法，就只会替人家做道场，近来运气不好，简直没人家请我。你和我今日才初次见面，从什么地方看出我是个大有道法的人来，我倒得向你请教请教。"

　　戴福成道："刚才凡是在都天庙看戏的人，没一个不是被挤得连气都不能吐，唯有师傅昂头操手地立在众人当中，左右前后就好像有栏杆，遮拦着似的，谁也挤不到师傅身上来。弟子在旁边看得明白，这不是极大的道法是什么呢？"道人做出踌躇的样子说道："有这种事吗？只怕是你的眼花了，或是认错了人吧。我正因为看戏的人太多了，只挤得我一身生痛，才赌气不看了，走了出来。你怎么倒说人家挤不到我身上来呢？"戴福成道："弟子明明白白地看见，又不老了，如何会眼花？不是看一眼两眼就走开了，更不至认错人。师傅不要隐瞒了吧，弟子不是曾留神看得分明，也不跟着出庙来，要拜你老人家为师了。"道人只顾摇头笑道："即算你不是眼花，没看错，这旁人挤不过我，也不能说我有什么道法；或者是我的气力，比他们一班看戏的人大些，这又算得什么呢？"

　　戴福成笑道："如果师傅和一班看戏的人对挤，一班人挤不过师傅，弟子也知道算不了什么道法。弟子亲身挤了四五遍，无论如何用力，总沾不着师傅的身，这不是师傅有极大的道法是什么？"道人笑道："这就奇了！刚才在都天庙看戏的，何止千人，偏巧你看得这么清楚。我也懒得和你多费精神争辩了，我听你说话的声音是四川人，这回到云南来干什么呢？"戴福成道："弟子原是在四川做盐行生意的，近来改了业，帮人做骡马生意。这种生意，劳苦就劳苦极了，出息是一点儿没有，仅能糊口不饿死，所以见了师傅这样的道法，情愿不做这苦生意了，学会了道法，自然

338

不愁衣食。"道人又问道："你既在四川做盐行生意，你可认识刘晋卿么？"

戴福成听道人提出"刘晋卿"三字，惊喜得连忙答道："怎么不认识？并且是弟子的老东家，弟子从十来岁就在刘家行里学生意，十几年不曾帮过第二家。"道人道："你既在刘家帮了十几年，却为什么改业呢？"戴福成不肯说出舞弊被斥革的话，随口答道："弟子本来没打算改业的，只因刘家生意做亏了本，支持不下了，才将弟子辞退；同时被辞退的，也不仅弟子一个人。"道人偏着头沉吟了一会儿说道："你既是在刘晋卿行里，帮了十几年生意的人，也罢，我瞧刘晋卿的情面，收了你做徒弟吧。"戴福成见道人已经答应了，很高兴地从新拜了师。

这道人便是魏壮猷，自从拜黄叶道人为师后，即改了道家打扮。他生性喜欢游历，所到之处，从不肯向人道姓名，遇人有急难的事，最喜出力救济。黄叶道人每传一个徒弟，必传给一口小木箱，木箱中藏的，是黄叶道人亲手制炼的膏丹丸散，所以欧阳后成在渡船上遇着铜脚道人，手里也是提着一口小木箱。这时黄叶道人在南七省，住持十多处有名的大道观，自己住在泸州玄帝观，其余的道观，都派遣他自己的徒弟住持。魏壮猷派在清虚观，就叫清虚道人，又因欢喜仰天大笑，不知道他道号的，都随口呼他笑道人。

笑道人这日在茶楼上收了戴福成做徒弟之后，便向戴福成说道："你的悟性很高，不是寻常人所能及，心思更是灵敏，所以能在热闹混杂之中，看出我与旁人不同的地方来，并能追随不舍，要学道法。这也是你的缘分好，方有这般遇合。只是你的骨气，不但平常，且还有些坏处。我其所以不肯轻易答应你拜师，就因见你的骨气不佳，恐怕你中途变卦的缘故。你既是刘晋卿的徒弟，又曾在刘家店里帮了十多年生意，我知道刘晋卿是个正直不苟的人，因他就相信你或不至中途变卦。不过你是个从小时候便在生意场中混的人，什么东西叫作道，你都不懂得，一时的高兴，便想跟着我学道。而我也容容易易地便肯收你做徒弟，千古以来，实在没有这样糊里糊涂的事。你此刻虽已拜过了师，但我仍得问你学道的人，须受平常人万不能受的困苦，永远不能有退悔的念头，你自问能受得了么？"

戴福成绝不思索地答道："不问什么困苦，哪怕就苦死了，为学道而死，也死得瞑目。若将来倘有丝毫退悔的念头，师傅尽管置我于死地，我决不怨恨！"笑道人立起身，抚着戴福成的肩头，笑道："好！你能拼死学道，成道只在眼前，随我来吧。"戴福成给了茶钱，替笑道人提了小木箱，一同下了茶楼。戴福成顺路到同伙住的饭店里，向骡马行贩辞了职务。

笑道人将他带到一个深山石穴之中，运了穿吃的东西上山，传授了入道修炼之法，叮咛戴福成道："这山上毒蛇猛兽不少，你在这石穴中，穴外的一切毒物，都不能进来伤你。若一出穴口，就有性命之忧。这穴口所陈列的鹅卵石子，是我特地仿照诸葛武侯成法布的'八阵图'，虽不能说如铜墙铁壁一般坚固，然不是道德高深之士，休想能从这里面出入。你只专心一志的修炼，我自会不断地来看你。"笑道人将戴福成安置妥当，仍提着小木箱，往各地游历去了。

戴福成想修炼道法的心思急切，很能耐苦用功，虽时常看见穴口外面，有豺狼虎豹之类的恶兽走过，只因仗着穴口有自己师傅的八阵图保护，并不畏惧。那些野兽也果然不敢向穴口窥探。穴内吃喝的东西将要完了，笑道人准按时再运上来。笑道人见戴福成进步神速，自甚高兴，加倍地传授。在山上苦练了三四年，已很有些儿道法了，笑道人这日来到石穴，对戴福成说道："你这几年修炼的成绩，凡是学道人所应有的基础道法，你都已完备了。此后用功的门径，不与前几年相同了，也用不着拘守在这石穴里修炼，尽管去各地游行。只是入我门下的戒律，你得一一遵守。"随将几条戒律，说给戴福成听了，无非戒盗、戒淫、戒杀几件普通的条律。戴福成自然唯唯听命。笑道人又叮嘱了一番学道的人，应该注意的行径，戴福成也一一承诺。

笑道人去后，戴福成心想："我已离四川多年了，于今师傅教我去各地游行，我何不且去家乡地方走一遭。古语说得好'恩怨分明大丈夫'，家乡地方的人，平日待我有些好处的，我此去应该报答。平日和我有嫌隙的，也就在这回，要使他们知道我的厉害。有一般见我歇了生意，便瞧我不起，不肯与我来往的势利小人，更要重重地处置他们一番。"

戴福成这么一设想，心里很觉得痛快，即时下山，施展着几年来所学的法术，搬运了些衣服银两，将身上的衣服更换了，备办了些行李，兴高采烈地回到四川。和戴福成认识的人，见戴福成出门好几年没有音信，今一旦回来，容颜焕发，衣饰鲜丽，加以举动豪侈，都以为在外省做生意发了财回来。普通人的眼皮，照例没有多深，看了戴福成的情形，无不争先恐后地巴结。戴福成报答人好处，光明正大地送银钱给人；对于有嫌隙的，就黑夜前去，或放一把无情火，将人家的房屋、器具、财帛，烧个一干二净；或使弄神通，将人家所积蓄的金银珠宝，一股脑儿搬运来家，供他自己挥霍。看往日仇怨的深浅，定这时报复手段的轻重。只要曾有些睚眦之怨，没有不尽情报复的。他是个有法术的人，存心要和寻常人为难，寻常人哪有招架的能力呢？不但没有招架的能力，受了倾家荡产，送命伤生的祸，都是连来由多不知道，只各自埋怨各自的命运不济，才遭此飞来之祸。

戴福成了却平生恩怨，心中不由得十二分的痛快，猛然想起几年前在刘家盐行里的时候，就为在班子里恋爱着一个妓女，亏空了不少的银钱。于今我既有了这样的法术，银钱取之不尽，用之不竭，我何妨先弄些钱来，把刘家的亏空填补了，就将那妓女讨回家来？我在山中受了那么久的辛苦，此刻回到家乡，也应扬眉吐气，快乐快乐才是。想罢，自觉主意不差，立时盗来了不少的银两，亲自送到刘晋卿盐行里。

此刻刘晋卿因得了魏壮猷的帮助，生意比前更做得发达了，戴福成回来的时候，刘晋卿已听得人传说，发了不小的财，但是也没想到会送银钱来，填补以前的亏空。这日见戴福成来了，刘晋卿原打算问他这几年在外省如何情形的，及看了戴福成趾高气扬的样子，便不高兴打听了。戴福成也不提起学道的话，只扬着脖子说道："我那年因亏了宝号一点儿银钱，你便不念我十年来帮生意的情分，将我斥革。同行因我是被斥革出来的，也都不肯用我，若不是我自己努力，怕不饿死在这地方吗？我亏空了银钱，既被你斥革了，本来可以不归还的，不过这一点数目，有限得很。我犯不着留这一笔账在宝号，将来子子孙孙说起都不好听，所以我亲自带了银子到这里来，请你教账房连本带息算起来，看是多少，我如数奉还便了。"

刘晋卿想不到戴福成说出这番不中听的言语，当下只气得目瞪口呆，说话不出。欲待发作一番吧，又觉得这种不讲情理的人，他既不以学徒自居了，若拿出从前当师傅的声口，教训他几句，他不但不肯承受，必且反唇相稽，说出更听不入耳的话来。刘晋卿是个更事最多的老成人，只得竭力按捺住心头之火，勉强赔笑说道："那是我对不起你的地方，亏点儿银钱，原算不了一回事，只怪我那时气魄太小，于今事已多年了，还说什么填补的话。"

戴福成不料刘晋卿竟这么客气，一时想起在茶楼上拜师的时候，师傅所说看刘晋卿面子的话来，心里不由得就有些翻悔自己鲁莽起来。只因笑道人当日未曾向戴福成，说出与刘晋卿是如何的关系来，便也立时改换了一副笑容，向刘晋卿说道："师傅这么客气，就更显得我无礼了。我毕竟年轻，不懂事，师傅的大度包容，不要放在心上。亏空的款子，是无论如何要奉还的。我要向师傅打听一个人，清虚道人和师傅的交情很深厚么？"

　　刘晋卿愕然答道："我平生没有交过做道人的朋友，清虚道人是谁，连这名字我都没听得说过。"戴福成疑心刘晋卿不肯说，笑了笑说道："师傅何必隐瞒？清虚道人当面对我说，他和师傅的交情很深。"刘晋卿正色答道："道人不是不可结交的人，我如果真个和清虚道人有交情，无端隐瞒些什么？并且你在我这里帮了十来年生意，几时见我和道人往来过？"

　　戴福成看刘晋卿的神情，不像是不肯说的，心想我师傅当日原不曾说和刘晋卿有交情的话，刘晋卿是个生意境中的老实人，从来又不大出门，也没有和我师傅交朋友的道理。必是我师傅曾听人说过刘晋卿的行为，知道是个正直人，所以对我说出看刘晋卿面子的话。刘晋卿既确实不认识我师傅，我也就用不着怕他在我师傅面前说我什么了。戴福成如此一想，刚才翻悔自己鲁莽的念头便立时打消了。

　　偿还了亏空的银两，出来就去班子里找那个心爱的姑娘，居然被他找着了。班子里姑娘只要嫖客有钱，是没有嫖不到手的。并且戴福成嫖的这个姑娘，名字叫作叶如玉，是重庆有名的妓女，牢笼嫖客的手段极高。戴福成在云南深山之中鳔居了这几年，一旦破戒，比较寻常狂且荡子，更特别地来得热烈，银钱随手花去，随手又使神通弄了进来。几多大商家、大银号，窗不开门不破，失去了整千整百的银两，查无可查，究无可究。

　　叶如玉见戴福成用钱如泥沙，要多少有多少，以为是个大富豪。又听了戴福成说家中没有妻小，遂倾心要嫁给戴福成。戴福成正在迷恋叶如玉的时候，当然是愿意的，于是戴福成便成立起家庭来。

　　凑巧在这时候，四川起解三十多万协饷银两去云南，戴福成知道了这消息，心想我三百、五百的，用法术去搬运商家的银两，一则麻烦费事，二则总觉不够用。难得这协饷银有三十多万两，劫到手来，还愁我夫妻两个，不够一生温饱么？

　　戴福成自从回到四川，盗劫的勾当，也不知干过了多少次，胆量越干越大了。国家的法律，固然不在他意下，便是他师傅清虚道人的戒律，他也早已不拿着当一回事了。因屡次犯戒，并不见自己师傅前来施行惩处，更以为自己师傅不在跟前，不妨为所欲为。解饷银虽有兵士拥护，但哪里是戴福成的对手呢？还不曾解出四川的境地，这夜宿在火铺里，人不知鬼不觉的，三十多万饷银都被戴福成使神通搬走了。那位解饷官，直到天明起床才发觉，自然是惊得面无人色，当下虽一面飞报本地官厅，协同缉捕劫犯，一面自行侦查下落。只是哪里查得着一些儿踪影呢？解饷官知道自己肩上的责任重大，便是回省自请处分，也决没有好结果的。情急起来，便独自跑到一处山林之中，解下腰带来，打算寻个自尽，以一死卸责。

真是无巧不成书，解饷官才拣一个树枝，结了腰带，伸进脖子去，不迟不早的，清虚道人走这山林中经过，将解饷官救了下来。解饷官见是一个衣衫褴褛的道人把自己救了下来，只气得跺脚道："你这道人，真不知轻重，我不是万不得已，何至自寻短见，要你把我解下来做什么？"清虚道人哈哈笑道："世间哪有什么万不得了的事？只要求我道人帮帮你，无论什么不了的事，都可以了。"解饷官听了这话，看了看清虚道人这种穷相，更气得说话不出。清虚道人接着问道："你所谓万不得已的，究竟是什么事？说给我听，或者真个能帮助帮助你，也说不定。"

这位解饷官，生成一双势利的眼睛，哪里把这样穷的道人看在眼里？并且因这穷道人，使自己寻死不成，这失却饷银的困难问题，没方法解决，心里反恨清虚道人多事，将脸扬过一边，睬也不睬。清虚道人哈哈笑道："你这人真是没有见识！世间人寻短见的，我眼里看得多了，十个之中，有九个是为少了几个钱，穷逼无奈，只得寻死。我看你身上的衣服很整齐，大概亏空的钱不在少数。然而你若肯求我道人帮忙，不问多少钱，我都可以设法。"

解饷官不由得鼻孔里哼哼了一声道："你有钱，且把你自己身上的衣服弄整齐了，再来说这大话吧。"清虚道人又打了个哈哈道："你的眼力不错，我自己确是没有钱。但我有一个朋友，这几日发了一注大横财，听说有三十多万两银子，那横财的来路，很不正当。我正打算去讹诈他几万两来，建一所道观，看你要多少，我就多诈索他些分给你。救人一命，胜造七级浮屠。好在我并不费事。"

解饷官一听这话，不觉陡然高兴起来，连忙换过一副嘴脸，很殷勤地问道："有这种好事吗？请问你这朋友姓什么，叫什么名字，住在某处地方？"清虚道人摇摇头道："你不必打听这些，你只说要多少银子才能了事，说这数目给我听，我去诈索了银子回来，照数送给你就是。"解饷官心里好笑，暗想这牛鼻子道人哪里知道，他朋友的三十多万横财，就是在我身上发的。我于今若向他说穿了，他必然立时逃跑，去告知他朋友。我不曾问出他朋友的姓名住处，仍是查拿不着，不如把这道人骗到我的寓所，先将他拿下来，不怕他不供出他朋友的姓名住处。除了这批协饷，哪里还有三十多万的横财可发。

解饷官想罢，即向清虚道人作揖，说道："虽承道长的好意，肯向别处弄了钱来给我，只是恐怕远水难救近火。我现在就有几个债主，在我家里坐索，我被逼得没法，才出来寻死。最好求道长先同我到我家里，对债主说说。因为那些债主，都已不相信我说话了。"清虚道人道："你这骗法果好！不过你知道我身上的衣服，还不及你整齐，你家的债主，未必肯相信我的话。"

解饷官正待再说，只见树林外有几个壮健汉子，在那里探望，认得是自己护饷的兵士，心里高兴，连忙指着树林外，高声说道："道长！你看吧，债主就从那边来了，请你快去向他们说说情。"清虚道人朝林外看了一看地笑道："我平生被债主逼怕了的人，你那几个债主的相貌凶恶，怪道逼得你寻死，还是你自己去说吧，我今夜送银子到你家来便了。"边说边往林外走。

解饷官哪里肯放清虚道人走呢？赶上前要拉住。无奈道人的脚步太快，只几步已相离了丈多远近。解饷官唯恐被道人走脱，一面拔步追赶，一面回头招呼林外的兵士，快来拿劫饷的大盗。林外兵士因不见了解饷官，特地来寻觅的，见解饷官这么招呼，大家发声喊，一齐追出树林。眼见道人在前面越跑越快，越离越远。解饷官只追得两腿酸软，口吐白沫，倒在道旁，挥手向那些兵士道："快追，务必拿住，就是劫饷的大盗。"

几个兵士拼命追了一程，直追到连道人的背影都不看见了，才各自回头报告解饷官。解饷官气得大骂这些兵士无用，几个气壮力强的人，追一个瘦弱的道人，都追不上，这其中显有纵逃的情弊。骂得这些兵士哪敢置辩，只得扶着解饷官，垂头丧气地回去。

不知清虚道人，怎生去追回三十万饷银，且俟第四十四回再写。

第四十四回

还银子薄惩解饷官
数罪恶驱逐劣徒弟

话说清虚道人跑离了追赶的兵士，即向戴福成家里跑去。戴福成这时正在志得意满的，和叶如玉在家调情取乐，将大门牢牢地关闭，叮嘱用人不问是谁来会，只说出外不曾回来。在戴福成的用意，并不是怕自己师傅找来，只因做了这种亏心事，自己不免有些疑神疑鬼的，恐怕被人看出破绽。以为只要闭门谢客，等到外面的风声平息了再露面，便没人疑心到自己身上了。谁知清虚道人并不打从大门进来，也不待用人通报，戴福成和叶如玉并肩叠股地坐在床缘上，清虚道人却从罗帐后面闪身出来，高声打了个大哈哈。这哈哈一打出来，只把戴福成、叶如玉两个人，吓得目瞪口呆。

但是戴福成耳里听熟了清虚道人的笑声，这时笑声一落耳，便知道是清虚道人来了，料想不妙，打算从窗眼里逃走。不知怎的，仿佛被那笑声笑失了魂魄，在深山石穴中几年修炼的神通，一时竟不知应如何使用才能逃走。正在非逃不可，欲逃不能，只急得目瞪口呆的时候，笑道人已走入房中，指着戴福成点了点头笑道："好，好！你倒会弄钱，会寻快乐，难得，难得！"戴福成偷眼看笑道人的神色，虽则和平时一般的满脸是笑，然此时的笑，觉得比平时来得可怕，只得就床前跪下来，叩头说道："弟子该死！"

笑道人不待戴福成多说，连忙双手拉了起来，说道："不敢当，不敢当！贫道哪有这么大的福分，做你的师傅？你此刻的本领，不但比我强，比一般修道的老前辈都强呢！从来不论有多大道行的人，没有敢劫饷银的。你的本领，若不在一般修道的老前辈之上，怎么敢干这种惊天动地的勾当？我的眼睛瞎了，看错了你，弄得祖师怪罪下来，几使我没有容身之地，只好到你这里来。你的本领虽然大得很，敢打劫饷银，无奈祖师和我的本领，胆量都太小了，担当不起这么大的罪过。你有这种好所在可以藏躲，我和祖师都没有好所在藏身，看你打算怎生办法？"说罢，仍是嘻嘻地笑，不过这笑容，就更觉得比发怒还来得难受。

戴福成只吓得身不由己地乱抖，口里一句话也说不出。笑道人催促道："一人做事一人当，你既有这胆量，做出这种惊天动地的事来，却为什么又做出这个没有担当的样子呢？原来你还赶不上一个寻常的强盗，值价些，快说打算怎么办？"戴福成只得又跪了下去叩头道："弟子该死！听凭师尊惩办。"笑道人摇着头说道："太言重了，解饷官只差一点儿送了性命，我刚才从绳索上救了他下来，约了他就去回信。没奈何，你也去走一遭吧。"

戴福成流泪哀求道："弟子犯了罪，听凭师尊如何惩办，都情甘领受。若见了解饷官，势不能不受国法，弟子不足惜，于师傅的面子也不好。"笑道人又仰天大笑道："倒看你不出，你此刻还居然知道世间有什么国法，更还记得有个师尊，并且想得师尊也有面子，真正难得，走吧！"说时，一手挽了戴福成的衣袖，喝一声起，戴福成即觉得身体虚飘飘的，眼前的景物，登时变换了。

才一霎眼的工夫，已脚踏实地，定睛看时，原来到了自己藏匿饷银的山谷中。只见笑道人取了一封银两，纳入袍袖之中，但见天旋地转一刹那，又到了当日劫取饷银的所在。一家火铺门首，立了几个壮健兵士，戴福成认得是押运饷银的。那几个兵士一见笑道人，即时都露出惊疑的样子，用很低的声音议论了几句，便分作两边包围过来。笑道人双手扬着笑道："我是送银子来的，你们快去把那个在山林中寻死的人叫出来，我已当面答应了他，替他帮忙，此刻已送银子来了。"笑道人虽是这么说，兵士仍围着不放，只一个兵士跑进火铺报信去了。

没一会儿，即见那解饷官，领了七八个兵跑出来，对包围的兵士喝道："还不动手拿住，更待何时？"众兵士一拥上前，想把笑道人师徒拿住，只是分明看见道人立着没动，却好像隔了一层玻璃的样子，可望而不可即。

笑道人拍着巴掌笑道："你们真是不识好人，我救了你这人的性命，又来送银子给你，你倒仗着人多势大，要想欺负我。我也懒得和你们鬼混了，银子在这里，短少了六百两，我原打算替你设法弥补的，就因看你对我的行为，平日不待说是个倚仗官势，欺压小民的坏蛋。这六百两银子，不得不罚你搢一搯腰包。"即从袍袖中摸出那封银子来，向那火铺的门角落里掷去，只听得哗啦啦一阵响亮，仿佛倒塌了几间房屋。惊得解饷官，和众兵士都张皇失措起来，看房屋并不曾倒塌，回头再看笑道人和戴福成，都不见踪影了。大家不由得又吃一惊，不知团团围着，如何能在转眼之间，便逃得不见踪影的。

解饷官这时正立在火铺门口，忽觉脚旁有一堆东西滚出来，低头看时，只见一封一封的银子，好像从地下涌出来，只往外滚。那银封的形式印信，一望便能认得出就是被劫去的饷银。这时又惊又喜的神情，自是形容不出。众兵士也都看见了，大家看那滚出来的银封时，原来是大门角落里堆满了，堆不下的，所以滚了出来。一点数目，只少了六封。解饷官这才想起道人要罚他搯腰包的话来，只要大数目回来了，便是万幸，这短少的六百两银子，自然心悦诚服地搯腰包赔垫，这事便不成问题了。

再说笑道人借遁法挈戴福成出了众兵士的重围，霎眼工夫就到了一处石穴之中。戴福成看那石穴，分明认得出是自己修炼道术之所，石穴中已有一个十五六岁的童子，就在自己当日打坐的石台上坐着，盘膝闭目，好像是正在做功夫。忽然睁开眼来，看见笑道人，连忙跪下叩头。笑道人满脸堆笑地扶起说道："很好，很好！你脸上已盎然有道气，只是魔障仍不得退，此后务必在正心诚意上做功夫，克魔之功自有进境。"童子唯唯应是。

戴福成看这童子，生得目如点漆，神光射人，两道剑眉插鬓，鼻梁端正，两颧高拱，任凭什么人一看，也能看出这童子是个极精明有机变干才的人。耳里听了自己师傅称赞童子的话，回想起自己下山后的行为，脸上不禁十分惭愧。他心里正在疑虑，不知道他师傅将他自己带到这地方，将作何区处？笑道人已回头向他问道："你知道这是什么所在么？"戴福成道："知道，是师傅当日传授弟子道术的所在。"笑道人点了点头，又问道："道术是什么东西，我传授给你做什么的？"戴福成不敢答应。笑道人接着问道："什么东西叫作戒律，我曾说给你听过么？"戴福成只得跪下来说道："师傅是说过的，弟子该死，不能遵守。求师傅责罚，以后再不敢犯了。"

笑道人笑道："如何能怪你该死，只能怪我该死，当日在茶楼上，为什么不查问个明白？就听了你一句'在刘晋卿家帮了十来年生意'的话，以为刘晋卿是光明正直的人，你若是不成材的，不能在他家十来年。因此一层，便慨然允许你列我门墙。谁知刘晋卿就是因你不成材，才将你辞歇，你倒说是他生意亏了本，不能支持，你才出来改业的。我那时又因你在都天庙许多看戏的人当中，能看破我的行径，以为你的悟性很好，是能学道的材料。遂遵祖师广度有缘人入道的训示，收你做徒弟，传你的正道。像你这种遭际，千百个慕道坚诚的人当中，受尽千辛万苦出外求师，尚且找不着一二个得师如此之容易，何况你是一个毫无根基，并不知什么叫作道的愚民呢？我以为你凭空得有这般遭际，应该知道奋勉，从此将脚根立定，一意修持。并且看你那初入山的时候，尚能耐苦精进，因此才将修道人应用的一切法术，都传授给你。道家其所以需用法术，是为救济人，以成自己功德的，是为自己修炼时，抵抗外来魔劫的。谁知你倒拿了这法术，下山专一打劫人的财物，造成自己种种罪过。你的罪过，不是责罚可了的，我也不须责罚你。我错收了你这个徒弟，我应代你受祖师责罚，我于今唯有还你的本来面目，我门下容不了你这种徒弟。这里有六十两银子，足够你回四川的路费，免你流落异乡，情急起来，又做害人的事。"说时，从怀中取出一个纸包来，往戴福成跟前一掼。随即抬腿一脚，向戴福成头额上一踢，喝了一声："去吧！"只踢得戴福成向后便倒，就此昏过去不省人事。

戴福成也不知在梦中经了多少时间，猛然清醒转来，睁眼看自己睡倒在地上，觉得背上有石块顶得生痛，身体好像才遭了一场大病初好似的，四肢百骸，都一点儿气力没有。打算翻身起来，只是没气力，翻转不动。心里不由得暗自惊疑道："我在未曾修道以前，身上的皮肉很容易觉得痛痒，多走几里路便脚痛，多睡一会儿觉便周身都痛，若睡的地方不平，醒来更是痛得厉害。自从修道以后，身体不因不由地结实了，休说走路永不觉脚痛，哪怕就睡在刀山上，周身也不会有一些儿痛苦。几年来都是如此，怎么此时睡在这平地，又会觉得背痛起来呢？我又没害病，如何这般没有气力，连身体都不能转动呢？我不是跪在这地下，听师傅教训，忽被师傅一脚，踢得昏倒的吗，此时师傅到哪里去呢？

"师傅教训我的话，我还记得清楚。末了曾拿出六十两银子来，是说

348

给我做回四川的路费。唉！师傅也真是糊涂了，特地传授我的道法做什么？从云南到四川这一点儿路，只一遁便到了，用得着什么路费。我那次下山回四川去，原是想一路风光些，才弄钱置办行装，好大模大样地回家乡，使人家知道我在外并不落寞。于今发了财回来，并不是我不能借遁，顷刻千里。师傅大约是误会了，以为若不拿这六十两银子给我，又怕我仍蹈故辙，用道法去搬运人家的银钱。其实我刚才受了师傅的教训，以后总得敛迹一点。师傅虽说不要我做徒弟了，然我既相从师傅几年，又学了师傅这么多法术，师傅又何能真个不要我做徒弟呢？

"我这回略施小技，劫了三十多万饷银，师傅就吓得这个样子，说得受祖师的责罚。若师傅真个不要我做徒弟，以后不管我了，我一旦没有管束的人，岂不为所欲为，更要闹出乱子来吗？我无论到什么时候，闹出了乱子，师傅终究脱不了干系。可见得师傅不要我做徒弟的话，不过故意是这么说了恐吓我的。嘎，嘎！师傅拿这话来恐吓我，哪知道我的法术既已学成，便如愿已足了，巴不得没有师傅，倒少一个管束我的人。人生在世，能活多少年，辛辛苦苦地修炼了法术干什么？不趁这年纪不大，身体未衰的时候，仗着法术快乐快乐，岂不成了一个呆子？师傅说不论有多大道行的人，从来都不敢劫饷银，大概因饷银是皇家的，来头太大，所以不敢动手。我此时只须拿定一个主意，凡事等打听明白了，确实没有大来头，不会有后患的再做。我从下山起，到劫饷银止，中间也不知用法术，搬运了人家多少银两，放火烧了多少人家房屋，并不见师傅前来责骂我不该。可见得那些小事，是不甚要紧的。我千不该，万不该想发大横财，才弄出这乱子来。此后若再不知道谨慎，再累得师傅受责罚，也就太无味了。"

戴福成心里如此胡思乱想，自以为拿定的主意不错，从此没有管束的人，更好作恶了。心里既这么着想，自然不觉高兴起来。勉强挣扎了几下，虽有些觉着吃力，然毕竟坐了起来。低头看那包银子，还在地下，随伸手拾起，揣入怀中。猛然想起坐在石上的童子，忙回头看时，只见那童子正垂眉合目，盘膝而坐，仿佛不知道有人在他面前的样子。

此时戴福成正觉肚中有些饥饿了，暗自好笑道："原来我是肚中饿了，怪道睡得背痛，四肢不得气力。"遂立起身，向那童子说道："没请教师弟贵姓大名？"童子只当没听得。戴福成也不怪，仍赔着笑说道："对不起师弟，师弟正在用功的时候，愚兄本不应该多言分你的神。不过此时又当别论，师尊在这里教训我的时候，师弟也在跟前，我于今实在觉得饥饿不能忍了，师弟这里必有干粮，千万求师弟，分给我一点儿充充饥，我还有话问师弟。"童子听了这话，才慢慢地睁开眼来，点了点头说道："这瓦罐里有干粮，请师兄随便用些吧。"说毕，又将眼合上了。

戴福成取了些干粮吃下去，顿时精神振作起来，不禁暗自安慰道："果然是因饿得太厉害了，所以没一些儿气力。此刻吃了些干粮，背上也不觉得痛了，这小孩有什么能耐，什么道行？师傅却当着我称赞道气盎然。我看他是没什么道气，师傅必是有意怄我的。他这一点点年纪，在这里修炼了几天，哪里就看得出什么道气？师傅既当我的面，如此称赞他，我倒要寻他开个玩笑，看毕竟是谁有道气？"想毕，即向童子说道："我请教师弟贵姓大名，如何不肯赐教？"

戴福成说这话的时候，带着些儿发怒的声调，果将童子惊得张开眼来，赔笑说道："对不起师兄，我姓贯，名晓钟。只因师傅曾吩咐过，在做功夫的时候，无论如何不能使身外的物，分了身内的心，入正道只在方寸之间，入魔障也只在方寸之间，就这一点，师傅再三吩咐我仔细，我所以不敢和师兄多说话。"戴福成听了，哈哈笑道："原来老弟错解了师傅的话。这话在几年前，师傅也曾在这地方，再三吩咐过我的。我是此中过来人，确知道一点儿不错。不过老弟须先将师傅这两句话，解释明白。什么谓之身外之物，什么谓之身内之心，老弟此刻能解释得明白么？"贯晓钟道："我想这两句话，没有难解释的所在。心便是修道的心，是在身体之内的，身体以外的东西，不拘什么，都可以谓之身外之物。分了道心，便是魔障。"戴福成摇头笑道："只怕师尊的意思，不是这般解法。"贯晓钟连忙问道："不是这般解，怎么解呢？"戴福成道："若依老弟这般解法，师尊是不是你身外之物呢，是不是分你身内之心的呢？"

贯晓钟想了想，也笑道："这是我错了，师尊是传道给我的，固然不至分我的道心。师兄先我得了师尊的传授，也只于我有益，不至有损。我不应该怕师兄分了我的道心，理应求师兄指示才是，望师兄恕我才来这里学道不久，不是经师兄提醒，我不懂这道理？请问师兄姓什么，已跟师尊多少年了？"

戴福成说了自己的姓名道："我在你此刻坐的这块石上，整整地坐过三年。你已坐过多少日子了呢？"贯晓钟笑着摇头道："差得远啊，我还不过三个多月呢！师兄既是在这里坐过了三年，服气的功夫，想必已是很好的了。"戴福成点头道："那是不须说的，服气的功夫，不做到那一步，不能成遁法，这是勉强不来的。你才做了三个多月的功夫，任凭你如何下苦工，也还够不上说能服气的话。我忝在先进，做了你的师兄，你休怪我托大。你要知道，服气是我辈学道的基础功夫，初学固然是从服气下手做功夫，直到成道的一日，也还是在这上面，不能放松半点。所谓'神仙不食人间烟火'，不就是服气有了那种火候的缘故吗？"

贯晓钟道："我就因听了师尊也是这么说，所以才请问师兄服气的功夫，是不是已做得很好了？"戴福成笑道："这是不待问的，你只听我说在这块石上，整整坐了三年的话，便可想到我服气的功夫，实在有个样子了。若不然，我在修道的时候，莫说下山采办食物，是很扰乱道心的勾当，就是现成的食物在这里，每日要用火来煮两三次充饥，也是分心的事。师尊只许半年火食，半年之后，便是干粮。干粮也只许一年半，第三年连干粮也不许吃了，仅能略略吃些儿果实。服气的功夫，不做得有个样子，不要饿得不能动吗？"

贯晓钟问道："要半年后才许吃干粮吗？"戴福成道："不是不许吃干粮，服气功夫不做到半年，吃干粮一则免不了饿，二则功夫不到这一步，便勉强支持，吃下也要生出毛病来。"贯晓钟道："我只在这里吃了两个半月的火食，何以师尊就要我吃干粮？怎的已吃了一个月，却不见生出毛病来呢？"戴福成道："你是小孩子，或者功夫容易些，我是整整的吃了六个月火食。"贯晓钟点头道："师兄服气功夫，既做到很有个样子了，刚才却说实在觉得饥饿不能忍了，倒要取干粮吃，这是什么道理，师兄可以指教我么？"

戴福成一听这话，仿佛被提醒了似的，登时也不由得暗自惊疑起来。心想我只知道解释背痛和四肢无力，是因为肚中饥饿了，便没想到平时常十天半月，不吃一点儿东西，从来不觉着饥饿，何以此时忽然饿得这般厉害，究竟又是什么道理？哦！只怕是了。遂问贯晓钟道："师尊已去多久了呢？"贯晓钟道："刚去一会儿。"戴福成又问道："师傅教训我的时候，用脚在我额上踢那么一下，我就睡倒了。你看见的么？"贯晓钟道："师兄就睡倒在我面前，怎么没看见？"戴福成道："你记得我睡了多少日子么？"

贯晓钟怔了一怔，反问道："怎么记得睡多少日子？师兄难道真个睡着了，不知道吗？"戴福成道："岂但睡着了不知道，简真和死了的一样。也不知昏昏沉沉地经过了多久，才忽然清醒转来。大概是魂灵已经出窍，在空中飘荡了许久，忽然寻着了躯壳，所以又清醒转来。就在你面前你都看不出，你学道真是差远了。"

贯晓钟道："我眼里看见的情形，和师兄说的不对。我只见师傅一脚将师兄踢倒，即时吩咐了我几句话便走了。我跪送过师傅之后，刚坐好合上眼来，就听得师兄翻身坐起来了。从师尊带师兄到这里来起，至现在总共还不到一刻儿工夫。却问我记得睡了多少日子，教我听了，如何能不发怔？"

戴福成听了这么说，也不觉怔了半天。说道："依你说来，这话就更稀奇了，更使我不得明白了。你既以为我并不曾睡着，自是为时不久，然若真个没睡多久的时间，我不仅不至于觉得肚中饥饿难忍，并何至只在地下略躺一会儿，便觉得背上被石子顶得生痛，四肢便懒洋洋的，没一些儿气力呢？"

贯晓钟也很诧异地问道："有这种事吗？师傅常说修道的人，只要服气功夫做到了五成，便能入水不寒，入火不热，与铜筋铁骨相似，所以夏天能着重裘，冬天能睡在冰雪之中。于今师兄服气的功夫，何止做到五成？莫说才躺下没一会儿，就是在这地下睡了几昼夜，像这般平坦温软的所在，便略有几颗小石子，也断不能将师兄的背顶得生痛。我本是初学，够不上说功夫的，然此刻若教我仰天睡着，尽管睡在尖角石块上，已能不觉得有丝毫痛楚了。"

戴福成心中异常惊骇，面上不由得不有些惭愧，打算显点儿道法给贯晓钟看了，好遮一遮脸上的羞惭。即对贯晓钟说道："寻常人要显出自己是真心竭力替人做事，都是说赴汤蹈火不辞的话，可见赴汤蹈火在寻常人看了，是一件极难的事，所以拿来做比譬。其实若在我辈修道的人看来，赴汤蹈火算得了什么。师傅所说'入水不寒，入火不热'的话，不就是赴汤蹈火的意思吗？这个平常得很。我今日初次与你见面，你在这里住了三个多月，我是过来人，知道你口里必然清淡得不分难过。我可略施小技，请你饱吃一顿，只看你欢喜吃什么东西，凡是在一千里以内的，你心里想什么就说什么，不问价钱贵贱，我能在一个时辰之内，照你说的，用五鬼

352

搬运法搬来，一样也不会错。这就算是尽了我做师兄的，一点儿情分。"

贯晓钟毕竟是个小孩，听了做这种玩意，心里甚是高兴。加以这几个月来，在这石穴里面也实在熬得真够了李铁牛的话，口里淡出鸟来了。慌忙立起身来，笑道："我倒叨扰师兄，如何使得？不过我此刻还没有这等能耐，不能搬运酒菜，来替师兄接风，就只好领师兄的情了。"戴福成得意扬扬地说道："用不着这么客气，你我同门学道，就是亲兄弟一般，横竖不要我破钞的事。你将来练成了我这般本领，也是一般地不问什么难得之物，都只要一道灵符，便能咄嗟立办。我们修道的人，受尽了千辛万苦，为的就是有这种快乐的日子在后面。"

贯晓钟道："画符不是要纸笔银朱吗？此地没有这些东西，怎么办呢？"戴福成摇头笑道："有这么些麻烦，还算得了什么道法？"说时，右手捏了个诀，装腔作势地说道："你瞧着吧，就只用这么一个诀，是这么向空中画符一道。哦！你想吃什么，快说出来。看是在哪一方，我好向哪一方画符。横竖是一般不费什么，乐得拣你心爱的搬来吃个痛快，免得搬运来，都是不欢喜吃的东西。"

贯晓钟笑嘻嘻地说道："能随我的意思，想吃什么，便有什么吗？"戴福成摇头晃脑地笑道："不能是这么便当，我也不要你说了，不但想吃什么有什么，你尽管指明要什么地方，什么人家用秘法制造出来的食物，我都能运来给你吃。若不能这么办，又如何显得出道法的高妙来呢？江湖上卖幻术的，谁也能当众搬运几样东西出来，给人惊讶惊讶，就是不能随人指明要什么地方、什么人家的东西。当日左慈在曹操跟前，钓出松江的鲈鱼来，便是我们这种道法。不是真有本领的人，万万做不到。你试说几样平日欢喜吃的东西，这是要当面见效的。"

贯晓钟真个说了几样乡味，入山修道以来所想望不得的。戴福成问明了地点方向，凝神静气地向空画起符来。贯晓钟立在旁边，留神细看戴福成的举动，以便后来自己学这道法的时候，胸中有了这模范，修炼容易些儿。只见戴福成一面用手画符，一面口中念咒，画念了一会儿，两脚在地下东踩到西、西踩到东，口里越念越声高，急促像动怒的样子。这么又闹了一会儿，就见他将头上的辫发拆散，分一半披在两肩上，一半披到前面来，用牙齿咬住发尾，满脸汗出如洗。

就在这时候，石穴外面陡起了一阵狂风，只刮得山中合抱不交的树，都连根拔了起来。斗大的石块，被风吹得在半空中飞舞，仿佛有千军万马，狂呼杀敌的气象。在这狂风怒号的当中，贯晓钟分明看见有五个身高二三丈的恶鬼，在石穴外面盘旋乱转，再看戴福成已将身体缩作一团，筛糠也似的抖个不了，脸上全没一些儿人色。突然一个霹雳，从石穴门口打下来，烟火到处，五个恶鬼已烧得无影无形了。狂风也登时止息，仍回复了清明的天气，只戴福成被这霹雳震倒在地，半晌才苏醒，手脚都慢慢地伸缩起来。

　　贯晓钟想不到有这种现象发生，一时惊得呆了，年轻初学道的人，见了这般险恶的情形，自不免心中害怕，以为戴福成被雷劈死了，吓得不敢上前。及见戴福成手脚都能伸缩了，才走过去，俯着身子问道："师兄醒来了吗？"戴福成睁眼望着贯晓钟不作声，贯晓钟伸手将戴福成拉起来，说道："这样的大风刮起来，师兄搬运的东西，只怕在半路上打落了。啊呀！师兄为什么流泪哭起来了呢？弄不着吃的东西，有什么要紧？等不刮风的时候，再使法搬运些来，饱吃一顿便了。"

　　不知戴福成听了这类小孩子口腔，回出什么话来，且俟第四十五回再写。

第四十五回

乌鸦山访师遭白眼
常德府无意遇奇人

话说戴福成心里正在极难过的时候，听了贯晓钟那种小孩口腔的话，不由得又是好气，又是好笑，举手用衣袖揩了揩眼泪说道："你哪里知道我的苦处啊。我在这石穴里三年的功夫，想不到就被师尊在我额头上那一脚，踢得前功尽弃了。怪道我清醒转来的时候，四肢也没有力了，背也痛了，肚里也饿了，全不像是曾做过道家功夫的人。我没想到自己做的功夫，师尊也有法取了云，还想用五鬼搬运法搬东西来吃，险些儿倒连我自己的性命，都被五鬼搬运去了。"说时，又流下泪来接着说道："我此刻的道法，反赶不上你初学的人。唉！就悔过也来不及了啊。"

贯晓钟看了这情形，仍回身在石上坐下来说道："我曾听师尊说过，能悔过便是豪杰，哪有悔过也来不及的道理？方才师尊临走的时候，曾留下几句话，教我在响过霹雳之后向你说。于今霹雳已经响过了，你听着吧，师尊说：'我原念你三年面壁，道法得来不易，不忍一旦尽行剥夺。无奈你下愚不移，随时随地都生妄念，实在玷我门墙。若再姑容，我必因你获罪。'"贯晓钟述罢，默坐不话，嬉笑的态度，一点儿没有了。

戴福成这才知道被师傅认真驱逐了，连道法都被剥夺得干净，不禁伤心痛哭起来。哭了一会儿，打算和贯晓钟商量，看还有挽救的方法没有。谁知贯晓钟不待他开口，已向外面挥手，说道："你快去吧。不是我不念同门之情，只因这里地位绝高，不到日落，就寒恶不可当。你的道法既被师尊剥夺尽了，身上又没有御寒的衣服，必受不住寒冷。"

戴福成被这几句话提醒了，果然登时觉得冷起来，筛糠也似的发抖。再看贯晓钟板着冷酷的面孔，绝没有商量余地的神气，想起自己是他的师兄，刚才还对着他，说了许多自居先进的话，此时实无颜再说告哀乞怜的话，便也不说什么了，垂头丧气地下山。还亏了怀中有那六十两银子，有盘缠能回四川。戴福成修道的事，就如此做了一场大梦，只略能记忆，不复有踪影可寻了。笑道人自从误收了戴福成这个不成材的徒弟，很受了黄叶道人几番训斥，以后收徒弟，便格外慎重了。这是后话，后文尚有交代。

于今，既因写朱镇岳的身世，连带将笑道人的来历，说了个大概。这支笔不能不回到陆伟成身上，再一个大弯子，绕到襄阳府的朱复身上去。

且说陆伟成自得了徐书元的指引，次日即独自骑了一匹马，到乌鸦山拜朱镇岳。这时候朱镇岳，年纪已有了六十多岁，他儿子朱宝诚，都已有二十多岁了，家务概由朱宝诚经理。朱镇岳夫妻两个，对于一切外事都不过问，也不和世人来往。因此常德人只知道乌鸦山朱家，是常德一府的世家大族，却没人知道朱镇岳夫妇，便是唐人小说中所称述的"剑仙"一类人物。

这日陆伟成到了乌鸦山，由朱宝诚接见了，陆伟成说明了来意，要求见朱镇岳。朱宝诚见陆伟成是个贵家公子气概，又来得很突兀，知道自己父亲的脾气，从来不肯传授徒弟，而对于有富贵气息的人，更不欢喜交谈，逆料是决不肯接见陆伟成的。便对陆伟成说道："家父年来精力衰竭，终日静坐，尚唯恐家中人多纷扰，所以独自住在一间楼上，多久就不能接见亲友，不与闻外事。实在对不起，辜负了阁下一番跋涉。"陆伟成见朱宝诚这么说，把来求师的兴头扫了一个干净。只得说道："我诚心前来拜师，即不蒙收纳，但求见一面也罢了。"

朱宝诚也不知道陆伟成的来历，以为富家公子，不是真能有诚意拜师的人，若果是诚心前来拜师的，便不是这般口气了。遂说道："家父平生不曾收过徒弟，也本来没有艺业可以传人，阁下只怕是听错了。家父习静已久，恕不能出来接待。"陆伟成只听得徐书元说，究竟不知道朱镇岳是何等样人，原没有十分诚意，今见话不投机，只索作辞回家，很没有兴致地坐在马上，缓缓走进常德城。

常德城里的街道不甚宽阔，这时的天色又快向晚了，行人本很拥挤。走到一条街上，只见前面挤满了一街的人，都不走动，好像在那里看什么热闹。陆伟成策马近前一看，原来许多行人都挤在一家酒楼门首，一个个抬头踮脚，朝酒楼里面望着。陆伟成在马上比人高些，看见酒楼底下的账桌跟前，立着一个年约四五十岁的人，蓬首垢面，身上穿着一件破旧不堪的蓝布袍，宽大无比。使人一望便知道他所穿的，不是他本人的衣服。下面露出一双精光的脚秆，只一只脚跐了一只破鞋，乱丛丛的头发，披满一头，像是多年不曾剃过的，靠账桌立着，现出满脸顽皮相，望着外面许多看热闹的人。

账桌这边立着的，像是个管账的人，怒容满面地向看热闹的人，诉说这人的罪状。只听得说道："我见他这模样，早已料到他是打算来吃白食的。他上楼我就关照堂倌，他若只吃一碗面，或是几样点心，事情不大，由他白吃一顿也罢了；像是一个癫子，能敷衍他出门便没事。谁知他并不疯癫，说话倒有板有路，坐下来就对堂倌说，我知道你们管账的先生，看了我这种模样，疑心我是来吃白食的人，又疑心我是个癫子，想拿一碗面，或几样点心敷衍我出大门。这是你们管账的先生，看走了眼色，你们都只认得衣服，不认得人。我若没有钱，也不上这里来了，要吃面，不会到面馆里去吗？要吃点心，不会到点心店里去吗？特地跑到这里酒楼上来，不待说是要喝好酒，要吃好下酒菜。我自己很识趣，喝酒要喝得快活，你们疑心我，防备我，不敢给我吃喝，我有什么兴味呢？你们所虑的，不过怕我吃了不给钱，这很容易，我先交钱，后吃喝。有多少钱，吃多少钱，这样行不行呢？堂倌只得说：'我们管账的先生，并没说这话，客人若怕银钱放在身上遗失，就请暂时交给账房保管也使得。吃完了，再还给客人。'他说：'很好。'随即从身边摸出一个大布手巾包，交给堂倌道：'这里面有十三两五钱银子，你去教账房尽这数目，给酒菜我吃，拣上等的办来，不怕价钱大。'

"堂倌拿到我这里，我用天平一称，足有十七两五钱。银色虽低了些，因有十七两五钱，无论要吃什么东西，一个人总够吃的了，便招呼厨房办给他吃。谁知他的食量大得骇人，从正午吃到刚才，独自吃了一桌上等翅席，一缸陈酒，结算应该八两七钱六分银子。我照算当找他八两七钱四分，我拿出他交存的银子来找还。他看了看银子，说我换了他的，他存的是十三两五钱纹银，这里十七两多，是假银子。不错！堂倌拿这银包来的时候，我是不曾仔细得看走了眼。这时仔细一看，原来他交存的，是一包假银子。请众位评一评这道理，我们规规矩矩做生意的人，哪里会有假银子换他的真银子？分明他拿这假银子来讹诈人，吃了酒菜，还想讹诈几两

357

银子去，看世间有没有这道理？"

管账的这般说，众看热闹的人当中，也有说看这人的模样，是像使用假银子的；也有说只能怪账房太粗心，做生意的人，不应看不出银子的真假。当时看出是假银子，就应该退还这人的；也有说账房因贪图便宜，以为可以多得这人四两银子，利令智昏，便不仔细看银色的。只是各人虽有各人的议论不同，然没一个肯出头判断一个是非曲直。

这人见账房向大众说了那一段话，也高着嗓子说道："不用我说什么，只就这管账先生亲口向众位说的话，请众位平心说句公道话。我只交存十三两五钱银子，若不是他们换了，如何会多出四两来？如果我交存的，是这么一包假银子，他岂有看不出成色，并称不出分量的道理？他不怕我吃了不给钱，便不会要我先拿出银子来。别人交存的银子，他还可以推说没看得仔细；他既防备我没有钱，我交出来的银子，不待说比平常更要看得仔细些。像这样一望而知的假银子，能瞒得过他做管账先生的眼睛么？"当下有和这人表同情的，就随声附和道："这银子不是账房换了，便是堂倌换了。上酒楼要先交出钱来，才给人家吃喝的事，本来也没有听人说过。这是账房没有道理，太存心欺负没好衣服穿的人了。"

账房听了这番话，只急得一副脸通红，两眼圆鼓鼓地对大众说道："这冤枉使我有口也难分辩。我说话不能不要天良，于今我自愿吃亏，赔他的真银子。不过我不是开设这酒楼的人，是在这酒楼管账的，我一个月的薪俸，只有几两银子。要我拿出四五个月的薪俸来赔他，我也没有话说。但是要我赔银子的事小，怪我拿假银子换他的真银子，这种声名，我做生意的人担不起。众位街邻在这里，我拿出十三两五钱银子来，和他一同到城隍庙去，将银子搁在城隍爷跟前香烛里面，他只发一个誓，银子就给他，我从此辞事，再也不给人管账了。"

众人还没回答，这人已扬着双手说道："这话不对，这话不对！你不能拿着城隍爷来吓我。我本来十三两五钱纹银，交存在你这里，为什么要当神发过誓才能拿去？你以为你从此不给人管账了，我就害怕么？你管账不管账，与我有什么相干？我花钱买酒菜吃，只知道吃了多少银子，给多少银子。"账房听了，也对外面扬着手喊道："众位街邻听吧，他交存的既不是假银子，为什么不能同去城隍庙发誓？我没做亏心的事，尽管到神前斩鸡沥血，求菩萨把使用假银子的人显出来。"常德又最是信神的，大家都说这事不到城隍庙去，谁也断不出究竟是谁的不是来。

这人忽然哈哈大答道："也罢，也罢！你做生意的人吃不起这样大的亏，我也不要你找还银子给我，你也不要问我讨酒菜钱，就是这么脱开。众位说我这话公道不公道？"账房连忙指着这人说道："可见你交来的是这包假银子，此刻怕去神前发誓，才说出这话来了。你存的果是十三两五钱真银子，照算应找给你的，为什么不说找还？你存的是十七两五钱假银子，吃了八两七钱六分银子酒菜，为什么不问你讨酒菜钱？你做客人的得脱开，我管账的收下这假银子，如何能脱开？"这人笑道："你刚才不是当众一干说了，情愿拿出四五个月薪俸来赔的吗，怎么一会儿就不作数了呢？"

账房更生气道："我赔是情愿赔，但是要去神前发誓再赔。你不敢同去神前发誓，我岂仅没有银子赔，怕不把你送官，问你一个使用假银子的罪吗？"这人做出涎脸的样子，说道："好大的口气！我一番体恤你的好意，你倒要搭起架子来了。老实说给你听，我从来吃酒菜是不会账的，越是怕我白吃，我越得多吃他些，今天还得算是吃得少的。"

看热闹的人一听这话，都哄起来说："这人真没有道理，原来果是拿一包假银子，哄骗账房。"账房连忙接着说道："这下子他自怕发誓，招出供来了。请众位说，这样没天良的人，应该送官不应该送官？"有几个嘴快的就说："白吃的罪，还在其次，用假银子就应重办。"这话一说出来，便有堂倌模样的人，走过这人跟前，一边一个，将这人的胳膊拿住道："这种东西不送官，我们还能做生意吗？"

陆伟成看了这情形，觉得有些过不去。慌忙跳下马来，分开众人，走进酒楼门，向那账房说道："这事他原可以不招承的。他不招承，不发誓，论理也不愁你不找还他四两多银子。发誓无非表明心迹，你要表明心迹，应你发誓，他本可以不怕的。于今他既直说出来，可见他倒是一个有些良心的人，你反要拿住他送官，人情上未免说不过去。"账房打量了陆伟成两眼，料知是个有点儿来头的人，不敢拿出对这人的轻侮态度对待。赔笑说道："不是我定要拿他送官，只要他拿出八两七钱六分银子来，我就不说什么了。这假银子由他拿去，我也不追究，白吃是不行的，他一个人哪里能吃下这么多？分明是存心来白吃，故意将酒菜糟蹋。我刚才说了，我不是开设这酒楼的人，是在这酒楼管账的人，漂了账是要担责任的。他既是有良心的人，为什么存心要害我赔这么多银子？"

这人双手拍着鼓也似的肚皮说道："你说我一个人吃不下这么多酒菜，我还觉得没到半饱呢。你搭什么架子，要拿我送官，倒看你凭什么送我去。我只喝你四两酒，四小碟下酒菜。你欺我是外省人，银子到了你手里，硬要讹诈我八两七钱六分银子，我正想去见官，看常德府的酒菜，如何这么昂贵？"

账房见这人又变换了腔口，竟不承认吃了一桌上等翅席，一大坛陈酒的账，不由得又冒火又着慌。为什么着慌呢？这账房并不是个糊涂人，逆料这事当了官，论情论理，都说不过这人。本来独自一个人，决吃不下一桌上等翅席，一大坛陈绍酒，官府断不肯相信有这种事情。弄得不好，反把自己问成一个见财起意，讹诈客人的罪名，所以不能不着慌。只是面上不肯露出着慌的样子来，也不和这人辩论，只向陆伟成说道："我们做生意的人，多是安分怕惹麻烦的。先生和众位街邻，都在这里看了的事，于今他连吃下肚里去了的酒菜，都不肯认账了，看有没有这个道理？这酒楼在常德城里，开设了二三十年，我也在这里管了六七年账，凭众位街邻说，何尝有一次讹诈过客人？这简直是存心来捣乱的，望众位街邻参一句公道。"

陆伟成道："有什么公道不公道？你既说怕惹麻烦他要就这么脱开，你便不应该不答应。好！大家都不用说了，你做账房的赔不起账，自是实在话。然看他身上这般衣服，就到县衙里去，姑无论这场官司问下来，谁曲谁直，即算能办他使用假银子的罪，判令他再拿出八两多真银子，来还酒菜账，你说他有真银子拿出来么？到底仍免不了是给他一场白吃。八两多银子，算不了什么大事，我身上还有点儿散碎银子，虽不曾称过，不知有多少，然大约相差也不多，我替他会了这笔账吧。若相差在一两上下，说不得要你做账房的吃点儿亏。"

陆伟成边说边将怀中所带的散碎银两，尽数掏了出来，放在账桌上，教账房用天秤量量看有多少。账房看了看都是十足纹银，拿到天秤盘里量起来，笑道："这真巧极了，一分不多，也一分不少，恰好是八两七钱六分，众位看巧不巧。"这人指着天秤盘里的银子说道："不要又看走了眼呢，于今有人替我会了账，你还有什么话说么？"账房笑道："这位先生身上拿出来的银子，哪有假的道理。用假银子是何等样人呢？我这次不但看走了眼，简直是瞎了眼。"说得众人都笑起来。

这人倒不觉得难为情，向账房要回假银包，在手中掂了两掂，笑道："我有这包东西，到处有得酒菜吃，不一定要照顾你这里。"说着，也不向陆伟成道谢，高一脚，低一脚，偏偏倒倒地往外走。众人都说："这人真不是个好东西，有人替他会了账，连姓名都不请教一声，谢也不谢一句，就掉头不顾地走了。"陆伟成听了，却毫不在意。

等众人散了，才待据鞍上马，只见这人又走回头来，走到陆伟成跟前，偏着头在陆伟成浑身上下，端详了几眼问道："刚才替我会账的，就是你么？"陆伟成原是一个聪明绝顶的人，在两江总督衙门里的时候，便能看出徐书元，是个异人来。这番若不是觉得这人，有些奇异之处，也不至出头多管闲事。在陆伟成心里想，在酒楼里当账房的人，银子的真假应该落眼便能分别。这账房既存心防备这人白吃，而这人竟能交出这么多银子来，岂有不仔细看清成色的道理？并且说是十三两五钱，称起来又多了四两，尤应该仔细看看。假银子居然瞒过了账房，这一层已很奇怪；一桌上等翅席，纵办得不丰盛，大盘小碗也有二三十样，一个人便有牛大的食量，也吃不下这些。一坛陈绍酒，怕不有二十来斤，一个人要一顿喝下肚里去，也不是一件容易的事，这层就更是奇怪了。这假银子账房既当时不曾看出来，已代收管了半日。这人若一日咬定是账房换了，数目又不相符，谁能说是这人没道理的话！便闹到官衙里去，这人也担不了什么罪名，何苦自己招承出来，当着一干人丢自己的脸呢？城隍爷不是活神仙，这人岂真个不敢发誓，怕犯了咒神么，这一层不也很奇怪吗？

陆伟成因觉得有这几种奇怪的地方，所以忍不住出头多事，及至自己掏出来的银数，恰好够还账，一分不多，一分不少，心里更惊诧得了不得。本想就当面请教这人姓名的，只因一转念这里看热闹的人太多了，异人决不肯在这种地方露出真面目，打算等众人散了，才骑马赶上去，想不到这人却已回头来了。听了这人问的话，即赔笑说道："小事何足挂齿！请问长者尊姓大名，仙乡何处？"这人翻起两眼，将陆伟成望了一会儿，也不回答，好像疯了的人一般，忽然对陆伟成点了点头，说道："孺子可教。"说毕，又一偏一跛地走了。

陆伟成此时虽觉得这人有些奇异之处，然自己毕竟是个读书人，在父母师保跟前长大的，不明白江湖上三教九流的勾当，不知应如何对待才好？只眼睁睁地望着这人走得远了，才上马回家。

陆伟成家里房屋很宽大，是常德城里有名的巨第。陆伟成因图读书清净，独自住在靠花园的一间楼上。这夜因白天去乌鸦山拜师，来回骑了四五十里路的马，身体觉得有些疲乏了；又因拜师遭了拒绝，心上甚不爽快，没心情读书，二更时分就上床睡了。刚睡了一觉醒来，正待下床小解，猛听得花园里风声陡起，只刮得花枝树叶瑟瑟作响。对园里的窗门，原是关闭严密的，这一阵大风过去，接着就听得"喳喇"一声，两扇窗门大开了。亏得房中的灯光是有琉璃罩笼着的，不曾被风刮息，只刮得一闪一闪，摇摇不定。

陆伟成的胆气极壮，连忙翻身坐起来，打算下床仍将窗门关好。才一伸手撩开帐门，举眼向窗口一望，就见凭空飘进一个人来，直到床前落下。陆伟成虽在这时候，心里并不惧怯，只觉得很奇怪，也没有防备这凭空飘进来的人，有加害自己的心思。目不转睛地看飘进来的这人，衣服身段，和黄昏时在酒楼底下所见的，一般无二。眼里一看得明白，胆气就更加壮了，慌忙跳下床来，迎着这人一躬到地说道："我固知长者不是凡俗之辈，今果得法驾降临，还求恕我不曾扫径恭迎。"只见这人笑容满面地说道："有根气的毕竟不同，徐黑子的眼力，果是不错！"这人说时，弯腰取出一件黄灿灿的东西，往桌上一搁，听那搁下的响声，很像有些分量。陆伟成就灯光看那东西时，不觉吃了一惊。

不知是什么东西，且俟第四十六回再写。

第四十六回

铜脚道运米救饥民
陆伟成酬庸清道藏

话说陆伟成见这人弯腰取出一件黄灿灿的东西，搁在桌上，连忙就灯光看时，乃是一只铜铸的脚，形式大小和人脚一样。正待问这人，这铜脚有何用处，这人已指着铜脚说道："你无须问我的姓名，只认明这个就得了。你是富贵中人，原不能甘寂寞耐劳苦，潜心学道。只因你在两江总督衙门的时候，曾动过一点儿向道之念，我道家和佛家一般的以渡人为主，我所以特地前来传你道法。朱镇岳从来是个独善其身的人，徐书元错认了他，将你引上这条行不通的道路。"陆伟成见铜脚道人说出来的话，和亲目所见的一般，不由得不惊服。当下铜脚道人便传陆伟成修养之道，隔几日来指点一次，来时必在半夜。如是经过了一年多。

一夜，铜脚道人向陆伟成道："我不能长久在此地教你，你也不能长久住在家中修道。我于今有事须往别处去，此后你我何时再会，就得看你修持的力量和缘法。"陆伟成听铜脚道人这般说，不觉黯然问道："师傅此去何方，不能将地址说给弟子听吗？"铜脚道人摇头道："说给你听，你也不能知道。"陆伟成道："弟子他日若想寻觅师傅，可向何方寻觅呢？"铜脚道人笑道："有缘千里来相会，无缘对面不相逢，寻觅是没有用处的。"

陆伟成道："然则弟子这一年来，受了师傅成全之德，将如何报答呢？"铜脚道人道："各结各的缘，各修各的道，无所谓成全报答。"陆伟成道："话虽如此，然受恩的究不能忘报。"铜脚道人捏指轮算了一会儿，说道："且等你到了襄阳再说。你此时还有什么心事要说的么？"陆伟成一时竟想不出要说的话来。铜脚道人好像等待什么似的立了一会儿，见陆伟成没话说，才叹了一声气道："缘尽于此矣。"话才说了，陆伟成再看铜脚道人时，已去得无踪无影了，心里很觉得奇怪。暗想我原没有要说的心事，何以师傅是这么问我呢，更何以忽然叹气，说缘尽于此矣的话呢？

陆伟成正在疑惑，猛听得花园里有人发笑声说道："可惜，可惜。少爷为什么学了一年的道，不提起拜师的话呢？"陆伟成大吃一惊，听声音知道是徐书元。才放大了胆说道："徐先生请上这里来，我正在非常想念你。"陆伟成说毕，不听得回答，高声叫了两遍，也没人应。急忙赶到园里寻找，哪里还找得着徐书元呢？料知是说了那两句话就走了。

当下陆伟成也研究不出一个所以然来，只失悔自己太不细心，叫了一年的师傅，竟不曾想起没叩头拜师。这"师傅"两个字，从哪里叫起？然而只心里懊悔一阵，也就罢了。至于不叩头拜师，何以就说缘尽于此的道理，陆伟成也不知道。

过了五六年之后，陆伟成得着陶文毅公的接引，由州县次第升迁，这年升到襄阳府知府。陆伟成本是个能员，到任后爱民勤政，一府的百姓都很感念他。只是他上任的这一年，天时雨水极少，田禾都干枯死了，入秋颗粒无收，灾区并且极广，把个陆伟成急得什么似的，只得召集襄阳一府的官绅大贾，募捐赈济。但是灾区既广，灾民自多，富绅大贾捐助的有限，杯水车薪，济什么事呢？陆伟成是个爱民的官，正急得无法可施，这日忽报玄妙观的老道人求见。

陆伟成到任的时候，就听说玄妙观的住持黄叶道人，道行高妙，没人知道这道人的年纪，究有多少岁，每年必到襄阳玄妙观住几个月。襄阳七八十岁的老人，都说在做小孙子的时候，就看见这黄叶道人，每年到襄阳玄妙观住持几个月，七八十年中没有更变。道人的容颜神采，永远如初见的时候，一些儿不觉得比前苍老。道人每年到玄妙观住持的时候，必做一坛水陆道场，赈济一班孤魂野鬼，此外一事不做。玄妙观的观产极富，襄阳一府中，房屋田地最多的当首推玄妙观。黄叶道人从来不肯结交官府，有许多贪婪的官垂涎观产，借故去拜黄叶道人的，都见道人不着。陆伟成知道黄叶道人不肯与官府往来，所以募捐不到玄妙观去。

这日忽听报黄叶道人来拜，不觉十分诧异。暗想黄叶道人是个历来不与官府往来的人，我到任便闻他的名，就因为前几任的官府，去拜都碰了钉子，恐怕他对我也一例拒绝不见。难得他今日竟肯来拜我，他来必有缘故。随吩咐开中门迎接，自己也恭恭敬敬地降阶恭候。不一会儿，只见一个须发如银的老道，身穿杏黄色道袍，潇洒风神，望去如经霜之菊，全没一些儿尘俗之气。不可是什么人见了，都得肃然起敬。

陆伟成的凤根甚深，生成一双慧眼，少小时便能看出徐书元的根底。从铜脚道人学道年余之后，两眼观人的能耐，当然比少小时更加确定了。何况一到襄阳府任，就闻黄叶道人的声名呢？当下忙紧走几步迎上去，打躬说道："想不到法驾降临，未曾熏沐敬候，罪过，罪过！"黄叶道人回礼笑道："不敢当，不敢当！折煞贫道了。"

陆伟成侧着身子，将黄叶道人引进客厅中，推在上面坐了，自己坐在下面相陪。黄叶道人只略略谦逊了两句，便说道："贫道因今年旱荒，为百十年来不经见的大灾，灾地之宽广，也为从来所未有，百十万饥民，都奄奄垂毙。贫道有白米三十万石，愿捐供赈济，已派小徒从各处陆续运来襄阳河下，所以亲身前来，请求委员分途按户施放。"

陆伟成听说白米有三十万石之多，料知足够赈济这一府的饥民了，不由得又惊又喜，更五体投地地钦佩，从心坎中说出许多代饥民感谢的话。黄叶道人只说明了这话，即告辞起身。陆伟成恭送出大门，回头打发两个衙役，去河边看米船来了没有。

衙役去不多时，两人都气急败坏的样子，回来报道："河边停泊的大小船只，比平时果然多了几十倍，并且都是重载船。但是各船上一律用芦棚遮盖得严密，一个船户也没看见。小人叫问了几遍，不见船里有人答应，只得拣一只靠岸近些儿的大船，跳上去查问来历。只见一个乞丐似的跛脚，从芦棚里爬出来喝问：'是什么人，跑到我船上来干什么事？'小人回他是府衙里打发来的，看你这船上装的什么。叵耐那厮可恶，听了小人说'是府衙里打发来的'这句话，不但不赶紧迎接招待，反将两个乌珠一瞪，对小人骂了许多无礼的话，小人不敢说出来。"

陆伟成很惊异地问道："骂了些什么无礼的话？尽管说出来，不与你们相干。"衙役才接着说道："那厮瞪着两个乌珠骂道：'我船上装的什么，关你们府里什么事，要你们来看些什么？'小人见那厮敢如此无礼，实在是目无王法，打算将他拿回来。谁知那厮形同反叛，竟敢不由分说的一手一个，将小人抓着掼到岸去。并声称：'你们回去告知陆某，要看我船上

365

装的是什么，须他亲自前来。打发你们来是不中用的。'小人因那厮的形状虽然猥琐，气力却是很大，不敢再上船去拿他，只得回来禀报。"

陆伟成一听衙役的报告，也按不住冒火，但不便对衙役露没度量、没涵养的样子来，极力按捺住问道："没船户的大小船只，共计约有多少艘？"衙役道："一时也点数不清，大约至少也有几百条。"陆伟成便传谕亲到河边去。

那时的一个知府出门，前护后拥的好不炫赫。陆伟成因听了衙役报告的话，心想如果是寻常驯良船户，断没这大的胆量，敢将知府衙门里的官差，胡乱抓着往岸上掼，并说出那些横蛮无礼的话。便是黄叶道人派遣的运赈米的徒弟，就应该知道，赈米当然得由府衙里派人接收，然后分途施放，更不敢对我打发去的人，有那种荒谬言动。也没有数百号米船上，不见一个船户的道理。陆伟成心里一有这种思想，便不能不预防有意外变动的心思，因此所带随从的人，比平时出门更加多了。

一路鸣锣喝道，全副仪仗地拥到河干。陆伟成坐在大轿中，举目向河边一望，只见一字长蛇阵也似的，排列着无数的船只，牵连一二里路远近。每只船桅上，悬挂黄色长方旗一面，旗上分明写着"玄妙观赈济襄阳之米"，九个斗大的黑字。棚席都已除掉，露出一舱一舱的白米来。每船二三个、四五个船户，都寂静无哗地在船头立着，那一种整齐严肃的气概，与衙役所禀报的绝对不相符合。正待将那两个衙役传来，问他谎报之罪，忽一眼看见一艘最大的船上，一个蓬首垢面的人，斜靠着船舱打盹，一双赤脚向前伸直，一只是平常人肉脚，一只黄光灿烂，一望就看得出是铜脚。陡然触发了少年时学道的事，不由得吃了一惊，两眼不转睛地盯住那人，想看个仔细。只是那人低着头打盹，面部又不清洁，认不出是否铜脚道人。

陆伟成正在注意的时候，那两个衙役已到轿前禀道："小人刚才来这里探看的时分，这些船只多不曾靠岸停泊，离岸有丈来远，也没有旗帜，也没有船只，全不是于今这种气象。不知怎的变换得这么快？唯有抓着小人掼上岸的那厮，此刻还是在那条大船上，靠着船桅打盹的便是。"陆伟成点了点头，吩咐停轿，自己走下轿来，向那大船走去。

那人忽伸着懒腰，打了一个呵欠，朝河岸立起身来，仔细看时，不是

366

铜脚道人是谁呢？陆伟成一看出是铜脚道人，便不敢慢忽了，也顾不得自己是襄阳府的知府，河边有多少人民注目，急忙走上那船，朝着铜脚道人双膝跪下，叩头说道："想不到在这里得拜见师傅。"

铜脚道人忙伸手将陆伟成扶起来，笑道："你还没忘记吗？只是于今已拜得太迟了些呢。我当日已说过了，你要报答我的话，且等你到了襄阳再说。这回我师傅要广行功德，委我运来白米三十万石，赈济这一府饥民。只是从来办理赈务，经手的人莫不希图中饱，难民所受的实惠有限，你此番能认真办理，使这三十万石米，颗颗得到饥民肚中，就算是你报答了我。而你办好了这回的事，你自己的功德也无量。"陆伟成至此，才知道铜脚道人，还是黄叶道人的徒弟。

陆伟成本是个爱民如子的好官，赈济饥民的事，原来办得十分认真，便没有铜脚道人一番嘱托，也不至和寻常借赈灾捞钱的样，经手的只图中饱，何况有番嘱托？不待说一府的饥民，没一个不实受其惠。赈务办了之后，官厅对于捐钱出力的人，照例有一大批保奏。陆伟成因黄叶道人的功绩太大，不能与寻常捐钱出力的人一例保奏，亲自步行到玄妙观，请示黄叶道人，看他心里想得何种褒荣之典。黄叶道人从来不接见官府的，这回却破例迎接陆伟成，到静室里款待。

陆伟成表明来意，黄叶道人表示不愿意的神气说道："贫道自行功德，别无他项念头。无论何种褒荣之典，在贫道看来，都觉得不堪，不是出家修道的人所应当膺受的。"陆伟成哪里知道黄叶道人是朱明之后，正恨挽不回劫运，不能把清室推翻，光复他朱明的故物，怎么反想得清室褒荣之典呢？以为黄叶道人是客气的推辞，很诚恳地说道："你老人家虽是清高，不存这种念头，然朝廷酬庸之典，是没有偏私的。"

黄叶道人见陆伟成说得极诚恳，遂点头说道："贫道个人实用不着何等褒荣，但我住持这玄妙观的年数不少了，却没一些儿可以留作纪念，传之久远的东西。你能为玄妙观奏请领下全部道藏，倒可以作镇观之宝。"陆伟成听了，自是欣然应诺，转奏上去，不料部里竟批驳下来。陆伟成在官场中混的日子不多，又是个科甲出身，不大明白部里需索银钱的手段。见保奏上去，居然批驳了，只急得什么似的。黄叶道人倒知道部里批驳的用意，亲自进京，花了上万的运动费，经过一年多的时日，才将全部道藏请下来。这一路运回襄阳，沿途官府都焚香顶礼，陆伟成事先就满城张贴了告示，道藏运到襄阳的这日，家家户户都得在门口陈设香案。

襄阳一府的百姓，受了黄叶道人赈济之德，异口同声地称黄叶道人为万家生佛，没一个不想瞻仰丰采。

朱复姊弟和胡舜华，正在这日由金陵到了襄阳，看了这家家点烛户户焚香的情形，不知道为的什么。向人打听，才知道是迎接玄妙观从清廷请下来的道藏。朱复也不明白道藏是什么东西，有何焚香顶礼迎接的必要，少年人好事，定要参观一番。朱恶紫、胡舜华也愿意看个究竟。三人便杂在瞧热闹的人丛中，等待道藏经过。耳里就听得瞧热闹的人，议论黄叶道人如何高寿，如何富足，和陆知府如何要好，这一部道藏的价值，是三十万石白米。朱复一听黄叶道人的名字，心里就是一惊，正待和朱恶紫说话，忽前面鼓乐声喧，两旁鞭炮齐响，原来道藏已由这里经过。只见十几口木箱，每口用四人抬着，木箱上有绣金龙的黄缎子覆着，前面八人扛抬，抬着圣旨两字。后面一个黄袍老道，也坐着八人大轿，还有许多官员的轿子，跟随在后。

朱复看了圣旨两字，便不出得气愤，不高兴再看，带着恶紫、舜华，投到一座古庙里，悄悄地向朱恶紫说道："姊姊知道方才坐八轿的老道是谁么？"朱恶紫摇了摇头道："我和你一般的，今日初次到这里，谁知道什么老道？是好东西，当不至有这番举动。"朱复道："这事很奇怪。据路旁人说，这个老道，便是黄叶道人。我师傅曾对我说过，他老人家平生最钦佩的，碧云禅师之外，就只黄叶道人和金罗汉。并说过黄叶道人的胸襟行径，教我将来行事，当推黄叶道人的马首是瞻。只是照方才的情形看起来，何尝是和我们同道的人呢？"胡舜华道："只怕不是师傅所钦佩的那个黄叶道人，师傅怎么会钦佩这种势利出家人呢？"朱复道："没有第二个。黄叶道人在南七省，出家人无不推崇，有谁能假？几省玄妙观的总住持，更不是别人假冒得来的。"

朱恶紫道："不管他是真是假，我们到了药王庙，会见栖霞师傅之后，就自然知道详细了。"胡舜华道："不错，栖霞师傅与这里相隔咫尺，断无不知道详情之理。"朱复道："不然，这事用不着问栖霞师傅。并且道藏今日才到，栖霞师傅也未必便知道详尽。不如今夜我亲往玄妙观探看一遭，务必探个水落石出。"朱恶紫劝他不要去，朱复一定不肯。朱恶紫道："也罢，就让你去走一遭。唯对于老前辈，千万不可有无礼的举动。这古庙不好停留，我二人可先去药王庙，你探过玄妙观便来。"朱复应是。朱恶紫遂同胡舜华，去柳仙村药王庙，朱复独自等到夜深，在古庙中改了装束，穿檐越栋，向玄妙观奔来。

不知他探得了什么情形，且俟第四十七回再写。

第四十七回

探消息误入八阵图
传书札成就双鸳侣

话说朱复从古庙中出来，穿檐越栋，不一会儿便到了玄妙观。这玄妙观的规模极大，有五重大殿，壮阔异常。朱复不曾到过，不知道黄叶道人，是住在哪间房内，伏在瓦上静听了些时，下面寂寂无声，连掉下一枚绣花针，都可以听得出声息。每间屋上都听过了，直听到第五重大殿旁边一间房上，才听得下面有人谈笑的声音，并听得很清晰。一个苍老的声音说道："没缘分的，竟会如此当面错过。"接着就听得一个声音也很苍老的说道："修持的事，成功迟早真难说。我就为得不着一个有缘的徒弟，使我得迟六十年成功……"话才说到这里，忽截然停止了，仍是静悄悄的，没一点儿声息。

朱复伏着听了一会儿，不听得再往下说了，只得飞身下到殿后院落里，一看那房中灯烛辉煌，从窗格子里透出来的灯光，都照彻得院落里如同白昼。房门窗户都关着，朱复便走近窗户跟前，从纸缝中朝房里窥探，只见房中陈设得和天宫一般。朱复虽生长在富厚之家，却不曾见过这般富丽庄严的器具，对面一张金碧灿烂的大交椅，椅上端坐的，就是白天所见那个坐八人大轿，身穿黄袍的黄叶道人。垂眉合目，静坐养神的样子。交椅前面，安放着一座四方八角的炉鼎，约有二尺多高，鼎内有一缕一缕的青烟袅出来。鼎的两旁，有两张形式略小些儿的交椅，东边椅上，危坐着一个也是道家装束的老头，满身土头土脑的气概。一领黑色的布道袍，破旧得不成个模样，还有一把破雨伞，和一个黄不黄白不白的大布包袱，搁在交椅旁边。这般装束和行李，在这种富丽庄严的房间里，一眼看去，不但有雅俗之分，简直有仙凡之别。再看这老道人的脸色，虽则黄中透黑，却有一种光辉，和坐在正中的黄叶道人一般神气，也是闭着两眼，不言不

370

动。回头再看西边交椅上坐着的，也是一个年纪很大的人，身上的衣服，比这老道人更是破旧得难看，无论是谁见着，都得认作在乡下乞食的老头。面庞枯瘦得像是已有多少日子，不曾吃着什么，饿成如此情形的模样，两个眼眶陷了进去，是闭着呢，还是睁着，也看不出来。

朱复边看边寻思道："这老头可怕的样子，我眼里不是曾在什么地方见过的吗？"思索了一会儿，猛然想起来了。暗自诧异道："这老头分明就是我那次跟着师傅，在土地庙里看见的刘景福，怎么于今还活着到了这里呢？那次我见他已死了，后来走出土地庙的时候，虽看见他已端坐在石供案上面，然当时据师傅说，那便是坐化，躯壳已没了知觉。怪道刚才在房上，听得说为得不着一个有缘的徒弟，得迟六十年成功的话。不过师傅当日，只说迟五十年，这里多说十年，略有点儿不对。"

朱复心里正在这么胡想，忽觉得头顶上有一阵清风吹过，便见房中琉璃灯光，同时摇闪了几下。朱复的眼光，也就跟着撩乱起来，仿佛被极强烈的闪电，闪得人眼花摇荡似的。朱复也不知道是什么缘故，只连忙将两眼闭着，凝了凝神，再看房中并无变态，只见又多了一个穿破旧蓝布道袍的老道，朝着黄叶道人，双膝跪在炉鼎前面，连叩了三个头。起来的时候，随手将放在旁边地下的一个小红漆木箱提起，闪在刘景福背后站着，笑容满面回头望着窗外。

朱复见这道人的眼光，正对着自己，禁不住打了个寒噤。但是还疑心是偶然望到这方面来了。隔了一堵这么厚的砖墙，又相离这远，未必就真个被他一眼就瞧出来了。也不畏惧，仍不转睛地向里面窥探。可是作怪，那道人居然向朱复笑嘻嘻地点头。这一来，却把朱复急坏了。心想我虽不是盗贼，只是这地方非同小可，这黄叶道人的班辈，比我师傅还大。我师傅尚且非常钦仰他，可见他的尊严了。我深夜偷来此地窥探，自是无礼的举动，见着面怎么好支吾呢？不如赶紧逃走，免得当面受辱。

朱复此时哪敢迟慢，一抹头便蹿上了房檐，比飞鸟还快地向前狂逃，唯恐那望着他笑的道人出来追赶。一口气约莫奔逃了二三十里，才敢将脚步略慢些，留神听背后有不有脚步声响。听了没有，才敢回头朝背后望了望。

这夜月色清明，不见有追来的人影，才敢坐下来吐一吐气。暗想今夜真侥幸，那望着我笑的道人，我并不曾看见他从什么地方进房，只一霎眼，就见他跪在地下叩头。窗户房门都关着，不但没见开动，并没听得有什么声响，可见得他的本领，已是不小。他尚且朝着黄叶道人叩头，黄叶道人的本领，不是更大吗？他们必已知道我的来历，没有想将我拿住的心思，若打算将我拿住，只怕也逃不到这里。我听了姊姊的话，不来窥探倒好了，于今什么也没被我探着，弄巧反拙，将来师傅还说不定要责备我荒唐无礼。

朱复想到这里，很觉懊悔，只是事已如此，懊悔也没有用处，只得无精打采地起身，想投奔柳仙村药王庙来。举眼向四面辨别地势方向，只是从玄妙观逃出来的时候，一时心慌意乱，见路便奔，没闲心辨别东西南北。此时既决定要往柳仙村去，自不能不认明方向，但是举眼向四面望了一会儿，只觉得四方都雾沉沉的，五丈以外，即模糊不能辨认，耳里却听得远近都有雄鸡报晓的啼声，并听得有更锣的声音。心里陡然吃惊道："难道我逃了这么远，还不曾逃出襄阳城吗？怎么会听得更锣的声音，就在近处呢？我记得从玄妙观逃出来的时分，明明白白地蹿过了一道很高的城墙，照着一条白色的道路奔跑，直跑到这里才坐下。这里分明是一个荒村，即算附近村庄里有鸡叫，这更锣从哪里来呢？"兀自思想不出道理，只好仍依着白色的道路走去，以为在这晓雾迷离的当中，自是不能辨明方向，只待天光一亮，就容易辨认了。

果然渐走渐觉得四面的雾都稀薄了，隐隐地看见前面有一片树林，走到跟前，只见树林底下，青草如铺着一层绿褥，登时觉得身体异常疲乏，昏昏的想睡。遂走进树林就青草上坐下来，将背倚靠着一株大些儿的树打盹。

刚睡了一会儿，仿佛有人在背上推了一把道："还不醒来，这里岂是你鼾睡的地方吗？"朱复惊醒转来，睁眼看时，红日当空，树荫覆地，好像已到了正午。忙立起身来，一看树林外面的情形，不由得一怔，原来一堵丈多高的白粉墙，矗立在树林外面，跑出树林看时，更惊得手足无措。这地方哪里是什么荒村旷野呢？分明认得还是在玄妙观的第五重大殿后院之中。昨夜因房里透出来的灯光，照耀得院中如同白昼，院中景物都看得明白，窗门依旧，昨夜窥探的所在，在眼前。只院中地下，用白粉画棋盘似的，画了许多界线，这是昨夜不曾看出来的。

朱复心想："这道人的神通真大，能使我在这一个小小的院落当中，奔逃一夜，一点儿不曾察觉。夜间尚且逃不了，此时是更毋庸动这要逃的念头了。我本来到这里，并不为偷盗，有什么不能见人的事，定要拼命地逃走？事到于今，倒不如索性进去说个明白，免得盗贼也似的怕人追赶。"想罢，觉胆气壮了许多，正待走上前推门，只见那门已"呀"的一声开了，昨夜那个提红漆木箱，望着他笑的道人，飘然走了出来，仍旧笑嘻嘻地向他点头，招手说道："辛苦了贤侄台，请进里面来，老祖有话和贤侄台说。"

朱复虽自觉没有什么不能见人的事，只是一见这道人，想起昨夜望着自己笑嘻嘻点头的情形，就和此刻所见的一样，不知不觉地面红耳赤起来，话更不好怎生回答。只得合掌行了个礼，低头跟着道人进房。

这房里的情形，昨夜已看得仔细，只偷眼看炉鼎两旁的椅上，那土头土脑的老道人，和刘景福都不见了，炉鼎中袅出的一缕青烟，仍不断地如蚕吐丝。有一股香气，冲入鼻观，非兰非麝，闻了这香气之后，顿觉神志清爽，五体舒畅。看黄叶道人还端坐在正中交椅上，不敢怠慢，急就昨夜那道人跪拜的所在，叩头下去。

只听得黄叶道人苦笑说道："你昨夜探得了我什么情形没有？你真糊涂，全不懂得混俗和光的妙用。不过你的志向还不差，你于今切身的大仇已在云南报过了，可算是你一个人的大事已了。你师傅智远和尚，他有他的正事，你此后跟他得不着益处。你的孽缘甚重，你师傅为掩人耳目，才将你剃度，于今你师傅得刘景福的提携，已在我万载玄妙观闭关修养，你此后可拜他为师。"说时，伸手指着那引他进房的道人，接着说道："他在清虚观里，他的门徒很多，你从他可得不少益处。"朱复起身，待向清虚道人叩拜。

黄叶道人忙摇手止住道："还不曾到拜师的时候，得等你去万载玄妙观，见过你前师智远和尚之后，方能拜他。到了清虚门下，便可蓄发返俗，了你自己的冤孽。你父亲未了的志愿，只能委之天数，你不能了，我也不能了，自有代你我来了的人，此时尚在襁褓之中，我将来还有缘可以见得着。"

朱复听了，很惊疑地问道："其人姓什么，叫什么名字，现在哪里呢？"黄叶道人摇头道："这却不知道，你也用不着打听。"朱复不敢再问。黄叶道人继续说道："你此刻也毋须往别处去，且等你将来的同门师弟到了，再去万载。你姊姊和胡舜华，药王庙不是她二人归宿之处，等你同门师弟到了，自有区处。"朱复心想，我跟了师傅这么多年，不曾见师傅说有第二个徒弟，哪有同门师弟到这里来呢？正打算问个明白，见黄叶道人已将两眼合上，像是入了睡乡的样子。清虚道人朝着他笑道："你从昨夜到此刻，不曾吃着什么，腹中大概久已闹饥荒了。跟我来，给点儿东西你充饥。"说着，往左首一个门里走去。

朱复跟在后面，经过几间很幽静的房子，到一个大殿上，只见二三十个道人，都穿着花花绿绿的法衣，整齐严肃地在殿上做法事，香烟满室，乐声盈耳。昨日白天所看见的，那几口黄缎覆着的道藏箱，做两行排列在殿上。朱复留心看这殿，是玄妙观的第三层，清虚道人并不在殿上停留，直将朱复引到一间静室里。朱复看这房很小，房中也没多的陈设，床几桌椅都不精致，墙上嵌着一块二尺多长、尺多宽的青石，石上仿佛刻了些行书字，一时也没心细看。清虚道人教朱复坐下，便转自出去，随即有个火工道人，托了一盘饭菜进房。朱复正苦饿得难受，狼吞虎咽地把饭菜吃了。心里终觉得疑疑惑惑的，不明白黄叶道人的言语举动，更猜不透清虚道人给他吃一顿饭，为什么要引他到这房里。

吃完了饭之后，火工道人又将盘碗收去了，仍不见清虚道人进来，坐着无聊，只好起身在房中踱来踱去。默想黄叶道人所说的话，记得自己师傅因在湘潭救周敦秉，见过刘景福之后，曾对自己说过，将来刘景福可帮助师傅得地，黄叶道人所说的刘景福提携的话，必就是这点儿来历。只是昨夜坐在刘景福对面椅上的，那个土头土脑的道人，又是谁呢？胡思乱想了一阵，偶然一眼看见墙上的青石，上面粘了很厚的灰尘，看不明白字迹。随弯腰脱了一只草鞋，将灰尘拂去，看石上字道：

收拾起大地河山一担装，四大皆空相。历尽了渺渺穷途，漠漠平林，磊磊高山，滚滚长江。似这般寒云惨雾和愁织，诉不尽苦雨凄风带怨长。雄城壮，看江山无恙，谁识我一瓢一笠到襄阳。

朱复虽则是一个继承父志、图复明社的人，然少时读书不多，失学太早，这词的来历，苦不能懂。不过看了这词句中的口气意思，料知必是一个前朝被难蒙尘的皇帝，也是假装出家人，到了此地，感怀身世，便做了这一首词，以抒愤慨。

朱复当下看了几遍，心中也就有无限的感慨，觉得自身和朱恶紫、胡舜华三人，都还没有归宿之处，报仇的事业，能做到与不能做到，何以委之天数，人力不能勉强。至于自己安身之所，是不能委之天数的。又想到自己的姊姊朱恶紫，虽说愿遁迹空门，终身修道，然她是个生长礼义之家的女子，父母俱已去世，嫁人的事，当然不便由本人说出口来。只一个如重生父母的了因师傅，都已圆寂了，朱恶紫嫁人的事，非由自己做兄弟的做主，实没有能代替做主的人。但是朱复知道朱恶紫的本领性格，要物色一个资格相当的人物，很不容易。

朱复正在思潮起伏不定的时候，清虚道人走进房来，笑道："你不要在这里胡思乱想。一饮一啄，莫非前定，岂必大事才是天数，小事便不是天数吗？何况安身立命，原是无大不大的事呢！你只须安心在此地住几日，自有你安身之所，并代替你姊姊做主的人来。"朱复听了，虽摸不着头脑，然相信黄叶老祖，和清虚道人所说的话，必不是诳人的。朱复自己也正苦不好去柳仙村药王庙居住，就在玄妙观住了些时。

原来欧阳后成在陕西奉碧云禅师之命到襄阳来，那信中就是教朱复与胡舜华完婚，并替朱恶紫作伐，配给清虚道人大徒弟杨天池。朱复得了那信，即到万载玄妙观，禀明智远禅师。第十九回书中所写的少年和尚，跪在智远禅师所坐木龛前面，口中念经一般地念诵，为向乐山、解清扬二人所见的，就是朱复为禀明这事，所以向智远禅师禀明之后，出来便实行拜清虚道人为师。从此朱复脱却僧袍，蓄发还俗，姊弟两个一娶一嫁，都成立了家室，只是这些事，与本书无重要的关系，不过略述来历，没工夫去细细写他。

于今，却要另写一人，这人的历史，凡是看过第一集奇侠传的看官们，脑筋里大约都有他的影子。这人姓杨，名继新，看官们看了杨天池娶朱恶紫小姐为妻的事，总应该想到杨天池的替身上去，这杨继新便是杨天池的替身。这段奇情，在第一集第五回书中，已记述得详细，此时自毋庸重述了。

杨天池的年龄，比杨继新实际上小几个月。杨天池都已到成家立室的时候，杨继新替杨天池的缺，在杨晋谷那种富贵人家长大，杨晋谷望曾孙的心切，不待说是特别地早婚。杨晋谷只在衡州做了三四年的官，就因挂误了公事，把官丢了，带着全家回广西原籍，杨继新从此便离开他父母之邦了。才长到十三岁，杨晋谷因自己已有六十多岁了，急想见着自己的曾孙，方死无遗憾，就吩咐杨祖植给杨继新娶媳妇。富贵之家的子弟，不愁没得门当户对的女儿结亲，很容易的，杨继新便娶了妻。但是杨晋谷命里不该见着曾孙，孙媳妇虽进门了三四年，只因身体孱弱，夫妇的年龄又都太轻，所以没有生育。而杨晋谷却已老态龙钟，竟等不到曾孙出世，就呜呼死了。

杨祖植是一个完全当少爷出身的人，也没有什么学问能力。杨晋谷死后，他也不想做官，也不打算经商。因杨晋谷做了大半世的官，积蓄的资财，足够杨祖植一生温饱而有余。当惯了公子少爷的人，家产又很富足，吃现成的饭，穿现成的衣，享安闲自在的福，何等逍遥快乐，哪里还有上进的心呢？就在广西思恩府原籍，广植田园，实行安享。但是对于杨继新，因不是自己亲生的骨血，当杨晋谷在日，不便露出不钟爱的样子来，恐怕被杨晋谷看出破绽；及至杨晋谷死了，对杨继新父子之情，便不免渐渐地淡薄了。只是仍不肯把杨继新，确是长沙钟广泰裁缝店的儿子的话说出来，也恐怕杨继新知道了这段历史，不把杨祖植当父亲孝顺。杨继新只觉得自己父亲，待自己很淡漠，并不知道何以忽然淡漠的原因，为人子的，不得于其父，在家庭中便失了天伦的乐趣。

杨继新既不得于其父，杨继新的媳妇，也就跟着不得欢心。这媳妇的身体，原不甚强壮，所以难于生育，就因没有生育，不能如祖父的愿，心中加以忧念，体质更形亏弱了。即令杨祖植夫妇欢喜她，替她医治调养，尚怕不得永年，何况不拿她当自己儿媳看待呢？因此杨晋谷去世才三年，杨继新的媳妇也就随着夭折了。杨继新已经不得父亲的欢心，有一个知痛识痒的妻子在身边，还可以得着些儿安慰；于今连这个唯一无二安慰自己灵魂的妻子都死了，这种拂逆人意的境遇，教这正在少年的杨继新，如何能安处呢？还亏了杨晋谷在日，虽把杨继新看待得宝贝一般，但是不似普通不懂得教养的上人，一味糊里糊涂地溺爱。从杨继新长到五六岁，便专聘了有学问道德的先生，在家中教读。杨继新投生在一个多儿多女的穷裁缝家，而后来居然能成就一个人物，当然不是一个根基薄弱的人，读书长进得很迅速。读到杨晋谷死的时候，杨继新年纪虽只十八岁，学问文章，已很负些时望了。杨继新幸有这一肚皮的学问，在家庭中不能安处，不怕出外没有自谋生活的能力。遂决心出外谋事，不在家中过那没生趣的日月。亲自将这出外谋事的心思，对杨祖植夫妇陈明，杨祖植夫妇心里，既不爱他这个非亲生的儿子，听他要出门，自没有不肯的。

谁知杨祖植夫妇，都是三十年前享爷福，三十年后享儿福的命，杨继新一离家，家中就接连不断地飞来横祸，二三年之间，就把家业败尽了。说起来，看官们必不相信，杨祖植因杨继新单身出门去了，夫妻商量纳妾，想再生育，在纳娶的这日，来了许多宾客。杨祖植正在兴高采烈的时候，忽听得大门外有人吵闹，并夹杂着哭泣的声音。杨祖植听了这哭声，觉得不吉利，异常愤怒，自己走到门口去看。原来有几个乞丐，为争打发，和自家当差的口角起来。当差的仗主人势力，伸手就抓着一顿打，乞丐中老实些儿的，被打得哭起来，强悍些儿的不服，也有回手反抗的，也有回口恶骂的。

杨祖植听得有一个乞丐，被当差的打得一边闪躲，一边指着当差的骂道："你狗仗人势，凶什么？你也是吃着旁人的，只要你东家说一声，叫你滚蛋，怕你不和我一样吗？休说你这样狗仗人势的东西，就是你东家，也说不定没有像我一般，讨着吃的这一天呢。"杨祖植起初听得哭泣之声，心里已十二分的愤怒，此时更听得这么骂，以为这乞丐，有意来破他的禁忌，坏他的彩头的，再也按捺不住胸中三丈高的无名业火，几步赶到乞丐跟前，挥退当差的，自己向乞丐问道："你这畜牲，存心趁我的喜庆日子，来破我的禁忌么？为什么要骂我，有像你一般讨吃的这一天呢？"

这乞丐被当差的打横了心，也不知道忌讳了，见杨祖植赶过来问他这话，就翻起一双白眼，望着杨祖植说道："三十年河东，四十年河西，你能保得住永远没像我的这一天吗？老实说给你听，我少年的时候，在家也有三妻四妾，出外也是前护后拥，哪一件赶不上你？你少凶点儿。"杨祖植被骂得气破了胸脯，指着乞丐的脸，厉声叱道："你若不是一个不成材的东西，何至好好的家业，会弄到讨吃？你知道我有多大的家业，不和你一样不成材，怎么有弄到像你的这一天？"

乞丐反凑近身来，对准杨祖植的脸，做出鄙视不屑的样子，"哼"了一声说道："且慢夸口！三场人命两次火，看你像我不像我。"杨祖植看了这情形，气得说话不出，提起脚就是一下，不偏不倚，正正地踢在乞丐小腹当中。

这乞丐本来是痨病鬼模样，也合该杨祖植家里得遭横祸，乞丐受了这一脚，登时倒在地下，只叫了一声"哎呀"，打了几个滚，两眼往上一翻，两脚往下一伸。杨祖植怒还不息，待赶上去再踢两下时，乞丐已无福消受，被踢死了。杨祖植也不放在心上，拿了几串钱给地保，叫地保领尸安埋。哪知道这乞丐所说少年时候，在家有三妻四妾，出外前护后拥的话，并不虚假。他确是一个官宦人家的子弟，就因不务正业，无所不为，被家里驱逐出来。他生成执拗的性质，既被家里驱逐，宁肯在外乞食度日，不愿再回家去。他家里曾屡次派人来接他，他睬也不睬，情愿讨一顿吃一顿，终年挨饥忍冻，已如此经过好几年了。于今被杨祖植一脚踢死，当时就有他同伴的乞丐，报信到他家里。古人说的"人命关天"，杨祖植在愤怒的时候，踢了这一脚不打紧，这一场人命官司遭下来，便非同小可了，耗费了家产的大半，结果才免了罪戾。

这场人命官司刚打完结，接着又闹出了一场人命，这场人命，就是因杨祖植新纳的妾，不安于室。杨祖植为这妾进门的这日，家中就遭了人命官司，觉得这妾的命运极坏，正在和乞丐家属打官司的时候，退财怄气，对这妾当然说不到宠爱两个字上去。当小老婆的人，如何能耐得住冷淡？偷偷摸摸的，便和那个打乞丐的当差的，勾搭起来了。杨祖植直到打完了官司，心里才略略地安逸了些儿，就发觉小老婆和当差的暧昧情事。这一气，竟比受乞丐的恶骂还要厉害几倍。公子少爷的性格，心平气和的时候处事，尚且不知道思前虑后，何况失意之余，又在气愤填膺的时候呢？当时一发觉了这奸情，就将当差的毒打了一顿，并定要送官惩办。幸亏了他夫人，是平江大绅士叶素吾的小姐，很精明贤德，劝了又劝，杨祖植才只把当差的斥退了。

这小老婆见奸情败露，奸夫挨了打还要送官，料知自己也免不了有一场大羞辱，一时情急起来，竟乘着杨祖植正在打当差的时候，悄悄地拿一盒宫粉，往口里一倒。待杨祖植走进小老婆房里来时，已是不可救药了。小老婆虽是花钱买来的，然不遭横死则已，一遭了横死，便是平日和小老婆绝不相干的流氓痞棍，遇了这种场合，立时都变成小老婆的亲戚故旧了，成群结队地跑到杨家来闹。这个问杨祖植："为什么将我的姑子逼死？"那个问杨祖植："为什么把我外孙女儿逼死？"说起来，没一个不是小老婆的至亲。杨祖植明知是一班痞棍，想借事来讹诈银钱的，自然恃强不理。然而有那个被毒打斥退的当差，从中主使，竟告了官。

这一场人命官司，虽不比打死乞丐那么大，但也耗费了不少的银钱。

这两场人命官司下来，杨晋谷大半世宦囊所积蓄的，已所余无几了，田园产业，都已归了别人，只略余了一点儿衣服细软。在杨祖植这种挥霍惯了的人手里，区区之数，算不得是财产了。而那个被斥退的当差，还记恨在心，不肯善罢甘休，无时无地不暗中和杨祖植为难。把杨祖植吓得连树上掉下一片枯叶，都疑心是大祸临头了。他夫人觉得思恩府万不能住了，劝他趁这时还有点儿衣服细软在手里，可以当盘川，夫妻两个动身到平江来，依赖岳父度日。好在叶素吾家业极富，叶素吾夫妇原来极痛爱女儿，巴不得女儿女婿长远住在家里。

杨祖植夫妇到平江来后，杨天池才去广西寻觅父母。杨天池并不知道他父亲，是广西哪府哪县的人，泛泛地访问，偌大一个广西省，又在杨祖植夫妇已离开了广西之后，莫说费四年的时间访不着，便是四十年，又如何访得着呢？不过杨天池既是生成的天性笃厚，又练就了这一身的本领，越是访不着，越觉得这身子没有来历，算不得英雄豪杰。经碧云禅师作伐，与朱恶紫小姐结婚之后，成立了室家，更日夕不辍地思念亲生父母。一日向清虚道人说道："我记得蒙师傅当日救活弟子的时候，曾说过能使弟子一家团圆的话。于今弟子已承师傅栽培，练就了这些本领，并成就了家室，师傅待弟子的恩重如山，弟子就粉身碎骨，也永远报答不了，唯有尽今生今世的寿命，时刻在师傅左右伺候。只是生育我的父母，至今还在人世，弟子受了一场生育之恩，不但毫没报答，即见一面，使两老略得安慰的事都做不到，心里实在过不去。弟子深知道师傅通天彻地的道法，看天下万事万物，直如掌上观纹，断没有不知道弟子亲生父母所在的道理，无论如何，得恳求慈悲，指引弟子前去。弟子只将父母亲迎接到这里来供养，仍顷刻不离师傅左右。"说时，两泪直流下来。

清虚道人微微地点头道："你骨肉团圆的时期，已在眼前了，但是你的骨肉固应团圆，须知因你而分离他人的骨肉，也应同时团圆，方可以见造物之巧，天道之公。天道不能偏厚偏薄于一人，我有何道法，敢逆天偏厚于你呢？"杨天池揩干了眼泪，问道："师傅所讲因弟子而分离他人的骨肉，应如何才得同时团圆呢？"

不知清虚道人怎生回答，且俟第四十八回再说。

第四十八回

遭人命三年败豪富
窥门隙千里结奇缘

话说清虚道人见杨天池问因他而分离他人的骨肉，应如何才得同时团圆的话，即捏了捏指头，笑着说道："这事倒很有趣，不但因你而分离的骨肉可以团圆，我们也因此可以多得两个有能为的女子，做争赵家坪的帮手。"杨天池听了，莫名其妙，因问道："赵家坪的事，今年不是已过了收割之期，浏阳人并没出头争斗的吗？他们已被弟子一阵杀寒了心，今年情愿认输，完全让给平江人了，还有什么争斗呢？"

清虚道人大笑道："你哪里知道啊，浏阳人今年为什么不出头争斗？"杨天池道："这个弟子知道，自然是因师傅邀齐了红姑和朱师伯、欧阳师伯一班老前辈，准备大斗一阵。他们知难而退，所以不敢出头，情愿退让。"清虚道人笑着摇头道："你所说的他们，是浏阳人吗？"杨天池也摇头道："浏阳人哪怕再加几倍，有弟子一个人，已足对付了，哪里用得着邀请那些老前辈？弟子所说，是甘瘤子师徒、杨赞廷兄弟。"清虚道人问道："你至今尚以为杨赞廷兄弟，是畏惧我们的人吗？他们今年不出头，是情甘退让吗？"

杨天池道："不是却是为什么呢？"清虚道人道："若单论崆峒派，本不是我昆仑派的对手，说杨赞廷兄弟畏惧我们，也可以说得过去。只是这里面牵涉的人多呢，差不多可说得普天之下，此刻都在和我昆仑派为难。今年若不亏了到襄阳替你们郎舅送作伐信的，那个欧阳后成时，早已不知在赵家坪打成一个什么结局了呢。"

杨天池吃惊问道："这话怎么讲，师傅能将原因教给弟子么？"清虚道人停了一停，才叹口气正色说道："你是我门下的大徒弟，我又知道你天性甚厚，遇事尚能慎重，不妨将大概情形略告你知道。不过你知道后，只能搁在心里，无论在什么时候，对什么人，一句也不能出之于口，因为不是当耍的事。"杨天池正襟危坐，诺诺连声地答应了。

清虚道人才继续说道："于今的皇帝，不是我们汉族的人，这是你知道的。你的老祖，因修真的力量，至今已活了二百多岁。他老人家是大明福王的嫡孙，好容易才留得一条性命，遂他老人家修真的志愿。这二百年当中，为图光复明社，也不知断送了多少他老人家亲身传授的徒弟。无奈天命难违，任凭有多大的能耐，也拗不过来。他老人家修持的能耐越增加，越知道不能勉强。近年来对于大仇的气运，已明如观火，暂时唯有沉机观变，教门下诸徒众各人努力各本身的修养，并培植后进，为将来有机可乘的准备。只是他老人家，因是昆仑派的缘故，无端被牵扯地做了崆峒派的敌人。

"崆峒派屡次和昆仑派寻衅，都没占着上风，专依赖本派的力量，又不能报复。于是就一面联络普天下修真练气之士，以做帮手，一面指我们是谋叛的人，向满、蒙两族中有道法的人跟前揭发。修真练气之士，安肯平白受他们的挑拨？因此已经被他们联络了，许帮他们的很少，即有也非了不得的人物。唯有满、蒙两族当中有道法的人，为要稳固他同族的河山，已有好几个很可怕的人，被他们引诱成功了，其中极厉害无比的，就是红云老祖。其他虽也有可怕之处，然我派中尚有能对付的人。

"红云老祖本已答应今年来赵家坪观阵，只那个到襄阳送信的欧阳后成，原是红云老祖的徒弟，在四年前，我们老祖就算定了，不肯因一时意气之争，损伤自家的元气。特地打发你师叔，趁欧阳后成归家报仇的时候，设法把他收到昆仑派门下，借着诛妖的机会，使他救了他师兄庆瑞的性命。庆瑞得了这一点好处，才要求红云老祖暂时中止观阵的举动，以表他本身感念昆仑派相救的好意。红云老祖一答应了不来观阵，于是道法远在红云老祖之下的人，便有些气馁，不肯自告奋勇了。杨赞廷兄弟得了一场无结果，也只得暂时退让。然崆峒派对昆仑派累世之仇，怎么能因红云老祖不来，就不图报复呢？至于赵家坪归浏阳人，或归平江人，与崆峒、昆仑两派都没有干系。不过借赵家坪这块两县不管的地方做战场，又借两县农人照例地恶斗，做隐身之具罢了。我们老祖所虑的，就只红云老祖一人，以外都毫不足虑。就是这番出三百万谷，赈襄阳一郡之灾，又亲自进京运道藏回襄阳，也无非表示没有大志；不是清朝的顺民，不至肯拿出这么多谷来，替清朝的官府助赈的意思。"

杨天池道："红云老祖的能耐既有那么可怕，难道他不知道我老祖这番用意吗？"清虚道人道："前知之道，谈何容易！这里面的区别极细微、极繁复，专凭数理，也能前知，只是这种前知，算得什么！江湖术士，能的都很多。从修炼得来的前知，才有足贵。然其中的区别，就和明镜照人，清水观物一样。同是一种镜子，有大有小，有极大，有极小；有明有昏，有极明，有极昏。大小之中，分数十百等；明昏之中，也分数十百等。极大极明的镜子，如日月悬在天空，凡天以下的万事万物，无论极微极细，无不照彻；镜渐小，照彻的地方也渐小。越昏越不能照彻细微，清水里看东西，也是一样。红云老祖的道力，确能前知，只是不及我老祖通彻，而我老祖的道法，却又不及红云老祖厉害。这是各人所做的功夫不同，我们不能妄为轩轾。我老祖只要红云老祖不出头，便无妨碍了。红云老祖也只要知道我老祖非有报复的大志，便决不至出头，所以我老祖有进京请经的举动。而一路回来，故意乘坐八人大轿，招摇过市，藏经到了玄妙观，还得传齐道众，在大殿对着藏经，恭行法事，也就是要借此表示尊敬御赐的意思。"

杨天池道："弟子已明白了！师傅为何说，不但因弟子分离的骨肉可以团圆，还因此可以得两个女子，做争赵家坪的帮手呢？"清虚道人摇头道："这话不能在此时说给你听。你还记得你那次送回隐居山下的柳迟么？"杨天池道："这如何不记得。"清虚道人笑道："你只须去他家一行，见着他就能如愿了。"

杨天池见师傅说得这般容易，喜不自胜地问道："弟子什么时候可去呢？"清虚道人道："他们早已在那里专等你去，你刚才便不求我，我也要向你说了，立刻就去吧！"杨天池忽现出踌躇的样子问道："弟子还不甚明白。弟子此去会着隐居山下的柳迟，就可以一家骨肉团圆呢？还是使因弟子而分离的人的骨肉团圆呢？"清虚道人挥手道："到了那里，自然明白。"杨天池不敢再问，即时动身向隐居山去，于今暂将杨天池这边按下。

且说杨继新禀明了父母，单独出门，心中并没有一定的目的地，但求脱离了那种不亲爱的家庭，耳目所接触的，不是家庭中凄凉景物，就如愿已足了。杨继新出门的时候，杨家正富足，他虽不得杨祖植夫妇的欢心，但他已是成年的人，手中也还有些私财，带出来的盘川，足敷几个月的用度，因此暂时也没有急谋生活的必要。听说什么地方有好山好水，或有名胜古迹，立刻就去游览。舟车便利的所在，雇佣舟车代步；不便利的所在，就缓缓地步行。出门二三年之后，辗转到了河南，一路也不知经历了多少奇山异水、名园胜迹，觉得胸怀开朗，在家时积蓄的忧郁之气，至此完全消除尽净了。

这日到河南遂平县，他所到之处，在城市繁华之地，都不甚流连，只略住一二日，就打听四郊野外，有什么可以观览的所在。便是这县没什么名胜，只要是风俗纯朴，民性温和之处，也欢喜多住几日。这是由杨继新的生性如此，并没有丝毫用意。遂平不是繁华大县，风俗极纯朴，民性极温和，山水也很有些明秀之处。杨继新从思恩一路游览到遂平来，沿途有许多地方，因他是一个飘逸少年，胸中又有学问，谈吐风雅，举止大方，凡是诗礼大家，很有拿他当宾客看待的。临行时，还有送他路费的。因此他游踪所至，遇到天色将近昏暗了，左近有饭店可以容身，就投饭店歇宿；若左近没有饭店，便不问是谁家庄院，他都前去借宿。

那时各处都粉饰太平，他又是一个文士，随便到哪家借宿，纵不蒙主人优礼款待，也从来没遭过拒绝。所以他带出来的盘川，虽只敷几个月的用度，而游历二三年，并不感觉困苦。

他到遂平县的时侯，身边由家中带出来的盘川，早已分文没有了。他以为这地方的风俗既纯朴，民性又温和，必有肯送路费的人。谁知在四乡浪游了几日，不但没有送路费给他的，连正式给一顿茶饭他吃的人也没有。他觉得诧异，在饭店里住着，遇着年老喜谈故事的人一打听，才知道这遂平县的风俗，素不重视读书人，若是会些儿武艺的，到这地方来，倒到处能受人欢迎，路费也有得送。如果武艺真高强的，年龄不大，并可以希望在这里娶一个极美的老婆，多少还能得些妻财。因为这地方重武轻文，山川灵秀之气，多钟在女子身上，女子生得美丽，而会武艺的很多。这地方的家庭制度，比别处不同，女子也有承袭一部分家产的权。女子嫁人，多以武艺为标准，完全不会武艺的男子，尽管有钱，有文学，这地方女子是不中意的。

杨继新听了这种奇特的习俗，觉得好笑，心想好在我没有在这里讨老婆的心思，会武艺的女子便是美得和天仙一样，一经练武，照理总免不了一股粗野之气。她们就是愿意嫁我，我这文弱书生，也没有这大胆量敢娶她们。这里既瞧不起文人，我在这里也存身不住，不如游往别县去，于是打定主意，想往西平县去。

才走出那饭店，还行不到半里路，只见劈面来了一个妙龄女子，生得修眉妙目，秀媚天成。那种惊人的姿态，一落到杨继新眼里，杨继新并非轻薄之徒，心中又存了个鄙视这里女子的心思，尚且不因不由地为之神移魄夺，两眼竟像是不由自主的一样，自然会不转睛地向那女子望着。那女子于有意无意之间，回看了杨继新一眼，随即把粉颈低垂，两靥微红，现出一种羞怯的态度。杨继新看了这神情，更如中了迷药，全忘记自己的身份，和平日守礼谨严，一点儿不敢逾越的行径。喜得附近无人看见，直呆呆地看着那女子，挨身走了过去，还掉转身来，细玩那翩若惊鸿，宛若游龙的姿态。

那女子低头走过去十来步后，也回过头来，偷看杨继新。不提防杨继新的两眼，还正在注视不曾移动，美盼回来恰好被杨继新的眼波接住，只吓得那女子羞惭无地，翻身如风舞垂杨，径走过山嘴去了。

杨继新恐怕那女子再回顾偷看自己，错过了饱餐秀色的机会，不敢即时将眼光移向别处。直待那女子走过了山嘴半晌，不见再回头，才暗自思量道："世间竟有如此惊人的美女吗？饭店里那老年人说的话，只怕有些靠不住。他说这里的女子都练武，难道这样的美女，也是曾练过武的吗？他说这里的女子都不欢喜文人，刚才这女子看见我的情形，丝毫没有瞧不起的意思。若真是这里的女子，普通都轻恶文人，我的神情装束，任是什么人一见面，就知道是文人，这女子就应该不现出羞怯的态度，更不应走过去，又回头偷看。我自从丧偶以后，不是全没有胶续的心思，一则是因家庭间，对于我身上的事很淡漠，父母都不曾提到续弦的事上面去；二则也因我眼中所见过的女子，实在绝没有使我心许的。我前妻是由祖父主聘的，我那时年纪太轻，无可不可，就是前妻的姿色，也很可过得去。断弦后所见的女子，不仅像这样天仙一般的没有，只求赶得上我前妻的，也不曾见过。我能得这般一个齐整婀娜的女子做继室，这番出门，也就很值得了。"

杨继新正在这么心猿意马地胡思乱想，猛觉得背后有人在肩上拍了一下，说道："你站在这里胡想些什么，少年人想老婆么？"杨继新吃了一吓。连忙回身看时，只见一个须眉雪白的老头，满脸堆笑地对他点头。杨继新看这老头的顶光滑滑的，没一根头发，一脸红光焕发，两目虽在那两道雪白的长眉之下，却不似寻常老头昏瞀不明的样子，顾盼仍有极充足的神光，颔下一部银针也似的胡须，飘然长过脐眼，身体不甚魁梧，但屹然立着，没一点儿龙钟老态。若不是有那雪白的须眉，表示他的年事已老，远看他这壮健的神气，谁也可以断定他是个中年人物。

杨继新初听了那几句调笑的话，心里很不高兴，以为是过路的人，看了他为那女子失魂丧魄的情形，有意这么轻侮他的。心里已打算抢白几句，及看了这老头的神气，打算抢白几句的话，一句也不好意思说出来了。反赔着笑脸，也点了点头说道："老丈休得取笑！"老头正色说道："谁与你取笑呢？你家里若有老婆的，就不须说得。如果你还不曾娶妻，或已经娶后又亡故了，正好在此地娶一个如意的老婆回去。这里美人多，包你易如反掌。"

杨继新听这话来得很稀奇，又正说在他心坎上，不由得不注意，回问道："请问老丈尊姓，为什么无端问我这些话？"老头说道："我并不是讨你的媒人做，你用不着问我姓什么。我因见你是一个诚实的书生，如痴如呆地站在这路上，向那个山嘴望着，很有些像在这里想老婆的样子。我老年人心地慈悲，所以拍着你的肩头问问你。你既向我装假正经，我也就懒得管你是不是想老婆了。"说着，提步要走。

杨继新看这老头的容貌，一团正气，不是个喜和人开玩笑的轻薄人，说出来的话，又很有意味，如何当面错过，便放老头走开去呢？遂也顾不得面上难为情，拦在老头面前陪话道："不敢瞒老丈，我实在是断了弦的人，刚才偶然遇见一个女子，姿容绝世。我自束发读书，生长礼义之家，受父母师保督率教诲，从来不敢有越礼的举动。唯有刚才遇见这绝色女子的顷刻之间，确是情不自禁了，存了一点儿非分的念头。老丈果能玉成我这头亲事，舍间还薄有财产，尽力答谢老丈，并感谢没齿。"

老头仰天大笑道："卖弄家私，想拿钱来买我了，只怕你一旦老婆到了手，就把我作合的功劳忘了呢。也罢！你有了老婆，就不忘记我，也没有用处。不过我才走到这里来，就只看见你一个人如痴如呆地站在这路上，并不曾看见什么女子。你看见的那女子，毕竟姓什么，住在哪里？你说给我听，我方好替你玉成其事。"

杨继新忍不住又好笑又好气，说道："我已说了，是在这里偶然遇见的，如何能知道她的姓氏住处呢？"老头笑道："你刚才不是和我见面，就问我尊姓的吗？我以为你看了心爱的绝色女子，必然不放她走过去，得抓住她问明她的姓氏住处。谁知你的脸皮竟有这么嫩，连姓氏都不问她，这又转她什么念头呢？你真要打算在这里娶一个美如天仙的老婆，你的脸皮就一点儿嫩不得，越老越好。因为这地方的美人，最不中意脸皮嫩的男子。"

杨继新见老头愈说愈离了本题，便截住问道："然则老丈何以说包我易如反掌呢？不是我刚才所看见的女子，就找着我做老婆，我也不要，不必烦老丈操心。"老头做出思索什么的神气，问道："你说看见的，是姿容绝世的女子。我思量这地方，纵横几十里以内的年轻美女，我没一个不曾见过，也没一个不和我家沾亲带故。你所见的，大约是上身穿着什么颜色、什么裁料的衣，下身系着什么颜色、什么裁料的裙，怎么样的面庞，怎么样的身段，十七八岁的年龄，是不是这样呢？"杨继新连忙笑道："不错，不错！正是和老丈所说的一般无二，老丈知道她姓什么，住在什么地方么，也和老丈沾亲带故么？"

老头连连点头道："只要是她，包管你这头亲事容易成就。你的眼力倒不差，这地方纵横几十里以内，确实只有你看见的这个最美，并只有她家最豪富。她又没有兄弟，没有母亲，仅有一个父亲，一个胞姊。家里有百多万产业，现在正要招赘一个女婿，到她家经管财产。"杨继新道："她家既有这么大的产业，那小姐又有这般姿首，还怕没有好儿郎到她家做女婿吗？怎么肯招我这个一面不相识的外省人呢？并且我知道这地方的风俗，是重武轻文的，一般人都瞧不起读书人。要想在这地方娶妻，非有很高强的武艺不可。老丈虽说得极容易，我却有自知之明，我手无缚鸡之力，决难中选。"

老头怫然说道："有缘千里来相会，无缘对面不相逢。我是出于一片慈悲之心，向你说说，信不信在你。这女子若是想嫁会武艺的人，此刻还有你的份儿吗？就因她立志要嫁读书人，这地方纵横数十里内，用灯笼火把照着寻找，也寻找不出一个读书人来。所以她姊妹两个，尚在闺中待嫁。依着这条道路，转过前面山嘴，再朝西直走七八里路，右手边一个大山坡之下，有一所极堂皇富丽的房屋，就是那女子的家。"

老头刚说到这里，杨继新听得路旁一座山上树林中刹刹的风响，好像是砍伐了无数的大树，倒下来枝叶相碰的声音，惊得忙回头朝山上张望，只见两只硕大无朋的黑鸟，从树林中冲天飞起。那两鸟的形象，仿佛似鹰，却比寻常的鹰大了十多倍。翅膀只两展，就没入云中，仅现两点黑影，一瞬眼间，连黑影也不见了。杨继新生平不曾见过这么大的飞鸟，很觉得稀罕，用尽目力朝黑影望着，也和望那女子一般，直望到没丝毫影相了，才低下头来，打算问老头是什么鸟这般大。但是一回过头来，老头也不见了，不禁"咦"了一声，转身向四方都看了一看道："怪呀！我青天白日遇了鬼么？怎么一霎眼工夫，就跑得无影无踪了呢？这四面都没有遮掩的东西，可以藏身，难道这老头会隐身法么？"随又转念想道："这老头的言语举动，也是有些奇气，不像是个平常老头的样子。他来的时候，一点儿脚步声息没有，我转身看那女子过山嘴，并没多少时间，在未转身之前，并不见有人跟在女子后面走，何以忽然就到了我背后呢？少年男子见了美丽的女子，多看几眼极是寻常的事，这老头与我素昧平生，何以就敢冒昧对我说那番话呢？将前后的情形，仔细参详起来，这老头实在奇异得不可思议。他既说要娶这女子易如反掌，又说这女子存心要嫁读书人，或者天缘凑巧，竟能如我的愿也未可知。好在我不急于去什么所在，何妨且照这老头指引的地方，去探看一番。成功自是如天之福，便不成功，也于我没有损害。"杨继新当时存了这个或然之想，就转过山嘴，朝西走去。

约莫走了七八里，果见有一所形似王侯巨第的房屋，依靠山坡建筑，高高下下，随地势布置楼台亭阁，俨然如张挂了一幅《汉宫春晓》的图画，周围绕着一道雪白粉墙。杨继新立在对面，庭园景物，一望无余。屋后山坡上，有一条鹅卵白石子砌成的道路，弯弯曲曲，直达山顶。粉墙近石路之处，安设了一张门户，是关着的，墙以内的树木，苍翠欲滴。看那苍翠树林中，隐约有几个花团锦簇的美眷，来回走动。但苦相离太远，又被楼台树木遮掩了，看不分明。

387

杨继新此时的色胆甚豪，扪萝攀葛地绕到山坡之上，看那粉墙上的门虽然关着，只是那门经多了雨打风吹，门片上裂了几条镶缝。从镶缝中向园里窥探，满园春色，尽入眼帘。在对面隐约看见的如花美眷，此时已看得很亲切。只见一个淡妆幽雅的女郎，率领着四五个年龄都在十二三岁的丫鬟，各人手中提着一把浇花的水壶，往来汲水，浇灌花木。看这女郎的年龄，比在路上所看见的，略大一两岁。天然秀丽，摈绝铅华，玉骨冰肌，如寒梅一品，比较在路上所见的，更觉名贵。只是看这女郎的容色，黛眉敛怨，渌老凝愁，亭亭玉立在花丛之中，望着这些丫鬟奔走嬉笑，自己却不言不动，好像心中有无限抑郁忧伤的事，无可告语，只搁在自己心里纳闷似的。

　　杨继新看了这种憔悴的容颜，不知不觉把初来时一团热烈的好色念头，冷退了大半。心想这女郎必是那老头所说的，和在路上所见的是同胞姊妹。但是何以那个是那么不识忧、不识愁的样子，而这个却如此郁郁不乐呢？大概是因她的年龄大一两岁，对着这黄莺作对粉蝶成双的景物，不免有秋月春风等闲度却的感慨。

　　杨继新正在心坎儿温存，眼皮儿供养，忽听得远远地有笑语的声音，眼光便向那方望去，只见在路上遇的那个女子，分花拂柳地向浇花的所在走来，笑嘻嘻地呼着"姊姊"说道："我今日要你同去，你偏偷懒不肯去，你今日若是和我同去了多好。"这女子有意无意地应了声道："同去又有什么好呢，你得了好处在哪里？"

　　那年龄小些儿的，已走过来，双手一把将年龄大些儿的头抱住，向耳根唧唧哝哝地说了一阵，放开手，又做了做手势，好像是比譬看见了什么东西的形状。说得这年龄大些儿的低头不语，忧怨之容，益发使杨继新看了心动。那年龄小些儿的拉住她姊姊的衣袖，并招呼这四五个灌花的丫鬟，缓缓地往园外走去。

　　杨继新心里急起来了，恨不得跳过粉墙去，追上前一手一个，把这两个初离碧霄的玉天仙搂住。只是哪有这么壮的勇气呢？从这条镶缝里张看一会儿，看不完全，连忙又换过一条镶缝张看，一行人越走越远，使杨继新越远越看不分明。连换了几条镶缝，仍被许多花木，遮了望眼，只听得"啪"的一声，估料是出了花园，关得园门声响。

再看园中景物，蝶恋花香，风移树影，依然初见时模样，只玉人儿去也。顿觉得园中花木，都减了颜色，也不免对景伤怀，惘然了许久。心想意中人既经去了，我便在这里明蹲到夜，夜蹲到明，也没有用处。不如且在附近略转一转，等到天色将近黄昏的时候，去她家借宿，看是如何情形，再作计较。正待立起身来，猛见身后立着一个人，急回头看时，把他惊得呆了。

不知他身后立着的是什么人，且待第四十九回再写。

第四十九回

奇风俗重武轻文
怪家庭独男众女

话说杨继新回头看身后立着的，也是一个须发皓然的老叟，身量比在路上遇见的老头高大，面貌便不似路上遇见的老头慈善，脸上微带些怒容，望着杨继新"哦"了一声，说道："我看你也像是一个读书人，难道不懂得非礼勿视，非礼勿动的道理？你在这里窥人闺阁，有何道理可说？"

杨继新在富贵人家长大，平日不曾有过非法无礼的举动，面皮甚是软嫩。此时做了这心虚不可告人的事，老头发现了便不言语，他也要吓得面红耳赤，怪难为情，何况这老头严词厉色地质问他呢？只问得他羞惭无地，恨不能学路上遇见那老头的样，一转眼就隐藏得无影无踪。然既对了面，不能因面上羞惭便不回答，只得定了定神说道："我是外省人，初从此地经过，因迷失了路径，误走到这山上来了。一时疲乏，借此地蹲着歇息一会儿，偶然看见这园里的景致甚好，顺便窥看了两眼是实，并不见有什么闺阁，我也没存着窥人闺阁的心。老丈不可错怪我。"老头听了，略转了点儿笑容说道："你还抵赖没窥人闺阁，何不索性说人的闺阁窥你呢？我且问你，你是哪一省的人，来此地干什么事，是不是实在的读书人？"

杨继新见老头说话的声音和缓了许多，心里就安定了些儿，不甚害怕了，随口答道："我是广西人，家中也还有些产业，从小就随着先大父在任上读书。只因近年来中途丧偶，在家抑郁无聊，想借着出外游览名山胜迹，散一散愁怀。离家已有了三年，才辗转得到此地。我心思只在搜奇探胜，并不干什么事。我不是狂且浪子，偶然的过失，望老丈宽宥，不加罪责。"

老头打量了杨继新几眼，说道："既是如此，你也可算得一个雅人。老夫平生最契重实在的读书人，只苦于住在这种文人绝迹的地方，终身见不着一个读书种子。很好，很好！你与我总算有缘，所以你会迷路走到这里来。这下面便是寒舍，不嫌弃就请同去。我好稍尽东道之意，以表我契重读书人的心。"杨继新自是喜出望外，也不肯假意推辞。老头一伸手，便将粉墙上的门推开了，先塞身进去。杨继新紧跟在后，心想原来这门是虚掩着的，并没门锁。我若早知如此，刚才见一对玉天仙走了，我情急忘形的时候，怕不推门追下去吗？一面这么思想，一面跟着老头走过了花园，刚才听得"啪"的一声关上了的门，也经老头一推，就哑然开了。

老头将杨继新引到一间精雅绝伦的书房，分宾主坐下，即有个十四五岁的标致丫鬟，送茶进来。杨继新偷眼看这丫鬟，不是在园中所见的，虽不及那两个小姐如天仙化人的一般姿首，然妖艳之容，已是杨继新平生所罕见的。心想怎么绝世姿容，都聚集在这一处呢？

老头让了茶，开口说道："这地方的风俗习惯，从来是重武轻文的，无论什么人家的子女，都得延聘武教师，在家教习武艺。唯有我生成的脾气，最恨是有力如牛的武夫，粗野不懂道理，动不动就揎拳捋袖，瞋着两眼看人，胆量小些儿的，一吓一个半死。至于女孩家，长大嫁人，应该以温柔和顺为主，练会了武艺，有什么用处？难道在娘家就教会把势，好去婆家打翁姑丈夫么？

"我的老妻亡过好几年了，本有意想续娶一房，以慰我老景。无奈这地方的女子，没有不是练得武艺高强的。她们果然不愿意嫁我这个文弱的老头，就是我也不敢娶她们那些压寨夫人的继室。我老妻只生了两个女儿，没有儿子，我情愿绝灭后代，也不续弦，就是因这地方好武的缘故。我两个小女，也是因为不曾练武的缘故，都已成年了，尚不曾有人前来说合。不过我既不欢喜练武的人，两个小女也是和我一般地厌恶。即令有人来说合，除了远处人，没沾染这地方恶习，实在是读书的儿郎，年龄相当，我才肯议亲。若是本地方的，我情愿将两个小女养在家中一辈子，也不忍心送给那些粗野之夫手里去受委屈。

"这地方上的人，因见我一家人不与他们同其好恶，都似乎不屑的样子，不肯和我家往来。我正乐得眼前干净，巴不得那班野牛，永远不上我的门。我不但不欢喜练过武艺的男子，即不曾练过武艺的，不读书总不免鄙俗，我也看了心里不快活。所以我家中伺候的人，尽是女子。生得丑陋的女子，行为举动讨人厌，也和粗野的男子一样，养在家中，恐怕小女沾染着恶俗之气，因此舍间的丫鬟，虽未必都美好绝俗，然粗手笨脚，奇形不堪的也没有。这些丫鬟，我都费了许多手脚，从外府外县买到这里来，本地方的，一个也用不着。"老头谈论这些话的时候，神情很像得意。

杨继新不好怎生回答，唯有不住地点头应是。老头说了这一大段话，才问杨继新姓名身世，杨继新一一照实说了。老头表示着十分高兴的样子说道："难得你是个外省的读书人，年纪又轻，容貌又好，更难得又是胶弦待续的人。我想把第二个小女，赘你到我家做女婿。我也不备妆奁，就将我所有的产业，平分一半给我女儿，不知你的意思怎样？"杨继新听了这话，仿佛觉得是做梦一般，心里几乎不相信真有这种好事。只是眼中所见种种类类的景物，都是真的，确不是做梦，只得慌忙立起身谢道："承丈人不以草茅下士见遗，唯有感激图报于异日。"

老头喜道："如此，我可了却一桩心愿了，我方才已向你说过，我家虽住在这地方，只因和地方上一般人的好恶不同，大家都不往来。像我们这种门第的人家，招赘婿到家里来，无论如何节俭，也得选时择日，悬灯结彩，遍请亲戚六眷，邻里乡党，备办上等筵席，大家热闹热闹，才可以对得起女儿、女婿，才可以免得了世俗人的嘲笑。不过我这里的情形不同，我的亲戚六眷，都居住在数百里以外，不容易通个消息。就是他们知道我家办喜事，遥遥数百里山川阻隔，也不容易前来庆贺。而且我为着小儿女的事，发动亲戚六眷，远道跋涉而来，我心里也觉不安。亲戚六眷既不能来，邻里乡党又如方才所说，素来不通庆吊，我便备办无数的上等酒席，有谁来吃呢？张皇其事，反为没趣。好在你是一个雅人，没有世俗之念，至于第二个小女，更是天真烂漫，丝毫没有世俗姑娘们的龌龊心想。我活到六十多岁，从来不信什么年成月将。俗语说得好'选日不如撞日'，撞着今日，就是今日最好。你们新夫妇，只须叩拜天地祖先，再交拜一会儿，便算是成了婚了。你的意思，不嫌这办法太简慢么？"

杨继新巴不得立刻就和意中人会面，搂抱如帏，所怕的就是要经过种种麻烦，荒时废事。今见老头这样说法，直喜得心花怒发，哪里会嫌简慢呢？连忙回答道："听凭丈人的尊意，小婿无不恪遵。"老头即起身到里面去了。杨继新此时单独坐在书房之中，心里快活得不知应如何感谢天地神明才好。横亘在胸中打算的，便是成婚后，如何对新妇温存体贴，此后享受的艳福如何美满。

老头去里面约有一刻工夫，即带领两个年纪都有十六七岁的大丫鬟出来，一个双手捧着金漆衣盒，一个双手捧着靴帽。老头堆着满脸的笑，说道："衣服靴帽都很粗劣，将就穿用一番，成婚后再随意选制。"两丫鬟将衣盒靴帽放下，过来替杨继新解衣宽带。老头仍退了出去。杨继新是在富贵人家长大，但自成年以后，不经过丫鬟动手解衣宽带，只羞得两脸通红浑身都不得劲。两丫鬟倒都似乎很有经验的样子，一件一件地替杨继新脱下，没一点儿羞怯的意味，连贴肉的衣裤，都要替杨继新脱下。杨继新急得将身体背过去说道："里衣不换也罢了么？"丫鬟咯咯地笑着不作声。杨继新道："改日再换也使得啊。"捧衣盒的丫鬟笑道："新贵人说话，也太鲁莽了。怎么说改日再换也使得呢，难道改日再这么换一回吗？不全行更换新衣，如何得叫作新贵人呢？请站过来，让我们脱吧，不要耽搁了时刻。此刻的新娘只怕已经妆好了呢。"

　　杨继新被这几句话说得自悔不迭。心想我和前妻成婚的那日，也是有些不吉利的兆头，事后许多人说出来才知道。今日我怎的这般不留神呢？心里有如此一追悔，就顾不得害羞了。恐怕再说出不吉利的话来，回转身听凭丫鬟将贴肉的衣裤都解了，露出一身莹洁如玉的肌肉来。两个丫鬟看了，都忘了形，争着用手到处抚摸，现出垂涎三尺的样子。杨继新怕老头来看见，催促丫鬟，才从衣盒中提出衣服来穿上。竟如特地给杨继新缝制的，长短大小，都极合身。杨继新装扮好了，又来了两个遍身锦绣的小丫鬟，共捧着一大段朱红绸子，走到杨继新面前，请安道喜。

　　大丫鬟接过红绸，向杨继新颈上一挂，两端垂下来，两个小丫鬟，每人双手握住一端，说："请新贵人去神堂成礼。"杨继新也不知道这是一种什么礼节，只得随着小丫鬟，穿过了几间房，到一间十分庄严的祠堂里。看堂中的红绿灯彩，已陈设得非常华丽，俨然大户人家办喜事的模样，万不料咄嗟之间，便办得这么齐整。正中神座边，两排立着十多个粉白黛绿的丫鬟，一眼看去，年龄都不相上下，只在十四五岁之间，没一个不是娇姿丽质，楚楚动人。整齐严肃的分两摊立着，如衙门中站班伺候官府一般。神座前面地下，铺了一张金花红缎拜垫，小丫鬟引杨继新到拜垫上左方立着，即见也是两个遍身锦绣的小丫鬟，分左右夹扶着新娘出来。新娘有盖头遮盖了面目，看不出容貌，然只看身段，已能认得出是在路上遇见的那个可意人儿。新娘到拜垫上右方立着，做傧相高声赞礼的，也是一个十七八岁的丫鬟。一对新人拜过了天地祖先，对老头也拜了，才彼此交拜。一待拜毕，众丫鬟争着上前拜贺，新郎新妇同入洞房。

杨继新看这洞房的陈设布置，简直没一处使人看得出是仓促办成的。新娘去了盖头，杨继新看她的容光，比在路上和园中两次所见的，更觉美不可状。此时天色已渐向黄昏，就在洞房中，开来晚膳，也没旁人陪伴，就只新夫妇两人，共桌而食。杨继新脸嫩，几番想和新娘说话，因见有丫鬟在房，待说出口，面上不由得一红，话又吓得退回喉咙里面去了。新娘也是害羞的样子，不肯开口。二人徒具形式地吃喝了些儿，丫鬟撤了出去。

杨继新见丫鬟都不在房里，欢喜无限，唯恐再有丫鬟进来，也顾不得害臊，连忙起身将房门关了。回身见新娘低头坐在床缘，即一躬到地，说道："我是几生修来的福气，得有今日。我愿终生侍奉妆台，只望小姐不嫌我恶俗。"说罢，凑近床缘坐下。便觉得一般异香触鼻，不禁骨软筋酥，心旌摇摇不定，只一把就将新娘抱住。新娘慌忙撑拒道："怎么这么粗鲁！"杨继新经这一撑拒，不知怎的，两手自然放了。新娘正色道："读书人也是这么狂荡么？"吓得杨继新连忙站起身来作揖，口里赔罪道："望恕过我这一次，下次再也不敢鲁莽了。"一揖作了，伸起腰来一看，床上空空的，哪有什么新娘呢？

杨继新这一惊非同小可，向房中四处寻了一会儿，连新娘的影子也没寻着。听外面寂静无声的，好像大家都入了睡乡，想开门出外叫唤，又怕是躲在隔壁房里去了，不敢再鲁莽。一个人在房盘旋，不得计较。约莫经过了一个时辰，身体实在疲乏了想睡，却又舍不得就这么单独地睡。

正在无可如何的时候，忽听得新娘的声音，在窗外带笑说道："明日再见，今夜我是不敢和你睡，你一个人睡一夜吧。"杨继新听了，连忙拉开房门追出说道："我再也不敢鲁莽了，求小姐恕了我这一遭。"一面说，一面看窗下，并不见有新娘在那里。举眼望左右，都黑暗无光，看不出新娘躲在什么地方说话，估料必还不曾走开，只得向着黑处求情道："小姐回房来，如果我敢有无礼鲁莽的行动，小姐再撇下我走。我就单独睡十夜，也不能埋怨你小姐，只能怨我自己太不知道温存体贴。"杨继新才说到这里，忽听得黑暗处有咯咯的笑声，隐约听得在那里说道："不无礼鲁莽，却求我回房干什么？"说完这话，就听得笑声渐远渐小，渐不听得了。

杨继新想用言语表白，无奈一时说不出动人的话。又听得笑声去了很远，便说出什么话来，也不能达到新娘耳里，只好不说了。如痴如呆地靠房门呆立了好一会儿，听不到一点儿声息，心想这小姐的性情举动，也太奇怪了，难道她长到了十八岁，尚不解风情吗？男婚女嫁，为的是什么呢？我并没向她行强用武，只将她搂抱在怀中，这算得什么鲁莽呢？哦！是了，她必是害羞，见我不等到将灯吹灭，上床盖好了被，便动手去抱她，所以嗔怪我鲁莽。她哪里知道我爱她的心，在初见面的时候，早已恨不得把她搂抱起来呢。我若早知道她如此娇怯，也不这么急色了。天长地久的夫妻，何愁没有我温存亲热的时候，何用急在这一时半刻呢？这本来是我不对，他父女为嫌武人鲁莽，不解温柔，才存心要招赘读书人。今忽见我读书人，也有如此鲁莽，不待上床，就动手动脚，难怪她不吓得惊慌逃走，但是她如何逃走得这般快呢？我只弯腰作一个揖的工夫，立起身来，床缘上就没有她了。

　　这窗户离地有四五尺高，休说她这般柳弱花柔的小姐，不能打窗户钻出去，便是教我这男子汉，从这上面出入，也得有东西垫脚，才能缓缓地往外爬，谁也不能跑得这么迅速。房门是我亲自动手关闭的，她逃走后，房门依旧关闭着，直到听得她在窗外说话，我才拉开来。这房不是只有这一张门吗？窗户既太高了，不能出去，门又关着没动，她毕竟如何得到窗外去的呢，难道这床后还有一张小门么？杨继新想到这里，就擎起一支蜡烛，走到床头，撩开帐帏一照，果见壁上有一张小小的门，只是也并不曾打开。虽是不曾打开，然在杨继新心里，已断定新娘是从这小门逃出去的，便不再去研究。逆料新娘既说了今夜不敢来同眠，决不至再来。独自坐着等到天明，也没有用处，身体也很倦乏了，就独自上床睡觉。

　　杨继新在外旅行三四年，平日山庄茅店，随遇而安。有时就在乱草堆中，胡乱睡一夜，几年来何尝有过这种温柔香腻的锦裯绣褥，给他安眠一夜呢！因此这一觉睡下去，酣甜美适，也不自知睡过了多少时间，只觉在梦中被人轻推了两下。耳里仿佛听得有人用很低的声音说道："睡到了这时分，还不舍得醒来吗？"杨继新被这话惊醒，睁眼一看，羞怯怯坐在床缘上的不是新娘是谁啊？杨继新翻身坐了起来，说道："小姐真忍心，教我一个人睡在这里。从此我再也不敢像昨夜那般鲁莽了，只求小姐不可撇下我，就从后门逃走。"

此时新娘的神情，不似昨夜那般害羞得厉害，听了杨继新的话，脸上现出很惊讶的样子，说道："我何时从什么后门逃走过？你这话我听了不懂。"杨继新指着新娘笑道："小姐昨夜不是从这床后的后门走出去的，是从什么地方走出去的咧？"

　　新娘就像不知道有这一回事似的说道："我昨夜什么时候走出去了，你还在这里做梦，不曾醒明白么？"杨继新这才急得跳下床来，说道："小姐这话，说得我又不懂了。小姐昨夜没出去，却在哪里呢？"新娘道："我不是在这房里吗？"杨继新笑道："小姐在这房里吗？坐在什么地方，睡在什么地方？"新娘指着床缘道："我就坐在这里，睡也是睡在这里。你自己鲁莽发猴急，被我推开了，往后你就做出没看见我的样子，瞧也不瞧我，理也不理我，教我有什么法子。这时倒来怪我忍心，撇下你从后门逃走了。这床后的后门，虽是安设了一张，但是因为门外是一个靠近后山的大院落，我胆小害怕，不敢打开，从来是紧紧关闭着的，一次也没开过。其所以将床紧靠这门安设，也是废却这后门，不许出入的意。要开这后门，须得先将这床移开，我昨夜移这床么？"

　　杨继新听得新娘这般一说，心里更诧异到了极处，指着窗外向新娘问道："小姐说昨夜不曾出去，我心里也疑惑小姐，是没有逃走得那么迅速的道理。只是小姐既不曾出去，何以又在窗外对我说'明日再见，今夜我是不敢和你睡，你一个人睡一夜吧'的话呢？"新娘摇头道："我不曾向你说这些话，你当面见我说的么？"杨继新道："我虽不是当面看见小姐说的，确是亲耳听得小姐是这么说的。我当时听得这么说，即刻开了这房门追出去，只是已不见有小姐在窗外了，并还听得一路咯咯地笑着去了。事情又不是隔了多少时日，难道我已记忆不清楚？"新娘道："这就奇了，我在这房里一整夜，至今一步也没有跨出这房门，你居然会听得我在窗外说这些话，这是从哪里说起？"

　　杨继新至此已满腹的疑云，想不出解释的道理。只得又向小姐问道："即算我昨夜糊涂了，当面看不见小姐。小姐既是一整夜在这房里，也看见我么？"新娘带笑说道："为什么不看见你呢，看见你呆头呆脑的，被我推开之后，就像失掉了什么东西似的，这里寻寻，那里看看，又打开房门，朝外面东张西望一会儿，口里唧唧哝哝一会儿，又擎起蜡烛，向床后照一会儿，只不来睬理我。看着你在房中踱来踱去，做出愁眉苦脸的样子，有时也向我身上望望，最后就见你上床睡了。从我身边擦过，也不拉我同睡，也不问我睡不睡，竟像没有我这个人在你眼里，我自然不好说什么。见你已睡着了，有了鼾声，我才躺在床这头，睡了一觉，衣也不曾脱。刚才被丫鬟在外面说笑的声音惊醒转来，看天色已不早了，看你还睡得鼾呼呼的。恐怕丫鬟进来看了不好，只得将你推醒，你醒来反对我说出那些无头无脑的话。"两人正在说着，外面忽有几个丫鬟推门进来，都笑嘻嘻地向新娘、新郎叩头道喜。

　　不知杨继新怎生应付，且俟下回再写。

图书在版编目（CIP）数据

江湖奇侠传·第一部／平江不肖生著. —北京：
中国文史出版社，2020.3
（民国武侠小说典藏文库·平江不肖生卷）
ISBN 978 - 7 - 5205 - 1658 - 7

Ⅰ. ①江… Ⅱ. ①平… Ⅲ. ①侠义小说 – 中国 – 现代
Ⅳ. ①I246.5

中国版本图书馆 CIP 数据核字（2019）第 272973 号

整　　理：杨　锐
责任编辑：薛媛媛

出版发行：**中国文史出版社**
社　　址：北京市海淀区西八里庄 69 号院　邮编：100142
电　　话：010 - 81136606　81136602　81136603（发行部）
传　　真：010 - 81136655
印　　装：廊坊市海涛印刷有限公司
经　　销：全国新华书店
开　　本：720 × 1020　1/16
印　　张：26.25　　　字数：403 千字
版　　次：2020 年 3 月第 1 版
印　　次：2020 年 3 月第 1 次印刷
定　　价：69.50 元